ELIZABETH LOWELL

Feuergipfel

Buch

Als Elyssa Sutton nach dem Bürgerkrieg aus England nach Nevada zurückkehrt, findet sie ihre Ranch geplündert und zerstört vor. Die Culpeppers, eine Bande Gesetzloser, belagern ihren Besitz. Aber die stolze junge Schönheit gelobt sich, niemals wieder ihre Heimat zu verlassen, auch wenn das bedeutet, einen zweifelhaften Revolverhelden anzuheuern, der sie vor den Übergriffen der Culpeppers schützen soll. Eine untreue Ehefrau und mörderische Banditen, die seine Familie töteten, haben Hunter Maxwell zu einem unerbittlichen Mann gemacht. Nie wieder wird er einer Frau vertrauen, und er wird keine Ruhe geben, bis er die mörderischen Culpeppers gestellt hat. Als er aber eines Tages in den Bergen die Bande aufgespürt hat, die gerade die Ranch einer einsamen Lady belagert, geraten diese Grundsätze ins Wanken. Denn plötzlich findet er sich mitten in den Wirren einer Leidenschaft, die so glühend ist wie die Sonne über Nevada …

Autorin

Elizabeth Lowell ist das Pseudonym der amerikanischen Erfolgsautorin Ann Maxwell, die zu den besten und erfolgreichsten Autorinnen von über vierzig ebenso spannenden wie leidenschaftlichen Liebesromanen zählt.

Bisher bei Goldmann erschienen:

Abenteurer meiner Träume (43484), Brandung des Herzens (42829), Fesseln aus Seide (42867), Im Strudel der Gefühle (42792), Lockende Nachtigall (43408)

Von Ann Maxwell im Programm bei Goldmann:

Flammender Diamant (42427), Flammender Himmel (43615), Lockende Wildnis (42428), Schimmernder Rubin (43406)

ELIZABETH
LOWELL

Feuergipfel

Roman

Aus dem Amerikanischen
von Elke Bartels

GOLDMANN

Die Originalausgabe ist unter dem Titel »Autumn Lover«
erschienen bei Avon Books, The Hearst Corporation, New York.

Umwelthinweis:
Alle bedruckten Materialien dieses Taschenbuches
sind chlorfrei und umweltschonend.
Das Papier enthält Recycling-Anteile.

Der Goldmann Verlag
ist ein Unternehmen der Verlagsgruppe Bertelsmann

Deutsche Erstveröffentlichung Oktober 1997

Umschlaggestaltung: Design Team München
Umschlagillustration: Chase/Schlück, Garbsen
Satz: deutsch-türkischer fotosatz, Berlin
Druck: Elsnerdruck, Berlin
Verlagsnummer: 43784
Lektorat: SK
Redaktion: Barbara Gernet
Herstellung: Heidrun Nawrot
Made in Germany
ISBN 3-442-43784-9

1 3 5 7 9 10 8 6 4 2

Für Mike Greenstein – er weiß, wofür.
Danke.

I

Nevada
Herbst 1868

»Ich habe gehört, Sie suchen einen Vorarbeiter, der mit 'nem Schießeisen umgehen kann.«

Die Stimme, die so unvermittelt aus der Dunkelheit ertönte, erschreckte Elyssa Sutton derart, daß sie zusammenzuckte. Sie hoffte nur, ihre Miene verriete nichts von der plötzlichen Furcht, die sie wie ein Blitzschlag durchfuhr.

Der Fremde war gleichsam aus dem Nichts aufgetaucht, ohne jede Vorwarnung und so lautlos wie ein Schatten.

Sie blickte zu dem Mann hinüber, der am Rande der Veranda stand. Er war kaum mehr als eine dunkle Silhouette knapp jenseits des goldenen Laternenlichts, das durch die Fenster des Ranchhauses strömte. Seine Augen unter der Krempe seines Hutes wirkten wie klare Kristalle, genauso bar jeglicher Emotionen wie sein Gesicht.

Verglichen mit den Augen dieses Mannes würde eher ein Schneesturm mitten im Winter ein Gefühl von Wärme vermitteln, dachte Elyssa unbehaglich, während sie auf ihrer Unterlippe kaute.

Unmittelbar darauf schoß ihr ein anderer Gedanke durch den Kopf.

Dennoch hat er etwas Faszinierendes an sich, eine regelrecht gefährlich anmutende Ausstrahlung. Man könnte ihn fast attraktiv nennen.

Neben ihm würden andere Männer wie Schuljungen wirken.

Elyssa runzelte die Stirn. Bisher hatte sie Männern nie sonderlich viel Beachtung geschenkt. Sie waren für sie nichts weiter als verwöhnte, nichtsnutzige Söhne adliger Briten oder Seeleute; der Rest bestand aus Soldaten, Rancharbeitern, Cowboys, Köchen.

Oder Banditen!

In den Monaten, seit Elyssa gegen den Wunsch ihres Onkels wieder nach Amerika zurückgekehrt war, hatte sie die Bekanntschaft von mehr als nur einer Handvoll abtrünniger weißer Männer gemacht. Die Ladder S war eine abgelegene Ranch in den Ruby Mountains. Sie zog Gold- und Erzsucher an, spanische Schatzjäger, ganze Trecks hoffnungsvoller Siedler auf dem Weg nach Oregon – und die Revolverhelden, die sie allesamt ausraubten.

Die Culpeppers waren die schlimmsten von all dem üblen Gesindel, das sich in den Bergen herumtrieb.

Falls es überhaupt jemanden gibt, der sich gegen die Culpepper-Bande behaupten kann, dann dürfte es dieser Mann sein, dachte Elyssa mit einem Anflug von Ironie. *Die Frage ist nur, wie wird man den Kerl wieder los, sobald er die Gegend von den Plagegeistern gesäubert hat?*

»Miss Sutton?« fragte der Fremde mit dunkler, samtiger Stimme.

Während er sprach, trat er in den Schein des Laternenlichts, so als spürte er ihr Unbehagen darüber, ihn in der Dunkelheit nicht richtig sehen zu können.

»Ich überlege noch«, erwiderte sie.

Elyssa ließ das Schweigen anwachsen, während sie den Fremden unverblümt von Kopf bis Fuß musterte. Sie fragte sich, ob sie es wagen sollte, die Herausforderung anzunehmen, die er darstellte.

Der Gedanke bewirkte, daß ihr Mund plötzlich trocken wurde. Sie befeuchtete ihre Lippen mit der Zungenspitze und holte tief Luft. Dann konzentrierte sie sich auf den Fremden, der so unerwartet aus der Finsternis aufgetaucht war, und unterdrückte den leichtsinnigen Impuls, einen Schritt auf diesen gefährlichen Mann zu zu machen.

Eine dichte, glatte, dunkle Haarmähne fiel ihm bis auf den Kragen. Sein Gesicht sah sonnengebräunt aus, mit einigen feinen Blinzelfältchen in den Winkeln seiner scharfen Augen und einem gepflegten Schnurrbart über einem gutgeschnittenen, energischen Mund.

Seine schwarze Hose und die Jacke waren sauber und offensichtlich maßgeschneidert, sahen jedoch recht abgenutzt aus. Das gleiche galt für sein frisches, blaßgraues Hemd, das aber schon bessere Tage gesehen hatte. Bei dem knappen Sitz betonte es das maskuline »V« noch, das seine breiten, muskulösen Schultern und die schmale Taille bildeten. Ein ausgeblichenes, ehemals schwarzes Tuch hatte er locker um seinen Hals geknotet.

Hinter dem Fremden stampfte ein Pferd nervös mit den Hufen und schnaubte leise durch die Nüstern. Ohne den Blick von Elyssa abzuwenden, streckte der Fremde den Arm aus und streichelte den Hals des Tieres mit langsamen, beruhigenden Bewegungen seiner behandschuhten Hand.

Der linken Hand. Seine rechte – die ohne Handschuh war – blieb die ganze Zeit über in unmittelbarer Nähe des sechsschüssigen Revolvers, den er an seiner Hüfte trug. Wie seine Kleidung, so wirkte auch die Waffe des Fremden abgenutzt und gepflegt zugleich.

Und wie der Bursche selbst, so strahlte auch seine Waffe etwas aus, das auf harten, rücksichtslosen Einsatz schließen ließ.

Dennoch – trotz des stählernen Ausdrucks in den Augen des Fremden und seiner finsteren Aura bemerkte Elyssa, daß er sein Pferd fürsorglich behandelte. Es war etwas, was in ihren Augen eindeutig für ihn sprach. Zu viele Männer im Westen sprangen so grob mit ihren Tieren um, als ob sie keinerlei Schmerz durch Sporen oder Peitschenhiebe empfänden.

Genau wie Mickey. Wenn ich nicht so dringend auf Hilfe angewiesen wäre, würde ich diesen großtuerischen Dummkopf in die Wüste schicken, selbst wenn Mac noch so große Stücke auf ihn hält. Aber ich brauche nun einmal alle Hilfe, die ich bekommen kann.

Jetzt sogar noch mehr als je zuvor.

Das Pferd des Fremden tänzelte unruhig zur Seite und brachte durch die Bewegung den Sattel in Reichweite des Laternenlichts. In einer der Satteltaschen steckte eine Büchse und in der anderen etwas, was eine Schrotflinte zu sein schien.

Die Waffen wie auch der Sattel wiesen keinerlei Silberbeschläge auf, keinerlei schmückende Verzierungen, nichts, was Sonnenstrahlen einfangen und reflektieren könnte und somit die Anwesenheit eines Menschen verraten würde.

Ein zusammengerolltes Kleidungsstück, das nach dem Überzieher eines Offiziers der Konföderierten Armee aussah, war hinter dem Sattel über einem Schlafsack festgezurrt. Doch welchen militärischen Rang der Fremde auch immer gehabt haben mochte, sämtliches Dekor war so radikal von dem Mantel entfernt worden, wie es auch dem Sattel an jeglicher glänzender Verzierung mangelte.

Das Pferd selbst war ein großer, hochbeiniger, aus erstklassiger Zucht stammender brauner Hengst, der den Durchschnittscowboy mindestens drei Jahreslöhne gekostet hätte.

Andererseits war dieser Fremde mit Sicherheit kein gewöhnlicher Cowboy. Er wartete noch immer auf Elyssas Antwort mit der wachsamen Reglosigkeit eines Raubtieres, das an einem Wasserloch auf Beute lauert.

Eine solche Haltung konnte ausgesprochen zermürbend wirken, besonders auf jemanden, der einen derart impulsiven Charakter besaß wie Elyssa.

»Haben Sie auch einen Namen?« fragte sie abrupt.

»Hunter.«

»Hunter«, wiederholte sie gedehnt, als wollte sie den Klang auf der Zunge testen. *›Jäger‹ nennt er sich also,* dachte sie. *Hmmm.* »Ist das Ihr Name oder Ihr Beruf?« wollte sie wissen.

»Spielt das eine Rolle?«

Sie preßte die Lippen zusammen, um sich die Erwiderung zu verkneifen, die ihr schon auf der Zunge lag. Man hatte ihr oft genug gesagt, daß sie wie ihre tote Mutter sei, gleichermaßen leichtsinnig und intelligent, Eigenschaften, die manchmal in heftigen Konflikt miteinander gerieten.

Die wachsame, unerschütterliche Ruhe dieses Mannes erweckte in Elyssa den übermütigen Wunsch, hinter seine beherrschte Fassade zu blicken und die Hitze und das pulsierende Leben dahinter zu entdecken.

Aber das Leben hatte Elyssa gelehrt, daß Übermut und Leichtsinn häufig recht teuer zu stehen kamen.

Mißtrauisch maß sie die kühle Zurückhaltung in Hunters Augen. Ein durch und durch weiblicher Teil ihres Ichs fragte sich voller Neugier, wo er wohl gewesen war und was ihm zugestoßen sein mochte, um seine Seele aller menschlichen Empfindungen bis auf eisige Kälte und Distanz zu berauben ... offensichtlich den Nachhall eines Schmerzes in seinem Inneren zu hinterlassen, der hartnäckig an ihm nagte.

Warum sollte mich die Vergangenheit dieses Mannes kümmern? dachte Elyssa gleich darauf grimmig. *Er ist unbemerkt an einem Culpepper vorbeigeschlüpft, wer von den Halunken auch immer gerade Wache am Paß gehalten hat, und das ist mehr, als Mac mit all seinem Geschick für die Jagd jemals fertiggebracht hat.*

Obendrein ist es das einzige, was mich interessieren sollte. Hunters Fähigkeiten.

Dennoch war es nicht das einzige an ihm, was sie beschäftigte, und sie war zu intelligent, um sich nicht darüber im klaren zu sein. Dieser Mann zog sie auf magische Weise an, wie sie es noch bei keinem Mann je zuvor erlebt hatte. Eine ausgesprochen gefährliche Faszination.

Nervös leckte sie sich über die Lippen und atmete noch einmal tief ein.

Ich sollte ihm sagen, daß er wieder gehen kann.

»In Ordnung. Sie haben den Job«, erklärte Elyssa spontan, bevor ihr gesunder Menschenverstand sie dazu zwang, es sich anders zu überlegen.

Schwarze Augenbrauen hoben sich in seltsam elegant anmutenden Zwillingsbögen.

»So schnell?« fragte Hunter. »Keine Fragen über meine Qualifikationen?«

»Es gibt nur eine einzige Qualifikation, auf die es in diesem Fall ankommt. Und die haben Sie.«

»Gewehre?« fragte er spöttisch.

»Grips«, gab sie zurück.

Hunter blickte sie nur schweigend an, während er auf eine etwas ausführlichere Erklärung wartete.

»Ich habe keine Schüsse gehört«, sagte Elyssa. »Folglich ist es Ihnen gelungen, sich an dem Culpepper vorbeizuschleichen, der am Eingang zum Tal oder am Paß selbst Wache gehalten hat ... wer auch immer von den Gaunern dort auf der Lauer lag, um Reiter aus dem Sattel zu schießen.«

Hunter zuckte die Achseln in einer Geste, die ihre Worte weder bestätigte noch abstritt.

»Wie sind Sie unbemerkt an den Hunden vorbeigekommen?« wollte sie wissen.

Während sie sprach, blickte sie sich suchend nach den schwarz-weiß gefleckten Collies um, deren Gebell gewöhnlich die erste Warnung vor irgendwelchen Fremden in der Nähe des Ranchhauses darstellte.

»Ich bin in Windrichtung der Hunde hergeritten.«

»Da haben Sie aber Glück gehabt.«

»Ach, meinen Sie? Der Wind weht doch schon seit Tagen aus dem Canyon hinter dem Haus.«

Schweigend mußte Elyssa sich eingestehen, daß Hunter recht hatte. Der Herbstwind war ungewöhnlich beständig gewesen. Seit der vergangenen Woche wehte er kontinuierlich bergabwärts durch die vielen Schluchten und Canyons der Ruby Mountains, in einem kühlen Luftzug, der den Duft von Kiefern und felsigen Höhen mit sich brachte.

Erst in dem Moment erkannte sie, daß Hunter sie ebenso aufmerksam musterte wie sie ihn.

»Was bringt Sie auf die Idee, daß ich nicht auch ein Mitglied der Culpepper-Bande bin?« erkundigte er sich ruhig.

»Dafür sind Sie zu sauber.«

Hunters Augenwinkel verzogen sich kaum merklich aufwärts, wobei sich die feinen Fältchen um seine Augen leicht kräuselten.

Elyssa hatte das Gefühl, daß es einem Lächeln so nahe kam, wie es bei diesem Mann irgend möglich war, und so erwiderte sie es belustigt.

Und obwohl es ihr nicht bewußt war, veränderte sie dieses Lächeln auf überraschende Weise. Es verlieh ihrem Gesicht eine Lebhaftigkeit, die bezauberte und zugleich verblüffte.

Früher einmal war Elyssa lediglich ein hübsches blondes Ding mit großen Augen und einer angenehmen Stimme gewesen. In der Zwischenzeit hatte sie sich jedoch zu einer richtigen Verführerin entwickelt mit Haar von der silbrigen Farbe des Mondlichts, blaugrünen, von dichten schwarzen Wimpern umkränzten Augen, die voll sinnlicher Verheißungen erstrahlten, und einem Körper, der einen Mann auf der Stelle dazu animieren konnte, sich durch all die Knöpfe und Schichten von Musselin hindurchzuarbeiten, um an das weiche, heiße Fleisch darunter zu gelangen.

Abrupt wandte Hunter den Blick ab.

»Missy, warum erzählen Sie mir nicht ein bißchen mehr über den Job? Dann werde ich entscheiden, ob ich ihn haben will.«

Seine Stimme klang abgehackt, beinahe brüsk. Im Sprechen ließ er ungeduldig die Zügel durch seine Finger gleiten. Es war die Geste eines Mannes, der sich ohne unnötiges Zaudern um seine Geschäfte kümmern wollte.

Missy. Als ob ich ein Kind wäre, dachte Elyssa entrüstet.

Die herablassende Bezeichnung und die Geste kränkten sie. Es erinnerte sie an ihre Cousins und Cousinen in England. Sie waren immer ziemlich hochmütig und abweisend zu dem amerikanischen Mädchen gewesen, das einer unpassenden Verbindung entstammte und zufällig eine Blutsverwandte war.

Allerdings nicht von der richtigen Sorte Blut. Zumindest von einem Elternteil her nicht.

In den Augen ihrer Cousins war ihr Vater, der aus dem Westen stammte, kaum etwas Besseres als ein Wilder gewesen.

Das freundliche Lächeln war schlagartig aus ihrem Gesicht verschwunden. »Ich bin keine kleine Miss«, erklärte Elyssa in scharfem Ton.

Hunter zuckte lediglich die Achseln.

»Von hier aus sehen Sie aber ziemlich klein aus«, erwiderte er.

»Sie werden bei uns im Ranchhaus schlafen«, sagte sie kurzangebunden.

Er nickte mit absoluter Gleichgültigkeit.

Elyssa fragte sich, wie Hunter wohl reagiert hätte, wenn sie ihm erklärt hätte, er würde in ihrem Bett schlafen. Dann blickte sie in seine kalten, wachsamen Augen und entschied, daß höchstwahrscheinlich nichts, was sie sagte, etwas an seiner indifferenten Haltung ändern würde.

Kleine Miss.

Der Gedanke ärgerte Elyssa inzwischen immer mehr. Er verstärkte den beinahe unwiderstehlichen Drang, Hunter aus der Reserve zu locken und ihn zu etwas anderem als männlicher Unnahbarkeit zu provozieren.

Während ihrer Jahre in England hatte sie sich einen recht patzigen Ton angewöhnt. Es war ihre Rache für die herablassende Behandlung durch ihre Verwandten gewesen, die ihr immer das Gefühl vermitteln wollten, als wäre sie nicht viel mehr als eine Angestellte mit einem einladenden Lächeln.

»Nur zu Ihrer Information, Hunter«, sagte Elyssa entschieden. »Ich bin genausowenig ein kleines Mädchen, wie Sie ein kleiner Junge sind. Ich bin zwanzig Jahre alt.«

»Sie sehen mir aber eher wie fünfzehn aus.«

»Übrigens wude der letzte Vorarbeiter, den ich eingestellt hatte, vor drei Wochen in der Schlafbaracke erschossen«, erwähnte sie mit betont sanfter Stimme.

Wieder zeigte Hunter keine Reaktion.

»Nach diesem Vorfall ist Mac dann losgeritten, um Hilfe zu holen«, fuhr sie fort.

»Und? Hat er welche bekommen?«

»Wir hörten eine ganze Reihe von Schüssen. Mac selbst kehrte nicht zurück, aber sein Pferd. Und der Sattel war voller Blut. Na, wie steht's? Wollen Sie den Job immer noch haben?«

Hunter nickte, als ob das Schicksal, das bereits andere Männer ereilt hatte, ihm nichts anhaben könnte.

»Dann muß ich das, was ich vorhin über Ihre Intelligenz gesagt habe, wohl wieder zurücknehmen«, erklärte Elyssa.

Er warf ihr nur einen gelassenen Blick aus schwarzbewimperten, grauen Augen zu.

»Sie sollten sich darüber im klaren sein, daß das Haus Ihnen wahrscheinlich nicht mehr Sicherheit bietet als die Schlafbaracke unserem letzten Vorarbeiter«, sagte sie langsam und deutlich, als ob sie einen Schwachsinnigen vor sich hätte.

»Ich verstehe.«

»Tun Sie das wirklich? Sie machen nicht den Eindruck eines Mannes, der damit rechnet, daß ihm etwas zustoßen könnte.«

»Stimmt. Das tue ich auch nicht.«

Mit einiger Verspätung nahmen nun die Collies den fremden Geruch wahr und stimmten ein ohrenbetäubendes Gebell an. Drei der Hunde kamen von der Rückseite des Hauses dahergestürmt; zwei andere rasten aus dem dunklen Weidendickicht, das den Bach jenseits der Farm säumte.

»Dancer, Prancer, Vixen, ruhig!« befahl Elyssa. »Comet und Donner, das gilt auch für euch beide!«

Alle fünf Hunde hörten augenblicklich auf zu bellen.

Hunter betrachtete die lebhaften, langhaarigen, schwarzweiß gefleckten Tiere, die ihn und Elyssa neugierig umkreisten.

»Für mein Begriffe haben die aber nicht viel Ähnlichkeit mit Rentieren«, bemerkte er.

»Was? Ach so.« Elyssa lächelte, als ihr aufging, daß sich seine Bemerkung auf die gleichnamigen Rentiere von Santa Claus bezog. »Vor ein paar Jahren wurde kurz vor Weihnachten ein Wurf Welpen geboren, daher die Namen.«

»Wo sind dann Dasher und Cupid?«

»Dasher wurde von einem Falken erwischt, als er knapp fünf Wochen alt war. Und wir hatten bereits eine Katze namens Cupid, deshalb haben wir uns statt dessen für Vixen entschieden.«

Die Hunde umkreisten Hunter und sein Pferd, während sie die beiden fremden Gestalten ausgiebig beschnüffelten. Dann blickten sie Elyssa an. Sie wedelte mit der Hand, worauf die fünf wieder in die diversen Richtungen davontrotteten, aus denen sie gekommen waren.

»Es kann sein, daß sie Sie noch ein paarmal anbellen werden«, erklärte sie, »aber sie werden nichts und niemanden anfallen außer vierbeinige Räuber. Sie sind Hütehunde, die die Herde zusammenhalten, keine Wachhunde.«

»Nach dem, was ich so gehört habe, können Ihre Hüter auf der Ladder S nicht mehr allzuviel Arbeit mit dem Vieh haben«, sagte Hunter trocken.

Elyssa stritt seine Bemerkung nicht ab. Die Banditen hatten systematisch den größten Teil ihres Viehs von den Weiden gestohlen und ihr damit jede Lebensgrundlage entzogen.

Noch ein weiterer Monat dieser Art und sie würde bankrott sein.

Hunter hat recht, dachte sie unglücklich. *Ich brauche wirklich dringend jemanden, der mit einem Gewehr umgehen kann.*

»Haben Sie noch irgend etwas anderes als Wiesenheu für

mein Pferd?« wollte er wissen. »Bugle Boy hat den ganzen langen Weg über nichts als Gras zu fressen bekommen.«

»Natürlich. Kommen Sie mit.«

Elyssa eilte die Verandastufen hinunter.

»Nicht nötig«, erklärte er. »Sie brauchen mir nur den Weg zu beschreiben, und ich werde schon hinfinden. Mein Verstand ist durchaus in der Lage, Anweisungen zu befolgen.«

»Irgendwie habe ich den Verdacht, daß Sie wesentlich lieber Anweisungen erteilen als befolgen.«

Wieder hoben sich seine schwarzen Brauen zu kritischen Bögen.

»Sind Sie immer so frech?« fragte er.

»Sicher«, gab sie forsch zurück. »Onkel Bill hat mich schon ›Frechdachs‹ genannt, seit ich alt genug war, um auf seinen Schoß zu klettern und an seinem Bart zu ziepen.«

Hunter beobachtete Elyssa aufmerksam, als sie an ihm vorbei in die Dunkelheit schritt. Auf ihrem Weg um die Veranda herum hielt sie kurz inne, um seinem Pferd den Hals zu klopfen und ihm ein paar beruhigende Worte zuzuflüstern. Der saubere, unverkennbar weibliche Duft, den sie verströmte, stieg Hunter liebkosend in die Nase und raubte ihm förmlich den Atem, bis er kaum noch Luft bekam.

Wie Sonnenschein auf einer blühenden Sommerwiese, dachte er hungrig. *Sauber und süß und heiß.*

Vor allem heiß.

Aus zusammengekniffenen Augen musterte er begehrlich das Mädchen, das mit schnellen Schritten vor ihm herging.

Im Mondlicht wiegten sich Elyssas Hüften mit aufreizendem Schwung unter den duftigen Seidenröcken eines Kleides, das vor zwei Jahren in England der neuesten Mode entsprochen hatte. Die zarten Schichten von Stoff bauschten sich selbst beim leichtesten Windzug und enthüllten den blassen Schimmer von seidenen Strümpfen, die Elyssa darunter trug.

Hunter zwang sich, mehrmals tief durchzuatmen und die heftige Erregung niederzukämpfen, die seinen Körper beim Anblick ihrer schlanken, von Mondlicht und duftigem Stoff umspielten Waden erfaßt hatte.

Reg dich ab, Soldat, befahl er sich streng. *Sie ist auch nichts weiter als ein leeres, kokettes junges Ding, genau wie Belinda. Unfähig zu echten Gefühlen. Nichts weiter als ein Paar schmachtender großer Augen und mädchenhafte Seufzer und eine weiche, rosa Zungenspitze, die verführerisch über volle Lippen streicht.*

Ich hätte mich hüten sollen, bei dem Köder anzubeißen, als Belinda mir damals zum ersten Mal schöne Augen machte – aber ich war so dumm, darauf hereinzufallen.

Inzwischen bin ich um einiges klüger geworden.

Und meine Kinder waren diejenigen, die den Preis für meine Dummheit zahlen mußten.

Trübe schob Hunter die schreckliche Wahrheit beiseite, daß er das falsche Mädchen geheiratet hatte. Es war etwas, das der Vergangenheit angehörte und nicht mehr zu ändern war.

Genau wie der Krieg, der Hunter alles genommen hatte bis auf sein eigenes Leben und das seines Bruders.

Tot und begraben, allesamt. Belinda und Ted und Em. Und es gibt nichts, was ich jetzt noch tun könnte, außer dieser einen Sache, weswegen ich gekommen bin – die Culpeppers aufzuspüren und ihnen ihre gerechte Strafe zukommen zu lassen in dem Moment, wo ich sie finde.

Ich wüßte gern, wie es Case wohl in der Zwischenzeit ergangen ist. Ich hoffe bei Gott, daß er nicht auf mehr Culpeppers gestoßen ist, als er bewältigen kann.

Aber Hunter machte sich nicht ernstliche Sorgen um seinen jüngeren Bruder. Case war als Junge in den Krieg zwischen den Nord- und den Südstaaten eingetreten und als Mann daraus hervorgegangen, ein Kämpfer, der unzugänglich und hart wie Feuerstein war und entschieden unversöhnlicher.

»Hunter?«

Die sanfte, kehlige Stimme ertönte wie eine geflüsterte Liebkosung in der Dunkelheit. Hunter spürte, wie der sinnliche Klang sein Blut gegen seinen Willen augenblicklich schneller und heißer durch seine Adern pulsieren ließ.

»He, immer mit der Ruhe, Junge«, knurrte er verärgert vor sich hin.

Toller Ratschlag, sagte er sich hämisch. *Paß bloß auf, daß du ihn auch befolgst.*

Mit einem gemurmelten Fluch eilte er hinter dem Mädchen her, das ihm mit der Schnelligkeit und der Hitze von Nesseln unter die Haut gegangen war.

Während er Bugle Boy mit der linken Hand am Zügel neben sich herführte, folgte Hunter Elyssa durch Mondlicht und Schatten. Ein beständiger, kühler Wind umwehte sie. Elyssa blieb erst stehen, nachdem sie den staubigen Hof des Ranchhauses durchquert hatten.

Ein verwitterter alter Koppelzaun schien plötzlich aus der nächtlichen Dunkelheit vor ihnen zu erwachsen. Dreißig Meter dahinter erhob sich ein Stallgebäude, aus dessen halb offener Tür die sich miteinander vermischenden Gerüche nach Pferden, Heu und Staub drangen. In der Nähe tropfte Wasser aus einem Rohr in einen Trog. Mit jedem neuen Tropfen, der in das Wasser fiel, erzitterte die Oberfläche kaum merklich und schimmerte wie flüssiges Silber im Mondlicht.

Für Hunter war klar zu erkennen, daß die Ranch der Suttons kein roh und lieblos zusammengezimmertes Anwesen war, zu gleichen Teilen aus Faulheit und der Hoffnung auf bessere Tage entstanden.

Die Ladder S stammte von einem Baumeister, der weit in die Zukunft geplant hatte. Zusätzlich zu dem soliden zweistöckigen Ranchhaus aus dicken Balken und gesägtem Holz gab es ein stabiles Blockhaus, das als Schlafbaracke diente, ein Stallgebäude mit mehreren Koppeln ganz in der Nähe, einen großen Korral, einen kleinen Obstgarten, ein Räucherhaus und einen weitläufigen Küchengarten.

Von dem Korral und den Koppeln drang das ständige Geräusch plätschernden Wassers herüber, das für die Tiere zum Trinken in Tröge gepumpt wurde; aus dem Garten stieg ein würziger Geruch nach fruchtbarer, frisch umgegrabener Erde und Wasser und einer Vielzahl von Kräutern in seine Nase. Für Hunter war es ein Aroma, das ihm weitaus verlockender erschien als der Duft der übermäßig süßlichen Gardenien, die Belinda bevorzugt hatte.

Sein abschätzender Blick schweifte über das Gelände und prüfte Schatten und Mondlicht mit gleicher Intensität. Er suchte sowohl nach Gefahr als auch nach einer Bestätigung dessen, was er über die Ladder-S-Ranch gehört hatte.

Bisher entsprach alles den Berichten, die Case ihm hatte zukommen lassen, und den Informationen, die Hunter selbst gesammelt hatte. Die Ranch wurde voll und ganz der Beschreibung gerecht, die ihm einer der in Camp Halleck stationierten Soldaten in der vergangenen Woche gegeben hatte:

Die Ladder S ist eine schöne Ranch, und ihre Existenz in dieser kargen, unwirtlichen Wildnis ist so unerwartet wie die eines bezaubernden Mädchens, das mütterlicherseits von Aristokraten abstammt und väterlicherseits von rastlosen Westlern.

Die Armee wird jedoch in absehbarer Zeit nicht mehr am Anwesen der Suttons vorbeireiten. Der Major hat im Moment alle Hände voll damit zu tun, Pässe zu vermessen und zu kartographieren sowie sich ein paar Rothäute zu schnappen; um diese Jahreszeit lassen sich die Indianer so gut wie gar nicht hier im Sumpfgebiet blicken.

Hunter wußte auch, was der Soldat aus Diskretion verschwiegen hatte. Nämlich daß der fragliche Major ein exzessiver Trinker war, ein Mann voller Verbitterung darüber, daß man ihn in den primitivsten Westen des Landes abkommandiert hatte, statt in den zivilisierten Osten oder den reichen Süden.

Es stand außer Zweifel, daß die Ruby Mountains in dem erst kürzlich geschaffenen Staat Nevada eine fast unberührte Wildnis waren, in der noch kaum Menschen siedelten. Auch Elyssas Eltern hatten sich dagegen entschieden, an den nördlichen Ausläufern der Gipfelkette ihre Zelte aufzuschlagen, wo die Planwagenkolonnen auf dem Weg nach Oregon vorbeizogen, während sie dem unberechenbaren Lauf des Humboldt Flusses folgten.

Statt dessen hatten sich die Suttons inmitten der wilden, kargen Schönheit der östlichen Seite der Ruby Mountains niedergelassen. Unmittelbar hinter dem Ranchhaus ragten steile, zerklüftete Gipfel auf. Der Paß durch die Rubies, der auch von schweren Planwagen passiert werden konnte, lag eine ganze Strecke weiter im Süden.

Es gab zwar noch zwei andere Pässe, aber diese waren nur für Reiter zugänglich. Viehherden durch sie hindurchzutreiben, besonders wenn man dabei von den Culpeppers und ihresgleichen beschossen wurde, wäre ein Ding der Unmöglichkeit gewesen.

Pässe, Planwagenkolonnen, Viehherden, Banditen ...

Hunter hatte sie alle gründlich studiert, seit er herausgefunden hatte, daß die Culpeppers planten, in den Rubies unterzutauchen. Der Krieg und eine Ehe, die von Anfang an unter keinem guten Stern gestanden hatte, hatten ihn gelehrt, seine starke, tiefverwurzelte Leidenschaftlichkeit zu kontrollieren. Seitdem war er ein vorsichtiger Mann geworden und diszipliniert.

Also überaus gefährlich!

Jetzt betrachtete er die Silhouette der Ruby Mountains, die sich scharf umrissen gegen den sternenglitzernden Nachthimmel abhob. Er prägte sich ihre Form sorgfältig ins Gedächtnis, um sich in den Bergen orientieren zu können, ganz gleich, wie die Lichtverhältnisse waren. Es gehörte zu den Vorsichtsmaßnahmen eines Nachtkämpfers – oder auch denen eines Entdeckers.

Hunter war beides gewesen.

Zumindest wird die Wasserversorgung kein Problem sein, dachte er. *Dieser Ort ist eine abgelegene Oase inmitten einer höllischen Wüste.*

Kein Wunder, daß sich die Suttons ausgerechnet für diese Gegend entschieden haben.

Und es ist auch kein Wunder, daß die Culpeppers scharf darauf sind, nachdem ihnen bereits ein anderer all die erschöpfende, knochenschindende Arbeit abgenommen hat, die Wildnis urbar zu machen und eine Ranch zu erbauen.

Obwohl von Wüste umgeben, waren die Ruby Mountains selbst nicht trocken. Ihre hohen Gipfel zogen Feuchtigkeit aus den tiefhängenden Winterwolken und gaben diese im Frühjahr und Sommer in Form von rauschenden Bächen und Wasserfällen an die tiefer gelegenen Regionen weiter. Alle die vielen Rinnsale und Bäche und Ströme an der Ostflanke der Gebirgskette flossen bergabwärts in die Ruby Marsh – ein riesiges Sumpfgebiet –, um sie mit Wasser und Leben zu erfüllen.

Gegen Ende des Frühjahrs hörte die lebenspendende Schneeschmelze auf; die Wüste gewann wieder die Oberhand, bis von dem Sumpf kaum noch etwas übrigblieb außer kilometerweiten, mit gelbbraunem Schilfrohr bewachsenen Flächen und kleinen, verborgenen Grünstellen um klare Teiche.

Die meisten dieser Grünstellen wurden durch breite Streifen zähen Morasts geschützt, in dem man unweigerlich versank, wenn man hindurchzugelangen versuchte. Dort, wo der Boden fest war, gab es Wasser und gutes Weideland für die Rinderherden. Aber die Pfade durch die Schilfgrasfelder veränderten sich mit jedem Regenguß. Was heute noch ein sicherer, klar erkennbarer Weg war, konnte sich schon morgen in einen tödlichen Sumpf verwandelt haben.

Nicht einmal die Culpeppers hatten die Dreistigkeit besessen, sich in das raschelnde, todbringende Labyrinth der Ruby Marsh zu wagen.

Das Sumpfgebiet schützte die Ostseite des Ladder-S-Farmlands wie eine Art Burggraben. Die Bergkette diente als Schutzwall auf der Westseite. Der Süden dagegen stand jedem offen, der bereit war, einen langen, strapaziösen Ritt um das

Gebirge herum zu unternehmen. Für den Norden galt das gleiche.

Die Culpeppers nun hatten den Ritt durch die Berge gewagt; obendrein beobachtete ständig einer ihrer Männer von irgendwo weiter oben auf dem Sattel des nächsten Gipfels das Sutton-Anwesen.

Als Vorsichtsmaßnahme hatte kein Rind das Gelände der Ladder S verlassen dürfen, und keine Männer waren in das Ranchhaus eingelassen worden, obwohl sie dringend Hilfscowboys gebraucht hätten.

Plötzlich durchschnitt ein dumpfes, polterndes Geräusch das langgezogene Heulen und Seufzen des Windes. In der Sekunde, bevor Hunter dessen Ursache entdecken konnte, war er bereits herumgewirbelt und hatte mit einer einzigen blitzschnellen Bewegung seinen sechsschüssigen Revolver gezogen und den Hahn gespannt.

Nur ein Pferd, das sich an einem Koppelzaun wetzt, sagte er sich gleich darauf.

Geschickt ließ er seinen Revolver wieder in das Holster zurückgleiten, noch ehe Elyssa dazu kam, sich zu ihm umzudrehen.

»Ist irgendwas nicht in Ordnung?« fragte sie.

»Bin nur dabei, mich mit dem Anblick hier draußen vertraut zu machen.«

»Und mit den Geräuschen?« fragte sie trocken.

Hunter gab ein Knurren von sich, das alles hätte bedeuten können.

»Wenn Sie irgendwelche Fragen haben, dann fragen Sie«, fügte sie hinzu. »Das Klappern, das Sie gerade eben gehört haben, war nur Leopard, der mit den Hufen gegen ein loses Zaunbrett geschlagen hat. Er hat Sie und Ihr Pferd gewittert.«

Als sie sich der Koppel näherten, begann Leopard zu wiehern und unruhig auf der Stelle zu tänzeln, während er den fremden Hengst knapp jenseits des Zauns beäugte.

Wieder glitt Hunters rechte Hand mit einer raschen Bewegung zu seinem sechsschüssigen Revolver. Nichts von dem, was er über Elyssa Suttons Hengst gehört hatte, war sonderlich vertrauenerweckend gewesen; Hunter hatte nicht die Absicht, tatenlos dabei zuzusehen, wie sein wertvolles, hervorragend zugerittenes Pferd von einem aggressiven, schlecht trainierten Zuchthengst zu Hackfleisch verarbeitet wurde.

»Leopard, wie?« sagte er mit unverhohlener Mißbilligung in der Stimme. »Ist er der gefleckte Teufel, von dem drüben in Fort Halleck jeder spricht?«

»Jene Ansammlung von recht und schlecht zusammengezimmerten Brettern und schiefen Balken kann man wohl kaum als Fort bezeichnen«, gab Elyssa spitz zurück. »Aber ich könnte mir schon vorstellen, daß mein Hengst das Thema manch müßiger Unterhaltung ist.«

»So ungewöhnlich sind Schecken nun auch wieder nicht.«

»Leopard schon. Die gemeinen Soldaten waren ziemlich beeindruckt, als sich ihr befehlshabender Offizier in Leopards Sattel schwang.«

»Und? War es ein wilder Ritt?« erkundigte sich Hunter, obwohl er die Geschichte bereits in allen Einzelheiten kannte.

»Sagen wir einfach – der Mann hat überlebt. Obwohl es, weiß Gott, mehr war, als dieser aufgeblasene Idiot verdient hatte. Ich hatte dem Hauptmann vorher unmißverständlich erklärt, daß Leopard nicht zu den Pferden gehört, die wir an die Armee zu verkaufen gedenken.«

Hunter musterte den feurigen Hengst kommentarlos.

»Der *Gentleman*«, fügte Elyssa mit zorniger Betonung hinzu, »sagte mir, er würde Leopard schlicht und einfach beschlagnahmen und den Preis in Besatzungsgeld bezahlen; dann forderte er mich auf, aus dem Weg zu gehen und die Männer nicht länger daran zu hindern, ihre Arbeit zu verrichten.«

Die Verachtung und der Zorn in ihrer Stimme ließen in Hunter den Verdacht aufkommen, daß der temperamentvolle

Schecke nicht der einzige gewesen war, der dem Hauptmann massive Schwierigkeiten bereitet hatte.

Elyssa ist genau wie Belinda, dachte er. *Völlig verzogen und nur mit sich selbst beschäftigt. Ohne einen Gedanken an die Bedürfnisse und Nöte anderer zu verschwenden. Noch nicht einmal an die der Armee, die sie schließlich beschützt.*

»Die Pajute Indianer und die Schoschonen sind auf der Jagd nach Skalps«, sagte er. »Die Armee braucht jeden Mann und jedes Pferd, die sie kriegen kann, um die Siedler zu schützen, die den Humboldt River entlang nach Westen ziehen.«

»Das hat mir der Hauptmann auch erklärt. Ich denke, die Leute wären wesentlich besser geschützt, wenn jemand seinen Nachschub an Alkohol unterbinden würde und den seines Vorgesetzten gleich mit dazu.«

Hunters Blick schweifte wieder zu dem Hengst hinüber, der sich als dunkle Silhouette gegen den Nachthimmel abzeichnete. Wenn man den Soldaten in Camp Halleck glauben durfte, hatte Leopard den Hauptmann nicht nur abgeworfen, sondern auch versucht, ihn platter als einen Schatten zu trampeln.

Bugle Boy schnaubte ungeduldig durch die Nüstern und zerrte an den Zügeln, als er Getreide in dem großen Stallgebäude weiter voraus roch.

Hunter spannte sich augenblicklich an. Er rechnete damit, daß Leopard Bugle Boy als Herausforderung betrachten und sich mit aller Kraft gegen den Koppelzaun werfen würde.

Doch Leopard stand einfach nur da und sog hörbar Luft durch die Nüstern, während er die fremden Gerüche aufnahm. Dann schnaubte er laut und richtete seine Aufmerksamkeit erneut auf Elyssa.

»Hab gehört, er ist ein Killer«, meinte Hunter.

»Der Hauptmann? Das bezweifle ich doch stark. Der Dummkopf kann wahrscheinlich noch nicht mal das laute Ende einer Flinte vom leisen unterscheiden.«

»Ich meine eigentlich den Hengst.«

»Bei mir ist Leopard immer lammfromm.«

Elyssas Stimme war weich und von inniger Zuneigung zu dem riesigen Hengst erfüllt.

Das Pferd wieherte leise und schob seine Nase zwischen den Zaunpfosten hindurch. Elyssa beugte sich vor und blies sanft in Leopards Nüstern. Seine Ohren richteten sich aufmerksam auf, und er rieb sein samtiges Maul behutsam an ihrer Wange und ihrem Kinn, während er ihren vertrauten Geruch erschnupperte.

Sie lachte entzückt.

Der perlende Klang ging durch Hunter hindurch wie ein Blitz durch die Finsternis, und er konnte nicht umhin, sich zu fragen, was es wohl für ein Gefühl sein würde, so zärtlich gestreichelt zu werden, den Atem des anderen zu trinken und sich am Liebesspiel zu berauschen, bis sich Süße in leidenschaftliches Feuer verwandelte.

Mit einem stummen Fluch zwang er sich, seine Aufmerksamkeit wieder auf das beeindruckende Roß zu konzentrieren.

Leopards Mähne und Schweif waren schwarz, dicht und sehr lang und verrieten sein reinrassiges spanisches Geblüt. Sein Kopf war ebenfalls schwarz und elegant geformt, seine Haltung von kraftvollem Stolz.

Hoch oben auf seinem muskulösen Hals schimmerten kleine ovale Flecken von Weiß unter schwarzem Haar. Die hellen Ovale reihten sich zunehmend dichter über der breiten Brust und Schultern und Rücken, bis sie die schwarze Grundfarbe schließlich fast vollständig verdrängt hatten. An den Flanken des Hengstes herrschte Weiß vor. Große schwarze Ovale hoben sich kühn gegen das helle Fell am Rumpf und den Hinterbeinen des Tieres ab.

Seine Augen, die Hunter über den Koppelzaun hinweg maßen, waren groß und schwarz, ihr Blick so ruhig und unbewegt wie die Nacht selbst. Hunter beschlich das Gefühl, daß Leopard ihn ebenso prüfend abschätzte, wie er den Hengst musterte.

»Einhundertsechzig Zentimeter?« fragte er.

»Sie haben ein gutes Auge.«

»Benutzen Sie ihn als Zuchthengst?«

»Natürlich.«

Hunter grunzte. »Riskante Sache.«

»Was?« fragte Elyssa verwirrt.

»Einen Killer als Zuchthengst zu benutzen. Dabei besteht immer die Gefahr, daß er Fohlen zeugt, die genauso bösartig sind wie er.«

»Leopard ist nicht bösartig!« gab sie zornig zurück.

»Sagen Sie das lieber den Soldaten.«

»Sie hatten kein Recht, Leopard mit dem Lasso einzufangen, ihn auf den Boden zu werfen und ihm die Augen zu verbinden, so daß ...«

»... er nicht den Reiter töten konnte, den er in den Schmutz katapultiert hatte«, beendete Hunter den Satz kalt. »Wahrscheinlich das einzig Kluge, was jener Dummkopf von Hauptmann je getan hat.«

Damit wandte er sich von dem Hengst ab und blickte Elyssa an. Sie stand vor ihm, von silbrigem Mondlicht und Wind umspielt, während sich ihre duftigen Röcke wie eine erdgebundene Wolke um sie bauschten. Selbst in dem trüben Licht war die grimmige, ungeduldige Linie um ihren Mund deutlich zu erkennen.

»Auf jeden Fall«, fuhr er schroff fort, »hat die Armee jedes Recht, alle geeigneten Pferde zu beschlagnahmen, ganz gleich, um wessen Lieblingstier es sich handeln mag. Die Pajute haben Überfälle entlang der ganzen Strecke nach Oregon verübt.«

»Oder aber es war der Culpepper-Abschaum, als Indianer verkleidet, der die Trecks überfallen hat.«

»Wie auch immer, die Armee hat alle Hände voll damit zu tun, die Sache unter Kontrolle zu bringen.«

»Wir haben hier keine Schwierigkeiten mit Indianern gehabt«, erklärte Elyssa.

»Noch nicht.«

Hunters Gewißheit ärgerte Elyssa. Impulsiv stieß sie sich von dem Koppelzaun ab und stellte den Fremden, den sie gerade als Vorarbeiter der Ladder S eingestellt hatte, zur Rede.

»Ich bin überrascht zu hören, wie energisch Sie Partei für die Armee der Nordstaaten ergreifen«, sagte sie scharf.

»Warum?«

»Vor nicht allzu langer Zeit war sie noch Ihr Feind. Oder«, fügte sie hitzig hinzu, »haben Sie diesen Überzieher hinter Ihrem Sattel von einem Offizier der Konföderierten Armee, den sein Glück im Stich gelassen hat?«

»Ich stehle nicht von Toten.«

Hunters Stimme klang ruhig und beherrscht, doch der stählerne, gefährliche Unterton, der darin mitschwang, war nicht zu überhören.

»Das habe ich nicht damit gemeint«, erklärte sie.

»Was haben Sie dann gemeint!«

Es war keine Frage, sondern eine Forderung.

»Daß Sie den Überzieher gekauft haben«, erwiderte sie. »So wie Mutter und Vater den Siedlern auf ihrem Weg in den Westen Möbel und Farmtiere abgekauft haben.«

Hunter blickte sie nur schweigend an.

»Es wird häufig so gehandhabt«, fuhr sie fort. »Die meisten Leute, die in den Westen ziehen, können einfach nicht glauben, was sie in Nevada erwarten wird. Meine Verwandten in England dachten, ich schwindelte ihnen etwas vor, als ich von Flüssen erzählte, die lange ausgetrocknet sind, bevor sie das Meer erreichen, und von Seen, die jeden Sommer zu Salzlaken verdunsten.«

Schließlich nickte Hunter knapp und akzeptierte ihre Erklärung, daß sie ihn nicht der Leichenfledderei bezichtigen wollte.

Dennoch kostete es ihn gewaltige Anstrengung, nicht die Wut zu zeigen, die in ihm aufgestiegen war, als sie ihn scheinbar nicht besser als die Krähen und Aasfresser einschätzte, die nach einer Schlacht herbeiströmen, um sich über die Toten herzumachen.

Wie die Culpeppers, dachte er, *die heimtückischer als Schlangen und doppelt so niedere Kreaturen sind.*

Kaum noch menschlich zu nennen.

Nein. Nicht einmal mehr das. Die Personifizierung des Übels und korrupt bis ins Innerste ihrer schwarzen Seelen.

Welche andere Art von Geschöpf wäre imstande, das zu tun, was sie hilflosen Frauen antun, um dann ihre völlig verängstigten Kinder um den Preis eines eleganten Rüschenhemds an die Comancheros zu verkaufen?

Hunter wußte keine Antwort auf seine stumme Frage.

Er hatte sich dieselbe Frage wieder und wieder gestellt und vergeblich nach einer Antwort gesucht seit dem Augenblick, als er, aus dem Krieg heimgekehrt, entdecken mußte, daß alles, wofür er gekämpft hatte, von rebellischen Banditen vergewaltigt, ermordet und unwiederbringlich vernichtet worden war.

Von Männern wie den Culpeppers.

Südstaatler, genau wie Hunter. Das war das Schlimmste daran. Verrat über Verrat.

Langsam und geräuschlos stieß Hunter den angehaltenen Atem aus. Einen derart ohnmächtigen, alles verzehrenden Haß hatte er nicht mehr verspürt, seit ihm das Schicksal seiner Kinder mitgeteilt wurde. Aber darüber nachzugrübeln, würde ihm nichts nützen. Es hinderte ihn nur daran, das zu tun, was getan werden mußte.

Die Culpeppers vor ein Gericht zu schleifen.

Tot oder lebendig.

Er durfte nicht zulassen, daß ihn irgend etwas von seinem Vorhaben abbrachte. Nichts und niemand sollte seine Pläne durchkreuzen. Weder quälende Erinnerungen noch Zorn noch eine vorübergehende Schwäche.

Also schon gar nicht ein verzogenes, schnippisches Mädchen, das in genau diesem Moment vor ihm stand. Eine zweite Belinda, die nur ihre eigenen Wünsche und Bedürfnisse kannte und sich einen Dreck um die anderen scherte.

»In Ordnung, Miss Elyssa Sutton«, sagte Hunter in neutralem Ton, »Sie haben also keinen Ärger mit den Pajute oder den Schoschonen. Also, womit haben Sie dann Probleme?«

»Mit den Culpeppers.«

»Den Culpeppers, hmmm«, erwiderte er gedehnt. »Ich hab' schon von ihnen gehört. Sie scheinen mehr Blutsverwandte zu haben als die russische Zarenfamilie.«

Elyssa schnitt eine Grimasse.

»Zarenfamilie?« wiederholte sie ablehnend. »Der Vergleich paßt wohl kaum. Die Culpeppers haben von Kinderstube noch weniger Ahnung als Läuse.«

»Selbst in der Hölle gibt es eine Hierarchie. Welcher Teufel hat in dieser Gegend das Sagen?«

»Mac sagte, es wäre der älteste. Abner.«

Hunter versteifte sich unwillkürlich.

Er war der Spur von Ab Culpepper und seiner mordgierigen Sippe mehr als zwei Jahre lang und über Tausende von Meilen gefolgt. Jedesmal, wenn Hunter ihm auf den Leib rückte, war Ab ihm wie Rauch durch die Finger geschlüpft.

Und dann hatte Ab ungehindert damit weitergemacht, arglose Siedler auszurauben und zu vergewaltigen und umzubringen!

Hier, im Ruby Valley, wird die Sache ein Ende haben, schwor Hunter sich.

Und zwar bald.

Bedächtig ließ er Bugle Boys Zügel durch seine Finger gleiten, während er die brutale Rachgier niederzukämpfen versuchte, die ihn bei der Aussicht packte, endlich den Mann in die Finger zu kriegen, der Ted und Klein Em an die Comancheros verkauft und zu einem allzu frühen Tod verurteilt hatte.

»Miss Sutton«, sagte Hunter energisch, »Sie haben gerade einen neuen Vorarbeiter eingestellt.«

2

Einen Moment lang kam es Elyssa so vor, als hätte eher Hunter einen Befehl erteilt, als sich für ihr Angebot erkenntlich zu zeigen.

Unsinn, sagte sie sich energisch. *Es ist einfach seine Art. Liegt wahrscheinlich daran, daß er zu viele Jahre lang das Kommando über andere hatte.*

Es wird ihm guttun, zur Abwechslung mal derjenige zu sein, der Befehle entgegennimmt.

»So schnell?« fragte sie in einer spöttischen Nachahmung seiner Bemerkung von vorhin.

Er zuckte nur die Achseln.

»Was ist mit dem Lohn?« hakte sie nach.

»Wieso? Ist das von Belang?« gab Hunter zurück.

Elyssa stieß einen verzweifelten Seufzer aus.

»Sie wissen ja noch nicht mal, welche Art von Arbeit Sie für mich erledigen sollen«, sagte sie.

»Culpeppers umlegen.«

Sie schluckte hart. »Ich bin kein ... kein ...«

»Menschenjäger?« schlug er unbewegt vor.

Wieder zog Bugle Boy ungeduldig an den Zügeln, um seinem Besitzer klarzumachen, daß er gefüttert und getränkt und trokkengerieben werden wollte.

»Ruhig, Junge, ganz ruhig«, murmelte Hunter und klopfte dem Pferd beschwichtigend den Hals. »Es dauert nicht mehr lange. Bis der Mond untergeht, wird sich die kleine Miss hier sicher entschieden haben.«

»Mr. Hunter, ich ...«

»Hunter genügt vollauf«, unterbrach er sie. »Der Krieg hat mir alle Förmlichkeit gründlich ausgetrieben. Ich heiße jetzt schlicht Hunter – mit Vornamen, zweitem Vornamen und Zunamen.«

Elyssa konnte nicht umhin, sich zu fragen, welche Eigenschaften ihm der Krieg wohl sonst noch ausgetrieben hatte. Milde und Nachgiebigkeit ganz sicherlich.

Aber nicht jegliche Fähigkeit, Zuneigung zu anderen zu empfinden.

Er behandelt sein Pferd sanft, räumte sie ein. *Das zeugt doch sicherlich von einer inneren Güte.*

Und ich bin mit Sicherheit nicht ganz bei Trost, so etwas auch nur zu denken! Der Mann, der hier vor mir steht, ist durch und durch abgebrüht und aus Eisen!

Dennoch war es genau das, was Elyssa im Moment brauchte.

Einen harten Mann.

»Mr. Hunter ... äh, ich wollte sagen, Hunter ...«

Sie machte eine ungeduldige Handbewegung und begann noch einmal von neuem.

»Ich stelle Sie ein, um Vieh mit einem Ladder-S-Brandzeichen zusammenzutreiben und es über die Berge zu dem Armeestützpunkt Camp Halleck zu bringen. Zusätzlich zu den Rindern werden Sie noch eine Herde von achtzig wilden Mustangs mitnehmen, die ebenfalls zum Verkauf an die Armee bestimmt sind.«

»Bis zu welchem Datum müssen die Tiere abgeliefert werden?«

»Gestern in vier Wochen.«

»In siebenundzwanzig Tagen.« Hunter pfiff leise durch die Zähne. »Sie lassen mir aber verdammt wenig Zeit, kleines Mädchen.«

»Mein Name ist Miss Sutton«, stieß sie zwischen zusammengebissen Zähnen hervor. »Wenn Sie das nicht behalten können, dann reicht notfalls ›Elyssa‹. Auf ›Missy‹ oder ›kleines Mädchen‹ reagiere ich grundsätzlich nicht. Haben Sie mich verstanden?«

»Mir scheint, Sie sind ein ziemlich empfindliches Dingelchen, wie?« meinte Hunter.

Elyssa fühlte Zorn in sich aufsteigen, aber sie hielt ihre Zunge im Zaum. Ihre Cousins und Cousinen in England hatten sie nämlich mit grausamer Präzision gelehrt, wie leicht man ihr aufbrausendes, unbesonnenes Naturell gegen sie benutzen konnte.

»Ich mag es nun mal nicht, wenn fremde Männer sich Vertraulichkeiten herausnehmen«, erwiderte sie beherrscht.

»In ein paar Tagen werde ich kein Fremder mehr sein.«

»Sie sind unverschämt!«

»Ich bin geradeheraus, Frechdachs, nicht unverschämt. Ich habe keine Geduld mit kleinen Mädchen, die sich einbilden, große Augen und schwingende Hüften wäre alles, was sich ein Mann bei einer Frau wünscht.«

»Sie arroganter, aufgeblasener ...«

»Ohne Zweifel«, unterbrach Hunter sie ungeduldig. »Also, was ist nun? Wollen Sie, daß dieser Job erledigt wird, oder wollen sie die nächsten siebenundzwanzig Tage damit verbringen, um einen höflichen, wohlerzogenen Revolverschützen zu beten, der außerdem weiß, wie man Männer in eine Schlacht führt und Vieh zwischen Gefechtsdonner hindurchschleust?«

Es kostete Elyssa ihre gesamte Selbstbeherrschung, die sie sich so mühsam im Umgang mit ihren englischen Verwandten erarbeitet hatte – doch es gelang ihr, die Worte hinunterzuschlucken, die sie ihm am liebsten entgegengeschleudert hätte: *Fahren Sie zur Hölle, Hunter! Ich brauche Sie nicht.*

Aber sie brauchte ihn dringend, daran gab es nichts zu deuteln. Und das wußte er offensichtlich.

»Ich möchte den Job erledigt haben«, sagte Elyssa kühl. »Und dann möchte ich sehen, wie Sie sich in den Sattel schwingen und das Ladder-S-Gelände verlassen.«

»Keine Sorge. Ich habe auch noch Besseres zu tun, als ewig Vieh für ein verzogenes Kind zusammenzutreiben.«

»Ich hoffe nur, Ihre Führungsqualitäten im Umgang mit Männern sind besser als Ihre Fähigkeit, Frauen zu beurteilen«, gab sie scharf zurück.

Bugle Boy versetzte Hunter mit seinem Maul einen derart festen Stoß in die Seite, daß es einen kleineren Mann glatt von den Füßen gerissen hätte.

Hunter rührte sich kaum.

»Folgen Sie mir«, sagte Elyssa kurz angebunden. »Ihr Pferd hat lange genug auf Futter und Wasser gewartet.«

Schweigend folgte Hunter ihren wirbelnden, zart duftenden Seidenröcken an dem Koppelzaun entlang, wobei er auf jedem Schritt des Weges von Leopard begleitet wurde, der auf der anderen Seite des Zauns neben ihm her trabte. Doch trotz seines furchteinflößenden Rufes machte der Schecke keine Anstalten, aggressiv gegenüber Hunters Hengst zu werden. Leopard war wie die Ranchhunde – neugierig auf die ungewohnten Gerüche von Pferd und Mann.

Nun, zumindest hat dieser Satan einigermaßen Manieren, dachte Hunter. *Ich wünschte, ich könnte das gleiche über seine Herrin sagen.*

Frech und aufsässig bis ins Innerste ihrer Seele.

Im Gehen beobachtete er das spröde, schlagfertige junge Geschöpf, das ihn zuerst mit Furcht angesehen hatte und dann mit unverhüllter weiblicher Anerkennung, die in Widerwillen und Abneigung zu verwandeln er sich nach besten Kräften bemühte.

Sieht ganz danach aus, als hätte ich Erfolg, sagte er sich. *Das letzte, was ich brauchen kann, ist noch ein Mädchen wie Belinda, das sich verführerisch an mir reibt, bis ich vor lauter Verlangen nicht mehr geradeaus denken kann.*

Ich bin hier, um die Culpeppers zu fangen, tot oder lebendig.

Und dafür brauche ich einen absolut klaren Kopf, sonst ende ich als Leiche, bevor der Job erledigt ist.

Das Knarren und Quietschen einer schweren Stalltür, die schief in ihren eisernen Angeln hing, riß Hunter aus seinen düsteren Gedanken. Direkt vor ihm schob und stieß Elyssa mit aller Kraft gegen das verzogene Holz in dem vergeblichen Bemühen, die Tür zu öffnen.

Hunters linke Hand schoß an ihrer Wange vorbei. Er drückte

einmal kräftig gegen den Eingang. Die Tür knarrte noch ein wenig lauter und glitt dann gehorsam auf.

»Die Angeln müßten mal geölt werden«, bemerkte er.

Einen Moment lang war Elyssa zu durcheinander, um zu antworten. Hunters schiere maskuline Kraft hatte sie aus dem Konzept gebracht. Deutlich spürte sie die Hitze und die geballte Energie seines Körpers dicht neben ihrem. Er hatte die Tür so mühelos aufgestoßen, als wöge sie nicht mehr als ihr Seidenrock.

»Wir haben keine Schmiere mehr, und ich wollte es nicht riskieren, in die Siedlung hinunterzugehen«, erklärte sie mit kehliger Stimme.

»Versuchen Sie's mal mit der parfümierten Seife, die Sie benutzen. Sie taugt noch zu mehr als nur dafür, Männer verrücktzumachen, wenn Sie vorbeigehen.«

Elyssas Kopf fuhr mit einem Ruck herum.

Hunter stand ganz dicht neben ihr, so nahe, daß sie den glänzenden Widerschein des Mondlichts in seinen dunklen Pupillen sehen konnte und das kaum merkliche Beben seiner Nasenflügel, als er ihren berauschenden Duft einatmete.

Dann wandte sich Hunter abrupt ab und befreite Elyssa von seinem intensiven sinnlichen Interesse.

Ohne ein Wort führte er Bugle Boy durch die Stalltür und wartete dann schweigend, während Elyssa ein Streichholz anstrich, um die kleine Laterne anzuzünden, die neben der Tür hing.

Der beißende Geruch von Schwefel verdrängte einen Moment lang den warmen, leicht süßlichen Duft nach Heu und Pferden; das Klirren des Glaszylinders schien unnatürlich laut in der nächtlichen Stille.

»Sie können Bugle Boy fürs erste in der großen Box am Ende des Ganges unterbringen«, sagte sie mit unsicherer Stimme. »Der Zaun um die östliche Koppel hat ein paar lose Bretter. Sobald er repariert ist, können Sie Ihren Hengst draußen lassen, es sei denn, Sie möchten ihn lieber im Stall stehen haben.«

»Ich werde schon dafür sorgen, daß der Zaun wiederhergerichtet wird.«

Elyssa ging zu der Getreidetonne und kehrte mit einem randvoll gefüllten Gallonenmaß zu Bugle Boys Box zurück. Die Körner glitten wie leiser Regen von der Schaufel, als sie sie in die Krippe schüttete.

Sie wollte gerade nach der Heugabel greifen, als Hunter blitzschnell den Arm ausstreckte und den schweren hölzernen Stiel packte.

»Lassen Sie mich das lieber machen«, sagte er barsch. »Es ist wahrscheinlicher, daß Sie mich oder sich selbst mit den Zinken stechen als das Heu. Diese langen weiten Röcke, die bei jeder Bewegung wie hungrige Katzen um Ihre Fesseln streichen, sind einfach nichts für Stallarbeit.«

»Danke.« Elyssa lächelte spontan. »Das ist nett von Ihnen.«

Hunter verkniff sich die Bemerkung, die ihm auf der Zunge lag, nämlich, daß es sich für ein Mädchen mit einem so bezaubernden Lächeln wie Elyssas nicht gehörte, sich nachts mit einem wildfremden Mann allein in einem dunklen Stall aufzuhalten, geschweige denn, sich um sein Pferd zu kümmern.

Das war es, was Hunter ernstlich beunruhigte. Er hatte erwartet, daß Elyssa tatenlos danebenstehen und die Verführerische spielen würde, während er jeden Handgriff alleine ausführte.

Aber sie hatte nicht untätig danebengestanden, sondern sich unverzüglich an die Arbeit gemacht, als wäre sie daran gewöhnt.

Trotzdem, auf die Rolle der Sirene versteht sie sich ausgezeichnet, dachte er widerborstig. *Selbst Belinda könnte es nicht mit Frechdachs aufnehmen.*

Besonders nicht mit diesem atemberaubenden Lächeln.

Heimlich fluchend rammte Hunter die Forke in einen Heuhaufen, der direkt neben der Falltür aufgetürmt lag, die sich zum Heuboden hin öffnete. Bald war die Futterkrippe gefüllt.

Er führte Bugle Boy in die große Box und nahm ihm Sattel und Zaumzeug ab, dann holte er eine Kardätsche aus einer der

Satteltaschen und machte sich daran, den Hengst mit kräftigen, rhythmischen Strichen zu bürsten.

Die kalte Nachtluft ließ Elyssa frösteln, und sie zog ihren seidenen Schal fester um ihre Schultern. Sie wußte, sie sollte besser ins Haus zurückkehren, aber etwas an der Art und Weise, wie Hunter sein Pferd pflegte, fesselte sie und hielt sie in der gedämpften Stille des Stalles fest. Seinen Bewegungen wohnte eine natürliche Eleganz und Knappheit inne, die ihr gefiel.

Und eine enorme Kraft.

Gott, und ich habe immer gedacht, Mickey wäre stark! Er ist wesentlich kräftiger und massiger gebaut als Hunter und hat doch keine Ahnung, seine Muskelkraft sinnvoll einzusetzen.

»Bevor Sie das Vieh über die Berge treiben oder Mustangs einfangen, müssen Sie auch noch ein paar Ladder-S-Pferde zusammentreiben«, sagte Elyssa nach einer Weile in die Stille hinein.

»Sind sie zugeritten?«

»Ein paar von ihnen schon, aber sie sind nicht mehr geritten worden, seit die Männer anfingen, einer nach dem anderen abzuwandern.«

»Dann sind sie inzwischen wahrscheinlich ziemlich verwildert und laufen mit den Mustangs.«

Elyssa seufzte. »Ja, das fürchte ich auch.«

»Und wann war das, als Ihre Arbeitskräfte beschlossen abzuwandern?«

»Im Frühjahr. Als wir gerade dabei waren, das Vieh zusammenzutreiben.«

»Noch bevor die Rinder mit Brandzeichen markiert wurden?« mutmaßte Hunter.

»Woher haben Sie das gewußt?« fragte sie überrascht.

»Es ist leichter, ungekennzeichnete Kälber zu klauen.«

Elyssa seufzte bedrückt.

»Sind Sie sicher, daß Ab Culpepper derjenige ist, der hier in der Gegend für Ärger sorgt?« wollte Hunter wissen.

»Mac hat seinen Namen mehrfach erwähnt.«

Bei dem Gedanken an Mac wurden Elyssas Lippen schmal, und ein trauriger, wehmütiger Zug erschien um ihre Mundwinkel. Obwohl sie dem barschen alten Frauenhasser niemals sonderlich nahegestanden hatte, war er dennoch ein Teil ihrer Kindheit gewesen.

Zuerst Mutter. Dann Vater. Und jetzt Mac.

Gott sei Dank, daß Penny allmählich von jenem hartnäckigen Fieber zu genesen scheint, das ihr so zu schaffen gemacht hat. Ich kann die Ladder S unmöglich allein bewirtschaften.

»Was ist mit den anderen?« erkundigte sich Hunter.

»Welchen anderen?«

»Den anderen Culpeppers.«

»Oh.« Sie runzelte die Stirn. »Ich bin mir nicht sicher. Ich konnte Macs Nachricht nicht entnehmen, ob Abner hier ist oder bald hierher kommt. Der Kerl kommt und geht ohne Ankündigung.«

Amen, dachte Hunter grollend. *Der alte Halunke ist so schwer festzunageln wie Sumpfgras.*

»Horace und Gaylord«, fügte sie langsam hinzu. »Mac sagte mir, sie wären ständig in dieser Gegend. Weitere Culpeppers werden in Kürze erwartet. Die Gerüchte behaupten, daß sie sich zur Zeit östlich von hier aufhalten, irgendwo in den Rocky Mountains.«

Die Linie von Hunters gut geschnittenem Mund verzog sich kaum merklich im Licht der Laterne. Doch die leichte Kurve wirkte viel zu hart, um als Lächeln bezeichnet zu werden.

»Vielleicht«, murmelte er. »Und vielleicht liegen ein paar von jenen Culpeppers oben am Colorado begraben.«

Bei seinen Worten rieselte Elyssa ein Schauder über den Rükken.

»Ihr Werk?« fragte sie gepreßt.

»Nein. Ich bin leider zu spät dort eingetroffen, um mich nützlich zu machen. Ein Mann namens Whip hatte diese ehrenvolle Aufgabe bereits erledigt – mit Hilfe seiner Frau.«

Der harte Zug um Hunters Mund verschwand und wich einem fast verträumten Ausdruck, als er sich erinnerte. Seine Hand mit der Kardätsche, die Bugle Boys glänzendes Fell striegelte, wurde unwillkürlich langsamer in ihren Bewegungen.

»Eine tolle Frau, wirklich«, fügte er bewundernd hinzu. »Augen wie leuchtende Saphire und ein Gang, den zu beobachten ein Mann niemals überdrüssig würde.«

»Was Sie nicht sagen!« bemerkte Elyssa spitz. »Aber natürlich weiß ich aus zuverlässiger Quelle, daß sich Männer mehr von einer Frau wünschen als große Augen und schwingende Hüften.«

Hunter warf Elyssa einen finsteren Blick aus schmalen Augen zu.

Seinen Blick erwiderte sie nicht minder grimmig. Sie wußte beim besten Willen nicht, warum sie Hunters Bewunderung für eine andere Frau so wurmte.

Und trotzdem war es so.

»Welche Hilfe wird mir die Armee leisten, während ich die Herde nach Camp Halleck bringe?« fragte er, während er seinen Hengst wieder mit energischen Bürstenstrichen zu traktieren begann. »Schließlich ist es ihr zukünftiges Rindfleisch, das gestohlen werden könnte.«

»Genau das habe ich jenem widerwärtigen Hauptmann ebenfalls klarzumachen versucht.«

»War das, bevor oder nachdem Leopard versucht hatte, ihn in Grund und Boden zu stampfen?«

Elyssa preßte entrüstet die Lippen zusammen.

»Danach«, erklärte sie widerstrebend.

Hunter grunzte. »Hätte ich mir denken können.«

»Was?«

»Daß Sie nicht einmal dann den Mund halten können, wenn es darum geht, Ihre Ranch zu retten.«

»Das ist nicht wahr!« stieß sie zwischen zusammengebissenen Zähnen hervor. »Ich halte zum Beispiel genau in diesem Moment den Mund. Auf geradezu bewunderungswürdige Weise. Tatsächlich werde ich mit der nächsten Post einen Antrag auf Heiligsprechung stellen!«

Hunter gab einen Laut von sich, der ein Hüsteln oder auch ein ersticktes Lachen hätte sein können. Da seine Hand dabei gleichzeitig über seinen Schnurrbart strich, war es schwer auszumachen.

»Ich kann also keinerlei Hilfe von der Armee erwarten«, äußerte er nach einer Pause.

»Nein. Wie mir der Hauptmann so überaus liebenswürdig erklärte, werden sie in jedem Fall zu ihrem Fleisch kommen. Die Armee wird die Rinder ganz einfach von einem anderen Farmer kaufen, wenn unsere Tiere nicht rechtzeitig eintreffen.«

»Ein wahrer Offizier und Gentleman«, bemerkte Hunter ironisch.

»Ich möchte mich in dieser Angelegenheit Ihrem überlegenen Urteil beugen.«

»Das wäre mal ganz was Neues.«

Elyssa biß sich auf die Lippen.

»Wie viele Stück Vieh tragen das Ladder-S-Brandzeichen?« wollte er wissen.

»Bevor ich nach England reiste, sagte Vater, es wären fast eintausend Stück.«

»Und wie viele sind es jetzt?«

Seine Frage bewirkte, daß Elyssa kaum merklich zusammenzuckte. Es war eine unfreiwillige Reaktion auf das flaue Gefühl in ihrer Magengrube, das sie jedesmal überkam, wenn sie daran dachte, wie gefährlich nahe sie sich am Rande des Untergangs befand.

»Ich weiß es nicht«, gestand sie kleinlaut.

»Schätzen Sie die ungefähre Anzahl.«

»Das kann ich nicht.«

»Warum nicht?« fragte Hunter.

»Mac hat es mir nie gesagt.«

»Dann versuchen Sie, die Tiere selber zu zählen.«

»Ich hab's versucht«, gab sie zurück.

»Zuviel Arbeit?«

»Zuviel Abner.«

»Was?«

»Abner hat mir einmal aufgelauert, als ich mich ein Stück vom Ranchhaus entfernt hatte. Das war kurz nach dem Frühjahrsauftrieb. Seitdem habe ich es nicht mehr gewagt, auf die Weiden hinauszureiten.«

Hunters Magen krampfte sich abrupt zu einem Knoten zusammen. Er wußte genau, zu welcher Brutalität Ab Culpepper fähig war und auf welch grauenhafte Weise er den weichen Körper eines Mädchens zurichten konnte.

»Hat er Sie verletzt?« wollte er wissen.

Der kaum unterdrückte Zorn und die Verheißung gnadenloser Rache, die in Hunters leiser Stimme mitschwangen, schockierten Elyssa. Sie schluckte hart und mußte dann noch einmal schlukken, bevor sie sich wieder zu sprechen getraute.

»N-nein«, flüsterte sie. »Leopard ist sehr schnell.«

»Das sind auch die Rennmaultiere, die die Culpeppers reiten«, wandte er ein, doch seine Stimme klang jetzt wieder neutral.

Elyssa stieß langsam den angehaltenen Atem aus, als Hunter sich abwandte und fortfuhr, Bugle Boys muskulöse Flanke zu striegeln. Einige Sekunden lang hatte er den erschreckenden Eindruck eines Mannes gemacht, der dicht davor war, gewalttätig zu werden.

»Beim Hürdenspringen hat das Maultier aber nicht viel getaugt«, erklärte sie.

»Was?«

»Ich bin mit Leopard über Schluchten und Gräben, Felsblöcke und Bäche gesprungen. Abs Maultier konnte bei dem Tempo nicht lange mithalten.«

Die Vorstellung, wie Elyssa in blinder Panik über das rauhe, unwegsame Gelände gejagt war, ließ Hunters Herz einen Schlag lang aussetzen und gleich darauf mit doppelter Geschwindigkeit weiterhämmern. Er wußte zwar nicht, warum ihm der Gedanke an die Gefahr, in der sie geschwebt hatte, so heftig zusetzen sollte, aber es war unbestreitbar der Fall.

»Da haben Sie sich ausgesprochen töricht verhalten«, sagte er brüsk. »Ihr Pferd hätte sich dabei ein Bein brechen können.«

Elyssa widersprach ihm nicht. Selbst jetzt noch bewirkte der Gedanke an jenen wilden, tollkühnen Ritt, daß ihr der kalte Schweiß auf der Stirn ausbrach.

Aber nichts ließ ihr einen derart eisigen Schauder über den Rücken rieseln wie die Vorstellung ihres Schicksals, wenn es ihr nicht gelungen wäre, Ab Culpepper abzuschütteln.

»Verdammt«, knurrte Hunter. »Sie haben nicht mal den Verstand, den Gott einer Gans gegeben hat. Sie hätten niemals allein ausreiten dürfen.«

Er ging um Bugle Boy herum und machte sich daran, die andere Seite des Hengstes zu bearbeiten.

»Irgend jemand mußte das Vieh zählen«, erwiderte Elyssa.

»Warum ausgerechnet Sie? Was war mit Ihren Hilfscowboys?«

»Die hatten sich aus dem Staub gemacht«, sagte sie schlicht.

»Wie viele haben Sie jetzt?«

»Oh ... drei. Bei der letzten Zählung waren es jedenfalls noch drei. Hängt immer davon ab, wieviel Mut sie sich angetrunken haben«, fügte sie trocken hinzu.

»Nur drei? Eine Ranch von dieser Größe könnte viermal so viele Arbeitskräfte gebrauchen.«

»Endlich sind wir mal in einem Punkt einer Meinung«, murmelte Elyssa vor sich hin. »Ich werde diesen Augenblick in kostbarer Erinnerung behalten.«

Hunter hob den Kopf und blickte sie scharf über Bugle Boys Rücken hinweg an.

»Haben Sie etwas gesagt?« fragte er argwöhnisch.

Elyssa räusperte sich in der Erkenntnis, daß es zwar verlokkend wäre, Hunter zu reizen, aber nicht sonderlich klug.

»Ich sagte, ich bin auch der Meinung, daß die Ladder S mehr

Männer bräuchte«, erklärte sie. »Tatsächlich hatten wir, als Mutter und Vater noch lebten, immer dreißig Rancharbeiter während der Hauptsaison. Im Winter waren es natürlich weniger. Es hing davon ab, wie viele Rinder wir hielten.«

Hunter schwieg einen Moment lang. Dann durchbohrte er Elyssa mit einem Blick aus seinen schiefergrauen Augen.

»Haben Sie genug Geld, um mindestens sieben weitere Männer zum Lohn von Revolverschützen anzuheuern?«

Wieder krampfte sich ihr Magen vor Unbehagen zusammen. Geld würde kein Problem sein, wenn das Vieh und die Pferde fristgerecht bei der Armee abgeliefert wurden.

Wenn nicht, war sie bankrott.

»Ich kann zahlen«, erklärte sie gepreßt. »Aber die Männer werden sich auch um das Vieh kümmern müssen.«

Hunter nickte. Die Kardätsche bewegte sich in langen, sorgfältigen Strichen über Bugle Boys kastanienbraunes Fell.

»Die Sorte Männer, die ich auswähle, werden nichts dagegen haben, sich um Rinder zu kümmern«, sagte er.

»Es gibt da allerdings ein Problem.«

»Nur eines?« erwiderte er.

»Bis dieses nicht gelöst ist, können auch die übrigen nicht angegangen werden«, gab Elyssa zurück.

»Ich höre.«

»Noch ein denkwürdiger Moment«, murmelte sie vor sich hin.

Hunter hob mit einem Ruck den Kopf und starrte sie durchdringend an.

Elyssa begann zu sprechen. Schnell.

»Die Culpeppers verjagen alle Männer, die normalerweise hier nach Arbeit suchen würden«, erklärte sie.

»Das habe ich gehört.«

»Selbst der Turner Clan weiter im Süden traut sich nicht mehr in diese Gegend, und die Turners haben jahrelang jeden Herbst und Frühling auf der Ladder S gearbeitet, wenn wir zusätzliche Hilfskräfte benötigten, um das Vieh zusammenzutreiben.«

Hunter nickte schweigend.

»Das beunruhigt Sie offenbar nicht, wie?« fragte sie aufgebracht.

Er zuckte nur die Achseln.

»Aber wie sollen die Männer an der Culpepper-Bande vorbeikommen, um auf der Ladder S eingestellt zu werden?« verlangte sie zu wissen.

»Auf die gleiche Art wie ich. Indem sie ihren Verstand benutzen. Oder in einer Gruppe, indem sie von ihren Revolvern Gebrauch machen. Wie auch immer, das wird schon klappen.«

»Sie besitzen ein ziemliches Gottvertrauen.«

»Gutbezahlte Jobs sind hier draußen nur schwer zu bekommen. Ein Mann kann als Revolverschütze in einem Monat mehr verdienen als innerhalb einer ganzen Saison als Viehtreiber.«

Elyssa seufzte und rieb sich fröstelnd über die Arme, als die kalte Nachtluft durch ihren hübschen Seidenschal drang und ihr eine Gänsehaut verursachte. Sie wünschte, sie hätte die Ausführung des kostbaren Schals in zuverlässiger handgesponnener Schafwolle.

Aber das konnte sie nun einmal nicht ändern. Es war einfach kein Geld da, um geeignetere Kleidung für sie zu kaufen oder Farbe für das Haus oder für irgendwelche sonstigen Anschaffungen, die nicht absolut lebensnotwendig zum Erhalt der Ranch waren. Die Ladder S war alles, was sie auf der Welt besaß.

Und sie hegte die Befürchtung, daß sie die Ranch bereits verloren hatte.

»Ich wünschte, Mac wäre noch hier«, sagte sie bedrückt. »Er mochte Frauen zwar noch weniger als Sie, aber …«

»Kluger Mann.«

»… aber keiner kannte dieses Stück Land besser«, fuhr sie fort, ohne auf Hunters Einwurf einzugehen. »Er kannte jede Schlucht, jede Quelle, wußte, wo das Gras gut war und in welcher Jahreszeit, fand sich sogar im Sumpf zurecht. Er kannte die Gegend wirklich wie seine Westentasche.«

»Hat ihm aber nicht genug genutzt gegen die Culpeppers, oder?«

Hunter hob einen von Bugle Boys großen Hufen und machte sich mit raschen, geschickten Bewegungen daran, eingetretene Steinchen aus dem Eisen zu entfernen.

Langsam schüttelte Elyssa den Kopf, während sie gegen die Tränen anblinzelte, die hinter ihren Lidern brannten.

»Ich habe Mac zu finden versucht«, sagte sie mit zittriger Stimme. »Als ich die Schüsse hörte, habe ich mir sofort mein Gewehr geschnappt und bin mit Leopard in halsbrecherischem Tempo losgeritten.«

»Machen Sie sich keine Vorwürfe«, erwiderte Hunter. »Es war wahrscheinlich alles schon vorbei, noch bevor Sie Leopards Sattelgurt festgezurrt hatten.«

»Die Mühe habe ich mir gespart.«

»Ich verstehe nicht.«

»Ihn zu satteln, meine ich«, erklärte Elyssa, »oder ihm Zaumzeug anzulegen.«

»Mädchen, nur ein Idiot würde ohne …«

«Nicht mal die Stelle konnte ich finden, wo Mac gefallen war«, fuhr sie fort, taub gegenüber allen Worten außer ihren eigenen. »Ich habe gesucht und gesucht, bis ein Gewitter losbrach und die Spuren wegwusch. Danach habe ich das Gelände systematisch abgeritten, bis es zu dunkel war, um Felsen von Bäumen unterscheiden zu können.«

»Sie fordern wirklich das Schicksal heraus! Was, wenn die Culpeppers Sie erwischt hätten?«

»Es hätte sein können, daß Mac irgendwo schwerverletzt da draußen in dem Unwetter läge, vielleicht sogar im Sterben«, erwiderte sie gepreßt. »Ich habe es einfach nicht übers Herz gebracht, aufzugeben und ihn hilflos dem kalten Regen zu überlassen.«

»Es hätte Mac kein verdammtes bißchen genützt, wenn die Culpeppers Sie geschnappt hätten. Aber darüber haben Sie sich keine Gedanken gemacht, stimmt's? Alles, woran Sie gedacht haben, war, kopflos durch den Sturm zu irren wie die Heldin irgendeines rührseligen Gartenlaubenromans.«

Elyssas Mundwinkel verzogen sich abwärts. Schweigend schaute sie zu, wie Hunter begann, einen weiteren Huf zu säubern.

»Sie werden Penny bestimmt mögen«, sagte sie nach einer Weile spöttisch. »Sie hat genau das gleiche gesagt und noch einiges mehr.«

»Wer ist Penny?« erkundigte er sich, obwohl er es bereits wußte.

Aber es war die Art von Frage, wie man sie von einem Mann, der neu in der Gegend war, erwarten würde.

Hunter wollte Elyssa unbedingt in dem Glauben lassen, er wäre auch nur einer der vielen Cowboys, die es nirgends lange hielt und die auf der Suche nach einem Gelegenheitsjob von Ort zu Ort zogen. Wenn sie wüßte, daß ihn das Schicksal der Ladder S keinen Deut scherte, sondern daß er einzig und allein darauf aus war, die Culpeppers zur Strecke zu bringen, würde sie ihn wahrscheinlich feuern, noch bevor er überhaupt angefangen hatte.

Und dann würde es verflucht schwierig für ihn werden, auch nur auf Schußweite an die Culpeppers heranzukommen.

In den vergangenen beiden Jahren hatte Hunter festgestellt, daß die Culpeppers immer Männer zurückließen, die ihnen den Rücken deckten und den Weg überwachten, den sie gekommen waren. Die einzige Möglichkeit, nahe genug an die Bande heranzukommen, war, mit der Landschaft zu verschmelzen.

Der Vorarbeiter der Ladder S würde getarnt sein.

»Penelope Miller ist eine Art Tante für mich«, erklärte Elyssa jetzt. »So wie Mac eine Art Onkel für mich war. Und auch Bill.«

»Eine Art?«

»Penny war die … nun ja, Freundin meiner Mutter, schätze ich. Sie kochte und nähte und machte sauber, aber sie war immer mehr als nur eine bezahlte Haushälterin.«

Hunter warf Elyssa einen Blick über seine Schulter zu. Sie hielt den kostbaren Seidenschal so fest um ihre Schultern zusammen wie eine Rüstung.

Frauen verschwenden weiß Gott viel Geld für Prunk und Flitter, dachte er, als er sich an Belinda erinnerte.

Und sie können furchtbar schmollen, wenn sie keine neuen Kleider kriegen.

Hunter ließ Bugle Boys Huf fallen und nahm sich den dritten vor. Festgebackene Erdklumpen flogen in alle Richtungen, als er sorgfältig das Eisen ausschabte.

»Penny ist ein Familienmitglied«, sagte Elyssa mitten in seine Gedanken hinein. »Das gleiche galt auch für Mac. Er war kein Blutsverwandter, aber ein guter Freund von Vater. Und Bill auch. Ohne Mac wäre die Ladder S schon längst vor die Hunde gegangen.«

Doch Hunter hörte kaum zu. Seine Gedanken kreisten noch immer um Belinda. Als er sich dessen bewußt wurde, war er wütend auf sich selbst.

Es ist nicht gut, in der Vergangenheit zu leben, sagte er sich. *Traurigen Erinnerungen nachzuhängen macht die Toten nicht wieder lebendig.*

Aber es könnte mich immerhin davor bewahren, denselben Fehler zu wiederholen. Elyssa ist genauso wie Belinda damals war. Nichts weiter als eine lippenleckende kleine Verführerin.

Das sollte ich besser niemals vergessen, ganz gleich, wie heiß Elyssa mich macht mit ihrem Duft und ihren schwingenden Hüften.

»Bill«, sagte Hunter nachdenklich und zwang sich, sich wieder auf das Thema der Unterhaltung zu konzentrieren. »Könnte das vielleicht Bill der Einsiedler sein?«

»So nennen ihn einige Leute.«

»Aber nicht Sie.«

»Nein«, erwiderte Elyssa. »Er ist ein guter Mann, trotz seiner ...«

Hunter hörte den weichen Klang ihrer Stimme und fragte sich unwillkürlich, wie nah sie wohl mit dem guten alten Bill befreundet war.

Obwohl er wußte, daß es ihn nichts anging, merkte er, daß er eine unverhältnismäßige Neugier an den Tag legte.

»Trotz seiner was?« hakte er nach.

Elyssa zögerte. Dann zog sie ihren Schal noch fester um ihren Hals zusammen.

»Jeder hat so seine schwachen Punkte«, sagte sie schließlich ausweichend.

Stimmt. Besonders, wenn es um großäugige kleine Mädchen geht, dachte Hunter boshaft. *Die verführerische Silhouette einer Frau ist schon so manchem Mann zum Verhängnis geworden.*

»Gibt es sonst noch irgendwas, was ein Problem für Ihre Ranch ist, abgesehen von den Culpeppers?« fragte er. »Zum Beispiel Dürre oder fauliges Wasser oder nicht genug Futter, um das Vieh über den Winter zu bringen?«

Wieder zögerte Elyssa mit ihrer Antwort.

Es hatte zwar einige kleine Zwischenfälle gegeben, aber das waren eher lästige Ärgernisse als schwerwiegende Probleme, wirklich. Eine Wagenachse, die unversehens brach, wodurch der Wagen umkippte und das Heu in alle Windrichtungen wehte. Eine Mähmaschine, deren Klingen so schrecklich stumpf geworden waren, daß sie mehr Heu ruinierten, als sie schnitten. Eine tote Kuh in dem Wasserloch am House Creek, was sie dazu zwang, das benötigte Wasser den ganzen weiten Weg vom Cave Creek herbeizuschleppen, bis sie die Quelle wieder gereinigt hatten.

Es war nur Pech, weiter nichts, sagte Elyssa sich. *Wenn du dich bei Hunter darüber beklagst, wird er denken, du wärst ein verzogenes, weinerliches Püppchen.*

»Nein«, erwiderte sie fest. »Keine anderen Probleme. Es sind inzwischen so viele Rinder gestohlen worden, daß es keine Schwierigkeiten machen wird, den Rest – nachdem wir den Armeevertrag erfüllt haben, natürlich – über den Winter zu bringen.«

»Wie viele Tiere wollen Sie der Armee überlassen?«

»Dreihundert ist das Minimum. Wir sind ihr einziger örtlicher Viehlieferant.«

»Wie viele Tiere umfaßt Ihr Bestand an Zuchtvieh?« wollte Hunter wissen.

»Ich weiß es nicht genau.«

»Schätzen Sie.«

»Weniger als zweihundert.«

Hunter blickte Elyssa prüfend an, während er sich fragte, ob sie eigentlich wußte, wie nahe am Abgrund die Ladder S schlidderte.

»Wenn Sie Kühe statt Bullen verkaufen müssen, um die Abmachungen einzuhalten«, sagte er, »dann werden Sie verdammt in der Klemme sitzen, wenn es darum geht, Ihre Herde zu vergrößern. Oder können Sie es sich leisten, weitere Zuchttiere dazuzukaufen?«

»Wenn ich den Vertrag nicht erfülle, werde ich kaum noch genug Geld haben, um ausreichend Wintervorräte für Penny und mich zu besorgen«, gestand sie unglücklich.

Hunter runzelte nachdenklich die Stirn, als er sich daranmachte, Bugle Boys vierten Huf zu säubern. Ein Mangel an Zuchttieren würde die Ladder S ebenso sicher – wenn auch langsamer – ruinieren wie weitere Überfälle durch die Culpeppers.

Nicht mein Problem, verbat er sich solche Überlegungen. *Ich bin wegen der Culpeppers hergekommen, und nicht, um einem frechen Luder dabei zu helfen, sein Leben in den Griff zu kriegen. Sie wird schon irgendeinen leichtgläubigen Dummkopf von einem Burschen finden, der das für sie erledigt.*

Hunter gab den Huf frei und versetzte Bugle Boy einen freundschaftlichen Klaps auf die Hinterbacken, um das Ende der Schönheitspflege zu signalisieren. Der Hengst blickte kurz von seinem Futtertrog auf, schnaubte einmal kurz und vergrub dann sein Maul erneut tief in dem Getreide. Hunter überprüfte den Eimer, der an einer Seitenwand der Box hing, sah, daß das Wasser frisch war, und wandte sich dann Elyssa zu.

»So«, sagte er. »Es sind also nur die Culpeppers, die Ihnen Sorgen machen.«

»Nur?« gab sie entrüstet zurück. »Wenn Sie das sagen, dann kennen Sie die Culpeppers nicht. Diese Kerle sind die allerschlimmsten von dem ganzen Lumpenpack an Gesetzesbrechern und Abtrünnigen, die seit dem Ende des Krieges frei herumlaufen.«

»Das habe ich bereits gehört.«

Damit wandte Hunter sich ab und hob den Riegel an der Boxentür, bevor er ihr mit einer Handbewegung bedeutete vorauszugehen.

Obwohl die Öffnung breit genug war, um zwei Männern Seite an Seite Platz zu bieten, zögerte Elyssa einen kurzen Moment, ehe sie einen Schritt auf Hunter zumachte. Seine große, kräftige Gestalt schien die Tür fast vollständig auszufüllen. Sie würde sich sehr dicht an ihm vorbeidrängen müssen, um durch die Öffnung zu gelangen.

Der Gedanke beschleunigte ihren Puls unwillkürlich.

Ob er es so geplant hat? fragte sie sich.

Hunter wartete mit einem Ausdruck kaum verhüllter Ungeduld.

Mach dich nicht lächerlich, sagte sie sich. *Hunter hat sehr deutlich durchblicken lassen, daß ich in seinen Augen sogar noch unattraktiver bin, als ich es damals in den Augen der englischen Lords war. Und die hatten kaum etwas anderes im Sinn, als sich eine Mätresse zuzulegen.*

Alles, worauf Hunter aus ist, ist eine Ohrfeige auf seine unrasierte Wange.

Mit hocherhobenem Kopf, während sie den Seidenschal mit einer Hand festhielt und mit der anderen ihre dünnen Röcke raffte, rauschte Elyssa an Hunter vorbei.

Ein unüberhörbares, ratschendes Geräusch ertönte in der Stille, als ihr Rock prompt an einem Nagel hängenblieb.

3

Elyssa wurde mit einem solchen Ruck zum Stehenbleiben gezwungen, daß sie instinktiv die Hände hochwarf, um nicht zu fallen. Der seidene Schal glitt von ihren Schultern, als sie auf den Füßen schwankte und hilflos mit den Armen in der Luft ruderte in dem vergeblichen Versuch, ihr Gleichgewicht zu halten.

Eine in schwarzes Leder gehüllte Hand schloß sich blitzschnell um den farbenprächtigen Schal und rettete ihn vor der Berührung mit dem schmutzigen Stallfußboden. Gleichzeitig schlang sich Hunters rechter Arm fest um Elyssas Körper knapp oberhalb ihrer Taille.

Sie gab einen überraschten Laut von sich, als sie ohne jede Vorwarnung hochgehoben wurde und mit den Füßen in der Luft zappelte.

»Halten Sie still, bevor Sie sich die Röcke vom Leib reißen«, knurrte Hunter. »Oder war es das, was Sie im Sinn hatten?«

Wieder kam ein ersticktes Ächzen aus Elyssas Kehle.

Das Gefühl von Hunters nackter rechter Hand direkt unter ihrer linken Brust machte sie regelrecht schwindelig. Die Wärme seiner Haut drang durch die dünnen Stoffschichten des Seidenkleides und ihres Mieders. Ihr Herz hämmerte wie verrückt. Sie rang mühsam nach Atem, unfähig, genug Luft in ihre Lungen zu pumpen.

»Einen Moment, das haben wir gleich«, murmelte er und trat einen Schritt zurück.

Sein Griff um ihren Körper verlagerte sich abrupt.

Elyssa vergaß ihren Versuch, Luft zu holen, und klammerte sich an Hunter fest. Das Gewicht ihrer vollen Brüste ruhte jetzt auf seinem muskulösen Unterarm, als er sich mit Elyssa im Arm vorbeugte und den Stoff ihres Kleides geschickt von dem Nagel löste.

Die Hitze seines Körpers schien wie mit Flammenzungen über Elyssas weiches Fleisch zu lecken.

»Sie können mich jetzt loslassen«, sagte eine tiefe, heisere Stimme direkt neben ihrem Ohr. »Sie sind jetzt frei.«

Aber sie war es nicht. Hunters lange, schlanke Finger, die sich noch immer um ihre Rippen schmiegten und gegen die weiche Wölbung ihrer Brust drückten, hielten sie fest und zwangen sie, reglos in seinem Griff zu verharren. Ihr Herz pochte derart heftig, daß sie Angst hatte, er könnte es hören.

Dann begriff sie, daß er ihr wildes Herzklopfen gar nicht zu hören brauchte. Er konnte es ganz sicherlich gegen die Handfläche spüren, die die Rundung ihrer Brust umfangen hielt.

Elyssa drehte den Kopf zur Seite und blickte Hunter über ihre Schulter hinweg an, während sie versuchte, seine Augen zu sehen. Es war schwierig. Seine Lider waren halb gesenkt und verhüllten den Ausdruck.

Dennoch spürte sie deutlich, daß er auf ihre Brüste starrte und ihr Gewicht an seinem Arm fühlte.

Ein seltsames, prickelndes Gefühl überlief Elyssa, so als wäre sie nackt in einen von der Sonne erwärmten Teich gewatet. Plötzlich verhärteten sich ihre Brustwarzen und drängten sich als spitze kleine Zwillingsknospen gegen die Seide ihres Kleides.

Der Anblick ließ Hunter hörbar nach Luft schnappen.

Sie versuchte, sich noch etwas weiter zu ihm umzudrehen, während sie sich mühsam in dem schraubstockartigen Griff wand, mit dem er sie umschlungen hielt, entschlossen, seine Augen zu sehen. Als es ihr schließlich gelang und sie seinem sinnlich glitzernden Blick begegnete, überwältigte sie abrupt ein eigenartiges Gefühl der Schwäche, und sie sank kraftlos gegen ihn.

Diesmal war es Elyssa, die keuchend nach Atem rang. Das

durch und durch männliche Fleisch, das gegen ihre Hüfte drückte, war hart und zeugte von einer Erregung, die selbst für eine Jungfrau unmißverständlich war.

»Hunter?« flüsterte sie mit bebender Stimme.

»Stellen Sie sich auf die Füße, oder ich lasse Sie fallen.«

Die unüberhörbare Strenge in Hunters Stimme wirkte auf Elyssa, als hätte jemand einen Eimer eiskaltes Wasser über ihr ausgegossen.

»Ich … ich wollte ja nicht …« stammelte sie hilflos. »Es war doch nicht nötig, daß Sie …«

»Stellen Sie sich hin!«

Hastig streckte Elyssa die Beine aus und stellte fest, daß ihre Knie noch immer zitterten. Sie machte einen unsicheren Schritt, stolperte prompt und klammerte sich an den nächstbesten Halt.

Es war natürlich Hunter. Das Wort, das er vor sich hinknurrte, ließ sie zusammenzucken.

»Was, zum Teufel, geht hier vor?« bellte plötzlich eine barsche männliche Stimme aus der Dunkelheit jenseits der Box.

Hunter blickte überrascht auf. Ein großer, muskelbepackter junger Mann marschierte den Gang entlang und näherte sich ihnen mit schnellen Schritten. Er trug einen sechsschüssigen Revolver an der Hüfte und hielt ein zusammengerolltes Lasso in den Händen.

Das Lasso beunruhigte Hunter beinahe ebensosehr wie der Revolver. Er wußte aus Erfahrung, wieviel Schaden ein fest zusammengerolltes Lasso – als Knüppel benutzt – auf beengtem Raum anrichten konnte.

Ohne viel Aufhebens wich er zwei Schritte von Elyssa zurück, um Platz für den drohenden Kampf zu haben.

Denn die zornige Röte auf dem Gesicht des jungen Mannes sagte ihm, daß es ohne weiteres zu Fausthieben kommen konnte.

»Wer … ach, du bist es, Mickey«, sagte Elyssa und blickte in die andere Richtung.

Vorsichtig schüttelte sie ihre Röcke aus. Nichts hakte mehr

fest. Sie machte einen Schritt vorwärts. Ihre Knie gaben nicht unter ihr nach. Gut.

Es folgte ein geräuschloser Seufzer der Erleichterung.

»Wolltest du etwas, Mickey?« fragte sie.

Als sie nicht sofort eine Antwort erhielt, blickte sie auf und sah Mickey mit unverhohlener Lüsternheit auf ihre Brüste starren.

Die Situation demütigte Elyssa und machte sie gleichzeitig wütend.

Eine verlegene Röte zog über ihre Wangen, als sie ihren Schal von Hunters Arm riß und mit hastigen, ruckartigen Bewegungen die Seide um ihre Schultern schlang, um ihre Brüste vor Mickeys begehrlichen blaßblauen Augen zu verhüllen.

Erst dann ging ihr auf, daß es sie nicht im geringsten gestört hatte, als Hunter sie mit männlichem Hunger betrachtet hatte.

Ihre Hände zitterten so stark, daß sie beinahe den Schal hätte fallen lassen.

»Du kannst deine hübschen kleinen Titten darauf verwetten, daß ich was will«, schnarrte Mickey. »Ich will wissen, was, zum Teufel, dir einfällt, dich mit irgendeinem hergelaufenen Fremden im Heu herumzuwälzen!«

»Du nimmst dir reichlich viel heraus«, erwiderte sie eisig.

»Den Teufel nehme ich mir!« fauchte er.

Elyssa ignorierte Mickey, während sie die schlüpfrige Seide um ihre Schultern mit einem festen Knoten sicherte.

Plötzlich schoß der Arm des jungen Mannes vorwärts, und seine breiten Finger schlossen sich mit derart brutaler Gewalt um ihren Arm, daß sie vor Schmerz aufschrie. Dann beugte er sich vor, bis sein Gesicht nur noch Zentimeter von ihrem entfernt war.

»Ich hab deine hochnäsige Art gründlich satt«, knurrte Mickey. »Ständig stolzierst du vor mir herum und versprichst mir alle möglichen Dinge mit deinem Getue, und jetzt erwische ich dich mit irgendeinem miesen Herumtreiber!«

Der schale Alkoholgestank in Mickeys Atem genügte, um zu bewirken, daß sich Elyssa der Magen umdrehte. Sie hatte jenen Geruch hassen gelernt, seit sie aus England zurückgekehrt war und herausgefunden hatte, daß Bill förmlich darauf versessen schien, sich frühzeitig ins Grab zu saufen.

»Laß mich los«, keifte sie.

»Nicht, bevor ich mit dir fertig bin. Wird höchste Zeit, daß du lernst, wer hier der Boß ist!«

»Der bin ich«, erklärte Hunter gelassen.

Im Sprechen legte er seine Hand auf Mickeys rechte Schulter. Es hätte eine Geste der Versöhnlichkeit unter Männern sein können.

Aber das war es nicht.

Obwohl Hunters Ton beiläufig klang, war sein Griff alles andere als locker. Seine Finger in dem schmiegsamen ledernen Reithandschuh tasteten sekundenlang prüfend über die Schulter seines Widersachers, fanden die richtige Stelle und quetschten dann Nerven und Sehnen gegen Knochen.

Worauf Mickey prompt von Elyssa abließ, einfach deshalb, weil seine Hand plötzlich kraftlos herabbaumelte.

Sie entfloh hastig seiner Reichweite und rieb mit zitternden Fingern über den schmerzenden Bluterguß an ihrem Oberarm.

»Wer bist du, Bürschchen?« fragte Hunter mit gefährlich sanfter Stimme und drückte noch ein wenig fester zu.

»Mickey«, japste der junge Mann. »Mickey Barber.«

Hunter lockerte seine Klammer um Mickeys rechte Schulter ein wenig. Im Moment bestand keine Gefahr einer Schießerei, denn Mickey hätte mit seiner tauben Hand keinen Revolver halten, geschweige denn schießen können.

»Schön, Mickey Barber«, sagte Hunter gedehnt. »Der Grund, warum ich hier das Sagen habe und du nicht, ist ganz simpel. Du bist noch nicht dahintergekommen, daß es sich nicht lohnt, wegen eines kleinen Mädchens wie Miss Sutton, das mit jedem Mann flirtet, in Teufels Küche zu geraten.«

Elyssa wirbelte so schnell zu Hunter herum, daß sie beinahe gestolpert wäre.

»Es gibt Mädchen«, fuhr Hunter in sachlichem Tonfall fort, »die fühlen sich einfach nicht lebendig, wenn sie nicht von irgendeinem dummen Jungen angeschmachtet werden.«

»Ich habe weiß Gott Besseres zu tun, als mit jedem Mann zu flirten«, stieß Elyssa zwischen zusammengebissenen Zähnen hervor. »Und ich bin auch kein kleines Mädchen. Ich bin die Eigentümerin – *und der Boß* – der Ladder S.«

Hunters metallischgrauer Blick wanderte herausfordernd über ihren Körper. Obwohl er kein Wort sagte, wußte sie, daß er sich genau daran erinnerte, wie sich ihre Brüste an seinem Arm angefühlt hatten, wie ihr Herz unter seiner Handfläche gehämmert und wie sich ihre Hüfte gegen sein hartes, erregtes Glied gepreßt hatte.

Eine Mischung aus Wut, Verlegenheit und Leidenschaft färbte Elyssas Wangen glühendrot und schnürte ihr die Kehle zu, machte es ihr unmöglich zu sprechen.

Wortlos wandte sich Hunter von ihr ab, als existiere sie gar nicht für ihn.

»Jetzt«, sagte er schleppend zu Mickey, »siehst du nicht mehr wie ein dummer Junge aus. Du siehst wie ein strammer junger Bursche aus, der ein schönes Stück Arbeit leistet und jeden Penny seines Lohns wert ist.«

Elyssa wartete darauf, daß Mickey Hunter mit unflätigen Beschimpfungen überhäufte. Zu ihrer Überraschung nickte er jedoch nur leicht verdrießlich.

»Hab' ich mir doch gedacht«, sagte Hunter voller Befriedigung. »Hübsches Lasso, das du da hast. Macht es dir was aus, wenn ich's mir mal ansehe?«

Bevor Mickey reagieren konnte, lag das Lasso in Hunters linker Hand.

»Kein Hanf, sondern geflochtenes Leder. Nicht übel«, sagte er bewundernd. »Ein echtes *la reata.* Es braucht schon einen guten *caballero,* um mit so einer Wurfschlinge umgehen zu können.«

»Das Lasso gehörte einem Mex, der auf Jobsuche hierher auf die Ranch kam.«

»Ich wette, der Mann ist ein erstklassiger Arbeiter.«

Mickey zuckte die Achseln; dann verzog sich sein Gesicht gequält bei dem Schmerz in seiner rechten Schulter.

»Ich hab' ihm gesagt, er soll wieder verschwinden«, erwiderte er. »Wir brauchen keine Chilifresser auf der Ladder S.«

»Was?« fragte Elyssa bestürzt. »Wann war das?«

Der blasse Blick des jungen Mannes glitt von Elyssas Lippen zu dem Schal, der um ihre Brüste geschlungen war. Der Ausdruck seiner Augen war der eines Menschen, der seine Besitztümer zählt. Aber unter der losen Seide war nur sehr wenig von Elyssas Formen zu erkennen.

Mickeys Miene sagte ihr, daß es ihm umgekehrt lieber gewesen wäre.

»Gestern«, erklärte er.

»Warum hast du mich nicht geholt, damit ich selbst mit dem Mann sprechen konnte?« verlangte sie zu wissen.

»Kein Grund, Ihr hübsches Köpfchen mit solchen Dingen zu belasten, Miss Elyssa. Besonders nicht, wenn's um einen Chilifresser geht.«

»Mr. Barber, Sie verfügen über die Finesse und den Intellekt eines Holzklotzes«, fuhr sie ihn an. »Meine Anweisungen waren klar und unmißverständlich: Wenn ein Mann reiten, schießen und mit einem Lasso umgehen kann, möchte ich ihn einstellen.«

»Aber er war ein …«

»Mexikaner«, beendete sie den Satz für Mickey. »Einige meiner besten Rancharbeiter sind Mexikaner. Beziehungsweise *waren*, bis all der Ärger anfing.«

»Feiglinge, alle miteinander«, sagte Mickey verächtlich.

»Stell dich nicht dümmer, als Gott dich gemacht hat«, erwiderte sie ungeduldig. »Sie hatten schließlich Ehefrauen und Kinder, die sie schützen mußten. Ich wollte sie nicht auf dem

Gewissen haben; deshalb habe ich den Männern geraten, sich Arbeit auf einer Ranch zu suchen, die sicherer ist.«

Sie bedachte Mickey mit einem angewiderten Blick und wandte ihre Aufmerksamkeit dann Hunter zu.

»Hunter, Sie werden genügend Männer anheuern, und zwar ausschließlich aufgrund ihrer Geschicklichkeit mit Lasso, Pferd und Waffe. Ist das klar?«

Hunters Mundwinkel verzogen sich ein ganz klein wenig. Abermals hätte es der Beginn eines Lächelns sein können.

Oder auch Nachsicht mit Elyssa.

»Yes, Ma'am«, sagte er in schleppendem Tonfall. »Da wäre nur noch eine Sache.«

»Und was ist das?«

»Alkohol. Ich werde keinen Mann einstellen, dessen Atem nach Fusel stinkt. Solange ich Vorarbeiter bin, wird es keinen Säufer in der Schlafbaracke geben. Ein Mann, der trinkt, gerät leicht in Gefahr, getötet zu werden, und eine Menge guter Männer müßten dank seiner Unachtsamkeit mit ihm ins Gras beißen.«

Elyssa betrachtete Mickey unter einem neuen Blickwinkel.

»Ja«, sagte sie knapp. »Der Meinung bin ich auch.«

»Probieren Sie das mal, und Sie werden erleben, daß Sie bis Sonnenuntergang keinen einzigen Mann mehr hier auf der Ranch haben«, sagte Mickey kriegerisch.

»Oh, ich werde schon noch einen *Mann* auf der Ranch haben«, entgegnete Elyssa. »Sein Name ist Hunter.«

»Wie ich schon sagte«, murmelte Hunter, während er Mickey einen Blick zuwarf, »ist es wirklich überflüssig, sich wegen einer kleinen Koketten verrückt zu machen. Diese Erfahrung lehrt einen das Alter, mein Junge.«

Elyssas Lippen wurden zu einer schmalen Linie.

Mickey versuchte aufzutrumpfen: »Ich bin Vorarbeiter auf der Ladder S.«

»Jetzt nicht mehr«, verbesserte ihn Hunter.

»Er ist es nie gewesen!« warf Elyssa ein. Sie fuhr zu Mickey herum. »Ich habe dir nie erlaubt, dich als Vorarbeiter aufzuspielen, Mickey. Deine Art, wie du mit den Mexikanern umgesprungen bist, hat mir ganz und gar nicht gefallen.«

»Chilifresser«, fauchte Mickey verächtlich. »Ich hätte sie viel früher davonjagen sollen.«

Erst jetzt begriff Elyssa, was mit ihren besten Rancharbeitern passiert war, und die Erkenntnis versetzte sie in Rage. »Du bist entlas …«, begann sie.

Hunter fiel ihr blitzschnell ins Wort. »Du bist einer der drei Arbeiter, die wir noch haben«, sagte er, »deshalb werde ich dir eine Chance geben, deinen Fehler bei Miss Sutton wiedergutzumachen. Erledige die Arbeit von zwei Männern, kipp den Schnaps in den Abort, und du behältst deinen Job. Hast du mich verstanden?«

Mickey holte tief Luft, um zu widersprechen, blickte in Hunters stählerne Augen und entschied sich, den Mund zu halten.

»Mach dich darauf gefaßt, daß ich die Schlafbaracke durchsuche«, fügte Hunter hinzu. »Wenn ich auch nur einen Tropfen Schnaps dort finde, werde ich gründlich die Schnauze voll von dir haben, und du wirst ohne einen Penny Lohn in der Tasche von hier verschwinden, ist das klar?«

Mickey nickte mürrisch.

»Und jetzt geh in die Schlafbaracke und sieh zu, daß du wieder nüchtern wirst«, sagte Hunter. »Den anderen Arbeitern kannst du sagen, daß ich morgen früh mit ihnen sprechen werde.«

Mickey warf Elyssa einen giftigen Blick zu, bevor er auf dem Absatz kehrtmachte und den Gang hinuntertrottete.

Sobald das Geräusch seiner Schritte verhallt war, wandte sich Elyssa zu Hunter um.

»Mir ist es egal, selbst wenn Mickey der einzige Rancharbeiter zwischen hier und dem Großen Salzsee ist«, sagte sie gepreßt. »Ich werde mir das nicht mehr gefallen lassen, daß er jeden schikaniert, der kleiner oder gutmütiger ist als er oder von einer anderen Hautfarbe. Wenn ich gewußt hätte, was er mit Shorty und Gomez und Raul gemacht hat, dann hätte ich ...«

»... hätten Sie es am Ende geschafft, daß Leichen dabei herausgekommen wären«, beendete Hunter den Satz barsch. »Oder konnten die Männer mit einer Waffe umgehen?«

»Nein.«

»Nun, Mickey kann es.«

Elyssa blickte verdutzt drein.

»Woher wollen Sie das wissen?« fragte sie.

»Die Soldaten drüben in Camp Halleck haben davon gesprochen. Sie sagten, Ihr junger Galan wäre schnell bei der Hand, seinen Revolver zu ziehen und noch schneller im Schießen.«

»Mickey? Mein *Galan*? Niemals!«

»Das ist aber nicht das, was die Männer drüben in Halleck sagen.«

»Ich bin nicht verantwortlich für das dumme Geschwätz anderer Leute.«

»Kokette kleine Mädchen müssen das Gerede nehmen, wie es kommt.«

Elyssa holte tief Luft, während sie ihren Zorn zu bändigen suchte. Als sie erneut sprach, war ihre Stimme kühl und distanziert, die Stimme, die sie so wirkungsvoll gegenüber ihren englischen Cousins und Cousinen einzusetzen gelernt hatte.

»Sie können von mir aus glauben, was immer Ihnen beliebt«, sagte sie ruhig. »Aber Sie werden mich nicht noch einmal im Beisein anderer beleidigen.«

»Sonst bin ich auf der Stelle gefeuert?« fragte Hunter anzüglich.

»Richtig.«

Seine grauen Augen verengten sich zu Schlitzen. Er hatte ausgezeichnete Menschenkenntnis – wenn es um Männer ging. Es war eine der Fähigkeiten, die ihn zu einem guten Offizier gemacht hatte. Wäre Elyssa ein Mann gewesen, dann hätte Hunter geglaubt, daß sie jedes Wort ernst meinte.

Aber von Frauen verstand er nicht das leiseste. Er hatte es bewiesen, als er Belinda heiratete.

»Sie würden es riskieren, die Ranch zu verlieren, nur weil Sie sich von mir vor den Kopf gestoßen fühlen?« fragte er.

»Offenbar haben Sie eine wesentlich höhere Meinung von sich selbst, als ich sie hege. Ich bin mir alles andere als sicher, ob Sie meinen Besitz retten können.«

»Ich schlage Ihnen ein Abkommen vor, Frechdachs.«

»Dieser Spitzname gefällt mir nicht.«

»Okay, ich werd's mir merken.«

»Aber Sie werden ihn trotzdem benutzen«, erwiderte sie.

»Wahrscheinlich. Werden Sie mich deshalb auch feuern?«

»Nein.«

Hunter musterte sie überrascht aus schmalen Augen.

»Hatten Sie nicht soeben etwas von einem Abkommen gesagt?« erinnerte Elyssa ihn. »Also, worum geht es?«

»Ich werde Ihr Vieh und die Pferde zusammentreiben. Sie hören dafür auf, mit den Männern zu flirten. Es ist tödlich für die Moral.«

»Niemals habe ich mit Mickey oder irgendeinem der anderen Rancharbeiter geflirtet.«

»Mickey scheint aber etwas anderes zu denken.«

»Dieser Herr denkt überhaupt nicht.«

Hunter gab einen ungeduldigen Laut von sich. »Männer können nicht denken, wenn ihr Blut in Wallung ist. Frauen wissen das und nutzen das aus!«

»Sie haben aber eine sehr geringschätzige Meinung von uns.«

»Meine Ansichten über das schöne Geschlecht sind ausgesprochen realistisch«, wies er sie zurecht.

»Genau wie meine Ansichten vom starken Geschlecht.«

»Und die wären?«

»Wenn ein Mann eine Frau begehrt, und sie will ihn nicht, dann ist es ihre Schuld. Wenn eine Frau einen Mann will, und er will sie nicht, ist es ebenfalls ihre Schuld. Wenn ein Mann die falsche Frau heiratet, ist sie schuld. Wenn eine Frau den falschen Mann heiratet, ist sie schuld. Wenn ein Mann eine Frau schlägt, ist sie schuld. Wenn eine Frau ...«

Hunter hob beschwichtigend die Hände.

»Schon gut, schon gut, ich ergebe mich«, sagte er fast lächelnd.

»Das bezweifle ich«, blaffte Elyssa.

Die Andeutung seines Lächelns verblaßte so abrupt auf Hunters Zügen, als hätte sie niemals existiert.

»Sie haben vollkommen recht, Frechdachs. Ich werde mich nicht wieder einem Mädchen ergeben. Nie wieder. Der Preis dafür ist einfach zu hoch.«

Die Verachtung in seiner Stimme ließ Elyssa zusammenzukken.

»Ich bin kein Mädchen, und ich habe Sie auch nicht darum gebeten, sich zu ergeb ...«, begann sie.

Doch Hunter fiel ihr schroff ins Wort. »Wenn Sie also vorhaben, Ihre Hüften zu schwingen, um zu sehen, wie ich auf allen vieren angekrochen komme, dann kann ich Ihnen nur raten: Sparen Sie sich die Mühe!« sagte er kalt. »Eher wird die Hölle zufrieren, als daß ich auf solche Tricks hereinfalle. Falls ich jemals wieder heirate, dann wird es eine reife, erwachsene Frau sein und kein verzogenes Gör, das nicht weiß, was es will.«

Hunters bittere Worte hallten mit schwindelerregender Wucht in Elyssas Kopf wider.

Falls ich jemals wieder heirate. Jemals wieder. Heirate.

»Sie sind verheiratet?« fragte sie verblüfft.

»Jetzt nicht mehr. Sie ist tot.«

»Ist Ihre Frau im Krieg umgekommen?«

»Könnte man sagen.«

Elyssa öffnete den Mund, um Hunter zu fragen, ob er Kinder habe. Dann sah sie den erloschenen Ausdruck in seinen Augen und lenkte die Rede wieder auf das ursprüngliche Thema.

»Mir wäre es lieber, Mickey würde seinen restlichen Lohn abholen und von der Farm verschwinden«, sagte sie.

»Hören Sie auf, mit ihm zu flirten, und er wird bald zur Vernunft kommen.«

»Da ich Mickeys Aufmerksamkeiten niemals auch nur im geringsten ermutigt habe, bezweifle ich, daß er ›zur Vernunft kommen wird‹.«

Hunter bezweifelte es ebenfalls, aber er sah keinen Sinn darin, dies mit Elyssa zu diskutieren. Er hatte während des Krieges eine Menge solcher Jungen wie Mickey gesehen, geile junge Hitzköpfe, die bereit waren, rücksichtslos über jeden hinwegzutrampeln, der ihnen im Weg stand. Schlägertypen wie Mickey waren in einer Schlacht durchaus brauchbar – wenn man sie unter Kontrolle halten konnte.

Und die Ladder S steuerte auf eine höllische Schlacht zu.

»Wenn Mickey sich nicht ordentlich aufführt, werde ich ihm kündigen«, sagte Hunter. »Bis dahin brauchen wir jede Hilfskraft.«

Unbewußt rieb sich Elyssa den Arm an der Stelle, wo Mickey sie gepackt hatte. »Wenn er mich noch einmal anfaßt«, erklärte sie, »werde ich nicht warten, bis Sie ihn rausschmeißen. Das übernehme ich dann selbst.«

Hunter warf einen Blick auf Elyssas Arm.

»Hören Sie auf, ihm schöne Augen zu machen, und er wird Sie nicht mehr belästigen«, sagte er barsch.

Sie spürte, wie ihre Beherrschung rapide schwand und Wut in ihr aufstieg. Eher unbewußt fragte sie sich, was Hunter nur an sich hatte, daß er es dauernd schaffte, sie so zur Weißglut zu bringen.

»Fahren Sie zur Hölle, Hunter!«

»Was?« sagte er schockiert.

»Fahren! Sie! Zur! Hölle!«

Jedes Wort kam abgehackt und überdeutlich.

»Wenn Sie ein Mann wären ...«, begann er.

»Dem Himmel sei Dank, daß ich *kein* Mann bin«, unterbrach ihn Elyssa. »Ich habe es gründlich satt, für das kindische Gehabe der Männer verantwortlich gemacht zu werden.«

»Mein liebes Mädchen, Sie fordern es geradezu heraus, daß man Ihnen den Mund mit Seife auswäscht.«

»Wenn Sie das tun, dann hüten Sie sich davor, mir danach jemals wieder den Rücken zu kehren.«

Hunter musterte Elyssa mit einem abschätzenden Blick. Diesmal erforderte es kein spezielles Verständnis für die weibliche Natur, um zu erkennen, daß sie jedes Wort ernst meinte.

Belinda wäre inzwischen zu Tode beleidigt gewesen und hätte geschnieft und zornig mit ihrem kleinen Fuß aufgestampft. Und dann hätte sie stundenlang geschmollt. Manchmal hat sie sogar über Tage hin kein Wort mit mir gesprochen.

Gott, ein Mädchen kann einem Mann das Leben wirklich versauern!

Ich frage mich, was Elyssa wohl tut, wenn sie die Beherrschung verliert. Ob sie herumschreit und flucht wie ein Fischweib?

»Wir sind ziemlich gereizt, wie?« fragte er mit einem süffisanten Lächeln.

Es war ein Ausdruck, den Elyssa häufig auf den Gesichtern ihrer Cousins gesehen hatte, wenn sie glaubten, sie hätten sie in die Enge getrieben. Er konnte ihrem aufbrausenden, impulsiven Naturell einen Dämpfer aufsetzen, wie nichts sonst es vermocht hätte.

»Wir?« fragte sie mit vorgetäuschter Sanftmut. »Das glaube ich kaum. Ich bin vollkommen ruhig, danke der Nachfrage. Wir können morgen beim Frühstück über die Aufgaben sprechen, die Sie als Vorarbeiter übernehmen werden. Vielleicht haben Sie bis dahin Ihre, äh, *Gereiztheit* überwunden.«

Damit raffte Elyssa ihre Röcke, um sie vor dem Schmutz des Stallfußbodens zu schützen, und ließ Hunter einfach stehen.

Er blickte ihr schweigend nach. Blut pulsierte heiß durch seine Adern bei jedem ihrer Schritte. Er redete sich ein, daß es Zorn war.

Die plötzliche, schmerzhafte Verhärtung seiner edlen Teile sagte ihm, daß er log.

Schmiegsame, duftige, dünne Röcke sollten gesetzlich verboten werden, dachte Hunter finster. *Desgleichen Mädchen mit schwingenden Hüften, meergrünen Augen und Haar von der Farbe eines silbrigen Herbstmondes.*

Wenn ich auch nur so viel Verstand hätte, wie Gott einer jungen Gans gegeben hat, dann würde ich sofort mein Pferd satteln und mich in Sicherheit bringen.

Aber ich werde es nicht tun. Wenn ich hierbleibe, kriege ich endlich den Rest jener mordgierigen Culpeppers in die Finger.

Falls sie mich nicht vorher rausschmeißt.

Der Gedanke bewirkte, daß Hunter besorgt die Stirn runzelte. Wenn Elyssa ihn entließe, würde er keinen Vorwand mehr haben, um sich auf Ladder-S-Gelände aufzuhalten. Er mußte wie ein Mann erscheinen, der sich nur für Vieh interessierte, nicht für Culpeppers.

Verdammt! Ich sollte mich schnellstens in Bewegung setzen und zusehen, ob ich ihr gesträubtes Gefieder wieder glätten kann.

Aber bis Hunter die Boxentür verriegelt, die Laterne gelöscht und ihre Spur wieder aufgenommen hatte, war Elyssa bereits verschwunden.

»Elyssa?« rief er leise.

Die einzige Antwort, die er bekam, war Schweigen.

Dann sah er ein flüchtiges Aufflackern von Licht in der Nähe des Hauses, als eine Tür geöffnet wurde. Sie fiel mit einer Endgültigkeit ins Schloß, die durch die nächtliche Stille bis zum Stall herüberhallte.

Jeder eventuelle Beschwichtigungsversuch mußte nun bis zum nächsten Morgen warten.

4

In der darauffolgenden Frühe war Elyssa lange vor Sonnenaufgang wieder auf den Beinen und arbeitete in der Küche, während sie Mehl zum Brotbacken abmaß. Unter einer Schürze aus gewaschenen, zusammengenähten Mehlsäcken trug sie ein anderes ihrer eleganten Kleider aus England.

Dieses war aus dunkelgrüner Seide. Feine Borten irischer Spitze kräuselten sich um den tiefen Halsausschnitt. Früher zierten auch die Ärmelabschlüsse an den Handgelenken üppige Spitzenvolants, jetzt jedoch nicht mehr. Elyssa hatte die schmucken Einfassungen gleich beim ersten Mal kurzerhand abgeschnitten, als sie bei der Arbeit am offenen Herd Feuer fingen und drohten, das Kleid zu verbrennen und sie gleich mit dazu.

Sie summte leise einen Walzer vor sich hin, während sie Mehl siebte und wog. Ihre Bewegungen waren rhythmisch und geschmeidig, als ob sie tanzte. Ihr Rock bauschte sich leicht bei jeder Bewegung und schmiegte sich dann um ihre Hüften. Die breite, geraffte Bogenkante des Rocksaums war mit roten Seidenrosetten verziert, in deren gleichem Farbton ihr rüschenbesetzter Unterrock unter dem gerafften Stoff hervorschimmerte.

Elyssas englische Cousinen wären schockiert darüber gewesen, daß sie nur ein scharlochrotes Unterkleid unter ihrem weiten Rock trug statt der üblichen Krinoline. Wie die hauchdünne irische Spitze, so waren auch die Reifen und der steife Stoff unbestreitbar hinderlich bei der Rancharbeit.

Andererseits entsetzten sich meine hochnäsigen Cousinen ohnehin über alles, was ich getan habe, erinnerte Elyssa sich trokken. *Mary Elizabeth wäre fast inOhnmacht gefallen, als sie mich damals im Kräutergarten des Gutshauses erwischte.*

Als ihre Cousine entdeckt hatte, daß Elyssa Kräuter statt Blumen pflückte, und – Schrecken aller Schrecken – obendrein auch noch vorhatte, sie in einem Brotteig zu verarbeiten, den sie eigenhändig zu kneten gedachte, erscholl ein Aufschrei der Empörung.

Wenn sie mich nackt mit einem Stalljungen auf dem Heuboden ertappt hätten, hätten sie wahrscheinlich nicht so ein Geschrei veranstaltet.

Ein Geräusch aus der unteren Schlafkammer neben der Küche ließ Elyssa aufblicken. Wenige Augenblicke später eilte Penny in die Küche. Ihr Kattunkleid war fadenscheinig und vom häufigen Tragen verblaßt und fleckig geworden; aber wie Penny selbst, so war auch der Stoff so sauber wie eine neue Mütze.

Hastig griff Penny nach einer Schürze und band sie sich um die Taille.

»Tut mir leid, ich habe verschlafen«, sagte sie.

»Ist schon in Ordnung. Du bist ja auch in letzter Zeit ziemlich angeschlagen gewesen. Sei so gut und mach schon mal den Kaffee, ja? Ich kann mich nie dazu überwinden, genügend Bohnen hineinzutun, um ihn in Missouri-Schlamm zu verwandeln.«

Lächelnd griff Penny nach der Blechdose, die die Kaffeebohnen enthielt. Sie gab eine Handvoll in eine Mühle und drehte die Kurbel. Bald erfüllte das harte und doch anheimelnde Knirschen die Ranchküche.

Wie immer köchelte ein großer Topf mit Bohnen auf dem hinteren Teil des Herdes, eines der Grundnahrungsmittel für die Männer auf der Farm. Aber die Ladder S hatte eine Tradition, ihre Arbeitskräfte besser und nahrhafter zu verpflegen als die meisten anderen Ranches; deshalb brutzelte Frühstücksspeck in einer Pfanne, in einer Schale weichten getrocknete Früchte ein, im Ofen buken gerade die Semmeln, und frisches Brot war in Vorbereitung.

Weil Elyssa eine Küche und einen Kräutergarten führte, die der Neid so manchen kleinen Landguts gewesen wären, geriet die Kost auf der Ladder S wesentlich schmackhafter als allgemein üblich. Einige der Hilfscowboys mochten sich des Unterschieds vielleicht nicht bewußt sein, aber Elyssa schon.

Ihr leises Summen wurde vom Geräusch der Kaffeemühle übertönt, als sie eine letzte Prise Rosmarin zu dem Brotteig hinzufügte, das Ganze gut vermischte und die Masse dann aus der Schüssel auf die mit Mehl bestäubte Anrichte kippte, um sie durchzukneten.

»Eine hübsche Melodie, die du da summst«, meinte Penny, als sie einen Moment im Kaffeemahlen innehielt. »Was ist das für ein Lied?«

»Nur ein Walzer, den ich gehört habe, bevor ich aus England abgereist bin. Ich erinnere mich nicht mal mehr an den Namen, aber heute morgen beim Aufwachen habe ich mich dabei ertappt, wie ich ihn vor mich hin summte.«

»Wünschst du dir nicht manchmal, du wärst noch in London mit all den Dinnerpartys und eleganten Bällen?«

»Nein«, erwiderte Elyssa. »Ich habe dort nicht hingepaßt.«

»Manchmal denke ich, Gloria hat das gesellige Leben sehr vermißt.«

»Meine Mutter wurde dort geboren. Ich bin hier auf die Welt gekommen.«

»Aber du siehst genauso aus, wie sie damals ausgesehen hat.«

»Nicht wirklich.« Elyssa knetete energisch den Teig. »Jedenfalls ist die Ähnlichkeit nur äußerlich.«

»Das ist mehr als genug, um die Blicke aller Männer auf dich zu ziehen«, erklärte Penny mit einem Anflug von Neid.

»Nicht aller Männer«, erwiderte Elyssa, während sie an Hunter dachte. »Nicht die Blicke der Männer, die es wert sind, daß man sich für sie interessiert.«

Die schmale Linie von Pennys Lippen verriet, daß sie anderer Meinung war, aber sie äußerte sich nicht weiter zu dem Thema. Sie leerte die kleine Schublade der Kaffeemühle in eine Kanne und machte sich an die nächste Portion.

Elyssa siebte noch etwas Mehl auf die Anrichte und fuhr fort, mit schnellen, geschickten Bewegungen den Teig zu kneten.

Bis der Teig soweit gediehen war, um in einzelne Laibe unterteilt zu werden, hatte Penny eine dritte Portion Bohnen gemahlen und setzte den Kaffee zum Kochen auf. Gelegentlich warf sie Elyssa einen Blick von der Seite zu, als warte sie darauf, daß diese zu sprechen begann. Schließlich konnte Penny es nicht mehr aushalten.

»Ich dachte, ich hätte gestern Abend nach Einbruch der Dunkelheit jemanden auf die Ranch reiten hören«, sagte sie mit leicht angespannter Stimme. »War das Bill?«

»Nein. Es handelt sich um einen Mann namens Hunter. Unser neuer Vorarbeiter.«

Im Sprechen zerschnitt Elyssa den Brotteig in vier Laibe.

»Tatsächlich?« fragte Penny. »Wird er uns helfen können?«

»Schon möglich ... wenn ich ihn nicht vorher umbringe.«

Penny blickte verdutzt vom Herd auf. Ihre braunen Augen waren weit aufgerissen.

»Wie bitte?« fragte sie ungläubig.

»Der Mann ist ausgesprochen unverschämt.«

»Oh! Warum hast du ihn dann eingestellt?«

»Was meinst du wohl, warum?« entgegnete Elyssa, während sie energisch die Laibe formte. »Weil wir ihn brauchen.«

»Wenn Bill doch nur ...«

Pennys Lippen wurden ein Strich, und ihre Stimme erstarb.

»Wenn Wünsche Pferde wären, würden Bettler hoch zu Roß reiten«, sagte Elyssa kurz und bündig.

Penny starrte auf den Herd und schwieg.

»Verdammt noch mal!« murmelte Elyssa vor sich hin. Dann fügte sie versöhnlich hinzu: »Entschuldige, Penny. Ich habe es nicht so böse gemeint, wie es vielleicht geklungen hat.«

Sie eilte zum Herd hinüber und umarmte Penny.

»Es ist doch leider so, daß Bill im Moment niemandem helfen kann, nicht einmal sich selbst«, sagte Elyssa sanft. »Ich weiß, wie hart es dich ankommt, mitansehen zu müssen, wie sich dein alter Freund wie ein verfluchter, dämlicher Bas ... äh, so störrisch aufführt.«

Penny nickte und gab einen erstickten Laut von sich. Strähnen von glänzendem braunen Haar glitten unter der Kattunhaube hervor und klebten an ihren Wangen. Ihre Augen schwammen plötzlich in Tränen.

Elyssa fühlte eine überwältigende Zärtlichkeit für die ältere Frau in sich aufwallen. Normalerweise war Penny emotional so unerschütterlich wie ein Fels. Aber je länger Bills Trinkerei weiterging, desto angespannter und nervöser war Penny geworden. Dann war sie von dem schleichenden Fieber befallen worden, unter dem sie lange Zeit litt.

Und schließlich, um das Maß voll zu machen, waren die Culpeppers aufgetaucht, um sich wie hungrige Geier um die verendende Ladder S zu versammeln.

Denk jetzt nicht daran, befahl Elyssa sich. *Das Problem mit den Culpeppers kannst du im Moment nicht aus der Welt schaffen. Aber du kannst Penny trösten, die ebensoviel von ihrer Kindheit verloren hat wie du selbst in den vergangenen beiden Jahren.*

»Nun beruhige dich«, sagte Elyssa beschwichtigend. »Es wird schon alles wieder in Ordnung kommen. Nur weil Bill seit einer Weile fort ist, bedeutet das nicht, daß er die ganze Zeit sinnlos betrunken in seiner Hütte liegt.«

Penny nickte, sagte jedoch nichts.

Behutsam tupfte Elyssa der Freundin die Tränen mit einem Zipfel ihrer Schürze ab.

»Oh je«, sagte sie. »Ich habe überall auf deinem Gesicht Mehlspuren hinterlassen.«

Einen Moment lang schloß Penny die Augen. Dann holte sie zitternd Luft und umarmte Elyssa.

»Vielleicht wird das Mehl ja die Sommersprossen abdecken«, murmelte sie.

»Dann werde ich jedes einzelne Fleckchen Mehl wieder abwischen. Ich liebe deine Sommersprossen.«

»Das sagst du nur, weil du selber keine hast. Obwohl du so oft ohne deinen Hut in die Sonne hinausgehst.«

»Nicht sehr oft«, widersprach Elyssa. »Zuviel Sonne läßt mich wie einen von Lord Harrys gekochten Hummern aussehen.«

»Was für eine wunderschöne Haut du hast!« Penny musterte die jüngere Frau aufmerksam.

»So elfenbeinweiß und rosig«, fuhr Penny fort. »Wie die deiner Mutter. Haare wie gesponnener Flachs und Augen wie blaugrüne Edelsteine. Genau wie deine Mutter sie hatte.«

»Das sagst du. Ich persönlich finde, du irrst dich gewaltig. Mutter war eine außergewöhnlich schöne Frau. Ich bin es nicht.«

»Bestimmt sind da etliche Leute anderer Ansicht.«

»Sag das doch mal den englischen Lords. Sie waren der Meinung, ich wäre ungefähr so hübsch und wohlgestaltet wie eine Warze.«

Penny schüttelte mißbilligend den Kopf.

»Ich weiß, welche Sorte Frauen Männer anzieht«, sagte sie nachdrücklich. Dann fügte sie traurig hinzu: »Und ich weiß auch, welche Sorte Frauen reizlos auf Männer wirkt.«

Der Klang ihrer Stimme ließ erkennen, daß Penny sich selbst zu den letzteren zählte.

Stirnrunzelnd wandte Elyssa sich ab, um sich ihrem Teig zu widmen. Während sie arbeitete, dachte sie daran, wie es für Penny gewesen sein mußte, im Schatten von Gloria Suttons strahlender Erscheinung aufzuwachsen.

»Ein Mann, der nur auf das Äußere einer Frau sieht, ist es nicht wert, daß man sein Herz an ihn hängt«, sagte Elyssa nach einer Weile.

»Das tun aber alle, die ich kenne.«

»Himmel noch mal, Penny! Du hast der Hälfte der Männer, die jemals auf der Ladder S gearbeitet haben, einen Korb gegeben!«

»Sie haben erst einen Blick für mich übrig gehabt, nachdem sie es aufgegeben hatten, von deiner Mutter zu träumen. *Falls* sie damit aufhörten.«

Pennys Lippen waren zu einer schmalen Linie zusammengepreßt, während sie heftig die Kurbel der Kaffeemühle betätigte. Die Mischung aus Traurigkeit und Resignation in ihrem Ausdruck sagte Elyssa mehr als Worte.

»Wer war er?« wollte sie wissen.

»Was?«

»Wer war der Mann, der dich nicht beachtet hat, weil er nur Augen für Mutter hatte?«

Einen Moment lang hielt Penny reglos inne. Dann schüttete sie den letzten Rest gemahlenen Kaffee in den Topf auf dem Herd und legte mehr Holz nach. Bald kochte das Wasser sprudelnd.

»Was hast du vorhin von diesem neuen Vorarbeiter gesagt – wie war doch gleich sein Name?«

Die spröde, nüchterne Stimme war wieder ganz die alte Penny.

Elyssa stieß den Atem aus, den sie unbewußt die ganze Zeit angehalten hatte. Wenn Penny an der nervlichen Belastung durch Banditen und einen alten Freund, der zuviel trank, zerbrach ...

Sie durfte gar nicht daran denken.

Wir haben zuviel verloren, um jetzt auch noch einander zu verlieren, dachte Elyssa. *Vater. Mutter. Mac. Onkel Bill – in jeder Hinsicht unvorstellbar!*

Ich könnte es nicht ertragen, wenn ich nun auch noch Penny verlöre.

»Er nennt sich Hunter«, sagte Elyssa hastig, da sie den Themenwechsel akzeptierte. »Kein Mister. Kein Nachname. Oder vielleicht auch kein Vorname. Das hat er nicht so deutlich erklärt.«

»Ist das der Grund, warum er dir so unhöflich vorgekommen ist? Du weißt, diese legere, ungezwungene Art ist im Westen üblich.«

Elyssas Wangen röteten sich, doch daran war nicht nur die Hitze des Ofens schuld. Sie konnte Penny wohl kaum von dem festgehakten Rock erzählen, noch viel weniger von Hunters Hand unter ihrem Busen und seinen hungrigen Augen, als er beobachtet hatte, wie sich ihre Knospen hart und spitz unter dem dünnen Stoff ihres Kleides abzeichneten.

Der bloße Gedanke daran war beschämend. Und darüber zu sprechen würde sowohl sie selbst als auch Penny in größte Verlegenheit bringen.

Penny fragte: »Frechdachs?«, tatsächlich Elyssas alten Kosenamen aus ihrer Kindheit benutzend.

»Hunter hat mich beschuldigt, mit Mickey geflirtet zu haben.«

»Tust du das denn nicht?«

»Natürlich nicht! Hast du mich in der Zeit, seit ich wieder zu Hause bin, jemals dabei beobachtet, daß ich diesen stiernackigen Schwachkopf auch nur angelächelt hätte?«

»Nein, aber nach dem, was Mickey gesagt hat, hätte ich angenommen, daß du sehr viel mehr getan hast als nur zu lächeln.«

»Was? Wann hat Mickey über mich gesprochen?«

»Jedesmal, wenn er in die Siedlung reitet, um Vorräte zu besorgen, oder wenn er in den Dugout Saloon weiter nördlich geht.«

Ist das vielleicht der Grund, warum Hunter sich so verächtlich über mich äußert? überlegte Elyssa. *Ist ihm all das Getratsche zu Ohren gekommen?*

Die Antwort lag auf der Hand. Hunter hatte den Klatsch gehört. Und er hatte ihn geglaubt.

»Mickey hat kein Recht, solche Geschichten über mich zu verbreiten«, sagte Elyssa heftig und wurde ganz bleich. »Was kann ich denn dafür, wenn er scharf auf mich ist? Ich will seine Anträge nicht und ihn auch nicht!«

Penny blickte hinüber zu dem jungen Mädchen, beunruhigt über Elyssas aufbrausenden Tonfall.

»Mach dir keine Sorgen«, meinte Penny beruhigend. »Über deine Mutter ist auch viel geredet worden. Es war ja nur leeres Geschwätz. Es hat sie nicht verletzt.«

»Sie war auch mit dem Mann verheiratet, den sie liebte«, gab Elyssa zurück. »Aber was, wenn sie alleinstehend gewesen wäre und ein Mann, für den sie sich interessierte, hätte ihre Gefühle nicht erwidert, weil er nichts mit einem Mädchen zu tun haben wollte, das angeblich mit jedem flirtet?«

Penny warf einen Blick in den Ofen und zog das Blech mit den Semmeln heraus, damit sie abkühlen konnten.

»Ist das der Grund, weshalb du Seide und Spitzen trägst?« erkundigte sie sich. »Um den neuen Mann auf dich aufmerksam zu machen, obwohl er unhöflich ist?«

»Wie bitte?«

»Das Kleid da läßt dich wie einen Engel aussehen, der frisch vom Himmel gefallen ist.«

»Unsinn!« Elyssas Wangen röteten sich verlegen. »Ich trage meine albernen englischen Kleider, weil ich nicht mehr in die Sachen passe, die noch aus der Zeit vor meiner Reise nach England stammen, und weil kein Geld da ist, um eine vernünftigere Garderobe zu kaufen.«

Penny schmunzelte, dann lachte sie leise, weil sie Elyssas Begründung nicht so recht glauben wollte. Ihr Lachen war wie die eigentliche Penny, großzügig und warm, ein Lachen, das selbst in die finstersten Winkel des Lebens noch Licht zu bringen vermochte.

Elyssa blickte die Ältere über ihre Schulter hinweg an und begann ebenfalls zu lachen.

»Jedesmal, wenn ich dich lächeln sehe«, sagte sie, »weiß ich wieder, warum Mutter dich damals in Saint Louis von der Straße geholt und in den Westen mitgenommen hat. ›Fast noch ein Kind und ein Lächeln wie Weihnachten‹, hat sie immer gesagt. Du solltest häufiger vergnügt sein, Penny.«

»Ich fürchte, in letzter Zeit hat's nicht viel Anlaß dazu gegeben. Es ist alles nicht mehr so wie früher.«

»Ich vermisse Mutter auch«, gestand Elyssa seufzend. »Und Vater fehlt mir, wenn auch nicht ganz so stark. Er war immer fort, immer irgendwo auf der Suche nach Gold. Bei Lichte besehen war Bill derjenige, der mir Reiten und Schießen und Jagen beigebracht hat, und wie man mit den Rindern umgeht.«

Pennys Ausdruck wurde noch eine Spur bedrückter. Auch sie hatte eine Menge wundervoller Dinge von Bill gelernt. Als junges Mädchen hatte sie den Boden unter seinen großen Füßen angebetet. Im Grunde tat sie es immer noch.

»Vielleicht sollten wir uns zusammentun, uns Bill schnappen und ihn wieder hierher zurückbringen«, meinte Elyssa. »Hunter hat jeglichen Alkohol auf der Ladder S verboten. In Kürze könnten wir unseren alten Bill wiederhaben. Früher hat er sicherlich nie so schlimm getrunken.«

Ein trauriges Lächeln war Pennys einzige Antwort. Sie musterte das eigensinnige Mädchen, das für sie eine jüngere Schwester darstellte. Elyssa erinnerte Penny stark an die ähnlich dickköpfige, eigensinnige Frau, die ein kleines Mädchen aus grausamen Großstadtstraßen gerettet und es mit in den Westen genommen hatte, um ihm ein besseres Leben zu verschaffen.

Und für eine Weile war Pennys Leben tatsächlich besser gewesen.

»Du hättest an Bill verkaufen sollen, damals vor zwei Jahren, als er dir das Angebot schriftlich unterbreitete«, sagte Penny.

»Warum?«

»Du hättest in England bleiben und in Wohlstand von dem Geld leben können.«

»Ich habe England gehaßt«, erklärte Elyssa.

»Was ist mit New York oder Boston oder Los Angeles oder San Francisco?«

»Ich mache mir nicht viel aus Großstädten. Der Himmel hat die Farbe von Kohlenrauch, und die Straßen stinken nach Abwässern.«

Penny erwiderte nichts darauf, doch ihre Miene verzog sich grimmig, als sie mit ruckartigen, heftigen Bewegungen gebratene Speckscheiben aus der Pfanne aufspießte und sie auf einen Teller stapelte. Sie schnitt mehr Speck zum Braten, wobei sie das große Messer schwang, als wollte sie Schlangen töten.

Elyssa beobachtete sie schweigend und fragte sich, warum Penny auf einmal so aufgebracht war.

»Was ist mit Bill?« fragte Penny abrupt. »Du hast ihn gern, nicht wahr?«

»Du weißt, wie sehr ich an ihm hänge.«

»Dann verkauf ihm die Ladder S! Vielleicht würde er mit der Trinkerei aufhören, wenn er eine richtige Ranch zu bewirtschaften hätte. Und vielleicht würde er in der Lage sein, endlich die Vergangenheit zu vergessen, wenn er nicht immer dein helles Haar und deine schönen Augen sähe.«

»Wovon redest du eigentlich? Was ist denn bloß vorgefallen, was Bill so bekümmert?«

Speck brutzelte zischend, als er in der Pfanne landete. Mit einem brummigen Gemurmel wickelte Penny einen Zipfel ihrer Schürze um den schweren Eisenstiel und schob die Pfanne auf einen kühleren Teil des Herdes.

»Übrigens«, sagte sie, ohne auf Elyssas Frage einzugehen, »bist du deiner verstorbenen Mutter nicht nur äußerlich sehr ähnlich. Dein Platz ist nicht hier in der Wildnis. Du gehörst auf irgendein Schloß, mit Leuten, die dich von vorn bis hinten bedienen.«

Elyssa warf Penny einen verdutzten Blick zu, dann lachte sie schallend.

»Wie kommst du denn auf die Idee?« fragte sie.

»Bill hat einmal etwas in der Art gesagt.«

»Er sollte mich besser kennen, als so etwas von mir zu behaupten.«

»Nicht, wenn du Seide trägst. Du hast eine so große Ähnlichkeit mit deiner Mutter, daß es ... einem die Sprache verschlägt.«

»Dummes Zeug«, erwiderte Elyssa nachdrücklich. »Ich habe Bilder von Mutter gesehen und mich selbst im Spiegel! Man müßte schon sturzbetrunken sein, um sich einzubilden, daß wir uns ähnlich sind.«

Kaum waren Elyssa die Worte entschlüpft, da bereute sie ihre unbedachte Äußerung auch schon. Bills Angewohnheit, ständig zur Flasche zu greifen, bedrückte Penny sogar mehr als sie selbst.

»Herrgott im Himmel«, murmelte Elyssa. »Warum lassen sich Männer nur so gehen?«

Die äußere Tür zur Küche fiel mit einem leisen Klicken ins Schloß.

»Sprechen Sie über irgendeine spezielle Person?« erkundigte sich Hunter.

Elyssa schnappte überrascht nach Luft und wirbelte zu ihm herum.

»Ist es bei Ihnen nicht üblich, daß man anklopft?« fragte sie arrogant.

»Ich habe angeklopft, aber es hat keiner darauf reagiert. Sie waren wohl zu sehr damit beschäftigt, sich über die Sünden der Männer zu ereifern, schätze ich.«

In der gemütlichen Ranchküche mit ihrem goldenen Lampenlicht und den köstlichen Düften wirkte Hunter unglaublich maskulin. Die Breite seiner Schultern füllte fast vollständig den Türrahmen aus. Er war so groß, daß er den Kopf einziehen mußte, obwohl er seinen Hut in der Hand trug. Sein Haar war dicht und frisch gewaschen und so schwarz wie eine sternenlose Nacht.

Hunter musterte Elyssas Kleid mit einem Blick aus funkelnden Augen, der deutlich besagte, daß er sich durch ihre Aufmachung geschmeichelt fühlte. Seine Miene erinnerte Elyssa an den erregenden Moment, als sie Hunter näher gekommen war als sonst jemals irgendeinem Mann in ihrem Leben.

Und daran, wie sehr sie diesen Augenblick genossen hatte.

Trotz ihres wild klopfenden Herzens und der plötzlichen, lebhaften Röte ihrer Wangen war ihre Stimme kühl und beherrscht, als sie sich umwandte, um Hunter vorzustellen.

»Penny, dies ist Hunter, unser neuer Vorarbeiter«, sagte Elyssa. »Spar dir die Mühe, ihn Mister zu titulieren. Er hält nichts von Förmlichkeit. Hunter, ich möchte Sie mit Miss Penelope Miller bekannt machen.«

»Freut mich, Sie kennenzulernen, Miss Miller!« Hunters

Stimme troff vor Liebenswürdigkeit, während er sich leicht verbeugte.

Penny lächelte plötzlich und machte einen kleinen Knicks.

»Bitte sagen Sie doch Penny zu mir«, erwiderte sie. »Das tun alle hier.«

»Für ein bezauberndes Lächeln wie Ihres und eine Tasse Kaffee bin ich sogar bereit, Sie Königin von Saba zu nennen.«

Penny lachte entzückt.

»Ich werde Sie beim Wort nehmen«, erwiderte sie. »Willkommen auf der Ladder S.«

Elyssa starrte Hunter verdutzt an, unfähig zu glauben, daß dieser höfliche, umgängliche, überaus charmante Mann in ihrer Küche derselbe unverschämte Revolverschütze war, der ihr vorgeworfen hatte, mit jedem Mann zu flirten, und fast ihre Brüste in der Stille des Stalls liebkost hätte.

Und ich habe es zugelassen.

Über den Teil komme ich noch immer nicht hinweg. Ich habe es erlaubt!

Unglücklich blickte Elyssa von Penny zu Hunter. Er nahm gerade eine Tasse Kaffee von Penny an, während er sie über den Rand hinweg anlächelte und ihr ein Kompliment über die Stärke des Gebräus machte.

Er schenkte Elyssa dabei so wenig Beachtung, daß sie ebensogut irgendein Fleck auf dem Fußboden hätte sein können.

Ist es dies, was Penny vorhin gemeint hat? fragte Elyssa sich bestürzt. *Hat sie damals auch diese … diese Demütigung empfunden, als so ein Idiot von einem Kerl keinerlei Notiz von ihr nahm, weil er nur Augen für Mutter hatte?*

Elyssas Blick schweifte wieder zu Penny hinüber, und auf einmal sah sie sie mit anderen Augen. Mit ihren dreißig Jahren war Penny so frisch und anziehend wie ein Gänseblümchen. Sie hatte ein offenes, ehrliches Gesicht, einen großzügigen Mund und feine Fältchen um ihre großen braunen Augen, Spuren, die das Leben ihr aufgeprägt hatte.

Vor allem aber war Penny in den Augen der Männer kein junges, unreifes Ding mehr. Sie war eine erwachsene Frau, die den Daseinskampf mit einem wilden, gefährlichen Land aufgenommen hatte.

Elyssa dachte wieder an Hunters schneidende Worte – *Wenn ich mir jemals wieder eine Ehefrau nehme, dann wird es eine reife, erwachsene Frau sein, nicht ein verzogenes Gör, das nicht weiß, was es will.*

Bei dem Gedanken, daß Hunter vielleicht gerade seine Frau gefunden hatte, kroch ein eisiger Schauder über Elyssas Rücken. Selbst als sie sich sagte, daß sie Penny das Glück, das sie möglicherweise finden konnte, nicht mißgönnen durfte, blieb der bittere Geschmack von Neid in ihrem Herzen zurück.

Erst in dem Moment begriff Elyssa, wie stark sie sich zu diesem Gesellen hingezogen fühlte. Die Vorstellung von Hunter zusammen mit einer anderen versetzte ihr einen Schock, so als zöge ihr plötzlich jemand den Boden unter den Füßen weg und ließe sie in einen Abgrund stürzen.

Mein Gott.

Ist es das, was Mutter damals empfunden hat? Dieses plötzliche, überwältigende Verlangen nach einem einzigen Menschen auf der Welt?

Ist das der Grund, warum eine englische Aristokratin ihrem Leben in Luxus und Bequemlichkeit den Rücken kehrte, Schande über ihre Familie brachte und ihr Heimatland verließ ... alles für einen Mann, der kaum weniger wild war als das Land, das er liebte?

Am Ende hat Mutter jedoch den Mann ihrer Wahl bekommen.

Werde ich irgendwann wie Penny sein, eine alte Jungfer, die keinen anderen ehelichen will als den, der sie ablehnt?

»Was meinst du dazu?« fragte Penny mitten in Elyssas brütende Gedanken hinein.

Mit Mühe gelang es Elyssa, sich auf die Gefährtin zu konzentrieren. »Wozu?«

Penny lächelte. »Hast du wieder mal von Ballsälen und feinen Kutschen geträumt?«

Der leicht verächtliche Blick, den Hunter Elyssa zuwarf, holte sie mit einem Ruck auf den Boden der Realität zurück. Sie straffte die Schultern und erwiderte seine Kälte.

»Ich habe das Gefühl, du denkst häufiger an England als ich«, sagte sie unwirsch zu Penny. »Meine Gedanken kreisen um die Probleme, mit denen wir *hier* zu kämpfen haben.«

»Hunter hat gerade vorgeschlagen, daß wir genügend Brot für mehrere Wochen backen sollten«, erklärte Penny.

»Es wird nur schimmelig werden.«

»Besser schimmeliges Brot als überhaupt keines«, erwiderte Hunter kurz angebunden. »Ich werde bei jeder sich bietenden Gelegenheit Antilopen und Wild jagen. Können Sie Fleisch dörren?«

»Selbstverständlich«, gab Elyssa zurück. »Jagen kann ich auch.«

Hunters schwarze Brauen schossen in die Höhe, doch er sagte nichts.

»Aber die Männer ziehen Rindfleisch vor«, fügte sie hinzu.

»Wir können nicht noch mehr Tiere entbehren, bis wir wissen, wie viele Sie überhaupt haben«, erklärte Hunter barsch. »Auf jeden Fall sollten Sie dafür sorgen, daß genügend Vorräte da sind, um einer Belagerung standzuhalten.«

»Wozu? Wir haben ja keinen Krieg mehr.«

»Noch nicht wieder«, klärte Hunter sie auf. »Aber es wird dazu kommen, Frechdachs! Verlassen Sie sich darauf. Ich habe Mickey den Auftrag erteilt, ein paar Wasserfässer zu bauen. Scheint so, als wäre er bei einem Böttcher in die Lehre gegangen, bevor er aus Boston abhaute.«

Elyssa hörte kaum zu. In ihrem Kopf hallte noch immer Hunters erschreckende Feststellung wider, daß es auf einen Ranch-Krieg hinauslaufen könnte, um die Ladder S zu behalten.

Genau das war es, wovor ihr grauste, seit Mac von der Culpepper-Bande ermordet worden war.

»Sie hätten den gescheckten Zuchthengst der Armee überlassen sollen«, fügte er hinzu, als er Elyssas Bestürzung sah. »Dann hätten sie sich vielleicht bemüht, nicht nur die Einwanderertrecks zu schützen, sondern auch die Ladder S.«

»Der Hengst war nicht alles, was der Hauptmann wollte«, erklärte Elyssa.

Hunters Augen verengten sich.

»Er wollte Sie als Zugabe?«

»Richtig.«

Gleichgültig zuckte er die Achseln. »Sie hätten ihm ein bißchen von dem geben sollen, was Sie Mickey zukommen ließen. Es reicht ja für alle. Sie brauchen nur irgendein Freudenmädchen zu fragen.«

Elyssa kochte vor Zorn.

»Das einzige, was ich Mickey jemals gegeben habe, waren Anweisungen«, erwiderte sie hitzig.

»Sicher doch«, meinte er. Sein Ausdruck verriet ihr allerhand Zweifel.

»Miss Penny«, sagte Hunter jetzt wieder in höflichem, liebenswürdigem Ton, »würden Sie mir ein freies Schlafzimmer zuweisen? Frechdachs sagte, ich soll im Ranchhaus schlafen.«

Entsetzt über Hunters Benehmen gegenüber Elyssa wandte sich Penny zu der jüngeren Frau um und warf ihr einen fragenden Blick zu.

»Ich habe ihm gesagt, er soll im Haus schlafen, weil ich nicht wollte, daß er wie unser letzter Vorarbeiter erschossen wird«, erklärte Elyssa, ohne den Blick von Hunter abzuwenden. »Inzwischen hat diese Version jedoch etwas eindeutig Verlockendes bekommen.«

Penny sah erschrocken und amüsiert zugleich aus.

»Bring ihn in einem der leerstehenden Zimmer im oberen Stock unter«, sagte Elyssa mürrisch. »Die Treppenstufen knarren so laut, daß sich niemand zu ihm hochschleichen kann, ganz gleich wie laut er schnarcht.«

»Ich schnarche nicht«, erklärte Hunter.

»Das hat Vater früher auch immer gesagt. Aber Sie wissen ja selbst, wie es ist, wenn ein Mann älter wird, nicht wahr?«

Hunters Augen wurden zu Schlitzen.

Penny war entsetzt.

»Frechdachs!« Penny benutzte wieder Elyssas Kindernamen, »du solltest dich schämen. Du weißt, wie empfindlich Männer in bezug auf ihr Alter sind. Außerdem ist Hunter jünger als Bill, und Bill ist zehn Jahre jünger als dein Vater.«

»Jeder Mann, der mich für ein kleines Mädchen hält, muß alt genug sein, um zu schnarchen«, erwiderte Elyssa betont entgegenkommend.

»Ich verstehe.« Penny bemühte sich, ihr Schmunzeln zu verbergen. »Nun, du wirst eine Chance haben, es herauszufinden. Er bekommt das Zimmer neben deinem.«

Unbehagen und noch etwas anderes breitete sich in Elyssa aus.

»Das Zimmer meiner Eltern?« fragte sie verdutzt. »Warum?«

»Weil dort das einzige Bett steht, das groß genug für ihn ist«, erwiderte Penny kategorisch.

Elyssa öffnete den Mund, um zu widersprechen, dann zuckte sie die Achseln.

»Wenn Sie schnarchen«, erklärte sie Hunter, »wandert das große Bett augenblicklich in das Kinderzimmer am entgegengesetzten Ende des Hauses. Die Regenbögen und die bunten Schmetterlinge, die Mutter damals an die Wände gemalt hat, werden Ihnen bestimmt gefallen.«

Ein seltsamer Ausdruck trat auf Hunters Gesicht, ein Schatten von Qual, der Elyssa trotz ihrer Wut auf ihn zutiefst berührte. Sie fragte sich, ob er nicht nur seine Ehefrau, sondern vielleicht auch Kinder im Krieg verloren hatte. Es würde ganz sicherlich den Schmerz erklären, den sie unter seiner harten, absolut beherrschten Fassade ahnte.

»Vergessen Sie das Kinderzimmer«, sagte sie ruhig. »Wenn

mich Ihre Anwesenheit stört, werde ich eben einfach unten bei Penny schlafen.«

Die Tatsache, daß Elyssa seinen verborgenen Kummer irgendwie gespürt hatte, ärgerte Hunter. Er haßte es, von einem Mädchen wie ihr so leicht durchschaut zu werden.

»Keine Sorge, ich werde schon überleben«, erwiderte er barsch. »Ich brauche keine Vorzugsbehandlung von einer wohlfeilen Rancherin.«

Penny schnappte hörbar nach Luft. Die Feindseligkeit zwischen Hunter und Elyssa lag fast greifbar in der Luft.

Und auch das sinnliche Verlangen.

Der Klang von Männerstimmen, die über den Hof schallten, war eine Erleichterung für Elyssa. Geschäftig begann sie, dickwandige Kaffeebecher und Steingutteller auf dem langen Tisch zu verteilen, der eine Seite der Küche einnahm. In früheren Zeiten hatten Mac und Bill, John und Gloria, Penny und Elyssa dort gesessen und über das Land gesprochen oder das Vieh oder den Wechsel der Jahreszeiten.

»Suchen Sie sich lieber schnell einen Platz«, sagte Elyssa, ohne Hunter anzusehen. »Der Mann, der sich als letzter an den Frühstückstisch setzt, muß die Ställe ausmisten.«

Noch während sie sprach, ging die Hintertür zur Küche auf. Mickey, Lefty und Gimp drängten sich herein und schubsten sich gegenseitig mit den Ellenbogen weg, um als erster an dem langen Tisch anzukommen.

Elyssa warf Hunter einen Blick von der Seite zu. Dann lächelte sie.

»Oh je«, meinte sie betont heiter. »Ich fürchte, Sie sind der letzte. Nach dem Frühstück werde ich Ihnen mit Freuden zeigen, wo die Mistforke steht.«

Hunter zweifelte nicht daran.

5

Der Neuankömmling handhabte die Mistforke auf die gleiche Weise, wie er alles andere tat – schnell, geschickt und mit knappen, gezielten Bewegungen. Obendrein tat er die Arbeit bereitwillig und ohne jeden Groll, eine Tatsache, die die beiden ältesten Hilfscowboys mit Anerkennung registrierten.

Cupid, die orangerot getigerte Stallkatze, beobachtete das Geschehen aus einer Futterkrippe in unmittelbarer Nähe. Fünf schwarze und orangefarbene Kätzchen saugten hungrig an ihren Zitzen, ohne sich von der Unruhe stören zu lassen. Cupids wachsamer Blick aus großen gelben Augen forschte in den Schatten nach winzigen Bewegungen. Obwohl im Moment ziemlich satt, war die Katze durch und durch Raubtier.

Als Gimp mit bedächtigen Schritten den Mittelgang hinunterging, scheinbar in der Absicht, Getreide für die Pferde im Korral zu holen, blickte Hunter von seiner Arbeit auf. Gimp nickte ihm flüchtig zu und trottete ein wenig schneller weiter.

Lefty ging neben seinem Freund her. Beide Hilfscowboys waren in den Fünfzigern. Sie hatten ergrautes Haar, und ihre Gesichter waren wettergegerbt von Sonne und Sturm. Ihre Kleidung glich sich ebenfalls in ihrer Abgerissenheit. Ihre Stiefel trugen die Spuren, die von langem Gebrauch in den Steigbügeln zeugten. Sporen klirrten leise an ihren Fersen.

Jedem der Männer war deutlich anzusehen, daß er sich sein Leben lang mit großen, unberechenbaren Tieren beschäftigt hatte. Die Hilfscowboys bewegten sich steif auf Beinen, die vom ständigen Sitzen im Sattel gekrümmt waren. Die Schwielen und Narben an ihren Hände zeugten von langjährigem Umgang mit Lasso und Brandeisen.

Beiden Männern fehlte ein Finger. Es war der Preis, den man zahlen mußte, für die Lektion, niemals seine Hand zwischen ein Lasso und den Sattelknauf zu schieben, wenn am anderen

Ende des Seils die tausend Pfund eines zornigen Bullen zerrten.

Abgesehen von Gimps steifem Bein waren sich die zwei äußerlich fast so ähnlich wie ein Ei dem anderen.

»Will nur mal eben 'nen Scheffel Getreide für mein bestes Pferd holen, Boß«, erklärte Gimp.

»Hab hier ein Zaumzeug, das ein bißchen steif geworden ist, und die Sattelseife ist in dem Schrank da hinten«, brachte Lefty hervor.

Hunter wußte, die beiden Männer waren weniger an Sattelseife oder Getreide interessiert, sondern eher daran, den neuen Vorarbeiter einer genaueren Musterung zu unterziehen. Das gleiche galt für Elyssa, die ihn aus den Augenwinkeln beobachtete, während sie Leopard striegelte.

Leopard beobachtete Hunter ebenfalls, wenn auch ohne wirkliches Interesse.

»Tut, was ihr zu tun habt«, erwiderte Hunter. »Aber ich möchte, daß die zehn Stück Vieh, die ich oben auf der Hochweide gesehen habe, noch vor Sonnenuntergang auf die hintere Koppel gebracht werden.«

»Yessir«, erwiderte Gimp.

»Wird sofort erledigt«, fügte Lefty hinzu.

Bugle Boy schob seinen Kopf über die Boxentür und beobachtete die beiden Fremden mit gespitzten Ohren und ruhigen Augen.

Die Hilfscowboys gingen ziemlich dicht an Bugle Boys Box vorbei, weil Leopards Box direkt auf der anderen Seite des Ganges lag. Die Männer waren darauf bedacht, einen weiten Bogen um den temperamentvollen Schecken zu machen.

Hunters Pferd scheute weder, noch legte es nervös die Ohren an, als die Fremden so nahe an ihm vorbeigingen.

»Schöner Hengst, den du da hast«, meinte Gimp bewundernd.

»Groß und kräftig, aber macht 'nen ziemlich gelassenen Eindruck«, sagte Lefty, während er einen Blick über den Gang warf.

»Nicht wie gewisse andere Hengste, von denen ich haarsträubende Dinge erzählen könnte.«

Leopard stand in der Mitte seiner großen Box und beobachtete die Männer mißtrauisch. Seine Ohren lagen zwar nicht flach am Kopf an, aber er hatte eine elementare Wachsamkeit an sich, die Bände sprach für Männer, die sich mit Pferden auskannten.

»Wenn ihr und all die anderen Arbeitskräfte nicht ständig versucht hättet, Leopards Willen zu brechen, indem ihr ihn mit dem Lasso gefesselt, zu Boden geworfen und mit Sporen malträtiert habt, während ich in England war«, sagte Elyssa, »würde er euch jetzt nicht aufs Korn nehmen wie eine Katze, die vor einem Mauseloch lauert. Leopard hat allen Grund, Männern zu mißtrauen.«

»Hmpf«, war alles, was Lefty dazu zu sagen hatte.

»Hmpf«, knurrte auch Gimp.

»Selber hmpf«, gab sie zurück. »Ihr wollt nur nicht zugeben, daß es mehr als eine Möglichkeit gibt, ein Pferd gehorsam zu machen. Reitpeitschen und Sporen funktionieren nicht bei allen Charakteren.«

»Yes, Ma'am«, sagten sie einstimmig.

Keiner der Beteiligten geriet in Zorn bei dieser Meinungsverschiedenheit. Das Thema war bereits mehrfach gründlich diskutiert worden, seit Elyssa zur Ladder S zurückgekehrt war und die Männer verblüfft hatte, indem sie den wilden Hengst ohne viel Aufhebens und ohne jede Gefahr zuritt.

Leopards unerschöpfliche Sanftmut bei Elyssa versetzte die alten Hilfscowboys noch immer in Erstaunen, die gern schreckliche Resultate bei dem Hengst voraussagten, der bisher jeden Reiter abgeworfen hatte. Es ärgerte sie maßlos und verletzte ihren Stolz, daß ein zierliches Mädchen zu etwas imstande war, was harte, kampferprobte Männer wiederholt vergeblich versucht hatten – den gescheckten Hengst zu reiten, dem man Killereigenschaften nachsagte.

Unsicher blickte Gimp über die Boxenwand hinweg auf das riesige Pferd und die zerbrechlich aussehende kleine Amazone.

Elyssa, die über ihrem grünen Seidenkleid die Lederschürze eines Hufschmieds trug und sich dicke Lederhandschuhe übergestreift hatte, beugte sich gerade über Leopards linken Hinterhuf, während sie das Eisen mit einem stumpfen Stahlhaken säuberte. Bei jeder Bewegung blitzte scharlachrote Seide unter dem Saum ihres Kleides hervor, eine Farbe, die wie Feuer in der dämmrigen Beleuchtung des Stalls brannte.

Gimp schüttelte den Kopf und murmelte etwas über törichte Frauen und männermordende Hengste vor sich hin.

»Ha!« war alles, was Elyssa dazu sagte.

Hunter verbarg ein Lächeln, als er erneut die Mistforke schwang und das letzte schmutzige Stroh in eine Schubkarre harkte. Er hatte schon häufig mit Männern wie Gimp und Lefty gearbeitet, eingefleischten Junggesellen, die ständig über alles und jeden schimpften, einschließlich der Freunde, die sie schon seit der Zeit kannten, als sie einem Pferd gerade bis zum Knie reichten.

Hunter wußte, die Klagen waren nicht ernst gemeint. Murren und Schimpfen war ganz einfach die Art der Hilfscowboys, um zu dokumentieren, daß sie lebendig waren.

»Schätze, du willst, daß ich den gescheckten Teufel wieder beschlage«, murmelte Gimp.

»Wie hast du das erraten?« fragte Elyssa spöttisch und richtete sich auf.

»Die Berge nach Kühen zu durchkämmen nutzt die Hufeisen ab, und du reitest oft in die Berge hinauf.«

»Es ist nicht nötig, Leopard neu zu beschlagen«, warf Hunter ein. »Sie wird mit ihm nicht außer Sichtweite des Hauses reiten.«

»Ich kann ja die Vorarbeit für dich erledigen und seine Hufe beschneiden und feilen«, erklärte Elyssa, ohne Hunters Einwurf zu beachten. »Nur mit einem Hammer bin ich nicht so geschickt.«

Bugle Boys Boxentür schwang auf und wurde energisch zugeschlagen. Gleich darauf kam Hunter über den Gang marschiert.

Gimp und Lefty tauschten einen Blick und bewegten sich mit überraschender Schnelligkeit in Richtung Stalltür. Sie hatten schon während des Frühstücks festgestellt, daß die kleine Chefin und der neue Vorarbeiter über eine ganze Reihe von Themen verschiedener Meinung waren, besonders als es darum ging, Hunter die Ladder S vom Rücken eines Pferdes aus zu zeigen.

»Laß mich wissen, wer gewinnt«, murmelte Gimp, bevor er sich hastig in den Hof verzog.

Elyssa schaute ihm mit einem verächtlichen Blick nach. Rasch band sie ihre Lederschürze ab, tauschte den Stahlhaken gegen eine Kardätsche und führte Leopard nach draußen auf den Sattelplatz. Der Hengst trug weder Zaumzeug noch Halfter oder Zügel. Sie kontrollierte ihn mit nicht mehr als einem Zupfen an seiner Mähne und einem leise gesprochenen Befehl.

»Sie ergreifen wohl die Flucht, wie?« rief Hunter herausfordernd aus dem Gang vor Leopards Box.

»Leopard ist lieber draußen im Freien, während ich ihn striegle.« Elyssa lächelte leicht. »Wenn Sie möchten, können Sie uns gerne Gesellschaft leisten.«

Zu ihrer Überraschung öffnete Hunter die Stalltür und strebte geradewegs auf den Sattelplatz.

Als Hunter näherkam, warf Leopard den Kopf herum und legte in einer unmißverständlichen Warnung die Ohren an.

»Ruhig, alter Junge, ganz ruhig«, sagte Hunter beschwichtigend. »Ich habe nicht vor, auch nur ein Härchen deines gescheckten Fells zu krümmen.«

Elyssa erkannte Hunters Stimme kaum wieder. Statt des barschen, oft sogar scharfen Tons, den sie von ihm zu hören bekam, sprach er plötzlich mit derselben sanften, betörenden Stimme, die er bei Penny eingesetzt hatte.

Ich könnte mich an diese Stimme gewöhnen, dachte sie verträumt. *Es ist, als würde man mit einem Samthandschuh gestreichelt.*

Der Gedanke ließ einen sinnlichen Schauder über ihre Haut prickeln.

Leopard stampfte nervös mit den Hufen und ließ seine Ohren vor- und zurückschnellen.

»Ruhig, Leopard«, sagte Elyssa leise. »Ist schon in Ordnung. Du brauchst keine Angst zu haben. Kein Lasso oder eine Augenbinde in Sicht. Ich bin ja bei dir. Niemand wird dir etwas tun.«

Mehrere Atemzüge lang musterte Leopard Hunter aus wilden, erschrockenen Augen. Dann schnaubte der Hengst durch die Nüstern, drehte sich leicht herum, so daß er Hunter im Auge behalten konnte, ohne den Kopf zu verdrehen, und entspannte sich langsam wieder.

Elyssa sprach weich und lobend auf ihn ein, und Hunters sehr viel tiefere Stimme paßte sich ihrem beruhigenden Tonfall an. Leopards Ohren zuckten, während er zuhörte. Nach ein paar Minuten schnaubte er erneut, scharrte mit einem Huf und stupste Elyssa auffordernd an, mit dem Striegeln fortzufahren.

»Du liebst es, gestreichelt zu werden, stimmt's?« sagte sie lächelnd. »Schön, und ich liebe es, dich zu bürsten, also sind wir uns einig.«

Sie redete weiter freundlich auf das Tier ein, während sie begann, seine Flanken zu striegeln.

Obwohl Hunter nichts sagte, war er beeindruckt von Elyssas Geschick, das Mißtrauen des Hengstes zu besänftigen.

Nach einigen Minuten erkannte Hunter, daß Leopard weitaus mehr daran interessiert war, gestriegelt zu werden, als nach irgend jemandem auszukeilen. Langsam zog Hunter seine rechte Hand von seinem Revolverhalfter zurück.

»Wie haben Sie ihn dazu gebracht, Ihnen zu vertrauen?« wollte er wissen.

»Es fing an, als er geboren wurde«, erklärte Elyssa, während sie Leopards glänzendes Fell bürstete. »Mutters preisgekrönte arabische Stute wurde von einem indianischen Mustang gedeckt, der den Schoschonen entlaufen war.«

»Daher hat Leopard also seine Flecken«, sagte Hunter. »Die Schoschonen treiben Handel mit den Nez Percé, die die besten Pferdezüchter diesseits von Irland sind. Ihre Appaloosas sind sehr begehrt bei den Flachländern.«

»Das hat Bill damals auch gesagt. Mutter war zu bekümmert, um zuzuhören, als sie entdeckte, daß die Stute trächtig war.«

»Sie meinen, weil das Fohlen nicht reinrassig sein würde?«

»Zum Teil deswegen, ja. Aber hauptsächlich, weil die Stute schon zu alt war, um noch ein Fohlen zu haben. Sie starb bei Leopards Geburt.«

Hunter pfiff leise durch die Zähne. »Haben Sie eine andere Stute dazu bringen können, ihn anzunehmen?«

»Nein. Leopard wurde außerhalb der Saison geboren. Es gab zu der Zeit keine anderen Stuten, die Fohlen säugten.«

Schweigend betrachtete Hunter das Prachtexemplar. Wenn Leopard als Fohlen eine schwere Zeit hatte durchmachen müssen, so war ihm jetzt nichts mehr davon anzumerken. Das Pferd war kräftig, gut genährt und strotzte offensichtlich vor Gesundheit.

»Was hat Ihre Mutter getan?« erkundigte sich Hunter.

»Sie wollte das Fohlen lieber erschießen, als mitansehen zu müssen, wie es verhungerte; aber ich habe sie angefleht, mich versuchen zu lassen, das Kleine zu retten.«

Ein leises Lächeln der Erinnerung spielte um ihre Lippen, als sie den breiten, glänzenden Rumpf des Hengstes bürstete. Leopard stieß einen Seufzer aus, der fast ein wohliges Stöhnen war, und schloß halb die Augen. Offensichtlich genoß er das Rubbeln der Kardätsche auf seinem Fell.

»Ich habe Leopard mit einem warmen, leicht rauhen Lappen abgerieben, um ihm das Gefühl zu geben, es wäre die Zunge seiner Mutter, die ihn trockenleckte«, erklärte sie. »Dann habe ich ihm geholfen, sich auf die Beine zu stellen, und wenn er einknickte, habe ich ihm wieder hochgeholfen. Zwischendurch habe ich ihn immer wieder mit dem Lappen abgerieben und den ganzen Tag und die Nacht über beruhigend auf ihn eingesprochen.«

Mit einer Intensität, die er kaum verbergen konnte, beobachtete Hunter das wechselnde Mienenspiel auf Elyssas Gesicht, während sie erzählte – Trauer um die tote Stute, Freude über das neugeborene Fohlen, Belustigung über seine Versuche, auf seinen staksigen Beinen zu stehen, und vor allem Liebe zu dem gefährlichen Raufbold, der vollkommen entspannt und halb dösend unter ihren sanften Händen dastand.

Belinda hat Tiere nie gemocht, dachte Hunter. *Jedenfalls nicht so wie Elyssa. Belinda hat ein Pferd wegen seiner Farbe ausgewählt und eine Katze, weil sie zu ihren Kleidern paßte. Damals habe ich das amüsant gefunden.*

Großer Gott, war ich blöde.

Im Grunde bin ich's immer noch.

Sonst würde ich nicht hart werden, nur weil ich einem koketten Dingelchen dabei zuschaue, wie es sein Pferd striegelt.

»Womit haben Sie ihn gefüttert?« erkundigte er sich angelegentlich. »Mit Futterbrei?«

»Wir hatten eine Kuh, die uns mit frischer Milch versorgte, weil meine Mutter Butter und Käse liebte. Penny und ich fabrizierten eine Art Saugflasche. Doch zuerst wollte Leopard überhaupt nichts davon wissen.«

Der Hengst verlagerte sein Gewicht. Er drehte den Kopf und knabberte an einer Strähne langen, hellblonden Haares, die aus Elyssas hastig hochgestecktem Chignon herausgerutscht war.

Ohne den gleichmäßigen Rhythmus des Striegelns zu unterbrechen, entzog sie ihm die Strähne und strich sie sich hinters Ohr.

Daraufhin reckte Leopard den Hals und zupfte Elyssas Chignon mit seinen geschmeidigen Lippen auseinander.

Lachend und sanft auf ihn einschimpfend balancierte Elyssa die Kardätsche auf seinem gefleckten Hinterteil, faßte ihre üppige Mähne mit beiden Händen zusammen und steckte die Strähnen erneut zu einem Knoten im Nacken fest.

Hunter stieß langsam und verstohlen den angehaltenen Atem

aus. Er gab sich Mühe, das plötzliche, heiße Pulsieren seines Blutes zu ignorieren. Es würde lange Zeit dauern, den Anblick jener seidigen, flachsblonden Haarflut zu vergessen, die sich wild und frei über Elyssas Gewand ergossen hatte.

Und den Anblick ihrer Hände, so wohlgeformt und flink und grazil.

Was würde es wohl für ein Gefühl sein, von diesen Händen am ganzen Körper liebkost zu werden? dachte Hunter sehnsüchtig.

Und dann, wütend auf sich selbst: *Ich bin ein Narr, auch nur darüber nachzudenken.*

»Auf diese Weise habe ich Leopard dazu gebracht, die Milch zu trinken«, erklärte Elyssa, während sie erneut nach der Kardätsche griff.

Hunter brummte ermutigend, um sie dazu zu bewegen, weiterzuerzählen. Er traute sich nicht zu sprechen, weil er wußte, seine Stimme würde zu heiser sein, zu kehlig, zu stark von dem Ansturm wilden Verlangens erfüllt, das durch seinen Körper strömte.

»Ich habe eine Haarsträhne in Milch getaucht und ihn damit am Maul gekitzelt«, erklärte Elyssa. »Nach einer Weile begriff er, was ich von ihm wollte, und fing an, an meinem Haar zu saugen.«

Hunter betrachtete das gewaltige Tier und versuchte ihn sich als schwächliches Fohlen vorzustellen. Es war unmöglich.

»Innerhalb von ein paar Tagen hatte ich ihn an einen richtigen Sauger gewöhnt«, fuhr Elyssa fort, »aber den Versuch mit der Haarsträhne hat er nie vergessen. Noch heute liebt er es, an meinem Haar zu knabbern, als ob er erwarte, jedesmal Milch und Honig zu kosten.«

Hunter sagte nichts. Er war zu sehr damit beschäftigt, sich auszumalen, was es wohl für ein Gefühl sein würde, den losen Knoten des Chignons zu lösen und sein Gesicht in Elyssas sauberem, süß duftendem Haar zu vergraben.

Und dann würde er unter den seidenen Rock greifen, um das noch weichere, süßere Fleisch darunter zu liebkosen.

Elyssa würde es zulassen, genauso bereitwillig, wie sie sich von mir im Stall hat berühren lassen.

Gott, ich habe noch nie eine Frau gehabt, die so stark auf mich reagiert hat, mit derart plötzlicher, heftiger Erregung.

Nacht für Nacht würde sie wie ein verzehrendes Feuer für mich brennen, heiß und wild und ungezügelt. Und ich würde sie mit der gleichen heißen Leidenschaft lieben und sie bis ins Innerste ihrer hungrigen, sinnlichen Seele treffen.

Ein heimlicher Schauder der Begierde überlief Hunter, als er darüber nachdachte ... über das Mädchen und die Nacht und das Feuer.

Zumindest in einer Hinsicht ist Elyssa anders als Belinda. Belinda war berechnend. Elyssa ist zu leichtsinnig, um egoistische Pläne zu schmieden.

Sex mit ihr würde ein Genuß sein. Ein verdammt großer Genuß. Würde es vielleicht sogar wert sein, deswegen zu heiraten.

Plötzlich wurde sich Hunter der Gedanken bewußt, die ihm durch den Kopf wirbelten, und er erstarrte vor Schreck.

Hast du denn noch immer nichts aus deinen Erfahrungen gelernt? fragte er sich zornig. *Sind Ted und Klein Em völlig umsonst gestorben?*

Schockiert und wütend über seine wilde, ungebärdige Leidenschaftlichkeit rief sich Hunter erneut die Folgen seiner Dummheit in Erinnerung, das falsche Mädchen zur Ehefrau genommen zu haben, nur weil sie sein Blut in Wallung gebracht hatte.

Wie kann ich auch nur mit dem Gedanken spielen, mich mit einer zweiten Belinda einzulassen? fragte er sich entsetzt. *Ein aufreizendes, flatterhaftes Mädchen in den Kleidern einer Frau.*

Ein Flittchen, das das Leben ihrer Kinder für eine schnelle Nummer mit dem Nachbarn aufs Spiel setzte, während ihr Ehemann in einem Krieg kämpfte, der tausend Meilen weit entfernt stattfand.

Zu jung. Zu verzogen.

Zu schwach.

Aber ich habe sie damals geheiratet, und meine Kinder mußten für meine Dummheit mit ihrem Leben zahlen.

Dennoch begehrte Hunter Elyssa weiterhin mit einem überwältigenden Hunger, der ihn erschütterte.

Sein unbezähmbares Verlangen machte ihn wütend – auf sich selbst, auf die Situation und vor allem auf das Mädchen, das ein elegantes Seidenkleid in einem Stall trug und ihm aus meergrünen Augen verstohlene Seitenblicke zuwarf.

»Aber eine Zeitlang bangte ich um ihn«, sagte Elyssa jetzt, während sie Leopards Hals mit einer Hand tätschelte.

Als Hunter nichts darauf erwiderte, musterte sie ihn aus den Augenwinkeln. Der harte, abweisende Zug um seinen Mund ließ sie zusammenzucken. Hastig wandte sie den Blick ab und drehte sich wieder zu Leopard um.

»Den folgenden Monat verbrachte ich rund um die Uhr bei dem Fohlen im Stall«, fuhr sie rasch fort. »Ich hielt ihn warm, solange die Weiden mit Schnee bedeckt waren und der Wind so eisig wehte, daß er selbst die Hölle hätte gefrieren lassen. Als der Frühling kam, blieb ich nur noch die Nächte im Stall, bis Leopard alt genug war, um von der Flasche entwöhnt zu werden.«

»Wie alt waren Sie damals?«

Der barsche Ton seiner Stimme brachte Hunter abermals einen Seitenblick von Elyssa ein und neu erwachtes Interesse von Leopard.

»Dreizehn«, erwiderte sie.

»In dem Alter interessieren sich die meisten Mädchen für ihr Aussehen und elegante Tanztees.«

Elyssa zuckte die Achseln. »Ich habe mir niemals etwas aus Tanztees gemacht. Meine adligen Cousinen waren der Meinung, es sei lächerlich.«

»Adlige Cousinen? Hier in der Gegend?«

»Nein, das sind Mutters Verwandte in England. Barone. Mutter hoffte immer, ich würde einen von ihnen heiraten. Ich habe es nicht getan; aber ich lebte bei ihnen seit meinem fünfzehnten Lebensjahr, bis ich in diesem Frühjahr wieder nach Amerika zurückgekehrt bin.«

Während Elyssa sprach, bürstete sie Leopards muskulöses Hinterteil mit schnellen, kräftigen Strichen.

»Und warum haben Sie keinen von ihnen geheiratet?« wollte Hunter wissen.

»Weil sie alles an mir, was nicht anstößig war, ausgesprochen komisch fanden.«

»Kann ich mir lebhaft vorstellen«, meinte Hunter boshaft. »Sie konnten sich keinen reichen Ehemann unter den Nagel reißen, also sind Sie mit eingekniffenem Schwanz wieder nach Hause zurückgerannt.«

Wut flammte in Elyssa auf. Es war schon schlimm genug gewesen, Hunter dabei zu beobachten, wie er mit Penny herumgeschäkert hatte. Jetzt auch noch Beleidigungen von ihm einstekken zu müssen, war mehr, als Elyssa ertragen konnte.

»Fangen Sie«, rief sie und feuerte die Kardätsche in Hunters Richtung.

Noch bevor seine Hände die Bürste aus der Luft ergreifen konnten, war Elyssa bereits auf Leopards Rücken gesprungen. Ihr Seidenrock flog bis über ihre Knie hoch, und der scharlachrote Unterrock bauschte sich wie Flammen um ihre Schenkel. Ungeduldig raffte sie den Stoff zusammen, klemmte ihn sich unter die Beine und trieb Leopard auf das Tor zu.

Mit einem geschmeidigen Satz sprang Hunter vorwärts, um Elyssa den Weg zum Koppeltor abzuschneiden.

»Wo, zum Kuckuck, wollen Sie hin?« fragte er barsch.

»Wohin es mir paßt.«

Elyssa trieb Leopard mit einem flüchtigen Klaps ihrer Hand auf seinen muskulösen Hals von Hunter weg, und Sekunden später galoppierte der Hengst auf den Koppelzaun zu.

Leopard flog darüber, so mühelos und elegant wie sein Namensvetter, ohne die gut einen Meter achtzig hohe Querlatte auch nur mit den Hufen zu streifen. Er landete leichtfüßig auf der anderen Seite und tänzelte dann ungeduldig auf der Stelle, brannte offensichtlich darauf loszugaloppieren.

Hunter stand reglos da und beobachtete Elyssa. Seidenröcke und Unterrock waren bei dem Sprung bis weiter über ihre Schenkel heraufgerutscht. Ihre Beine waren lang und wohlgeformt. Ihre weiblichen Kurven erinnerten Hunter daran, wie fest und voll sich ihre Brüste an seinem Arm angefühlt hatten.

Ohne Vorwarnung sammelte Leopard seine Kräfte, nahm drei Schritte Anlauf und sprang zurück in den Korral. Obwohl das Pferd nur wenige Schritte von Hunter entfernt auf dem Boden aufsetzte, wich er nicht einen Millimeter zurück.

»Nun? Habe ich meinen Standpunkt klargemacht?« fragte Elyssa schroff.

»Worum handelt es sich denn?« wollte Hunter wissen.

In seiner Stimme schwang Strenge und gleichzeitig sinnliche Erregung mit, an seinem Hals pochte deutlich sichtbar eine Ader. Er hoffte nur, daß Elyssa nicht auf seinen heftig klopfenden Puls aufmerksam wurde oder auf das pralle männliche Fleisch, das mit jedem Herzschlag stärker unter seiner Hose anschwoll.

»Ich habe Sie eingestellt, um die Ladder S zu beaufsichtigen, nicht mich«, gab Elyssa zurück. »Wenn ich ausreiten möchte, dann tue ich das auch.«

»Nein«, sagte Hunter grimmig, bevor er sich zurückhalten konnte.

»Ich bitte um Verzeihung?«

»Also, das ist etwas, was ich zu gerne sehen würde – wie Sie mich bitten.«

»Es wird nicht passieren«, säuselte sie. »Meine Cousinen und ihre adligen Freunde haben jahrelang vergeblich versucht, mich kleinzukriegen. Und sie hatten die Zeit und die Grausamkeit auf ihrer Seite. Hingegen Sie haben keine Chance, Hunter.«

»Nicht genug Zeit?«

»Nicht genug Grausamkeit.«

»Seien Sie sich dessen nur nicht zu sicher, Frechdachs.«

»Wie lange haben Sie Bugle Boy schon?«

Hunter blinzelte, überrascht über den plötzlichen Themenwechsel.

»Sein ganzes Leben lang«, antwortete er langsam. »Wieso?«

»Man sieht an ihm keinerlei Spuren von Peitsche oder Sporen. Auch nervös ist er nicht oder kopfscheu. Er besitzt das Vertrauen und das ruhige Wesen eines Tieres, das von Geburt an gut versorgt und mit Liebe behandelt wurde.«

Wieder reagierte Hunter überrascht. Er sah die Mühelosigkeit, mit der Elyssa Leopard lenkte, ohne Zaumzeug, Sattel oder auch nur ein Stück Schnur benutzen zu müssen.

Das Wissen, daß sie ganz einfach davongaloppieren und ihn im Staub hätte zurücklassen können, war mehr als ärgerlich.

Was immer sie auch sonst sein mag, sie ist eine phantastische Reiterin, gestand Hunter sich widerwillig ein.

»Kurz und gut«, fuhr Elyssa fort, »Sie sind unverschämt, arrogant, störrisch und hoffnungslos dickköpfig, aber grausam sind Sie nicht.«

Leopard machte einen kleinen Satz, als wäre seine Geduld am Ende. Es war offensichtlich, daß der Hengst erneut über den Zaun springen und in vollem Galopp über die Weiden preschen wollte.

Eben dieses hatte auch Elyssa im Sinn. Ein leichter Druck ihrer Hand lenkte Leopard wieder auf den Zaun zu.

»Halt, warten Sie!« rief Hunter. »Nur weil Sie wütend sind, können Sie nicht einfach Hals über Kopf davonrasen.«

Elyssas Beherrschung schwand rapide dahin.

»Ach nein?« fragte sie kalt. »Wie wollen Sie mich daran hindern?«

»Penny ist von Ihnen abhängig«, erklärte er in eisigem Ton. »Wenn Sie sich den Hals brechen, während Sie mit diesem verdammten Gaul über Stock und Stein hetzen, wird Penny der Gnade von Fremden ausgeliefert sein, um ein Dach über dem Kopf zu haben und ein Stück Brot auf ihrem Teller.«

Penny, dachte Elyssa zornig. *Natürlich. Darauf hätte ich auch gleich kommen können. Hunter war überhaupt nicht um mich besorgt.*

Mit scheinbarer Ruhe konzentrierte sie sich so lange auf das goldgelbe Grasland, das sanft von den Bergen zu dem braunen Sumpfgebiet darunter abfiel, bis sie sich nach ein paar tiefen, langsamen Atemzügen sicher war, ihren Zorn im Griff zu haben.

Ich brauche diesen arroganten, aufgeblasenen Kerl, erinnerte Elyssa sich energisch. *Das muß ich mir immer wieder sagen.*

Ohne Hunter schaffe ich es nicht.

Und wenn das bedeutet, daß ich dabei zuschauen muß, wie er Penny den Hof macht, dann soll es eben so sein. In England habe ich sehr viel Schlimmeres durchgemacht und niemals geheult – also, warum trifft mich Hunters Verachtung dann so tief?

Weil ich möchte, daß er mich mag, deshalb. Ich möchte, daß er jene verführerischen Samttöne auch bei mir anschlägt.

Aber es war kein Gedanke, den Elyssa jemals laut aussprechen würde.

»Hören Sie mir überhaupt zu?« erkundigte Hunter sich.

Elyssa nickte kühl. Die leichte Kopfbewegung genügte, um ihr gelöstes Haar wie silbriges Mondlicht über die grüne Seide ihres Kleides fließen zu lassen.

»Ich werde nicht für ein verzogenes Mädchen arbeiten, das auf alles, was ich sage, wütend reagiert«, erklärte Hunter.

Wieder nickte Elyssa schweigend.

Und wieder ließ die Bewegung ihr Haar wie eine silberne Woge über ihre Brüste gleiten. Mit schnellen, ungeduldigen Handgriffen raffte sie die hellen Strähnen zusammen und drehte sie erneut zu einem Knoten im Nacken fest.

»Ich werde auch nicht für ein Mädchen arbeiten, das ewig schmollt«, fügte Hunter hinzu.

Elyssa drehte sich um und blickte ihn an.

Ihre Miene sagte Hunter deutlich, daß sie nicht schmollte. Ihr Blick war kühl und gedankenverloren, ihre Augen hatten einen

Ausdruck elementarer Reserviertheit, der Hunter irgendwie an Leopard erinnerte.

Gut, sagte er sich. *Es wird aber auch höchste Zeit, daß sie aufhört, mich anzusehen, als frage sie sich, wie es wohl wäre, mich zu besteigen und zu reiten.*

»Woran denken Sie gerade?« fragte er.

Hunter hätte gern gewußt, ob Elyssa ebenso überrascht über die Frage war wie er selbst. Es sollte ihn eigentlich nicht kümmern, was sie dachte, und er wußte es auch.

Falls diese Frage Elyssa unvorbereitet traf, so ließ sie es sich jedenfalls nicht anmerken. Ihr Gesicht hatte einen distanzierten, fast hochmütigen Ausdruck angenommen, der Hunter ärgerte.

»Sie wollen sicher nicht wirklich wissen, was ich denke«, erwiderte sie nach einem Moment.

Hunters Lippen wurden schmal.

»Genau wie ich dachte«, gab er zurück. »Sie sind immer noch wütend. Es gibt eine Sache, die verzogene Dämchen nicht ertragen können, und das ist die Wahrheit.«

»Wenn Sie meinen ...«

»Ich habe Ihnen gerade die Wahrheit vorgehalten, stimmt's?«

Elyssa sagte nichts.

»Verdammt«, knurrte Hunter schließlich. »Ich hasse es, wenn ein Mädchen die Beleidigte spielt! Was, zum Teufel, geht hinter Ihren Meeraugen vor?«

»Ich denke nach.«

»Worüber?«

»Über meine Wahrheit.«

Er wartete darauf, daß Elyssa ihm erklärte, was sie meinte.

Und wartete.

Und wartete.

»Na schön«, sagte er barsch. »Wie lautet nun Ihre Wahrheit?«

»Ich brauche einen Mann, der sich unbemerkt an den Culpeppers vorbeischleichen kann, der Mickey kontrolliert, Penny und mich beschützt und die Rinder bei der Armee abliefert. Kurz gesagt, ich brauche Sie, Hunter. Deshalb werde ich Ihre ungerechtfertigten Tiraden notgedrungen über mich ergehen lassen müssen, bis ich Sie entlassen kann.«

Die ruhige, nüchtern vorgebrachte Zusammenfassung der Fakten überraschte Hunter. Wenn Belinda wütend gewesen war, war sie zu nichts anderem mehr fähig gewesen als zu Tränen, Übelnehmen und beleidigtem Aus-dem-Zimmer-Rauschen.

»Werden Sie mir bei jeder Gelegenheit eins auswischen?« fragte Hunter.

Elyssa musterte ihn gelassen.

»Werden Sie mich bei jeder Gelegenheit beleidigen?« stellte sie die Gegenfrage.

»Nur, wenn Sie sich wie ein verzogener Kindskopf aufführen.«

»Ich habe den Verdacht, daß ich in Ihren Augen unfähig bin, mich auf irgendeine erwachsene Art zu benehmen, ganz gleich, was ich tue.«

Hunter schob mit einer ungeduldigen Bewegung seinen Hut zurecht.

»Wollen Sie damit sagen, daß mein Urteil über Sie falsch ist?« fragte er mit trügerischer Unterwürfigkeit.

»Genau das.«

»Der Meinung bin ich nicht.«

»Ich weiß. Genauso wie ich weiß, daß Sie von dem Moment unserer ersten Begegnung an eine Abneigung gegen mich gefaßt haben.«

Hunter erwiderte nichts darauf. Wenn Elyssa noch immer nicht gemerkt hatte, daß er sich heftig zu ihr hingezogen fühlte – und daß er sich ebenso vehement gegen diese sinnliche Anziehung sträubte –, dann würde er sie bestimmt nicht darauf hinweisen.

»Leider verstehe ich nicht«, fügte sie hinzu, »warum Sie überhaupt zugestimmt haben, für mich zu arbeiten.«

Hunter stand völlig reglos da. Er brauchte den äußeren Anschein, der Vorarbeiter der Ladder S zu sein, brauchte ihn als Tarnung. Sonst würden die Culpeppers sofort Wind davon bekommen, daß die Texaner, die ihnen zwei Jahre lang auf den Fersen gewesen waren, sie nun doch aufgestöbert hatten.

»Ich brauche den Job«, erklärte er kurz angebunden.

»Warum?«

»Geld.«

»Das glaube ich Ihnen nicht.«

Wieder verblüffte ihn Elyssas kühle, sachliche Einschätzung der Tatsachen.

»Sie haben mich ja noch nicht einmal gefragt, wieviel ich Ihnen zahlen werde«, erläuterte sie.

»Ich werde mein Geld schon bekommen.«

»Indem Sie mir die Ranch wegnehmen?«

Zorn wallte jäh in Hunter auf. Er erschrak geradezu, welch enorme Anstrengung es ihn kostete, seine Wut im Zaum zu halten.

Er, der immer stolz auf seine eiserne Selbstdisziplin gewesen war.

»Hören Sie zu, Mädchen«, sagte Hunter mit gefährlich leiser Stimme. »In Texas hatte ich eine Ranch, die fünfmal so groß wie die Ladder S war, eine Ranch, die mein Bruder und ich eigenhändig erbaut hatten. Ich habe es nicht nötig, Waisenkinder zu bestehlen.«

Der fast greifbare Zorn in Hunter ließ Elyssas Mund trocken werden. Sie versuchte zu sprechen, schluckte hart und setzte zu einem neuen Versuch an.

»In Ordnung«, sagte sie. »Ich zahle Ihnen drei Dollar pro Tag und fünfzig Cent für jeden Mustang, den sie bei der Armee abliefern. Sind Sie damit einverstanden?«

Hunter nickte knapp.

Elyssa stieß den Atem in einem lautlosen Seufzer aus.

»Wir werden über die Ranch reiten und das Vieh zählen, sobald ich ein Lunchpaket für uns zurechtgemacht habe«, erklärte sie.

»Nein.«

»Na schön, dann packe ich nur für mich Proviant ein.«

»Nicht nötig«, erwiderte er. »Sie werden nirgendwohin mitreiten.«

»Apropos beleidigt sein ...« Elyssa zuckte die Achseln. »In Ordnung. Ich nehme mir die nördliche Hälfte vor.«

»Sie werden keineswegs losziehen. Basta. Es ist zu gefährlich.«

Einen langen Moment herrschte nur Schweigen, während Elyssa ihn aus geduldigen Augen anblickte.

»Hölle und Pest«, knurrte Hunter. »Sobald ich Ihnen den Rücken gekehrt habe, werden Sie sich davonmachen, stimmt's?«

»Natürlich.«

»Nur um zu beweisen, daß ich Sie nicht daran hindern kann«, sagte er voller Verachtung.

»Nein, Hunter. Um Rinder zu zählen. *Meine* Rinder.«

Er grunzte etwas Unverständliches vor sich hin.

»Wenn Sie so besorgt um Pennys Zukunft sind«, fuhr Elyssa zuckersüß fort, »dann wäre es doch klug von Ihnen, mich auf meinem Austritt zu begleiten, damit mir nichts passiert. Meinen Sie nicht auch?«

Hunter betrachtete Elyssas Lächeln – zwei Reihen weißer, ebenmäßiger Zähne und nicht eine Spur von Wärme – und wußte, daß er diese Runde verloren hatte.

»Wenn Leopard keinen Sattel und kein Zaumzeug dulden will«, sagte Hunter, während er sich umdrehte, »dann reiten Sie irgendein anderes Pferd.«

Er verschwand im Stall, bevor Elyssa begriff, daß sie gewonnen hatte. Sie war immer noch dabei, ihren Sieg auszukosten, als die Hunde plötzlich zu bellen begannen.

Ein Culpepper auf einem riesigen rotbraunen Maultier galoppierte auf die Ranch zu, als gehörte sie ihm.

6

Elyssas erster Gedanke war, daß ihre Schrotflinte im Haus lag statt in ihren Händen.

Aber ich hätte ja auch nie damit gerechnet, daß ein Culpepper bei hellichtem Tag hier auf der Ranch aufkreuzen würde, so dreist wie eine Katze zur Melkzeit.

Hastig blickte Elyssa sich um. Von ihren Leuten war weit und breit nichts zu sehen.

Falls Hunter erkannt hatte, daß Gefahr im Verzug war, so machte er jedenfalls keinerlei Aufhebens davon. Die Tür, die von Leopards Sattelplatz zu seiner Box im Stall führte, stand offen, doch Hunter ließ sich nirgends blicken.

Plötzlich merkte Elyssa, daß sie im hellen Tageslicht mit fast bis zur Taille hochgerutschten Röcken dasaß. Sie glitt in einem Wirbel von smaragdgrüner und scharlachroter Seide vom Rükken des Hengstes.

Als ihre Füße den Boden berührten, gaben ihre Knie unter ihr nach, und sie mußte sich haltsuchend an Leopards Hals festhalten. Erst in dem Moment wurde ihr bewußt, wie groß ihre Angst war.

Das Aufblitzen von Farbe im Sonnenlicht, als Elyssa hastig absaß, erregte die Aufmerksamkeit des Culpeppers. Er trieb das Maultier am Küchengarten vorbei, ignorierte das Ranchhaus und strebte geradewegs auf den Stall zu. Das Maultier bewegte sich in einer merkwürdig gleitenden Gangart über den staubigen, mit Hufabdrücken übersäten Boden, die schnell und angenehm für den Reiter war.

Wenige Augenblicke später tauchten drei Kumpane hinter dem Maultier auf. Sie schwärmten leicht nach rechts und links aus, wobei jeder einen anderen Teil der Ranch im Auge behielt. Das Äußere und das Benehmen der Männer ließ darauf schließen, daß sie ehemalige Soldaten waren.

Entlassene Soldaten der Südstaatenarmee, die plündernd und mordend durch die Gegend ziehen, schoß es Elyssa durch den Kopf.

Nackte Furcht kroch über ihre Haut und hinterließ eine eiskalte, prickelnde Spur, die selbst die heiße Sonne nicht vertreiben konnte.

Sicher sind die Culpeppers doch nicht so unverfroren, daß sie am hellichten Tag angreifen, ganz gleich, wie schlecht der Armeehauptmann im Moment auf die Ladder S zu sprechen ist.

Das Gebell der Hunde schwoll zu hysterischem, ohrenbetäubendem Heulen an.

Die Verlockung, in den Stall zu fliehen, war groß, aber Elyssa weigerte sich, ihr nachzugeben. Sie hatte den Verdacht, daß die Banditen ähnlich wie ihre englischen Vettern und Cousinen und andere Raubtiere waren – eine Zurschaustellung von Schwäche würde sie nur noch mehr ermutigen.

Außerdem zitterten ihre Beine viel zu stark, um zu irgend etwas anderem nütze zu sein, als sie aufrecht zu halten.

Hunter, wo bist du? rief Elyssa innerlich verzweifelt. *Kannst du denn die Hunde nicht hören?* Nicht die entfernteste Antwort erfolgte auf ihr stummes Flehen, nicht einmal das Scharren einer verstohlenen Bewegung im Inneren des Stalls.

Sie war mutterseelenallein, und im Hof wimmelte es von Banditen.

Hunter! Ich brauche dich!

Dennoch drang kein Laut über Elyssas Lippen. Wenn Hunter taub für das hektische Gebell der Hunde war, dann würden ihre eigenen Hilfeschreie ihn auch nicht herbeizaubern.

Es kostete sie ihren gesamten Mut, ruhig stehenzubleiben und eine entspannte, selbstbewußte Miene aufzusetzen, während der Wind durch die Latten des Korralzauns blies und ein Culpepper auf den Stall zugeritten kam, als gehörte ihm die Ladder S und alles darauf.

Die Kleidung des Mannes war abgetragen und schmutzig. Unter der Schmutzschicht zeichneten sich Jacke, Hosen und Stiefel der Konföderierten Armee ab. Wie das Maultier, so war auch der Reiter langknochig, sehnig und staubbedeckt.

Anders als sein Gaul hatte der Culpepper jedoch blaßblaue Augen und einen verfilzten Bart, der es dringend nötig hatte, gestutzt zu werden. Seine Manieren hätten ebenfalls etwas Schliff vertragen können. Der Blick, den er Elyssa zuwarf, war so ordinär, als ob er mit der Hand unter ihren Rock gefaßt hätte.

»Gehört Ihnen die Ranch hier?« fragte er näselnd.

»Allerdings«, erwiderte Elyssa in demselben Ton.

»Ich bin Gaylord Culpepper. Bin gekommen, um sie aufzukaufen.«

»Nein.«

Der Reiter senkte die Lider. Er beugte sich leicht im Sattel vor, als könne er nicht glauben, daß er richtig gehört hatte.

Das Maultier stampfte mit den Vorderhufen. Seine langen Ohren zuckten und drehten sich vor und zurück, während es das Gebell der Hunde verfolgte, als diese zwischen den Eindringlingen und den Pyramidenpappeln entlangsprangen, die den nahegelegenen Bach säumten.

»Ich werd' nicht lange fragen, Missy«, knurrte Gaylord.

»Gut, weil ich nämlich nicht verkaufen werde.«

Gaylord blickte sich suchend um, wobei er sein besonderes Augenmerk auf den Stall richtete. Offensichtlich konnte er sich nicht vorstellen, daß Elyssa sich so viel herausnahm, wenn nicht irgendwo in der Nähe eine Armee auf der Lauer lag.

Elyssa wünschte sich inständig, es wäre so. Aber leider hatte sie keinerlei Unterstützung. Alles, was sie hatte, waren ihre Schlagfertigkeit, ihre zittrigen Beine und der ausgeprägte Wunsch, anderswo zu sein.

Irgendwo auf dieser Welt. Nur möglichst weit weg.

»Tja, das is' aber verdammt schade«, erklärte Gaylord. »Wir ham' nämlich unser Herz an diese Ranch gehängt, und was Culpeppers haben wollen, kriegen Culpeppers auch.«

»Ihr Dilemma ist durchaus verständlich.«

»Häh?«

Elyssa sagte das erste, was ihr in den Sinn kam, in der Hoffnung, die Banditen irgendwie ablenken zu können, bis sich einer ihrer Leute ein Gewehr schnappen und sie auf handfestere Weise in Schach halten konnte.

»Ich liebe die Ladder S auch sehr«, sagte sie hastig, »und könnte es nicht ertragen, die Ranch zu verlassen. Das verstehen Sie doch sicherlich, nicht?«

»Äh ...«

»Genau«, erwiderte sie rasch. »Sie sollten Ihre Zuneigung in eine andere Richtung lenken. Ich habe gehört, daß die nördlichen Gebiete recht lohnend für, äh, Interessenten wie Sie sind.«

»Zu kalt.«

Die Versuchung, die Hölle als warme Alternative vorzuschlagen, war groß, doch Elyssa widerstand ihr.

»Texas gilt als ...«, begann sie.

»Nee, nich' Texas«, unterbrach er ungeduldig. »Da war'n wir schon. Hat uns gar nich' gefallen. Die Leute da sind mächtig unfreundlich.«

»Vielleicht kannten Sie sie einfach nicht gut genug.«

»Verdammt gemeines Volk, die Texaner. Regen sich maßlos auf, wenn ein Mann mal 'n bißchen Spaß hat. Heften sich an seine Fersen und verfolgen ihn, komme, was da wolle, und geben niemals auf. Ist verflucht lästig, so verfolgt zu werden, das kann ich Ihnen flüstern.«

Elyssa versuchte, mitfühlend auszusehen. Sie bezweifelte, daß es ihr überzeugend gelang.

»Also werd' ich Ihnen Ihren Willen lassen und es so machen, wie Sie's wollen«, erklärte Gaylord. »Obwohl ich jetzt schon weiß, daß mich die Jungs bis ans Ende meiner Tage verspotten werden.«

Elyssa blinzelte verdutzt. Sie hatte nicht erwartet, einen Culpepper von irgend etwas abbringen zu können, geschweige denn von seinem Bestreben, die Ladder S an sich zu reißen.

»Danke«, sagte sie. »Ich bin Ihnen wirklich sehr dankbar. Die Ranch ist mein ganzes Leben.«

»Sie sollten auch dankbar sein«, gab Gaylord zurück. »Passiert schließlich nicht alle Tage, daß ein Mädchen einen Culpepper zum Mann bekommt.«

Ein merkwürdiges Gefühl der Unwirklichkeit stieg in Elyssa auf, als betrachte sie die Welt durch das falsche Ende eines Fernrohrs. Einen Moment lang wurde sie unwillkürlich an die phantastische Geschichte von ›Alice im Wunderland‹ erinnert, die durch alle Salons gegangen war, als sie London verlassen hatte.

Genauso muß sich die arme Alice auch gefühlt haben, dachte Elyssa.

Vielleicht sollte ich diesen maultierreitenden Irren zum Tee ins Ranchhaus einladen.

Der Gedanke brachte sie beinahe zum Lachen, doch sie hatte Angst, wenn sie den Mund aufmachte, würde statt dessen ein Schrei herauskommen. Die äußere Ruhe, zu der sie sich zwang, trog.

In Wahrheit zog eiskaltes Entsetzen ihre Eingeweide mehr und mehr zusammen. Ihr war zumute, als würden ihre Knochen brechen, wenn sie auch nur eine unvorsichtige Bewegung machte.

»Ich fürchte, ich habe mich nicht klar genug ausgedrückt«, sagte sie langsam. »Es liegt nicht in meiner Absicht, Sie zu heiraten.«

»Soll mir recht sein. Hab sowieso nicht viel übrig für Ehefesseln und so. Aber wenn ich's nicht bin, dann wird's Ab sein, und er hat 'ne verdammt üble Art, mit den Mädels umzuspringen. So'n zartes Ding wie Sie wird das nächste Weihnachten wahrscheinlich nich' mehr erleben, wenn Ab Sie erst mal in der Mache hat. Is' die Wahrheit, das schwöre ich.«

Elyssa schluckte hart, um die Übelkeit zurückzudrängen, die sich in ihr zusammenbraute.

»Mr. Culpepper«, sagte sie mit verzweifelter Ruhe. »Ich bin nicht gewillt, irgend jemanden zu heiraten.«

Der Reiter nickte nachdrücklich.

»Klar, hab' schon verstanden«, erwiderte er. »Ist wahrscheinlich am besten so. Die Jungs werden nämlich allmählich unruhig. Wenn sie wissen, daß sie zusammen mit der Ranch 'ne Herzdame kriegen, beruhigen sie sich garantiert wieder.«

»Wovon, in Gottes Namen, reden Sie eigentlich?« fragte Elyssa mit wachsender Beklommenheit.

»Na, ist doch wohl klar. Sie wollen die Ranch nicht verlassen, von Heirat wollen Sie auch nichts wissen, also bleibt ja nur noch das leichte Mädchen übrig, stimmt's?«

Gaylord klatschte sich so hart auf den Schenkel, daß eine Staubwolke von seiner Hose aufstieg.

»'n mächtig feines Leben«, jauchzte er. »Mächtig fein!«

Die Ohren des Maultiers zuckten flüchtig zurück, dann richteten sie sich wieder auf, um das Gebell der Hunde zu verfolgen, die in einigem Abstand um die Männer kreisten und sich die Seele aus dem Leib bellten.

Elyssa starrte entgeistert den Culpepper an, der vor Freude wie ein Hahn krähte.

»Ich hab's Ab ja gesagt. Kannst dich drauf verlassen, mein Junge, hab' ich gesagt, daß der alte Gaylord diese Ranch für die Jungs bekommt, ohne die Art von Krawall zu verursachen, die sofort die Yankeesoldaten auf den Plan ruft.«

Ohne Vorwarnung hörte Gaylord auf, sich zu seiner Schlauheit zu gratulieren, und musterte Elyssa mit einem Ausdruck unverhüllter Gier, die ihr das Blut in den Adern gefrieren ließ.

»Und dabei macht sich Ab immer über mich lustig, weil er glaubt, der alte Gaylord is' langsam und so blöde wie'n Holzklotz«, sagte er triumphierend.

Elyssa biß sich auf die Lippen, um sich daran zu hindern, ihm zuzustimmen.

»Ab erzählt immer, wie von meiner Lady die Mösensäfte schon total ausgetrocknet waren, als er mich endlich auf Turners Jüngste draufgekriegt hat. Junge, Junge, die war vielleicht 'ne

Kämpferin für ihr Alter. Ab lächelt immer noch, wenn er daran denkt. Klar, sie war sein erstes Mädchen gewesen. War nich' so einfach, sie zuzureiten.«

Vage wurde Elyssa sich bewußt, daß sie den Atem anhielt. Sie zwang sich, Luft zu holen. Gleichzeitig bemühte sie sich angestrengt, *nicht* zu verstehen, was Gaylord Culpepper sagte.

Das Maultier bewegte sich näher auf den Korralzaun zu, angetrieben von seinem Reiter.

»Hoffe, Sie ha'm ordentlich Durchhaltevermögen«, sagte Gaylord. »Ich und die Jungs sind mächtig scharf.«

Mißtrauisch wich Elyssa von dem Zaun zurück.

Mut zu demonstrieren war eine Sache. Tollkühnheit stand auf einem anderen Blatt.

Nur eine tollkühne Närrin würde weiter in Gaylord Culpeppers Reichweite bleiben.

»He, nun weich mal nich' gleich zurück, Mädchen«, schimpfte Gaylord. »Ich werd' dich nicht sofort hinwerfen und dich besteigen. Will nur mal deine Titten fühlen. Sehen verdammt gut ...«

»O nein«, sagte Elyssa grimmig.

»Das klingt aber unfreundlich.«

Mit überraschender Schnelligkeit sprang Gaylord vom Rükken des Maultieres auf den Korralzaun. Elyssa blieb kaum genug Zeit, außer Reichweite seines langen Armes zurückzuweichen, um seinen grapschenden Fingern zu entgehen.

Leopard bäumte sich auf der Hinterhand auf und legte die Ohren flach an in einer unmißverständlichen Warnung an Gaylord, was passieren würde, wenn er in den Korral kam.

Gaylord stieg wieder auf sein Maultier und warf dem Hengst einen argwöhnischen Blick zu.

»Die Leute sagen, der da ist ein richtiger Killer«, knurrte er.

Elyssa erwiderte nichts.

»Hmm. Also, Ab hatte vor, ihn zu reiten, aber er ist nicht hier, und ich bin's, und ich bin echt wild drauf, deine Titten zu fühlen. Also ruf deinen Hengst zurück, bevor ich ihn abknalle.«

Gaylord mochte vielleicht etwas schwerfällig sprechen, aber an der Art, wie er seinen sechsschüssigen Revolver zog, war absolut nichts Schwerfälliges.

»Nein!« schrie Elyssa.

Hinter ihr löste sich ein Schuß aus einer Büchse, und der Knall übertönte ihren Schrei. Die Kugel landete zwischen den Vorderhufen des Maultiers und erschreckte es derart, daß es sich aufbäumte.

Gaylord hielt sich mit derselben Mühelosigkeit im Sattel, mit der er nach seinem Revolver gegriffen hatte.

»Steck die Knarre weg oder krepiere«, sagte Hunter drohend.

Elyssa erkannte Hunters Stimme kaum wieder. In seinem Tonfall schwang keinerlei Emotion mit, nur ein kaltes Versprechen von Tod.

Die Stille war so vollkommen, daß sie sogar Gaylords Revolver in das Halfer rutschen hörte.

Gleich darauf ertönte ein Ruf von einem der Männer hinter Gaylord. Er hob langsam eine Hand und bedeutete ihnen mit einer Geste, zurückzubleiben.

»Hab' doch nur Spaß gemacht«, sagte Gaylord weinerlich zu Elyssa.

Aber der harte, abschätzende Ausdruck seiner blaßblauen Augen war alles andere als einlenkend. Sein Blick schweifte zum Stall, und er spähte angestrengt in die Dunkelheit hinter der Tür zu Leopards Box.

Elyssa blickte ebenfalls in die Richtung.

Hunter war unsichtbar.

»Jetzt ist der Spaß vorbei«, ließ sich Hunter vernehmen. »Mach dich schnellstens auf die Socken und laß dich nie wieder hier blicken. Wenn ich dich oder deine Männer noch einmal auf Ladder-S-Gebiet erwische, erschieße ich euch ohne Vorwarnung.«

Mit einem stummen Gebet wich Elyssa langsam zum Stall zurück. Sie achtete sorgfältig darauf, nicht zwischen die offene Stalltür und Gaylord Culpepper zu geraten.

Der fluchte vor sich hin und verlagerte sein Gewicht im Sattel.

»He, wage es nicht, einfach abzuhauen«, knurrte er. Er starrte Elyssa aus blassen, bösartigen Augen an. »Wir sind noch nicht fertig miteinander. Noch lange nicht.«

»Du bist fertig«, erwiderte Hunter.

»Wo bist du plötzlich hergekommen, Kumpel?« wollte Gaylord wissen.

»Aus der Hölle.«

»Hmm. Tja, ist ja klar wie Kloßbrühe, daß du nicht weißt, wie sich ein Mann verhalten sollte, wenn er Wert drauf legt, morgen noch zu atmen.«

»Bleib mit der Hand von deinem Revolver weg, wenn du auf den morgigen Tag noch Wert legst«, antwortete Hunter gelassen.

Gaylord blickte auf seine rechte Hand, als überraschte es ihn festzustellen, daß sie klammheimlich wieder zu der Waffe geglitten war.

Langsam? Blöde? dachte Elyssa hektisch. *Gaylord ist so dumm, wie ein Fuchs dumm ist. Und wie bei einem Fuchs so fehlt auch seiner Seele etwas.*

»Hör zu, Kumpel«, sagte Gaylord. »Du willst doch sicher nicht, daß es zu einer Schießerei kommt. Die Ladder S ist schon so gut wie Culpepper-Land. Wir wollen die Ranch und wir nehmen sie uns. Mehr gibt's dazu nicht zu sagen.«

»Sieh zu, daß du von hier verschwindest, oder es wird ernst«, erwiderte Hunter.

Die Kombination von Ruhe und tödlicher Verheißung in Hunters Stimme bewirkte, daß sich die feinen Härchen in Elyssas Nacken aufrichteten.

Ohne ein weiteres Wort zog Gaylord sein Maultier herum und galoppierte auf seine Männer zu. Die vier Reiter verschwanden so plötzlich, wie sie gekommen waren, und ließen eine Wolke von Staub und sich heiser bellende Hunde zurück.

Elyssa vergrub ihre zitternden Finger in Leopards Mähne und klammerte sich daran fest. Nun, da die Krise ausgestanden war, wackelten ihre Beine derart, daß sie befürchtete, sie würden ihr Gewicht nicht tragen.

Mit der Büchse in der Hand marschierte Hunter zur Stalltür heraus in das gleißende Sonnenlicht. Der Lauf seiner Waffe war sauber, aber nicht glänzend. Das gleiche galt für den Kolben. Es gab kein Silber, kein Gold, keine feinen Muster, die in das Holz geschnitzt oder den Stahl eingraviert gewesen wären.

Schweigend blickte Hunter den Banditen nach, bis nichts mehr von ihnen zu sehen war. Dann holte er eine Kugel aus dem Magazin, sicherte den Hahn und wandte sich zu Elyssa um.

Der Ausdruck auf seinem Gesicht war alles andere als gemütlich. Er würde lange Zeit brauchen, um diesen Schrecken zu vergessen, daß Elyssa genau im Mittelpunkt dessen gestanden hat, was sich in Sekundenschnelle zu einem tödlichen Kampf hätte entwickeln können.

Sie könnte jetzt tot dort im Staub liegen, dachte er grimmig, *in einer tiefroten Lache ihres Blutes und ihr Gesicht so weiß wie Salz.*

Die Vorstellung, wie Elyssa leblos am Boden lag, beunruhigte Hunter auf eine Weise, die er weder deuten noch verstehen konnte. Der Tod war kein Fremder für ihn, und er war auch nicht um seine eigene Sicherheit besorgt gewesen; dennoch krallte sich die Angst um seine Nerven.

Angst um Elyssa.

Das Schweigen zwischen ihnen dehnte sich aus, nur unterbrochen vom sanften Rauschen des Windes, Leopards ruhigem Atmen und dem gelegentlichen Bellen der Hunde.

Dann seufzte Elyssa tief, löste ihre Finger aus der Mähne ihres Hengstes und blickte vorsichtig zu Hunter hinüber.

Finstere, metallisch funkelnde Augen erwiderten ihren Blick.

»Sie kleine Närrin«, stieß Hunter zwischen zusammengebissenen Zähnen hervor. »Warum sind Sie nicht in den Stall gelaufen? Sie hatten Zeit genug. Oder hat es Ihnen gefallen, dazustehen und Gaylord herauszufordern, während er Sie mit den Augen auszog?«

Die Nachwirkungen der ohnmächtigen Angst, die sie ausgestanden hatte, und ein plötzlicher Ansturm von Wut erwiesen sich als zuviel für Elyssas Selbstbeherrschung. Hätte sie ein Gewehr gehabt, dann hätte sie Hunter umgelegt.

Er wußte es. Blitzschnell packte er ihr Handgelenk, bevor sie beschließen konnte, sich in Ermangelung einer Waffe auf ihn zu stürzen und ihn mit Ohrfeigen zu traktieren.

»In Ordnung. Es hat Ihnen nicht gefallen«, wiegelte Hunter ab. »Aber warum sind Sie nicht weggelaufen?«

»Weil meine Beine so stark gezittert haben, daß ich keinen Schritt tun konnte, deshalb.«

Überraschung milderte den strengen Ausdruck auf Hunters Gesicht. Zum ersten Mal fiel ihm auf, wie blaß Elyssa war. Ein feines Beben lief durch ihren Körper. Hätte er nicht dicht neben ihr gestanden, während er ihr Handgelenk festhielt, hätte er es wahrscheinlich gar nicht bemerkt.

»Von der Stelle aus, wo ich war, haben Sie aber nicht sehr verängstigt ausgesehen«, sagte er.

»Nur ein Narr zeigt einem Angreifer, daß er Angst hat, und trotz Ihrer gegenteiligen Meinung bin ich keine Närrin.«

Hunter hörte ihre Worte kaum. Er war sich zu intensiv der zarten Haut an der Innenseite ihres Handgelenks bewußt, des leuchtenden Blaugrüns ihrer Augen und des schwachen Zuckens ihrer vollen Lippen.

»Wenn Sie das nächste Mal einen Culpepper sehen«, brummte er, »laufen Sie, so schnell Sie können, in die entgegengesetzte Richtung.«

Elyssa nickte ruckartig.

Die schnelle Bewegung ihres Kopfes pflanzte sich in einer schimmernden Woge von Licht durch die gesamte Länge ihres Haares fort. Blaßgoldene Strähnen glitten über ihre Wangen. Eine davon blieb an ihrer zitternden Unterlippe haften.

Hunter gab einen erstickten Laut von sich, so leise, daß er kaum hörbar war. Mit der Büchse in der einen Hand und Zärtlichkeit in der anderen strich er Elyssa sanft, ganz sanft das Haar aus dem Gesicht, ohne darüber nachzudenken, was ihr die Geste verraten würde.

Die Weichheit ihres Haars an seiner Handfläche ließ prikkelnde Erregung wie mit Feuerzungen über Hunters Haut lekken. Ihr leises Aufkeuchen und die Art, wie Elyssa langsam die Lider senkte, sagten Hunter, daß sie das sinnliche Feuer ihrer gegenseitigen Anziehungskraft ebenso spürte wie er.

Hunters Atem kam in einem erregten Flüstern ihres Namens über seine Lippen. Zärtlich strich er die feine Haarsträhne fort, nahm ihr Gesicht zwischen beide Hände und senkte langsam den Kopf.

Der plötzliche Knall, mit dem die Tür zur Schlafbaracke ins Schloß fiel, zerschnitt die knisternde, atemlose Spannung zwischen ihnen wie ein Gewehrschuß.

Und Hunter zuckte zusammen, als wäre er von einer Kugel getroffen.

Abrupt riß er seine Hände zurück und wandte sich von Elyssa ab. Ohne auch nur eine Sekunde zu zögern, griff er nach der obersten Latte der Korraleinzäunung und schwang sich mit einer mühelosen, katzenartigen Bewegung über den Zaun.

Mickey trottete von der Schlafbaracke zum Stall hinüber. In seinen Händen war kein Gewehr. Wenn er die Banditen bemerkt hatte, so hatte er keinerlei Vorsichtsmaßnahmen gegen ihre mögliche Rückkehr getroffen.

Es sei denn, dachte Hunter sarkastisch, *Mickey hat sich die ganze Zeit über in der Schlafbaracke verkrochen, weil er um seine eigene saubere Haut fürchtete.*

»Morgen«, sagte Hunter. »Du kommst ein bißchen spät zur Arbeit, nicht?«

»Ich hab' mich in die Hand geschnitten. Mußte die Wunde erst bandagieren.«

Wie zum Beweis fuchtelte Mickey mit seiner linken Hand

vor Hunters Gesicht herum. Um seine Handfläche war ein schmutziges Halstuch geschlungen.

»Wickle das Tuch ab«, befahl Hunter.

Einen Moment lang starrte Mickey ihn nur an.

Was immer er in Hunters, bei diesem Licht schiefergrauen Augen sah, mußte überzeugend sein. Ohne ein Wort machte Mickey sich daran, das Halstuch abzuwickeln.

Hunter wandte keine Sekunde den Blick von Mickeys Augen ab. Erst als die Hand des jüngeren Mannes entblößt war, warf er einen flüchtigen Blick darauf. Ein oberflächlicher Kratzer lief quer darüber.

»War wohl kaum die Mühe wert«, stellte Hunter fest.

Mickey blickte trotzig drein.

»Hast du die Hunde nicht bellen gehört?« fragte Hunter ruhig.

»Die verdammten Köter kläffen doch immer.«

»Vielleicht aus dem Grund, weil immer Banditen im Busch lauern und auf eine Chance warten, sich an die Ranch anzuschleichen.«

»Nee«, erwiderte Mickey. »Die Culpepper-Jungs werden garantiert nicht offen angreifen, solange die Armee noch in der Gegend ist.«

»Von mir aus kannst du dein Leben darauf verwetten, wenn du willst, aber wage es nicht, Miss Suttons Existenz aufs Spiel zu setzen.«

»Ich hab' ja nicht ...«

»Das nächste Mal, wenn die Hunde anschlagen«, fiel ihm Hunter kalt ins Wort, »möchte ich dein Gewehr zum Fenster rausragen und nach einem Ziel Ausschau halten sehen. Sonst müßte man es einem Mann verzeihen, daß er sich Gedanken über den Zustand deines Rückgrats gemacht hat.«

Mickey kniff den Mund zusammen, aber er hielt seine Zunge im Zaum.

»Wo sind Lefty und Gimp?« wollte Hunter wissen.

Der jüngere Mann gab nicht sofort Antwort, hauptsächlich deshalb, weil er Elyssa nachschaute, als diese mit eiligen Schritten zum Ranchhaus strebte.

»Zählen wahrscheinlich Rinder«, murmelte Mickey.

Sein hungriger Blick folgte Elyssa, bis sie in den Schatten der Veranda untertauchte, die an der Vorderfront des Hauses entlanglief.

»Wo?« erkundigte sich Hunter.

»Häh?«

»Sieh mich an, wenn ich mit dir rede.«

Der rasiermesserscharfe Kommandoton in Hunters Stimme veranlaßte Mickey, seinen Blick von der Gestalt in der Ferne loszureißen und sich auf Hunter zu konzentrieren. Unsicher blickte er den Neuen an.

»Wo arbeiten Lefty und Gimp?« wiederholte Hunter streng.

»Unten am Cave Creek und ein Stück weiter dahinter, wie du's ihnen gesagt hattest. Sie waren nicht sonderlich glücklich darüber. In der Gegend sind schon häufig Ladder-S-Reiter angeschossen worden.«

»Dafür bekommen sie ja auch doppelten Lohn.«

»Was? *Ich* nicht!«

»Mach erst die Wasserfässer fertig. Wenn du dann immer noch soviel wie ein Revolverschütze verdienen willst, komm zu mir und überzeuge mich davon, daß du den Lohn auch wert bist. Hoffentlich schaffst du das.«

Einen Moment lang glaubte Hunter, Mickey würde seinen Revolver ziehen, um ihn niederzuschießen. Ein Teil von Hunter wünschte beinahe, er würde es tun. Der Gedanke, wie Mickey sich feige in der Schlafbaracke versteckt hatte, während Elyssa ganz allein mit Gaylord Culpepper hatte fertig werden müssen, genügte, um Hunters Revolverhand kribbeln zu lassen.

Er wartete darauf, daß Mickey sich entschied. Hunter hatte nicht vor, Mickey zu töten, aber er würde dem Jungen unmißverständlich klarmachen, daß eine Schießerei nicht die einzige Möglichkeit war, verletzt zu werden.

Und wenn er schon einmal dabei war, würde er Mickey auch gleich ein paar Manieren beibringen. Als allererstes würde er Mickey seine Angewohnheit austreiben, Elyssa ständig nachzustarren.

Maulend machte Mickey sich daran, das Halstuch wieder um seine Handfläche zu wickeln.

»Ich werde bald mit Wasserschleppen anfangen«, sagte Hunter. »Sorg dafür, daß du die Fässer fertig hast.«

Mickey grunzte etwas Unverständliches vor sich hin.

»Was war das?« fragte Hunter.

»Ja, *Sir.* Verdammte Zeitverschwendung. Der alte Bach mag ja wenig Wasser haben, aber er trocknet niemals aus, und selbst wenn er's täte, würde das Reservoir dicke für ein oder zwei Wochen reichen.«

»Arbeite du lieber an den Fässern und überlaß die Strategie jemandem, der sich damit auskennt.«

Mickey verknotete das lose Ende des Halstuchs, zog den Knoten mit den Zähnen fest und marschierte wortlos in Richtung Stall.

Hunter blieb noch eine Weile im Hof stehen und horchte angestrengt. Der böige Wind trug keinerlei Geräusche einer Schießerei an sein Ohr. Falls Lefty und Gimp in Schwierigkeiten steckten, waren sie zu weit entfernt, als daß man die Schüsse noch auf der Ranch hätte hören können.

Ich brauche mehr Männer, dachte Hunter grimmig. *Männer, denen ich vertrauen kann.*

Oder zumindest Männer, die ihren Lohn auch verdienen und die Arbeit erledigen, ohne daß ich ihnen von morgens bis abends hinterherlaufen und das ABC beibringen muß.

Es gibt so viel zu tun.

Und es bleibt so wenig Zeit.

Hunter stand reglos da, während er rasch überlegte und die Arbeit plante, als organisiere er einen Feldzug gegen einen Feind, der sich verschanzt hat.

In vieler Hinsicht war es tatsächlich so.

Nach dem, was Hunter bisher hatte herausfinden können, hielt sich zumindest einer der Culpeppers schon seit der Zeit vor dem Rinderauftrieb im Frühjahr im Ruby Valley auf. Gaylord vermutlich.

Wahrscheinlich waren noch mehr Culpeppers in der Nähe, Brüder oder Vettern oder auch beides. Da sie alle ziemlich gleich aussahen, war es schwer, sie aus der Ferne zu unterscheiden.

Und nur aus der Ferne ließ sich ein kluger Mann mit einem Culpepper ein.

Es wird verdammt schwierig werden, die Berge nach den Kerlen zu durchkämmen, dachte Hunter, als er die lange Kette schroffer Gipfel betrachtete. *Ein höllisches Vorhaben.*

7

Leopard und Bugle Boy trabten Seite an Seite den Karrenpfad hinunter, der von der Ladder S ausging. Schweigend ließen ihre Reiter den Blick über die Landschaft schweifen, während sie nach Vieh oder Banditen oder beidem Ausschau hielten.

Dancer und Vixen liefen in einiger Entfernung rechts und links nebenher und suchten die tiefen Bodenrinnen und Schluchten nach Vieh ab. Trotz ihres ausgeprägten Geruchssinns hatten die Hunde bisher nur eine Handvoll Rinder gefunden, keines davon ein junger Ochse.

Überall um die Pferde herum wogte raschelndes goldenes Gras, hier und da unterbrochen vom dunklen Grün der Zwergkiefern. Weiter nach Westen verdichteten sich die Kiefern zu einem Wäldchen, das sich den steilen Schräghang zu den Bergen hinaufzog. Hoch oben über ihren Köpfen wölbte sich der Himmel wie eine durchsichtige, leuchtendblaue Schale.

Es war Mittag. Die Herbstsonne brannte heiß genug, um dünne Rinnsale von Schweiß über die Hälse und Flanken der Pferde laufen zu lassen.

Elyssa litt nicht weniger unter der Hitze, obwohl ihr Reitkostüm die Folgen besser verbarg. Verstohlen zupfte sie an dem hohen Halsausschnitt, doch es brachte ihr keine Erleichterung; der steife Stehbund aus Stoff und Spitze klebte förmlich auf ihrer Haut. Langsam öffnete sie einen Knopf, dann noch einen und dann noch einen.

Ihre Finger hielten zögernd über den restlichen Knöpfen inne. Wenn sie einen vierten oder fünften Knopf öffnete, könnte die Spitze ihres Mieders zum Vorschein kommen. Wäre sie allein gewesen, hätte sie es, ohne lange zu überlegen, getan.

Aber sie war nicht allein. Sie war in Begleitung eines Mannes, der einen atemlosen, sehnsüchtigen Augenblick davon entfernt gewesen war, seine Lippen auf ihre zu pressen.

Der Ausdruck in Hunters Augen war zärtlich und hungrig und verblüfft zugleich gewesen, als hätte er nicht im Traum damit gerechnet, jemals eine Miss Sutton inmitten von strahlend hellem Sonnenschein und Stille zu küssen.

Wenn er mich immer noch küssen will, dachte Elyssa, *dann hütet er sein Geheimnis allerdings auf geradezu bewunderungswürdige Weise.*

Als Elyssa in ihrem perfekt sitzenden Reitkostüm im Stall erschienen war, hatte Hunter kaum einen Blick für sie übrig gehabt. Vermutlich wäre sie ihm nicht einmal aufgefallen ohne Kleider, so wenig Notiz hatte er von ihr genommen.

Was kümmert's mich, sprach sie sich jetzt Mut zu, während sie einen weiteren Knopf aus seinem Loch befreite. *Zumindest wird er nichts davon merken, wenn ich einen oder zwei Knöpfe aufmache. Es ist einfach zu heiß für damenhafte Züchtigkeit.*

Aus den Augenwinkeln hatte Hunter verstohlen beobachtet, wie Elyssas Halsausschnitt Knopf um Knopf größer wurde. Er sah ihre Finger über dem vierten zögern und hatte Mühe, ein Stöhnen zu unterdrücken, als der Knopf schließlich langsam aus dem Loch glitt. Ihre Fingerspitzen begannen über die Stelle zu reiben, wo steifer Stoff und gerüschte Spitze Abdrücke auf ihrer elfenbeinweißen Haut hinterlassen hatten.

Hunter wollte nicht daran denken, wie erregend es wäre, seine Zunge über jene Abdrücke gleiten zu lassen – wie Cupid, wenn sie eines ihrer Jungen wusch.

Verdammt, verkneif es dir, befahl er sich wütend. *Sich solche Phantasien zu erlauben ist nicht nur dumm, sondern auch ausgesprochen gefährlich.*

Genauso dumm und gefährlich, wie sie zu küssen, als sich der Staub der Banditen noch kaum gesetzt hatte.

Nicht, daß ich Elyssa tatsächlich geküßt hätte, erinnerte er sich. *Ich bin nur so knapp davor gewesen, daß ich die Überraschung und dann die Hingabe in ihren Augen lesen konnte.*

Hunter wußte, er sollte Mickey eigentlich dankbar sein, daß er gerade rechtzeitig aus der Schlafbaracke gekommen war, um den Kuß zu verhindern.

Aber er war es nicht.

Hunter hätte den Jungen mit Freuden mit einem stumpfen Messer häuten und dann seine Haut zum Trocknen an die Stalltür nageln mögen.

Elyssa warf Hunter einen argwöhnischen Blick von der Seite zu. Sie wußte, Hunter war gar nicht damit einverstanden, daß sie mit ihm ausritt. Oder mit sonst irgend jemandem. Das Wort »töricht« war mehrmals gefallen, als sie Leopard gesattelt hatte.

Das einzige, was Hunters Zustimmung gefunden hatte, war Elyssas Idee gewesen, ihre Jagdwaffen aus dem Haus mitzubringen. Die eleganten Gold- und Silbereinlegearbeiten auf dem Kolben des Karabiners und der Schrotflinte hatten ihm zwar ein mißbilligendes Stirnrunzeln entlockt, aber der gepflegte Zustand der Waffen – und ihre Ausgewogenheit – hatten Hunter wieder besänftigt.

»Hatten Sie schon jemals Schwierigkeiten mit der Wasserversorgung?« fragte er mitten in Elyssas Gedanken hinein.

Die mürrisch vorgebrachte Frage erschreckte Elyssa.

»Für das Vieh oder für das Haus?« fragte sie.

»Für beides.«

»Das Vieh mit Wasser zu versorgen ist kein Problem. Am Fuß der Berge gibt es überall genügend Quellen. Sie fließen selbst in den trockensten Jahren.«

»Was ist mit dem House Creek?«

»Soweit ich weiß, ist der Bach noch niemals ausgetrocknet, aber ...« Elyssas Stimme erstarb.

Sie wollte wirklich nicht die Serie von Mißgeschicken und Unglücksfällen auflisten, die die Ladder S heimgesucht hatten, seit sie aus England zurückgekehrt war. Sie würde wie eine Jammerliese klingen, eine Tatsache, auf die Hunter sie zweifellos ohne zu zögern hinweisen würde.

»Aber?« hakte er ungeduldig nach.

»Es hat andere Probleme gegeben«, gestand sie.

»In letzter Zeit?«

Elyssa nickte.

»Spucken Sie's aus«, forderte Hunter sie auf. »Was ist passiert?«

»Oh, nur Kleinigkeiten. Und dann ist eine der Longhorn-Kühe in das Reservoir geraten und ertrunken.«

Hunters Augen verengten sich zu Schlitzen.

»Wann?« verlangte er zu wissen.

»Es war noch vor der Schneeschmelze. Bis wir alles wieder gesäubert hatten und das Reservoir wieder benutzen konnten, waren wir ziemlich spät mit dem Frühjahrsauftrieb dran.«

»Hat es seitdem sonst noch irgendwelche Probleme gegeben?«

»Mit dem Reservoir? Nein. Das Wasser ist sauber.«

Ein paar Minuten lang herrschte Schweigen zwischen ihnen.

Es störte Elyssa nicht. Sie hatte schnell gelernt, daß Hunter ein Mann langen Schweigens und weniger, knapper Worte war.

Außerdem empfand Elyssa das sanfte Säuseln des Windes im hohen Gras, das rhythmische Trommeln der Pferdehufe und das süße Zwitschern der Amseln im weiter entfernten Sumpf als weitaus angenehmer, als wenn sie höfliche, nichtssagende Konversation betrieben hätten.

Vixen trottete in das Blickfeld der Reiter und schaute erwartungsvoll zu ihnen auf.

»Vieh?« fragte Hunter.

»Nein. Wenn Rinder da wären, würde sie sie auf uns zutreiben.«

Elyssa stieß einen kurzen, schrillen Pfiff aus, worauf Vixen herumwirbelte und auf eine neue Schlucht weiter voraus zuraste.

»Phantastischer Hund«, sagte Hunter bewundernd.

»Mutter und Mac haben sie alle abgerichtet. Mac schwor immer, daß jeder einzelne der Hunde soviel wert wäre wie fünf Männer, wenn es darum ging, Vieh im Sumpf und in den Schluchten und Weidendickichten aufzuspüren und zurückzutreiben.«

Als Elyssa an ihre Mutter und Mac dachte, verdrängte Traurigkeit die Freude an dem Ausritt.

Hunter sah ihre bedrückte Miene und wünschte, er hätte sich nicht nach den Hunden erkundigt. Und gleich darauf wurde er wütend auf sich selbst, daß ihn ihre Gefühle überhaupt kümmerten.

Es ist nun doch nicht so, als sei sie eine Achtjährige mit Rattenschwänzen, erinnerte er sich ungeduldig. *Außerdem bin ich hier, um mich mit Culpeppers zu befassen und nicht mit traurig aussehenden Waisen.*

Ich sollte endlich anfangen, mich wie der Vorarbeiter der Ladder S zu benehmen, und aufhören, ständig über ihre Eigentümerin nachzudenken.

»Wie viele Stück Vieh haben Sie beim Frühjahrsauftrieb gefunden?« fragte er abrupt.

»Weniger als hundert. Die Männer wurden immer wieder aus dem Hinterhalt überfallen. Innerhalb von einer Woche war die Belegschaft der Ladder S auf Mac, Mickey, Lefty und Gimp zusammengeschrumpft. Und dann wurde Mac ermordet.«

»Hat irgend jemand versucht, die Wasserleitung zu beschädigen, die zum Ranchhaus führt?«

Elyssa sah erschrocken aus. Sie begann, ihre Unterlippe mit ihren Zähnen zu bearbeiten.

»Sie ist mehrmals zusammengebrochen, bevor Mac starb«, sagte sie langsam.

»Irgendwelche Anzeichen von Spuren?«

»Er hat keine Spuren erwähnt, sondern nur den Schaden wieder repariert.«

»War Mac ein guter Fährtenleser?«

»Der beste. Aus dem Grund ist er damals mit Dad in den Westen gekommen. Er war Kundschafter und Jäger. Dann verlor er einen Arm bei einem Kampf mit Indianern und begann statt dessen, Viehzucht zu betreiben.«

Hunter warf Elyssa einen Blick von der Seite zu.

»Mac«, sagte er. »Und wie hieß er mit vollem Namen?«

»Macauley Johnstone.«

»Macauley.« Hunter lächelte leicht. »Mein Dad hat mal einen Mann aus den Bergen erwähnt, der so hieß. Hatte ein paar Pässe zwischen hier und Oregon erschlossen.«

»Das war Mac. Seltsamerweise war er ein guter Rancher, um einiges besser als mein Vater. Mac kannte sich mit Tieren aus. Er mochte sie lieber als Menschen. Ganz sicherlich lieber als Frauen.«

»Verständlich.«

Elyssa warf Hunter einen giftigen Blick zu.

Er ignorierte ihn.

»Mac war derjenige, der glaubte, daß Vieh überall dort überwintern könnte, wo Büffel und Elche den Winter verbringen«, sagte Elyssa.

Hunters schwarze Augenbrauen hoben sich, bis sie unter der dunklen Krempe seines Hutes verschwanden.

»Unten in Texas ist auch mal davon die Rede gewesen«, erwiderte er. »Männer wollten Vieh nach Norden treiben, nicht nur zum Schlachten, sondern um die Tiere in Montana oder Wyoming frei herumlaufen zu lassen. Sogar in Dakota.«

»Was ist daraus geworden?«

»Keine Ahnung. Sie stellten gerade Herden für Kansas zusammen, als ich nach dem Krieg weggegangen bin.«

Hunter richtete sich im Sattel auf und sah sich mit wachsamem, prüfendem Blick nach allen Seiten um. Die einzige Bewegung, die er ausmachen konnte, war das gelegentliche Aufblitzen von Schwarz und Weiß, während sich die Hunde einen Weg durch das hohe Gras bahnten und dann in dem Kiefernwäldchen verschwanden.

»Sollten die Longhorns einen Winter in Montana überlebt haben«, fuhr Hunter fort, »würden sie sicherlich keine Probleme haben, im Sommer dort fett zu werden. Ist angeblich gutes Weideland!«

»Unsere Longhorns sind mit dem Winter sehr gut fertiggeworden.«

»Sie haben hier ja auch nicht so strenge Winter wie in Montana.«

»Nicht unten im Tal, wo das Haus steht. Aber oben in einigen von den höhergelegenen Canyons wird es ziemlich kalt, und der Schnee liegt hoch.«

»Lassen Sie Kühe im Hochland überwintern?« fragte er überrascht.

»Nicht absichtlich.«

Wieder zog Elyssa diskret am Halsausschnitt ihres schweren Reitkostüms in dem Versuch, etwas Luft unter dem beengenden Stoff zu bekommen.

Hunter schaute einmal hin und wandte dann mit einem geflüsterten Fluch hastig den Blick ab. Ihre Haut war so weiß und makellos wie eine orientalische Perle.

»Aber ein paar von den wildesten Longhorns bleiben das ganze Jahr über dort oben«, sagte Elyssa. »Einer von ihnen ist ein bösartiger alter Bulle, dessen Hörnerbreite von Spitze zu Spitze fast zwei Meter beträgt.«

»Das ganze Jahr über, wie?« fragte Hunter mit einem nachdenklichen Ausdruck.

Elyssa nickte.

»Verdammt sollen sie sein«, knurrte er.

Sie lachte und zog damit einen überraschten Blick von Hunter auf sich.

»So hat Mac den Bullen immer genannt«, erklärte sie. ›Bedamned‹ – ›Verdammtsollstdusein‹. Er hätte den Bullen mehr als einmal am liebsten erschossen, aber Vater wollte es nicht. Bedamned war Vaters besonderer Liebling. Er liebte widerspenstige, gefährliche Tiere.«

»Klingt, als wäre Bedamned ein geeigneter Kandidat, um an die Armee geliefert zu werden.«

»Der Bulle macht einfach zu viele Schwierigkeiten. Wenn man Bedamned in eine Herde steckt, bricht Panik unter den anderen Tieren aus. Läßt man ihn in Ruhe, dann tut er einem auch nichts. Tatsächlich …«

Elyssa brach abrupt ab, zum Schweigen gebracht durch eine scharfe Geste von Hunter. Er hatte Bugle Boy gezügelt und sich mißtrauisch im Sattel aufgerichtet. Sie wollte ihn schon fragen, ob etwas nicht in Ordnung sei, überlegte es sich jedoch anders und wartete geduldig.

Hunter horchte mit derselben angespannten Reglosigkeit, die Elyssa an ihm bemerkt hatte, als sie ihn an jenem ersten Abend aus der Dunkelheit jenseits ihrer Vorderveranda hatte auftauchen sehen. Dann neigte er leicht den Kopf von einer Seite zur anderen und lauschte erneut angestrengt.

Nach ein paar Minuten verlagerte er sein Gewicht im Sattel und trieb Bugle Boy wieder vorwärts.

»Was war denn?« fragte Elyssa.

»Dachte, ich hätte etwas gehört«, sagte er. »Muß der Wind in einer jener engen Schluchten dort oben sein.«

Seine behandschuhte Hand wies in die Richtung der Rubies, die links von den Reitern aufragten.

»Mähen Sie Wiesenheu für den Winter?« wollte er wissen.

»Normalerweise ja. Die schottischen und englischen Kühe, die Mac bevorzugte, sind nicht annähernd so gut darin, ihr Futter unter dem Schnee hervorzuscharren, wie die Longhorns.«

Elyssa wedelte mit dem weiten Hosenrock ihres Reitkostüms in der Hoffnung, ihren Beinen etwas Kühlung zu verschaffen. Der Stoff klebte wie eine heiße Kompresse auf ihrer Haut.

»Aber die zahmen Kühe setzen wesentlich mehr Fleisch an«, fuhr sie fort. »Die Longhorns sind mager wie Hirsche und doppelt so wild.«

Hunter lächelte leise vor sich hin und gab ein ermutigendes Brummen von sich, das besagen sollte, daß er zuhörte. Während Elyssa sprach, schweifte ihr Blick immer wieder suchend über die umliegende Landschaft.

Sie beschrieb die Vorzüge der wenigen Hereford-Kühe, die die Ladder S besaß. Dann sprach sie über die häufiger anzutreffenden Holsteinkühe, die knochigen, aggressiven Longhorns und die massigen Ochsen.

Sie alle waren Teil der Ladder-S-Herde. Das bunte Sammelsurium von Vieh war mit den Einwanderertrecks in den Westen gekommen bis zu den Orten, wo Wasser oder Gras oder beides zur Neige ging. Dort hatte man das Vieh sich selbst überlassen. Einige Rinder waren von Indianern geschlachtet und gegessen worden, ein paar den Geiern zum Opfer gefallen, andere hatten überlebt und waren verwildert, und wieder andere waren von den Männern der Ladder S zusammengetrieben worden.

Der Umfang von Elyssas Wissen über die Vor- und Nachteile jeder einzelnen Rindersorte überraschte Hunter.

Noch erstaunlicher hörte sich ihr sorgfältig ausgearbeiteter Plan an, die Qualität der Ladder-S-Herde zu verbessern. Sie wollte mehr von den fleischigen, weißköpfigen Rindern dazukaufen, um nach und nach die Milchkühe, die Ochsen und die widerspenstigen Longhorns aus der Herde auszusondern. Sie sprach sogar davon, etwas von dem Land einzuzäunen, um Mustangs und wilde Kühe fernzuhalten.

Abwechselnd verwirrt und fasziniert lauschte Hunter, wie Elyssa von ihren Träumen erzählte. Zu einer Zeit, in der sich nur wenige Weststaatler auch nur die Mühe machten, wildes Heu als Winterfutter zu mähen, wollte Elyssa eine europäische Heusorte einführen und anbauen, die als Alfalfa (= Luzerne) bekannt war und wesentlich mehr Nährstoffe enthielt als gewöhnliches Wiesengras. Sie hatte auch Ideen, wie man mehr Land bewässern könnte als nur den Küchengarten und den kleinen Obstgarten, die die Ladder S bereits hatte.

Pferde standen ganz zuoberst auf Elyssas Liste von Träumen für die Zukunft. Sie wollte gescheckte Arbeitspferde züchten, die die Intelligenz, Kraft und Schnelligkeit von Leopard besaßen. Wenn die wilden Mustangs für die Armee zusammengetrieben wurden, würde sie sich sorgfältig die Stuten ansehen. Die besten würde sie behalten und mit Leopard paaren.

»Was ist mit einem Zuchthengst wie Bugle Boy?« fragte Hunter.

»Er hat etwas von einem Englischen Vollblut in sich, nicht wahr? Und von einem Irischen Jagdpferd?«

Hunter nickte.

»Kräftige, gutgebaute Gliedmaßen, breite Brust, kraftvoll und doch elegant in seinen Bewegungen«, stellte Elyssa fest und ließ ihren Blick musternd über Hunters Pferd wandern.

Und über Hunter.

»Ruhige Augen und genug Platz dazwischen für ein Hirn, wenn er es jemals benutzt«, fuhr sie fort. »Und auch sanftmütig unter all den Muskeln und störrischem ...«

Ihre neckenden Worte endeten in einem überraschten Aufschrei. Ein riesiges Longhornrind stürmte wie eine gefleckte Geröllawine aus einer ungefähr dreißig Meter entfernten Schlucht heran.

Mit kampfbereit gesenkten Hörnern – während Erdklumpen

und Grasbüschel bei jedem Schritt unter seinen Hufen aufstoben – raste der Bulle auf Leopard zu.

»Schnell! Laufen Sie weg!« schrie Hunter.

Elyssa zog Leopard hart nach links herum und grub ihre Fersen in seinen Rumpf, während sie gleichzeitig nach der Schrotflinte griff, die in ihrer Sattelscheide steckte. Inzwischen war der Bulle bereits so nahe, daß sie das Weiße seiner wild rollenden Augen sehen und sein Schnauben hören konnte.

Zu nahe, dachte sie in panischer Angst. *Keine Zeit, die Flinte anzulegen. Himmel, ist der Bulle schnell!*

Hastig schwenkte Elyssa Leopard auf der Hinterhand herum und riß die Schrotflinte aus dem Futteral. Selbst als sie auf den Bullen zu zielen versuchte, wußte sie, es würde zu spät sein.

Der Bulle war schon zu ihr herumgewirbelt, um sie aufzuspießen. Gewaltige Hörner schimmerten böse im Sonnenlicht.

In dem Moment ertönten drei Gewehrschüsse, so dicht nacheinander, daß sie wie ein kurzes Donnergrollen klangen.

Der gescheckte Longhornbulle kam mit einem Ruck zum Stehen, machte taumelnd einen weiteren Schritt, prallte gegen Leopard und stürzte zu Boden. Das große Pferd stolperte unter der Wucht des Aufpralls, bevor es sich wieder fangen konnte und in Panik davongaloppierte.

Elyssa gelang es nur mit knapper Not, sich auf dem Pferderükken zu halten.

Mit schußbereit angelegtem Gewehr drückte Hunter Bugle Boy die Schenkel in die Seiten, um ihn zu dem reglos daliegenden Bullen zu treiben. Bugle Boy, der auf die Überraschungsangriffe und den Lärm und das Blut von Schlachten dressiert war, gehorchte trotz des nervösen Zuckens seiner Ohren und seines ängstlichen, steifbeinigen Ganges.

Das Longhornrind war tot. Zwei der drei Kugeln hatten glatt sein Herz durchbohrt.

Hunter blickte auf und sah Leopard keine zehn Meter entfernt mit tänzelnden Schritten und rollenden Augen näher kommen.

Elyssa war bleich, aber der Lauf der Schrotflinte, die sie hielt, zielte immer noch auf den gestürzten Angreifer.

Hunters Blick tastete ihren Körper ab wie schnelle Hände, während er nach Verletzungen suchte. Er sah keine. Sein Atem kam in einem inbrünstigen Seufzer der Erleichterung über seine Lippen.

Ich hätte nicht einen Penny für ihre Chancen gegeben, als der verdammte Bulle auf sie zuraste.

Niemals zuvor hatte Hunter so schnell sein Gewehr angelegt und gefeuert. Er wünschte nur, er würde niemals wieder in eine solche Situation geraten.

Ein zweites Mal würde er vielleicht nicht so viel Glück haben.

»Ich hatte Ihnen gesagt, Sie sollten weglaufen«, sagte er streng.

»Bin ich ja …«

»Nicht weit genug. Wenn ich danebengeschossen hätte …«

»Sie haben Ihr Ziel aber nicht verfehlt«, unterbrach ihn Elyssa. »Danke.«

Hunter stieß erneut einen rauhen Seufzer aus und blickte zurück auf den gewaltigen Kadaver.

»Ich hatte Glück«, gab er widerstrebend zu.

»Sie sind ein ausgezeichneter Schütze. Wenn Sie nicht so schnell gewesen wären, hätte der Bulle Leopard aufgespießt.«

»Oder Sie.«

»Ja«, flüsterte sie. »Oder mich.«

Elyssa schloß einen Moment die Augen, dann riß sie sie hastig wieder auf. Wenn sie die Augen schloß, sah sie wieder das rasende Tier auf sich zustampfen, empfand wieder die drohende Gewißheit einer schweren Verletzung oder sogar des Todes.

»Danke«, wiederholte sie mit zitternden Lippen.

Schulterzuckend wehrte Hunter ihren Dank ab. Er war wütend auf sich selbst, weil er plötzlich einen so starken Beschützerinstinkt gegenüber Elyssa entwickelt hatte, und wütend auf sie, weil sie ihm mit jedem Atemzug, den sie tat, bewußt machte, wie begehrenswert sie war.

Je länger Hunter sie ansah, desto schwerer fiel es ihm, die Finger von ihr zu lassen.

Was ist eigentlich aus ›Gebranntes Kind scheut das Feuer‹ geworden? fragte er sich.

Warum ist es nur so verdammt schwer, die Tatsache festzuhalten, daß das großäugige Unschuldslamm Elyssa nichts anderes im Kopf hat, als jeden Mann in Sichtweite zu verführen?

Man braucht ja nur an Mickey zu denken. Angeblich ist sie so gut wie verlobt mit ihm; trotzdem hat sie ihn wie eine heiße Kartoffel fallen lassen, um mit mir zu flirten.

Warum vergesse ich das bloß ständig, wenn ich sie ansehe und begehre, bis ich an nichts anderes mehr denken kann als an das verzehrende Feuer in meinem Blut?

Hunter wußte keine Antwort auf seine stummen, grimmigen Fragen.

Er fand auch keine Erlösung von der heftigen Erregung, die ihn gepackt hatte, nachdem seine Angst um Elyssa verebbt war.

»Ist dies eines der Hochland-Longhorns, von denen Sie vorhin sprachen?« fragte er.

Der barsche Ton seiner Stimme war ebensosehr eine Warnung für Elyssa wie die grimmige Intensität seines Blickes. Ihr Vorarbeiter hatte anscheinend schlechte Laune.

Sie starrte auf den toten Bullen zu ihren Füßen. Ein altes, leicht verwischtes Ladder S-Brandzeichen war auf der Hüfte des Tieres zu erkennen. Knapp darunter prangte ein noch älteres, völlig unleserlich gewordenes Erkennungsmal.

»Das ist tatsächlich Bedamned«, sagte sie überrascht. »Ich frage mich nur, was ihn dazu getrieben hat, aus dem Hochland herunterzukommen.«

Hunter schob neue Kugeln in das Magazin seiner Büchse. Er blickte zu der mit Weiden und dichtem Gestrüpp bewachsenen Schlucht hinüber, die Bedamned verborgen hatte, bis es beinahe zu spät gewesen war.

»Folgen Sie mir«, knurrte er. »Bleiben Sie dicht hinter mir und verhalten Sie sich absolut ruhig, damit wir es hören können, falls irgend etwas im Gebüsch herumschleicht.«

Er drehte sich im Sattel um und fixierte Elyssa stoisch.

»Ich meine es ernst«, sagte er eindringlich. *»Bleiben Sie hinter mir.* Galoppieren Sie nicht allein los, egal, was passiert, haben Sie verstanden?«

Sie nickte benommen.

»Und halten Sie die Schrotflinte griffbereit«, fügte er hinzu, als er sich wieder abwandte. »In unmittelbarer Nähe ist sie besser als ein Gewehr.«

Wieder nickte Elyssa stumm. Sie war dankbar, daß sie die Schrotflinte hatte, um sich daran festzuhalten. Ihre Hände hatten eine ärgerliche Neigung entwickelt, ständig zu zittern.

Sie packte die Flinte noch fester, damit Hunter nicht sah, was mit ihr los war.

Doch sie hätte sich die Mühe sparen können. Hunter blickte nicht sie an. Er war bereits vorausgetrabt und verfolgte die Spur des Bullen zurück, sein Gewehr schußbereit im Anschlag. Die Fährte war nicht schwer zu verfolgen. Die Hufe des Bullen hatten sich durch die Wucht seines Angriffs tief in den weichen Boden gegraben.

Mit aufmerksam gespitzten Ohren und nervösen, mißtrauischen Augen folgte Leopard Bugle Boy zum Eingang der Schlucht.

Elyssa war ebenso ängstlich wie Leopard. Sie beobachtete das dichte Gebüsch mit Argusaugen, als könnten jeden Moment weitere angriffslustige Longhorns daraus hervorstürzen.

Nachdem Hunter den Eingang zur Schlucht passiert hatte, waren die Spuren schwieriger zu lesen. Sie kamen nur mühsam voran, der Boden war oft mehr Stein als Erde und hier und da an Stellen, wo die Sonne nur selten hinkam, mit feuchtem, schlüpfrigem Moos bewachsen.

Dennoch gab es genügend Abdücke, um Hunter vor ein Rätsel zu stellen.

Elyssa sah seinen verwirrten, nachdenklichen Ausdruck, öffnete den Mund, um ihn zu fragen, was seine Aufmerksamkeit erregt hatte, und erinnerte sich gerade noch rechtzeitig, daß sie sich absolut still verhalten sollte. Sie unterdrückte einen Seufzer und redete ihren Nerven gut zu, sich zu beruhigen.

Hunter verhielt sich ebenso reglos wie Elyssa, aber nicht, weil seine Nerven Ruhe gebraucht hätten. Er war vollkommen auf die Spuren konzentriert, die er sehen konnte, während er über diejenigen nachdachte, die unsichtbar waren.

Bedamned, entweder hat dich etwas aufgescheucht und in Rage versetzt, oder du warst ganz einfach ein verrückter Hurensohn, dachte Hunter.

Die meisten Tiere wanderten lediglich von Futter zu Wasser und wieder zurück und hinterließen dabei sich schlängelnde Spuren. Bedamned hatte sich jedoch zielbewußt bewegt. Als der Bulle stehengeblieben war, hatte er nicht gegrast, sondern nur mit den Hufen über den Boden gescharrt und dabei dicke Erdklumpen ausgegraben und Kratzer auf steinigen Oberflächen hinterlassen.

Deine Spuren machen ganz den Eindruck, als hättest du gegen etwas gekämpft; aber was immer es war, was dich auf die Palme gebracht hat, es hat keine eigenen Spuren hinterlassen.

Warst du schlicht und einfach übergeschnappt, oder war etwas hinter dir her?

Und wenn ja, was war es?

Ist es vielleicht immer noch in der Nähe?

Hunter saß im Sattel, ohne sich zu rühren, während er die Geräusche der Landschaft auf sich einwirken ließ.

Wind, der Weidenäste aneinanderrieb und raschelnd durch Laub fuhr.

Der hohe, durchdringende Ruf eines Habichts.

Elstern, die miteinander schwatzten.

Das leise Klirren der Trense.

Bugle Boy, der mit dem Schwanz nach Fliegen schlug.

Nichts davon war ungewöhnlich. Nichts davon hätte Hunter verraten können, warum Bedamned wie ein Verrückter aus der Schlucht herausgeschossen war, um sich geradewegs auf Elyssa zu stürzen.

Es könnte ganz einfach Pech gewesen sein, sagte Hunter sich. *Ich habe während des Krieges weiß Gott genug davon gesehen.*

Guter Mann am falschen Ort.

Guter Mann tot.

Keine böse Verschwörung oder raffinierte Planung oder irgendeine höhere Macht. Nur schlichtes Pech, und jemand stirbt.

Hunter saß noch eine Weile in sich versunken da, während er auf die kleinen Geräusche und das immense Schweigen der Ruby Mountains horchte und irgend etwas Verdächtiges wahrzunehmen versuchte.

Pech war eine Sache. Daran ließ sich nichts ändern.

Unvorsichtigkeit war eine andere. Eine Menge von dem, was Pech genannt wurde, war ganz einfach mangelnde Vorsicht.

Und Hunter war alles andere als ein unvorsichtiger Mann.

Schließlich zog er Bugle Boy an den Zügeln herum. Elyssa beobachtete ihn aus meergrünen Augen. Obwohl ihre Neugier so deutlich zu erkennen war wie der silbrige Glanz ihres Haares, sagte sie kein Wort.

»Nichts, woran Sie Ihren Hut aufhängen könnten«, sagte er.

»Was soll das heißen?«

»Es gibt eine Menge Spuren, aber sie stammen alle von dem Bullen. Schätze, er war ganz einfach senil und ist auf seine alten Tage zum Killer geworden. Das passiert manchmal, besonders bei Bullen.«

Elyssa stieß einen erleichterten Seufzer aus.

»Ich hatte schon Angst, wir würden einen der Hunde zu Tode getrampelt auffinden«, sagte sie. »Wenn sie Bedamned gefunden und versucht hätten, ihn in unsere Richtung zu treiben, hätte der Bulle sie angegriffen.«

Hunter kniff seine Augen zusammen. Er schwang sich von

Bugle Boys Rücken und ging zu einer Stelle, wo feuchte Erde den Boden bedeckte. Er untersuchte die Spuren in der Nähe mit großer Sorgfalt.

Und entdeckte nichts, was ihn der Lösung des Rätsels nähergebracht hätte.

Die nächsten Stellen, die er sich vornahm, sahen genauso aus. Hufabdrücke von Bullen waren leicht zu erkennen. Doch es fanden sich keine anderen Spuren in der aufgewühlten, zertrampelten Erde.

»Und?« fragte Elyssa ängstlich.

»Rufen Sie Ihre Hunde her.«

Elyssa pfiff schrill durch die Zähne, drei kurze, schmetternde Laute.

Es dauerte nicht lange, bis die Hunde erschienen. Sie blieben zehn Schritte von den Reitern entfernt stehen und blickten Elyssa aufmerksam an.

»Werden sie Spuren verfolgen?« wollte Hunter wissen.

»Die von Rindern, ja.«

»Setzen Sie sie auf die Spur des Bullen an!«

Ein paar Minuten später trabten die Pferde weiter die Schlucht hinauf, während sie den Hunden folgten. Sie bewegten sich in ziemlich raschem Tempo, denn die Spur war noch frisch.

Weniger als eine Viertelmeile den Weg hinauf tauchten plötzlich die Hufabdrücke eines Pferdes neben der Spur des Bullen auf. Die Pferdespuren schwenkten dann nach einer Seite ab. Es war unmöglich zu erkennen, welche Spuren zuerst dagewesen waren, die des Pferdes oder die des Bullen, weil sich die Abdrükke niemals kreuzten.

»Rufen Sie die Hunde wieder her«, sagte Hunter knapp.

Drei kurz aufeinanderfolgende Pfiffe brachten die Hunde in Sekundenschnelle zurück.

Hunter saß erneut ab und studierte die Pferdespuren, die der Spur des Bullen mehrfach ziemlich nahe kamen, aber sie niemals kreuzten. Das Pferd war beschlagen. Das Gewicht des Reiters und des Sattels hatten seine Hufe tief in den weichen Boden gedrückt. Es müßte ein ziemlich kleines Pferd gewesen sein.

»Erkennen Sie die Hufabdrücke?« fragte Hunter.

»Nein. Ich bin kein sonderlich guter Fährtenleser. Ich kann die Abdrücke eines Pferdes von den Spuren von Rind oder Wild oder Elch unterscheiden, aber das ist auch so ziemlich alles.«

»In feinen ausländischen Salons braucht man wohl auch kein besonderes Talent zum Fährtenlesen.«

»Nur gerade genug, um die Tür nach draußen zu finden«, gab Elyssa schlagfertig zurück.

Hunters Lächeln war breit genug, um ein flüchtiges Aufblitzen weißer Zähne unter seinem schwarzen Schnurrbart zu zeigen. Obwohl er sich am Morgen rasiert hatte, zeichneten sich Bartstoppeln dunkel unter seiner sonnengebräunten Haut ab.

Schweigend ging Hunter in die Hocke und untersuchte erneut die Fährte. Er bemerkte jede Besonderheit und prägte sie sich ins Gedächtnis ein – eine Kerbe, wo ein Hufeisen durch einen Stein beschädigt worden war; ein leicht verwischter Abdruck, wo das Hufeisen ungleichmäßig abgenutzt war; ein auffälliger Unterschied in der Größe der Hufe; eine Neigung, besonders fest mit dem linken Vorderbein aufzutreten.

Als Hunter sich wieder aufrichtete, war er sich sicher, daß er die Spuren wiedererkennen würde, wenn er sie noch einmal irgendwo sähe. Er packte Bugle Boys Sattelhorn und schwang sich mit einer schnellen, biegsamen Bewegung auf seinen Rücken.

»Nun?« fragte Elyssa wißbegierig.

»Der Reiter hätte jederzeit seit dem letzten Regen hier gewesen sein können.«

»Drei Tage?«

»Wahrscheinlich sind die Abdrücke erst heute entstanden«, erklärte Hunter, »weil die Ränder noch nicht austrocknen konnten.«

Er setzte sich den Hut eine Idee fester auf den Kopf.

»Aber es ist feucht und schattig hier in der Schlucht«, fügte er hinzu. »Schwer zu sagen, von wann genau die Spuren stammen, geschweige denn, wer sie verursacht hat. Wahrscheinlich irgendein Herumtreiber auf der Suche nach einer Wasserstelle, um sein Pferd zu tränken.«

»Dann glauben Sie also, Bedamned ist einfach durchgedreht?«

»Wie ich schon sagte, es kommt vor.«

Elyssa sah erleichtert aus.

»Ich hatte Angst ...«, begann sie, ohne den Satz zu beenden.

»Ich auch«, erwiderte Hunter.

Sie blickte ihn verblüfft an.

»*Sie* hatten Angst?« fragte sie. »Davon hat man Ihnen aber nicht das geringste angemerkt.«

»Ihnen auch nicht. Ein Wunder, daß Leopard Sie nicht abgeworfen hat, so wild, wie er zur Seite gesprungen ist und gebockt hat.«

»Wenn er nicht zur Seite gesprungen wäre, hätte Bedamned uns auf seine Hörner genommen.«

Hunter schwieg. Dieser Gedanke ging ihm seit dem Moment, als der Longhornbulle aus dem Gebüsch gedonnert war, mit nervenzermürbender Unaufhörlichkeit durch den Kopf.

»Na ja«, sagte Elyssa seufzend. »Bedamned war der einzige wilde Longhornbulle, den wir hatten; deshalb brauchen wir uns nun keine Sorgen mehr zu machen, daß so etwas noch einmal passiert.«

Obwohl Hunter nickte, schob er seine Büchse nicht wieder in das Futteral zurück, nachdem er sie erneut geladen hatte.

Abermals kroch Unbehagen in Elyssa hoch und schickte ihr eine Gänsehaut über den Rücken. Offensichtlich befürchtete Hunter das gleiche wie sie.

Es konnte durchaus sein, daß jemand Bedamned ganz bewußt gejagt und jene Schlucht hinuntergetrieben hatte, bis er wie eine Kugel aus dem Lauf einer Büchse aus dem Gebüsch hervorgeschossen kam.

Und wie eine Kugel hätte Bedamned sie töten können.

8

»Verdammte Fliege, hau ab«, murmelte Elyssa.

Sie rieb ihre Wange an der Schulter, um das lästige Insekt zu entmutigen, fuhr jedoch ohne Unterbrechung fort, Cream zu melken. Die Fliege summte erneut um ihren Kopf und flog dann davon, um eines der Pferde zu plagen.

Milch floß in einem breiten Strahl in den Eimer und schäumte hoch. Die Kuh, die den Namen Cream trug, mampfte mit stupider Gründlichkeit ihr Heu, während sie gemolken wurde.

Cupid schnurrte aufdringlich und beobachtete jeden Milchstrahl, der aus dem Euter schoß, mit hungrigen gelben Augen.

»Keine Sorge, du bekommst schon noch deinen Anteil, Katze«, sagte Elyssa. »Aber zuerst muß ich genug für Pudding und Soße und Butter und Käse haben.«

Elyssa melkte mit rhythmischen Bewegungen, die Augen geschlossen, die Wange an die warme Flanke der Kuh gelehnt. Nach einer Weile begann sie, wieder ihren Lieblingswalzer vor sich hin zu summen. Und dabei träumte sie davon, mit Hunter zu tanzen.

Vielleicht kann ich Penny dazu überreden, Hunter vorzuschlagen, ein bißchen das Tanzbein zu schwingen. Hunter würde doch sicher sogar Kopfstehen, um ihr eine Freude zu machen.

Der Gedanke bewirkte, daß sich Elyssas Mundwinkel abwärts zogen. In den acht Tagen, seit Hunter auf die Ladder S gekommen war, hatte sie etliche Stunden damit verbracht, das zur Ranch gehörende Land mit ihm abzureiten.

Nur sie beide.

Nicht ein einziges Mal hatte er sich anders als kühl und sachlich ihr gegenüber verhalten.

Ich muß die Zärtlichkeit und den Hunger in Hunters Augen wohl nur geträumt haben an dem Tag, als Gaylord Culpepper mich bedrängte und Hunter mich beinahe geküßt hätte.

Beinahe.

Herrje, ich hätte nicht gedacht, daß ich mich so schmerzlich nach etwas sehnen könnte, was ich noch nie kennengelernt habe.

Ein Traum, das ist es gewesen.

Nur ein Traum.

Aber Elyssa wußte, sie hatte den Moment, als sie in Hunters Augen geblickt hatte, nicht nur geträumt. Sie hatte Splitter von Grün und Blau in dem Quecksilbergrau seiner Iris gesehen, und seine Augen hatten vor Besorgnis und leidenschaftlichem Verlangen förmlich gebrannt.

Verlangen nach ihr.

Die Erinnerung an jenen köstlichen, atemlosen Augenblick verfolgte und quälte Elyssa ebensosehr wie die ruhelose Hitze ihres eigenen Körpers. Mehr als einmal war sie nachts aus Träumen hochgeschreckt, die sie erröten ließen, wenn sie nur daran dachte. In ihrem ganzen Leben hatte sie noch nie so schamlos nackt bei einem Mann gelegen.

Außer in ihren Träumen von Hunter.

Warum will er nicht noch einmal versuchen, mich zu küssen? Er muß doch sicherlich wissen, daß ich ihn nicht abweisen würde. Bis auf die Gemeinheit, ihm ein Bein zu stellen, habe ich so ziemlich alles getan, um seine Aufmerksamkeit zu erringen.

Vielleicht sollte ich das als nächstes versuchen.

Elyssa seufzte und preßte ihre andere Wange an Creams warme Flanke, während sie den nächsten Walzer zum Ausgleich ihrer wirbelnden Gedanken summte. Die violette Seide ihres Kleides schillerte und brannte wie lilarote Flammen bei jeder Bewegung ihres Körpers, jedem Atemzug.

Hunter ist schroff und kurz angebunden bei mir und liebenswürdig neckend bei Penny. Aber wenn ich mich hastig umdrehe, dann ist es nicht Penny, die er beobachtet.

Ich bin diejenige, die er verstohlen anstarrt.

Trotzdem unternimmt er keinen Versuch, mir den Hof zu machen. Ganz im Gegenteil. Er ist jedesmal ein richtiger Ba-

stard, wenn ich versuche, ihn in eine kultivierte Unterhaltung zu verwickeln.

Wer weiß, vielleicht hat er noch immer nicht den Verlust seiner Frau überwunden, obwohl ihr Tod schon mehr als zwei Jahre zurückliegt.

Im stillen fragte sich Elyssa, wieviel Zeit ein Mann wohl brauchen würde, bevor er bereit war, wieder zu lieben.

Sie befürchtete, daß es mehr Zeit war, als ihm noch auf der Ladder S verblieb. Der letzte Termin für die Lieferung der Rinder an die Armee rückte unaufhaltsam näher. Wenn sie die vereinbarte Frist einhielt, würde Hunter anschließend gehen.

Elyssa ahnte es mit derselben Gewißheit, mit der sie die Brutalität und Grausamkeit gespürt hatte, die sich hinter Gaylord Culpeppers langsamer, bedächtiger Sprechweise und berechnenden Augen verbarg.

Und wenn es der Ladder S nicht gelang, den Liefertermin für die Armee einzuhalten, würde Elyssa gar nichts mehr haben. Nicht einmal Träume!

Du darfst nicht darüber nachdenken, sagte sie sich. *Grübeln wird überhaupt nichts nützen. Nur harte Arbeit.*

Und Beten.

»Also, wenn das nicht ein herzerfrischender Anblick ist!« sagte Mickey plötzlich.

Elyssa zuckte erschrocken zusammen und blickte über ihre Schulter. Eine seidige Haarsträhne fiel nach vorn und ringelte sich über ihre Nase. Ungeduldig blies sie die Strähne beiseite und sah den jungen Rancharbeiter an, der grundsätzlich jedesmal auftauchte, wenn sie das Ranchhaus verließ.

Mickey lehnte lässig an der Stalltür. Der Ausdruck seiner Augen hätte Elyssa vielleicht erfreut, wenn Hunter derjenige gewesen wäre, der dort lungerte und sie hungrig anstarrte.

Es war aber nicht Hunter.

Mit kaum verhüllter Ungeduld drehte Elyssa sich wieder um und fuhr fort zu melken.

»Was willst du?« fragte sie. »Hast du wieder mal den Wetzstein verloren? Oder sind es diesmal die Faßdauben, die du angeblich nicht finden kannst?«

»Ich bin fertig mit den Fässern. Hab's ihm schon gesagt.«

Elyssa brauchte nicht zu fragen, wer mit ›er‹ gemeint war. Mickey mochte Hunter zwar nicht, aber er war sehr vorsichtig in Gegenwart des älteren Mannes.

»Hab' ihm erklärt, er kann mich zum Lohn eines Revolverschützen einstellen; ansonsten weigere ich mich, weiter für dich zu arbeiten.«

Schweigend wandte Elyssa sich um und schoß einen Milchstrahl in Richtung der Katze. Cupid öffnete das Maul und fing die Flüssigkeit ohne viel Aufhebens und ohne einen Tropfen zu verschütten auf.

»Was sagst du dazu?« fragte Mickey herausfordernd.

»Das kommt auf Hunter an!«

»Er will mir seine Entscheidung mitteilen, bevor die Woche zu Ende ist.«

»Schön, damit bin ich einverstanden.«

»Hmmm.«

Elyssa ignorierte Mickey, während sie fortfuhr zu melken. Als sie zu hören glaubte, wie er kehrtmachte und den Gang hinuntertrottete, stieß sie einen stummen Seufzer der Erleichterung aus und begann erneut, vor sich hin zu summen. Schließlich drückte sie den letzten Rest von Milch aus Creams Euter heraus.

Als Elyssa von dem kleinen Melkschemel aufstand, stemmte sie die Fäuste ins Kreuz und streckte sich. Langsam dehnte sie ihren Rücken, um die verkrampften Muskeln zu lockern, die nach einer Woche harten Reitens über Ladder-S-Gebiet steif und schmerzhaft verspannt waren.

»Verdammt, Frechdachs, aber du weckst in einem Mann das Bedürfnis, sich hinzustellen und den Mond anzuheulen!«

Erschrocken wirbelte Elyssa herum.

Mickey war immer noch da und hing über der halbhohen Boxentür. Er starrte auf ihre Brüste, als gehörten sie ihm.

Ärgerlich wandte sie ihm den Rücken zu und zog den Schal zurecht, den sie umgebunden hatte, um den tiefen Ausschnitt ihres Kleides zu bedecken. Das Tuch war beim Melken zur Seite gerutscht und enthüllte ihre schwellenden Rundungen.

»He, nun komm schon, deck sie nicht wieder zu«, beklagte sich Mickey. »Wenn du nicht gewollt hättest, daß ich sie sehe, hättest du gar nicht erst dieses Kleid da angezogen, stimmt's?«

»Du elender kleiner ...«

Hunters Stimme schnitt Elyssa das Wort ab.

»Mickey, wenn du nichts Besseres zu tun hast, als dich im Stall zu räkeln, kannst du gleich mal die Bewässerungsgräben im Garten überprüfen.«

Mickey richtete sich so hastig auf, daß er stolperte. Elyssa wußte, daß er ebenso erschrocken war, Hunter im Stall anzutreffen, wie sie über den herumlungernden Mickey.

»Ich könnte sehr ungemütlich werden, wenn wir die Gartenernte verlieren würden«, sagte Hunter, »nur weil du verrückt nach einem Weiberrock bist. Sieh zu, daß du deinen Hintern in Bewegung setzt!«

»Tz, tz, was bist du doch mißgünstig«, meinte Mickey kopfschüttelnd. »Ein richtiger Spielverderber. Du bekommst nichts von ihr, also willst du auch nicht, daß sonst irgend jemand was von ihr bekommt!«

Ein einziger Blick in Hunters Augen ließ Elyssa ein Frösteln über den Rücken laufen.

»Kümmere dich um den Garten«, sagte Hunter täuschend milde. »Sofort.«

»Was, wenn ich mich statt dessen auf mein Pferd schwinge?«

»Dann würde ich dich als Dieb erschießen. Jedes Pferd und jedes Rind in dieser Gegend trägt ein Ladder-S-Brandzeichen.«

»Nicht jedes«, erwiderte Mickey mit einem gehässigen Grinsen. »In letzter Zeit habe ich eine Menge gesehen mit einem

Slash-River-Brandzeichen. Ab Culpeppers Markierung. Verhüllt das Ladder-S-Zeichen wie eine Decke, stimmt's?«

»Wirst du nun arbeiten, oder wäre es dir lieber, die Ranch auf der Stelle zu verlassen?« fragte Hunter.

Mit einem wüsten Fluch auf den Lippen marschierte Mickey zum Stall hinaus. Auf seinem Weg zur Tür schnappte er sich eine Schaufel.

»Ich habe Sie davor gewarnt, was passiert, wenn Sie mit den Männern flirten«, sagte Hunter, nachdem Mickey verschwunden war.

Die Verachtung in seiner Stimme ließ Elyssas Inneres zu Eis erstarren.

Dann siegte ihre Wut.

»Ich habe diese verdammte Kuh gemolken«, fauchte sie.

»Nicht, als ich Sie gesehen habe. Sie hatten den Rücken durchgebogen wie eine Tänzerin oder eine Geliebte, und Ihre Brüste ...«

Abrupt wechselte Hunter das Thema.

»Hören Sie auf, mich herauszufordern, Frechdachs. Ihnen wird bestimmt nicht gefallen, was passiert, wenn ich die Geduld verliere.«

Hunters Gebrauch ihres albernen Spitznamens brachte Elyssa nur noch mehr in Rage.

»Dann hören Sie auf, mich anzustarren«, erwiderte sie eisig. »Denn Sie *starren* mich an, Hunter. Sie wissen es ebensogut wie ich.«

»Und Sie starren geradewegs zurück.«

»Stimmt. Warum unternehmen Sie nicht etwas dagegen?«

»Haben sie nicht gehört, was ich gesagt habe? Es würde Ihnen nicht gefallen.«

»Probieren Sie's doch mal.«

Draußen jenseits des Stallhofs begann einer der Hunde zu bellen. Das Gebell war so laut und hektisch und alarmierend, daß es einen plötzlichen Adrenalinschub durch Elyssas Adern jagte. Sie schaffte es nur mit knapper Not, nicht den Milcheimer umzustoßen, als sie einen Satz nach der Schrotflinte machte, die sie in eine Ecke der Box gestellt hatte.

Hunters Hand schoß vor und schlang sich um ihr Handgelenk.

»Was haben Sie vor?« erkundigte er sich barsch.

»Ich will nachsehen, was den Hund so aufregt.«

»Bleiben Sie hier. Darum kümmere ich mich.«

Elyssa wollte schon protestieren, dann überlegte sie es sich anders.

Hunter nickte knapp, nahm ihr die Flinte ab und eilte zum Ausgang des Stalls. Bevor er in Sonnenlicht und Herbstwind hinaustrat, blickte er sich wachsam nach allen Seiten um.

»Wird aber auch langsam Zeit«, sagte er.

Damit marschierte Hunter entspannt in den Sonnenschein hinaus. Einen Moment später kam Mickey mit einem Gewehr in der Hand aus dem Garten herbeigerannt. Hunter bedeutete ihm mit einer Geste, wieder zu seiner Arbeit zurückzukehren, und strebte weiter über den Hof.

Drei kleine Gruppen von Männern zu Pferd warteten in der Nähe des Ranchhauses. Ihre Kleidung war schäbig und voller Staub. Einige der Männer trugen wie Hunter Reste von Uniformen der Konföderierten Armee. Andere steckten in blauen Hosen der Nordstaatenarmee.

Die übrigen hatten die Wildlederhosen der Flachlandbewohner oder die enganliegenden Lederhosen und breitkrempigen Hüte von mexikanischen Hilfscowboys an. Männer, die aus der dornbuschreichen Savanne von Texas gekommen waren, trugen lederne Cowboyhosen.

Überbleibsel von abgerissenen blauen oder grauen Uniformen fanden sich zu gleichen Teilen in jeder der drei buntgemischten Gruppen, ebenso wie großkarierte Hemden und Wildlederleggings, Cowboyhosen, Flanell und Wolle. Nicht einer hatte sich entsprechend seiner Zugehörigkeit zum Norden oder Süden oder zur Ebene ausgerüstet.

Die ehemaligen Soldaten hatten den Krieg in jeder Hinsicht hinter sich gelassen – bis auf eines: Alle waren sie bis an die Zähne bewaffnet. Flachlandbewohner, Heimatlose und Soldaten trugen ihre Waffen gleichermaßen unbefangen wie ihre Stiefel.

Die Pferde, die die Männer ritten, waren teils klein und zierlich, teils groß und stämmig und wiesen alle möglichen Farben auf außer einer. Weiß. Ein weißes Pferd machte einen Mann in jeder Landschaft unweigerlich zur Zielscheibe, ob es nun Wüste oder Grasland, buschbestandenes Gelände oder Bergwiese war.

Vier schwarz-weiße Hunde umkreisten die Männer in einiger Entfernung und bellten wie wild.

Hinter Hunter ertönte ein Stakkato-Pfiff. Sofort verstummten die vierbeinigen Wächter, als hätten sie Schüsse getroffen. Einträchtig wirbelten sie herum und rannten davon, um sich wieder um das Vieh zu kümmern, das sie bewacht hatten, bevor sich der Hof mit Fremden füllte.

Hunter warf einen Blick über seine Schulter. Wie erwartet, folgte Elyssa ihm.

Zumindest hat sie ihren Ausschnitt wieder verhüllt, dachte er.

Die Erinnerung an Elyssas cremeweiße, halb entblößte Brüste über schimmernder, violetter Seide durchzuckte Hunter wie ein heißer Blitz und bewirkte, daß sich jeder einzelne Nerv in seinem Körper anspannte.

Ich werde ihr eine gepfefferte Strafpredigt über ihre Aufmachung halten müssen. Die Männer hier draußen sind es nicht gewohnt, eine Frau wie sie frei herumlaufen zu sehen.

Hunter selbst hatte ebenfalls große Schwierigkeiten, sich an den atemberaubenden Anblick zu gewöhnen.

»Ich dachte, ich hätte Ihnen gesagt, Sie sollen im Stall bleiben«, sagte er unfreundlich.

»Warum? Es besteht doch keine Gefahr.«

»Woher wollen Sie das wissen?«

Elyssa zuckte die Achseln. Die Bewegung lockerte ihren

Schal und enthüllte eine kußgroße Stelle samtiger Haut knapp oberhalb der Linie ihres tiefen Dekolletés.

Hunter versuchte angestrengt, nicht daran zu denken, wie sich diese perlmuttzarte Haut unter seinen Lippen, seiner Zunge, seinen Fingerspitzen anfühlen würde. Er versuchte nicht daran zu denken, wie hungrig sich ihre Knospen aufgerichtet hatten bei seiner zufälligen Berührung an jenem ersten Abend im Stall.

Er schaffte es nicht, das anziehende Bild aus seinen Gedanken zu verdrängen.

Mit einem stummen Fluch zwang Hunter sich, den Blick von jenem reizvollen Stückchen Haut abzuwenden.

»In dem Moment, als Sie den Stall verließen, habe ich sofort gemerkt, daß die Luft rein ist.«

»Wie denn?«

»An der Art, wie Sie sich bewegt haben.«

Die Worte ließen Hunter so abrupt stehenbleiben, als wäre er gegen eine Wand geprallt. Er hatte bisher nicht bemerkt, daß Elyssa ihn allmählich durchschaut.

Belinda war jahrelang meine Ehefrau, und sie hat sich nie die Mühe gemacht, aus mir schlau zu werden.

Die Erkenntnis machte Hunter unsicher. Je länger er in Elyssas Nähe war, desto häufiger stellte er fest, daß sie sich in vieler Hinsicht doch von Belinda unterschied.

Anders als seine verstorbene Ehefrau verstand Elyssa etwas von der Arbeit, die zum Erhalt einer Ranch nötig war.

Außerdem war sich Elyssa des Landes selbst bewußt, seiner Schönheit und seiner Gefahren. Für sie bedeutete die Ranch mehr als nur eine Möglichkeit zum Geldverdienen, um eine elegante Kutsche oder Samtdraperien für ein Wohnzimmer zu bezahlen, das in der Wildnis so fehl am Platz gewesen war wie die Person Belinda.

Brütend betrachtete Hunter die vitale junge Frau, die den Schutz und die Sicherheit des Stalls verlassen hatte, um neben ihm in dem gleißenden Sonnenlicht und dem Staub des Vorplatzes zu stehen.

Du solltest auf keinen Fall vergessen, daß Belinda und Frechdachs in einem Punkt völlig gleich sind, und zwar in dem einzigen, auf den es ankommt. Sie sind kokette Dämchen bis ins süße Mark ihrer Knochen.

Daneben zählen andere Unterschiede nicht mehr.

»Bedecken Sie sich«, fuhr er sie an.

Die Verachtung in Hunters Stimme traf Elyssa wie eine Ohrfeige.

Ihre Augen verschleierten sich vor Zorn, und sie spürte einen Stich von Schmerz, dessen Schärfe sie überraschte. Sie blickte an sich herunter und sah ein Stückchen Haut, nicht größer als ihr Daumenballen, zwischen Schal und Kleid hervorschimmern. Hunters übertriebene Reaktion kränkte sie maßlos. »Gütiger Himmel!«

»Dämpfen Sie Ihre Stimme!« knurrte er.

»Ihrem Tonfall nach zu urteilen«, flötete sie, »könnte ein Mensch glatt auf die Idee kommen, ich liefe halb nackt herum.«

»Das tun Sie ja auch.«

»Zum Kreuzdonnerwetter! Wenn Sie nicht so genau hingeschaut hätten, hätten Sie nichts, aber auch gar nichts gesehen!«

Hunter maulte weiter vor sich hin.

Elyssa ignorierte sein Grollen.

»Wer sind diese ungehobelt aussehenden Männer?« fragte sie. »Freunde von Ihnen?«

»Sie sind Reiter, die sich darum bewerben, zu Kampflohn eingestellt zu werden.«

Besorgt zählte Elyssa die Männer. Es waren elf.

»Aber Sie haben doch gesagt, Sie brauchten nur sieben«, protestierte sie.

»Keine Sorge, ein paar von ihnen werden keinen Sonderlohn erhalten. Sie sind es nicht wert.«

»Und wer soll das beurteilen?«

»Das können Sie getrost mir überlassen.«

Damit machte Hunter auf dem Absatz kehrt und schritt auf die wilden Gestalten zu. Sie hatten das Geplänkel zwischen Hunter und Elyssa mit Interesse, Belustigung, Langeweile oder auch Neid verfolgt, je nach Typ.

»Seid gegrüßt, Jungs«, sagte Hunter. »Schön, dich wiederzusehen, Morgan. Hab' gehört, du warst irgendwo in Nevada.«

»Danke, Sir. Ich freu' mich auch, Sie wiederzusehen ... auf dieser Seite des Gewehrlaufs.«

Hunters Lächeln war so schnell, daß es Elyssa beinahe entgangen wäre. Sie warf einen Blick auf den Reiter, der gesprochen hatte, und sah, daß sein Hut, seine Hose und Handschuhe aus Beständen der Nordstaatenarmee stammten. Sein breites Lächeln hob sich sehr weiß gegen die kaffeebraune Farbe seines Gesichts ab.

Schweigend musterte Hunter den Rest der Männer.

»Ich schätze, ihr Jungs wißt, mit welchen Problemen die Ladder S zu kämpfen hat«, sagte Hunter.

Einige der Leute nickten. Andere warteten ab.

»Miss Sutton wird Kampflöhne zahlen«, erklärte Hunter. »Schnaps ist nicht erlaubt.«

»Hä?« begehrten zwei von ihnen auf.

»Was ist das hier eigentlich – eine Kirche oder eine Ranch?« verlangte einer der Helden zu wissen, der offensichtlich noch jünger als Mickey war.

»Wenn dir die Regeln nicht passen, in Ordnung, dann reite weiter«, erwiderte Hunter ruhig.

Auf der Stelle griff ein anderer in seine Satteltasche und zog eine Halbliterflasche heraus, die noch ungefähr zu einem Viertel mit Whisky gefüllt war. Wortlos schraubte er die Flasche auf und goß den Inhalt auf den Boden.

Hunter blickte den Jungen an, der sich gefragt hatte, ob die Ladder S eine Kirche oder eine Ranch war.

»Was ist mit dir, Kumpel?« fragte er.

»Was soll denn mit mir sein?« gab der Junge dreist zurück.

Der Bursche hatte strähniges blondes Haar und Augen, die düster, trotzig und seltsam matt wirkten.

»Morgan«, sagte Hunter.

Mehr war nicht nötig.

Morgan trieb sein Pferd zu dem des Jungen, griff mit seiner rechten Hand in die Satteltasche und zog eine noch fast volle Literflasche Whisky heraus.

»He, was, zum Teufel, fällt dir ein ...«, begann der Junge empört.

Seine Worte wurden abrupt vom Anblick eines sechsschüssigen Revolvers abgeschnitten, den Morgan in seine linke Hand praktiziert hatte.

»Morgan ist der erste, den Miss Sutton hiermit einstellt«, erklärte Hunter. »Er wird mich unterstützen und mein *segundo* sein. Falls einer von euch Jungs nicht bereit ist, Befehle von einem schwarzen Mann entgegenzunehmen, trennen wir uns jetzt in bestem Einvernehmen.«

Keiner der Reiter machte Anstalten, sein Pferd herumzuziehen und davonzureiten, einschließlich des Jungen, der Morgan immer noch in einer Mischung aus Empörung und Respekt anstarrte.

»Johnny, Reed, Blackie«, sagte Hunter und nickte drei Männern zu, die Reste von Südstaatenuniformen trugen, »ihr seid angeheuert. Bringt eure Sachen in die Schlafbaracke und eure Pferde in den Korral hinterm Stall.«

Die drei nickten und trieben ihre Pferde auf den Korral zu.

»Johnny?« sagte Hunter.

Der schlanke Mann mit dem dichten, kastanienbraunen Haar blickte zurück. »Ja, Sir?«

»Besteht irgendeine Chance, daß dein Bruder Alex auftauchen wird?«

»Alex ist letztes Jahr von Comancheros ermordet worden. Er jagte irgendeiner Geschichte mit einem rothaarigen Mädchen nach … Wollte einfach nicht glauben, daß Susannah mit den anderen gestorben war.«

»Verdammt«, murmelte Hunter leise. »Tut mir aufrichtig leid, das zu hören. Alex war ein prima Kerl.«

»Stimmt, das war er, auch wenn's ihm verdammt wenig genützt hat.«

Als Hunter sich wieder zu den wartenden Männern umwandte, war sein Ausdruck verloren.

Neugierig ließ Elyssa ihren Blick zwischen Johnny und Hunter hin- und herschweifen. Sie spürte eine innere Verbundenheit zwischen ihnen, Gefühle, die keiner der beiden in Worte faßte. Sie fragte sich, ob sie es jemals getan hatten.

Oder ob so etwas überhaupt nötig war …

»In Ordnung«, kam Hunter wieder zur Tagesordnung. »Ich kenne keinen von euch, also werde ich euch fragen müssen, wer von euch Jungs die lange Flinte bevorzugt.«

Fünf der verbleibenden Männer meldeten sich.

Hunter und Morgan tauschten einen Blick. Der schwarze Reiter hob die Zügel, worauf sein drahtiges Pony aus dem Stallhof sprang und zu den Pyramidenpappeln hinübergaloppierte.

Als Morgan ungefähr dreihundert Meter zurückgelegt hatte, zog er die Zügel an, richtete sich in den Steigbügeln auf und stellte die leere Whiskyflasche auf einen breiten Ast. Das Glas glitzerte im hellen Sonnenlicht.

»Jeder von euch hat einen Schuß«, sagte Hunter. »Schießt auf den Ast und versucht, so nahe wie möglich an die Flasche heranzukommen, ohne sie zu treffen. Du da, ganz links. Fang an.«

Der Mann zielte und feuerte mit einer Leichtigkeit, die von langjähriger Vertrautheit im Umgang mit Gewehren zeugte.

Kleine Rindenstückchen flogen in alle Richtungen, aber nur Morgan sah es.

»Weniger als zwei Zentimeter!« brüllte Morgan.

»Gut. Der nächste«, befahl Hunter.

Der zweite Mann feuerte.

Der obere Rand der Flasche zerbarst in tausend Splitter.

Verdrießlich knurrend schob er die Waffe mit einem angewiderten Gesichtsausdruck in ihr Futteral zurück.

»Der nächste«, sagte Hunter.

Das Probeschießen ging weiter, bis der vierte Mann fertig war. Zwei der Schützen trafen den Ast weniger als einen Fingerbreit von der Flasche entfernt.

»Falls sich einer von euch Jungs auch für einen Experten im Umgang mit 'nem sechsschüssigen Revolver hält«, sagte Hunter, »dann soll er zu der Pappel da drüben gehen.«

Wiederum zwei marschierten zu der Pyramidenpappel, einschließlich des Mannes, der den Flaschenhals zerschossen hatte.

Schweigend blickte Elyssa von Hunter zu den Männern und wieder zurück, während sie sich fragte, was er als nächstes plante.

»Ich schätze, wenn ich zu den Männern gehe, werden Sie mir einfach folgen«, bemerkte er.

»Natürlich werde ich das. Die Ladder S ist schließlich meine Ranch. Ich werde mich Ihrem Rat beugen und die Männer einstellen, die Sie auswählen, aber ich habe wohl zumindest das Recht zu sehen, wie tüchtig sie sind.«

»Sie werden sich Ihr feines Seidenkleid ganz schmutzig machen.«

Elyssa sah Hunter ungläubig an.

»Die Kuh hat bereits dafür gesorgt, daß mein ›feines Seidenkleid‹ ruiniert ist. Mit einem einzigen Schlag ihres feinen Schwanzes«, erläuterte sie.

Hunter blickte auf die Schrotflinte in seinen Händen und verkniff sich ein Lächeln. Die kunstvollen Gold- und Silbereinlegearbeiten auf dem Kolben erinnerten ihn daran, daß es Elyssas Flinte war, die er trug, nicht seine eigene.

Ein extravagantes Schießeisen für ein extravagantes kleines Luder, dachte er erbost. *Seide und Feuer und die Art von Körper, die einen Mann bis in seine Träume verfolgt.*

Verflucht!

»Bleiben Sie hinter mir«, ordnete er nun an. »Sechsschüssige Revolver sind eine riskante Sache, besonders wenn ein Mann in Eile ist.«

Ohne Elyssa eines weiteren Blickes zu würdigen, marschierte Hunter zu der Pyramidenpappel, wo sich die Reiter versammelt hatten. Elyssa mußte ihre Röcke raffen und förmlich rennen, um mit ihm Schritt zu halten.

»In Ordnung, Morgan«, sagte Hunter. »Dann wollen wir doch mal sehen, ob dein Arkansas-Zahnstocher immer noch scharf ist.«

Lächelnd zog Morgan ein Messer aus der Lederscheide an seinem Sattel, dessen Klinge so lang wie sein Unterarm war. Mit schnellen, geschickten Bewegungen ritzte er das Ladder-S-Brandzeichen in die Rinde der Pappel.

»Geht ungefähr vierzig Schritte zurück!« Hunter hob seine Rechte. »Wenn ich das Kommando gebe, zieht eure Waffen und feuert.«

Die Männer trieben ihre Pferde zurück, verteilten sich etwas und warteten angespannt. Morgan lief aus der Schußlinie und stellte sich neben Elyssa. Er zog seinen Hut in einer schweigenden Begrüßung, doch wandte dabei keine Sekunde den Blick von den Reitern.

»Feuer!« befahl Hunter.

Schüsse zerrissen die Stille. Die Fläche zwischen den beiden S-förmigen Schleifen des Ladder-S-Brandzeichens explodierte zu fliegenden Borkenfetzen. Nicht wenige Kugeln blieben jedoch auch außerhalb des Brandzeichens in dem Stamm stecken.

»Feuer einstellen!« rief Hunter.

Die Männer schoben ihre Waffen in die Schulterholster zurück und drehten sich zu Hunter um. Er winkte Morgan zu. »Auf die Flasche. *Jetzt!*« erhob der seine Stimme.

Einer der Reiter hatte bereits seine Waffe gezogen und zwei Schüsse abgegeben, bevor die anderen reagierten und zu schießen begannen. Der schnellste Revolverschütze war derselbe Mann, der mit einem Gewehr den Flaschenhals zerschossen hatte.

»Wie ist dein Name?« erkundigte sich Hunter.

»Fox.«

»Nun, Fox, du bist ja wohl ein Teufel, wenn's um Flaschen geht.«

Der Angesprochene grinste.

Hunter erwiderte das Grinsen flüchtig.

»Geht klar, Fox«, sagte er. »Ihr zwei gehört nun ebenfalls zu uns.«

Hunter nickte den beiden Reitern zu, die fast so schnell wie Fox mit ihren Revolvern in Aktion getreten waren.

»Und was ist mit dem Rest von uns?« wollte der Junge wissen.

Im Sprechen drückte er seinem Pferd die Schenkel in die Seiten und lenkte es auf Hunter zu, bis es fast auf dessen Füßen stand.

»Jesus, steh mir bei«, murmelte Morgan. »Der Junge muß einen randvollen Teller Dämlichkeit zum Frühstück verspeist haben.«

Elyssa warf Morgan, der langsam den Kopf schüttelte, einen verdutzten Blick zu. Sie setzte gerade an zu fragen, was er meinte, aber Morgan fuhr bereits fort zu sprechen.

»Wie heißt du, Kumpel?« fragte er den Jungen.

»Sonny.«

»Tja, Sonny, du kaufst die Katze im Sack.«

Der Junge starrte Morgan finster an. »Was soll das heißen?«

Morgan schüttelte nur schweigend den Kopf.

»Ich nehme die Schrotflinte, Herr Oberst«, sagte er dann. »Wär' verdammt schade, wenn so ein schönes Stück schmutzig würde.«

Ohne seinen Blick von dem Jungen abzuwenden, reichte Hunter Morgan die Flinte.

Wäre nicht die abgrundtiefe Mattigkeit in den Augen des Jungen gewesen, hätte Hunter ihn kurzerhand weggeschickt. Aber Hunter hatte zu viele wie Sonny während des Krieges gesehen, anständige Jungen, mit denen das Leben zu hart umgesprungen war.

Einige zerbrachen wie Glas. Andere wehrten sich erbittert gegen die Härten des Schicksals, bis vor lauter Erschöpfung nur noch Gleichgültigkeit übrigblieb. Dadurch fanden sie entweder Erleichterung, oder sie gingen zugrunde.

»Du bist nicht gut genug mit einem Revolver, um Kampflohn verlangen zu können«, sagte Hunter ruhig zu Sonny. »Aber wir brauchen noch Rancharbeiter. Wenn du einen Job willst, kannst du ihn gerne haben.«

»Kein Liebhaber irgendeiner dahergelaufenen Schlampe im Seidenfummel wird mich herumkommandieren!« fauchte Sonny und griff nach seinem Schießeisen.

Hunter bewegte sich so schnell, daß seine Hände nur noch verschwommen zu erkennen waren. Bevor der Junge wußte, wie ihm geschah, lag er mit dem Gesicht nach unten im Staub und rang keuchend nach dem Atem, den ihm Hunters Fäuste aus den Lungen gepreßt hatten.

Morgan stieß einen zischenden Seufzer der Erleichterung aus. Er wußte, was jeder andere Mann in der Runde eben erst zu begreifen begann – daß Sonny niemals näher daran gewesen war zu sterben als in dem Moment, als er auf den Mann namens Hunter angelegt hatte.

Hunter saß in der Hocke neben dem nach Luft schnappenden Jungen und wartete, bis sich Sonnys Blick auf ihn konzentrierte.

»Wie ich vorhin schon sagte«, bekräftigte Hunter, »kannst du nicht annähernd so gut mit deinem Revolver umgehen, wie du dir einbildest.«

Langsam dämmerte dem Jungen die Erkenntnis. Er war wie ein Fisch zum Filettieren ausgebreitet worden von einem Gegner, dessen Hände sich so unglaublich schnell bewegten, daß Sonny sie nicht einmal hatte zuschlagen sehen. Wenn Hunter es vorgezogen hätte, statt seiner Fäuste seinen sechsschüssigen Revolver zu benutzen, wäre Sonny jetzt tot.

Der Junge erbleichte und begann zu schwitzen.

»Na ja, wenigstens hat er keine zweite Portion Dämlichkeit vertilgt«, meinte Morgan.

Hunters schwarzer Schnurrbart verzog sich, um ein langsames, dünnes Lächeln zu enthüllen.

Mit täuschender Lässigkeit erhob er sich und zog Sonny dabei mit sich auf die Füße. Dann trat er zwei Schritte zurück.

»Es gibt zwei Möglichkeiten für dich, mein Junge«, sagte Hunter. »Du kannst dich bei Miss Sutton entschuldigen, oder versuche noch einmal nach deiner Kanone zu greifen.«

Sonny holte zitternd Luft und wandte sich zu Elyssa um. Verlegene Röte kroch über seine glatten, bartlosen Wangen.

»Tut mir echt leid, Ma'am. Das war falsch von mir. Ich hatte kein Recht, so über Sie zu reden.«

Elyssa stieß ebenfalls einen zitternden Seufzer aus. Sie war noch immer verblüfft über Hunters außergewöhnliche Schnelligkeit.

Und über seine Selbstbeherrschung.

»Ist schon in Ordnung«, neigte sie freundlich den Kopf. »Ich weiß, es wird nicht wieder vorkommen.«

»Nein, Ma'am. Ganz bestimmt nicht.«

Die Männer, die in Sichtweite von Elyssas Liebenswürdigkeit standen, starrten sie entzückt an über soviel weibliche Wärme und Verständnis.

Elyssa bemerkte die Reaktion der Männer nicht, weil sie alle Hände voll damit zu tun hatte, die angespannte Situation zu entschärfen.

Aber Hunter entging keineswegs, daß Elyssa die Herzen ringsum im Sturm erobert hatte, und seine Rechte glitt warnend zu dem Revolver an seiner Hüfte.

Die Bewegung zog aller Augen auf sich.

»Jeder Mann«, sagte Hunter gedehnt, »der eine Bemerkung über Miss Sutton macht, wird sich mir oder Nueces Morgan gegenüber verantworten müssen.«

»Nueces?« fragte der Junge, erneut schockiert. »Von unten aus Texas?«

Morgan nickte.

»Hölle und Pest!« murmelte Sonny gedämpft. Dann fügte er hastig hinzu: »Entschuldigung, Ma'am. Ich bin nur völlig platt darüber, mich direkt neben einem so berühmten Revolverschützen wiederzufinden.«

»Natürlich«, sagte Elyssa zerstreut.

In Wirklichkeit achtete sie kaum auf Sonnys Entschuldigung. Sie war zu intensiv damit beschäftigt, die überraschten und kalkulierenden Blicke zu registrieren, die die anderen Männer tauschten.

Obwohl Morgan kein Wort sagte, funkelten seine Augen vor stummer Belustigung.

»Der Junge ist vielversprechend«, sagte Morgan zu niemand Speziellem.

Einen Moment lang musterte Hunter Sonny nur schweigend. Dann blickte er Morgan an.

»Was meinst du? Willst du dich seiner annehmen?« fragte er.

»Einer muß es ja tun. Es sind schon genug Jungs törichterweise gestorben. Wird zur Abwechslung mal ganz nett sein, einem beizubringen, wie man clever überlebt.«

»Hast du gehört, Sonny?« fragte Hunter.

Der Junge nickte.

»Morgan hat dir gerade angeboten, dich in alles einzuweihen«, sagte Hunter. »Na, wie ist es? Hast du Interesse?«

»Hölle und ... äh, klar, Sir!«

»Du wirst niemals einen Mann finden, der mehr Ahnung von Vieh hat als Morgan. Hör auf ihn, und er macht einen erstklassigen Hilfscowboy aus dir.«

»Vieh?« fragte Sonny unglücklich.

»Genau!«

»Na schön, Vieh«, stimmte Sonny seufzend zu. Er drehte sich zu Morgan um. »Okay, ich bin bereit, alles zu lernen, was du mir beibringen willst. Ist tatsächlich 'ne ganze Ecke besser, als in den ewigen Jagdgründen zu landen.«

Elyssa lachte. Es ertönte ein perlendes Geräusch, das ebenso verführerisch und weiblich war wie ihre Heiterkeit.

Die Männer sahen sie sehnsüchtig an und wandten dann hastig den Blick ab. Keiner von ihnen legte Wert auf die Art Scherereien, die Hunter einem Mann machen konnte.

»Der Rest von euch kann hier als Viehtreiber mitarbeiten«, erklärte Hunter, »oder sein Glück bei dem Culpepper-Gesindel versuchen beziehungsweise gleich ganz aus dem Ruby Valley verschwinden.«

Die Männer nickten.

Sie verstanden, was Hunter nicht ausgesprochen hatte. Wenn die Männer nicht für die Ladder S arbeiteten, und er sähe sie wieder, würde er wissen, daß sie sich mit dem Culpepper-Pack zusammengetan hatten.

Kurz gesagt: mit dem Feind.

»Wenn es zu einer Schießerei kommt, sorge ich dafür, daß ihr einen Bonus bekommt«, fügte er hinzu, »aber es kann nicht soviel wie der Kampflohn sein.«

Einer der drei Mexikaner meldete sich mit einer weichen Stimme zu Wort, in der ein spanischer Akzent mitschwang. »Wir sind die Herrera-Brüder, *Señor.* Wir haben gehört, was mit Ihrer Familie in Texas passiert ist. Unsere Familie hat es genauso getroffen. Wir brauchen keinen Kampflohn, um *los diablos* zu bestrafen.«

Einen Moment lang war Hunter ganz still. Dann nickte er.

»Nach dem Anblick eurer Ausrüstung zu urteilen«, sagte er, »seid ihr kundige Hilfscowboys. Die Ladder S kann euch gebrauchen.«

»Gracias, Señor.«

»Sucht euch eine Koje aus und füttert eure Pferde. Wir werden nach dem Mittagessen damit anfangen, Vieh und Mustangs zusammenzutreiben. Ihr könnt Strohhalme ziehen, um auszulosen, wer heute nacht die erste Wache übernimmt.«

Als die Männer zum Korral hinüberritten, wandte sich Hunter zu Morgan um und streckte ihm die Hand hin. Morgan schüttelte sie und schlug Hunter dann herzhaft auf die Schulter mit der Vertraulichkeit eines alten Freundes.

»Bin verdammt froh, daß Case Sie aus dem Gefangenenlager herausgeholt hat«, sagte Morgan. »War kein Ort für Mensch oder Tier.«

»Dem Himmel sei Dank.«

Elyssa stand ganz still da in der Hoffnung, die Männer würden ihre Anwesenheit vergessen und fortfahren, über die Vergangenheit zu sprechen. Sie brannte darauf zu erfahren, was Hunter gemacht hatte, bevor er auf der falschen Seite des Sezessionskrieges gekämpft hatte.

»Hab' gehört, du hättest es übernommen, eine der ersten Herden von Texas zum letzten Bahnhof in Kansas zu treiben«, sagte Hunter zu Morgan.

»Stimmt, Sir. Gute Bezahlung, aber verdammt anstrengend. Ein paar von den Jungs waren dämlicher als Kühe.«

»Du würdest lieber kämpfen, als im Zuckeltempo neben einer Herde herzureiten, richtig?«

»Darauf können Sie wetten, Herr Oberst.«

»Nenn mich einfach Hunter. So nennen mich alle ... in meiner Gegenwart. Nur der Teufel weiß, wie sie mich nennen, wenn sie in der Schlafbaracke sind.«

Lachend wandte sich Morgan zu Elyssa um und tippte an seine Hutkrempe.

»Sie können sich glücklich schätzen, Hunter Maxwell als Vorarbeiter zu haben, Ma'am. Er wird sich um den Culpepper-Abschaum kümmern, denken Sie an meine Worte.«

Elyssa beobachtete, wie Morgan zu seinem Pferd ging, sich in den Sattel schwang und zum Korral trabte. Dann drehte sie sich mit einem nachdenklichen Ausdruck zu Hunter um.

»Hunter Maxwell«, sagte sie. »Aus Texas.«

Er nickte knapp.

»Danke, Hunter Maxwell.«

»Wofür?«

»Dafür, daß Sie meine Ehre verteidigt haben.«

»Ich habe nicht die Ehre eines leichtsinnigen Frauenzimmers verteidigt«, gab Hunter schroff zurück, »sondern die Disziplin. Ein solcher Mangel an Respekt kann eine Truppe schneller unterminieren als schlechte Ernährung.«

Wut stieg in Elyssa empor.

»Es hat Ihnen wohl nicht gefallen, als mein Liebhaber bezeichnet zu werden, wie?« fragte sie scheinheilig.

Die schmale, grimmige Linie von Hunters Lippen besagte mehr als genug.

Elyssa ignorierte die Warnung.

»Machen Sie sich nichts draus«, sagte sie leichthin. »Sie werden sich schon daran gewöhnen, *Bettgenosse,* genauso wie ich mich daran gewöhnt habe, Frechdachs genannt zu werden.«

9

Mit einem Seufzer und einem verstohlenen Griff ihrer Hand an ihr schmerzendes Kreuz richtete sich Elyssa von der Küchenspüle auf. Es war harte Arbeit, für elf zusätzliche Männer Brot zu backen, besonders wenn man den ganzen Tag damit zugebracht hatte, das unwegsame, ausgedörrte Grasland und die zerzausten Kiefernwälder der Ladder S auf der Suche nach Vieh zu durchkämmen.

Gleich am ersten Tag nach der Ankunft der Männer hatte Hunter Gimp angewiesen, das Kochen für die Bewohner der Schlafbaracke zu übernehmen. Hunter selbst war so klug, seine Mahlzeiten weiterhin im Ranchhaus einzunehmen. Gimp mochte als durchaus akzeptabler Lagerkoch durchgehen, aber die Fähigkeiten des alten Mannes erstreckten sich nicht auf die Herstellung von genießbarem Brot. Dieser Job blieb Penny und Elyssa überlassen.

Da Penny noch immer unter den Nachwirkungen ihrer hartnäckigen Sommergrippe litt, hatte Elyssa die Arbeit des Mischens und Knetens der endlosen Brotlaibe übernommen. Sie hatte auch begonnen, die gesamte Wäsche zu waschen und sich der Hausarbeit zu widmen; aber Penny erhob Einspruch mit der Begründung, zu irgend etwas müsse sie ja auch nütze sein.

»Wie fühlst du dich heute abend?« fragte Elyssa Penny, als sie mit dem Aufräumen der Küche fertig waren.

»Schon besser, danke. Dieses Kräutertonikum, das du für mich zubereitet hast, scheint ein bißchen geholfen zu haben.«

»Du hättest deine Grimasse sehen sollen, als du es schlucken mußtest«, scherzte Elyssa.

Penny lächelte trotz der Übelkeit, die sie mehrere Wochen lang geplagt hatte. Sie strich den verwaschenen Kattunstoff ihres Kleides glatt und blickte auf ihre abgenutzten, zerschrammten Stiefel.

»Das Tonikum hat wie schwarze Stiefelwichse geschmeckt«, bekannte sie.

»Tatsächlich? Wann hast du denn an Hunters Fußbekleidung geleckt?«

Penny kicherte und schüttelte den Kopf.

»Also ehrlich, Frechdachs, man sollte dir wirklich den Mund stopfen.«

»Wenn Cousine Ah Spaß daran gehabt hätte, anderen das Maul zu stopfen«, sagte Elyssa gedehnt, während sie den langsamen Rhythmus von Morgans Sprechweise nachahmte, »dann hätten mich meine edlen Verwandten so gründlich fertiggemacht, daß ich kein Wort mehr hätte äußern können.«

»Nimm dich in acht, sonst wird Hunter das übernehmen«, sagte Penny geistesabwesend.

Elyssa warf ihrer Gefährtin einen schnellen Blick zu, aber Penny bemerkte es nicht. Die Linien der Anspannung um ihren Mund und ihre Augen wurden mit jedem Tag ausgeprägter.

Das Warten auf den Tag, an dem man durch Bankrott oder Banditen aus seinem Heim vertrieben wurde, konnte schon an der Seele eines Menschen zehren.

»Ach was, Hunde, die bellen, beißen nicht«, erwiderte Elyssa. »Hunter ist längst nicht so schlimm, wie er nach außen hin tut.«

»Laß dich da nur nicht täuschen. Er ist durch und durch aus Granit.«

»Mag sein. Trotzdem lächelt er jetzt häufiger als zu Anfang, als er hierherkam. Ist dir das nicht aufgefallen?«

»Nein.«

»Aber mir«, meinte Elyssa.

Wieder strich Pennys Hand glättend über ihren Rock und die Schürze.

Stirnrunzelnd beobachtete Elyssa, wie Pennys Gesicht erneut den gequälten, kummervollen Ausdruck annahm.

»Es ist nicht der Schüttelfrost, der dich so zermürbt«, sagte Elyssa leise. »Es ist das Warten auf den Tag, an dem uns die Culpeppers überfallen, stimmt's?«

Ein verneinendes Kopfschütteln war Pennys einzige Antwort.

»Dann muß es Bill sein«, vermutete Elyssa.

Pennys sanfte braune Augen füllten sich mit Tränen.

»Er ist nur ein einziges Mal auf der Ranch gewesen, seit du aus England zurück bist«, beklagte sich Penny. »Nach einem Blick auf dich sah er Gloria in dir und konnte es kaum ertragen, sich zu setzen und länger als zwei Minuten zu bleiben.«

»Daran war nicht meine Mutter in mir schuld«, erwiderte Elyssa trocken. »Er hat rot gesehen vor Wut, weil ich nicht zustimmte, ihm die Ladder S zu verkaufen.«

Penny sagte nichts darauf.

»Ist Bill hier gewesen, als ich draußen auf den Weiden war?« wollte Elyssa wissen.

»Nein.«

»Seltsam.«

»Findest du? Was soll er denn hier? Es gibt ja für ihn bei uns nichts zu holen.«

Die Bitterkeit in Pennys Stimme zerrte an Elyssas ohnehin schon stark strapazierten Nerven.

»Bill hatte kein Recht drauf, mir mein Heim abzuschwatzen, nicht einmal er«, äußerte Elyssa fest.

Pennys Antwort bestand abermals aus einem Kopfschütteln. Es war nicht so sehr Widerspruch, sondern eher eine Geste der Hilflosigkeit.

»Bist du sicher, daß Bill nicht hier gewesen ist, während meines Ausritts?« erkundigte sich Elyssa nochmals.

Pennys Hände krampften sich für die Zeitspanne von zwei Atemzügen in den Stoff ihrer Schürze, dann entspannten sie sich wieder.

»Ganz sicher«, erwiderte sie tonlos. »Warum fragst du?«

»Fast jedesmal, wenn ich an Wind Gap vorbeikomme, sehe ich frische Spuren, die zwischen Ladder S und dem Bar-B-Land hin- und herführen.«

»Du täuschst dich.«

Die belegte Stimme und das leichte Zittern von Pennys Händen sagten Elyssa, daß das Thema schmerzlich für die ältere Frau war. Elyssa wollte es eigentlich weiterverfolgen, dann gab sie seufzend auf. Es würde nichts Gutes dabei herauskommen, wenn sie weiter in Penny drang.

»Egal, es ist ja auch gar nicht so wichtig«, sagte Elyssa friedlich. »Die Küche ist sauber, die Lampen sind voll goldenen Lichts, und ich hätte Lust zu tanzen.«

Sie streckte auffordernd die Hände aus und lächelte.

»Na komm«, schmeichelte sie. »Tanzen macht das Leben leichter. Hast du das nicht gewußt?«

Nach einem Moment des Zögerns erwiderte Penny ihr Lächeln und ergriff Elyssas Hände.

Elyssa versank in einen tiefen Knicks inmitten einer Woge raschelnder, blaßgrüner Seide und goldener Unterröcke. Dann begann sie einen schwungvollen Walzer zu singen. Bald wirbelten die beiden Frauen lachend durch die Küche, bis Elyssas reine Altstimme rauh und atemlos wurde und Penny keuchend nach Luft rang.

»Genug«, japste Penny. »Ich kann mich kaum noch auf den Beinen halten!«

»Oh, wie schade! Allein zu tanzen macht keinen Spaß.«

»Mußt du aber jetzt!«

Kopfschüttelnd und immer noch lachend ließ sich Penny auf einen der Holzstühle fallen, die um den Küchentisch standen, wo sie jeden Tag ihre Mahlzeiten einnahmen. Dann blickte sie an Elyssa vorbei und sah Hunter in der Tür stehen. Er beobachtete das Geschehen mit ausdrucksloser Miene und quecksilbergrauen Augen, die brannten.

»Du könntest es ja mal mit Hunter versuchen«, schlug Penny vor. »Der ist nach ein paar Runden durch die Küche bestimmt nicht gleich außer Atem.«

Elyssa fuhr so rasch herum, daß sich ihr duftiger Rock bauschte und wie ein exotischer Schmetterling um ihre Fesseln flatterte. Dann vollführte sie eine elegante Drehung und walzte auf Hunter zu. Sie versank in einen tiefen Knicks vor ihm, erhob sich so graziös wie eine Tänzerin und streckte ihm auffordernd die Hände hin.

»Nein«, wehrte er barsch ab.

»Warum nicht?« fragte sie herausfordernd. »Ein Mann, der in allen Sätteln zu Hause ist, wird sich doch sicherlich nicht von ein paar Drehungen einschüchtern lassen.«

»Ich habe das Tanzen während des Krieges verlernt.«

Hunter blickte an Elyssa vorbei und sah Penny an.

»Bei Ihnen ist das natürlich etwas anderes, Ma'am«, sagte er zu Penny. »Wenn ein Walzer *Sie* so zum Lächeln bringt, dann wäre ich gerne bereit, eine oder zwei Runden durch die Küche mit Ihnen zu versuchen.«

Die Worte trafen Elyssa wie ein Schwall eiskalten Wassers.

Hunters Zurückweisung kränkte sie, wie es der Hochmut ihrer aristokratischen Verwandtschaft niemals vermocht hatte.

In England hatte sie sich daran gewöhnt, von Männern geschnitten zu werden, weil sie kein Vermögen besaß. Oder noch schlimmer, sie war verfolgt und bedrängt worden, weil diese aufgeblasenen Herren sich mit der drolligen kleinen Amerikanerin ein schnelles Abenteuer ausmalten.

Elyssa hatte gehofft, in Amerika andere Verhältnisse vorzufinden.

Das war leider nicht der Fall.

»Um Himmels willen, dann tanz mit Hunter«, sagte Elyssa energisch zu Penny. »Ich möchte deinem Vergnügen auf keinen Fall im Wege stehen.«

Noch bevor Penny antworten konnte, hatte Elyssa sich abgewandt und eilte zur Hintertür hinaus in den kühlen Herbstabend. Ein kalter Wind wehte ihr entgegen, als die Tür hinter ihr ins Schloß fiel.

Penny musterte Hunter mit abschätzendem Blick.

»Da Sie genausowenig mit mir tanzen wollen wie mit einer Milchkuh«, sagte sie schnippisch, »warum müssen Sie dann Elyssa gegen mich aufbringen?«

Der überraschte Ausdruck auf Hunters Gesicht sagte ihr, daß er nicht mit diesem Bescheid gerechnet hatte.

Er murmelte etwas Ungeduldiges vor sich hin und fuhr sich mit den Fingern durch sein kragenlanges Haar.

»Ich versuche, Frechdachs das Flirten abzugewöhnen«, erklärte er nach einer Pause.

»Warum?«

Wieder war Hunter überrascht.

»Es wäre bestimmt kein Fehler, wenn Sie Elyssa heiraten würden«, sagte Penny ruhig. »Sie ist die alleinige Eigentümerin der Ladder S, jung, gesund, hübsch und offensichtlich vernarrt in Sie.«

Hunters Mund verzog sich zu einem Strich.

»Sie ist in alles vernarrt, was Hosen trägt«, höhnte er.

»Falsch. Die Männer sind vernarrt in *sie.* Und das ist wohl kaum verwunderlich. Sie hat die Schönheit ihrer Mutter geerbt.«

»Ich habe schon einmal ein hübsches, kokettes Dingelchen geheiratet. Es war ein Fehler, den ich garantiert kein zweites Mal machen werde.«

Penny seufzte und schloß die Augen. Einen Moment lang sah sie sehr viel älter als ihre dreißig Jahre aus.

»Männer«, murmelte sie. »Warum hat Gott sie eigentlich erschaffen?«

»Ich könnte das gleiche über Frauen sagen.«

»Ja, vermutlich könnte ein Mann auch so empfinden.«

Penny öffnete wieder die Augen. Ihr Ausdruck war derart kummervoll und desillusioniert, daß Hunter unwillkürlich zusammenzuckte.

»Was ist mit Bill Moreland?« fragte er abrupt, um das Thema zu wechseln.

Der Schock auf Pennys Gesicht war deutlich zu erkennen. »Was meinen Sie damit?«

»Ich habe Sie beide vorhin über Bill sprechen hören. Darüber, daß er früher oft hergekommen ist, aber jetzt nicht mehr. Und daß er die Ladder S und Elyssa wollte.«

»Er wollte Gloria.«

»Mag sein, daß es so war – früher einmal. Aber nach dem, was Sie sagen, habe ich den Eindruck, daß er jetzt hinter Elyssa her ist.«

Pennys Finger gruben sich erneut in ihre Schürze. Zu hören, wie Hunter ihre schlimmsten Befürchtungen laut aussprach, war der reinste Dolchstoß in ihr Herz.

»Ich weiß, wie es sein kann, wenn ein Nachbar scharf auf ein Mädchen ist«, sagte Hunter klipp und klar. »Wenn diese Dame obendrein noch eine leichte Beute ist, dann können Sie sich darauf verlassen, daß er bekommt, wonach es ihn gelüstet, egal, wie sehr alle anderen darunter leiden.«

Die Bestürzung auf Pennys Gesicht verriet ihm, daß sie fürchtete, er könnte recht haben.

Nun, sagte er sich zynisch, *das erklärt das Netz von Geisterpfaden zwischen der Ladder S und der Bar B.*

Genau wie die Pfade zwischen meiner Ranch und der meines Nachbarn damals in Texas, Spuren von zwei Leuten, die sich heimlich trafen.

Die Erklärung für die vielen Fährten durch Wind Gap war alles andere als eine Beruhigung für Hunter. Der Gedanke, wie Elyssa sich heimlich davonschlich, um in den Armen eines Rivalen zu erbeben und vor Leidenschaft wild zu stöhnen, wurmte Hunter auf eine Art, über die er lieber gar nicht lange nachdenken wollte.

Jemand sollte diesem leichtfertigen Geschöpf wirklich mal eine Lektion erteilen. Nach dem Aussehen jener Fußspuren zu urteilen hat sie bereits einen Liebhaber – warum, zum Teufel, muß sie alle anderen Männer in Reichweite verführen?

Hunter hatte niemals eine Antwort gefunden, ganz gleich, wie oft er sich diese Frage auch stellte. Bis zum heutigen Tag war ihm völlig unverständlich, warum Belinda nach ihrer Eheschließung ebenso unersättlich hinter anderen Männern hergewesen war, wie sie zuvor ihm nachgelaufen war.

»Verzeihung«, sagte er zu Penny. »Es war nicht meine Absicht, Sie aufzuregen. Ich weiß, daß Sie in letzter Zeit nicht ganz auf dem Posten sind.«

Penny lächelte resigniert.

»Machen Sie sich keine Sorgen«, fügte Hunter mit sanfter Stimme hinzu. »Morgan und ich werden uns schon um die Culpepper-Jungs kümmern. Keiner soll Ihnen Ihr Zuhause wegnehmen.«

Wieder lächelte Penny, aber die feinen Linien der Anspannung um ihren Mund glätteten sich nicht.

»Wenn Sie mich jetzt bitte entschuldigen würden«, sagte er. »Ich will noch einmal nach den Pferden sehen. Wir sind wirklich verdammt knapp mit Reittieren. Wenn jemand eine Stalltür oder ein Korraltor offen läßt, werden wir alle zu Fuß gehen müssen.«

»Selbstverständlich. Gute Nacht, Hunter.«

»Gute Nacht, Ma'am. Schlafen Sie gut. Und keine Sorge – die Culpeppers haben hier keine Chance, auch nur einen Schritt Land zu gewinnen.«

»Wie? Ich verstehe nicht.«

»Sie mögen zwar von Zeit zu Zeit aus dem Hinterhalt auf die Jungs schießen, aber die Culpeppers sind Banditen und Plünderer, keine Rancher. Sie können das eine Ende einer Kuh nicht vom anderen unterscheiden.«

»Warum wollen sie dann unbedingt die Ladder S haben?«

»Weil sie verfolgt und gejagt werden aufgrund der Dinge, die sie nach dem Krieg angestellt haben.«

Obwohl sich Hunters Ausdruck nicht veränderte, schwang in seiner Stimme ein derart drohender Unterton mit, daß Penny froh war, nicht den Namen Culpepper zu tragen.

»Sie werden darauf warten, daß wir sämtliche Rinder zusammentreiben und die Mustangs zureiten«, sagte Hunter.

»Und dann?«

Sein Mund verzog sich zu einem trägen Lächeln. Es sah jedoch nicht sehr einladend aus.

»Dann werden die Culpeppers einen bösen Fehler machen«, fuhr er fort. »Also schlafen Sie beruhigt, Ma'am. Es dauert noch Wochen, bis es zu einer Schießerei kommt.«

Damit wandte Hunter sich ab und ging hinaus. Er nahm an, daß er Elyssa im Stall finden würde, in Leopards Nähe. In der Zeit, seit er auf der Ladder S war, hatte er herausgefunden, daß sie oft Trost bei ihrem Pferd suchte, wenn sie beunruhigt oder aufgebracht war.

Und Hunter zweifelte nicht daran, daß Elyssa aufgebracht war. Er hatte die Verwirrung und den Aufruhr in ihren Augen gelesen, die die Besonnenheit ihrer Worte beim Verlassen der Küche Lügen gestraft hatten.

Der Stall war dunkel und leer bis auf Bugle Boy und Leopard. Hunter zündete eine Laterne an und ging den breiten Mittelgang hinunter. Die Hengste hatten die Köpfe über die Boxentüren gestreckt, als führten sie eine stumme Unterhaltung von Pferd zu Pferd.

Bugle Boy begrüßte Hunter mit einem leisen Wiehern. Leopard hob wachsam den Kopf, sog witternd den Geruch des Mannes durch die Nüstern ein und beruhigte sich sofort wieder.

Eine Weile sprach Hunter sanft auf die Tiere ein, bevor er Wasser und Futter in jeder Box kontrollierte. Obwohl es nicht nötig war, brachte er den beiden noch mehr frisches Wasser, Heu und Getreide, denn beide waren in der vergangenen Woche hart herangenommen worden.

Leopard akzeptierte Hunters Anwesenheit, ohne nervös zu werden, selbst als Hunter mit einer Hand über den schlanken, muskulösen Hals des Hengstes strich.

»Vielleicht hat Frechdachs recht in bezug auf dich«, murmelte er. »Vielleicht kämpfst du nur, wenn du zu einem Kampf herausgefordert wirst.«

Nach einem letzten freundschaftlichen Klaps auf Leopards geschecktes Hinterteil blies Hunter die Laterne aus und verließ den Stall. Obwohl seine Stimme sanft geklungen hatte, war sein Gesichtsausdruck in diesem Moment finster.

Frechdachs muß davongelaufen sein, um mit ihrem Liebhaber zu tanzen, dachte er bitter.

Ein strahlend heller Vollmond ergoß sein Licht über die Landschaft und übergoß die Dunkelheit mit unzähligen feinen Schattierungen von Silber. Die Schönheit des Anblicks bewirkte, daß sich Hunters Herz schmerzlich zusammenzog.

Früher einmal hatte er Belinda unter einem Vollmond wie diesem umworben.

Und *sie* hatte ihn viele Male unter demselben romantischen Mond mit anderen betrogen.

Welchen von diesen schwach erkennbaren Pfaden hat Frech-

dachs wohl genommen? überlegte Hunter. *Und wo werde ich sie antreffen? Auf Bar-B-Land oder auf Ladder-S-Gebiet?*

Eine Zeitlang verharrte Hunter reglos im Mondschein. In Gedanken wanderte er das Netz von Pfaden ab, das hinter der Küche und dem Kräutergarten begann. Obwohl keine Spur auffällig ausgetreten war, verbanden alle gemeinsam die Ladder S und die Bar B so deutlich wie ein Spinnennetz.

Ein Mann, der auf dem Grat oberhalb vom Wind Gap säße, könnte von dort aus mühelos all jene schmalen Pfade überblikken. Der Vollmond würde einem scharfäugigen Beobachter mehr als genug Licht liefern.

Wird eine nette kleine Überraschung für sie sein, wenn sie zur Ranch zurückwandert und feststellt, daß ich sie oben auf dem Grat bereits erwarte.

Dann werde ich ihr die Hölle heiß machen, weil sie allzuviel riskiert, nur um sich mit ihrem Liebhaber zu amüsieren.

Mit langen, ungeduldigen Schritten marschierte Hunter um das langgezogene Stallgebäude herum. Nachdem er den Stall hinter sich gelassen hatte, umging er den großen Küchengarten und strebte die Reihe von Obstbäumen entlang, die die empfindlichen Gartenpflanzen vor den kalten Frühjahrsstürmen schützten. Zu seiner Rechten floß der House Creek melodisch schäumend und sprudelnd dahin, eine flüssige Begleitung zum märchenhaften Silberlicht des Mondes.

Hunter war sich seines Ziels – und Elyssas Ziels – so sicher, daß er sie beinahe übersehen hätte. Sie hatte ihm den Rücken zugewandt und bewegte sich von ihm fort, wanderte eine der langen Pflanzenreihen des Kräutergartens hinunter. Sie sah ätherisch aus, eine zarte, fast überirdische Erscheinung, gesponnen aus Mondschein und blasser Seide, ein in Silber gehüllter Geist, der durch den nächtlichen Garten wandelte, ohne Spuren zu hinterlassen.

Bei ihrem Anblick runzelte Hunter die Stirn und beeilte sich, mit dem Schatten eines großen Apfelbaums zu verschmelzen.

Dunkle Kleidung, dunkles Haar, dunkle Bartstoppeln, sonnengebräunte Haut ... Hunter war unsichtbar.

Dann drehte er den Kopf. Ein Strahl von Mondlicht fiel durch die Zweige des Apfelbaums und berührte sein Gesicht. Seine Augen schimmerten wie gehämmertes Silber.

Diesmal ist sie nicht zu ihrem Liebhaber gegangen, dachte Hunter mit grimmiger Befriedigung.

Diesmal.

Aber das rechtfertigte nicht all die anderen Male, für die es keinen Beweis gab außer dem rätselhaften Netz von Trampelpfaden, das die beiden Anwesen verband.

Hunter beobachtete gespannt, wie Elyssa langsam an einer Reihe von Kräutern entlangschlenderte, während sie hier ein Blatt liebkoste und dort eine winzige Blüte streifte. Ihre Finger waren wie bleiche, zarte Flammen, die sich zwischen den Pflanzen bewegten.

Es herrschte eine so vollkommene Stille, daß Hunter das leise Rascheln von Elyssas Seidenröcken über Blätter und Stengel hören konnte, die flüssigen Seufzer des Baches und das melodische Summen eines Walzers, in das silbrige Mondlicht gehaucht.

Elyssa unterbrach ihre Wanderung, um sich über einen der Rosmarinbüsche zu beugen, die am Ende jeder Reihe von Kräutern wuchsen. Behutsam strich sie mit den Fingerspitzen über die längsten Zweige des Busches, während sie Worte vor sich hin murmelte, die Hunter nicht verstehen konnte.

Als Elyssa sich abwandte und durch eine andere Reihe glitt, führten sie ihre Schritte in die unmittelbare Nähe von Hunter, der mit angehaltenem Atem im Schatten des Baumes verharrte. Allmählich wurden ihre wunderlichen Worte für ihn verständlich.

»Ah, Graf Oregano«, murmelte Elyssa. »Wie gut Sie heute abend aussehen in Ihrer grünen Weste.«

Sie beugte sich tief über die Pflanze und nahm einen Stengel Oregano in die hohle Hand. Als sie den Stengel wieder losließ, schwankte er leicht hin und her, als ob er tanze.

»Wären Ihre Wurzeln nicht so empfindlich«, flüsterte sie, »würde ich Sie in die Arme nehmen und die ganze Nacht hindurch mit Ihnen tanzen. Stellen Sie sich nur den Skandal vor ...«

Lächelnd wanderte Elyssa weiter zu dem nächsten Busch.

»Comtesse Pfefferminze, was für eine freudige Überraschung, sie heute abend hier zu sehen«, flüsterte sie. »Ich fühle mich geehrt.«

Sie versank in einen Knicks, erhob sich anmutig und legte den Kopf schief, als hörte sie einem imaginären Gesprächspartner zu. Dann lächelte sie traurig und streichelte sanft über die Ränder der Zitronenmelisse. Sie pflückte ein Blatt, schob es sich in den Mund und kaute bedächtig.

»Was für eine geschmackvolle Borte Sie an Ihrem Kleid haben«, sagte Elyssa. »Sie müssen mir unbedingt den Namen Ihrer Schneiderin verraten. Dieselbe wie Comtesse Pfefferminzes? Ah ja, das hätte ich mir eigentlich denken können.«

Elyssa beugte sich hinunter, um ihre Wange behutsam an der taillenhohen Pflanze zu reiben. Schließlich richtete sie sich auf und schlenderte ein Stück weiter.

Von Zeit zu Zeit blieb sie stehen und inhalierte vielfältige Kräuterdüfte wie kostbare französische Parfüms. Dann schritt sie langsam weiter, während sie streichelte und kostete und in dem duftenden Willkommen ihres Gartens schwelgte.

Sie bemerkte Hunter nicht, der reglos im dunklen Mondschatten des Apfelbaums stand. Langsam tanzte sie im Walzerschritt an ihm vorbei. Leise vor sich hin summend und mit geschlossenen Augen tastete sie sich die Kräuterreihe entlang, während sie jede Pflanze mit ihrem üblichen Namen und einem phantasievollen Titel ansprach.

Ab und zu drangen Wortfetzen an Hunters Ohr und erschütterten ihn auf eine Weise, die er nicht verstand.

Endlich begriff er, und er wünschte, es wäre nicht so.

Klein Em hat sich damals auch so benommen. Sie hatte keine

Spielgefährten zu Hause, deshalb gab sie jedem Stein und Baum und Vogel einen Namen.

Und sie sang ihnen Lieder vor.

Trauer um sein totes Kind überwältigte Hunter und brachte einen jähen Schmerz mit sich, der seine messerscharfen Krallen in seine Eingeweide schlug. Reglos stand Hunter da und erlitt unerträgliche Qualen, wie so viele Male zuvor.

Langsam, Herzschlag für Herzschlag, verebbte der Schmerz allmählich und entschwand in die Dunkelheit der Nacht.

Inzwischen war Elyssa am Ende der Reihe angekommen. Mit einem verträumten Lächeln auf den Lippen drehte sie sich um und begann wieder auf Hunter zuzugehen. Die Augen noch immer geschlossen, kam sie die äußere Reihe des Gartens herauf, während sie langsam dahinwandelte und sich lediglich durch die Berührung der Kräuter auf der einen Seite und der Stämme der Obstbäume auf der anderen zurechtfand.

»Baroness Petersilie, Sie werden mit jedem Tag robuster. Meine Hände quellen sicher in diesem Herbst von Ihren Samen über, und nächstes Jahr werden Ihre Kinder überall in meinem Garten wachsen.«

Das flüssige Murmeln des Baches war die einzige Antwort, die Elyssa bekam. Sie brauchte auch keine andere.

»Ah, Prinzessin Rosmarin. Was für eine unvergleichliche Freude! Ihre Anwesenheit ist eine besondere Auszeichnung für meinen bescheidenen Garten.«

Elyssa blieb bei der Pflanze stehen, deren Zweige sich wie ein hundertarmiger Kandelaber zum Mond emporstreckten. Die blasse Unterseite der schmalen Blätter schimmerte silbrig. Es war, als leckten winzige kalte Flammen über die Pflanze.

»Was für ein prächtiges Kleid«, murmelte Elyssa. »Wirklich eine Kreation, die ihresgleichen sucht. Und Ihr atemberaubender Duft könnte selbst Rosen vor Neid weinen lassen.«

Geschickt pflückte Elyssa einen Rosmarinzweig ab und rollte ihn zwischen ihren Handflächen, um den Duft genießerisch einzuatmen. Als sie den Kopf über die Hände beugte, leuchtete ihr Haar, als wären Glanzlichter darin verborgen.

Hunter brannte seinerseits, verzehrt von dem leidenschaftlichen Feuer, das in ihm entflammt war seit seiner Ankunft auf der Ladder S, als er Elyssa auf der Veranda entdeckt hatte, gebadet in goldenes Laternenlicht.

Niemals zuvor hatte er einen derart heftigen, schier unstillbaren Hunger verspürt, selbst damals nicht, als Belinda ihn umgarnt und so lange gequält hatte, bis er sich in die Ehefalle locken ließ.

Ich hätte sofort kehrtmachen und davonreiten sollen, dachte Hunter. *Genauso wie ich jetzt kehrtmachen und mich ins Haus zurückziehen sollte.*

Aber er hatte es an jenem ersten Abend nicht getan – und tat es auch jetzt nicht!

Elyssa pflückte einen weiteren Rosmarinzweig, knöpfte ihr Mieder auf und stecke ihn zwischen ihre Brüste.

Hunter vergaß zu atmen.

Er fragte sich, ob Elyssa ihn gesehen hatte und ihn mit einem Blick auf ihre perlmuttweißen, perfekten Brüste reizen wollte. Der Anblick von ihr, wie sie durch die Küche tanzte und ihm auffordernd die Arme entgegenhob, war ihm unauslöschlich ins Gedächtnis geprägt. Der Anblick ihrer Finger, die über üppige, zart duftende Blätter glitten, erweckte in ihm das Bedürfnis, einem Wolf gleich zu heulen und seine Frustration laut herauszuschreien.

Elyssa war ein silbernes Feuer, das ihn verzehrte.

Vage erkannte Hunter, warum er ihren Duft als so verführerisch empfand. Sie trug lieber Rosmarin und Thymian als das ziemlich schwere Magnolienparfüm, das Belinda bevorzugt hatte.

Wie hypnotisiert und ohne es zu wollen machte Hunter einen Schritt auf Elyssa zu, dann noch einen, wie ein wildes Tier, magisch angelockt von einem Feuer, das mitten in der Dunkelheit lodert.

Beim dritten Schritt zerbrach ein Zweig knackend unter seinem Stiefel.

10

Erschrocken wirbelte Elyssa herum. Ihre weit aufgerissenen Augen wirkten schwarz im bleichen Licht der Sterne, ihr Ausdruck war so schwer zu deuten wie die Nacht selbst.

Als Elyssa erkannte, daß es sich um Hunter handelte, drehte sie ihm hastig wieder den Rücken zu. Ihre sonst so flinken Finger nestelten ungeschickt an den winzigen Knöpfen ihres Mieders, als sie es in aller Eile wieder zu schließen versuchte.

»Was tun Sie hier draußen« fragte sie, wobei sie ihm weiterhin den Rücken zukehrte. »Ich dachte, Sie wollten mit Penny Walzer tanzen.«

»Wichtiger war mir zu sehen, mit wem Sie sich treffen.«

»Treffen? Hier im Garten? Mitten in der Nacht?«

»Allerdings«, erwiderte Hunter.

»Warum, um alles in der Welt, sollte ich das tun?«

»Um sich ein wenig zu … *unterhalten.*«

Der letzte störrische Knopf ließ sich endlich wieder zurück durch sein Loch schieben.

Elyssa holte tief Luft, sie mußte sich sammeln. Dann drehte sie sich um und stand genau vor dem Mann, der sie vorhin dazu getrieben hatte, Trost in ihrem Garten zu suchen.

»Wie klug Sie das erraten haben«, sagte sie.

Hunters Lippen wurden schmal.

»Es ist in letzter Zeit so schwierig, Gelegenheit zu einer angenehmen Unterhaltung zu finden«, fuhr sie mit leiser, täuschend liebenswürdiger Stimme fort.

»Hatten Sie gehofft, Mickey hier zu treffen?« gab sich Hunter unbeteiligt. »Oder ist es Bill, nach dem Sie sich verzehren?«

»Ich habe mich nach einem bißchen Ruhe und Frieden ›verzehrt‹. Es gibt Leute, die können schrecklich anstrengend sein.«

»Besonders Frauen«, schoß er zurück.

»Ich hatte eigentlich an einen speziellen Mann gedacht. Einen Mann, der ohne jeden Grund barsch und unhöflich ist. Abweisend. Unmöglich. Und *absolut im Irrtum.* Sicherlich müßten ausgerechnet Sie doch in der Lage sein, mein Bedürfnis zu verstehen, oder?«

»Ihr Bedürfnis nach Unterhaltung.«

»Nach Worten«, stimmte sie zu. »Eines nach dem anderen. Scherze. Höflichkeiten. Komplimente. Für Sie höchstwahrscheinlich Fremdwörter, wie ich annehme, aber mein Garten kennt sie.«

»Sie sprechen mit Ihren Pflanzen.«

»Freundlich und liebevoll, ja.«

Hunter kämpfte mit sich, ein Lächeln zu unterdrücken. Es wäre ihm beinahe gelungen.

»Außerdem jäte, beschneide, dünge, mulche, bewässere und verwöhne ich meine Pflanzen ganz allgemein, so gut ich kann«, fügte Elyssa hinzu.

»Das habe ich bemerkt.«

»Erstaunlich.«

Hunter ignorierte die Spitze.

»Wann immer Sie bedrückt oder aufgebracht sind«, sagte er langsam, »gehen Sie zu Ihren Kräutern, stimmt's?«

»Es ist eine Angewohnheit, die ich mir in England zu eigen gemacht habe. Ich verbrachte so viel Zeit im Garten, daß sie mich die arme Bäuerin nannten ... unter anderem.«

Schweigen breitete sich zwischen ihnen aus, während Hunter nicht auf die fünf Knöpfe zu starren versuchte, die geöffnet worden waren, damit ein duftender Rosmarinzweig in dem samtigen Schatten zwischen Elyssas Brüsten liegen konnte.

Als er erneut sprach, geschah es, ohne nachzudenken.

»Wie stehen Sie zu Bill Moreland?« verlangte er zu wissen.

»Er ist der Stiefbruder meines Vaters.«

»Keine Verwandtschaft?«

»Wie ich schon sagte, er ist meines Vaters ...«

»Stiefbruder«, unterbrach Hunter sie ungeduldig. »Also keine *Bluts*verwandtschaft?«

»Mit einem Wort, nein. Früher habe ich Bill immer Onkel genannt, aber es war ein Ehrentitel.«

Hunters Augen verengten sich zu Schlitzen, als er über die Gründe nachdachte, die ein Mädchen dazu bewegen könnten, einen Mann nicht mehr Onkel zu nennen. Ein Verhältnis kam ihm als erstes in den Sinn.

»Dann ist Bill also nur eine Art Nennonkel?«

»Ja.«

»Was für ein Pech! Bei der Culpepper-Bande brauchen Sie jemanden mit mehr Mumm, als dieser ›Nennonkel‹ anzubieten hat.«

»Sie meinen, eher jemanden wie Sie?« fragte Elyssa mit einem ätzenden Unterton.

Die Winkel von Hunters Mund verzogen sich zu einem Lächeln, das so schmal wie seine Augen war.

»Nein, Frechdachs, ich bin ein Gentleman.«

Elyssa lachte.

»Ein Gentleman«, äffte sie ihn nach. »Wie freundlich von Ihnen, mich darauf hinzuweisen. Irgendwie hatte ich es wohl geschafft, das völlig zu übersehen.«

Die kühle Zurückweisung in ihrem Ton zerrte an Hunters ohnehin schon bloßliegenden Nerven.

»Halten Sie Ihre Zunge im Zaum«, knurrte er, »sonst werde ich mir nehmen, was Sie mir in Aussicht stellten.«

»Ich habe Ihnen niemals etwas anderes als Ihren gerechten Lohn versprochen.«

»Ach, tatsächlich?« höhnte er. »Was ist mit dem Moment, als Sie in der Küche auf mich zugetanzt sind und so dicht vor mir stehenblieben, daß wir unseren gegenseitigen Atem wahrnehmen konnten?«

»Oh, ich bitte vielmals um Verzeihung«, gab sie spitz zurück. »In Zukunft werde ich sorgfältig darauf achten, Sie nie wieder zum Tanzen aufzufordern!«

»Wenn ich kein Gentleman wäre«, gab Hunter herausfordernd zurück, »hätte ich die Einladung in Ihrem Lächeln angenommen und Sie geküßt, bis Sie keine Luft mehr bekämen.«

»Kein Mann hat mich jemals atemlos gemacht.«

Hunters Lippen verzogen sich zu einem blitzenden Lächeln.

Abrupt ging Elyssa auf, daß Hunter zu reizen nicht das gleiche war, wie ihre Cousins in England zu necken. Sie hatten keinen derart sinnlichen Schauder über ihre Haut prickeln lassen und ein so elementares Bewußtsein ihrer Weiblichkeit in Elyssa erweckt.

Wie Hunter.

Besonders, wenn er so dastand wie jetzt, so dicht vor ihr, daß seine Körperhitze durch ihre Kleidung drang und förmlich unter ihre Haut kroch.

»Tanzen Sie mit mir«, bat er leise.

»Ich dachte, Sie hätten es verlernt.«

»Das habe ich auch.«

Damit verbeugte sich Hunter elegant vor ihr und streckte ihr die Hand hin, als befänden sie sich auf einem blankpolierten Parkett, mit gutgekleideten Herren und Damen in Abendroben ringsum.

Automatisch legte Elyssa ihre Hand in Hunters. Schweigend führte er sie zum Bach hinunter, wo Pappelblätter mit jedem Windhauch flüsterten und zitterten. Unter einem riesigen alten Baum war der Boden fest und frei von allem außer abgefallenen Blättern. Sie bildeten einen weichen Teppich unter ihren Füßen.

»Ich werde stolpern«, sagte Elyssa mit zittriger Stimme.

»Keine Sorge, ich halte Sie!«

Hunter drehte sich herum und blickte sie an. Zögernd ergriff er Elyssas linke Hand und legte sie auf seine Brust. Erst dann ließ er seine rechte Hand um die Kurve ihrer zierlichen Taille auf ihren Rücken gleiten.

Die Intimität der Geste bewirkte, daß Elyssas Mund trocken wurde. Auch andere Männer hatten sie auf diese Weise im Arm gehalten, und es hatte sie nicht berührt. Einige hatten versucht, sie fester an sich zu ziehen, was sie nur abgewehrt hatte.

Keiner jener Männer hatte ihren Puls rasen lassen. Keiner von ihnen hatte sie mit einer einzigen Berührung, einem einzigen Blick schwindelig gemacht. Keiner von ihnen hatte ihr das Gefühl vermittelt, leichter als Feuer zu sein, ungreifbarer, geheimnisvoller.

Hunter weckte all jene Gefühle in ihr und noch mehr.

Für Elyssa war es, als durchlebte sie einen ihrer ruhelosen Träume – samtige Dunkelheit im Mondschein, der Duft von Rosmarin und das weiche Murmeln von Wasser – mittendrin Hunters Augen, die sie mit einem sinnlichen Hunger verschlangen, daß ihr Herz einen Salto schlug.

»Sing für uns«, flüsterte er.

Zuerst weigerte sich Elyssas Kehle, der Aufforderung zu gehorchen. Sie schluckte hart und versuchte es noch einmal.

Die kehligen, gedämpften Klänge eines Walzers stiegen in die Nachtluft auf.

Hunter zog Elyssa fest in seine Arme und begann zu tanzen, als ob sie in einem Ballsaal wären, umgeben von Gelächter und schimmernden Lüstern. Graziös folgte sie seiner Führung trotz des unebenen Bodens.

Als Elyssa stolperte, bekam sie die Kraft von Hunters schlankem Körper zu spüren. Er hob sie ohne jede Anstrengung hoch, hauchte ein gemurmeltes Wort dicht an ihrem Haar und stellte sie in einem Wirbel von Seide wieder auf die Füße.

»Was hast du gesagt?« flüsterte sie.

»Nichts.«

»Doch, du hast etwas gesagt.«

Ohne Vorwarnung drehte sich Hunter mit Elyssa in seinen Armen einmal im Kreis, dann noch einmal und dann ein drittes Mal, während er sie mit sich herumwirbelte, bis sie atemlos war.

Sie lächelte und beobachtete ihn mit zärtlicher Sehnsucht in den Augen und einem Walzerlied auf den Lippen.

»Hiervon habe ich geträumt«, murmelte sie heiser.

»Vom Tanzen?«

»Vom Tanzen. Vom Mondschein. Von dir.«

Sie fühlte, wie sich Hunters Körper kaum merklich anspannte.

»Tut mir leid«, sagte sie entschuldigend. »Meine Cousinen in England haben mich immer gescholten, ich sei zu freimütig und das schicke sich nicht.«

Hunter wollte nicht darüber sprechen, wie Elyssas freizügiges Benehmen und lockere Moral ihre wohlerzogenen englischen Cousinen schockiert hatte. Er wollte nicht einmal darüber nachdenken.

Er wollte ganz einfach selbst ein wenig davon genießen, bevor er der Sache ein Ende bereitete und Elyssa lehrte, daß sich nicht alle Männer von dem sinnlichen, heißen Versprechen eines Frauenkörpers beherrschen und zu willenlosen Marionetten machen ließen.

Mit einer Begierde, die Hunter kaum verbergen konnte, gestattete er seinen Armen, das zu tun, was sie schon lange Zeit tun wollten. Langsam zog er Elyssa an sich, dann noch ein wenig näher.

Ihr Körper versteifte sich kaum merklich, als sich seine muskulösen Schenkel durch Schichten zarten Stoffs an ihre drängten.

»Warum sträubst du dich gegen mich?« flüsterte Hunter. »Du fühlst das wilde Feuer, das auf uns wartet, doch ebenso deutlich wie ich.«

»Was?«

»Das hier.«

Behutsam, ganz behutsam preßte Hunter seinen Mund auf Elyssas Lippen.

Die erste zarte Berührung ihrer weichen Lippen elektrisierte ihn derart, daß er Mühe hatte, nicht laut zu stöhnen. Die Intensität seines Hungers schockierte ihn.

Alles in ihm drängte danach, seine Zunge zwischen Elyssas Lippen zu schieben und Einlaß in ihren Mund zu fordern, aber nur ein Narr würde einer solchen Verführerin das Ausmaß seines Hungers enthüllen. Und Hunter war kein Narr.

Alles, was er sich erlaubte, war ein züchtiger Kuß ... und ein süßes Knabbern entlang der geschwungenen Linie von Elyssas Mund, das fast ein Flehen war.

Ihr erregtes Aufseufzen und der Hauch ihres nach Minze duftenden Atems auf Hunters Lippen wirkte so berauschend wie Whisky auf seine erregten Sinne. Er verstärkte den Griff seiner Arme ein klein wenig und zog Elyssa noch fester an seinen erwartungsvollen Körper.

Als sie sich erneut versteifte, zwang Hunter die schwellenden Muskeln in seinen Armen, sich zu entspannen, während sein Mund zärtlich über ihren strich. Elyssa bewegte sich leicht in seinen Armen, um ihr Gleichgewicht wiederzufinden.

Jede Bewegung ihres Körpers an seinem ließ das sinnliche Feuer der Begierde, das in Hunters Innerem brannte, noch heftiger auflodern. Seine Zähne schlossen sich mit grimmiger Selbstbeherrschung um die Kurve von Elyssas Unterlippe, und er liebkoste das weiche Fleisch sacht mit seiner Zungenspitze, während er es sanft zwischen seinen Zähnen gefangenhielt. Leidenschaft und der köstliche Kräutergeschmack machten ihn fast schwindelig.

Er spürte das erregte Zittern, das Elyssa bei seiner Liebkosung durchlief. Wieder streichelte er sie mit seiner Zunge, ganz versessen auf eine weitere intime Kostprobe. Dann gab er ihre Unterlippe frei und ließ seine Zungenspitze verlangend über ihre warme, seidige Innenseite gleiten.

Der nach Minze duftende Seufzer, der warm über seine Lippen strich, war eine Einladung, der er nicht widerstehen konnte. Seine Zunge folgte Elyssas Atem, als sie keuchend nach Luft schnappte, glitt geschmeidig zwischen ihre Zähne und liebkoste sie mit einer Intensität, die ihrer Kehle einen rauhen, lustvollen Laut entlockte.

Triumph und brennende Begierde gleichermaßen erfüllten Hunter, als er die verräterische Nachgiebigkeit spürte, mit der sich Elyssa in seinen Armen entspannte. Obwohl er sich danach verzehrte, zwischen ihre Schenkel einzudringen und sie mit seiner Glut und seiner Kraft zu füllen, erlegte er sich eiserne Beherrschung auf und zwang sich, die langsame Verführung ihres Mundes fortzusetzen, als wäre er nur beiläufig an dem sinnlichen Spiel beteiligt.

Ein kultivierter Gentleman, der mit elementarem Feuer spielt.

Hunters sanft neckende, zurückhaltende Liebkosung erregte Elyssa bis ins Innerste und machte sie ungeduldig auf etwas, was sie nicht benennen konnte. Sie wußte jedoch, daß es existierte.

Soeben hatte sie seine feurigen Vorboten in dem diskreten, wiederholten Gleiten von Hunters Zunge über ihre entdeckt.

Elyssa wußte instinktiv, daß sie Hunter noch näher kommen mußte. Während sie sich zuvor abweisend versteift hatte, als er sie an sich zog, waren es jetzt *ihre* Arme, die ihren Griff verstärkten, *ihr* Körper, der nach intimer Berührung mit seinem verlangte. Ihre Hände glitten über seine muskulösen Schultern, ihre Arme schlangen sich um seinen Hals, und sie drängte sich erbebend in seine kraftvolle Umarmung.

Das köstliche, unerwartete Vergnügen, ihren Körper an Hunters harte, maskuline Konturen zu schmiegen, brachte Elyssa erneut zum Beben. Im Bruchteil eines Atemzuges spannten sich seine Arme an und preßten sie so fest an sich, daß sie kaum Luft bekam. Doch es kümmerte sie nicht. Hunters Geschmack war berauschender als Wein, vielschichtiger und schwindelerregender als das, was sie jemals zuvor gekostet hatte. Mit einem tiefen Stöhnen überließ sie ihm ihren Mund und ergriff Besitz von seinem. Ihre Zunge erwiderte die intime Liebkosung, die sie gerade von Hunter gelernt hatte, während sie sich in einem sinnlichen Tanz an seiner rieb, der sie alles um sich herum vergessen ließ.

Die Intensität des Kusses ließ sämtliche Sinne Elyssas vibrieren. Hunter war Hitze und Blitzschlag und heiße Liebkosungen, die sie verzehrten.

Und sie brannte lichterloh.

Hunter murmelte etwas dicht an ihren Lippen und erhielt das weiße Blitzen ihrer Zähne zur Antwort. Schwindelig vor Verlangen grub sie ihre Zähne in seine Unterlippe. Bei dem köstlichen, prickelnden Gefühl, das ihn bei ihrer Liebkosung durchströmte, ächzte er vor Wonne.

Augenblicklich gab Elyssa seine Lippe frei.

»Ich wollte dich nicht ...«, begann sie erschrocken.

Sie kam nicht weiter. Hunters Mund preßte sich hart auf ihren, seine Zunge glitt fordernd zwischen ihre Lippen, und er drückte sie mit einem eisenharten Griff an sich, als wollte er durch ihr Fleisch hindurch bis in ihre Knochen versinken.

Zuerst schwelgte Elyssa einfach in dem seligen Gefühl von Hunters Körper an ihrem und ergab sich seiner Zärtlichkeit. Dann bemühte sie sich angestrengt, ihm noch näher zu kommen, sich noch enger an ihn zu pressen. Ihr instinktives Bedürfnis nach diesem Verschmelzen war so stark, daß es sie erschüttert hätte, wenn sie sich dessen bewußt gewesen wäre.

Doch ganz gleich, wie sehr Elyssa sich wand, ganz gleich, wie hart sie sich an Hunter preßte oder wie hungrig sie sich an ihm rieb, sie konnte ihm einfach nicht nahe genug kommen, um die leidenschaftlichen Forderungen ihres eigenen Fleisches zu befriedigen.

Hunter empfand nicht anders. Sein Glied war hart vor Begierde, sein ganzer Körper angespannt und fiebernd, sein Mund fast grob in seiner verzweifelten Suche nach einer tieferen Vereinigung. Seine Hände glitten von Elyssas Schultern zu ihren Hüften, und seine Finger gruben sich fordernd in das feste, doch nachgiebige Fleisch.

Das leise Stöhnen der Überraschung und der Lust, das Elyssa ausstieß, hätte Hunter beinahe in die Knie gezwungen. Er wiederholte die Liebkosung und wurde erneut von einem kehligen

Aufschrei und einer noch vollständigeren Hingabe ihres Körpers an seinen belohnt.

Als Hunters lange Finger von Elyssas Hüften zu ihren Rippen wanderten und von dort zu ihren Brüsten, versteifte sie sich überrascht. Eine plötzliche Woge der Lust schlug über ihr zusammen und ließ sie zitternd und sehnsüchtig zurück. Sie wand sich hungrig unter seiner Berührung, um den Druck seiner Hände auf ihren Brüsten zu verstärken, denn sie spürte instinktiv, daß er ihre Sehnsucht stillen würde.

Hunter murmelte etwas Zärtliches an ihren Lippen. Niemals zuvor hatte er eine derart leidenschaftliche Frau in den Armen gehalten, eine Frau, deren Sinnlichkeit sich mit seiner messen konnte, die wild nach seinen Liebkosungen verlangte, die ihn *brauchte.*

Er wußte, er sollte es nicht tun – dennoch vermochte er sich nicht daran zu hindern, die winzigen Knöpfe an dem Oberteil von Elyssas Kleid zu öffnen. Während er sich dergestalt zu schaffen machte, verschmolz sein Mund mit ihrem in einer elementaren Intimität, die für ihn ebenso neu war wie für sie.

Als der letzte Knopf geöffnet war, stieg der zarte Duft von Rosmarin von ihrer erhitzten Haut auf.

Es war, als atmete er Feuer.

Der Laut, der über Hunters Lippen kam, entrang sich seiner gequälten Männlichkeit. Er sehnte sich danach, die Knospen zu küssen, die sich so rasch unter seiner Berührung aufgerichtet hatten, aber er konnte sich nicht dazu entschließen, die wilde Vereinigung seines Mundes mit Elyssas zu beenden.

Nur vage wurde Elyssa sich bewußt, daß ihr Kleid aufgeknöpft war, ihr Mieder verrutscht, während Hunters Hände ihre nackten Brüste liebkosten.

Sie verschwendete keinen Gedanken an ihre Blöße. Alles, was sie wollte, war, Hunters Hände auf ihrer Haut zu spüren, in der Hoffnung, seine zärtlichen, geschickten Liebkosungen würden das schmerzhafte Verlangen in ihrem Körper stillen.

Hunter löste seinen Mund von ihr und hob sie mit einer raschen Bewegung hoch. Der Duft von Rosmarin hüllte ihn wie eine Wolke ein, und er inhalierte ihn gierig, schwelgte darin, während er an einer weichen Brust saugte, deren Knospe sich hart und samtig unter seiner Zunge anfühlte.

Die Kühle von Mondschein und Nacht auf Elyssas glühender Haut war wie eine Segnung für sie.

Hunters Mund entfachte ein sengendes Paradies.

Entfesselte Lust raste durch Elyssa, heiße Flammen, die sie bis ins Innerste erschütterten und verbrannten. Jeder Atemzug, den sie tat, war ein hungriges Stöhnen, ein sinnliches Wimmern, eine kehlige Forderung nach mehr.

Hunter fühlte, wie sich die Nacht um ihn herum in Feuer verwandelte. Er wünschte sich nichts sehnlicher, als seine Zurückhaltung aufzugeben und in das Herz dieses Feuers zu sinken und tiefer noch, in ein brennendes Land der Leidenschaft, das er nie zuvor gekannt und nach dem er dennoch sein ganzes Leben lang gesucht hatte.

Er wußte mit absoluter Sicherheit, jene Welt, nach der er sich verzehrte, war hier, endlich, zum Greifen nahe. In seinen Armen. Und sie brannte.

Für ihn.

Und er seinerseits entwickelte eine Leidenschaft für sie, die weitaus gefährlicher war als alles, was er jemals für Belinda empfunden hatte.

Das Wissen ernüchterte ihn so schlagartig, als hätte ihn jemand in eiskaltes Wasser getaucht.

Mit einem wüsten Fluch stellte Hunter Elyssa wieder auf die Füße. Sie taumelte und klammerte sich noch fester an ihn. Grob löste er den Griff ihrer Arme von seinem Hals und schob sie von sich.

»Hunter?«

Elyssas benommene, heisere Stimme schwächte seine Entschlossenheit. Der Anblick ihrer cremefarbenen, vollen Brüste und der samtigen, hungrig aufgerichteten Knospen raubte ihm fast den Verstand.

Die Erkenntnis, daß er gegen Elyssas sinnliche Ausstrahlung derart machtlos war, brachte Hunter wieder unter Kontrolle, wie nichts sonst es vermocht hätte.

»In drei Teufels Namen!«

Seine Selbstdisziplin kehrte in einer eisigen Woge zurück. Mit ihr einher ging der Zorn – Zorn auf sich selbst wegen seiner mangelnden Beherrschung; auf Elyssa, weil sie ihn so gnadenlos gelockt hatte; und auf seinen eigenen Körper, weil er sich so widerstandslos und so vollkommen von einem übermütigen Mädchen hatte erregen lassen.

Als Hunter erneut nach Elyssa griff, schlang sie ihm die Arme um den Hals und hob ihm sehnsüchtig ihr Gesicht entgegen, um sich wieder in einem seiner berauschenden Küsse zu verlieren.

Hunter drehte blitzschnell den Kopf zur Seite und zog Elyssas Arme von seinem Hals.

»Das reicht jetzt«, blaffte er.

Elyssa hub an zu sprechen, es kam jedoch kein Wort heraus.

»Knöpf dein Kleid zu, bevor jemand aus der Schlafbaracke kommt und uns sieht«, befahl Hunter streng.

Verwirrt, unsicher und völlig aus dem Gleichgewicht gebracht blickte Elyssa Hunter nur schweigend an. In dem silbrigen Mondlicht waren seine Augen so klar und kalt wie ein Winterhimmel.

»Ich verstehe nicht«, flüsterte sie.

Mit einer ungeduldigen Verwünschung zog er Elyssas Mieder über ihre Brüste hoch. Als seine Finger dabei über ihre festen Knospen streiften, schnappte er nach Luft.

»H-Hunter?« Elyssas kehliges Flüstern, ihre seidige Haut und der Anblick ihrer vollen Brüste mit den harten Spitzen verlockte Hunter über alle Maßen, doch diesmal behielt er die Kontrolle über sein Verlangen. Mit hastigen Bewegungen begann er, ihr Kleid zuzuknöpfen.

»Der Spaß ist vorbei«, sagte er kalt. »Ich habe genug davon, mit einer raffinierten Verführerin neckische Spielchen im Mondschein zu treiben.«

»Ich bin keine …«

»Halt den Mund«, unterbrach Hunter sie barsch. »Ich merke doch, daß es dir gefällt, heiß und erregt zu werden und deine Brüste küssen zu lassen. Kein unschuldiges Mädchen hätte mir solche Freizügigkeiten erlaubt!«

Die heftige Röte, die Elyssas Wangen übergoß, war selbst im bleichen Mondlicht sichtbar. Schweigend blickte sie auf das Oberteil ihres Kleides. Der Anblick von Hunters langen, schlanken Fingern, die sie wieder in ihr Kleid knöpften, ließ ein seltsames Schwächegefühl in ihr aufsteigen.

»Ich habe so etwas noch nie getan«, verteidigte Elyssa sich. »Du bist der erste, dem ich diese Dinge gestatte. Das mußt du doch wissen!«

»Spar dir die Mühe, mir Lügen aufzutischen und mir mit den üblichen Schmeicheleien zu kommen, ich wäre ganz anders als die anderen. Ich bin kein Junge mehr und brauche keine Komplimente, um mich wichtig zu fühlen.«

Verwirrung, Frustration und aufbrausende Wut verdrängten Elyssas Verlangen. Sie stemmte empört die Hände in die Hüften.

»Warum willst du mir nicht glauben?« verlangte sie zu wissen.

»Dämpfe deine Stimme, wenn du keine Darbietung für die gesamte Schlafbaracke veranstalten willst!«

»Du tust so, als wäre ich diejenige, die mit der ganzen Sache angefangen hat«, flüsterte sie wütend. »Immerhin warst du derjenige! Ich hatte ja keine Ahnung, was du … was ich … was wir … *verdammt!*«

»Klar doch«, meinte Hunter unbeeindruckt.

Er knöpfte den letzten Knopf zu und trat zurück, froh darüber, endlich fertig zu sein. Das Gefühl von Elyssas seidigen Brüsten hatte sich unauslöschlich in seinen Handflächen festgesetzt. Seine Haut brannte bei der Erinnerung an ihre leidenschaftliche Hitze.

»Ich kann mir vorstellen, daß es für ein Fräulein deines Kalibers überraschend kommt«, zischte Hunter, »aber manche Männer lassen sich nicht durch den weichen Körper eines Mädchens an die Kandare nehmen, ganz gleich, wie erfahren sie im Liebesspiel ist.«

»Die einzige ›Erfahrung‹, die ich habe, ist das, was du mir soeben beigebracht hast!«

»Willst du damit etwa sagen«, erwiderte er anzüglich, »daß bei meiner persönlichen Unwiderstehlichkeit schon ein paar Küsse genügen, um dich so stark zu erregen?«

Abrupt tauchten in Elyssas Gedächtnis die Lektionen auf, die ihre englischen Cousinen ihr erteilt hatten. Die Erinnerung bewirkte, daß ihr Jähzorn augenblicklich abflaute.

»Ich wäre eine Närrin, wenn ich das zugeben würde, nicht?« flüsterte sie.

»Ob Närrin oder Lügnerin, keine von beiden wirkt sonderlich anziehend auf einen Mann.«

»In der Tat? Und warum hast du mich fast verschlungen?«

Hunters Lippen wurden schmal.

»Du wolltest mich, Hunter.« Elyssa blickte ostentativ auf die Wölbung im Schritt seiner eng sitzenden Hose. »Und du begehrst mich immer noch.«

Die Erinnerung daran, wie knapp er davor gewesen war, sich zu vergessen, hob Hunters Stimmung keineswegs.

»Du bildest dir ein, ich wollte *dich*?« Er zuckte demonstrativ die Achseln. »Ich wollte eine Frau, basta. Du warst gerade zur Hand, das ist alles.«

»Ich glaube dir nicht.«

»Das wäre aber zu deinem Besten.«

»Wieso soll ich dir glauben? Es ist nicht wahr! Du siehst Penny niemals so an, wie du mich ansiehst, und sie ist doch auch eine Frau.«

»Zur Hölle mit dir«, knurrte Hunter. »Gib es auf, Fechdachs.«

»Was soll ich aufgeben? Die Wahrheit?«

»Die Wahrheit ist, daß es einen Mann ebensowenig kümmert, bei welcher Frau er Erleichterung findet, wie ein Hengst nach dem Zuchtbuch einer Stute fragt, bevor er sie besteigt.«

Elyssa schnappte entsetzt nach Luft. Verzweifelt kämpfte sie darum, nicht den Emotionen nachzugeben, die sie zu zerreißen drohten. Sie tröstete sich damit, daß Hunter trotz seiner gegenteiligen Behauptungen genauso intensiv an der leidenschaftlichen Umarmung beteiligt gewesen war wie sie.

Wenn Hunter nichts anderes im Sinn gehabt hätte, als seine Wollust zu befriedigen, dann hätte er mich weiter entkleidet, sagte Elyssa sich. *Gott allein weiß, daß ich ihn nicht daran gehindert hätte.*

Die Erkenntnis ihres eigenen vielschichtigen Hungers nach Hunter bestürzte Elyssa. Noch niemals hatte sie sich so verwundbar gefühlt, selbst damals nicht, als sie eine verängstigte Fünfzehnjährige gewesen war, die der Gnade von erbarmungslosen Cousinen ausgeliefert war.

Wie lange wird Hunter noch brauchen, um endlich über den Tod seiner Frau hinwegzukommen und sich einzugestehen, daß er dabei ist, sich in mich zu verlieben? fragte sie sich verzagt. *Er ist so verdammt starrköpfig.*

Elyssa erhielt keine Antwort auf ihre sorgenvolle Frage, es sei denn, der Anblick von Hunters mächtig gerecktem Rücken, als dieser auf die dichten Schatten des Stallgebäudes zustrebte, wäre eine Antwort gewesen.

Sie schauderte und rieb sich fröstelnd über die Arme, um eine Kälte zu vertreiben, die nichts mit der kühlen Nachtluft zu tun hatte. Ihr Blick folgte ihm, bis seine Gestalt mit der pechschwarzen Finsternis der Nacht verschmolz.

Zögernden Schrittes wandte sich Elyssa erneut ihrem Garten zu, um soviel Trost zu finden, wie die duftenden Kräuter nur irgend zu spenden vermochten.

11

Mehrere Tage lang vermied Hunter es sorgfältig, mit Elyssa allein zu sein. Sie hielt das für ein gutes Zeichen, einen Hinweis auf Sieg.

Ihren Sieg.

Hunter will es zwar nicht zugeben, versicherte sie sich, *aber er hegt starke Gefühle für mich.*

Und es ist mehr als Wollust.

Ein Teil von Elyssa wollte sehr gerne an diese Eingebung glauben.

Eine andere Stimme ihres Inneren flüsterte, daß sie bloß die Mutige markierte, die den Friedhof links liegen zu lassen trachtete, wo ihre Träume begraben lagen.

Unglücklich verlagerte Elyssa ihr Gewicht im Sattel. Jeder Muskel in ihrem Körper schmerzte von dem ständigen Reiten. Aber zumindest brauchte sie sich nicht mehr mit flatternden Röcken herumzuärgern.

Sie und Penny hatten ein altes Reitkostüm auseinandergeschnitten und das stoffreiche Futter herausgetrennt. Die schwere schwarze Seide des Oberteils schmiegte sich noch immer wie ein Schatten an ihren Körper, aber sie hatte den dazugehörigen Hosenrock enger gemacht, also die Beinweite verringert, so daß der Rock jetzt wie eine lockere Hose saß. Eine von Pennys alten, mit Wollstoff gefütterten Wildlederjacken vervollständigte Elyssas Gewandung.

Mit ihrem unter dem breitkrempigen Hut verborgenen Haar und der schlichten, unauffälligen Kleidung sah Elyssa zumindest aus der Ferne annähernd wie ein Mann aus; Hunter hatte deshalb aufgehört mit seinen Klagen darüber, daß er sie wie einen prächtigen Lockvogel, der Banditen und anderes Gesindel anzog, mit sich durch die Landschaft schleppe.

Elyssa lenkte Leopard um einen frischen Geröllhaufen herum,

der sich am Fuß dieser Schlucht angesammelt hatte. Die Steine und Erde und das Gestrüpp waren während des letzten starken Regenfalls in einer kleinen Lawine den steilen Abhang der Schlucht heruntergekommen.

Dies war ein Problem, das häufig während der Herbstmonate auftrat. Der Regen kam in wahren Sturzbächen vom Himmel, prasselte auf die Berghänge, strömte in reißenden Bächen durch die Schluchten und ergoß sich von dort in das Sumpfgebiet unmittelbar hinter der Ranch. Oft rissen die Wassermassen auch gewaltige Felsbrocken aus manchen Einschnitten mit sich in die Tiefe.

Elyssa richtete sich in den Steigbügeln auf, um nach irgendeinem Hinweis auf Vieh inmitten der Büsche und der struppigen Kiefern Ausschau zu halten. Die Hunde waren die schmale, regenfeuchte Schlucht hinaufgerannt und noch nicht zurückgekommen.

Um ihre Vierbeiner machte sie sich keine Sorgen. Die Tiere waren durchaus in der Lage, das Gelände allein zu erkunden. Wahrscheinlich waren sie die steilen Hänge rechts und links der Schlucht hinaufgeklettert, um eine andere der tausend namenlosen Rinnen abzusuchen, wo Vieh Nahrung und Schutz vor der Witterung finden konnte.

Als sich Elyssa wieder in den Sattel zurücksinken ließ, kehrten ihre Gedanken zu dem in silbernes Mondlicht getauchten Garten zurück. Obwohl Hunters Umarmung nur wenige Augenblicke gedauert hatte, hatten jene Momente ihre Welt auf den Kopf gestellt.

Kein Mann, der nur die Befriedigung seiner Wollust im Sinn hat, hätte mich zuerst mit solcher Zärtlichkeit geküßt. Und dann so wild.

Und hätte dann aufgehört.

Einfach aufgehört.

Flammende Röte stieg in Elyssas Wangen. Zum Teil war es die Scham darüber, wie hemmungslos sie sich in Hunters Arme begeben hatte. Aber sie rührte auch von dem Zorn her über das, was Hunter gesagt hatte, während er ihr Kleid zuknöpfte.

Doch den Hauptgrund für die Glut in Elyssas Gesicht bildete Leidenschaft, rein und tief und überwältigend.

Plötzlich hob Leopard mit einem Ruck den Kopf. Einen Moment lang blieb er reglos stehen, die Ohren wachsam gespitzt.

Mit einem seltsamen, seufzenden Knirschen brach ein Teil vom oberen Rand der Schlucht ab und rutschte polternd in die Tiefe.

Der Hengst wirbelte auf der Hinterhand herum, machte einen mächtigen Satz und stürmte verzweifelt den steilen Abhang auf der entgegengesetzten Seite der Schlucht hinauf. Die ruckartige Bewegung schleuderte Elyssa aus dem Sattel. Ohne es zu merken, schrie sie laut auf. Der Schrei wurde jäh abgeschnitten, als sie hart auf den Boden prallte und Hals über Kopf einen Abhang hinunterkugelte.

Noch bevor Elyssa zu rollen aufhörte, wußte sie, daß sie sicher vor dem Erdrutsch war. Die katzenartige Geschwindigkeit des Hengstes hatte sie augenblicklich außer Reichweite der gewaltigen Masse aus loser Erde, Felsbrocken und Gestrüpp gebracht, die sich abwärtswälzte.

Elyssas markerschütternder Schrei brachte Hunter in halsbrecherischem Galopp aus der nächsten Rinne weiter im Norden herbei, während er Bugle Boy bei jedem Schritt des Weges die Fersen in die Flanken drückte und zu noch schnellerem Tempo anspornte. Was er sah, als er in die Schlucht ritt, war ein riesiger Haufen Schotter, Erde und Steine, ein gescheckter Hengst, der ein Stück entfernt von der Katastrophe stand – und ein leerer Sattel.

»Elyssa!«

Sein Schrei verhallte unbeantwortet.

Eine eisige Kälte kroch in Hunter hoch, anders als alles, was er je zuvor gefühlt hatte. Ungeachtet der Gefahr für sein eigenes Leben trieb er Bugle Boy in rasendem Galopp an dem zerklüfteten, trügerischen Rand des Erdrutsches entlang.

Elyssa kann nicht unter all dem begraben liegen.

Es darf einfach nicht sein.

Aber es konnte durchaus sein, daß das Geröll sie verschüttet hatte, und Hunter wußte es besser als die meisten Männer. Der Krieg hatte ihn gelehrt, wie gleichgültig der Tod gegenüber den Gefühlen der Menschen war.

»Frechdachs? Um Gottes willen, wo bist du?«

Diesmal ertönte ein schwaches Stöhnen als Antwort auf Hunters Ruf. Er zog Bugle Boy mit einer energischen Bewegung herum und trieb ihn hastig zu der gegenüberliegenden Seite der Schlucht.

Elyssa lag flach auf dem Rücken, inmitten eines Weidendikkichts. Ihre Arme waren zu beiden Seiten ihres Körpers ausgestreckt, ihre Augen geschlossen.

Noch bevor Bugle Boy rutschend und schlitternd zum Stehen kam, war Hunter bereits aus dem Sattel gesprungen und kniete neben ihr nieder. Er konnte sehen, daß sie mühsam nach Luft rang. Zuerst beruhigte es ihn.

Dann machte es ihm angst.

»Frechdachs?« fragte er sanft. »Liebste? Bist du verletzt? Wo tut es weh?«

Zuerst dachte Elyssa, sie läge im Bett und träume.

Es konnte unmöglich sein, daß sie wach war und eine solch zärtliche Besorgnis aus Hunters Stimme hörte.

Sie öffnete die Augen, darauf gefaßt, enttäuscht zu werden. Die Besorgnis auf Hunters Gesicht übertraf sogar noch diejenige in seiner tiefen Stimme.

Zitternd nahm Elyssa sein Gesicht zwischen ihre Hände und lächelte trotz der wächsernen Blässe ihrer Lippen. Das Wissen, daß sie Hunter etwas bedeutete, daß er um sie bangte, war eine köstliche Wärme, die sich durch die Kälte in ihren Knochen stahl.

»Mir ... mir ist nichts passiert«, hauchte sie.

Während Elyssa sprach, streichelte sie Hunters Gesicht. Es sollte ihn lediglich beruhigen, aber dann wurde es mehr.

Sie liebte die maskuline Rauheit der Bartstoppeln, die unter der Oberfläche seiner frisch rasierten Haut lagen. Ihr Vergnügen war aus der zärtlichen Berührung ihrer Hände abzulesen, ihrem Gesicht, ihren leuchtenden Augen, die seinen Blick suchten.

Hunter holte zitternd Luft.

»Du hast geschrien«, stammelte er.

»Ich ... bin gestürzt. Der Aufprall ... hat mir ... geradewegs ... den Atem verschlagen.«

»Bist du nirgendwo verletzt?«

Sie schüttelte den Kopf. »Nur hier.«

Hunters Blick folgte Elyssas Finger zu einer Stelle direkt oberhalb ihrer Brüste.

»Hier?« fragte er.

Er strich behutsam mit dem Handrücken über Elyssas Brustbein.

Die Art, wie sie keuchend nach Luft schnappte, hatte nichts mit Schmerz und alles mit der Erinnerung an jenen Abend zu tun, als Hunter ihre Brüste mit seinem warmen Mund liebkost hatte.

»Hunter«, flüsterte sie. »Ich ...«

Mit einem erstickten Laut senkte Hunter den Kopf und ergriff Besitz von ihren bebenden Lippen in einem Kuß, der ihren Schrecken lindern sollte.

Und dabei wäre es auch geblieben, wenn Elyssa nicht bei seiner Berührung unmittelbar lustvoll aufgestöhnt hätte und zusammengefahren wäre. Das Gefühl seines harten Körpers an ihrem entlockte ihr erneut ein Stöhnen. Das Adrenalin der Furcht, das eben noch durch ihre Adern pulsiert war, löste im Handumdrehen eine andere Art von Reaktion aus.

Ein wildes Feuer der Leidenschaft erfaßte Elyssa und jagte ihr Hitzewellen durch den Leib.

Hunter empfand genau das gleiche, während ihn eine rasende Sehnsucht packte, die ihn all die Gründe vergessen ließ, warum er unter gar keinen Umständen schwach werden durfte.

Falsches Mädchen.
Falsche Zeit.
Falsche Hoffnung.

Dennoch ließ Hunter sich widerstandslos von Elyssas Armen umfangen und auf sie herunterziehen. Dann paßte er sich ihrem Körper an, bis er zwischen ihren Beinen lag. Jede rasche, harte Bewegung seiner Hüften verriet seine heftige Erregung, und jede Bewegung seiner Zunge war eine unmißverständliche Erklärung seiner Absichten.

Hunters Hand wanderte ohne zu zögern zwischen Elyssas Schenkeln empor, bis er ihren heißen Schoß in seiner Handfläche hielt. Seine Finger beugten und streckten sich, und sie schnappte keuchend nach Luft, bäumte sich der unerwarteten Liebkosung entgegen.

Selbst durch die Schichten von Stoff konnte er Elyssas Hitze spüren, eine Hitze, die ihn schockierte und entzückte und vor jähem Verlangen erschaudern ließ. Er fluchte als er nach einem Weg durch ihre Kleider suchte.

Und während er suchte, liebkoste er sie.

»Hunter«, flüsterte Elyssa gebrochen. »Oh, Hunter, was machst du nur mit mir?«

»Wie fühlt es sich an?« fragte er mit heiserer, belegter Stimme.

»H-Himmlisch!«

Heiße Erregung schüttelte Hunter, als Begierde ihn wie ein Blitzschlag durchzuckte, eine Lust, die fast an Schmerz grenzte.

Elyssa wand sich langsam unter seiner Hand, um den sinnlichen Druck seiner Handfläche zwischen ihren Schenkeln zu verstärken.

»Der reine … wilde … Himmel«, murmelte sie.

Wieder preßte Hunter seine Lippen auf Elyssas und stieß fordernd seine Zunge zwischen ihre Zähne, halb wahnsinnig vor Verlangen nach ihr. Die erstickten Laute der Verzückung, die tief aus ihrer Kehle aufstiegen, peitschten seine Sinne, während er seinen Unterleib stöhnend an ihrem rieb.

Die Vernunft kehrte in Form von drei kurz aufeinanderfolgenden Gewehrschüssen zurück.

Mit einer Anstrengung, die ihn seine letzte Kraft kostete und ihn wütend auf sich selbst und auf Elyssa machte, erhob Hunter sich.

Sehnend streckte sie die Arme nach ihm aus. Er packte ihre Hände und hielt sie fest.

»Hör auf damit!« zischte er.

Zuerst begriff Elyssa nicht.

»Was?« fragte sie benommen.

»Hör auf, mir nachzulaufen«, sagte Hunter gepreßt.

»Aber ...«

»Es sei denn, du willst dich im Heu wälzen«, fügte er grob hinzu, ohne auf Elyssas Versuch zu sprechen einzugehen.

»Was?«

»Das hier!« Er führte Elyssas Hand an seinem Körper entlang, bis ihre Fingerspitzen das pralle, heiße Fleisch zwischen seinen Schenkeln berührten, das sie so mühelos erregt hatte.

Elyssa riß die Augen auf.

»Wenn du schnell zur Sache kommen willst«, sagte er mit tödlicher Verachtung, »dann bin ich bereit, gewillt und mehr als fähig, deinen Wunsch zu erfüllen. Aber das ist alles, was es sein wird, Frechdachs. Eine rasche Erleichterung, mehr nicht.«

Hunter stieß Elyssas Hände weg und ging zu Bugle Boy, wo er seine Büchse aus der Sattelscheide zog. Einen Augenblick später feuerte er dreimal in die Luft.

»Steh auf«, befahl er.

»Wieso?«

»Steh auf! Ich warne dich, Frechdachs. Wenn du mich dazu treibst, dich jetzt zu berühren, dann nehme ich dich auf der Stelle, gleich dort, wo du auf dem Boden liegst, und zur Hölle mit demjenigen, der auf uns zureitet, wer immer das auch sein mag.«

Elyssa rappelte sich mehr mit Hast als Anmut auf. Sie zitterte am ganzen Körper in einer Mischung aus Wut, Hunger und den Nachwirkungen der Angst.

»Du wolltest mich ebensosehr wie ich dich!« fauchte sie.

»Nicht ganz. Ich habe mich gerade noch besonnen, du nicht! Das nächste Mal werde ich mir keine Zurückhaltung auferlegen, Fechdachs. Dann gebe ich dir, worum du mich anflehst.«

»Du Schuft, um gar nichts habe ich dich angefleht!«

»Und ob du das getan hast! Du hast dich gewunden und gewimmert und ...«

Das Hufgetrappel eines näher kommenden Pferdes schnitt Hunters unbedachte Worte ab.

Er war dankbar dafür. Die Erinnerung an Elyssas Hitze machte ihm schon genug zu schaffen. Darüber auch noch zu sprechen erregte ihn derart, daß sein ganzer Körper schmerzte.

»Kannst du reiten?« stieß Hunter zwischen zusammengebissenen Zähnen hervor.

Statt einer Antwort kehrte Elyssa ihm den Rücken und ging zu Leopard hinüber.

Hunter fiel ein Stein vom Herzen, als er sah, daß sie nicht hinkte.

So wahr mir Gott helfe, aber beim nächsten Mal werde ich mir nehmen, was sie mir anbietet, schwor er sich.

Es ist ja nicht so, als handele es sich um eine Jungfrau auf der Suche nach einem Ehemann. Sie ist ein erfahrenes kleines Luder und alles andere als eine Heilige.

Und im Bett würde sie verdammt gut sein.

»Ich muß noch etwas überprüfen«, sagte Hunter. »Steig auf, aber bleib hier.«

Elyssa gab keine Antwort.

»Morgan wird in ein paar Minuten eintreffen«, sagte er. »Warte hier auf ihn.«

Schweigen.

»Brauchst du Hilfe beim Aufsitzen?« fragte er widerstrebend.

Ohne ein Wort führte Elyssa Leopard zur hügelabwärts gelegenen Seite. Ihren Bewegungen fehlte etwas von der gewohnten Anmut, als sie in den Sattel kletterte, aber sie schaffte es allein.

»Wenn ich zurückkomme, solltest du lieber nicht mehr die Beleidigte spielen«, riet Hunter ihr kurz angebunden, als er sich auf Bugle Boys Rücken schwang. »Ich kann Schmollen nicht ausstehen.«

»Keine Sorge, wenn ich dir etwas zu sagen habe, wirst du es als erster erfahren.«

Hunter preßte die Lippen zusammen. Er zob Bugle Boy herum und galoppierte in die entgegengesetzte Richtung davon. Bald war er zwischen den Felsblöcken und Zwergkiefern entschwunden.

Er fand rasch, was er eigentlich nicht gerne entdeckte – deutliche Anzeichen dafür, daß ein anderer Reiter am Rande der Schlucht gewartet hatte. Nach einer schnellen Erkundung des umliegenden Geländes, ob sich hier auch wirklich niemand mehr versteckte, kehrte Hunter zu der Stelle zurück, wo der Kerl gestanden haben mußte.

Er saß ab und ging in die Hocke, wie es der andere offensichtlich getan hatte. Die Stiefelabdrücke des ungebetenen Herumlungerers waren klar erkennbar, ebenso wie die Spuren seines Pferdes, während es ziellos auf dem Gelände gegrast hatte. Hunter waren jene Hufabdrücke schon einmal aufgefallen, damals in der Schlucht, aus der Bedamned herausgestürmt war und Elyssa auf die Hörner nehmen wollte.

Eine Reihe von Schleifspuren und Abdrücke von Steinen ließ deutlich erkennen, daß sich der Fremde an dem instabilen Rand der Schlucht zu schaffen gemacht und Felsbrocken gelockert hatte. Dann war er zurückgetreten und hatte zugeschaut, wie die Lawine aus Felsbrocken, Erde und Gestrüpp auf Elyssa hinabstürzte.

Dieser verfluchte, elende Hurensohn! dachte Hunter.

Zorn stieg in ihm auf, derselbe ohnmächtige Zorn wie damals, als er vom Tod seiner Kinder erfuhr.

Und die Ursache.

Grimmig schwang sich Hunter wieder in den Sattel und folgte den Spuren weit genug zurück, um sich zu vergewissern, daß der Reiter den Schauplatz in höllischer Eile verlassen hatte. Mit schmalen Augen schätzte Hunter die Richtung ein, die der Mann genommen hatte.

Hunter hätte ihn am liebsten verfolgt, aber noch mehr drängte es ihn, Elyssa zu schützen. Mit einem wüsten Fluch trieb er Bugle Boy wieder zurück.

Morgan kam in schnellem Trab die Rinne heraufgeritten.

»Yo!« rief Hunter.

»Muß Ihnen was zeigen, Sir«, rief Morgan. »Nächste Schlucht nördlich von hier.«

»Gut. Ich treffe dich dort.«

Mit Augen, die juwelengleich funkelten, beobachtete Elyssa, wie Hunter sein Pferd herumzog und wieder in dem Kiefernwäldchen verschwand. Der Mann hatte ein Talent, Feuer in ihrem Körper zu entfachen – und ihren Zorn anzustacheln –, daß es sie schier verrückt machte.

Aber ich kriege dich schon noch, du störrischer Sohn eines Missouri-Maultiers, dachte Elyssa voller Zuversicht. *Du steigst auf dein hohes Roß und willst mich im Staub sehen, oder ignorierst mich einfach, aber ich weiß es besser.*

Ich habe genau gefühlt, wie sehr du mich begehrst.

Die Erinnerung daran, wie Hunter sich unter ihrer Hand angefühlt hatte, ließ Elyssas Herz schneller schlagen und Glut in ihre Wangen steigen.

Wenige Augenblicke später zügelte Morgan sein Pferd neben Leopard.

»Ist irgendwas nicht in Ordnung?« erkundigte sich Elyssa.

»Es gibt nichts, worüber Sie sich Sorgen machen müßten, Ma'am. Nur ein widerborstiges Geschöpf.«

»Stimmt, das ist Hunter.«

Ein Lächeln blitzte in Morgans kaffeebraunem Gesicht auf.

Er lenkte sein Pferd vorwärts und nahm den leichteren Weg aus der Schlucht heraus, während Leopard hinter ihm hertrottete.

»Hast du irgendwo Kühe entdeckt?« fragte Elyssa hoffnungsvoll.

»Keine, die der Rede wert wären, Miss Elyssa.«

»Aber diese Rinnen sind gewöhnlich voller Vieh.«

»Ich kann überall um mich herum die Spuren sehen«, erwiderte Morgan ruhig. »Aber Spuren sind leider das einzige, was ich gefunden habe. Keine Mastbullen. Nur ein oder zwei alte, unfruchtbare Kühe.«

Elyssa versuchte, sich nichts von der Kälte anmerken zu lassen, die sich bei Morgans Worten in ihrer Magengrube einnistete. Trotz des üppigen Grases und des sauberen Wassers, das sich in der Schlucht in kleinen Teichen sammelte, waren kaum Rinder in der Nähe. Und keines von den wenigen Tieren, die sowohl Morgan als auch sie und Hunter entdeckt hatten, waren ›Mastbullen‹ gewesen, wie die Cowboys sie nannten – Ochsen, die mindestens vier Jahre alt waren.

Es hätten mehr sein müssen. Sehr viel mehr.

Unglücklich ließ Elyssa ihren Blick über die Landschaft schweifen und durchsuchte Schatten und Bodenfurchen nach ihren Wiederkäuern. Sie fand nichts außer dem Land selbst.

Die Wiesen und Ebenen in der Nähe des Sumpfgebiets waren trocken und mit hohem Gras bewachsen, das in der Sonne welkte und dörrte. Rinder konnten sich trotzdem von dem trockenen Gras ernähren, aber sie bevorzugten die saftige grüne Vielfalt frischer Gräser.

Wegen der kleinen Quellen und Teiche allerdings, die überall den Boden bewässerten, sprießte in den zerklüfteten Rinnen üppig wucherndes, grünes Gras. Rinder wurden von diesen Schluchten angezogen wie Eisenspäne von einem Magnet.

Und die Tiere *waren* hier gewesen. Elyssa konnte Hufabdrücke und Dunghaufen sehen, die Trampelpfade durch das

Gras und die schlammigen Ränder der Teiche, wo sich Hufe tief in den Boden gegraben hatten.

Trotz der deutlichen Spuren war das Vieh jedoch unauffindbar.

Es sah ganz danach aus, als wäre schon jemand hiergewesen, bevor die Ladder-S-Cowboys das Land abgesucht hatten. Jemand, der alle die Rinnen und grasigen Pfade kannte, wo Kühe im kühlen Schatten wiederkäuten.

Jemand, der alles Vieh zusammen- und davongeführt hatte, bevor sein rechtmäßiger Eigentümer es tun konnte.

Die Kälte in Elyssas Magengrube verstärkte sich. Es war ein Gefühl, das ihr von Tag zu Tag vertrauter wurde ... eine ständig wachsende Furcht, wann immer sie über die Zukunft der Ladder S nachdachte.

Grüble nicht die ganze Zeit, sagte sie sich. *Es nützt gar nichts, wenn du dir Sorgen machst, bis du Magenschmerzen bekommst.*

Sie holte tief Luft und stieß den Atem langsam wieder aus. Dann noch einmal. Und noch einmal.

Hunter unternimmt ja schon alles menschenmögliche, erinnerte sie sich.

Erneut versank sie ins Grübeln, während sie an Hunter dachte. Er war tüchtig und geschickt, arbeitsam und intelligent, der geborene Anführer. Was immer die Ladder S retten konnte, Hunter würde es tun.

Hunter muß ein ausgezeichneter Offizier gewesen sein. Die jüngeren Burschen verehren ihn förmlich, und die Männer respektieren ihn.

Und die wenigen, die nichts und niemanden respektieren, sind clever genug, Hunter zu fürchten.

Selbst Mickey.

Ein sinnlicher Schauder überlief Elyssa, als sie daran dachte, wie sich ihr Kleid an dem Nagel verfangen und wie ihr Busen auf Hunters starkem Unterarm geruht hatte.

Eine andere Erinnerung stieg in ihr auf und ließ ein warmes, köstliches Prickeln über ihre Haut rieseln. Hunters Gesicht im Mondschein, seine dichten Wimpern dunkel gegen seine gebräunten Wangen, seine Zunge hungrig auf ihren Brüsten, sein ganzer Körper hart und angespannt vor Begierde.

Und dann heute, als sie das Ausmaß seiner Wünsche mit ihren eigenen Händen ertastet hatte.

Er kann es abstreiten bis zum blauen Überdruß, sagte Elyssa sich, *aber er ist genauso verhext wie ich.*

Abermals überlief sie ein heißer Schauder. Wenn sie nicht überzeugt wäre, daß sie eine ebenso starke Anziehungskraft auf Hunter ausübte wie er auf sie, hätte sie sich gefürchtet.

Noch niemals hatte sie sich so unwiderstehlich zu einem Mann hingezogen gefühlt wie zu Hunter.

Ihre Blicke folgten ihm überallhin. Sie durchquerte den Raum, um dicht neben ihm zu stehen. Sie stellte ihm Fragen über den Zustand des Landes und des Viehs und der Männer, über alles mögliche, nur um ihn sprechen zu hören und ihm nahe genug zu sein, um die Beschaffenheit seines glänzenden Schnurrbarts zu sehen und die Bewegung seiner Lippen.

Ich werde weiterhin versuchen, ihn aus der Reserve zu locken – so lange, bis er seine Zurückhaltung aufgibt, schwor Elyssa sich. *Bis ich die Sanftheit und das Lachen in ihm ausgrabe.*

Und die Leidenschaft.

Gütiger Himmel, die Leidenschaft!

Das Hufgetrappel eines Pferdes, das die Rinne entlang in ihre Richtung kam, ließ sie einen Moment lang horchend anhalten. Bugle Boy trabte auf sie zu. Elyssas Wangen begannen zu glühen, und ihr Herzschlag beschleunigte sich.

Hunter hatte nicht einmal einen Blick für sie übrig.

»Warum hast du die Schüsse abgegeben?« fragte er Morgan.

»Hab die Überreste eines Feuers entdeckt, wo Vieh mit einem Brandzeichen gekennzeichnet wurde.«

»Zeig es mir.«

Morgan trieb seinen zähen Mustang zu einem schnellen Trab

an mit Hunter und Elyssa im Gefolge. Die nächste Rinne war Teil eines zerfurchten Netzes von Schluchten und kleinen Hügeln, das sich nach Wind Gap hin auflöste, von wo aus man Bills kleine Ranch erreichte.

Hunter und Morgan schwangen sich aus dem Sattel. Hunter marschierte an den Fährten entlang, die von Ladder-S-Land ins Bar-B-Gebiet führten. Zusätzlich zu den Spuren entdeckte er die verstreuten Überreste einer Feuerstelle. Die umherliegenden Haarbüschel deuteten darauf hin, daß hier gestohlenes Vieh gekennzeichnet worden war.

»Wenn ich was für Wetten übrig hätte«, meinte Morgan, »dann würde ich meine Börse darauf setzen, daß hier ein Ladder-S-Bulle gelegen hat und als Slash-River-Bulle wieder aufgestanden ist.«

»Was für ein Pech, daß wir nicht heute früh hier entlanggeritten sind«, erwiderte Hunter. »Dann hätten wir den Viehdieb über seinem eigenen Feuer braten können.«

Ohne ein weiteres Wort saßen beide Männer wieder auf. Hunter warf Elyssa einen scharfen Blick zu.

»Wo sind die Hunde?« wollte er wissen.

»Du brauchst mich nicht so giftig anzustarren. Als ich sie das letzte Mal gesehen habe, waren sie dabei, Bullen für dich zu jagen.«

Hunter fing an, die Hunde herbeizupfeifen, um sogleich durch eine alarmierende Handbewegung von Morgan unterbrochen zu werden.

Zwischen den böigen Windstößen war deutlich der Hufschlag eines hart galoppierenden Pferdes zu hören.

Hunter blickte Morgan fragend an.

»Nein, Sir«, erklärte Morgan. »Ich hab' die Männer nach Süden geschickt, um nach Mustangs und Ladder-S-Ponys zu suchen, so, wie Sie es angeordnet hatten.«

»Reite zurück in die Schlucht«, wies Hunter Elyssa an. »Wir werden dir direkt folgen. *Beweg dich.*«

Sie zog Leopard auf der Hinterhand herum und raste zurück

in die Öffnung der feuchten, von Büschen bewachsenen Schlucht. Wie Hunter es versprochen hatte, hefteten sich die Männer bei jedem Schritt des Weges an die Fersen des gescheckten Hengstes. Innerhalb von wenigen Minuten waren alle drei Pferde in Deckung.

Bevor Elyssa begriff, was Hunter tat, drängte er Bugle Boy dicht an Leopard heran. Die Bewegung trieb Leopard noch weiter zurück in den Schutz eines Weidendickichts.

»Steig ab«, befahl Hunter gepreßt. »Sonst sieht man deinen Kopf über dem Gebüsch aufragen.«

Gleichzeitig nahm Hunter hastig die Füße aus den Steigbügeln und sprang zu Boden. Sein Repetiergewehr lag schußbereit in seinen Händen.

Behende kletterte er den steilen Abhang der Schlucht hinauf, bis er mit den Schatten einer Kiefer verschmolz. Das gedämpfte und doch unverkennbare Geräusch einer Patrone, die in das Magazin geschoben wurde, drang in die Schlucht herunter.

Aus einem plötzlichen Impuls heraus griff Elyssa in Bugle Boys Satteltasche und holte Hunters Feldstecher hervor.

»Halten Sie das bloß nicht in die Sonne«, warnte Morgan sie leise. »Glas kann wie ein Leuchtfeuer blitzen. Wird uns so sicher wie die Sünde verraten.«

Sie nickte schweigend, hob das Glas an die Augen und blickte die Schlucht hinauf. Dieselben Weiden, Büsche und Kiefern, die die Pferde verbargen, hinderten sie auch daran, irgend etwas Aufschlußreiches zu entdecken.

Elyssa drehte sich um und richtete das Fernglas auf Hunter. Es holte ihn so nahe heran, daß es ihr schien, er stände nur auf Armeslänge von ihr entfernt. Der mitternachtschwarze Glanz seines Haares und seines Schnurrbarts faszinierten sie, ebenso wie die geschwungene Form seiner Lippen und das stahlgraue Glitzern seiner Augen.

Während sie ihn beobachtete, veränderte sich Hunters Ausdruck von Wachsamkeit zu einem kaum gezügelten Haß, der

Elyssa ein Frösteln über den Rücken jagte. Mit einem Schwung hob er sein Gewehr und blickte den Lauf entlang.

Wer immer der Ankömmling sein mochte, Hunter kannte ihn.

Und haßte ihn.

Der Wind trug das Geräusch von weiteren Pferden herbei, die sich im Galopp näherten.

Langsam und widerstrebend senkte Hunter sein Gewehr wieder.

»Passen Sie auf den Hengst auf, Ma'am«, sagte Morgan leise. »Wenn er den Geruch von vielen Artgenossen wittert, wird er höchstwahrscheinlich wiehern und unsere Position verraten.«

Elyssa schob das Fernglas in Bugle Boys Satteltasche zurück und trat an Leopards Seite. Sie hielt ihn mit einer Hand am Zaumzeug fest und legte die andere auf die Nase des Hengstes, während sie mit gedämpfter, beruhigender Stimme auf ihn einsprach.

»Was ist mit Bugle Boy?« flüsterte sie.

»Er weiß Bescheid. Mein Pony desgleichen.«

Durch die schützende Wand von Weidenlaub beobachtete Elyssa, wie vier Männer vorbeiritten. Sie waren vielleicht fünfzig Meter entfernt. Gleich darauf schloß sich ihnen ein fünfter an, der ein großes rotbraunes Maultier ritt.

Morgan warf nur einen Blick auf das Muli und begann so leise vor sich hin zu murmeln, daß Elyssa keine einzelnen Wörter verstehen konnte. Der Ausdruck auf Morgans Gesicht ließ jedoch keinen Zweifel daran, daß er fluchte.

Leopards Rumpf schwoll an, als er Luft einsog und Anstalten machte, den Eindringlingen eine Herausforderung entgegenzuwiehern.

Elyssas Finger schlossen sich fest um die geblähten Nüstern des Hengstes. Er schüttelte unwillig den Kopf, doch ihre Finger blieben an Ort und Stelle, worauf Leopard sich wieder beruhigte.

Nach ein paar Augenblicken schwenkten die fünf Reiter in Richtung Wind Gap ab.

Erst als der letzte schwache Nachhall von Hufschlägen ausklang, verließ Hunter seinen Beobachtungsposten und kehrte zu den anderen zurück.

»Culpepper«, sagte Morgan.

Hunter nickte knapp.

»Gaylord?« wollte Morgan wissen.

»Nein. Abner.«

Bei dem gefährlichen Unterton in Hunters Stimme überlief es Elyssa eisig.

»Ab«, knurrte Morgan. »Der Chefteufel persönlich.«

Hunter grunzte.

»Tja«, meinte Morgan mit einem kalten Lächeln, »ich schätze, dann ist es wohl bald soweit. Eine Woche noch, vielleicht auch zwei. Ab gehört nicht zu der geduldigen Sorte.«

»Ich frage mich, wo er gesteckt hat«, sagte Hunter.

Morgan zuckte die Achseln. »Ist immer hin und her gependelt zwischen hier und dem *Spanish Trail*, soweit ich gehört habe. Ein paar von seiner Sippschaft waren bei ihm.«

»Wer von den Burschen?«

Wieder zuckte Morgan die Achseln. »Spielt keine Rolle. Um die brauchen Sie sich keine Sorgen zu machen. Sie jagen spanischen Goldschätzen nach, wie ich neulich erfahren hab'.«

Hunter schüttelte den Kopf über soviel Dummheit.

»Ab hat nicht sonderlich viel Ausdauer bei etwas, das nach Arbeit schmeckt«, erklärte Morgan. »Deshalb kommt er alle paar Wochen wieder in den Norden. Beau und seine Kumpels sollen auch unterwegs sein.«

»Beau, Clim, Darcy und Floyd werden keine Chance mehr haben, sich mit Ab zusammenzutun«, erwiderte Hunter voll böser Befriedigung.

»Hab' neulich was in der Art gehört. Colorado, richtig?«

Hunter nickte.

»Auf die Köpfe der Jungs waren 'ne Menge Yankeedollars ausgesetzt«, sagte Morgan zu niemand Besonderem.

»Die Leute, die sich die Kopfprämie verdient hatten, wollten das Geld nicht«, erwiderte Hunter.

Morgan sah überrascht aus.

»Ich habe das Geld an Alex geschickt«, erklärte Hunter, als er einen Fuß in Bugle Boys Steigbügel setzte.

»Zu spät«, meinte Morgan, als er sich in den Sattel schwang.

»Hoffe, seine Mutter bekommt es«, meinte Hunter. »Ihr Ehemann ist mit einem Arm und ohne Beine aus dem Krieg zurückgekehrt.«

Als Elyssa begriff, daß die Männer sie einfach zurücklassen würden, wenn sie nicht aufpaßte, zog sie sich hastig auf Leopards Rücken, indem sie einen handlichen Felsblock als Aufsteigehilfe benutzte. Während sie sich in den Sattel hievte, dankte sie von Herzen Pennys Geschick im Umgang mit Nadel und Schere.

Es war sehr viel einfacher, ohne so eine Fülle von Stoff zu reiten, die sich jedesmal um ihre Beine wickelte, wenn sie auf- oder abzusitzen versuchte.

»Werden wir die Männer verfolgen?« fragte Elyssa.

Hunter schüttelte den Kopf.

»Warum nicht?« verlangte sie zu wissen.

»Sie sind fünf und wir nur zu zweit.«

»Zu dritt«, korrigierte sie. »Ich kann schießen.«

»Hast du schon jemals auf einen Menschen geschossen?« gab Hunter zurück.

»Nein, aber in letzter Zeit juckt es mich oft in den Fingern.«

Morgan verbarg ein amüsiertes Lächeln.

»Wollen Sie, daß ich sie verfolge, Boß?« fragte Morgan knapp.

»In Ordnung«, erwiderte Hunter. »Aber wenn du auf Bar-B-Land kommst, kehrst du wieder um, verstanden?«

»*Falls* er dort landet«, berichtigte Elyssa ihn sofort. »Es gibt keine Garantie dafür, daß die Männer ausgerechnet dorthin wollen. Es kann genausogut sein, daß sie nur auf der Durchreise sind.«

»Auf der Durchreise wohin?« spottete Hunter.

»Zur anderen Seite«, gab Elyssa patzig zurück.

»Adiós«, sagte Morgan.

Keiner antwortete. Hunter und Elyssa waren zu sehr damit beschäftigt, sich gegenseitig wütend anzufunkeln, um zu bemerken, wie Morgan davonritt.

»Warum herrscht eigentlich böses Blut zwischen der Ladder S und der Bar B?« wollte Hunter wissen.

»Was bringt dich auf den Gedanken, daß Feindseligkeiten zwischen uns bestehen könnten?« konterte Elyssa.

»Zwei Ranches, die auf Tuchfühlung nebeneinanderliegen, und keinerlei Besuche finden zwischen den Nachbarn statt.«

Elyssa dachte an ihren letzten Kontakt mit Bill ... als sie sich in einem Protestschreiben geweigert hatte, ihm die Ladder S zu verkaufen.

»Zumindest keine *offiziellen* Besuche«, fügte Hunter ironisch hinzu, während er an das Netz von Geisterpfaden zwischen den beiden Ranches dachte.

Elyssas Magen zog sich zu einem Knoten zusammen, denn sie glaubte, Hunters Bemerkung bezöge sich auf die Viehdiebe, die sich zwischen der Ladder S und der Bar B hin und her bewegten. Sie mochte gar nicht an all die vielen Abdrücke von Rinderfährten denken, die sie durch Wind Gap hatte laufen sehen.

Und keine Spur führte zurück zur Ladder S.

Nicht eine einzige.

Wind Gap führte zu Bills Ranch und von dort zu einem der Pässe über die Rubies.

Doch obwohl alles drauf hindeutete, konnte Elyssa einfach nicht glauben, daß Bill zu der Bande gehörte, die nach und nach sämtliches Ladder-S-Vieh stahl.

Er war wie ein Vater zu mir, dachte sie traurig.

Es kann nicht sein, daß er mich vernichten will. Sicherlich steckt eine andere Erklärung dahinter.

»Jetzt ist die Zeit des Herbstauftriebs«, sagte sie gepreßt. »Da hat keiner etwas übrig für Nachbarschaftsbesuche.«

»Verdammt seltsam.«

»Warum?«

»Der gute alte Bill hat nicht mal einen Vertreter geschickt, um sicherzugehen, daß wir nicht auch ein paar von seinen Rindern erwischen, wenn wir unser Vieh zusammentreiben.«

Hunters Stimme war ebenso sarkastisch wie die schmale weiße Linie seines Lächelns unter seinem Schnurrbart.

Elyssa schloß die Augen.

»Bill weiß, daß wir keine Tiere verkaufen würden, die ihm gehören«, entgegnete sie.

»Wenn das so weitergeht, werden wir auch keine Ladder-S-Kühe mehr verkaufen«, sagte Hunter brüsk.

»Wie bitte?«

»Sie sind alle auf Bar-B-Land getrieben worden und von dort aus zum Viehmarkt.«

»Nein!«

»Zum Teufel«, sagte Hunter erbittert. »Du hast doch Augen im Kopf, Frechdachs. Benutze sie gefälligst!«

»Das habe ich getan. In der ersten Woche nach meiner Rückkehr aus England habe ich den Weg von Ladder-S-Kühen bis zu dem Saloon jenes verdammten Whiskyhändlers verfolgt.«

Hunter wurde ganz still. »Was?«

»Ich wußte von Mac, daß der Dugout Saloon als eine Art inoffizieller Treffpunkt für Leute dient, die Tiere kaufen, verkaufen oder eintauschen wollen«, erklärte sie. »Also bin ich ...«

»Du bist allein in diese üble Spelunke gegangen?« unterbrach er sie streng.

»Nicht ganz.«

»Nicht! Ganz!« Hunter spuckte die Worte förmlich aus. »Was, zum Teufel, soll das heißen?«

»Das heißt, daß Mac mir eingeschärft hatte, mich von Bar-B-Land fernzuhalten. Er sagte, er würde sich selbst um das Problem kümmern.«

»Gott sei Dank«, murmelte Hunter.

»Aber ich habe immer wieder Rinderfährten durch Wind Gap laufen sehen«, sagte sie. »Also bin ich in Richtung Dugout Saloon gegangen und habe die Spur einiger Kühe aufgenommen.«

Hunter zog seine dichten schwarzen Brauen hoch, überrascht über Elyssas Findigkeit.

»Ich wette, die Spur führte geradewegs zurück zur Bar B«, sagte er.

»Irrtum. Die Fährten kamen aus dem Sumpf nordöstlich von hier. Das Gebiet ist ein gefährlicher Irrgarten von kleinen, grasbewachsenen Hügeln, umgeben von tiefem Morast und Schilf.«

Hunter war gegen seinen Willen beeindruckt, daß Elyssa auf die Idee gekommen war, nach dem Verbleib des gestohlenen Viehs zu forschen.

Die Tatsache, daß sie außerdem den Mut besessen hatte, ihre Idee in die Tat umzusetzen, versetzte ihm innerlich einen Stich.

Elyssa hätte ohne weiteres dabei getötet werden können. Viehdiebe und andere Verbrecher reagierten notorisch gereizt auf Leute, die ihnen auf die Schliche kamen.

»Die Bar B liegt nördlich von hier«, sagte er.

»Die Spuren kamen nicht von Bar-B-Land. Sie kamen von Ladder-S-Land.«

Hunter sah nicht überzeugt aus.

»Übrigens«, fügte Elyssa hinzu, »wenn unsere Kühe auf Bar-B-Land wandern, treibt Bill sie einfach wieder zu uns zurück. Unter all der Barschheit und dem Whisky ist er nämlich ein gutherziger Mann.«

Die Zuneigung in ihrer Stimme, als sie von Bill sprach, tat nichts, um Hunters Laune zu verbessern. Sie mochte zwar auf Hunter reagieren wie trockenes Gras auf eine Fackel; aber jedesmal, wenn sie von Bill Moreland sprach, lag es auf der Hand, daß sie völlig in ihn vernarrt war.

In einen Mann, der sie schamlos ausraubte.

»Tja, Frechdachs«, sagte Hunter gedehnt, »es sieht verdammt danach aus, daß eine ganze Menge Ladder-S-Kühe auf die Idee gekommen sind, durch das Grasland rüber zur Bar B zu wandern. Und keine von ihnen hat zur Ladder S zurückgefunden.«

»Wie Mac so häufig zu sagen pflegte: ›Kühe und Frauen sind wirklich sonderbare Geschöpfe.‹«

Der Ton von Elyssas Stimme ließ klar erkennen, daß die Diskussion über Bill Moreland und Ladder-S-Kühe damit für sie beendet war.

Aber Hunter hielt beharrlich an dem Thema fest.

»Mac hatte es nicht genau genug ausgedrückt«, sagte er. »Sie sind teuflisch sonderbar.«

Elyssa fragte nicht, ob Hunter über Kühe oder über Frauen spreche. Sie wußte, die Antwort würde ihr nicht gefallen.

»Ich meine natürlich nicht Kühe«, fuhr er fort. »Kühe haben mehr gesunden Menschenverstand als Frauen.«

»Und da Frauen mehr gesunden Menschenverstand als Männer besitzen, bedeutet das, daß Männer …«

»Ha!« unterbrach Hunter sie.

»Selber ha. Hast du schon jemals davon gehört, daß Kühe einen Krieg angefangen hätten?«

»Allmächtiger, nein.«

»Oder Frauen?« fügte Elyssa betont liebenswürdig hinzu.

Einen Moment lang glaubte sie, sie sähe Hunter lächeln. Aber sie mußte sich wohl getäuscht haben.

Das Schweigen, das auf ihren Einwand folgte, dauerte den ganzen Weg zurück bis zum Ladder-S-Ranchhaus.

12

Hunter wachte auf, wie es ihm so oft während des Krieges passiert war – mit einem jähen, stummen Ruck. Dennoch erhob er sich nicht aus dem Bett oder veränderte den ruhigen Rhythmus seiner Atmung. Statt dessen blieb er reglos liegen, die Augen nur gerade so weit geöffnet, daß sie schmale Schlitze bildeten. Jeder, der in der Nähe herumschlich, würde den Eindruck haben, Hunter schliefe noch immer tief und fest.

Nach ein paar Augenblicken war Hunter sich sicher, daß niemand in seinem Zimmer war. Auch die Hunde draußen beim Stall oder bei der Schlafbaracke bellten nicht.

Die Nacht schien absolut ruhig. Alles sah so friedlich aus wie das silberne Mondlicht, das durch das Fenster an der Stirnseite seines Schlafzimmers hereinströmte.

Trotzdem witterte er, daß etwas faul war.

Mit einer einzigen, katzenartigen Bewegung glitt er aus dem Bett. Er schlüpfte in aller Eile in seine Hose und trat dann in seine Stiefel, während er sich seinen Revolvergürtel und das Holster umschnallte. Hut und Hemd blieben, wo sie waren, als er durch das Zimmer lief, sich seitlich ans Fenster stellte und hinausspähte.

Nichts bewegte sich entlang der Straße zur Ranch. Nichts rührte sich im Ranchhof. In dem Korral neben dem Stall standen Pferde auf drei Beinen und dösten in dem Mondlicht, das zwischen zwei Gewittern durch eine Lücke in der Wolkendecke herabfiel.

Regenpfützen glänzten im Hof. Wasser tropfte von den Dachvorsprüngen des Hauses und den Pyramidenpappeln. Dicke Wolkenungetüme ballten sich am Horizont zusammen, und der Sturm jagte Nebelfetzen über den Himmel. Grelle Blitze zuckten über dem Kamm der Berge. Donner grollte und polterte.

Hunter stieß das Fenster auf und vernahm ein schwaches Geräusch zwischen den dumpfen Donnerschlägen.

Das Schnauben eines Pferdes. Gedämpfter Hufschlag.

Hastig drehte Hunter den Kopf in Richtung des Geräusches.

Leopard trabte an seinem Korralzaun entlang. Der Hengst schnaubte und warf unruhig den Kopf hoch.

Plötzlich blieb Leopard stocksteif stehen, den Hals vorgestreckt, die Ohren wachsam gespitzt.

Leopard beobachtete aufmerksam den Garten.

Einen Moment lang fragte Hunter sich, ob Elyssa sich wohl wieder zu ihrem Lieblingsort davongestohlen hatte. Dann verwarf er den Gedanken.

Er wußte, er wäre aufgewacht, wenn Elyssa auf Zehenspitzen an seinem Zimmer vorbeigeschlichen wäre. Schließlich wachte er jedesmal auf, wenn sie sich in ihrem Bett herumdrehte, einem Bett, das weniger als einen Meter von seinem eigenen entfernt stand, nur durch eine dünne Wand getrennt.

Ein Blick auf den Stand des Mondes sagte Hunter, daß es noch zu früh für Gimp war, um schon auf den Beinen zu sein und das Frühstück für die Rancharbeiter vorzubereiten. Köche standen zwar stets eine ganze Weile vor Tagesanbruch auf; aber dies war zu früh, egal, welche Maßstäbe man anlegte.

Rasch durchquerte Hunter den Raum und trat an seinen Nachttisch. Ein Schnippen seines Daumennagels ließ den Deckel der großen goldenen Taschenuhr aufklappen, die einmal seinem Vater gehört hatte.

Drei Uhr früh.

Nur Kojoten, Wölfe und ihre menschlichen Gegenstücke schlichen zu dieser nachtschlafenen Zeit draußen herum.

Wo sind denn bloß die Hundeviecher? fragte Hunter sich verwirrt. *Gott weiß, daß sie jedesmal, wenn Fremde in der Nähe sind, ein solch mörderisches Gebell anstimmen, daß es Tote erwecken könnte.*

Vielleicht ist es am Ende doch Elyssa, die dort draußen ihr Unwesen treibt.

Hunter ging zu der Wand, wo das Kopfende seines Bettes fest gegen das rauhe Holz geschoben war. Mit dem Ohr an der Wand horchte er angespannt.

Was er hörte, waren die Laute, die ihn in jedem wachen Moment, den er im Bett lag, quälten und nicht zur Ruhe kommen ließen. Sanftes Atmen, ein Seufzer und das intime Rascheln von Leinenlaken, als sich Elyssa im Bett herumdrehte.

Begierde durchzuckte Hunter wie ein Blitzstrahl.

Er ignorierte sie. Allmählich wurde er sehr gut darin, das hartnäckige Verlangen seines Körpers nach einem unpassenden Mädchen zu übergehen; in letzter Zeit hatte er ja auch reichlich Gelegenheit zum Üben gehabt.

Zuviel davon. Unter der Fassade der Selbstverleugnung wuchs das brennende Verlangen täglich, von Minute zu Minute, mit jedem Atemzug.

Voller Ungeduld über seinen ungebärdigen Körper griff Hunter nach seinem Gewehr. Auf dem Weg hinaus schob er eine frische Ladung Patronen in das Magazin. Kurz entschlossen eilte Hunter den Korridor entlang zur Treppe.

Wie immer knarrten und krachten die Treppenstufen bei jedem Schritt, den er tat.

In dem Punkt hat Elyssa wirklich recht gehabt, dachte er mit einem kläglichen Grinsen. *Selbst eine Katze könnte nicht lautlos über diese Stufen schleichen.*

Die Erfahrung hatte Hunter gelehrt, daß die Haustür nicht quietschte, wenn sie geöffnet wurde. Die Küchentür dagegen schon.

Hunter ging zur Vordertür hinaus.

Ein kühler, böiger Wind wehte im Hof. Hunter glitt in die Schatten unter den Dachvorsprüngen. Er bewegte sich rasch und auf leisen Sohlen zur Rückseite des Hauses.

Die Nachtluft war kalt auf seiner nackten Brust, der Wind roch nach Regen. Doch Hunter merkte nichts von der unwirtlichen Herbstnacht. Seine Aufmerksamkeit war voll und ganz auf den Küchengarten konzentriert.

Seltsam, wie weiß es dort aussieht, dachte er. *Der Mondschein reflektierte eine zusätzliche Helligkeitsquelle.*

Innerhalb des weißen Schimmers bewegte sich ein Schatten.

Eine Gestalt.

Hätten die Hunde gebellt, dann hätte Hunter ganz einfach sein Gewehr gehoben und ohne zu zögern geschossen. Aber die

Hunde hatten keinen Alarm geschlagen, was bedeutete, daß Hunter sich nicht sicher sein konnte, ob die Person ein Eindringling war.

Der Wind wird jedes Geräusch übertönen, das ich mache, dachte Hunter, während er die Entfernung zum Stall und von dort bis zum Garten abschätzte.

Aber zwischen hier und dem Stall gibt es nirgendwo Deckung. Der Mondschein ist trotz allem zu hell, als daß ich ungesehen hinüberflitzen könnte.

Und der Kerl da draußen ist vielleicht nicht so wählerisch mit seiner Kanone, wie ich es bin.

Es gab keine Möglichkeit für Hunter, sich dem Garten zu nähern, ohne seine Deckung aufzugeben. Aber er könnte den Mann nicht identifizieren, wenn er sich nicht aus den schützenden Schatten des Hauses löste.

Hunter wartete die Zeitspanne von fünf Atemzügen lang in der Hoffnung, eine der aufgeplusterten, sturmzerzausten Wolken würde den fast vollen Mond verhüllen.

Der klare Himmel zwischen den Gewittern veränderte sich nicht genügend, um einen Unterschied zu machen. Der riesige Herbstmond ergoß sein strahlendes Licht einfach über alles.

Verdammt!

Hunter verlagerte sein Gewehr in die linke Hand und sprintete quer über den offenen Hof, während er auf die undurchdringlichen Schatten entlang des Stallgebäudes zusteuerte. Bei jedem Schritt des Weges rechnete er damit, das unverkennbare, metallische Klicken eines Gewehr- oder Revolverhahns zu hören, der gespannt wurde.

Nichts geschah.

Lautlos und mit angehaltenem Atem tauchte Hunter in die dunklen Schatten an der Längsseite des Stalles ein. Er huschte zur Rückseite des Gebäudes. Von dort aus könnte er vielleicht denjenigen ausmachen, der einen spätnächtlichen Spaziergang durch Elyssas Garten unternahm.

Etwas bewegte sich hinter Hunter.

Er wirbelte herum und zog mit einer blitzschnellen Bewegung seinen sechsschüssigen Revolver.

Als er den schwarz-weißen Hund sah, der ihm gefolgt war, schob er den Revolver rasch wieder in sein Holster zurück.

Vixen. Warum folgt sie mir, statt hinter dem Kerl herzusein, der da draußen lauert?

Der Hund wedelte in stummer Begrüßung mit dem Schwanz. In dem Mondlicht und Sturm war Vixen fast unsichtbar bis auf den Glanz ihrer wachsamen, klugen Augen.

Dann drehte der Wind plötzlich, wehte jetzt vom Garten her in Richtung Stall.

Hunter starrte Vixen an. Wenn der Eindringling ein Fremder war, mußte die Hündin jetzt unweigerlich seinen Geruch wittern.

Vixen blickte erwartungsvoll zu Hunter auf.

Wer immer sich da draußen zu schaffen macht, ist kein Fremder auf der Ladder S, entschied Hunter. *Merkwürdig, warum beruhigt mich das nicht?*

Wahrscheinlich, weil Bill Moreland kein Fremder ist.

Er schickte Vixen mit einer knappen Handbewegung weg.

Die Hündin sah enttäuscht aus, weil sie um den Genuß eines kleinen nächtlichen Spielchens zwischen zwei Wolkenbrüchen gebracht worden war.

Wieder wedelte Hunter mit der Hand.

Widerstrebend machte Vixen kehrt und trottete in Richtung Garten davon. Die Colliehündin bewegte sich mit der Zuversicht eines Tieres, das keinerlei böse Überraschungen in der Dunkelheit erwartet.

Okay, damit ist alles klar. Der nächtliche Streuner da draußen, ist den Hunden bekannt.

Es gibt nur eine Methode, um mit Sicherheit herauszufinden, wer das ist. Und was, zum Teufel, er im Schilde führt.

Gerade als Hunter im Begriff war, zum Garten hinüberzusprinten, bemerkte er aus den Augenwinkeln eine flüchtige Bewegung von etwas Blassem.

Jemand rannte über den hellen Fleck von Mondlicht zwischen dem Haus und dem Stallgebäude, und man brauchte keine hellseherischen Fähigkeiten, um zu erkennen, wer es war. Die feminine Grazie und die Kaskade silberblonden Haares konnten nur einer einzigen Person gehören.

Hunter lehnte sein Gewehr an die Stallwand und wartete. Es dauerte nicht lange. Elyssa war eine schnelle Läuferin.

Ohne Vorwarnung schossen Hunters Arme aus den undurchdringlichen Schatten hervor und rissen sie aus dem grellen Mondlicht in den Schutz der Dunkelheit. Eine seiner Hände schloß sich fest über ihrem Mund, um ihren instinktiven Schrei zu ersticken, die andere schlang sich um ihren Körper.

Sie trug Seide und fühlte sich kühl auf seiner nackten Brust an. Dann drang die Hitze dieses Wesens durch den dünnen Stoff und kroch unter seine Haut.

»Still!« flüsterte Hunter grimmig in Elyssas Ohr. »Mach kein Geräusch. Verstanden?«

Sie nickte stumm.

Die Bewegung ließ die silbrige Weichheit von Elyssas Haar über Hunters bloße Hände fließen. Er sog mit einem hörbaren Zischen den Atem ein, als habe er sich verbrannt.

Ihm war tatsächlich zumute, als leckten Feuerzungen über seine Hände.

»Bleib hier. Rühr dich nicht von der Stelle, bis ich dich rufe«, sagte er mit einer Stimme, die nicht weiter als bis zu Elyssas Ohr drang.

Sie schüttelte protestierend den Kopf.

»Doch!« erwiderte er mit gedämpfter, harter Stimme. »Ich möchte dich nicht irrtümlich erschießen.«

Elyssa zögerte einen Moment, dann nickte sie widerstrebend.

Hunter zog seine Hand von ihrem Mund, bückte sich, um sein Gewehr aufzuheben und reichte es ihr.

»In der Kammer ist eine Runde Patronen.« Wie zuvor waren seine Worte kaum mehr als ein Flüstern.

Sie nickte zum Zeichen, daß sie verstanden hatte.

»Paß auf, daß du nicht mich versehentlich erschießt«, wisperte er.

»Wie wär's mit absichtlich?« gab Elyssa zurück.

Doch ihre Stimme war so leise und sanft wie seine.

Hunters flüchtiges Lächeln glich dem transparenten Mondlicht. Er beugte sich vor und drückte einen schnellen, wilden Kuß auf ihre Lippen, der sie beide gleichermaßen überraschte.

Dann war er verschwunden.

Ängstlich starrte Elyssa in die wolkenverhangene Nacht. Sie wußte, daß Hunter irgendwo dort draußen war, eine schattenhafte Gestalt, die sich unter rasch dahinziehenden Wolkenschatten bewegte, aber sie konnte ihn nicht sehen.

Warum war er wohl hier? Sie wußte nur, daß das Knarren seiner Schritte auf der Treppe sie augenblicklich geweckt hatte.

Aber es überraschte sie nicht. Wenn er sich im Bett auf die andere Seite drehte, wachte sie häufig auf ... vorausgesetzt, sie hatte überhaupt einschlafen können. Das Bewußtsein, daß sie die ganze Nacht lang – jede Nacht – nur wenige Schritte von Hunter entfernt war, hatte eine höchst beunruhigende Wirkung auf ihren Körper.

Von der Wirkung auf ihre Träume ganz zu schweigen.

Im Gehen blickte Hunter mehrmals über seine Schulter zurück, um zu sehen, ob Elyssa ihr Versprechen, sich nicht von der Stelle zu rühren, auch hielt. Als er feststellte, daß sie ihm nicht folgte, setzte er erleichtert seinen Weg fort.

Im Gegensatz zum Kräutergarten war der Küchengarten ein Dickicht mit vielen Verstecken. Stangenbohnen, Erbsenranken, die an einem großen Spalier hochkletterten, Maisstauden, höher als ein ausgewachsener Mann – der Garten bot reichlich Dekkung für einen Eindringling.

Für Hunter allerdings auch.

So stumm wie das Mondlicht und leiser als die dicken Regentropfen, die herabzuprasseln begonnen hatten, schlich Hunter zwischen emporrankenden Stauden entlang. Ohne sich dessen überhaupt bewußt zu sein, verschmolz seine Silhouette mit der der hohen Pflanzen um ihn her, während er sich vorwärtsbewegte.

Hunter hatte diese Vorgehensweise so oft während des Sezessionskrieges geübt, daß sie ihm in Fleisch und Blut übergegangen war. Aber während des Krieges war er von einer Armee von blauen Uniformen umringt gewesen.

Jetzt gab es nur die Nacht und einen einzigen menschlichen Schatten dort draußen inmitten der schwankenden Dunkelheit.

Einen Moment lang hielt Hunter reglos inne und horchte auf die Geräusche der Nacht und des wilden Unwetters.

Nichts drang an sein Ohr außer dem ruhelosen Brausen des Windes und dem Prasseln von Regentropfen auf Gartenpflanzen.

Langsam ging Hunter in die Hocke und strich mit einer Hand über den seltsam weißen Boden. Dann hob er seine Fingerspitzen an den Mund und leckte leicht daran.

Salz.

Du gottverfluchter Hurensohn, dachte er erbittert. *Na warte, wenn ich dich in die Finger kriege!*

Der Wind drehte; Stangenbohnen raschelten am anderen Ende des Gartens.

Aber es war nicht der Wind, der die Blätter bewegte. Es war ein Mann, der sich plötzlich aufrichtete und seinen Revolver hob, um auf eine blasse Silhouette zu zielen, die im Schatten des Stallgebäudes stand.

Elyssa.

»Runter mit dir, Frechdachs!« brüllte Hunter.

Im Rufen zog er blitzschnell seinen sechsschüssigen Revolver und feuerte mehrmals aus seiner hockenden Stellung heraus auf den Eindringling.

Er war jedoch nicht im Gleichgewicht und lediglich darum

bemüht, den anderen durch Schnelligkeit zu überrumpeln. Noch bevor die Kugeln den Lauf seines Revolvers verließen, wußte Hunter, daß sie ihr Ziel verfehlen würden.

Ihm blieb nur die Hoffnung, daß der andere ebenfalls nicht träfe.

Schüsse zerrissen die Stille der Nacht, ein Mann schrie auf, Hunde brachen in hektisches Gebell aus, Rancharbeiter brüllten von der Schlafbaracke herüber, und unter Hunters Flüchen hätte Granit zersplittern können, als er seine Waffe nachlud.

»Frechdachs! Ist dir was passiert?« schrie er.

»Nein! Alles in Ordnung!«

»Bleib, wo du bist! Sorg dafür, daß keiner von den Männern schießt, bis er sehen kann, worauf er zum Donnerwetter zielt!« Hunter wartete nicht lange auf Elyssas Antwort, sondern rannte blitzschnell zwischen den Maispflanzen entlang, während er dem Schatten nachjagte, den er Sekunden zuvor die Gemüsereihen hinunter hatte verschwinden sehen.

Bevor Hunter das Ende des Gartens erreichte, hörte er den Hufschlag eines Pferdes, das in halsbrecherischem Tempo davongaloppierte. Das Trommeln der Hufe entfernte sich rasch und ging in dem Rauschen von Sturm und Regen unter.

»Elender Hurensohn«, fauchte Hunter nochmals hinterher.

In dem Moment stürmte Vixen wild bellend zwischen Stangenbohnen und plattgetretenen Kürbispflanzen hervor.

»Ach, halt die Klappe!« schimpfte Hunter angewidert. »Die Zeit zum Bellen ist verpaßt.«

Bekümmert verstummte die Hündin.

»Herr Oberst?« rief Morgan. »Alles in Ordnung?«

Der abgehackte Klang seiner Worte ließ erkennen, daß Morgan auf den Garten zurannte.

»Mir geht's gut«, erklärte Hunter. »Sag den Männern, sie sollen ihre Kanonen gegen Schaufeln und Laternen austauschen.«

»Müssen wir jemanden beerdigen?« erkundigte sich Morgan.

»Nein«, knurrte Hunter. »Der Hurensohn hat den Garten verwüstet, Gott verdamme seine schwarze Seele.«

»Was?«

»Salz.«

»Heilige Mutter Gottes«, murmelte Morgan.

Seine Augen weiteten sich schockiert, als er das Ausmaß der Zerstörung betrachtete. Spuren von weißglitzernden Kristallen liefen kreuz und quer durch den Garten und über die Gemüsereihen hin. Unflätig schimpfend hob Morgan die Laterne, die er in der Hand trug.

Weiß schimmerte ihm aus allen Richtungen entgegen.

Inzwischen hatte es stärker zu regnen begonnen, das Salz begann sich vor Hunters Augen aufzulösen und im Boden zu versickern.

»Seht endlich zu, daß ihr mit den Schaufeln antrabt!« brüllte er.

Ein Chor eilfertiger Stimmen schallte ihm durch den prasselnden Regen entgegen.

Wenige Augenblicke später erschien Elyssa auf dem Plan. Sie sprang von Furche zu Furche mit der Anmut eines Rehs, während sie auf die Petroleumlampe zulief. Atemlos stürmte sie in den Lichtkreis der Laterne.

»Verdammt noch mal, Frechdachs ...«

»Bist du sicher, daß du nicht verletzt bist?« erkundigte sie sich besorgt. »Es waren so viele Schüsse.«

Noch während sie fragte, musterte sie Hunter ängstlich von Kopf bis Fuß. In dem milden Schein der Laterne war jede Erhebung und Schwellung straffer Muskeln in goldenes Licht getaucht und durch schwarzsamtene Schatten untermalt. Dichtes Haar, so dunkel wie die Nacht, reflektierte schimmernde Funken mit jedem Atemzug, den Hunter tat.

Elyssa vergaß, den Mund zu schließen. Sie hatte noch niemals daran gedacht, die Wörter »Mann« und »Schönheit« in ein und demselben Satz zu verwenden. Aber bei Hunters Anblick verstand sie, was Michelangelo Buonarotti dazu getrieben hatte, seinen *David* zu erschaffen.

Hunter sah genau wie jene faszinierende Statue aus. Intelligent. Kraftvoll. Schön.

Und maskulin, sehr maskulin.

Die intensive Bewunderung, die Hunter in Elyssas Augen las, als sie seinen Körper anstarrte, bewirkte, daß ihm der Atem stockte. Plötzlich war er sich überdeutlich seines nackten Oberkörpers in dem hellen Laternenlicht bewußt, seine Haut feucht und glänzend vom Regen.

Und wenn sie ihn weiterhin so hungrig anstarrte, würde er vor den Männern in eine peinliche Lage geraten.

»Mir geht's gut«, sagte er kalt.

»Ich habe Schüsse gehört«, erwiderte Elyssa.

Der kehlige Klang ihrer Stimme schickte ihm einen sinnlichen Schauder über die Haut und brachte eine Ader an seinem Hals sichtbar zum Pochen.

»Er hat nicht auf mich geschossen«, wehrte er ab.

»Auf wen denn dann? Ist einer von den Männern verletzt?«

Hunter gab keine Antwort. Er mochte gar nicht an den Eisklumpen denken, der sich in seiner Magengrube gebildet hatte in dem Moment, als Elyssa die Zielscheibe des Eindringlings abgab.

»Hunter?«

»Alles in Ordnung. Keiner ist verletzt worden.«

»Aber auf wen hatte er es abgesehen?« fragte Elyssa beharrlich.

»Auf dich«, erwiderte er rauh.

Ihre Augen wurden groß. Ihr Atem kam in einem hastigen, gebrochenen Laut über ihre Lippen.

»Vielleicht dachte er, sie wäre einer der Rancharbeiter«, versuchte Morgan zu vermitteln.

Hunter warf einen Blick auf Elyssa. Sie war gertenschlank und biegsam wie eine Weide, ihr langes, silberblondes Haar peitschte im Wind, und sie trug einen langen Morgenmantel aus dünner silbergrauer Seide. Das duftige Gebilde wurde von einem Gürtel um ihre Taille zusammengehalten und betonte die weiblichen Kurven ihres Körpers. Wind hob den Saum des Mantels und ließ ihn flattern, enthüllte die vollendete Rundung von Elyssas Waden.

Regentropfen hatten dunkle Spuren auf dem Gewebe hinterlassen. Nasse Seide klebte an ihren vollen Brüsten. Ihre Knospen hatten sich zusammengezogen gegen die Kälte und den Regen und zeichneten sich deutlich unter dem dünnen Stoff ab.

»Der Schütze müßte schon ziemlich blind gewesen sein, um Frechdachs mit einem Mann zu verwechseln«, krächzte Hunter.

»Amen«, sagte Sonny ehrfürchtig aus der Dunkelheit knapp jenseits der Reichweite des Laternenlichts.

»Ganz meine Meinung«, meldete sich eine andere Stimme.

»Würd' ich glatt unterschreiben«, erklärte ein Dazugekommener.

»Ich auch.«

»Yo.«

»Amen, Herr. *A-men.*«

Hunters Gesicht verzog sich zu einer grimmigen Miene. Wütend funkelte er die Männer an, die sich am Rande des Laternenscheins versammelt hatten, um ihm zu bestätigen, daß Elyssa tatsächlich unzweifelhaft feminin aussah.

»Hört auf, herumzustehen und wie sabbernde Idioten zu glotzen«, schnauzte Hunter.

Die Männer zuckten zurück.

»Mickey, hol die Mistkarre«, befahl Hunter. »Und ihr anderen fangt an, Salz zu schaufeln. *Bewegt euch.*«

Ein Chor von »Wird gemacht, Boß« und »Sofort, Boß« und hastig geschulterte Schaufeln waren die Reaktion auf Hunters Befehl.

»Ich lasse Ihnen die Laterne hier, Sir«, murmelte Morgan.

Hunter nickte knapp.

Männer verschwanden in der Dunkelheit. Laternen blühten

wie exotische Blumen überall im Garten. Die Hilfscowboys, die normalerweise jede Art von Arbeit verabscheuten, die sich nicht vom Rücken eines Pferdes aus erledigen ließ, schaufelten Erde und Salz, ohne zu murren.

Kein Mann war so dumm, sich mit Hunter anzulegen, wenn er diesen Ausdruck in den Augen hatte.

Nicht einmal Mickey.

Erst verspätet begriff Elyssa, was Hunter gesagt hatte.

»Salz?« fragte sie. »Was für Salz?«

»Das Salz, das der elende Hurensohn in die Gartenfurchen gekippt hat«, erklärte er.

Elyssa stieß einen dumpfen Laut aus, als hätte jemand sie geschlagen. Sie rang um ihre Fassung. Zum ersten Mal wandte sie den Blick von Hunter ab und starrte auf den Boden.

Ausgefranste Linien von Weiß breiteten sich in den Furchen aus, wohin sie auch schaute.

»Salz?« flüsterte sie ungläubig.

Hunter nickte. Dann, als ihm aufging, daß Elyssa die Geste nicht gesehen hatte, sprach er lauter.

»Ja«, bestätigte er. »Salz.«

»Bist du dir s-sicher?«

Das Zittern in Elyssas Stimme versetzte Hunter einen schmerzhaften Stich. Er blickte in seine linke Handfläche und wünschte, er hätte sich geirrt.

Winzige weiße Kristalle glitzerten im Laternenlicht. Er hob seine Hand zum Mund und kostete noch einmal davon. Nur um sicherzugehen.

Salz.

»Ja«, erklärte er. »Leider stimmt es.«

Elyssa weigerte sich noch immer, die Wahrheit zu akzeptieren. Hastig griff sie nach Hunters Hand und führte sie an ihre Lippen. Ihre Zunge schnellte vor, und der Geschmack von Salz breitete sich in ihrem Mund aus.

Es bestand kein Zweifel.

Elyssa ließ Hunters Hand wieder fallen und drehte den Kopf weg, um seinem allzu wissenden Blick auszuweichen. Ein Zittern unterdrückter Emotionen durchlief sie.

Mein Garten ... meine Zuflucht, dachte sie zutiefst unglücklich.

Gütiger Himmel, wer konnte so grausam sein, mir das anzutun?

Elyssa starrte blicklos in die Dunkelheit jenseits des Laternenlichts, während sie gegen ihre aufsteigenden Tränen ankämpfte. In Hunters Augen war sie bereits ein unreifes, albernes Ding. Sie wollte verdammt sein, wenn sie es ihm auch noch bescheinigen würde, indem sie vor ihm in Tränen ausbrach.

Gefühle, denen nachzugeben sie sich weigerte, schnürten ihr die Kehle zu. Ein Schimmer von Feuchtigkeit sammelte sich in ihren Augenwinkeln.

Das kratzende Geräusch von Erde und Salz, die in aller Eile in Karren geschaufelt wurden, erfüllte die Nacht. Es hörte sich an, als nagten gigantische Ratten an den Pflanzen inmitten goldener Kreise von Licht, das die vielen Laternen spendeten.

Während die Männer arbeiteten, nahm das Unwetter ständig an Heftigkeit zu. Bevor sie das gesamte Salz aufschaufeln konnten, würde der größte Teil des Gemüses ruiniert sein sowie auch der Erdboden selbst.

»Frechdachs?« fragte Hunter nach einer Weile. »Alles in Ordnung mit dir?«

Er bekam keine Antwort.

Hunter sehnte sich danach, Elyssa in die Arme zu nehmen. Sehnte sich danach, ihr allen Trost zu spenden, der ihm zur Verfügung stand.

Aber das war unmöglich. Er wußte, er konnte sich selbst nicht trauen, wenn er sie berührte, ganz gleich, auf welche Weise.

Seine Fingerspitzen fühlten sich an, als wären sie von Flammen versengt worden. Mit jedem Herzschlag konnte er die feuchte Hitze ihrer Zunge auf seiner Haut spüren, als geschähe es wieder von neuem.

Brennendes Verlangen pulsierte durch seine Adern und machte ihn schwach, bis er sich kaum noch auf den Beinen halten konnte.

Ich dürfte sie nicht einmal mehr ansehen, sagte Hunter sich bitter. *Diese dünne Seide, die sie trägt, sieht aus, als würde sie sich genauso schnell wie das Salz im Regen auflösen.*

Mit jedem Augenblick, den sich Elyssa länger draußen in dem Unwetter aufhielt, schmiegte sich der silbergraue Mantel fester um ihre Kurven und enthüllte mehr von ihrem verlockenden Körper.

Ihre Brustwarzen schimmerten dunkel unter der durchsichtigen Hülle. Der nasse Stoff modellierte sie zu spitzen Knospen. Sie drängten sich stolz gegen die dünne Seide, so fest und hart, als wären sie von Hunters Lippen liebkost worden.

Allmächtiger, dachte Hunter, hin- und hergerissen zwischen Zorn und heftiger Begierde. *Sie bietet genug, um selbst einen Heiligen schwach werden zu lassen.*

»Geh ins Haus«, befahl er barsch.

Elyssa wandte sich um, um ihn anzublicken. Sie sah gequält und zugleich verletzlich aus.

»War es einer von den Culpeppers?« fragte sie mit zittriger Stimme.

»Frechdachs ...«

»War es einer von ihnen?« unterbrach sie ihn.

Diesmal klang Elyssas Stimme so schroff wie seine.

Hunter holte tief Luft und überlegte hastig. Er wollte sich nicht über die Identität des Eindringlings auslassen. Es widerte ihn an, über den guten alten »Onkel« Bill nachzudenken, den Mann, der höchstwahrscheinlich Elyssas Liebhaber war.

Mit an Sicherheit grenzender Wahrscheinlichkeit handelte es sich bei dem Mann, der seinen Revolver gezogen und auf Elyssa angelegt hatte, um diesen Herren.

Aber Mädchen waren bekanntlich blind gegenüber den Männern, die sie liebten. Hunter fiel keine andere Erklärung zu der merkwürdigen Verbindung Elyssas zu Bill Moreland ein.

»Also?« fragte sie ungeduldig.
»Nein«, erklärte Hunter. »Es war keiner der Culpeppers.«
»Wie kannst du dir da so sicher sein?«
»Die Hunde.«
»Ich verstehe nicht.«
»Die Hunde haben nicht gebellt«, erläuterte er.
»Vielleicht wehte der Wind aus der falschen Richtung, so daß sie seinen Geruch nicht wittern konnten.«
»Vixen *hat* den Eindringling gerochen, als der Wind drehte.«
»Und?«
»Sie hat keinen Mucks von sich gegeben.«
»Das kann ich nicht ...« Elyssas Stimme brach.
Hunter wartete schweigend, wußte nicht, was er sagen sollte. Er wollte nicht derjenige sein, der mit dem Finger auf Elyssas Liebhaber zeigte. Wenn die Anschuldigung von ihm kam, würde sie sie empört zurückweisen.
Laß sie selbst dahinterkommen, dachte Hunter. *Dürfte nicht lange dauern, bis ihr aufgeht, was für ein Mistkerl dieser Bill ist.*
Der Regen prasselte jetzt noch erbarmungsloser vom Himmel.
Elyssa schluckte hart und versuchte erneut zu sprechen.
»Du mußt ...«, sagte sie heiser. Sie räusperte sich. »Du mußt dich irren.«
»Hast du vielleicht die Hunde bellen gehört?«
»Nein. Aber vielleicht war es einer von den neuen Männern. Jemand, der für beide Seiten arbeitet.«
»Er ist auf einem Pferd abgehauen.«
»U-Und?«
Hunter funkelte Elyssa böse an. Der Regen strömte jetzt in solchen Sturzbächen vom Himmel, daß sie mehr nasse als trokkene Seide am Körper hatte.
»Morgan!« brüllte Hunter.
»Yo!«
»Fehlt irgendeiner von den Leuten?«
»Nein, Sir.«

»Woher will er das so genau wissen?« zischte Elyssa. »Er hat sich ja nicht mal die Zeit genommen, sie zu zählen!«

»Das braucht er auch nicht.«

»Warum nicht?«

»Weil ich ihn angewiesen habe, die Männer im Auge zu behalten, die wir nicht kennen«, erwiderte Hunter mit barscher Stimme. »Er ist der letzte in der Schlafbaracke, der sich abends in seine Koje haut, und der erste, der morgens aufwacht.«

»Aber ...«

»Kein Aber«, unterbrach er sie ungeduldig. »Geh endlich ins Haus! Du bist nicht dafür angezogen, dich bei Sturm und Regen draußen aufzuhalten.«

»Aber du, wie?« gab sie spitz zurück.

»Heiliges Kanonenrohr!«

Hunter riß der Geduldsfaden. Mit einer raschen Bewegung hob er Elyssa auf seine Arme, als ob sie ein Kind wäre, und rannte durch den strömenden Regen zum Ranchhaus. Jeder einzelne Schritt bewies, daß sie kein Kind mehr war. Sie schmiegte sich auf eine Art an ihn, wie es nur eine Frau konnte.

Bis zu dem Zeitpunkt, als Hunter das Haus erreichte, war er überzeugt, daß ein Abdruck von Elyssas Brüsten in seinen nackten Oberkörper eingemeißelt war.

13

Frisch geerntetes Gemüse türmte sich in Körben, Töpfen, Schüsseln und Kisten überall in der Küche. Elyssa und Penny wurden fast überragt von den Bergen ihrer Gartenerzeugnisse.

Der Tag war heiß und wolkenlos heraufgedämmert, eine Rückkehr des Sommers im Herbst. Das in hellen Sonnenschein getauchte Land strahlte die Hitze in den endlosen Himmel zurück.

Im Inneren der Küche brodelten die Dampfschwaden vom Einmachen, eine Arbeit, mit der Elyssa und Penny schon seit dem Morgengrauen beschäftigt waren.

»Ein Glück, daß wenigstens der Kräutergarten verschont geblieben ist«, sagte Penny.

»Aber auch nur deshalb, weil Hunter den Kerl verjagt hat, bevor er sein Werk vollenden konnte«, erwiderte Elyssa. »Morgan hat einen ganzen Stapel von Salzsäcken entdeckt, die nur darauf warteten, ausgestreut zu werden.«

»Komisch, daß die Hunde nicht gebellt haben.«

Elyssa sagte nichts.

Sie hatte den Rest der Nacht damit zugebracht, wach im Bett zu liegen, während sie immer abwechselnd mit dem Problem der Identität des Eindringlings gerungen hatte und mit der erregenden Erinnerung an Hunters nackten Oberkörper.

Jeder dieser Gedanken hinderte sie am Einschlafen.

Penny warf Elyssa einen Blick von der Seite zu, verwundert über ihre Schweigsamkeit. Dann fuhr sie fort, die leuchtend orangefarbene Schale des Kürbisses vor sich anzustarren. Obwohl sie eine Bürste in der Hand hielt, hatte sie im Moment weder die Absicht noch den Willen, sie auch zu benutzen.

Penny war vollauf damit beschäftigt, über die Natur eines solchen Missetäters nachzugrübeln.

»Es muß einer von den neuen Männern gewesen sein«, sagte sie nach einer Weile. »Wenn einer von ihnen nachts auf dem Gelände herumläuft, würden die Hunde nicht anschlagen.«

»Hunter glaubt nicht, daß es so war.«

»Tatsächlich? Wieso nicht?«

»Weil er Morgan angewiesen hatte, seine Leute im Auge zu behalten.«

»Könnte ja sein, daß Morgan etwas entgangen ist.«

Einen kurzen Moment lang schaute Elyssa in ihren Schoß. Die Vorstellung, daß es Bill war, der ihren geliebten Garten zerstört hatte, fraß wie Säure an ihrer Seele.

Wer könnte es sonst sein? fragte sie sich in stummer Verzweiflung. *Wem könnte etwas daran liegen, mich zu bestrafen, der gleichzeitig mit den Hunden vertraut ist?*

Aber so sehr sie sich auch den Kopf darüber zerbrach, ihr fiel keine andere Antwort ein als Bill – und das konnte Elyssa nicht akzeptieren.

»Vielleicht hat Morgan sich geirrt«, sagte sie, doch der Klang ihrer Stimme verriet ihr Schwanken.

»Oder die Hunde haben den Geruch nicht wahrgenommen«, sagte Penny energisch. »So muß es gewesen sein. Der Wind wehte aus der falschen Richtung. Der Eindringling befand sich in Windrichtung der Hunde.«

Elyssa sagte wieder nichts.

»Natürlich, das ist die Erklärung«, meinte Penny. »Die Hunde konnten seine Witterung einfach nicht aufnehmen.«

»Vixen schon. Sie ist zu ihm hingetrottet.«

Abrupt hörte Penny auf, den kleinen Kürbis zu schrubben. Sie hatte die meiste Zeit ohnehin nur so getan. Als sie aufblickte, wirkten ihre dunkelbraunen Augen wütend und gequält zugleich.

»Du glaubst, es war Bill«, sagte sie anklagend.

»Habe ich ein Wort davon gesagt?«

»Das brauchst du gar nicht! Er ist der einzige Mann, den die Hunde kennen und der gestern nacht nicht auf der Ranch war.«

Schweigen war Elyssas einzige Antwort.

»Du irrst dich!« Pennys Stimme überschlug sich. »Er würde niemals etwas so Niederträchtiges tun. Wie kannst du nur …«

Die Küchentür fiel krachend hinter Hunter ins Schloß und schnitt Pennys Verteidigung abrupt ab. Hunters Arme quollen über vor Sackleinenbeuteln mit Mohrrüben, Zwiebeln, Kartoffeln und Äpfeln. Sie sollten eingemacht, beziehungsweise im Keller unter dem Haus gelagert werden.

»Wer irrt sich in bezug auf was?« fragte Hunter neugierig.

»Elyssa hat angedeutet, daß Bill das Salz im Garten verstreut hat«, erklärte Penny. »Aber sie irrt sich. Er ist ein gütiger und anständiger Mann.«

Hunter enthielt sich eines Kommentars.

»Jawohl, das ist er!« sagte Penny hitzig.

Hektische rote Flecken erschienen auf ihren ansonsten bleichen Wangen, als keiner der Anwesenden ihr zustimmte.

»Ich kenne ihn besser als irgend jemand sonst«, fuhr Penny fort, »und bin felsenfest überzeugt, daß er nicht einmal auf so eine Idee käme!«

»Whisky kann das Wesen eines Mannes verändern«, meinte Hunter schließlich.

»Nein«, erwiderte Penny gepreßt. »Bill ist niemals fähig zu derartigen Gemeinheiten, ganz egal, wieviel er getrunken hat!«

»Nun reg dich nicht gleich so auf«, seufzte Elyssa. »Der Garten war zwar mein ganzer Stolz, aber nicht zwingend notwendig für unser Überleben.«

Hunter erinnerte sich an den Tränenschleier, den er in Elyssas Augen gesehen hatte, als sie die Zerstörung ihres kleinen Reiches betrachtete. Er wußte, daß sie nur die halbe Wahrheit sagte.

Der Garten hatte einen Quell des Friedens und der Freude für Elyssa bedeutet, ein ruhiger, besinnlicher Ort in einem Land, das sehr hart mit Frauen umspringen konnte.

Das Wissen, daß er nicht in der Lage gewesen war, ihr Refugium vor Schaden zu bewahren, ärgerte Hunter maßlos.

Aber wiederum, dachte er spöttisch bei sich, *hat ihr mordgieriger Liebhaber auf dem Gebiet einen Vorteil, den ich nicht habe. Er kennt die Ranch – und ihre Eigentümerin – eine ganze Ecke besser als ich.*

Penny blickte Elyssa einen spannungsgeladenen Moment an. Dann biß sie sich so fest auf die Unterlippe, daß ihre Zähne Abdrücke hinterließen, und stand auf, um nach den Einmachgläsern zu sehen, die sprudelnd kochten, gehalten von den Drahtgestellen, die in den Töpfen hingen. Die kleine Sanduhr war gerade abgelaufen.

»Laß mich das lieber machen«, sagte Elyssa hastig. »Du bist mit deinen Gedanken woanders und hast dich in letzter Zeit nicht wohl gefühlt – das Gestell ist zu schwer. Ich möchte nicht, daß du dich verbrennst.«

Bevor Penny Einwände erheben konnte, hatte sich Elyssa an ihr vorbeigedrängt. Die Topflappen in ihren Händen waren groß, dick und vom häufigen Gebrauch fleckig geworden. Der Kontrast zu Elyssas Nachmittagskleid aus orchideenfarbener Seide hätte nicht größer sein können.

Blitzschnell griff Hunter von hinten um Elyssa herum und riß ihr die Topflappen aus den Händen. Ihr zarter Rosmarinduft stieg ihm in die Nase.

Das Tuch, das Elyssas Haar zusammenhielt, war ein leichtes Gebilde aus durchsichtiger Seide, dessen tiefes Purpurrot das silbrige Blond ihrer Haare hervorhob. Die glatte, feinporige Nackenhaut bildete einen sinnlichen Gegensatz zu dem Tuch, das nach Art der Bäuerinnen an ihrem Hinterkopf zusammengeknotet war.

Ich wünschte, ich könnte es ihr abgewöhnen, schimmernde Seide und Satin auf der Ranch zu tragen, dachte Hunter aufgebracht. *Der Anblick ist die reine, unverfälschte Hölle für einen Mann.*

»Ich kümmere mich um die Gläser«, erklärte er.

Elyssa, die zwischen der Hitze des Herdes und Hunters kraftvollem Körper gefangen war, wollte widersprechen. »Das brauchst du doch nicht, ich kann …«

»Sei nicht albern«, unterbrach er sie unwirsch. »Wo willst du die Gläser hinhaben?«

»Auf den Tisch. Danke.«

Hunter hob ein Gestell aus jedem riesigen Topf und stellte sie auf dem langen, zerschrammten Holztisch ab. Die Gläser dampften und trockneten augenblicklich.

Schnell füllten Penny und Elyssa grüne Bohnen ein, fügten Salz und Wasser hinzu und schraubten die Deckel fest. Normalerweise hätte Elyssa noch Zwiebeln oder Knoblauch oder Kräuter mit hineingegeben, aber diese überstürzte Einmachaktion hatte nichts Normales an sich.

Heute kochten sie alles an Gemüse ein, was nur ging, ganz gleich, ob es den richtigen Reifegrad hatte oder nicht.

Denn wenn das aufgelöste Salz im Garten erst einmal die Wurzeln der Pflanzen erreichte, würde nichts mehr gedeihen. Das Gemüse verfaulte, es sei denn, es wurde schnell geerntet und augenblicklich konserviert.

Während Elyssa und Penny in ihrer Tätigkeit fortfuhren, überraschte Hunter die beiden, indem er sich ruhig daranmachte, die kleinsten Kartoffeln zu schrubben, um sie fürs Einmachen vorzubereiten. Die größeren Knollen würden im Wurzelkeller gelagert werden, zusammen mit den dickeren Zwiebeln, Möhren, Rüben und ähnlichem.

Elyssa schraubte den letzten Deckel auf und machte Anstalten, eines der Gestelle mit Gläsern zum Herd hinüberzutragen. Bevor sie jedoch das Gestell vom Tisch hochheben konnte, schossen Hunters Arme von hinten um sie und nahmen ihr die Last ab. Sie schnaufte überrascht auf, was aber nur bis zu Hunters Ohren drang.

»Ich mache das«, sagte er. »Du schnippelst lieber die Bohnen.«

Elyssa hätte gern so sachlich und nüchtern wie Hunter geantwortet, aber ihre Stimme weigerte sich mitzumachen. Die Hitze seines Körpers und das Gefühl seiner starken Arme um sie raubten ihr buchstäblich den Atem, trotz der Tatsache, daß Hunter lediglich den Küchenlehrling spielte.

Dann blickte Elyssa über ihre Schulter und sah Hunters quecksilbrige Augen. Das Verlangen in ihnen war so unverkennbar wie die Kraft seiner Arme, die sie umfingen.

»Ich ... ich kann nicht«, flüsterte sie.

»Was kannst du nicht?«

»Noch mehr Bohnen schnippeln.«

»Warum nicht?«

»Wir haben gerade den letzten Schwung verarbeitet.«

»Wie wär's mit Erbsen?« meinte Hunter.

Elyssa leckte sich nervös über die Lippen.

Die Art, wie Hunter plötzlich die Augen zu Schlitzen verengte, sagte ebensoviel aus wie das heftige Klopfen des Pulses an Elyssas zartem Hals.

»Dann solltest du dich vielleicht auf der Stelle unter meinem Arm durchducken und Erbsen pulen«, schlug Hunter täuschend sanft vor.

»Erbsen?«

»Kleine, runde, grüne Dinger. Sie wachsen dicht aneinandergedrängt in grünen Schoten. Na, erinnerst du dich?«

In dem Moment konnte Elyssa von Glück sagen, daß sie sich überhaupt an ihren eigenen Namen erinnerte. Alles, woran sie denken konnte, war, wie sich Hunters weiche Lippen auf ihren angefühlt hatten, wie verlockend er geschmeckt hatte, wie stürmisch sein Atem gewesen war.

»Wenn du mich noch einmal so herausforderst, indem du dir mit der Zunge über die Lippen leckst«, murmelte Hunter dicht an ihrem Ohr, »dann lege ich dich über den Tisch und gebe dir genau das, worum du mich anflehst, das schwöre ich dir!«

Verlegene Röte kroch über Elyssas Wangen. Sie duckte sich hastig unter seinem Arm hindurch und ging zur Spüle.

Blindlings und mechanisch begann sie, einen Kürbis zu zerteilen und zu säubern. Große Brocken des klebrigen Inneren fielen schwer in ein Sieb, das in der Spüle stand. Das Fruchtfleisch flog mit Schwung heraus, daß das Sieb auf seinen drei Metallbeinen wackelte.

»Willst du die Kürbiskerne nicht zum Säen aufheben?« fragte Penny Elyssa.

»Was?«

»Die Kürbiskerne da.«

Elyssa starrte auf die Kerne, als wären sie soeben in der

Spüle gewachsen. Die hellen, leicht spitzen Ovale waren dick und rund und offensichtlich reif.

»Ich hebe sie fürs nächste Jahr zum Einpflanzen auf«, erklärte Elyssa.

Falls ich nächstes Jahr wieder einen Garten habe.

Vorübergehend befürchtete Elyssa schon, sie habe ihre Zweifel laut ausgesprochen. Als kein Einwand von Hunter erfolgte, schlug sie heimlich drei Kreuze vor Erleichterung.

Hinter Elyssa hob Hunter ein Gestell mit gefüllten Einmachgläsern in einen riesigen Kessel, dann stellte er das nächste in einen ähnlichen Kessel und legte mehr Holz aufs Herdfeuer nach. Anschließend schrubbte er weiter Kartoffeln, als könne keine Elyssa der Welt sein Blut in Wallung bringen.

Gleich darauf erschien Sonny an der Küchentür. Zartblättrige Stengel von Dill füllten seine Arme; Rüben baumelten zwischen seinen Fingern, die sich um das Grün der Spitzen klammerten.

»Miss Elyssa?« rief er.

Allmählich wurde es ihrem schmerzenden Rücken doch ein wenig zuviel. Aber sie lächelte, als sie sich zu Sonny umwandte.

»Komm rein«, sagte Elyssa. »Leg den Dill auf den Tisch und die Rüben in die Spüle.«

Sonny näherte sich ihr zögernd. Er war so versunken in seine Bewunderung ihres orchideenfarbenen Kleides und der feinen Strähnen flachsblonden Haares, die sich aus dem Chignon in ihrem Nacken gelöst hatten, daß er prompt gegen Hunter prallte.

»Huch! 'tschuldigung, Sir.«

Hunter warf Sonny einen sowohl ungeduldigen als auch vage belustigten Blick zu.

»Ist schon in Ordnung«, sagte er. »Aber ich wäre dir aufrichtig dankbar, wenn du mir den Gefallen tätest, von jetzt an auf deinen eigenen Füßen zu stehen. Meine haben nämlich genug an meinem persönlichen Gewicht zu tragen.«

Sonny blickte hinunter, sah, daß er tatsächlich auf einem von Hunters großen Füßen stand, und wich hastig zurück.

»Oh. Äh ... tut mir leid. Ehrlich«, murmelte Sonny.

Hunter seufzte.

Eilig legte Sonny die Rüben und den Dill, wie angeordnet, ab. Er stolperte mehrere Male, weil er Elyssa anstarrte, während er eigentlich hätte aufpassen sollen, wohin er trat.

»Was machen die Gurken?« wollte Elyssa wissen.

»Drei Scheffel haben wir bis jetzt geerntet«, erklärte Sonny eifrig. »Vielleicht auch vier, alles in allem. Ziemlich kleine Kerlchen, insgesamt.«

»Prima«, sagte Elyssa. Sie nickte resigniert, als sie an die langen Stunden der Arbeit dachte, die sie noch erwarteten. »Eingelegte Gurken mögen alle gern.«

Sonny lächelte, als hätte er gerade den Lohn für einen ganzen Monat bekommen. Dann stieg er von einem Fuß auf den anderen und beobachtete Elyssa, die sich wieder ihren Kürbissen zugewandt hatte.

»Sonny«, mahnte Hunter.

Mehr brauchte er nicht zu sagen. Sonny zuckte zusammen und verließ die Küche, als ob ihm jemand Feuer unter dem Hintern gemacht hätte.

Elyssa säuberte weiterhin Kürbisse, schälte das Fruchtfleisch heraus und versuchte, jeden Gedanken an Hunter zu verdrängen. Es gelang ihr einigermaßen, bis er daherkam und sich neben sie an die Spüle stellte. Mit raschen, kräftigen Bewegungen betätigte er die Pumpe. Wasser rauschte über den Berg von Kürbisschalen und Kernen in den Abfluß.

Elyssa beobachtete ihn aus den Augenwinkeln, während Hunter geschickt Kerne und Fruchtfleisch voneinander trennte.

»Das machst du sehr gut«, sagte sie.

»Du klingst überrascht.«

Elyssa wechselte vorsichtshalber das Thema.

»Wir haben bereits mehr als genug Kerne für die Aussaat nächstes Jahr«, bemerkte sie. »Mit dem Rest brauchst du dir keine Mühe mehr zu machen.«

»Warum die reifen wegwerfen?« fragte Hunter. »Man kann sie so essen.«

Elyssa blinzelte verdutzt.

»Wie bitte?« fragte Penny, während sie sich umwandte.

»Ich habe *Pepitos* schätzen gelernt, als ich in Texas war«, erklärte er.

»Was ist das?« wollte Elyssa wissen.

»Geröstete, gesalzene Kürbiskerne«, sagte Hunter. »Meine Cowboys waren ganz wild darauf.«

Elyssa betrachtete die Bescherung im Spülbecken mit ganz neuem Interesse.

»Tatsächlich?« fragte sie.

Hunter nickte. Dann lächelte er.

»Natürlich haben sie genügend Chilipulver in das Salz gemischt, um das Backblech in Brand zu stecken.«

»Wir haben Chilischoten«, sagte Elyssa.

»Dann zerschneide sie.«

»Du hast bisher keine gepflückt.«

»Mögen Sie kein Chili?« erkundigte sich Penny.

»Und ob. Ich liebe Chili.«

Elyssa blickte Hunter an, alarmiert von dem Lachen, das in seiner Stimme mitschwang.

Das Lächeln milderte die harten Linien seines Gesichts und machte ihn so attraktiv, daß Elyssa nicht anders konnte, als ihn verdattert anzustarren.

»Warum haben Sie die Pfefferschoten dann nicht gepflückt?« fragte Penny.

»Hab nur ein Paar Handschuhe«, erklärte er.

»Oh. Die Säfte«, sagte Elyssa stirnrunzelnd. »Sie brennen auf der Haut.«

»Stimmt. Heißer als der Atem des Teufels«, meinte Hunter. »Verdammt schade, daß Mickey deine mexikanischen Cowboys von der Ranch vertrieben hat und die Herreras alle Hände voll im Garten zu tun haben.«

»Irgendwo müssen noch Reservehandschuhe sein«, bot Elyssa an. »Warte einen Moment, ich will sie schnell holen.«

»Ist nicht nötig«, erwiderte Hunter gelassen.

»Aber ich möchte nicht, daß die Schoten verderben.«

»Das werden sie auch nicht. Mickey ist gerade dabei, die Biester zu ernten.«

Elyssa versuchte, sich ein Grinsen zu verkneifen.

Vergeblich. Sie wußte, daß Hunter Mickey auf diese Weise für seine Behandlung der Cowboys bestrafte.

»Hast du ihm gesagt, daß er sich auf keinen Fall über die Augen reiben soll?« erkundigte sie sich.

»Zweimal. Einmal, als ich ihm befohlen habe, sich an die Arbeit zumachen, und dann noch einmal, als er anfing zu jammern, daß seine Augen bereits brannten.«

»Hoffentlich ist er das nächste Mal klüger«, meinte Elyssa.

Hunter zuckte die Achseln. »Das bezweifle ich. Im Vergleich zu diesem Burschen wirkt ein Holzklotz ausgesprochen helle.«

Der Berg von gereinigten Kürbissen wuchs unaufhörlich.

»Oh je«, sagte Penny nach einer Weile. »Haben wir überhaupt genug Gewürze, um sie richtig verarbeiten zu können?«

»Ich denke an sauren Kürbis, Kürbis-Relish und gedörrte Kürbisse«, murmelte Elyssa. »Auch an Suppe.«

»Chutney.« Penny lächelte trotz der Traurigkeit, die sich auf ihr Gesicht stahl, als die Erinnerungen in ihr aufstiegen. »Gloria liebte Chutney.«

»Das stimmt. Zwar habe ich noch nie Chutney aus Kürbis gemacht, aber ...« Elyssa zuckte die Achseln.

»Es müßte funktionieren«, warf Hunter ein.

»Meinst du?« fragte Elyssa überrascht.

»Sicher. Die meisten Rezepte wurden erfunden, als ein Koch zuviel von der einen Zutat hatte und nicht genug von einer anderen. Bei Kürbis-Chutney könnten wir genauso verfahren.«

»Einfach so?«

»Klar.«

Elyssa sah verwirrt aus. »Du hast vielleicht recht.«

Hunter warf ihr einen scharfen Blick von der Seite zu.

»Ich glaube auch, daß er recht hat«, meinte Penny. »Gloria hat oft behauptet, daß Ernährungsgewohnheiten mit dem anfingen, was gerade vorhanden war.«

»Gutes Essen ist wie Schönheit«, erklärte Hunter, wobei er es vermied, Elyssa anzusehen. »Eine Sache des Geschmacks.«

Penny entschlüpfte ein »Ha!«

Sie zerteilte einen Kürbis mit einem einzigen Hieb ihres großen Messers in zwei Hälften.

»Es gibt einen ganz bestimmten ›Geschmack‹, den Männer überall auf der Welt teilen«, fügte Penny mit harter Stimme hinzu.

»Wirklich?« fragte Elyssa. »Und der wäre?«

»Die Vorliebe für Blondinen«, erwiderte Penny spitz.

»Nicht alle Männer«, widersprach Hunter.

»Nennen Sie mir einen«, forderte Penny ihn heraus.

»Ich. Ich bevorzuge eine treue, solide Frau mit einem Lächeln, das ein Zimmer gleich freundlicher macht. Ein Lächeln wie Ihres.«

Penny sah verdutzt aus. Dann lächelte sie und lieferte damit den Beweis für Hunters Theorie.

»Wie bei den Nahrungsmitteln«, fügte Hunter hinzu, ohne Elyssa anzuschauen, »geht es auch bei der Schönheit darum, mit dem zu arbeiten, was man hat, statt sich Sorgen um das zu machen, was fehlt.«

Diesmal war es Elyssa, die einen Kürbis mit einem einzigen wütenden Messerhieb zerteilte.

»Sie sind eine gute Frau«, fuhr Hunter fort, während er Penny eindringlich ansah. »Sie sollten einen der Heiratsanträge annehmen, die Sie von den Männern hier in der Gegend bekommen haben.«

Wieder sah Penny überrascht aus.

»Woher haben Sie das gewußt?« fragte sie.

Hunter warf Elyssa einen grimmigen Blick zu und erklärte: »Nicht alle Männer sind von Sonnenglanz auf flachsblondem Haar geblendet.«

Pennys Lächeln verblaßte.

»Der Richtige war davon geblendet«, erwiderte Penny bitter. »Und er ist der einzige, der zählt.«

An jenem Nachmittag ließen alle außer Penny, die sich noch immer nicht recht wohl fühlte, ihre Arbeit in Küche und Garten im Stich, um erneut das weitläufige Weideland abzureiten. Gegen Mittag war Lefty aufgeregt in die Küche gestürmt, voller Neuigkeiten über eine große Herde von Mustangs weiter im Süden, in der Gegend des Sumpfgebietes. Diese prächtige Gelegenheit müßte man unverzüglich beim Schopf ergreifen.

Die Knappheit an Reitpferden bereitete allen mehr Kopfzerbrechen als die vorzeitig erzwungene Gemüseernte. Die Cowboys und Rancharbeiter hatten jeder nur ein oder zwei Ersatzpferde. Sie brauchten mindestens sechs für die strapaziöse Arbeit, Rinder aus den unwegsamen, schwer zugänglichen Hochgebirgsweiden der Ladder S zusammenzutreiben. An einem heißen Tag wie heute hätte sogar jeder acht Pferde brauchen können, wenn sie sie gehabt hätten.

Morgan begleitete Hunter und Elyssa auf der Suche nach den Mustangs. Wenn Hunter irgend etwas zu sagen hatte, dann sagte er es zu Morgan. Ansonsten herrschte Schweigen, während die drei das heiße, zerklüftete Land am Rande des Sumpfes nach irgendwelchen Anzeichen von Mustangs durchkämmten.

Elyssa war durchaus damit zufrieden, ignoriert zu werden. Die scharfe Seite von Hunters Zunge war kein Vergnügen, und eben jene Schärfe war alles, was sie seit dem letzten Abend zu spüren bekommen hatte.

Das Land fiel erneut in die Tiefe ab, als sie in einer weiteren Schlucht unten anlangten. Die Öffnung der Schlucht führte geradewegs in den Sumpf. Stumm glitt Hunter aus dem Sattel und sah sich nach Hufspuren um. Er verschwand sehr schnell zwischen den hohen Gräsern, die in der fruchtbaren, feuchten Erde gediehen.

Morgan zog seine Schrotflinte aus ihrem Lederfutteral und trieb sein Pferd voran, bis es dicht neben Elyssas stand.

Elyssa wünschte sich eigentlich lieber Hunter als Beschützer, Morgan hätte ruhig die Spurensuche übernehmen können …

Die Pferde warteten mit gesenkten Köpfen, während sie auf drei Beinen dösten, als hätte ihnen die Sonne die Sprache verschlagen. Ihre Reglosigkeit machte die erbarmungslosen Strapazen der vergangenen Wochen sichtbar. Die Tiere verschwendeten keine Zeit, jede sich bietende Gelegenheit zum Ausruhen zu nutzen.

Obwohl sie es Hunter gegenüber niemals zugeben würde, hätte Elyssa ebenfalls eine Ruhepause begrüßt. Sie hatte Leopard in seinem Korral gelassen, damit er sich von dem anstrengenden Arbeitspensum vom Morgengrauen bis zum Einbruch der Dunkelheit erholen konnte. Die große, grobknochige Stute, die sie jetzt ritt, hatte eine etwas schwerfällige Gangart, besaß aber die angeborene Klugheit der Mustangs.

Bugle Boy graste ruhig in einigen Schritten Entfernung. Von Zeit zu Zeit hob er wachsam den Kopf und blickte sich um. Dann fuhr er fort zu grasen.

Hoch oben am tiefblauen Herbsthimmel zogen Habichte träge ihre Kreise.

Elyssa blickte über die Rinne hinweg, wo sich Hunter zu Fuß einen Weg zum oberen Ende der Schlucht hinaufbahnte. Mit einer Konzentration, derer sie sich nicht bewußt war, verfolgte sie jede seiner Bewegungen. Es war ein Genuß, diese einzigartige Verbindung von maskuliner Kraft und Eleganz zu beobachten.

Im Moment bewegte Hunter sich sehr vorsichtig aufwärts. Er hatte nicht die Absicht, ihre Position an Mustangs oder feindliche Männer zu verraten.

Die Pferde, die Lefty in der Nähe der Schlucht entdeckt hatte, waren nicht völlig verwildert gewesen. Die meisten Tiere hatten ein Ladder-S-Brandzeichen getragen.

Aber die Pferde verhielten sich trotzdem sonderbar.

»Hoffe nur, Lefty hatte recht mit den Brandzeichen«, sagte Morgan leise zu Elyssa. »Wir sind so dringend auf Pferde angewiesen, wie Kanonen Kugeln brauchen. Frisch zugerittene Mustangs sind nicht zuverlässig, besonders nicht, wenn es zu einer Schießerei kommt.«

»Lefty kennt die Ladder-S-Pferde«, erwiderte Elyssa mit gedämpfter Stimme. »Wenn er sagt, daß es unsere Tiere sind, dann stimmt das auch.«

»Was, wenn sie ein Slash-River-Brandzeichen tragen?«

»Dann muß das Brandzeichen so frisch sein, daß die Wunde davon noch nicht abgeheilt ist«, schimpfte Elyssa. »Und direkt darunter wird ein Ladder-S-Brandzeichen zum Vorschein kommen.«

»Hmm, recht wahrscheinlich«, stimmte er zu. »Haben Sie vor, eines der Tiere zu töten und ihm das Fell abzuschaben, um ganz sicherzugehen?«

Elyssa zog eine Grimasse. Die übliche Methode, um zu beweisen, daß ein Brandzeichen verfälscht worden war, bestand darin, das Tier zu töten und den Teil des Fells zu entfernen, der mit dem Brandzeichen gekennzeichnet war. Auf der Innenseite ließ sich das ursprüngliche Brandzeichen ganz deutlich erkennen, ganz gleich, welche Veränderungen nachträglich auf der äußeren Hautschicht vorgenommen worden waren.

»Das brauche ich nicht nachzuprüfen. Ich verlasse mich auf Leftys Urteil«, erklärte sie.

»Die Culpeppers werden es nicht tun.«

»Diese Halunken halten sich bedeckt, seit ihre Jagdchancen nicht mehr ganz so gut stehen«, erwiderte sie trocken.

»Wie Hunter zu sagen pflegt, ist es die Natur von Schlangen, in Deckung zu bleiben. Heißt aber nicht, daß sich kein Gift mehr in ihren Fangzähnen befindet.«

Elyssa verengte die Augen gegen den Wind, der in Böen über das Land fegte. Direkt zu ihrer Linken lag der fast ausgetrocknete Sumpf. Bräunlich gelbes Schilfrohr schwankte raschelnd hin und her, und beugte sich unter dem Druck des Luftzugs. Zu ihrer Rechten stieg das Grasland wie ein zerknitterter gelbgrüner Teppich zum Fuß der Ruby Mountains an. Sturmwolken ballten sich hinter den Gipfeln und verbargen ihre ausgefransten Ränder.

Der Wind, der von den Bergen herunterbrauste, brachte das Gefühl und den Geschmack von Winter mit sich.

»Dann schließt du dich also Hunters Vermutung an, daß die Culpeppers mit ihrem Angriff nur darauf warten, bis wir die ganze Arbeit für sie erledigt und das Vieh zusammengetrieben haben?« wollte Elyssa wissen.

»Das erste, was man über Hunter lernt«, erwiderte Morgan gedehnt, »ist, daß er gewöhnlich recht hat.«

»Aber nicht immer.«

Morgans Lächeln blitzte weiß.

»Nein, Ma'am, nicht immer. Er hat im Krieg die falsche Seite gewählt, und das ist die reine Wahrheit.«

Morgan verlagerte sein Gewicht im Sattel und beschattete seine Augen gegen die gleißend helle, erbarmungslose Sonne, während er sich aufmerksam in alle Richtungen umschaute. Im Gegensatz zu seiner sanften, ruhigen Stimme waren seine Augen schnell, durchdringend und hart.

»Natürlich«, fuhr er fort, »steckte in erster Linie Case hinter der Idee, sich den Konföderierten anzuschließen. Und Belinda. Junge Hitzköpfe, die all den romantischen Schwachsinn über Vornehmheit und Baumwolle geglaubt haben.«

»Belinda?«

»Hunters Ehefrau, möge Gott ihre Seele in Frieden ruhen lassen.« Dann fügte Morgan leiser hinzu: »Wahrscheinlicher ist allerdings, daß ihre Ruhestätte näher beim Teufel liegt.«

Elyssa hörte es nicht. Der genannte Name von Hunters toter Ehefrau machte sie nur allzu real.

Hunter hatte eine Frau geliebt. Er hatte sie geheiratet. Sie war gestorben.

Und mit ihr hatte man sein Herz begraben.

»Case?« fragte Elyssa hastig. »Wer ist er?«

»Hunters jüngerer Bruder.«

»Ist er auch im Krieg umgekommen?«

»Nein, Ma'am, obwohl mehr als ein Nordstaatensoldat sein Bestes getan hat, um ihn unter die Erde zu bringen.«

»Einschließlich dir?«

Morgan schüttelte den Kopf.

»Ich verdankte den Brüdern Maxwell mein Leben«, sagte er schlicht. »Als es soweit war, habe ich ihnen auf die gleiche Weise geholfen wie sie mir seinerzeit.«

»Wie?«

»Ich habe Case die Möglichkeit verschafft, in das Gefängnis einzudringen, in dem Hunter gefangengehalten wurde. Den Rest hat er allein erledigt.«

Elyssa zuckte zusammen bei dem Gedanken, daß Hunter in einem Gefangenenlager inhaftiert gewesen waren. Militärgefängnisse waren berüchtigt gewesen für die Qualen, die ihren Insassen zugefügt wurden.

»Vor dem Krieg mag Case vielleicht ein Hitzkopf gewesen sein«, fuhr Morgan fort, »aber seitdem ist er gründlich kuriert. Jetzt kenne ich ihn als einen harten Mann. Durch und durch unversöhnlich.«

»Und vor dem Krieg?« fragte Elyssa. »War Hunter da für dich zur Stelle?«

Morgan nickte.

»Was ist damals passiert?«

Seufzend verlagerte Morgan sein Gewicht im Sattel und trieb sein Pferd auf Elyssas rechte Seite, damit er einen anderen Abschnitt des Sumpfes ins Auge fassen konnte.

»Lange vor dem Krieg«, begann er leise, »kam irgendwelches weißes Pack unten in Texas auf die Idee, sich einen Spaß zu machen und diesen farbigen Jungen an einem Baum aufzuknüpfen, nur um zu sehen, wie lange ich wohl zappeln würde.«

Entsetzt wandte Elyssa sich um und starrte Morgan an. Er beobachtete abwechselnd den oberen Rand der Schlucht und das Sumpfgebiet.

Und er lächelte wie ein Mann, der in Erinnerungen schwelgte.

»Hunter kam herbeigeritten und fing an, mit den Jungs zu reden«, erklärte Morgan. »Er war vollkommen ruhig dabei. Und er brauchte nicht mal 'ne Minute, um herauszufinden, daß ich nichts angestellt hatte, um den Tod durch Hängen zu verdienen.«

Elyssa blickte Morgan entgeistert an.

»Hunter machte ein Zeichen, und daraufhin kam Case aus einem Gebüsch hinter den Jungs, wo er in Deckung gegangen war«, fuhr er fort.

»Und dann haben sie dich gehen lassen«, sagte sie.

»O nein, Ma'am. Alle sechs zogen ihre Schießeisen.«

»Sechs?« fragte Elyssa gepreßt.

Morgan nickte.

»Case ist genauso geschickt mit den Händen wie sein großer Bruder«, erklärte er. »Als die Schießerei aufhörte, waren zwei Culpeppers tot, die anderen verletzt, und sie suchten nach Wegen, sich zu verdrücken. Ganz fix.«

»Culpeppers? Dieselben, die hier in der Gegend sind?«

»Derselbe Clan, nur ein anderer Zweig. Von dem Tag an war ich Hunters *segundo.* Und von dem Tag an begannen Hunters Probleme mit den Culpeppers. Und hier werden diese Probleme ihr Ende finden, verlassen Sie sich drauf.«

»Was meinst du? Ist Hunter hergekommen, weil er wußte, daß die Culpeppers hier ...«

Morgan hob abrupt eine Hand, um Elyssa zum Schweigen zu bringen. Sie folgte seinem Blick zum oberen Ende der Schlucht, wo Hunter, fast verborgen zwischen struppigem Gebüsch und verdorrtem Gras, lag.

Das schwache Geräusch trommelnder Pferdehufe erklang oberhalb von ihnen.

»Elende Pest«, fluchte Morgan. »Irgendwas hat die Mustangs in Panik versetzt.«

Damit griff er nach Bugle Boys Zügeln und trieb sein eigenes Pferd zum Galopp an.

Hunter kam Morgan auf halbem Weg die Schlucht herab entgegen. Er schwang sich mit einer geschmeidigen Bewegung auf Bugle Boys Rücken, als säße er grundsätzlich im Galopp auf.

»Wir reiten querfeldein auf die Berge zu und schneiden ihnen den Weg ab!« rief Hunter. »So können wir die Pferde auf die Ranch zutreiben.«

Morgan machte eine knappe Handbewegung zum Zeichen, daß er verstanden hatte.

»Nimm dich vor den Culpeppers in acht«, warnte Hunter ihn. »Jemand hat den Tieren einen Schreck eingejagt.«

Das Lächeln, das Morgan Hunter schenkte, war wölfisch. Offensichtlich freute Morgan sich darauf, sich mit dem einen oder anderen Vertreter dieser Bande zu treffen. Er drückte seinem Pferd die Fersen in die Seiten und trieb es vorwärts.

Hunter drehte sich zu Elyssa um.

»Bleib dicht hinter mir«, sagte er kurz angebunden.

Damit wandte sich Hunter wieder nach vorn und spornte Bugle Boy zum Galopp an, bevor sie eine Chance hatte zu einer Erwiderung.

14

Während die kräftige Stute in halsbrecherischem Galopp durch die Landschaft raste, galt Elyssas Sorge weniger den Culpeppers, sondern eher dem Problem, aufrecht im Sattel zu bleiben.

Ihr Pferd hatte große Mühe, mit Bugle Boys Geschwindigkeit mitzuhalten, aber zumindest war die Stute trittsicher.

Im Moment zählte Wendigkeit mehr als Tempo. Es war ein gefährliches Wagnis, am Rande des Sumpfes entlangzufegen. Die Beschaffenheit des Bodens wechselte ständig von hart zu weich, morastig und wieder fest. Man mußte jederzeit darauf gefaßt sein, daß sich unter einem Gewirr von Gräsern eine schlammige Vertiefung, eine Bodenerhebung oder sogar eine Felsnase verbarg.

Jedes der drei Hindernisse konnte ein Pferd zu Fall bringen und seinen Reiter in hohem Bogen aus dem Sattel schleudern.

Der von der Sonne ausgedörrte Boden flog mit schwindelerregender Schnelligkeit unter den Hufen der Stute dahin. Elyssa beugte sich tief über den Hals des Tieres, während sie gegen die Tränen anblinzelte, die ihr der Wind in die Augen trieb, und die Stute mit einer Geschicklichkeit ritt, die sie sich während der Fuchsjagden auf den Gütern ihrer englischen Verwandten angeeignet hatte.

Trotz des kühlen Luftstroms um sie herum gerieten die dahingaloppierenden Pferde bald in Schweiß. Ihr Fell verfärbte sich dunkler und begann dann, weiße Rinnsale von Schaum und Schweiß abzusondern. Der Sumpf mit seiner Erinnerung an Wasser und Schwärme von Vögeln wirkte wie eine gelbbraune Fata Morgana, hervorgezaubert aus der flimmernden Hitze des trockenen Landes.

Plötzlich bog Bugle Boy hart nach links ab und raste in Richtung der Berge. In der Ebene legte der große Hengst noch an Eile zu und flog in gestrecktem Galopp dahin, eine schlanke, langgestreckte Silhouette mit weit vorgestrecktem Hals und flatterndem Schweif. Ungeachtet der Gefahr galoppierte Elyssas Stute eine Seite der flachen Rinne hinunter, schwenkte herum und folgte Bugle Boy in halsbrecherischem Tempo eine andere Rinne hinauf.

Hunter warf einen besorgten Blick über seine Schulter zurück.

Die grobknochige Stute lag ungefähr fünfzig Meter hinter ihm und hatte bereits Schaum vor dem Maul. Elyssa lehnte sich tief über den Hals des Pferdes und klammerte sich wie eine Klette an seine lange, schwarze Mähne.

Noch während er hinschaute, stolperte die Stute plötzlich, abrupt aus dem Tritt gebracht durch ein Hindernis unter einem Huf. Blitzschnell stellte Elyssa sich in den Steigbügeln auf und zog die Zügel hoch, um dem Tier zu helfen, seine Balance wiederzufinden. Nach einigen angsterfüllten Sekunden fing sich die Stute Gott sei Dank.

Das Bewußtsein, daß Elyssa um Haaresbreite einer Katastrophe entgangen war, ließ Hunter einen eisigen Schauder über den Rücken rieseln. Er wandte sich wieder nach vorn und wünschte vergeblich, es wäre ihm gleich zu Anfang gelungen, Elyssa von diesem riskanten Unterfangen fernzuhalten.

Ich hätte ihr befehlen sollen, auf der Ranch zu bleiben, dachte er grimmig. *Es lohnt sich doch gar nicht, daß sie ihren Hals hier draußen riskiert!*

Dennoch hatte Hunter keine Möglichkeit, einen solchen Befehl durchzusetzen und Elyssa zum Gehorsam zu zwingen, außer er fesselte sie mit Händen und Füßen ans Bett.

Und *wenn* er sie schon irgendwo in die Nähe eines Bettes bekäme, dann bestimmt nicht, um sie wie ein Paket zusammenzuschnüren und sich selbst zu überlassen!

Mit einem wüsten Fluch zog Hunter Bugle Boy nach rechts herum. Das Pferd machte einen gewaltigen Satz und stürmte über den Rand der flachen Rinne. Überall um Bugle Boys fliegende Hufe herum entfaltete sich das Grasland in sonnenüberfluteter, goldgelber Pracht.

Zu Hunters Rechter, weniger als eine Meile entfernt, lag die weite Fläche ausgedörrten Sumpflandes. Schilf wogte im Wind in abwechslungsreichen Schattierungen von Gold bis Braun.

Ungefähr eine Viertelmeile weiter voraus donnerte eine große Herde von Mustangs in rasendem Galopp quer über das Land, verfolgt von Ladder-S-Männern und ihren schaumbedeckten Pferden.

Hunter und Elyssa schlossen sich der Jagd an. Während sie den Abstand zwischen sich und den Mustangs verringerten, achteten sie sorgfältig darauf, zwischen den Wildpferden und dem Sumpf zu bleiben.

Jeder Mustang, der auf die Idee kam, in den gelbbraunen Irrgarten seitwärts zu fliehen, würde von einem der Ladder-S-Reiter zurückgetrieben werden. Andere Cowboys verteilten sich strategisch zu beiden Seiten der Herde, um die Mustangs systematisch zu dem alten, von dichtem Gebüsch eingezäunten Korral zu treiben, der vor Jahren zu diesem Zweck gebaut worden war.

Bis die Mustangs die breite Öffnung des Trichters erreichten, der in den eigentlichen Korral führte, waren die Pferde in Schweiß gebadet und rangen keuchend nach Luft. Sie rasten die Einzäunung entlang in einem Meer von flatternden Mähnen und Schweifen und wild donnernden Hufen.

Hinter ihnen beugten sich die Reiter weit aus dem Sattel und zogen das von Büschen verdeckte Korraltor zu. Bevor die Mustangs begriffen, wie ihnen geschah, waren sie gefangen.

Mit einem tiefen Seufzer der Erleichterung drosselte Elyssa das Tempo ihrer erschöpften Stute, wischte sich den Schweiß aus den Augen und strich sich lose Haarsträhnen hinter die Ohren zurück. Neugierig umkreiste sie den großen Weidegrund, während sie versuchte, die Pferde zu zählen.

Im Innern des Korrals wimmelte es von Mustangs, die aufgeregt und verängstigt hin und her rannten und nach einem Fluchtweg suchten. Unzählige scharfkantige Hufe wühlten den Boden auf und gruben sich durch Gras in weiche Erde. Staub stieg wie Rauchwolken in den Himmel auf.

Man konnte diese brodelnde Menge nicht zählen, aber Elyssas Miene strahlte vor Zufriedenheit, nachdem sie einmal um den Korral herumgeritten war. Sie hatte viele Ladder-S-Zeichen auf den Flanken der Pferde entdeckt, was bedeutete, daß ein großer Teil der Tiere bereits zugeritten war. Sie würden sich bald wieder an Menschen gewöhnen.

Gleich darauf trieb Hunter seinen Hengst neben Elyssas Stute. Obwohl er es niemals zugegeben hätte, wollte er sich ihres Wohlergehens vergewissern.

Ein einziger Blick in ihr Gesicht sagte Hunter, daß Elyssa eher freudig erregt und in Hochstimmung war als erschöpft von den Strapazen des Ritts. Ihre Wangen schimmerten rosig, ihre blaugrünen Augen funkelten so lebhaft wie Juwelen, sie lächelte triumphierend.

Hunter konnte nicht anders, als ihr Lächeln zu erwidern.

»Was meinst du, wie viele wir gefangen haben?« fragte sie aufgeregt.

Es kostete Hunter einige Anstrengung, sich zu zwingen, den Blick von ihren vollen roten Lippen abzuwenden und zu dem wogenden Meer von Mustangs hinüberzuschauen, das von Büschen und Zäunen eingedämmt war.

»Vielleicht zweihundert«, sagte er langsam. »Auf den ersten Blick würde ich sagen, daß man etwa die Hälfte von ihnen reiten kann.«

Dann verzog sich sein Mund zu einem Strich, als er an den Armeeoffizier dachte, der Elyssa zusammen mit den Pferden haben wollte.

»Aber andererseits hat die Armee nichts davon gesagt, daß die Pferde perfekt zugeritten sein müssen, oder?« meinte er obenhin. »Nur gerade soweit, daß sie einen Soldaten nicht gleich abwerfen.«

Elyssa lachte. Wie ihr Lächeln, so vibrierte auch ihr Lachen vor unverhohlener Freude. Mit besitzergreifendem Blick betrachtete sie die Mustangs.

Zum ersten Mal gestattete sie sich zu hoffen, daß die Ranch wirklich gerettet werden könnte. Mit einer solchen Menge von frischen, temperamentvollen Pferden würden doch auch ihre Leute sicherlich in der Lage sein, mehr Vieh zu finden.

»Viele von ihnen tragen ein Ladder-S-Brandzeichen«, stellte sie fest.

»Das von Slash River kommt allerdings auch vor.«

Elyssa runzelte die Stirn. Ungeduldig strich sie sich eine Strähne silberblonden Haares aus den Augen und schob sie unter ihren Hut.

»Ab Culpeppers Markierung«, erläuterte Hunter.

»Frisch, ohne Zweifel«, sagte sie sarkastisch. »Verdammt frisch.«

Hunter zuckte die Achseln. »Ab ist noch nicht lange genug hier, um über alte Brandzeichen zu verfügen.«

»Was glaubst du, wie viele von unseren Pferden er gekennzeichnet hat?«

»Das werden wir morgen oder übermorgen wissen, nachdem sich die Mustangs so weit beruhigt haben, daß wir sie zählen und begutachten können.«

Während Elyssa zuschaute, galoppierte eine vertraut aussehende Stute direkt hinter dem Zaun vorbei. Ein Slash-River-Brandzeichen prangte dunkel auf ihrer Flanke.

Dennoch war das Tier eine der besten Zuchtstuten der Ladder S und obendrein perfekt darauf trainiert, Rinder zu treiben.

»Zum Teufel mit Ab Culpepper!« fluchte Elyssa inbrünstig.

»Du sprichst mir aus der Seele.«

Hunter richtete sich in den Steigbügeln auf und stieß einen schrillen Pfiff aus.

Sekunden später tauchte Morgan aus der Staubwolke auf, die den Korral umgab. Sein zähes kleines Pony war in Schweiß gebadet und schnaufte vor Anstrengung, war jedoch immer noch bereit, alles zu tun, was sein Reiter wollte. Das Pferd trabte mit hocherhobenem Kopf auf Hunter und Elyssa zu.

Die Luft schmeckte nach Staub und flirrte von der Hitze der prallen Herbstsonne.

»Bestelle den Jungs, daß sie ihre Sache gut gemacht haben«, sagte Hunter zu Morgan. »Und dann such zwei von ihnen aus für die Wache heute nacht hier draußen, damit kein Pferd entwischt.«

»Yes, Sir.«

»Das können doch die Hunde übernehmen«, schlug Elyssa vor.

»Nicht, wenn derjenige, der neulich nachts im Garten war, auf die Idee kommt, ein Loch in den Korralzaun zu reißen«, knurrte Hunter.

Elyssas Mundwinkel zogen sich abwärts, aber sie widersprach nicht.

Hunter hatte recht. Man konnte sich nicht mehr darauf verlassen, daß die Hunde mögliche Eindringlinge abwehren würden.

»Sag Mickey Bescheid, er soll eine Wagenladung Wasserfässer herbeischaffen«, wies Hunter Morgan an.

»Wird gemacht, Sir!«

»Ein Pferd mit einem Bauch voller Wasser bockt nicht annähernd so heftig wie ein durstiges«, fügte Hunter trocken hinzu.

Morgan lachte schallend, salutierte und trabte davon in Richtung Stall, der knapp eine Viertelmeile entfernt lag.

Die Ladder S-Cowboys, die besonders gut mit einem Lasso umgehen konnten, betraten den Korral. Das Halstuch über die Nase heraufgezogen zum Schutz vor dem wirbelnden Staub, ritten die Männer in das Gewimmel von Mustangs hinein und suchten sich ein Ziel.

Mit so wenig Aufhebens wie möglich begannen die Männer, alle Pferde einzufangen, an denen es überhaupt eine Kennung gab. Es waren die Tiere, die ihr wildes Gebaren augenblicklich ablegten und beinahe zahm wurden, sobald sie eine Lassoschlinge über ihren Kopf gleiten fühlten. Sie sträubten sich nicht, sondern trotteten gehorsam mit, als sie aus dem Korral geführt, über das Grasland getrieben und in dem Ranchkorral unweit des Stalls untergebracht wurden.

Als Morgan zurückkehrte, hatte sich der Außenkorral bis auf ungefähr siebzig Tiere geleert. Nur wenige davon trugen noch

Brandzeichen, und alle waren mißtrauisch und so wild wie Löwen.

Mickey kam mit einem Karren voller Wasserfässer vorgefahren. Der Karren wurde von sechs schweren, breitschultrigen Ochsen gezogen. Morgan und sein Pony gingen nebenher, um die Ochsen anzutreiben.

Der Anblick der Wasserfässer erinnerte Elyssa wieder daran, wie sehr sie sich nach einem erfrischenden Bad sehnte. Die unerwartete Hitze der Sonne, die Anstrengung der Arbeit und der endlose Staub gaben ihr das Gefühl, in eine schwere, erstickend heiße Decke gewickelt zu sein.

Elyssa hatte schon vor einiger Zeit die Jacke ihres dunklen Reitkostüms aufgeknöpft, aber das reichte inzwischen nicht mehr. Sie zog die Jacke aus und band sie hinter ihrem Sattel fest. Dann öffnete sie verstohlen ein paar Knöpfe ihrer hochgeschlossenen Musselinbluse. Luft strömte durch die Öffnung in das dünne Baumwollhemd und strich kühlend über ihre erhitzte Haut darunter.

Sie gab eine Art behagliches Schnurren von sich, das wie eine schmeichelnde Brise an Hunters Ohr drang.

»Mickey! Sonny! Reed!« bellte er. »Helft Morgan mit den Fässern!«

Hunter schwang sich aus dem Sattel, um ebenfalls mit anzupacken.

»Mickey, roll sie eines nach dem anderen über die Planke runter«, sagte Hunter. »Vorsichtig, Junge! Wenn eins von den schweren Dingern einen Mann trifft, wird er platter als ein Schatten sein.«

Stück für Stück rollten die Männer die Fässer über zwei massive Holzbretter von der Ladefläche des Karrens auf den staubigen Boden. Dann wurde jedes Faß zu dem Wassertrog am Ende des Korrals geschoben und gewälzt.

Morgan schlug den Holzpflock aus dem ersten Faß heraus. Mit angestrengtem Grunzen hievte Hunter das Faß auf den Rand der

Viehtränke und kippte es aus. Silbernes Naß ergoß sich schäumend und kristallklar in den staubigen Trog.

Der Geruch von frischem Wasser bewirkte, daß die ängstlich durcheinanderlaufenden Mustangs abrupt stehenblieben. Köpfe fuhren herum, Ohren richteten sich auf. Es hätte nur noch gefehlt, daß sich die Tiere erwartungsvoll über die Lippen leckten, während sie den Trog beäugten.

Elyssa wußte genau, wie sich die Mustangs fühlten. Sie hätte einiges dafür gegeben, um unter dem gurgelnden, köstlich kühlen Wasserstrahl zu stehen und sich bis auf die Haut erfrischen zu lassen.

»Mickey«, rief Hunter. »Bring das nächste.«

Elyssa achtete kaum auf Mickeys schwellende Muskeln, als er ein neues Faß herbeischleppte. Mit größter Befriedigung stellte sie fest, daß Hunter ebenfalls ein paar Knöpfe geöffnet hatte. Dichtes schwarzes Haar schimmerte in der Öffnung seines blaßblauen Hemds.

Ohne nachzudenken schwang sich Elyssa aus dem Sattel und trat näher.

»Passen Sie auf, Miss Elyssa!« rief Sonny.

Elyssa blickte überrascht auf, sah, daß eines der Fässer aus Sonnys Händen geglitten war und sich selbstständig gemacht hatte; leichtfüßig sprang sie zur Seite. Das Faß kollerte von der Ladefläche des Karrens und zerbrach, als es auf dem Boden aufschlug.

Wasser explodierte in einer gewaltigen Fontäne und durchnäßte alles in seiner Reichweite, einschließlich Elyssa.

Bei ihrem erschrockenden Aufschrei schauten sämtliche Männer auf sie, aber es war das plötzliche, glockenhelle Lachen, das ihre Blicke veranlaßte, wie gebannt an Elyssa hängenzubleiben.

Hunter schwang sich über das Korraltor und stürmte mit Mordlust in den Augen auf Sonny zu.

»Oh, verdammt, Miss Elyssa«, sagte der zerknirscht. »Tut mir schrecklich leid. Das verflixte Faß hatte einfach seinen eigenen Kopf.«

Lachend wehrte Elyssa Sonnys Entschuldigungen ab, während sie an der Bluse zupfte, die klatschnaß an ihrer Haut klebte.

»Ist schon in Ordnung, Sonny. Ich hatte mir gerade ein Bad gewünscht, und mein Wunsch ist prompt erfüllt worden.«

Hunter warf Sonny einen Blick zu, der in dem jungen Mann das Bedürfnis weckte, sich schleunigst irgendwo zu verkriechen.

»Hat dich noch irgendwas anderes außer Wasser getroffen?« fragte Hunter Elyssa barsch.

»Nein.«

»Bist du sicher?«

»Ganz sicher. Und selbst wenn, dann wäre es die Sache trotzdem wert gewesen.« Elyssa warf den Kopf in den Nacken und lachte zum Himmel hinauf. »Herrje, ist das ein Labsal!«

Hunter sparte sich eine weitere Bemerkung. Wildes Verlangen hatte ihn gepackt und hielt ihn mit grausamem Griff umklammert. Er konnte kaum atmen, so heftig pulsierte das Blut durch seine Adern.

Jede Kurve, jede weiche Rundung, alles verführerisch Weibliche an Elyssa hob sich deutlich sichtbar unter ihren durchnäßten Kleidern ab. Ihre Knospen waren zu harten Spitzen zusammengezogen, die sich gegen den Stoff drängten und förmlich darum bettelten, von den Händen und den Lippen eines Mannes liebkost zu weden.

Dann blickte Elyssa zu Hunter auf, und der Ausdruck ihrer Augen veränderte sich abrupt, wurde weich und sinnlich, als sie den Heißhunger in seinem Blick sah.

Mit schnellen, zornigen Schritten ging Hunter zu Elyssas Pferd und riß ihre Jacke vom Sattel.

»Hier, zieh das an, bevor du dir eine Erkältung holst«, knurrte er, während er ihr die Jacke hinhielt.

»Eine Erkältung? Heute? Falls du es noch nich bemerkt hast, es ist schrecklich heiß und ...«

»Du stellst dich schamlos vor allen zur Schau«, zischte er eisig. »Aber das machst du ja absichtlich, stimmt's? *Zieh die Jacke an.*«

Elyssa öffnete den Mund, um zu widersprechen, sah, daß alle Männer sie beobachteten, und klappte ihn hastig wieder zu. Ärgerlich griff sie nach der Jacke und begann, ihre nassen Arme in die engen Ärmel zu zwängen. Die Bewegung ließ ihre vollen Brüste unter dem eng anliegenden Stoff wogen.

Hunter hätte am liebsten vor Frust laut aufgeschrien. Mit einem lästerlichen Fluch wandte er sich von der grenzenlosen Versuchung ab, die Elyssa Sutton hieß.

Das erste, was Hunter auffiel, war, daß sämtliche Rancharbeiter noch immer begehrlich auf Elyssa starrten.

»Die Vorstellung ist vorbei, Leute«, fauchte Hunter, während er jeden einzelnen der Männer scharf ansah. »Geht wieder an eure Arbeit!«

»Miss Elyssa, sind Sie sicher, daß Sie allein hier draußen sein sollten?« fragte Sonny besorgt.

»Ich bin ja nicht allein. Du und Morgan seid bei mir.«

Elyssa gab sich abweisend. Seit dem Vorfall mit dem Wasserfaß am Tag zuvor hatte sie sich von den Männern ferngehalten.

Aber inzwischen war sie es herzlich leid, in der Küche zu sitzen und stundenlang einzumachen, in Essig einzulegen, zu schälen und pürieren, kleinzuschneiden oder sich auf irgendeine andere Weise der Erzeugnisse ihres ruinierten Gartens anzunehmen.

Außerdem war der Tag zu schön, um die ganze Zeit im Haus zu bleiben. Die schrägfallenden, buttergelben Strahlen der Spätnachmittagssonne lockten sie hinaus zu den Mustangs, die sie eingefangen hatten. Ihre Hoffnungen für die Zukunft der Ladder S ruhten auf ihren glänzenden Rücken.

»Ja, aber ...«, begann Sonny.

»Aber nichts«, unterbrach Elyssa ihn. »*Ich* bin die Eigentümerin der Ladder S, nicht Hunter. Das ist eine Tatsache, die alle im Auge behalten sollten.«

»Besonders Hunter?« sagte Morgan gedehnt hinter Elyssa.

Mißtrauisch drehte sie sich um. Der Humor und das Verständnis in Morgans schwarzen Augen entwaffneten sie.

»Richtig, besonders der«, stimmte sie ihm heiter zu.

»Er bemüht sich nur, Sie vor den Männern zu schützen«, sagte Morgan ruhig.

»Ach, wirklich? Warum habe ich dann das Gefühl, daß er die Männer vor *mir* zu schützen versucht?«

Seufzend hob Morgan seinen Hut, kratzte sich am Kopf und drückte das Gebilde dann wieder auf sein krauses Haar.

»Nun, wenn Sie seine Frau gekannt hätten, würden Sie ihn verstehen«, setzte er ihr schließlich auseinander. »Sie war ein hübsches junges Ding, genau wie Sie. Am Ende ist sie daran zugrunde gegangen. Und er desgleichen.«

»Was ist passiert?« fragte Elyssa, begierig auf weitere Informationen über Hunters Vergangenheit.

»Es steht mir nicht zu, diese Geschichte zu erzählen. Wenn Sie mich jetzt entschuldigen würden, Miss. Ich muß mich unbedingt wieder um die Mustangs kümmern.«

»Aber …«

»Und wandern Sie auf keinen Fall ohne Begleitung zu weit weg«, warnte Morgan sie. »Dieser Eindringling war heute Morgen kurz vor Tagesanbruch wieder hier.«

»Was? Davon hat Hunter mir überhaupt nichts erzählt.«

»Da gibt's auch nicht viel zu erzählen. Er ist an der Schlafbaracke vorbeigeschlüpft und hat das Korraltor geöffnet. War eine höllische Arbeit, all die neuen Pferde in der Dunkelheit wieder einzufangen und zurückzutreiben.«

»Fehlten welche?« fragte Elyssa scharf.

»Schwer zu sagen«, gab Morgan zu. »Die Pferde sind uns ja noch fremd.«

»Was hat die Gegenrechnung ergeben?«

»Daß zwölf Tiere fehlen.«

»Nur die mit Brandzeichen gekennzeichneten Pferde, die im Ranchkorral waren, sind verschwunden?« fragte sie.

»Ja. Die Mustangs sind zu wild, als daß sich die Mühe lohnen würde, sie zu stehlen. Aber wenn sie erst einmal zugeritten sind …« Morgan zuckte die Achseln.

»Wurden nur Pferde mit Ladder-S-Brandzeichen gestohlen?« wollte Elyssa wissen.

»Ja, Miss Elyssa. So sieht es aus.«

»Verdammter Mist!« Sie bebte vor Zorn.

»Ja, Ma'am. Das kann man wohl sagen.«

Elyssa kletterte auf die Korraleinzäunung, um einen besseren Überblick über die restlichen Pferde zu bekommen. Sie ignorierte die staubigen Bretter, die breite Schmutzstreifen auf ihrem, diesmal rostfarbenen, Reitkostüm hinterließen, als sie sich auf den obersten Balken setzte und die Brandzeichen der Pferde prüfte.

Weniger als die Hälfte der verbleibenden Pferde trugen das Ladder-S-Zeichen. Auf allen übrigen – bis auf eine Handvoll von Tieren mit einer Bar-B-Markierung – prangte das Emblem Slash River.

Wut ergriff Elyssa. Ungeduldig sprang sie wieder hinunter und marschierte mit großen Schritten zum Stall. Nachdem sie Leopard gesattelt und aufgezäumt hatte, rammte sie die Schrotflinte in die Sattelscheide und schwang sich in einem Wirbel von Röcken und Beinen in den Sattel.

Das Gewicht des weiten Hosenrocks behinderte jede ihrer Bewegungen. Wütend schwor sie sich, dieses Reitkostüm ebenso auseinanderzuschneiden, wie sie es mit dem anderen gehalten hatte, während sie Leopard die Schenkel in die Seiten drückte und auf die Grenze zwischen Ladder S und Bar B-Land zusteuerte.

Noch bevor Elyssa jenseits des Ranchhofes war, tauchte Morgan wieder auf. Er ritt einen kastanienbraunen Wallach, der noch wenige Tage zuvor mit den Mustangs gelaufen war.

»Ich werde Sie begleiten, Ma'am.«

»Das lohnt sich nicht«, erwiderte sie.

»Wie Sie meinen, Ma'am.«

»Aber du wirst trotzdem mitkommen, richtig?«

»Richtig, Ma'am.«

»Sogar eine Schrotflinte trage ich bei mir«, sagte sie spitz.

»Ja, Ma'am.«

»Ich bin eine gute Schützin.«

»Sicher, Ma'am.«

»Du hast wichtigere Arbeit zu tun.«

»Nein, Ma'am.«

Mit einem gemurmelten Fluch trieb Elyssa Leopard auf das Netz von Geisterpfaden zu, das nach Wind Gap führte – und zur Bar B.

Morgan folgte ihr.

Als der Wallach neben Leopard hertrabte sah Elyssa, daß das Ladder-S-Brandzeichen auf der Flanke des Pferdes in ein Slash-River-Zeichen verwandelt worden war. Es war eine simple Änderung: die Fläche zwischen den beiden S-förmigen Schleifen des Originals war lediglich ausgefüllt und durch eine diagonale Linie quer durch die Mitte ergänzt worden.

»Was, wenn einer der Culpeppers etwas dagegen einzuwenden hat, daß du sein sogenanntes Eigentum reitest?« fragte Elyssa beißend.

»Dann werde ich endgültig erfahren, daß Gott gnädig ist.«

Morgans wölfisches Grinsen sagte mehr als seine Worte. Er konnte es offensichtlich kaum erwarten, einem streitbaren Culpepper zu begegnen.

Elyssa versuchte, nicht zu lächeln. Es war unmöglich.

Sie mochte Morgan. Außerdem waren es eher Hunters Anweisungen, die Morgan zu ihrer persönlichen, bewaffneten Eskorte gemacht hatte, als eine Eigenmächtigkeit von Morgans Seite.

»Bleib hinter mir«, sagte Elyssa, als sie schließlich nachgab. »Ich möchte nicht noch mehr Hufspuren hinterlassen, als hier draußen ohnehin schon sind.«

»Jawohl, Ma'am.«

Elyssa hob die Zügel und trieb Leopard zu einem kurzen Galopp an. Geradewegs ritt sie auf das Netz der nun bekannten Geisterpfade zwischen der Bar B und der Ladder S zu.

Man brauchte kein großartiger Fährtenleser zu sein, um zu erkennen, was geschehen war. Eine kleine Gruppe unbeschlagener Pferde war während der Nacht von Ladder S zu Bar B Land hinübergewechselt – oder getrieben worden.

Es gab nirgendwo Spuren, die zur Ladder S zurückführten.

Verdammt, Bill, dachte Elyssa erbittert. *Warum erlaubst du den Culpeppers, sich frei auf deinem Land zu bewegen? Tust du das, um mich zu ruinieren, weil ich dir die Ranch nicht verkaufen wollte?*

Die Vorstellung paßte einfach nicht zu dem, was Elyssa über Bill wußte. Sicher, er wirkte bisweilen etwas schroff, aber nicht mehr, als es dieses unwirtliche Land erforderte.

Mit ihr war er immer behutsam umgegangen, selbst in seiner Wut auf sie, weil sie ihm nicht die Ladder S verkaufen und für den Rest ihres Lebens in England bleiben wollte.

Ist es deshalb, weil Bill es als Einzelkämpfer gegen den gesamten Culpepper-Clan aufnehmen muß? Ist er zu dem Schluß gekommen, dann doch lieber eine Ranch zu verlieren, als sein Leben?

Elyssa hoffte inständig, daß dies der Fall war. Sie könnte es verstehen, wenn Bill nach dem Motto »Vorsicht ist die Mutter der Porzellankiste« handelte.

Für puren Diebstahl hatte sie jedoch keinerlei Verständnis.

Nachdem sie Gaylord Culpepper kennengelernt hatte, wußte Elyssa, daß ein Mann schon sehr stark, mutig und entschlossen sein müßte, um es allein mit den Culpeppers aufzunehmen. Sie konnte Bill keinen Vorwurf machen, falls er sich ausrechnete, daß es den Kummer nicht wert war.

Sie trieb Leopard vorwärts und folgte den Spuren der Pferde, die aus dem Korral der Ladder S gelockt worden waren. Die Spuren führten auf Bar-B-Land, dann bogen sie scharf zur Seite ab in einer Linie, die geradewegs auf einen besonders dichten Abschnitt des Sumpfes zulief.

Mac hatte ihr einmal erklärt, daß sich in der riesigen, wogenden Fläche von Schilf schmale Pfade, Seitenwege und Inseln festen Bodens verbargen. Das zumindest hätten ihm die Indianer erzählt.

Man konnte eine Menge Vieh in dem Sumpfgebiet verstecken ... wenn man sich dort auskannte und wußte, wie man in einem Irrgarten von Schilfgras, Schlamm und austrocknenden Wasserwegen von trügerischem Morast auf trockenes Land gelangte.

Elyssa stellte sich in den Steigbügeln auf und beschattete ihre Augen gegen die Sonne, während sie angestrengt den sanft abfallenden Hang zum Sumpf hinunterspähte. Zwischen dem hohen Schilf und den dichten Grasbüscheln konnten möglicherweise Hunderte von Rindern und Pferden verborgen sein.

Oder auch gar keine.

Es könnte ganz einfach ein raffiniert gelegter Hinterhalt sein, mit Pferdespuren als Köder und mit Culpepper-Gewehren gesäumt.

»Ma'am?« sagte Morgan mitten in ihre Gedanken hinein. »Sie denken wohl nicht zufällig daran, den Abhang hinunterzutraben und geradewegs in den Sumpf da hineinzurennen, oder?«

Elyssa gab keine Antwort.

Morgan räusperte sich.

»Ich würde es nicht tun, wenn ich Sie wäre, Ma'am. Tatsächlich werde ich sogar energisch dafür sorgen, daß Sie es bleibenlassen.«

Ein Blick in Morgans Gesicht verriet Elyssa, daß seine Miene keinerlei Zögern oder Bedauern ausdrückte. Seine Worte klangen unwiderruflich.

»Hunters Anweisung?« fragte sie.

»Gesunder Menschenverstand«, erwiderte Morgan nüchtern. »Wenn Sie nicht eine halbe Sumpfratte sind, werden Sie sich da draußen hoffnungslos verirren.«

»Oder in einen Hinterhalt geraten.«

Morgan stieß zischend den Atem aus und rückte seinen Hut auf dem Kopf zurecht.

»Richtig, Ma'am. Der Gedanke ist dem Cowboy in mir gleich in dem Moment gekommen, als ich vorhin erkannte, daß die Spuren direkt in den heißesten Teil der Hölle führen.«

Je länger Elyssa die Fährte betrachtete, desto sicherer war sie, daß die Spuren falsch, gefährlich oder auch beides waren.

Nein, dies ist einfach nicht Bills Art, die Dinge zu handhaben.

Bill hat mich geradeheraus gefragt, ob ich ihm die Ladder S verkaufen würde, und mir dann gesagt, wie kreuzdämlich es von mir sei, ein Angebot auszuschlagen.

Mitten ins Gesicht.

Brüllend vor Wut.

Er ist vollkommen offen zu mir gewesen und nicht heimlich im Morgengrauen herumgeschlichen, um mir grausame Streiche zu spielen.

Nach einem letzten Blick auf den Sumpf lehnte sich Elyssa im Sattel zurück und wandte sich zu Morgan um.

»Wo ist Hunter?« fragte sie knapp.

»Der reitet gerade Mustangs zu.«

Elyssa zog Leopard herum und strebte im Galopp zu dem Busch-Korral.

Morgan folgte ihr. Sein Blick schweifte immer wieder wachsam über das Gelände, bis sie ein gutes Stück außer Schußweite waren.

Als Elyssa und Morgan zu dem Korral kamen, hatte Reed gerade einen Mustang an den Ohren gepackt und klammerte sich mit aller Kraft dran fest. Hunter ergriff die Zügel direkt an der Trense, zog den Kopf des Pferdes bis fast zum linken Steigbügel herum und schwang sich in den Sattel.

»Okay, du kannst jetzt loslassen«, sagte er, während er seinen Griff um die Trense löste.

Reed ließ die Ohren des Mustangs los und rettete sich mit einem Riesensatz auf die andere Seite des Korrals.

Lächelnd setzte Morgan sich im Sattel auf, um das Schauspiel zu genießen.

Der Mustang war ein drahtiger kleiner Hengst mit Sprungfedern in den Füßen. Er sprang mit allen vieren gleichzeitig in die Luft, brach wild nach rechts und nach links aus, machte einen Buckel und wand und drehte sein Hinterteil wie ein Fisch in dem Versuch, seinen Reiter abzuwerfen.

Hunter ritt ihn wie eine Katze, ohne sich mehr als unbedingt nötig zu bewegen und ohne jemals Luft zwischen sich und den Sattel kommen zu lassen. Er benutzte die Sporen nicht als Mittel der Bestrafung, sondern um das Beste aus dem Tier herauszuholen.

Nach ein paar Minuten hörte der Mustang zu bocken auf, schnaubte hart und drehte den Kopf herum, um den seltsamen Auswuchs auf seinem Rücken zu betrachten.

Hunter sprach mit leiser, beruhigender Stimme auf das Pferd ein, während er seinen Hals streichelte. Dann stieg er mit einem geschmeidigen Schwung ab, wobei er sorgsam darauf achtete, niemals die Balance in den Steigbügeln zu verlieren.

Seine Stiefel hatten noch kaum den Boden berührt, als er auch schon nach dem Zaumzeug griff, den Kopf des Pferdes hochzog und sich erneut in den Sattel schwang.

Der Hengst schnaubte, tänzelte seitwärts, bockte halbherzig und blieb dann still stehen.

Zum ersten Mal fiel Elyssa auf, daß auf der Flanke des Mustangs ein neues Ladder-S-Brandzeichen prangte. Das gleiche galt für jeden anderen Mustang im Korral.

Hunter saß ab.

»In Ordnung, hol den nächsten«, rief er Reed zu.

Das Pferd war offiziell »green-broke«, was bedeutete, daß ein erfahrener Reiter einigermaßen sicher aufsteigen konnte, ohne die Hilfe eines anderen Mannes zu benötigen.

»Verdammt, aber wie der Boß mit einem wilden Mustang umgeht, das ist wirklich ein Anblick, den man nicht so schnell vergißt«, sagte Morgan grinsend. »Hab' bisher nur einen gesehen, der besser war.«

»Besser als Hunter?« fragte Elyssa. »Das bezweifle ich.«

»Fragen Sie Hunter. Er wird Ihnen bestätigen, daß sein Bruder eine noch geschicktere Hand mit wilden Pferden hat.«

Sein Lasso wurfbereit in der Hand, ritt Reed langsam auf die Mustangs zu, die am anderen Ende des Korrals durcheinanderliefen. Es gab einen kleinen Aufruhr, ein aufgeregtes Schnauben und Scheuen und Zur-Seite-Ausbrechen, aber es nützte nichts. Schon wirbelte die Lassoschlinge durch die Luft und legte sich um den Hals des nächsten Kandidaten.

Reed schlang sein Ende des Lassos um das Sattelhorn und zog das widerstrebende Roß zum Sattelplatz.

Ohne Elyssa anzusehen oder ihre Anwesenheit auch nur zur Kenntnis zu nehmen, nahm Hunter dem ersten Mustang Sattel und Zaumzeug ab und eilte zum Sattelplatz hinüber.

»Hunter«, rief Elyssa. »Ich muß dich dringend sprechen.«

»Später«, winkte er ab. »Im Moment bin ich beschäftigt.«

»Es geht um die gestohlenen Pferde.«

»Genau deshalb habe ich ziemlich zu tun. Ich bin dabei, neue zu zähmen, um die alten zu ersetzen.«

»Nur ein paar Minuten, bitte!«

»In der Zeit habe ich schon einen weiteren Mustang zugeritten, Frechdachs.«

Damit marschierte Hunter weiter auf den Sattelplatz am entgegengesetzten Ende des Korrals zu.

Elyssa trieb Leopard zum Tor hinüber.

Noch bevor Hunter begriff, was geschah, war Leopard über das Tor gesprungen und kam mit einer eleganten Wende direkt vor ihm zum Stehen.

Zum Teufel mit ihrer verdammten Tollkühnheit, dachte er voller Ingrimm. *Eines Tages wird sie mit diesem Hengst über den falschen Zaun springen, und beide landen mit gebrochenem Genick im Staub.*

Aber das war es nicht, was Hunter wirklich beunruhigte, und er wußte es auch.

Er begehrte Elyssa mit aller Macht und haßte es gleichzeitig so sehr, sie überhaupt zu begehren, daß es ihn wurmte, wenn er sie nur ansah. Ihr entzücktes Lachen nach dem Malheur mit dem Wasserfaß spukte ihm unaufhörlich durch den Sinn.

Die Erinnerung an ihre festen Brustspitzen, die sich deutlich sichtbar unter der nassen Bluse abgezeichnet hatten, ließ flüssiges Feuer durch seine Adern rasen.

»Es geht um Bill«, sagte Elyssa. »Ich mache mir Sorgen um ihn.«

Als er den bekümmerten Ausdruck in ihren Augen sah und hörte, wie ihre Stimme bei der Nennung des verhaßten Namens sanft wurde, war es mit seiner ohnehin schon arg angeschlagenen Selbstbeherrschung endgültig vorbei.

»Was genau ist es, was dir an diesem küheklauenden, pferdestehlenden, Culpepper-liebenden Sohn einer räudigen Hündin Sorgen macht?« fragte Hunter mit kaum verhohlenem Zorn.

»Wir haben nicht den geringsten Beweis dafür, daß Bill Vieh stiehlt.«

»Welche Art von Beweis brauchst du denn noch, Mädchen? Ein Geständnis? Eine genaue Demonstration, wie er es angestellt hat? *Einen Schuß in den Rücken aus dem Hinterhalt?«*

»Bill würde mir niemals etwas antun«, erwiderte Elyssa hitzig. »Du kennst ihn nicht so, wie ich ihn kenne …«

»Stimmt auffallend«, gab Hunter grimmig zurück. »Ich habe immer anständige Frauen vorgezogen.«

Elyssa registrierte die Beleidigung nicht einmal, sondern sprach unbeirrt weiter, ohne auf Hunters Worte einzugehen.

»Es könnte sein, daß er von den Culpeppers als Geisel gefangengehalten wird«, schloß sie.

»Als Geisel? Barmherziger Gott im Himmel.«

»Es ist die einzige Erklärung, die einen Sinn ergibt.«

»Du kannst die Wahrheit nicht erkennen, selbst wenn sie dir

auf den Füßen steht und dir ins Gesicht spuckt, stimmt's? Der liebe alte Bill klaut dir das letzte Hemd!«

»Nein! Er braucht unsere Hilfe!«

»Eine Kugel in den Kopf kann er haben.«

Elyssa sah den verlorenen Ausdruck in Hunters Augen und erinnerte sich wieder an den greifbaren Haß, den er auf alles hatte, was irgendwie mit den Culpeppers zusammenhing.

Küheklauender, pferdestehlender, Culpepper-liebender Sohn einer räudigen Hündin.

»Nein«, sagte sie mit schriller Stimme. »Ich werde nicht zulassen, daß du Bill verletzt. Hast du mich gehört? Wehe, du wirst gewalttätig gegen ihn!«

Hunter warf ihr einen zornerfüllten, verächtlichen Blick zu.

Dann fragte er sich, wie es nur kam, daß hübsche kleine Luder wie Elyssa und Belinda den Kopf verloren wegen miesen Betrügern, die doppelt so alt wie sie selbst und zufällig ihre Nachbarn waren.

Mit einem raschen Schritt trat Hunter näher an Leopard heran. Als er sprach, konnte nur Elyssa ihn hören.

»Hör auf, dich an meine Fersen zu heften und Seide zu tragen«, zischte er mit eisiger Stimme. »Wenn ich das wollte, was du ständig zur Schau stellst, dann wäre ich derjenige, der dich überallhin begleitet, und nicht Morgan.«

»Ich habe nicht ...«

»Den Teufel hast du«, unterbrach er sie schroff. »Die Jungs lachen schon über dich in der Schlafbaracke – über all das Hüftenschwingen und Lippenlecken und die einladenden Blicke, die du mir zuwirfst.«

»Aber ich tue doch gar nichts!«

»Das würde mal ganz was Neues für die Jungs und mich sein«, gab Hunter zurück. »Geh weg, Frechdachs. Wenn ich Lust habe, mir zu nehmen, was du mir dauernd unter die Nase hältst, dann wirst du es schon rechtzeitig erfahren.«

Elyssa errötete in einer Mischung aus Empörung und Verlegenheit darüber, daß ihr Interesse für Hunter Gegenstand derber Scherze in der Schlafbaracke war.

»Morgan«, bellte Hunter. »Mach das Tor auf.«

Das Tor öffnete sich knarrend und quietschend vor ihnen.

»So, und jetzt schaff mir diesen gescheckten Gaul aus dem Weg«, sagte Hunter. »Ich habe wichtigere Dinge zu tun, als mich mit koketten Damen zu unterhalten.«

Elyssa musterte Hunter einen langen, angespannten Moment lang. Sein Ausdruck ließ keinerlei Nachgiebigkeit erkennen, keinen Hinweis darauf, daß er schließlich doch noch einlenken und aufgrund ihrer Angst um Bill etwas unternehmen würde.

Na schön, sagte sie sich trotzig. *Dann werde ich es eben selbst tun.*

Sie ignorierte das offene Tor und trieb Leopard auf den breiten, mit Gebüsch verstärkten Korralzaun zu. Der Hengst nahm ihn mit einem kraftvollen Sprung und ließ Hunter fluchend im Staub zurück.

15

Auf Zehenspitzen und mit angehaltenem Atem schlich Elyssa die Treppe hinunter. Bei jedem Schritt des Weges flehte sie innerlich, daß der vom Zureiten der Mustangs erschöpfte Hunter wie ein Stein schliefe ...

... oder – falls er doch aufwachte – das Knarren und Ächzen der Treppe irrtümlich für die Klagen des Hauses über den feucht-kalten Bodennebel halten würde, der in die Holzwände eindrang.

Bei dem Gedanken, Hunter gegenüberzutreten, nachdem er sie in dem Busch-Korral derart beleidigt und in ihrem Stolz gekränkt hatte, überlief es Elyssa heiß und kalt zugleich.

Denk einfach nicht an ihn und daran, daß die Männer in der

Schlafbaracke über dich lachen. In Anbetracht dessen, was mit der Ladder S passiert, sind alles andere nur kleine Fische.

Aber Elyssa legte dennoch keinen Wert darauf, Hunter zu begegnen. Sie wußte nicht, ob sie ihn dann einfach ignorieren oder ihre Flinte heben und erleben würde, wie ihm der kalte Angstschweiß ausbrach.

Die letztere Vorstellung hatte etwas ausgesprochen Reizvolles.

Denk nicht an Hunter.

Erst nachdem sie die Küchentür leise hinter sich geschlossen hatte, entspannte Elyssa sich wieder – Gott sei Dank war sie ihrem scharfzüngigen Wächter entkommen.

Sie eilte über die offene Fläche zwischen dem Haus und dem Stallgebäude. Ein großer, kürbisgelber Mond hing tief am Nachthimmel. Es waren nur wenige hohe Wolken zu sehen, Überreste eines abendlichen Gewitters. Trotz seiner Größe spendete der Mond nur spärlich Licht. Was immer an Helligkeit zur Erde drang, wurde von den dichten Nebelschwaden aufgesogen, die tief über dem Boden wallten und jede Vertiefung, Furche und Bodensenke füllten.

Etwas Kaltes stupste Elyssa am Finger. Sie unterdrückte einen Aufschrei und blickte hinunter.

Vixen schaute zu ihr auf und wedelte hoffnungsvoll mit dem Schwanz.

»Nein«, flüsterte Elyssa. »Geh wieder zurück und bewache den Stall.«

Vixen legte den Kopf schief, zögerte einen Moment und trottete dann ergeben zurück.

Elyssa blickte zu der Schlafbaracke hinüber. Weiße Nebelfetzen tanzten wie silbrige Flammen in einem schwachen Wind. In den Fenstern war nirgendwo ein Lichtschimmer wahrzunehmen, nicht einmal bei Gimp.

Mit raschen Schritten ging Elyssa zum Stall hinüber, sattelte Leopard und ritt in Richtung Wind Gap. In ihrem schwarzen Reitkostüm, einer dunklen Jacke, die einmal Mac gehört hatte, und mit dem schwarzen Schal, der ihr helles Haar verhüllte, war sie selbst in den Lücken zwischen einzelnen Nebelschwaden nur sehr schwer zu erkennen.

Und im Dunst selbst war sic praktisch unsichtbar.

Elyssa hatte noch niemals so lange für den Weg zu Bills Ranch gebraucht. Zusätzlich zu dem Nebel nutzte sie jede verfügbare Deckung, um ihren einsamen Ritt durch die Nacht geheimzuhalten.

Man konnte unmöglich wissen, ob die Culpeppers nicht einen ihrer Männer auf dem Grat über Wind Gap postiert hatten.

Wie Elyssa gehofft hatte, wurde der Nebel dichter, sobald sie Wind Gap hinter sich gelassen hatte. Aber die Erfahrung sagte ihr, daß sich die Schleier kurz nach Tagesanbruch auflösen würden. Bis dahin mußte sie wieder auf der Ranch sein.

Und zwar mit Bill Moreland!

Sie fürchtete sich vor dem, was passieren würde, wenn Hunter Bill mit einem Gewehr in der Hand begegnen würde.

Was genau ist es, was dir an diesem kühеklauenden, pferdestehlenden, Culpepper-liebenden Sohn einer räudigen Hündin Sorgen macht?

Es schauderte sic bei der Erinnerung an den Ausdruck, den sie in Hunters Augen gesehen hatte, als er vor ein paar Tagen auf Ab Culpepper zielte.

Blanker Haß.

Eine Kugel in den Kopf kann er haben!

Elyssa hatte Angst, daß Hunter Bill sofort erschießen würde, genauso wie er mit vierbeinigem Ungeziefer verfahren würde, das ein Kalb anfiel.

Ich kann und darf nicht zulassen, daß das passiert, dachte sie angstvoll. *Nur weil Bill keinen Finger krumm gemacht hat, um mir zu helfen, bedeutet das noch lange nicht, daß er den Tod verdient hat.*

Er war so gut zu mir in all jenen Jahren, bevor ich nach England gegangen bin.

Mit Entschlossenheit in jeder Faser ihres Körpers trieb Elyssa Leopard durch die verblassende Dunkelheit. Falls irgendwelche Culpeppers die Auffahrt zu Bills Blockhaus bewachten, so schlugen sie jedenfalls keinen Alarm, als Leopard wie eine Erscheinung vorbeigaloppierte.

Aufmerksam starrte Elyssa nach vorn und hielt nach einem Lichtschimmer Aussschau. Nichts. Sämtliche Fenster waren dunkel. Sie saß ab und band Leopard an einem Busch fest. Mit großer Vorsicht schlich sie so nahe an den Abort des Blockhauses heran, wie sie es irgend wagen konnte.

Ungefähr zehn Meter von dessen Rückseite entfernt befand sich ein Dickicht. Gebückt kroch Elyssa näher und verschmolz mit den Büschen, wie Bill es ihr beigebracht hatte bei ihren gemeinsamen Jagdausflügen.

Sie befeuchtete ihre Lippen mit der Zunge, spitzte sie und stieß einen leisen Pfiff aus. Der klare, trällernde Ruf einer Nachtigall stieg in die Stille auf. Bill hatte sie vor Jahren gelehrt, diesen Vogelruf nachzuahmen, als sie noch ein kleines Mädchen gewesen war und das perlende Lachen ihrer Mutter durch das Haus hallte.

Es ging kein Licht im Blockhaus an zur Antwort auf Elyssas Signal.

Und niemand rief durch die Dämmerung nach ihr.

Nervös warf Elyssa einen Blick zum Himmel. Die Sterne schwanden bereits, und am östlichen Horizont schimmerte ein schwach pfirsichfarbener Schein.

Wieder schickte sie den melodiösen Vogelruf durch die Lüfte.

Nichts geschah.

Vielleicht hat Bill wieder mal zuviel getrunken und schläft zu tief, um mich zu hören, dachte sie ängstlich. Sie befeuchtete erneut ihre Lippen, die sich so trocken wie Papier anfühlten, und versuchte es noch einmal. Eine falsche Nachtigall sang zum dritten Mal vor dem schlafend daliegenden Blockhaus.

Nichts rührte sich.

Keine Laterne erwachte flackernd zum Leben.

Ein Schimmer von Rosa verdrängte nun deutlich die Dunkelheit am Morgenhimmel.

Elyssa wartete.

Und wartete.

Gerade als sie aufgeben wollte, öffnete sich die Vordertür des Blockhauses mit einem leisen Ächzen. Ein Mann kam heraus und strebte zum Abort.

Bill.

Erleichterung durchflutete Elyssa.

Bill ging zu dem Häuschen mit dem zögernden, unsicheren Schritt eines Mannes, der entweder einen Kater hatte oder halb blind in dem trüben Licht der frühen Dämmerung war. Irgendwie führten ihn seine schwankenden Schritte an dem Abort vorbei zu dem Dickicht.

»Hier drüben!« flüsterte Elyssa. »Ich bin's.«

»Großer Gott, Frechdachs«, zischte Bill. »Als du aus England zurückgekehrt bist, habe ich dir verboten, jemals hierherzukommen! Geh nach Hause!«

Elyssa versuchte, Bills Gesichtsausdruck zu erkennen. Was sie in dem trüben Licht von seinen Augen sehen konnte, alarmierte sie aufs höchste.

Seine grauen Augen waren blutunterlaufen.

Wütend.

Und vor allem von Angst erfüllt.

»Genau wie deine Mutter«, flüsterte Bill zornig. »Rücksichtslos und leichtsinnig bis in die Knochen! Verschwinde von hier!«

»Komm mit mir zur Ladder S zurück«, wisperte sie flehend. »Bitte. Ich brauche dich.«

»Geh nach Hause.«

Bills sanfte Stimme paßte keineswegs zu seinem Gesichtsausdruck.

»Bill ...«

»Geh, verdammt noch mal!«

»Nein«, erwiderte Elyssa mit gedämpfter, harter Stimme. Sie erhob sich mit einem Ruck aus dem Gebüsch. »Es sind zu viele Ladder-S-Kühe gestohlen worden. Zu viele Pferde sind verschwunden. Und die Spuren führen alle zur ...«

»Na sieh mal einer an«, sagte plötzlich eine fremde männliche Stimme hinter Elyssa. »Wenn das keine angenehme Überraschung ist! Jemand hat für Ab Culpepper ein erstklassiges Stück Frauenfleisch parat.«

Bill stolperte und fiel gegen Elyssa, und sie fühlte, wie sie von dem Fremden weggestoßen wurde.

»Lauf!« zischte Bill grimmig.

Diesmal widersprach sie nicht. Blitzschnell wirbelte sie herum und rannte los.

Doch sie kam nicht weit. Nach drei Schritten zwang sie der eisenharte Griff einer Männerhand um ihren Oberarm abrupt zum Stehenbleiben. Sie keuchte vor Schmerz, als sie brutal zu Ab Culpepper herumgerissen wurde. Er war groß, grobknochig und hatte blasse Augen, die in dem dämmrigen Licht gefährlich glitzerten. Der Ausdruck in jenen Augen bewirkte, daß sich Elyssa vor Angst der Magen umdrehte.

»Wirklich allererste Klasse«, sagte Ab gedehnt.

Elyssas Arm saß fest wie in einem Schraubstock. »Lassen Sie mich los!«

»Nicht so hastig, Mädchen. Nur weil der alte Bill hier zu besoffen ist, um eine Lady zu unterhalten, bedeutet das noch lange nicht, daß du enttäuscht wieder abziehen mußt.«

»Lassen Sie mich los!« stieß sie zwischen zusammengebissenen Zähnen nochmals hervor.

»Noch kein Fräulein hat sich jemals darüber beschwert, daß sich Ab Culpepper einer Lage nicht gewachsen zeigt«, knurrte Ab.

Elyssa warf Bill einen hilfesuchenden Blick zu, weil sie wußte, daß sie niemals allein mit Ab Culpepper fertigwerden würde.

Doch Bills Hände waren nirgendwo in der Nähe des sechsschüssigen Revolvers, den er an der Hüfte trug.

Eisige Kälte kroch in Elyssas Seele, als ihr klar wurde, daß ihr alter Freund ihr jetzt ebensowenig helfen könnte, wie er ihr in den vergangenen zwei Monaten geholfen hatte.

Dann erkannte sie, daß Bill an ihr vorbeischaute, als wäre sie Luft. Der ohnmächtige Zorn auf seinem Gesicht sagte ihr mehr, als es Worte vermocht hätten.

Sie drehte sich um, um seinem Blick zu folgen.

Culpeppers materialisierten sich aus dem fahlgrauen Licht der Morgendämmerung, noch während sie hinschaute. Zuerst einer. Dann noch einer. Dann Gaylord. Sie waren nicht mehr als zehn Schritte von Bill entfernt. Allesamt hochgewachsene, sehnige Gestalten mit blaßblauen Augen, glichen sich die Burschen wie Erbsen in einem Topf.

Oder Teufel in der Hölle.

»Sei ein freundliches Mädchen und sag hallo zu den Jungs«, drängte Ab Elyssa.

»Lassen Sie mich los«, erwiderte sie scharf.

Ab lächelte nur.

Wieder drehte sich Elyssa der Magen um. Die Grausamkeit hatte in Ab persönlich Gestalt angenommen.

Gaylord Culpepper mochte ein Teil seiner Menschlichkeit fehlen, aber Ab fehlte die ganze Seele.

»Kümmere dich einfach nicht um den alten Bill«, wies Ab sie an. »Er ist in letzter Zeit furchtbar gereizt. Liegt wohl daran, daß er kein Mädchen zum Verführen hat.«

Nicht ein Wort kam über Elyssas blutleere Lippen. Ihre Augen hatten ihr mitgeteilt, daß Worte nichts nützen würden. Die Culpeppers hatten Bill völlig in ihrer Gewalt; die Mündungen ihrer Revolver zielten genau auf sein Herz.

Sie brauchten nichts weiter zu tun, als abzudrücken.

Ab sah, in welche Richtung Elyssas Blick geschweift war, und lächelte kalt. Der Druck seiner Finger um ihren Arm ließ ein wenig nach.

Elyssa saß in der Falle. Es gab keinen Ort, an den sie hätte flüchten können. Und selbst wenn es ihr gelungen wäre, sich loszureißen und davonzulaufen, so hätte der sich rasch auflösende Nebel ihre Flucht vereitelt. Seine letzten trüben Fetzen reichten ihr gerade noch bis zu den Knien.

Keine Deckung.

Keine Möglichkeit, sich zu verstecken.

Ab riß Elyssa mit einer brüsken Handbewegung den Schal vom Kopf. Flachsblondes Haar schimmerte im heller werdenden Licht.

»Hab' ich mir doch gedacht«, sagte er voller Befriedigung. »Du bist dieses Miststück, das Frechdachs genannt wird.«

»Mein Name ist Elyssa.«

Der Ausdruck auf Abs Gesicht sagte ihr, daß es ihn herzlich wenig kümmerte, wie sie hieß.

»So, dann wollen wir mal ins Haus gehen«, sagte er aufgeräumt. »Höchste Zeit, daß wir zum geschäftlichen Teil kommen. Wir haben etwas Wichtiges zu besprechen.«

Bill warf Ab einen gehetzten Blick zu.

Ab nahm keinerlei Notiz davon. Alles, was ihn im Moment interessierte, war das Mädchen mit dem flachsblonden Haar und den störrischen blaugrünen Augen.

»Wir haben gar nichts miteinander zu besprechen«, keifte Elyssa.

»Na, na, nicht so hastig, Mädel. Wart's doch erst mal ab. Könnte durchaus sein, daß dir mein Vorschlag gefällt«, sagte Ab hinterhältig.

»Ich bin schon ziemlich spät dran. Man erwartet mich auf der Ranch.«

»Genau das ist es, worüber wir reden werden.«

»Worüber?«

»Du wirst die Ladder S abstoßen«, erklärte Ab ungeduldig. »Und zwar hübsch legal und rechtmäßig. Nichts, worüber sich die blaubäuchigen Yankees aufregen könnten.«

»Nein.«

»Dreißig Yankee-Dollar für die Ranch«, sagte Ab. »Das ist mein erstes und letztes Angebot.«

Elyssa blickte ihn an, als hätte er den Verstand verloren. Dreißig Dollar reichten nicht einmal, um einen Ladder S-Korral zu kaufen, geschweige denn das ganze Anwesen.

Doch genauso schnell, wie sie Ab angesehen hatte, wandte sie den Blick wieder ab. Es war grauenerregend, in seine Augen zu schauen.

»Nein«, wiederholte sie steif.

Plötzlich tauchte ein vierter Mann aus der milchigen Morgendämmerung auf, in der einen Hand ein Gewehr, in der anderen einen sechsschüssigen Revolver. Er stand ein ganzes Stück entfernt von den Culpeppers, reglos wie eine Statue. Und wartete mit gezogener Waffe.

In seiner Haltung war keinerlei Nervosität oder Ungeduld zu erkennen. Er hatte auch nichts von der ungezügelten Gier an sich, die die Culpeppers aussandten. Und die ruhige Bereitschaft, die die Körperhaltung dieses Mannes ausdrückte, war noch gefährlicher als die Waffen, die er in den Händen hielt.

Mit unmißverständlicher Klarheit spürte Elyssa, daß diese Nummer Vier eine tödlichere Bedrohung darstellte als der Rest der Culpeppers zusammen. Sie war sich dessen so bewußt wie ihres eigenen rasenden Pulsschlags.

Großer Gott, was habe ich da nur angestellt? fragte sie sich bestürzt. *Bill ist praktisch ein Gefangener dieser Banditen.*

Und jetzt bin ich es auch.

Der Gedanke, hilflos der Gnade von Ab Culpepper und seinesgleichen ausgeliefert zu sein, bewirkte, daß sich Elyssas Magen zu einem schmerzhaften Knoten zusammenzog. Abrupt und ohne nachzudenken riß sie ihren Arm aus seinem Griff und trat aus seiner Reichweite zurück.

Die Bewegung war so schnell und unerwartet, daß sie Ab überraschte. Er machte einen Satz auf Elyssa zu, um sie zu pakken, aber ein Wort von Gaylord ließ ihn urplötzlich innehalten.

Ab warf einen Blick über seine Schulter. Er stieß einen wüsten Fluch aus. Dann zog er seine Hand zurück und ließ sie schlaff an seiner Seite herabbaumeln.

Elyssa drehte sich zu Bill um, noch während sie zu Leopard zurückwich.

»Komm mit mir zurück«, bat sie inständig. »Penny macht sich große Sorgen um dich. Wir brauchen dich.«

»Verschwinde endlich ein für allemal«, knurrte er. *»Geh.«*

Elyssa stritt nicht lange mit ihm. Hastig schwang sie sich in Leopards Sattel, zog ihn an den Zügeln herum und trieb ihn zu einem schnellen Galopp an.

Gerade als sie sich zu der dreisten Unverfrorenheit gratulierte, mit der sie ihre Flucht bewerkstelligt hatte, bemerkte Elyssa etwas, was die Culpeppers offensichtlich schon längst erblickt hatten.

Ein Stück weiter voraus und rechts von ihr ragte ein Gewehrlauf aus der Deckung von Felsblöcken und Gebüsch hervor.

Während Elyssa vorbeigaloppierte, blieb die Gewehrmündung weiterhin unverwandt auf Ab Culpepper gerichtet und verfolgte jeden Atemzug, den er tat. Bei wem es sich auch um den Waffenträger handelte, er war eindeutig kein Freund der Culpeppers.

Hunter! dachte Elyssa. *Dann hat er mich also doch die Treppe hinunterschleichen hören.*

Ein Teil von ihr war unendlich froh darüber.

Und ein anderer Teil von ihr wünschte sich nichts sehnlicher, als so eilig wie möglich zu verschwinden, um der gepfefferten Standpauke zu entgehen, die Hunter ihr mit Sicherheit halten würde. Sie beugte sich tief über Leopards Hals und ritt zügig voran.

Doch trotz ihres Drangs zu fliehen hütete sie sich davor, den großen Hengst zu dem halsbrecherischen Tempo anzutreiben, mit dem sie am liebsten davongerast wäre. Vielleicht war sie leichtsinnig gewesen, wie Bill es ihr vorgeworfen hatte, aber kopflos wollte sie keineswegs handeln.

Das gleiche hätte man in dem Moment von Hunter *nicht* sagen können. Er holte Elyssa ein, noch bevor sie auf Ladder-S-Land gelangte.

Die kalte Wut in seinen Augen weckte in Elyssa den Wunsch, unverzüglich in Deckung zu gehen.

Die Tatsache, daß er kein Wort sagte, bis sie in Sichtweite der Ranchgebäude waren, machte die Sache sogar noch schlimmer.

Abrupt lenkte er Bugle Boy quer über Leopards Weg und zwang den gescheckten Hengst stehenzubleiben.

»Halt an«, donnerte Hunter.

Mit sichtlichem Widerstreben zog Elyssa die Zügel an.

»Ich dachte, wenn ich mit Bill rede ...«, begann sie.

»Reden? Ist das der Ausdruck, den Mädchen wie du dafür benutzen?« unterbrach er sie sarkastisch. »Na, das beruhigt mich doch ungeheuer.«

»... würde er begreifen, wie verzweifelt die Lage auf der Ladder S ist«, fuhr Elyssa hastig fort, »und dann würde er uns helfen oder uns zumindest nicht schaden. Ich wußte ja nicht, daß ...«

»Stimmt, du hast überhaupt nichts gewußt, außer daß es dich gejuckt hat und er der Mann war, der dich kratzen würde«, fiel Hunter ihr barsch ins Wort.

»Wovon redest du eigentlich?« fragte sie verwirrt.

»Zum Kuckuck«, knurrte Hunter angewidert. »Ich rede von einem jungen Ding und einem Nachbarn, der alt genug wäre, es besser zu wissen.«

»Das ist doch nicht Bills Schuld, daß er es nicht allein mit den Culpeppers aufnehmen kann«, gab Elyssa hitzig zurück. »Herrgott noch mal, du willst ja nicht mal mit *sieben* Männern gegen sie antreten!«

Elyssas leidenschaftliche Verteidigung von Bill brachte Hunter noch mehr in Rage. Es erinnerte ihn zu sehr an Belindas endlose Tiraden, wann immer etwas nicht nach ihrem Kopf gegangen ist. In Gedanken konnte er noch immer seine verstorbene Frau hören, wie sie grundsätzlich anderen die Schuld an dem zuschob, was sie unglücklich machte – ihrem Ehemann, dem Krieg, Texas, den Kindern, alles und jedem auf der Welt – nur nicht sich selbst.

»Du bist genau wie Belinda«, tobte er. »Du scherst dich einen Dreck um die Leute, die von dir abhängig sind. Deine Pflichten und deine Verantwortung können dir gestohlen bleiben. Alles, was dich interessiert, ist dein weibliches Verlangen, das befriedigt werden muß, und zum Teufel mit dem Drum und Dran!«

Elyssa blinzelte, verdutzt über die unerwartete Wendung, die die Unterhaltung genommen hatte.

»Also rennst du Hals über Kopf zu deinem Nachbarn«, fuhr Hunter außer sich vor Wut fort, »und setzt dabei alles aufs Spiel, einschließlich deines eigenen törichten Lebens. Aber bist du vielleicht einmal bereit, Vernunft anzunehmen?«

»Ich ...«

»Nein, verflucht noch mal, das bist du nicht!« Er fletschte die Zähne. »Du wirst dich heimlich wegschleichen, um dich auf halbem Weg mit dem Nachbarn zu treffen, und während du dich stöhnend mit dem Kerl im Gras wälzt, werden deine Kinder von Culpeppers geschändet und dann in die Sklaverei bei den Comancheros verkauft!«

Als Elyssa begriff, was Hunter da sagte, stieg eine Woge von Übelkeit in ihrer Kehle auf.

»Hunter ...«, flehte sie.

Er hörte sie gar nicht. Wie so oft hatte ihn die Hölle der Vergangenheit gepackt, die ihn in allzu vielen Momenten seines Lebens verfolgte.

»Die Culpeppers haben schließlich auch Belinda erwischt«, sagte er tonlos. »Ich kann mir vorstellen, daß sie den Tod herbeigesehnt hat, noch bevor sie mit ihr fertig waren. Ted und Klein Em wären wahrscheinlich auch froh über einen schnellen Tod gewesen. Aber sie hatten nicht soviel Glück wie ihre Mutter. Es hat Tage gedauert. Wenn ich daran denke, wie diese feigen Lumpen Klein Em durch den Dreck geschleift haben ...«

»Hunter! Hör auf!«

Er schloß gequält die Augen. Schweigend kämpfte er darum, den ohmmächtigen Zorn in seinem Herzen unter Kontrolle zu bekommen.

Als er die Augen wieder öffnete, fand er sich in der Gegenwart wieder, statt in der zerstörten Vergangenheit. Er blickte hinunter auf Elyssas Finger. Sie hielten sein Handgelenk mit schmerzhaftem Griff umfangen.

»Es hilft doch nichts, wenn du dich damit marterst«, sagte Elyssa eindringlich. »Es ist vorbei, Hunter. Sie sind tot, und du lebst, und es wird ihnen nicht das geringste nützen, wenn du immer wieder an die Vergangenheit zurückdenkst und dich mit Vorwürfen überschüttest.«

Langsam richteten sich Hunters Augen auf Elyssa.

»Ich war nicht da, als sie mich brauchten«, sagte er mit erstickter Stimme. »Meine Kinder starben, ohne daß ich eingriff.«

»Es tut mir leid«, flüsterte Elyssa. »Oh, Hunter, es tut mir so schrecklich leid.«

Und sie fühlte grenzenloses Mitleid. Mit seinen Kindern. Mit seiner toten Ehefrau. Mit Hunter.

Und ein wenig auch mit sich selbst.

Endlich verstand Elyssa, warum Hunter sich so hartnäckig weigerte, sie zu lieben. Es war nicht etwa aus dem Grund, weil er an seiner ersten Ehefrau so innig gehangen hätte.

Sondern weil er von ihr betrogen worden war.

Hunter befreite sein Handgelenk mit einem Ruck aus Elyssas Griff, als wäre ihm ihre Berührung zuwider.

»Hör auf, dich wegzuschleichen, um dich mit Bill zu treffen«, blaffte er sie nun an. »Nachdem ich die verdammten Culpeppers begraben habe, kannst du meinetwegen auch bei Bill einziehen, das ist mir völlig egal. Aber bis dahin wirst du dich zusammenreißen!«

»Ich bin nicht wie Belinda. Natürlich habe ich Bill sehr gerne, aber nicht so, wie du glaubst.«

Hunters Oberlippe kräuselte sich in stummer Ungläubigkeit.

»Ich habe vier Culpeppers gesehen«, knirschte er. »Waren noch mehr von ihnen da?«

Alles in Elyssa drängte danach, ihm klarzumachen, daß er sich in ihr täuschte, daß sie Belinda nicht im geringsten ähnelte, aber ein Blick in Hunters Augen überzeugte sie, daß jetzt nicht der richtige Zeitpunkt für eine solche Berichtigung war.

Vielleicht morgen.

Oder übermorgen.

Hunter könnte bis dahin wieder Vernunft angenommen haben ...

Hoffentlich würden seine Augen dann nicht mehr wie stählerne Scheiben von Rachsucht aussehen.

»Ich habe keine anderen Culpeppers gesehen«, erwiderte Elyssa. »Es war allerdings noch ein Mann da.«

Hunter beobachtete sie mit durchdringender Intensität.

»Eigentlich sah er wie der gefährlichste von allen aus«, fügte sie hinzu.

»Kanntest du ihn?«

»Nein. Mir war er unbekannt.«

»Woher willst du dann wissen, daß er gefährlich ist?«

Elyssa stieß einen heimlichen Seufzer der Erleichterung aus. Hunters Stimme hatte glücklicherweise etwas von ihrer tödlichen Kälte verloren.

»Ich habe es an der Art erkannt, wie er dastand«, erwiderte sie schlicht.

»Was soll das heißen?«

»Die meisten Männer zappeln, verlagern ihr Gewicht von einem Fuß auf den anderen oder fummeln an ihrem Schnurrbart oder ihrem Patronengurt herum ...«

Hunter wartete angespannt. Seine absolute Reglosigkeit erinnerte Elyssa unwillkürlich an jenen Fremden.

»Dieser Mann dagegen hat sich nicht bewegt, außer um zu

atmen«, sagte sie. »Er war nicht erregt oder blutdürstig oder sonst irgend etwas. Er war einfach nur ... bereit.«

»Wofür?«

»Für alles, ganz gleich, was passieren würde. Er machte den Eindruck, als würde er es damit aufnehmen, was immer es wäre, ohne mit der Wimper zu zucken. Als ob ihn nichts berühren könnte, höchstens der Tod, und als ob selbst der Tod nichts Furchteinflößendes für ihn hätte. Er wirkte genau wie du, als du an jenem ersten Abend auf die Ranch gekommen bist.«

Bugle Boy schnaubte und zerrte ungeduldig an den Zügeln.

Hunter ignorierte das Pferd. Die Erkenntnis, daß er einen von den Männern, die Elyssa umzingelt hatten, nicht bemerkt hatte, machte ihn zutiefst unsicher.

»Ich habe ihn nicht gesehen«, erklärte er.

»Er stand ein ganzes Stück von den Culpeppers entfernt.«

»Wie hat er ausgesehen?«

»Er war ...«

Elyssa brach ab. Sie blickte Hunter an.

»Er war dir in Größe und Körperbau ziemlich ähnlich«, sagte sie schließlich. »Oder vielleicht lag es auch nur daran, daß er Teile einer alten Uniform der Konföderierten Armee trug, daß er mich irgendwie an dich erinnerte.«

»Links- oder Rechtshänder?«

»Er hatte einen sechsschüssigen Revolver in der einen Hand und ein Repetiergewehr in der anderen.«

Hunter lächelte schmal. »Kein Wunder, daß er nicht nervös war.«

»Und er trug Mokassins«, fügte Elyssa hinzu.

»Mokassins?« fragte Hunter in scharfem Ton.

»Ja. Kniehohe Mokassins. Mit Fransen besetzt. Wie die Apachen sie anhaben.«

Elyssa legte den Kopf schief, als ihr ein Gedanke durch den Kopf schoß.

»Ich glaube nicht«, sagte sie, »daß ihn sonst irgend jemand gesehen hat. Er tauchte völlig lautlos am Rand eines Weidendikkichts auf, als sich der Nebel lichtete.«

»Fransenbesetzte Mokassins«, wiederholte Hunter nachdenklich. »Ich will verdammt sein.«

Elyssa starrte ihn verwundert an. In Hunters Stimme schwang eine Mischung von Emotionen mit, die sie faszinierte. Hörte Sie Zuneigung heraus? Es konnte auch Respekt sein – oder Erwartung …

Eindeutig war es Sympathie, die Hunters Stimme eine verblüffende Milde verlieh.

»Kennst du ihn?« fragte sie neugierig.

»Vielleicht. Vielleicht auch nicht. Eine Menge Männer tragen Mokassins.«

»Aber so viele doch sicherlich nicht solche?«

Hunter lächelte. «Ich selbst habe auch häufig Mokassins getragen, wenn ich auf der Pirsch war.«

»Wer ist er?«

»Wenn er der ist, von dem ich glaube, daß er's ist, dann hast du recht mit deiner Einschätzung. Der Bursche war tatsächlich nicht im geringsten beunruhigt über das, was als nächstes passieren würde.«

16

In der folgenden Nacht, lange nachdem alle schlafen gegangen waren, knarrten Treppenstufen leise unter Hunters Gewicht.

Verdammt, dachte er grimmig.

Er wartete mit angehaltenem Atem, horchte auf Geräusche, die ihm verrieten, ob Elyssa wach war und in ihrem Zimmer umherging.

Doch es drang kein Laut an seine Ohren bis auf das schnelle Pochen seines eigenen Herzens und das Heulen des Herbststurms, der in Böen um die Dachvorsprünge fegte.

Vorsichtig schlich Hunter weiter treppab. Auf leisen Sohlen schlüpfte er zur Küchentür hinaus und durchmaß den Ranchhof zum Stall.

Obwohl sich auf den Berggipfeln dicke Gewitterwolken türmten, war der Himmel klar, und helles Mondlicht ergoß sich bei jedem Schritt des Weges über ihn.

Bei dem Licht könnte ich Brandzeichen noch auf dreißig Meter Entfernung erkennen.

Hölle und Pest!

Ich wünschte, das Unwetter würde endlich mit seinen Verkündungen aufhören und anfangen, den Himmel zu bewölken.

Aber es blieb keine Zeit, zu warten, daß sich das Firmament bezog und Sturmwolken das Mondlicht verschluckten. Nach dem, was Elyssa über den Mann in kniehohen Mokassins berichtet hatte, der heute auf Bills Ranch aufgetaucht war, hatte Hunter beschlossen, sich um ein Treffen zu bemühen, ganz gleich, ob er dabei nun von leuchtendem Mondschein oder von Gewitter begleitet würde. Vorsichtig und mit wiegenden Schritten strebte Hunter in die Nacht hinaus. Seine weichbesohlten Mokassins machten keinerlei Geräusch auf dem Boden. Er nahm den ersten Geisterpfad, den er fand.

Und während er dies tat, fragte er sich, wie viele Male Elyssas hübsche kleine Füße wohl schon denselben entlangeeilt waren. Der Gedanke weckte keine freundlicheren Gefühle für Bill Moreland in ihm.

Hunter war noch auf Ladder-S-Land, als plötzlich eine gedämpfte Stimme hinter ihm ertönte.

»Höllische Nacht für einen Spaziergang!«

Der »Spaziergänger« machte halt. Dann fuhr er lächelnd herum.

»Hallo, Case«, sagte er. »Ich habe mich schon gefragt, ob du dich vielleicht verlaufen hast.«

»Den Tag möchte ich erleben!«

Hunter verzog die Mundwinkel, versetzte Case zur Begrüßung einen freundschaftlichen Schlag auf die Schulter, den er gleich zurückerhielt. Case erwiderte sein Lächeln zwar nicht, aber Hunter wußte, daß es kein Zeichen mangelnder Wiedersehensfreude bei seinem jüngeren Bruder war.

Er hatte Case seit dem Krieg nicht mehr lächeln sehen.

»Komm mit«, raunte Case ihm zu. »Wenn du weiter wie irgendeine verdammte Märchenfee im Mondschein herumtappst, schaffst du es am Ende noch, eine verdammte Leiche zu werden.«

Mit leisem Lachen folgte Hunter seinem Bruder.

Wenige Minuten später erreichten Hunter und Case ein flaches, ausgetrocknetes Flußbett. An seinen Ufern wuchsen Weiden und hohe Pyramidenpappeln, die eine dichte Wand bildeten und vor spähenden Augen schützten. Mondlicht wurde von dunklen Schatten verdrängt.

Über den Berggipfeln zuckten grelle Blitze am Himmel. Donner grollte dumpf. Sturmböen fuhren in die Pyramidenpappeln, rissen frostschlaffe Blätter von den Ästen und wirbelten sie in die Nacht hinaus.

»Wann bist du hier eingetroffen?« fragte Hunter leise.

»Vor drei Tagen. War gerade auf dem Weg nach Süden zu den Spanish Bottoms, als mich Morgans Nachricht erreichte.«

»Hast du dort unten Culpeppers gefunden?«

»Was an Culpeppers dort unten ist, wird auch da bleiben. Ab ist hier oben.«

Hunter hörte alles das, was Case nicht sagte, nämlich daß Ab Culpepper den blutigen, grausamen Überfall auf Hunters Ranch in Texas verübt hatte.

Es war Ab Culpepper, den vor Gericht zu bringen sich die beiden Brüder geschworen hatten, komme, was da wolle.

»Ich hab' ihn bereits gesehen«, erwiderte Hunter. »Zweimal.«

»Darüber habe ich schon nachgedacht. Ich bin allerdings überrascht, daß du ihn nicht einfach abgeknallt hast.«

In Cases Stimme schwang kein fragender Unterton mit, aber Hunter antwortete dennoch.

»Als ich ihn das erste Mal sah, war Elyssa bei mir. Ich machte mich gerade bereit, ihn trotzdem abzuknallen, aber plötzlich tauchten vier Komplizen auf.«

Cases Augenbrauen schossen in die Höhe. »Und?«

»Und deshalb wollte ich Elyssa nicht in Gefahr bringen. Das zweite Mal war heute morgen. Ab stand zu dicht neben ihr. Wenn mein Schuß danebengegangen wäre ...« Hunter zuckte die Achseln.

»Ziemlich unwahrscheinlich, daß du ein Ziel von der Größe eines ausgewachsenen Mannes auf die Entfernung verfehlen würdest.«

»Ich wollte es aber nicht riskieren, ganz gleich, wie gering die Gefahr war.«

Cases haselnußbraune Augen musterten Hunter zweifelnd. Obwohl Case nichts sagte, war er noch immer überrascht darüber, daß Hunter Ab nicht kurzerhand erschossen hatte, wo er stand.

Es hingen genügend »Gesucht: tot oder lebendig!«-Plakate mit Abs Namen aus, um ein solches Vorgehen vollkommen legal zu machen. Außerdem hatte Ab den Tod verdient, wann, wo und wie man ihn auch erwischte. Das gleiche galt für seine Verwandtschaft, ob sie nun Vettern, Brüder oder Halbbrüder waren.

Oder, wie in einigen Fällen, Brüder und Vettern zugleich. Pappy Culpepper hatte sich nicht groß den Kopf über Blutsverwandtschaft zerbrochen, wenn er geil war.

»Wie viele Männer hat Ab?« wollte Hunter wissen.

»Ungefähr zwanzig.«

»Wie viele davon sind Culpeppers?«

»Fünf, einschließlich Ab«, erwiderte Case. »Er ist kurz vor mir hier angekommen.«

»Ich habe Gaylord gesehen. Wer sind die drei übrigen?«

»Erasmus, Horace und Kester.«

Hunter ging in Gedanken seine Liste von Culpeppers durch. Norbert und Orville waren von Texanern getötet worden, kurz bevor der Rest des Culpepper-Clans sich anschickte, Amok zu laufen.

Sedgewick und Tilden waren so dumm gewesen, in Texas zu bleiben, wo sie Banken, Planwagentrecks und Siedler ausgeraubt hatten, bis Case und Hunter aus dem Krieg zurückgekehrt waren. Die beiden Culpeppers waren schließlich im Rio Grande ertrunken bei dem Versuch, nach Mexiko zu entkommen. Da der Fluß zu der Zeit nur kniehohes Wasser führte, hätten die Jungs überlebt, wenn sie nicht zu betrunken gewesen wären, um das Gesicht aus dem Wasser zu heben.

Damit blieben fünf Culpeppers übrig, deren mögliche Beteiligung an dem Massaker in Texas noch nicht geklärt war.

»Was ist mit Ichabod und Jeremiah, Parnel, Quincy und Reginald passiert?« fragte Hunter.

»Ichabod und Jeremiah hat's unten in Spanish Forks erwischt. Haben Karten im falschen Spiel gezogen.«

Hunter legte den Kopf schief.

»Die anderen drei sind immer noch auf der Suche nach spanischen Goldschätzen«, ergänzte Case.

»Von Jeremiah ging die Rede, er sei wie ein geölter Blitz mit seinem sechsschüssigen Revolver«, bemerkte Hunter.

»Das habe ich auch gehört!« Case stemmte die Fäuste in die Seiten. »Ichabod war aber noch schneller. Hätte mich einmal beinahe erwischt.«

Hunter pfiff leise durch die Zähne.

»Sieh dich vor, Bruder«, sagte er. »Sonst hast du schnell eine Kugel im Kopf, oder du kommst in den Ruf eines schlechten Schützen. Dann wird jeder Halbwüchsige, der ein Schießeisen besitzt und gerade nichts Besseres zu tun hat, hinter dir her sein.«

»Keiner kannte mich, als ich in diesen Schnapsladen gegangen bin. Keiner kannte mich, als ich wieder 'rausging.«

»Wo war Ab?« wollte Hunter wissen.

»Bereits auf dem Weg zu den Rubies.«

Einen Moment lang betrachtete Hunter die Streifen von Mondlicht, die durch die Äste der Pyramidenpappeln drangen.

»Also Ab, Erasmus, Gaylord, Horace und Kester«, sagte er schließlich. »Sonst noch irgendwelche Banditen, die der Erwähnung wert wären?«

Case zuckte die Achseln. »Die übrigen Männer können alle gut mit einer Waffe umgehen, wenn sie nüchtern sind – trotzdem keine Herrschaften, die einem Mann schlaflose Nächte bereiten würden.«

Hunter schnaubte vielsagend. Er konnte sich nicht vorstellen, daß es irgend etwas gab, was Case an seinem Nachtschlaf hinderte.

»Wie viele Leute hast du?« fragte Case.

»Sieben, plus ein paar Rancharbeiter. Acht, einschließlich dir.«

»Also fast vier gegen einen.«

»Richtig«, erwiderte Hunter.

»Nun«, meinte Case gedehnt, »Bill Moreland kannst du nicht auslassen. Er mag vielleicht wie ein Säufer aussehen, aber der alte Knabe ist so gewitzt wie ein hungriger Bär.«

»Der verdammte Hurensohn hat versucht, Elyssa zu töten, und zwar bei mindestens drei Gelegenheiten, von denen ich weiß.«

Case zog eine seiner dunklen Brauen hoch. Er pfiff leise durch die Zähne. Dann schüttelte er den Kopf.

»Nein«, sagte er ruhig.

»Was soll das heißen?«

»Bill würde seinem Frechdachs nichts antun.«

»Und ob er das würde! Ich habe doch selbst gesehen, wie er mit seiner Waffe auf sie zielte!«

»Wann?« wollte Case wissen.

»Vor drei Nächten.«

»Dann war es nicht Bill.«

»Wie kannst du dir da so verdammt sicher sein?« fragte Hunter irritiert.

»Ich habe an dem fraglichen Abend von Sonnenuntergang bis zum Morgengrauen Karten mit ihm gespielt.«

»Aber …«

Case wartete darauf, daß Hunter seinen Satz beendete.

»Verdammt!« knurrte Hunter.

»Irgendwas nicht in Ordnung?«

»Wenn es nicht Bill Moreland war …«

»Er war's nicht, das garantiere ich dir«, unterbrach Case ihn.

»… dann haben wir einen Verräter auf der Lohnliste der Ladder S.«

»Zu dem Schluß bin ich auch gekommen.«

»Was hat dich auf den Gedanken gebracht?«

»Irgendwo da draußen ist ein Mann, der Ab und Gaylord fortlaufend mit Informationen versorgt.«

»In welcher Hinsicht?«

»Wie viele Arbeitskräfte die Ladder S hat. Wie viele von ihnen Revolverschützen sind.«

Hunter murmelte etwas Unfreundliches vor sich hin.

»Wie viele Kühe ihr zusammengetrieben habt«, fuhr Case in neutralem Ton fort, »welche Rasse, und wo sie gehalten werden, außerdem die Anzahl eurer Mustangs.«

Ein gezischtes Wort war Hunters einzige Erwiderung.

»Wie viele eurer Pferde ein Brandzeichen tragen«, zählte Case auf. »Wie viele frisch zugerittene Mustangs ihr habt. Solche Dinge eben.«

»Er tut also praktisch das gleiche, was du früher während des Krieges getan hast. Informationen über den Feind sammeln.«

Case nickte.

»Verdammter Dreck!« murmelte Hunter. »Wir haben auch so schon genug Schwierigkeiten. Da brauchen wir nicht noch einen Spion in der Schlafbaracke.«

»An deiner Stelle würde ich anfangen, Culpeppers abzuknallen, wo ich sie gerade finde.«

»Zu gefährlich. Wenn ich sie nicht alle auf einmal erwischen kann, wird die Sache genauso enden wie in Texas. Die Überlebenden erschießen jeden Mann in Reichweite ihrer Revolver, sie werden die Frauen vergewaltigen und töten, das Land vergiften und alles in Brand stecken, was brennbar ist.«

Case stritt es nicht ab. Die Culpeppers hatten sich ihren Ruf, rücksichtslose, brutale Banditen zu sein, leider durch Taten verdient.

»Dann solltest du besser zusehen, daß du deinen Verräter findest und ihn hängst«, sagte Case energisch. »Er weiß einfach zuviel.«

Hunter überlegte angestrengt.

Keiner der Gedanken, die ihm durch den Kopf gingen, brachte ihm eine Lösung.

Case wartete darauf, daß sein Bruder zu sprechen fortfuhr. Man merkte ihm keinerlei Ungeduld an, während er ruhig dastand. Ungeduld bedeutete, daß jemand auf irgend etwas brannte.

Nach mehreren Jahren im Krieg hatte Case sich nur noch auf eines gefreut: wieder nach Texas heimzukehren. Dann war er nach Hause zurückgekehrt und hatte entdecken müssen, daß seine geliebte Nichte und sein kleiner Neffe an Comancheros verkauft worden waren.

Nachdem Case die grausigen Reste von Ted und Klein Em gefunden hatte, war er nicht mehr fähig gewesen, sich überhaupt noch zu freuen.

Nicht einmal mehr auf Rache.

Die Culpeppers ihrer gerechten Strafe zuzuführen war für Case lediglich eine Arbeit, die getan werden mußte, wie etwa ein Schwein zu schlachten oder eine neue Grube für den Abort auszuheben. Kein Mann genoß diese Pflicht, aber kein Mann, der diese Bezeichnung wert war, scheute davor zurück.

»Tja, das erklärt natürlich einiges«, sagte Hunter verbissen. »Wie sieht der Mann aus?«

»Das weiß ich nicht. Ich kann nicht nahe genug an ihn herankommen.«

»Ich hätte nicht gedacht, daß es für dich jemals unüberwindliche Hindernisse gibt.«

»Mir ist das auch neu. Aber man lernt eben nie aus. Er kennt das Sumpfgebiet wie ein Habicht den Himmel!«

»Ist er groß?« fragte Hunter, der automatisch an Mickey dachte.

»Keine Ahnung. Er achtete sorgfältig darauf, keine Spuren zu hinterlassen.«

»Hätte ich mir denken können. Mit wem spricht er?«

»Mit Gaylord oder Ab«, erwiderte Case.

»Wann?«

»Wann immer ihm danach zumute ist. Wie ich schon sagte, er kennt die Gegend wie seine Westentasche.«

»Und die Hunde kennen ihn«, setzte Hunter angewidert hinzu.

»Darüber habe ich mir auch schon Gedanken gemacht. Ich höre dauernd, wie er auf der Ladder S aus und ein geht, wie und wann es ihm gerade paßt.«

»Dann muß es Mickey oder Lefty sein, oder Gimp. Von den anderen ist keiner lange genug hier, um das Land so gut zu kennen wie dieser verdammte Unbekannte.«

»Ich glaube nicht, daß ein Mann mit einem lahmen Bein mich hätte abschütteln können«, gab Case zu bedenken. »Dieser Sumpf kann verdammt gefährlich werden, und zwar schnell.«

»Damit bleiben also nur Mickey und Lefty übrig«, sagte Hunter. »Ehrlich gesagt, ich kann mir keinen von beiden dabei vorstellen.«

»Warum?«

»Mickey ist zwar niederträchtig genug, um so etwas im Schilde zu führen«, sagte Hunter, »aber ich bezweifle, daß er das Land gut genug kennt, um dich von seiner Fährte abzuschütteln. Lefty kennt das Land, aber der wiederum ist nicht niederträchtig genug.«

»Nun, jemand muß es sein, das steht fest.«

»Bist du dir wirklich sicher, daß Bill nicht dahintersteckt?« wollte Hunter wissen. »Er ist zu allerhand Gemeinheiten fähig und kennt das Land.«

»Du hast recht«, stimmte Case ihm zu, »aber so bösartig ist er nicht, daß er seine eigene Tochter töten würde.«

»Seine *Tochter?*«

Case machte eine knappe Handbewegung, die Hunter augenblicklich verstummen ließ. Er zog seinen Revolver mit furchteinflößender Schnelligkeit und begann, sich lautlos auf das Gebüsch am Ufer zuzubewegen.

Hunter reckte schnüffelnd die Nase in die Luft. Der Wind trug den zarten Duft von Rosmarin zu ihm herüber. Seine Hand schoß blitzschnell vor und hielt Case zurück.

»Frechdachs«, murmelte Hunter.

Seine Stimme war zu leise, als daß irgend jemand außer Case sie hätte vernehmen können.

Hunter hatte schon halb damit gerechnet, daß Elyssa ihm folgen würde. Ein Teil von ihm hatte sogar sehnsüchtig gehofft, daß sie in der Nacht zu ihm käme.

Der Gedanke, Elyssa in der Dunkelheit zurück zum Ranchhaus zu begleiten, bewirkte, daß sich sein Körper vor Erregung anspannte und sein Blut heißer durch seine Adern pulsierte.

Achselzuckend schob Case seinen Revolver wieder in das Holster zurück.

»Was bringt dich auf den Gedanken, daß Frechdachs und Bill Blutsverwandte sind?« hakte Hunter nach.

»Bill hatte zuviel getrunken und wurde gesprächig. Er redete von einer Frau namens Gloria«, erklärte Case unverblümt. »Sagte, er hätte sie geliebt. Und wäre ihr Liebhaber gewesen!«

»Kein Wunder, daß Frechdachs Bill schützen will«, murmelte Hunter. »Wenn er ihr Vater ist.«

»Sie weiß es nicht. Das behauptet Bill zumindest.«

Hunter wandte sich zu den Weiden um.

»Nun, Frechdachs?« sagte er, während er gerade so laut sprach, daß seine Stimme bis zu Elyssa drang. »Hat Bill recht?«

Einen Moment lang war nichts als Stille und der Wind zu hören.

»Los, komm schon aus deinem Versteck heraus«, forderte Hunter sie ungeduldig auf. »Bei der Gelegenheit kannst du auch gleich meinen Bruder Case kennenlernen.«

Das Weidendickicht schwankte und teilte sich. Elyssa trat heraus und ging in die Schatten am Fuße der hohen Pyramidenpappeln. Sie hatte keinen Blick für Case übrig, sondern sah nur Hunter an.

Durch die Bäume fiel genug Mondlicht, um den Schock und die Bestürzung auf Elyssas Gesicht erkennen zu lassen. Ihr Ausdruck verriet den Männern, daß sie Mühe hatte, sich an die Vorstellung von Bill Moreland als ihrem Vater zu gewöhnen.

»Ich habe es nicht gewußt«, flüsterte sie. »Aber es erklärt ...«

Ihre Stimme erstarb.

»Erklärt was?« fragte Hunter leise.

»Was zwischen meinem Vater und Bill schiefgegangen ist«, stammelte Elyssa. »Und warum Bill wie ein Vater zu mir war, wann immer mein Dad fort war. Was ziemlich häufig geschah. Er hielt sich kaum jemals zu Hause auf – weil er Gold suchte.«

Hunters Augen wurden schmal. Auch er war während seiner Ehe oft fort gewesen. Zwar hatte er in der Armee gedient statt nach Gold zu suchen, aber das Ergebnis war das gleiche gewesen.

Belinda war lange genug allein gelassen worden, um sich auf eine Affäre mit dem Nachbarn einzulassen. Und, wenn man den Gerüchten Glauben schenken konnte, auch noch mit diversen anderen.

»Aber trotzdem«, flüsterte Elyssa, »fällt es mir schwer zu glauben, daß Mutter und Bill sich so ... nahegestanden haben.«

»So etwas kommt vor«, sagte Case ruhig.

»Ein treuloses Luder von einer Frau«, sagte Hunter kalt. »Genau wie Belinda.«

Elyssa zuckte zusammen. »Mutter war kein …«

Wieder verklang ihre Stimme zu Schweigen. In Anbetracht dessen, was Bill sagte, konnte sie wohl kaum behaupten, daß ihre Mutter ihrem Vater treu gewesen war.

»Sie war kein Luder«, sagte Elyssa. »Wahrscheinlich fand sie Bill sehr sympathisch. Dennoch hat sie auch ihren Ehemann geliebt.«

»Zumindest haben Sie einen Freund im Culpepper-Lager«, sagte Case.

Elyssa wandte sich zu Case um und nahm ihn zum ersten Mal richtig wahr. Sie blickte von seinen fransenbesetzten Mokassins zu Hunter, der ebenfalls Mokassins trug. Aber das war nicht die einzige Ähnlichkeit zwischen den Brüdern. Die Männer hatten die gleiche Größe, die gleiche kräftige Statur, die gleiche Art zu gehen.

Ihr fiel der subtile Unterschied zwischen ihnen sofort auf. Case war eine schwermütige, grüblerische, reglose Erscheinung. Sie bezweifelte, daß selbst im hellen Sonnenschein jemals ein Lachen seine Augen aufleuchten lassen würde. Hunter war genauso gewesen bei seiner Ankunft auf der Ladder S.

Aber jetzt nicht mehr.

Inzwischen kannte sie einen anderen Hunter. Manchmal blitzten seine Augen sogar vor Lachen. Oft brannten sie vor Leidenschaft.

Elyssa hatte eine Veränderung in Hunter bewirkt. Er konnte es noch so erbittert abstreiten, konnte sie noch so zornig anbrüllen, sie ein Luder nennen, *aber sie hatte den leidenschaftlichen, warmherzigen Mann unter seiner kalten, harten Fassade zum Vorschein gebracht.*

Die Erkenntnis machte sie fast schwindelig vor Freude. Sie hatte so große Angst gehabt, daß er nicht fähig sein würde, ihre Liebe zu erwidern.

Elyssa wandte den Blick von Hunter ab, weil sie befürchtete, ihr neues Wissen würde irgendwie auf ihren Zügen zu erkennen sein. Dann würde Hunter gleich einen Vorwand finden, um sie wegzustoßen.

Und das war etwas, was sie nicht ertragen könnte. Nicht ausgerechnet jetzt.

Sie war noch zu erschüttert über die Entdeckung ihres natürlichen Vaters.

»Case«, sagte sie, »Sie sind auf der Seite der Culpeppers?«

»Das glauben diese Kanaillen«, erwiderte Case.

»Ich verstehe.«

Sie holte tief Luft und stieß den Atem aus.

»Wie sehen unsere Chancen aus?« fragte sie ihn geradeheraus.

»Sie werden um einiges besser sein, sobald ich herausgefunden habe, wo Ihre Rinder gelandet sind.«

»Sie sind nicht verkauft worden?« fragten Hunter und Elyssa wie aus einem Munde.

»Nein. Die Zuchttiere werden an einem Ort versteckt gehalten, und die jungen Ochsen an einem anderen.«

Hunters Zähne schimmerten im Mondlicht.

»Das nenne ich eine gute Nachricht«, sagte er.

Case grunzte. »Vielleicht. Hängt davon ab, wem das Slash-River-Brandzeichen gehört.«

»Ab Culpepper«, meinte Hunter.

»Nicht laut dem, was im Brandzeichenregister von Nevada steht.«

»Was?« fragte Hunter verblüfft.

»Ein Mann namens J. M. Johnstone hat das Brandzeichen als sein eigenes registrieren lassen«, erklärte Case.

Hunter blickte Elyssa an. »Sagt dir der Name etwas?«

»Nein. Der einzige Johnstone, den ich hier in der Gegend kenne, ist Mac, und Mac ist tot.«

»Seit wann?« wollte Case wissen.

»Seit ungefähr drei Monaten.«

»Könnte derselbe sein. Das Brandzeichen wurde 1863 registriert.«

Elyssa runzelte die Stirn.
»Das war das Jahr, als meine Eltern starben«, sagte sie.
»Woran?« fragte Case.
»Mutter ist einem Lungenfieber erlegen. Mein Vater ging in einen Sturm hinaus, in dem er umkam. Er wurde mit meiner Mutter begraben.«
Hunter warf Case einen schnellen Blick zu.
»Hat Mac jemals ein eigenes Brandzeichen erwähnt?«
Eine Zeitlang herrschte Schweigen, während sich Elyssa an die wenigen Gespräche zu erinnern versuchte, die sie mit dem wortkargen verstorbenen Vorarbeiter der Ladder S geführt hatte.
»Mac hat niemals etwas darüber zu mir gesagt«, erklärte sie nach einigen Augenblicken.
»Könnte Ihr Vater ihm damals gestattet haben, seine eigenen Rinder und Pferde auf Ladder-S-Land zu halten?« fragte Case.
»Das weiß ich nicht.«
»Hast du es ihm erlaubt?« wollte Hunter von ihr wissen.
»Das Thema ist nie zur Sprache gekommen. Mac war ein sehr schwieriger, unzugänglicher Mann, und Frauen gegenüber besonders wortkarg.«
Case und Hunter tauschten erneut einen Blick. Beide dachten genau das gleiche.
Die Möglichkeit bestand durchaus, daß Mac Ladder-S-Kälber mit seinem eigenen Brandzeichen markiert hatte. Es war nichts Ungewöhnliches, obwohl diese Unsitte in den Augen der meisten Ranchbesitzer verständlicherweise als offener Viehdiebstahl bezeichnet wurde.
»Klingt, als wäre Gaylord zufällig darauf gestoßen, hätte ein gutes Geschäft gewittert und entschieden, kräftig dabei mitzumischen«, sagte Case.
»Sie glauben, die Culpeppers haben Mac deswegen ermordet, weil sie sein Brandzeichen benutzen wollten?« fragte Elyssa.
»Ein Brandzeichen und ein Haufen Rinder, die nur darauf warteten, damit markiert zu werden.«

»Sie meinen, Mac hätte Vieh von der Ladder S gestohlen?«

»Es wäre nicht das erste Mal, daß ein Vorarbeiter heimlich ein paar Kälber für sich selbst beiseite schafft«, konstatierte Case.

»Einige Leute halten es nicht für Diebstahl«, fügte Hunter hinzu. »Damals in Texas lief nach dem Krieg so viel Vieh frei herum, daß Männer Rinder nur wegen ihrer Häute töteten und das Fleisch zum Verfaulen liegen ließen.«

»Ich verstehe«, sagte Elyssa langsam. Na ja, Mac könnte sehr wohl die Ladder S als sein Eigentum betrachtet haben, nachdem meine Eltern gestorben waren. Zu der Zeit war ich in England, und Bill wollte, daß ich für immer dort bliebe.«

Hunter wandte sich an Case.

»Haben die Culpeppers gesagt, warum sie so scharf darauf sind, die Ladder S zu übernehmen?«

»Den Grund kannst du dir doch denken«, erwiderte sein Bruder. »Sie haben es satt, ständig vor uns zu fliehen. Immerhin haben sie einiges zu fürchten, und die Ladder S ist eine solide gebaute, gut bewässerte Ranch.«

Elyssa schluckte hart.

»Um sich vor euch zu verstecken?« fragte sie gepreßt.

»Hunter und ich sind ihnen seit bald drei Jahren auf den Fersen. Seit Texas«, erklärte Case.

»Ich verstehe.«

Sie warf Hunter einen schnellen Blick zu.

»Kein Wunder, daß du dich nicht nach dem Lohn erkundigt hast«, sagte Elyssa zu ihm. »Du hättest die Culpeppers auch gratis gejagt.«

»Wenn du der Meinung bist, daß ich meinen Lohn als Vorarbeiter nicht verdiene …«

»Das habe ich nicht gesagt«, unterbrach sie ihn hastig.

»Was hast du dann damit sagen wollen?«

»Du bist der beste Vorarbeiter, den die Ladder S je gehabt hat«, erwiderte sie. »Aber du hast kein Interesse an der Ranch, abgesehen von der Tatsache, daß die Culpeppers sie sich schnappen wollen.«

Hunter öffnete den Mund, um etwas darauf zu erwidern, blickte Case an und verkniff sich seine Bemerkung.

»Es sieht so aus, als würde ich einen neuen Vorarbeiter brauchen, sobald die Culpeppers erledigt sind.«

»Ich schlage vor, wir lassen das Problem auf uns zukommen«, sagte Case. »Es hat keinen Sinn, eine Brücke ins Auge zu fassen, bevor man sie erreicht hat. Wir könnten alle schon tot sein, bevor wir jemals am Fluß anlangen.«

Elyssa schloß die Augen.

»Ja«, murmelte sie. »Wir könnten draufgehen. Alle!«

»Nun wollen wir mal nicht gleich trübsinnig werden«, sagte Hunter energisch. »Wenn wir erst herausgefunden haben, wer der Spion ist, werden wir die Sache schon in den Griff kriegen.«

»Vielleicht«, meinte Case. »Aber ich habe ein ungutes Gefühl.«

Hunter wandte seine Aufmerksamkeit sofort wieder Case zu.

»Was soll das heißen?« erkundigte er sich.

»Die Culpeppers werden allmählich ungeduldig«, sagte Case.

»Sie sind schon ungeduldig und faul zur Welt gekommen«, gab Hunter kalt zurück. »Aus dem Grund sind sie ja Banditen.«

Case nickte. »Das bedeutet, daß die Culpeppers möglicherweise nicht warten wollen, bis ihr das Vieh für sie zusammengetrieben und sämtliche Mustangs zugeritten habt.«

»Damit beschäftige ich mich bereits eine Weile«, erwiderte Hunter.

»Das dachte ich mir. Welche Vorbereitungen hast du getroffen?«

»Ich habe für genug Wasser und Vorräte gesorgt, um einer Belagerung standzuhalten«, erklärte Hunter. »Gimp ist dabei, Sandsäcke zu füllen, um verirrte Kugeln abzufangen.«

»Was, wenn sie die Ranch in Brand stecken, um euch auszuräuchern?« fragte Case.

Elyssa schnappte erschrocken nach Luft, und alle Farbe wich aus ihrem Gesicht. An diese Möglichkeit hatte sie überhaupt noch nicht gedacht.

»Das würden sie nicht tun«, sagte sie gepreßt.

»Oh doch, das würden sie«, erwiderte Case nüchtern. »Es wäre nicht das erste Mal, daß sie alles in Schutt und Asche legen.«

»Haben sie es vor?« wollte Hunter wissen.

»Bisher haben sie noch nichts davon verlauten lassen.«

»Ich habe einen Ort ausfindig gemcht, wohin wir uns flüchten können, falls es dazu kommt«, erklärte Hunter.

»Wo?« fragte Case.

»Eine Höhle in den Gebirgsausläufern, ungefähr eine halbe Meile vom Ranchhaus entfernt. In der Nähe fließt eine Quelle. Auch Vorräte habe ich schon dort hingeschafft.«

»Wer weiß sonst noch davon?« fragte Case.

»Nur du, ich, Elyssa.«

»Belaß es dabei«, schnarrte Case.

»Ich glaube nicht, daß wir die Höhle brauchen werden«, warf Elyssa ein.

»Warum nicht?« fragte Hunter.

»Gaylord sagte, er wäre es leid, ständig gejagt zu werden. Erinnerst du dich?«

Hunter nickte.

»Sie sind träge und faul«, fuhr Elyssa fort. »Sie wollen die Ranch unzerstört, damit sie gemütlich einziehen können. Ab hat heute morgen sogar versucht, mir die Ladder S abzukaufen.«

Überraschung zeigte sich deutlich in Hunters Miene.

»Er wollte sie dir abkaufen?« fragte er ungläubig.

»Ja«, erwiderte Elyssa. »›Alles hübsch legal und rechtmäßig‹, sagte Ab. ›Nichts, worüber sich die blaubäuchigen Yankees aufregen könnten.‹«

»Verdammt will ich sein«, knurrte Hunter.

»Warum haben Sie das Angebot nicht angenommen?« fragte Case Elyssa.

»Die Lader S ist mehr wert als dreißig Yankee Dollar«, erwiderte sie scharf.

»Ja, Ma'am«, stimmte Case zu. »Das ist sie ganz sicher. Aber es ist wahrscheinlich alles an Bargeld, was der jämmerliche Schlappschwanz besitzt.«

»Der Punkt ist der«, sagte Elyssa, »daß die Culpeppers nach einem bequemen, legalen Weg suchen, um sich niederzulassen.«

»Schätze, sie haben herausgefunden, daß Rauben und Plündern doch nicht ohne Folgen bleibt«, meinte Hunter trocken.

»Wahrscheinlicher ist, daß sie die Sache nach Art der Comancheros angehen werden«, erwiderte Case. »Den Clan in einer Festung unterbringen und die Überfälle in Gegenden verlagern, die ein paar Tagesritte entfernt liegen.«

»Die einzigen Überfälle, die die Jungs in Zukunft noch verüben werden, werden in der Hölle stattfinden«, entschied Hunter.

Elyssa überlief ein kalter Schauder. Es wäre weniger beängstigend gewesen, wenn Hunter die Worte hitzig gesagt hätte, mit deutlichem Zorn in der Stimme.

Aber er hatte ganz ruhig gesprochen, ohne jegliche Gefühlsregung. Wie Case.

»Vertrauen sie dir?« wollte Hunter von seinem Bruder wissen.

»Soweit, wie sie jedem vertrauen, der kein Culpepper ist«, erwiderte Case.

»Ich hoffe, das reicht.«

»Du erhältst rechtzeitig eine Warnung«, versprach Case.

Wieder fegte ein heftiger Windstoß über das Land hinweg, der Elyssa frösteln machte. Die Luft brachte einen Hauch von Kälte mit sich, die an den bevorstehenden Winter gemahnte.

»Wir sollten Sie jetzt lieber nach Hause bringen«, sagte Case. »Ich werde Ihnen bis zur Scheune folgen.«

»Du könntest gesehen werden«, gab Hunter zu bedenken.

»Keine Sorge, niemand wird mich entdecken – aber ich möchte mich mit den Hunden vertraut machen. Wäre nicht gut, wenn sie bei meinen Besuchen auf der Ranch jedesmal ihr mörderisches Gebell anstimmen.

»In Ordnung.« Hunter wandte sich an Elyssa. »Warte hier einen Moment. Ich habe noch etwas mit Case zu besprechen. Geh nicht weg, hast du gehört?«

»Wo sollte ich denn hingehen?« fragte sie spitz.

»Wo immer du hingegangen bist, als du dieses Netz von Geisterpfaden gespannt hast«, gab Hunter zurück.

Damit zog er Case ein paar Schritte zur Seite und fing an mit so leiser Stimme zu sprechen, daß Elyssa sie nicht belauschen konnte.

»Ich werde eine …«, fing er an.

»Traust du ihr nicht?« unterbrach Case ihn mit ebenso gedämpfter Stimme.

»Oh, ich traue ihr so sehr, wie ich allen gewissen Damen traue.«

Case zog eine Augenbraue hoch und sagte nichts.

»Tatsache ist«, fuhr Hunter fort, »daß jemand diesen Haufen mysteriöser Spuren zwischen Ladder-S- und Bar-B-Land hinterlassen hat.«

Case wartete schweigend.

»Da Elyssa nicht weggeschlichen ist, um sich heimlich mit Bill zu amüsieren, frage ich dich: Mit wem, zum Teufel, hat sie sich dann getroffen?« wollte Hunter wissen.

Das Achselzucken, mit dem Case reagierte, zeigte deutlich, daß es ihm egal war, mit wem Elyssa sich heimlich traf oder auch nicht, und sein Erstaunen über Hunter.

»Was hat das damit zu tun, daß wir die Culpeppers fangen wollen?« fragte er milde.

»Wahrscheinlich nichts. Jedenfalls nicht direkt«, gab Hunter zu.

»Hmmm«, meinte Case nur.

Sein Blick schweifte nachdenklich zwischen Elyssa und seinem älteren Bruder hin und her.

»Du interessierst dich nicht zufällig für Bills Frechdachs, oder?« Case gab sich unbeteiligt.

»Ich habe einmal eine Schlampe geheiratet. Das hat gereicht, um mich zu kurieren.«

Case wollte etwas erwidern, besann sich jedoch eines Besseren.

»Wie sieht dein Plan aus?« fragte er.

»Mein erstes Ziel ist es, unserem Spion eine Falle zu stellen«, erklärte Hunter.

Case nickte.

»Wenn du in den nächsten Tagen hörst, daß ich ein Twin-River-Connected-Brandzeichen registrieren lasse«, fuhr Hunter fort, »werden wir wissen, ob Mickey unser Mann ist.«

»Twin River Connected«, stimmte Case seinem Bruder zu. »Gut. Sollte ein Slash-River- oder ein Ladder-S-Brandzeichen wie ein schlechter Ruf decken.«

Hunter lächelte ohne Humor.

»Die Idee wird die Jungs so richtig schön nervös machen«, bekräftige Hunter.

»Was, wenn ich nichts höre?« wollte Case wissen.

»Dann probiere ich es mit Lefty.«

»Und wenn das nicht funktioniert?«

»Dann werden wir die Culpeppers überfallen, bevor sie uns den Garaus machen«, gab Hunter Bescheid.

»Das läßt sich schon eher hören.«

17

»Hunter traut mir nicht«, sagte Elyssa gepreßt.

Überrascht blickte Penny von den Bohnen auf, die sie gerade zum Kochen aufsetzte. Das Gemüse war für das heutige Abendessen bestimmt. Sie und Elyssa waren gerade mit dem Abwaschen des Frühstücksgeschirrs fertig geworden.

»Wie kommst du bloß auf die Idee?« erkundigte sich Penny, während sie sich zur Herdklappe hinunterbeugte, um das Feuer anzufachen.

»Heute früh bin ich bei Bill gewesen, und ...«, begann Elyssa.

»*Was?*« unterbrach Penny sie. Dann fügte sie hastig hinzu: »Ist alles mit ihm in Ordnung?«

»Er sah ein bißchen rot um die Augen aus und hatte sich seit Tagen nicht mehr rasiert, aber ansonsten schien es ihm gutzugehen. Oder so gut, wie es einem Mann gehen kann, wenn er praktisch ein Gefangener auf seiner eigenen Ranch ist.«

»Was soll das heißen?« erkundigte Penny sich eilig.

»Die Culpeppers sind ihm auf den Leib gerückt.«

»Großer Gott«, flüsterte Penny entsetzt. »Vielleicht ist das der Grund, warum er ...«

Ihre Stimme erstarb.

»Warum er was?« fragte Elyssa.

Penny schüttelte nur den Kopf und bückte sich erneut, um durch die Herdklappe zu spähen und noch etwas Holz nachzulegen.

»Penny? Was wolltest du soeben sagen?«

Penny schlug die Klappe mit einem Knall zu und drehte sich zu Elyssa um.

»Es sollte dich nicht überraschen, daß Hunter kein Vertrauen zu dir hat«, sagte sie geradeheraus.

Elyssa hörte auf, Zwiebeln zu hacken, und blickte die Gefährtin verwirrt an.

»Wovon redest du eigentlich?« verlangte sie zu wissen. »Ich habe absolut nichts getan, um Hunters Mißtrauen zu verdienen.«

»Nicht?« fragte Penny kühl.

»Aber nein!«

»Vielleicht gefällt ihm die Tatsache nicht, daß du dich heimlich davonschleichst, um dich mit Bill zu amüsieren.«

Elyssa war so schockiert, daß sie Penny nur wortlos anstarren konnte.

Penny starrte unverwandt zurück.

»Wovon, in Gottes Namen, redest du eigentlich?« fragte Elyssa schließlich.

»Ach, nun komm schon, spar dir die Mühe, es abzustreiten. Bill liebte Gloria, und er hat nur einen Blick auf dich geworfen, als du aus England zurückgekehrt bist – ganz Seide und Spitzen und schimmerndes, flachsblondes Haar –, schon erstand wieder Gloria vor seinem inneren Auge.«

»Penny ...«, begann Elyssa.

»Seit du nach Hause gekommen bist, hat er mich keines Blickes mehr gewürdigt«, unterbrach Penny sie aufgebracht. »Nicht ein einziges Mal hat er mich mehr angesehen!«

Penny wandte sich ab, aber nicht schnell genug, um die Tränen zu verbergen, die ihr übers Gesicht strömten.

Elyssa stand da wie vom Donner gerührt, verblüfft und erschrocken. Doch ihr Verstand arbeitete auf Hochtouren, während sie sich an das erinnerte, was Hunter über Männer und blondes Haar gesagt hatte.

Nicht alle Männer sind von Sonnenglanz auf flachsblondem Haar geblendet.

Und an das, was Penny darauf erwidert hatte.

Der Richtige war davon geblendet, und er ist der einzige, der zählt.

Für Penny war Bill Moreland der Richtige gewesen – und war es immer noch.

»Du bist also diejenige, die all diese Trampelpfade zur Bar B gemacht hat«, sagte Elyssa, als ihr plötzlich ein Licht aufging.

Penny sagte nichts und straffte die Schultern, während sie Elyssa weiter den Rücken zukehrte.

Elyssa ging zu der anderen Frau und umarmte sie.

»Wie lange liebst du Bill schon?« fragte sie sanft.

Eine Zeitlang schien es, als würde Penny niemals antworten. Dann begann sie plötzlich am ganzen Körper zu zittern, als sie dem Kummer nachgab, den sie so lange zu unterdrücken versucht hatte.

»Seit ich k-knapp fünfzehn war«, murmelte sie mit tränenerstickter Stimme. »Aber er hatte immer nur Augen für Gloria.«

Elyssa schlang ihre Arme noch fester um Penny.

»Dann starb Gloria«, flüsterte Penny, »und nach einer gewissen Zeit begann Bill, mich endlich als Frau wahrzunehmen.«

Schweigend hielt Elyssa Penny umarmt, während sie beruhigend ihren Rücken streichelte und sich wünschte, sie könnte mehr tun, um die ältere Freundin zu trösten.

»Dann bist d-du aus England zurückgekehrt«, sagte Penny heftig. »Und seitdem hat Bill mich überhaupt nicht mehr angesehen.«

»Es ist nicht so zwischen uns, wie du denkst«, beschwichtigte Elyssa.

»Und ob es so ist!« gab Penny aufgebracht zurück. »Er kommt n-nie mehr zu dem Hügel in der Nähe von Wind Gap. Ich gehe zu der Stelle, und warte und warte und war …«

Pennys Stimme ging in einem Schluchzer unter.

»Es hat nichts mit mir zu tun, das versichere ich dir«, sagte Elyssa. »Wahrscheinlich hat er Angst, daß ihm die Culpeppers folgen.«

»Du bist jetzt diejenige, die er will«, sagte Penny müde, ohne auf Elyssas Worte einzugehen. »Das ist der Grund, warum er nicht mehr zu mir kommt.«

»Hör doch«, beschwor Elyssa sie. »Es ist nicht so, wie du denkst. Wirklich nicht.«

»Doch, genau so ist es!«

»Ich bin Bills Tochter.«

Penny erstarrte. Zum ersten Mal sah sie Elyssa gerade in die Augen.

»Seine *Tochter?*« fragte sie ungläubig.

»Ja. Das hat er …«

Abrupt überlegte Elyssa es sich anders. Sie wollte lieber nichts über Hunters Bruder verlauten lassen, einen Spion im Culpepper Lager.

Jemand könnte ihre Unterhaltung belauschen.

»... mir erzählt«, schloß sie.

»Wann?«

»Spielt das eine Rolle?« fragte Elyssa ruhig. »Tatsache ist, daß ich Bills Tochter bin, nicht seine Geliebte.«

Die Ältere stieß einen langen, zittrigen Atemzug aus.

»Ist das wirklich wahr?« fragte sie zweifelnd.

»Ja.«

Ein tiefer Seufzer kam über Pennys Lippen, als sie Elyssa in die Arme schloß und einen Moment lang fest an sich drückte.

»Es scheint dich nicht sonderlich zu überraschen, daß ich Bills Tochter bin«, sagte Elyssa nach einer Weile.

»Du hast recht, ich bin nicht besonders überrascht, wenn ich genauer darüber nachdenke.«

»Warum nicht?«

»Ungefähr zwei Jahre, bevor du geboren wurdest, ging die Nachricht um, daß dein Vater – das heißt, John Sutton – bei der Goldsuche im Gebiet des Colorado ums Leben gekommen sei.«

Elyssa dachte an ihre Mutter und malte sich aus, wie allein und einsam sie gewesen sein mußte, als sie auf die Rückkehr ihres Ehemannes gewartet hatte. Sie hatte gewartet, während sich seine Abwesenheit immer mehr in die Länge zog, gewartet und gehofft und gebangt. Und dann hörte sie, John Sutton sei tot.

Man brauchte keinen besonderen Scharfsinn, um zu erraten, was als nächstes passiert war.

»Bill hat mehr als ein Jahr gebraucht«, sagte Penny gepreßt. »Aber schließlich gelang es ihm, Gloria für sich zu gewinnen.«

Elyssa schloß die Augen, ohne jedoch aufzuhören, Pennys Rücken zu streicheln in dem Versuch, das krampfhafte Zittern zu besänftigen, das in langen Wellen durch den Körper der Gefährtin lief.

»Dann kam eines Tages dein Vater – John – auf die Ranch geritten«, fuhr Penny fort. »Gloria wurde hysterisch, als der vermeintliche Verstorbene auftauchte. John und Bill hatten einen fürchterlichen Streit. Daraufhin verließ Bill die Ladder S und baute die Bar B auf. Neun Monate später wurdest du geboren.«

»Dann könnte ich also doch das sein, was zu sein ich immer geglaubt habe«, sagte Elyssa nachdenklich. »Johns Tochter, nicht Bills.«

»Das glaube ich nicht.«

»Warum nicht?«

»Ich glaube nicht, daß dein Vater Kinder zeugen konnte«, erwiderte Penny schlicht. »Nach deiner Geburt blieb John fünf Jahre lang zu Hause, aber Gloria ist nie wieder schwanger geworden.«

»Es gibt auch keinen Beweis dafür, daß Bill es kann.«

»Doch, den gibt es.«

»Wie soll ich das verstehen? Was meinst du?«

»Ich bin schwanger«, erklärte Penny ruhig.

Elyssa konnte ihre Verblüffung nicht verbergen.

»Deshalb also hast du dich immer so schwach und unwohl gefühlt«, sagte sie nach einer Pause. »Es war morgendliche Übelkeit und nicht etwa Schüttelfrost.«

Penny nickte wie betäubt.

»Weiß Bill davon?« fragte Elyssa.

»Nein«, flüsterte Penny.

»Wir müssen es ihm sagen ...«

»Nein!« unterbrach sie die andere hitzig. »Wenn er sich etwas aus mir machte, würde er von sich aus fragen.«

»Aber die Culpeppers ...«

»Die Anwesenheit der Culpeppers hat ihn nicht davon abgehalten, mit dir zu reden«, fiel Penny ihr erneut ins Wort.

»Mein Auftauchen auf der Bar B hätte beinahe zur Folge gehabt, daß Bill erschossen und ich selbst verschleppt worden wäre, um als Culpepper-Hure zu dienen.«

Pennys Augen weiteten sich vor Schreck.

»Nur der Teufel weiß, was passiert wäre, wenn Hunter mir nicht gefolgt wäre«, fügte Elyssa hinzu.

»Großer Gott«, murmelte Penny. Dann sagte sie zögernd: »Aber wenn Bill nicht dein Liebhaber ist und du nichts von seiner Vaterschaft wußtest, warum hast du dann soviel riskiert, um ihn zu sehen?«

»Weil ich es satt hatte, ständig zu dulden, daß Ladder-S-Vieh durch Wind Gap wandert und nie mehr zurückkommt.«

»Bill würde nicht ...«, begann Penny hitzig.

»Ich weiß«, unterbrach Elyssa sie. »Aber Alkohol kann einen Mann verändern, wie Hunter neulich sagte.«

»Trotzdem würde Bill niemals Ladder-S-Vieh stehlen.«

»Schon möglich. Leider kann er aber auch die Culpeppers nicht davon abhalten, uns unser Vieh wegzunehmen«, erwiderte Elyssa. »Die Ladder-S-Weiden sind so gut wie leer.«

Penny schloß die Augen und gab einen erstickten Laut von sich.

»Was sollen wir nur tun?« flüsterte sie.

»Hunter wird sich etwas einfallen lassen«, erklärte Elyssa. *Er muß einfach.* Aber diesen Gedanken behielt sie lieber für sich.

»Fühlst du dich jetzt besser?« fragte Elyssa nach einem Moment. »Vielleicht solltest du dich eine Weile hinlegen.«

»Ist nicht nötig. Arbeit lenkt meine Gedanken von ... allem ab.«

Elyssa lächelte traurig.

»Freust du dich auf das Baby?« fragte sie unsicher.

»O ja«, erwiderte Penny. Ihre Miene glättete sich zum ersten Mal. »Ich habe mir ein Baby gewünscht, solange ich mich zurückerinnern kann.«

»Wunderbar. Wir werden die Culpeppers erledigen und dann die nötigen Vorbereitungen treffen, um dein Schätzchen auf der Ladder S großzuziehen.«

»Du denkst doch jetzt nicht schlecht von mir, weil ich Bill erlaubt habe … weil ich mich ihm hingegeben habe, obwohl wir nicht verheiratet sind?«

Elyssa dachte daran, wie heiß die Leidenschaft in ihr brannte, wenn sie in Hunters Nähe war. Wenn er sie hätte schwängern wollen, dann hätte sie ihm nur zu bereitwillig dabei geholfen und nicht an den Preis gedacht, den sie würde bezahlen müssen – bis es zu spät gewesen wäre.

Schwanger.

Unverheiratet.

Ganz allein.

»Nein«, erwiderte Elyssa. »Ich denke, es ist sehr, sehr schwer, sich dem Mann, den man liebt, *nicht* hinzugeben. Wenn er einen will.«

Penny lächelte erneut trotz der Tränen, die noch immer auf ihren Wangen glänzten.

»Ich hatte schon Angst, du würdest mich von der Ranch jagen.«

»Niemals!«

»Viele Frauen würden es tun, und Männer noch eher.«

»Aber ich nicht!«

Die Sicherheit in Elyssas Stimme flößte Penny eine Zuversicht ein, wie sie sie nicht mehr gefühlt hatte, seit sie ihren Zustand kannte.

»Danke«, sagte sie schlicht.

»Sei nicht albern«, gab Elyssa zurück. »Du und das Baby, ihr seid alles, was ich auf der Welt habe, bis auf …« Sie zögerte.

»Hunter?« fragte Penny.

»Ich dachte eigentlich an Bill. Hunter will mich nicht lieben. Er weigert sich sogar, mich auch nur zu mögen.«

»Aber er starrt dich an, so wie Bill immer Gloria angestarrt hat.«

Hoffnung regte sich in Elyssa.

»Wirklich?« fragte sie atemlos.

Penny nickte.

»Du starrst ihn auch an«, ergänzte sie.

»Ich kann nichts dafür«, flüsterte Elyssa. *»Ich liebe ihn.«*

Aus der Richtung des Korrals kam das schrille Wiehern eines verängstigten Pferdes, gefolgt von dem lauten, zornigen Ausruf eines Mannes.

Ohne zu zögern griff Elyssa nach der Schrotflinte, die in letzter Zeit niemals außerhalb ihrer Reichweite war, und hastete zur Hintertür.

Einer der frisch zugerittenen Mustangs hatte Mickey gerade in den Staub geworfen. Mickey rappelte sich wieder auf, packte die Zügel dicht an der Trense und begann voller Wut, mit einer Reitpeitsche das Tier zu verprügeln.

Das zu Tode geängstigte Pferd wieherte erneut durchdringend und warf den Kopf hoch in dem Versuch, der Peitsche auszuweichen. Doch Mickey hielt die Trense unbarmherzig fest und drosch weiter auf den Mustang ein.

Die Schrotflinte in der Hand eilte Elyssa im Laufschritt über den Hof zum Korral.

Hunter war schneller. Er kam aus dem Stall, sah, was passierte, und brüllte Mickey an, sofort aufzuhören.

Mickey ignorierte ihn.

Mit einem Satz stürzte Hunter sich auf Mickey und traf ihn wie ein herabfallender Gesteinsbrocken. Mickey krachte mit einer Wucht gegen den Korralzaun, die die Pfähle erzittern und ächzen ließ. Er taumelte zurück, schüttelte den Kopf, sah Hunter und beging den nächsten Fehler, indem er Hunter mit der Finesse eines zornigen Bullen angriff.

Blitzschnell wich Hunter zur Seite, schob seinen Stiefel vor und ließ Mickeys eigenes Gewicht den Rest erledigen. Der große Hilfscowboy stolperte prompt, schlug der Länge nach hin und landete rudernd und zappelnd im Staub.

Ein paar Augenblicke später tat Mickey seinen dritten falschen Schritt. Er zog seinen Revolver.

Hunter riß einen Fuß hoch und versetzte Mickeys Hand einen

derartigen Tritt, daß der Revolver in hohem Bogen durch die Luft flog. Dann begab sich Hunter knapp außerhalb von Mikkeys Reichweite und wartete, um zu sehen, auf welche Dummheit der andere nun verfiele.

Der junge Mann schüttelte den Kopf, rollte sich auf alle viere und kam wieder auf die Füße. Er schwankte leicht und hielt mit der Linken schützend seine verletzte Hand umfaßt. Obwohl er wütend genug aussah, um jemanden umzubringen, machte er keine Anstalten, nach dem zweiten Revolver zu greifen, den er trug.

Hunter nickte.

»Reagier deine Wut ab, indem du Löcher für Zaunpfähle aushebst«, sagte Hunter ausdruckslos.

»Ist doch nichts weiter als ein verfluchter, verlauster Scheißmustang!« brüllte Mickey.

»Er hat immerhin dazu getaugt, dich abzuwerfen.«

Mickeys Gesicht lief rot an vor Zorn.

»Kein Mann, der diese Bezeichnung verdient, schlägt ein Pferd, nur weil es ihn abgeworfen hat«, erwiderte Hunter. »Sieh zu, daß du Löcher für Zaunpfähle aushebst, oder verschwinde von hier.«

Mürrisch hob Mickey seinen Hut auf und ging zu der Stelle, wo sein Revolver im Staub lag. Er bückte sich.

Hunters Haltung veränderte sich auf eine Art, die unmißverständlich war. Falls Mickey die Absicht hatte, einen vierten Fehler zu riskieren, indem er versuchte, seinen Revolver zu benutzen, würde Hunter auf ihn anlegen.

Ohne zu überprüfen, ob die Waffe schmutzig war, rammte Mickey sie in sein Holster und marschierte steifbeinig zum Stall.

Hunter beobachtete, wie Mickey vorbeiging. Der finster dreinblickende Hilfscowboy sah kein einziges Mal in seine Richtung. Hunter wünschte, er könnte Mickey einfach feuern, um sich nicht länger mit seiner Brutalität herumärgern zu müssen. Leider war die Ladder S jedoch zu knapp an Arbeitskräften, um jemanden wegen Unbeherrschtheit zu entlassen, es sei denn, es handelte sich um Trunkenheit oder kaltblütigen Mord.

Außerdem bestand die Möglichkeit, daß Mickey der Spion der Culpeppers war. Wenn ja, konnte man ihn für weitaus bessere Zwecke gebrauchen als nur zum Löcherausheben.

Das Knacken eines Gewehrhahns, der gesichert wurde, riß Hunter abrupt aus seinen Gedanken. Erschrocken wirbelte er zu dem Geräusch herum.

Er zog seine Waffe, noch während er herumfuhr.

Elyssa schnappte scharf nach Luft. Im einen Moment waren Hunters Hände noch leer gewesen, im nächsten hielt er einen sechsschüssigen Revolver schußbereit in der erhobenen Rechten.

»Hast du vor, die Flinte da gegen mich zu benutzen?« fragte er.

»Dir könnte ich die gleiche Frage stellen.«

Mit einer raschen Bewegung entspannte er den Revolverhahn und schob die Waffe wieder in sein Holster zurück.

»Freut mich zu sehen, daß der Hahn deiner Schrotflinte in Ruhestellung ist«, sagte Hunter. »Du siehst aus, als würdest du lieber mich als Mickey erschießen.«

»Ich hätte wirklich nicht übel Lust dazu.«

»Gibt es irgendeinen speziellen Grund dafür?«

»Mir fällt gerade der Tag ein, als Mickey mich so hart packte, daß er blaue Flecken auf meinem Arm hinterließ und mich wie eine Prostituierte behandelte; damals hast du nichts weiter getan, als ihm zu sagen, er solle aufhören, seine Zeit zu verschwenden, und sich wieder an die Arbeit machen.«

Hunter wartete schweigend, während er in Elyssas zornsprühende Augen blickte und auf ihre Hände, die bereit schienen, den Hahn der Schrotflinte sofort wieder zu betätigen.

Und ihn zu erschießen.

»Aber wenn Mickey mit der Peitsche auf einen Mustang losgeht«, stieß sie zwischen zusammengebissenen Zähnen hervor, »schlägst du ihn zusammen, daß ihm Hören und Sehen vergeht.«

»Das Pferd hatte nichts Unrechtes getan.«

»Ach. Und ich habe mir etwas zuschulden kommen lassen?« fauchte sie.

Hunters finsterer Blick wanderte über Elyssas Körper. Wie immer trug sie Seide oder Satin – ein verführerischer, aufreizender Stoff, der sich schimmernd und raschelnd um ihre Rundungen schmiegte und mit jedem Atemzug, den sie tat, die Blicke eines Mannes auf sich zog.

»Ja«, sagte er kalt. »Du warst im Unrecht.«

»*Was?*«

»Männer lassen ihre Arbeit im Stich und starren dich an, wann immer du vorbeigehst. Du weißt es genau, aber trotzdem stolzierst du weiterhin hüftenschwingend durch die Gegend.«

»Was soll ich denn sonst tun? Im Haus eingesperrt hocken und mich hinter Vorhängen und Schleiern verstecken?«

»Richtig.«

Elyssas Augen wurden groß.

»Das scheint tatsächlich dein Ernst zu sein«, sagte sie ungläubig.

»Es ist mein voller Ernst.«

Zorn erhob sich in Elyssa.

»Tja, da hast du Pech gehabt, mein Lieber«, erwiderte sie unbekümmert. »Ich bleibe nicht im Gefängnis, nur weil ich als Frau statt als Mann geboren wurde.«

»Hab' ich mir schon gedacht, daß du so reagieren würdest. Es gibt Mädchen, die fühlen sich einfach nicht lebendig, wenn sie nicht von irgendeinem dummen Jungen angeschmachtet werden.«

Die nackte Verachtung in Hunters Stimme war wie eine Ohrfeige.

»Ich bin nicht so«, erwiderte Elyssa, »und auch nie so gewesen.«

»Das sagen sie alle.«

»Verdammt noch mal, verwechsel mich nicht ständig mit deiner Frau!« fauchte Elyssa.

»Willst du nicht noch ein bißchen lauter schreien?« meinte Hunter gedehnt. »Ohne Zweifel horchen die Jungs begierig auf jedes Wort.«

Damit machte er auf dem Absatz kehrt und marschierte zum Stall.

»Hunter!«

Sein Schritt hatte nichts Zögerndes an sich. Er marschierte einfach unbeirrt weiter.

Elyssa war drauf und dran, ihm ein Schimpfwort nachzubrüllen, als sie sich der Anwesenheit von Lefty und Gimp bewußt wurde. Die beiden alten Rancharbeiter standen direkt hinter der offenen Stalltür und hörten interessiert zu.

In einer Mischung aus Groll und Verlegenheit wirbelte Elyssa herum und eilte in die Küche zurück.

So kann es einfach nicht weitergehen, schwor sie sich. *Ich muß Hunter endlich begreiflich machen, daß er sich in mir täuscht.*

Vielleicht, wenn ich mit ihm rede, wenn keiner in der Nähe ist, der uns belauschen kann …

Je länger Elyssa darüber nachdachte, desto besser gefiel ihr die Idee. Sie brauchte Ruhe und Ungestörtheit, um derart persönliche Dinge mit Hunter zu besprechen.

Offensichtlich schmerzte ihn die Erinnerung an seine ungetreue Ehefrau noch immer tief. Hunter wollte es nicht nochmals riskieren, sein Herz zu verlieren und eine bittere Enttäuschung zu erleben.

Gebranntes Kind scheut das Feuer.

Irgendwie mußte Elyssa ihm verständlich machen, daß es ihm nicht zum Schaden gereichte, wenn er sein Herz ihrer Obhut anvertraute. Sie würde das Geschenk seiner Liebe hegen und pflegen und wie einen kostbaren Schatz hüten, und dafür würde ihre Liebe zu ihm ebenso gut aufgehoben sein.

Wenn sie Hunter doch nur dazu bringen könnte zu verstehen!

Heute abend, nachdem Penny schlafen gegangen ist, werde ich mit ihm reden. Und ihn gründlich aufklären!

Elyssas Schlafzimmertür quietschte leicht in den Angeln, als sie sie öffnete. Elyssa erstarrte mitten in der Bewegung und horchte angestrengt, doch unten im Erdgeschoß oder im Raum nebenan rührte sich nichts.

Sie stieß den angehaltenen Atem aus und machte vorsichtig die Tür hinter sich zu. Mit zitternden Fingern zog sie ihren blaßblauen Morgenrock fester um ihre Taille.

Elyssa drückte sich im Geist die Daumen, als sie auf Zehenspitzen das kurze Stück den Gang hinunterschlich, das ihre Zimmertür von Hunters trennte. Der Fußboden fühlte sich kalt durch die dünnen Pantoffeln an, die sie trug, aber nicht so kalt wie ihre Hände. Sie war nervös wegen der bevorstehenden Unterhaltung.

Eine lange, beklommene Minute blieb sie vor Hunters Zimmertür stehen, eine Hand auf dem Türknauf, während ihr Herz wie wild hämmerte. Kurz bevor ihr Mut sie ganz im Stich zu lassen drohte, drehte sie leise den Knauf und öffnete die Tür einen Spaltbreit.

»Hunter?« flüsterte sie.

Das deutliche Klicken eines Revolverhahns, der entsichert wurde, schien so laut wie ein Schrei in der nächtlichen Stille.

»Was, zum Teufel, denkst du dir dabei, mitten in der Nacht in mein Zimmer zu kommen?« fragte Hunter gereizt.

Elyssa zuckte zusammen. Die Frage war von einer Stelle zu ihrer Linken gekommen, keine zehn Zentimeter von ihrem Ohr entfernt.

»Wir müssen miteinander reden«, flüsterte sie.

»Das kann bis morgen warten.«

Hunter machte Anstalten, ihr die Tür vor der Nase zuzuschlagen.

Hastig schob Elyssa ihren Pantoffel durch den Spalt und drückte mit beiden Händen kräftig gegen das Holz.

»Nein«, protestierte sie. »Es muß jetzt sein, wenn keiner in der Nähe ist, der uns belauschen kann.«

»Dämpfe deine Stimme!« zischte er.

»Dann laß mich herein.«

Hunter zögerte, während er versuchte, die heiße, verzehrende Erregung niederzukämpfen, die in ihm aufgeflammt war, als er merkte, daß Elyssa zur Schlafenszeit vor seinem Zimmer stand.

Er atmete tief durch, um sich zu beruhigen. Die Luft, die er einsog, war von Elyssas unverwechselbarem Duft getränkt, ein Garten, parfümiert mit Rosmarin und Mondschein.

Die sinnliche Hitze in Hunter verdoppelte sich.

»Dies ist keine gute Idee, Frechdachs«, murmelte er gepreßt.

»Doch.«

»Nein.«

Sie wisperte: »Ich weiß, was ich tue, Hunter.«

Er zweifelte nicht daran.

Der Gedanke fachte sein Verlangen noch stärker an.

Warum eigentlich nicht? fragte er sich grimmig. *Gott weiß, daß wir es beide heftig genug wollen, um es endlich zu kosten.*

Schließlich ist es ja nicht so, als wäre sie noch Jungfrau. Mickey hat das mehr als deutlich durchblicken lassen bei seinem Geprahle im Dugout Saloon.

Und Frechdachs hat es bestätigt, als sie davon erzählte, wie sie ihre wohlerzogenen Cousinen mit ihrem Benehmen schockierte.

Ohne Vorwarnung schwang die Zimmertür weit auf.

Elyssa verlor das Gleichgewicht und stürzte beinahe in Hunters Arme. Automatisch streckte er die Hände aus, um sie festzuhalten. Die Hitze ihres Körpers unter dem dünnen Négligé war wie Feuer.

Und wie Feuer verbrannte sie ihn.

Da Hunter sich allzu schmerzlich danach sehnte, Elyssa zu entkleiden und sie mit all der wilden Leidenschaft zu nehmen, die sie in ihm weckte, zwang er sich, sie loszulassen. Sich von einem Liebchen beherrschen zu lassen, war etwas, was er sich niemals wieder gestatten würde.

Statt Elyssa in seine Arme zu ziehen, griff Hunter rasch um sie herum und schloß die Tür. Das schwache Klicken des Riegels entlockte Elyssa einen raschen, geflüsterten Laut, als ob sie gerade keuchend nach Luft geschnappt hätte.

»In Ordnung«, krächzte Hunter. »Was gibt es denn so furchtbar Dringendes, daß es nicht bis morgen warten könnte?«

18

Elyssa öffnete die Lippen zu einer Erklärung und mußte feststellen, daß ihr Mund völlig ausgetrocknet war. Hunters nackte Brust schimmerte atemberaubend in dem kühlen Mondlicht, das durchs Fenster hereinströmte.

Die maskuline Schönheit von Muskeln und Sehnen und mitternachtschwarzem Haar fesselte sie derart, daß sie kein Wort hervorbrachte.

Die Intimität des Augenblicks und das Bewußtsein, daß sie allein mit Hunter in dessen Schlafzimmer war, löste eine brennendheiße Flut von Emotionen in Elyssa aus.

»Frechdachs?«

»Ich ...«

Elyssa schluckte hart und befeuchtete ihre Lippen mit der Zungenspitze. Sie wollte Hunter bitten, ein Hemd überzuziehen, ließ es aber sein. Er befand sie ohnehin schon für unter seiner Würde.

»Eigentlich wollte ich nur ...« Elyssas Stimme versagte.

Hunter wartete.

Seine Reglosigkeit verunsicherte sie noch mehr.

Hier bin ich, kaum in der Lage zu atmen, weil mich seine Nähe so irritiert, dachte Elyssa ärgerlich, *und er sieht mich an, als wäre es etwas ganz Alltägliches für ihn, halbnackt mit einer Frau in seinem Schlafzimmer zu stehen.*

Die Erkenntnis traf Elyssa mit einer Wucht, die sie erschütterte.

Natürlich, du Törin, sagte sie sich. *Hunter ist schließlich verheiratet gewesen. Es ist überhaupt nichts Besonderes für ihn, eine Frau bei sich zu haben.*

Oder in seinem Bett.

Elyssa schluckte noch einmal. Dann straffte sie die Schultern und riß sich zusammen. Sie war fest entschlossen, nicht kindisch oder bettelnd vor diesem irritierenden Mann zu erscheinen.

»Ich flirte nicht mit Mickey«, sagte sie mit fester Stimme.

»Sprich leise, um Gottes willen!«

»Ja, ja, schon gut«, flüsterte sie patzig. »Hast du gehört, was ich gesagt habe?«

»Verdammt, die Hälfte aller Männer auf der Ladder S hat dich wahrscheinlich gehört!«

»Hör mir zu. Ich flirte weder mit Mickey noch mit Bill oder sonst irgendeinem Mann auf Gottes weitem Erdboden.«

»Was du nicht sagst! Erzähl doch mal.«

»Das habe ich ja gerade getan!«

»Wie nennst du es dann, wenn du mir neckische Seitenblicke zuwirfst und dir über die Lippen leckst, als könntest du es kaum noch erwarten herauszufinden, ob ich auch so gut schmecke, wie ich aussehe?«

Elyssa hoffte inständig, daß die verlegene Röte, die sie in ihren Wangen fühlte, nicht im Mondlicht zu erkennen war. Am liebsten wäre sie in den Ritzen des Fußbodens versunken. Sie hätte nicht gedacht, daß ihre Manöver so leicht zu durchschauen waren.

»Nur bei dir, Hunter«, flüsterte sie zutiefst beschämt. »Ich sehe keinen anderen an außer dir.«

»So, hmmm.«

Das Murmeln hätte normalerweise Zustimmung bedeuten können, aber Elyssa wußte, daß es nicht so war.

»Hunter Maxwell«, sagte sie nachdrücklich, »du hast weniger Manieren und Intelligenz als ein Maultier. Ich bin nicht so, wie deine Frau war!«

Hunter hätte beinahe laut gelacht. Hier stand Elyssa vor ihm und beharrte nachdrücklich auf ihrer Unschuld; dennoch war sie mitten in der Nacht in sein Zimmer gekommen, angetan mit der Art von Boudoirbekleidung, die den Körper eines Mannes unweigerlich in Flammen versetzte.

Andererseits war sie immer so aufreizend angezogen und erregte die Männer um sie herum tagtäglich.

»Du bist mir schon eine, Frechdachs«, sagte Hunter mit leiser Stimme. »Also wirklich.«

Klugerweise fügte er nicht hinzu, was genau er damit meinte. Er wollte Elyssa nicht so empören, daß sie laut zu schimpfen begann und alle Ranchbewohner aufweckte.

»Du mußt mir glauben«, flüsterte sie.

»Warum?«

Elyssa blinzelte verdutzt.

»Weil es wichtig ist«, sagte sie frustriert.

»Warum?«

»Großer Gott, sind alle Männer so begriffsstutzig, oder bist du ein besonderer Fall?« gab sie mit zornbebender Stimme zurück.

Hunters Mund verzog sich zu einem amüsierten Lächeln. Es war faszinierend zu beobachten, wie Elyssa ihre Unschuld mit einer solchen Vehemenz verteidigte, daß ihre Brüste verführerisch unter dem dünnen Nachtgewand wogten.

»Hunter?«

»Ich höre.«

»Du bist ein schrecklich starrsinniger Mann«, warf sie ihm vor. »Manchmal würde ich dich am liebsten bei den Schultern packen und schütteln, bis deine Zähne klappernd aufeinanderschlagen.«

»Warum bist du dann mitten in der Nacht in mein Schlafzimmer gekommen?« murmelte er.

»Weil einer von uns beiden morgen sterben könnte, und ich …«

Elyssas Stimme versagte ihr. Sie brachte es nicht über sich, *Ich liebe dich* zu einem Mann zu sagen, der sie mit derart mißtrauischer, beinahe raubtierhafter Geduld taxierte.

Möge seine Ehefrau in der Hölle schmoren, dachte sie verzweifelt. *Sie hat Hunter so übel mitgespielt, daß er keiner anderen Frau mehr vertrauen mag.*

»Nun?« fragte er.

»Ich …«

Elyssa rang hilflos die Hände und blickte Hunter schweigend an.

»Du willst mich«, knurrte er. »Jedes Mädchen, das dreist genug ist, mitten in der Nacht in das Zimmer eines Mannes zu kommen, sollte dann auch nicht vor den Konsequenzen zurückscheuen.«

»Hunter«, flüsterte Elyssa.

»Sag es.«

Sie holte zitternd Luft.

»Sag, daß du mich willst«, drängte er.

Elyssa öffnete den Mund. Es kam kein Wort heraus.

Hunter tat einen einzigen Schritt vorwärts. Er brachte ihn ihr so nahe, daß er die Hitze ihres Körper durch den dünnen Überwurf spüren konnte.

»Es ist doch kein Geheimnis«, beschwor er sie leise. »Deine Augen verraten dich jedesmal, wenn du mich ansiehst.«

»Ich …«

Elyssa brach hilflos ab. Hunters bloße Nähe war so überwältigend, daß sie völlig verstummte. Sie hatte sich nicht mehr so gefühlt seit jener Nacht im Garten, als sie getanzt und einander geküßt und noch mehr getan hatten, sehr viel mehr.

»Deine Augen«, flüsterte Hunter, »verraten mir, daß du dich gerade daran erinnerst, was für ein Gefühl es war, als ich deine Brüste geküßt habe und du vor Wonne aufstöhntest.«

Ein köstlich prickelnder Schauder überlief Elyssa, Nachhall der wilden Leidenschaft, die sie gefühlt hatte, als sein Mund ihre nackte Haut liebkost hatte.

»Du möchtest dieses Gefühl wieder erleben«, beschwor Hunter sie. »Ist es nicht so?«

Elyssa schluckte hart, als die Glut des Verlangens von ihrem Körper Besitz nahm. Das süße, unerwartete Feuer ließ sie erzittern.

Er hat recht, dachte sie. *Ich sehne mich danach, dieses Gefühl noch einmal zu kosten.*

Erschauernd schloß Elyssa die Augen.

»Ich ... will dich«, flüsterte sie.

»War es so schwer, die Wahrheit zu gestehen?«

Hunters Worte kamen in einem warmen Hauch über seine Lippen, der liebkosend über ihre Stirn, die Einbuchtung ihrer Wangen, ihre Mundwinkel strich.

Das Zittern, das Elyssa überlief, war für sie beide fühlbar. Hunter holte tief Luft und gestattete sich die Erinnerung daran, wie es ihm gelungen war, mit einigen wenigen Liebkosungen brennendes Verlangen in ihr zu wecken.

Keine Frau hatte jemals so leidenschaftlich auf ihn reagiert.

Keine.

Die Begegnung mit ihrem sinnlichen Feuer verfolgte ihn noch immer.

»Hunter«, flüsterte Elyssa atemlos, »würdest du mich küssen? Hart. Und wild. So wie damals im Garten?«

Die Worte entlockten Hunter ein entzücktes Stöhnen. Seine Arme schlangen sich um Elyssa, sein Kopf beugte sich zu ihr herab. Als sein Mund ihren berührte, fand er ihre Lippen geöffnet und bebend vor Begierde. Seine Zunge drang mit einem einzigen Stoß zwischen ihre Zähne und gab ihr, wonach sie verlangt hatte.

Hart. Und wild.

Die Verschmelzung von Elyssas Zunge mit Hunters geschah weder schüchtern noch zögernd. Sie dachte daran, was es für ein Gefühl gewesen war, von seinem Kuß liebkost und verzehrt zu werden. Bis in ihre Träume hatte sie sich schmerzlich danach verzehrt, hatte danach gehungert mit einer Heftigkeit, die ihr erst jetzt richtig bewußt wurde.

Voller Inbrunst schlang Elyssa die Arme um Hunters Hals und preßte sich an ihn. Alles in ihr drängte danach, ihm nahe zu sein, mehr als sie es bereits war.

Sie *mußte* ihm noch näher kommen.

Elyssas hemmungslose Reaktion und das Gefühl ihrer satinbedeckten Brüste, die sich verlangend an ihm rieben, ließen Hunter all die Gründe vergessen, warum es gefährlich war, sie auch nur zu küssen. Sie schmeckte wie süßer, berauschender Wein, der durch seine Adern strömte und ihn mit Hunger und Feuer erfüllte.

Er wollte so viel mehr als nur heiße Küsse und den Genuß ihrer vollen Brüste auf seiner Haut.

Und er würde es auch bekommen.

Ohne Vorwarnung fühlte Elyssa sich vom Boden gehoben. Die stählerne Kraft von Hunters Armen war eine Verlockung, ein Versprechen und eine Erinnerung zugleich. Sie ergab sich ihr in zügelloser Selbstvergessenheit.

Und dann verbannte das wilde Feuer seines Kusses jeden klaren Gedanken aus Elyssas Bewußtsein. Nur vage erkannte sie, daß der Druck in ihrem Rücken von Bettdecken herrührte, die in einem Knäuel unter ihr lagen; aber die Tatsache hatte keine andere Bedeutung, als daß sie dadurch nur noch näher an Hunters Körper gepreßt wurde.

Mit einem leidenschaftlichen Wimmern ließ Elyssa ihre Hände über die muskulöse Kraft von Hunters Rücken gleiten. Der Schauder der Erregung, der ihn bei ihrer Liebkosung überlief, wirkte auf sie so berauschend wie ein Geständnis von ihm.

Sie wiederholte die Liebkosung, während sie in seiner Kraft schwelgte und seinen glatten Rücken mit ihren Fingerspitzen erforschte und massierte. Ihre Zunge kostete ihn so tief und ungestüm, wie er sie. Zögernd zuerst, dann ungehemmt glitten ihre Nägel über die langen Muskelstränge zu beiden Seiten seines Rückgrats.

Der gedämpfte, wollüstige Laut, der aus Hunters Kehle aufstieg, steigerte ihr Verlangen noch. Eine köstliche Art von Hitze glitt wie eine Spirale durch Elyssas Körper und spannte ihn derart an, daß sie sich stöhnend unter Hunters Körper wand in dem Versuch, den Schmerz in ihren Brüsten zu lindern.

«Ich möchte ...«, begann sie atemlos.

Hunters Hand legte sich fest auf ihren Mund.

»Still«, flüsterte er rauh an ihrem Ohr. »Das weiß ich doch!«

Seine andere Hand bewegte sich rasch und öffnete Elyssas seidenen Morgenrock. Er beugte den Kopf und fand eine ihrer vollen Brüste mit dem Mund. Ohne einen Gedanken daran zu verschwenden, daß er die feine Seide ihres Morgenrocks zerknittern würde, zog er ihre Brustspitze zwischen seine Lippen.

Feuer raste durch Elyssa. Sie bäumte sich seiner Liebkosung entgegen, fiebernd vor Verlangen nach mehr.

Und Hunter gab ihr, wonach sie verlangte – mit Zähnen und Zunge und dem wilden, sich ständig verändernden Druck seines Mundes.

Brennende Lust durchströmte Elyssa und raubte ihr den Atem, spannte ihren Körper derart an, daß sie stöhnte. Dann entlud sich ihre Erregung abrupt in einer Explosion von Verzückung, die ihren Schoß mit flüssigem Feuer überschwemmte. Ein Glucksen kam über ihre Lippen, und sie erzitterte und flehte um mehr.

Hunter lachte tief in seiner Kehle und wiederholte die Liebkosung an ihrer anderen Brustpitze.

Elyssa bäumte sich Hunters heißen Lippen entgegen. Sie wehrte sich nicht gegen die männliche Hand, die ihre unvorsichtigen Schreie der Lust erstickte. Sie bemerkte sie nicht einmal. Ihr gesamtes Fühlen und Denken war auf das köstliche Brennen tief in ihrem Schoß konzentriert.

Hunters freie Hand glitt abwärts und vergrub sich zwischen Elyssas Schenkeln. Sie versteifte sich vor Überraschung, aber er bemerkte es nicht. Ihre Hitze und die flüssige Glut ihrer Reaktion ließen ihn alles vergessen bis auf das eine. Seine Hand legte sich fest um das weiche Nest zwischen ihren Beinen. Lange Finger streckten sich, um forschend zwischen ihre Blütenblätter einzudringen.

Wilde Lust schoß durch Elyssas Körper. Der erschrockene Aufschrei, der über ihre Lippen kam, drang nicht weiter als bis zu der harten Handfläche über ihrem Mund.

Dann glitten Hunters Finger fester in ihren Schoß, und wieder durchzuckte sie heiße Erregung. Diesmal entstammte der Ton der Verzückung, den sie von sich gab, eher der Leidenschaft als der Überraschung.

»Verdammt«, murmelte Hunter vor sich hin. »Das nächste Mal werden wir einen Ort finden müssen, wo wir etwas ungestörter sind. Ich möchte jeden Laut hören, den ich dir entlocke.«

Seine Hand verstärkte ihren Griff um Elyssas Schoß, seine Finger schoben sich noch ein wenig tiefer in ihre feuchte Hitze hinein. Ihr Körper bog sich ihm wie ein fest gespannter Bogen entgegen. Hunter konnte kaum sein eigenes hungriges Stöhnen unterdrükken, als ihre flüssige Glut seine Fingerspitzen benetzte.

»Spreiz die Beine«, flüsterte er dicht an ihrem Ohr.

Elyssa verstand seine Worte kaum. Sie wand sich unruhig hin und her, suchte hungrig nach mehr von der wilden, brennenden Lust, die sie gerade erfahren hatte.

Aber Hunters Hand lag nicht mehr zwischen ihren Schenkeln, um sie mit reinem Feuer zu liebkosen. Elyssa schüttelte den Kopf und versuchte ihm zu sagen, daß sie mehr und nicht weniger von seiner Berührung wollte.

»Ruhig, Frechdachs. Ich bin genauso begierig wie du.«

Elyssa hörte ein Rascheln von Kleidern und spürte, wie Hunter sich bewegte, sich zwischen ihre Schenkel kniete und ihre Beine spreizte. Dann glitten erneut harte Finger in ihren Schoß und umkreisten die weiche Knospe ihrer Weiblichkeit.

Lust schlug wie eine Woge über ihr zusammen. Ganz von allein hob Elyssa die Hüften, fiebernd vor Verlangen nach mehr von diesem intimen Spiel.

Sein Daumen bewegte sich noch einmal, und wieder schoß heiße Lust wie ein Blitzstrahl durch sie hindurch.

»Gott«, murmelte Hunter leiser.

Sein Körper spannte sich an, seine Hüften schoben sich hart vor, und dann war er in ihr vergraben.

Das einzige, was Elyssas Schrei der Überraschung und des Schmerzes davon abhielt, durch das gesamte Haus zu hallen, war das Gewicht von Hunters Hand auf ihrem Mund. Sie wand sich heftig unter ihm und stieß mit beiden Händen gegen seine Schultern in dem Versuch, den brennenden, schmerzhaften Druck zwischen ihren Schenkeln loszuwerden.

Hunter gab ein heiseres Stöhnen von sich und stieß erneut kraftvoll in ihren Schoß. Plötzlich versteifte sich sein Körper, ein heftiger Schauder überrann ihn von Kopf bis Fuß, dann brach er erschöpft über ihr zusammen.

Benommen drehte Elyssa den Kopf zur Seite und entzog sich Hunters Hand auf ihrem Mund. Als sie diesmal gegen seine Schultern stieß, rollte er sich auf die Seite.

Ohne ein Wort zog Hunter sich von ihr zurück, kehrte ihr den Rücken zu und ordnete seine Kleider.

Sie wartete ängstlich darauf, daß er etwas sagen würde.

Irgend etwas.

Das Schweigen zwischen ihnen dehnte sich mit jedem Herzschlag aus, bis Elyssa glaubte, sie würde unter seinem Gewicht ersticken. Gerade als sie alle Hoffnung aufgegeben hatte, begann Hunter mit leiser, monotoner Stimme zu sprechen.

»Geh wieder auf dein Zimmer, Frechdachs. Morgen wird es ein langer, anstrengender Tag werden.«

Zuerst konnte Elyssa einfach nicht glauben, daß dies alles war, was Hunter ihr zu sagen hatte.

»W-was?« flüsterte sie.

»Für heute nacht ist der Spaß vorbei. Geh in dein Zimmer zurück.«

Elyssa schloß die Augen, als die Wahrheit in einer schwarzen, eisigen Woge über ihr zusammenschlug.

Nun, jetzt weiß ich Bescheid, dachte sie verzagt. *Es war nicht etwa Liebe für mich, gegen die Hunter so verbissen angekämpft hat. Es war Wollust.*

Und wir haben beide verloren.

Der Schmerz, den die Erkenntnis mit sich brachte, traf sie mit Wucht.

Instinktiv wußte Elyssa, daß sie sich davon nicht überwältigen lassen durfte. Nicht jetzt. Nicht hier.

Nicht in Hunters Bett.

Nein, ich werde nicht weinen.

Es ist ja meine eigene Schuld. Hunter hat mich weiß Gott oft genug gewarnt. Ich habe ihm nur nicht glauben wollen.

Was bin ich doch für eine Närrin gewesen.

Ich werde nicht weinen.

»Frechdachs?«

Hastig und ohne ein Wort glitt Elyssa von Hunters Bett. Sie bewegte sich so schnell, daß sich ihr Morgenrock bauschte und wie gebrochene Flügel hinter ihr herflatterte.

Die Schlafzimmertür öffnete und schloß sich lautlos.

Hunter zog eine Grimasse und fluchte unterdrückt vor sich hin. Er war zu schnell gewesen, zu ungestüm. Zwar wollte er sich Beherrschung auferlegen und behutsamer in sie eindringen, aber die flüssige Seide von Elyssas Reaktion hatte seine Selbstkontrolle abrupt zunichte gemacht. Noch niemals hatte er eine Frau so heftig begehrt wie diese kleine Person.

»Verdammter Mist«, murmelte Hunter, angewidert von sich selbst.

Er hatte den Verdacht, daß Elyssa nach dem Akt auf ein wenig Zärtlichkeit und einen sanfteren Abschied gewartet hatte. Und er war stark in Versuchung gewesen, ihr genau das angedeihen zu lassen.

Aber er hatte es sich nicht gestattet.

Hunter wollte verdammt sein, wenn er wie eine Marionette für Elyssa tanzen würde, nur weil er sich genommen hatte, was sie so bereitwillig anbot.

Trotzdem, beim nächsten Mal wird es anders sein, gelobte er sich. *Beim nächsen Mal werde ich mich nicht von ihren süßen kleinen Krallen und ihrem verführerischen Körper, der sich unter meinem windet, so weit treiben lassen, daß ich völlig die Kontrolle verliere.*

Bei dem Gedanken, Elyssa erneut zu nehmen, überlief Hunter ein prickelnder Schauder der Erregung.

Keine Sekunde zweifelte er daran, daß es ein nächstes Mal geben würde.

Jedes Mädchen, das so leidenschaftlich wie Frechdachs ist, wird sehr bald wieder Hunger verspüren. Sie wird wieder zu mir kommen und mitten in der Nacht an meine Tür klopfen.

Und ich werde schon auf sie warten.

Es dauert sicher nicht lange.

Mit einem leisen Lächeln auf den Lippen zündete Hunter eine Kerze an und ging zu der Waschschüssel, die auf seiner Kommode stand. Er streifte seine Hose und Unterwäsche ab und griff nach einem Schwamm.

Der Anblick von Blut auf seinem langsam erschlaffenden Glied ließ ihn abrupt innehalten.

Herrje, was ...

Ich war nicht so grob, daß ich sie verletzt hätte. Es ist passiert, zugegeben, aber sie war eindeutig bereit für mich.

Hunter hegte keinerlei Zweifel. Nur aufgrund der geschmeidigen, feuchten Bereitschaft ihres Körpers hatte er alle Selbstbeherrschung abrupt vergessen.

Es muß die Zeit ihres monatlichen Unwohlseins sein.

Leise, gedämpfte Geräusche drangen aus dem Zimmer nebenan.

Hunter blieb reglos stehen, legte den Kopf schief und horchte. Nach ein paar Augenblicken kam er zu dem Schluß, daß Elyssa weinte.

Unbehagen erfüllte ihn, als er sich wusch. Die erstickten, gebrochenen Laute von nebenan hielten unvermindert an.

Noch immer nackt ging Hunter zu der Wand zwischen ihren beiden Räumen und lauschte nervös. Die Laute kamen nicht von Elyssas Bett. Sie tat nicht das, was Belinda in einem solchen Fall getan hatte – im Bett liegen und geräuschvoll schluchzen, bis sie bekam, was sie von ihm haben wollte.

Tatsächlich klang es sogar, als täte Elyssa alles Erdenkliche, um Geräusche zu vermeiden.

Ich muß ihr weh getan haben.

Verdammt! Ich kann einfach nicht glauben, daß ich sie härter angefaßt habe als ein brutaler Flegel wie Mickey.

Angewidert von sich selbst und verärgert über seinen Mangel an Selbstbeherrschung zog Hunter sich hastig an und ging zu Elyssas Zimmer.

Als er die Tür öffnete, wurde das Schluchzen nun deutlich vernehmbar. Ein beißender Geruch stieg ihm in die Nase, als ob jemand dabei wäre, Kleider zu verbrennen.

Hunter schloß die Tür hinter sich. Ein schneller Blick sagte ihm, daß Elyssa jetzt im Bett lag. Etwas schwelte schwärzlich auf dem Rost des kleinen Kamins.

»Frechdachs?« fragte Hunter leise.

Das Schluchzen hörte so abrupt auf, als würde plötzlich ein Hahn zugedreht.

Auf Zehenspitzen tappte Hunter zum Bett und setzte sich auf die Kante.

Als Elyssa fühlte, wie die Matratze unter seinem Gewicht nachgab, wäre sie am liebsten geflohen. Aber sie war splitterfasernackt. Die blutbefleckten Überreste ihres Nachthemds und des Morgenrocks schwelten im Kamin.

Wie ein in der Falle gefangenes Tier lag sie vollkommen unbewegt da, während sie Hunter mit angestrengter Willenskraft hinauswünschte. Von ihm dabei ertappt zu werden, wie sie hilflos in die Kissen schluchzte, war nur ein weiterer Punkt auf der langen

Liste von Demütigungen, die sie in dieser Nacht erfahren hatte. Sie glaubte nicht, daß sie noch mehr davon ertragen konnte.

Elyssa zuckte zusammen, als Hunters Hand ihr Haar streichelte. Er fühlte die verräterische Bewegung und fluchte leise vor sich hin.

»Es tut mir leid«, sagte er reumütig. »Ich hatte nicht die Absicht, grob zu sein.«

Als Hunter das nächste Mal beruhigend über ihr Haar strich, zwang Elyssa sich, die Berührung in keiner Weise zu bestätigen. Dennoch konnte sie kaum das heftige Zittern unterdrücken, das ihren Körper erschütterte. Ihre Nerven waren derart angespannt, daß sie jeden Moment zu zerreißen drohten.

»Du warst enger, als ich erwartet hatte«, flüsterte Hunter entschuldigend. »Es war für mich schon lange her, seit ich das letzte Mal eine Frau hatte, und bei deiner Bereitschaft konnte ich mich nicht mehr zurückhalten.«

Elyssa sagte nichts und tat nichts. Sie lag einfach nur da und schauderte unter Hunters unerwünschtem Streicheln.

Das heftige Zittern von Elyssas Körper wirkte wie Salz auf der frischen Wunde in Hunters Selbstachtung.

»Nimm's nicht so schwer«, flehte er sie an. »Von jetzt ab werde ich sanft und behutsam wie Sonnenschein mit dir umgehen. Beim nächsten Mal wird es dir mehr Spaß machen, das verspreche ich! Du hast soviel Leidenschaft in dir, Frechdachs. Zumindest in dem Punkt passen wir perfekt zusammen.«

Frechdachs.

Der verhaßte Spitzname schnitt wie ein Messer in Elyssas Gemüt. Mit einem unartikulierten Schrei griff sie Hunter an wie das in die Enge getriebene Tier, das sie war. Mit wie Klauen gekrümmten Fingern griff sie nach seinem Gesicht.

Blitzschnell packte Hunter ihre Handgelenke und hielt sie fest.

»Nun, nun, immer mit der Ruhe, Frechdachs. Hast du mir denn gar nicht zugehört? Ich sagte, ich werde dir nie wieder weh tun.«

»Ich hasse dich«, fauchte Elyssa mit heiserer Stimme. »Verschwinde aus meinem Zimmer, bevor ich das ganze Haus zusammenschreie.«

»Um Himmels willen, so beruhige dich doch und hör auf, dich wie eine empörte Jungfrau aufzuführen.«

»Warum sollte ich nicht? Schließlich bin ich ja genau das! Oder eher: *war es.*«

»Wovon redest du? Meine Frau hat nie geblutet, selbst beim ersten Mal nicht.«

»Bester Hunter Maxwell«, zischte Elyssa, »ich wette um diese Ranch, daß du dich noch auf einem anderen Kontinent befandest, als es für deine Frau das erste Mal war!«

Langsam dämmerte Hunter die Erkenntnis.

Es war der Schmerz einer Jungfrau gewesen, nicht die erfahrene Leidenschaft eines leichten Mädchens, der Elyssa veranlaßt hatte, sich unter ihm zu versteifen und wild mit den Armen um sich zu schlagen.

Und er hatte ihr die ganze Zeit die Hand auf den Mund gepreßt.

»Großer Gott«, flüsterte Hunter entsetzt. »Warum hast du mich nicht daran gehindert?«

»Aber ich habe doch alles versucht!«

Empörung erfaßte ihn, als ihm die Bedeutung dessen aufging, was Elyssa sagte.

»Verdammt, Frechdachs«, knurrte er mit gefährlicher Stimme. »Ich habe dich nicht vergewaltigt, und du weißt es! Du bist auf jedem Schritt des Weges bereitwillig mit mir gekommen, geradewegs bis zu dem Moment, als ich ...«

Hunter brach plötzlich ab, als ihm klar wurde, wohin seine Worte führten. Elyssa hatte sich ihm voller Sehnsucht hingegeben – bis zu dem Moment, als er ihr Jungfernhäutchen zerrissen hatte.

Eine Zeitlang hingen Hunters Schmähungen und Anklagen wie der beißende Rauch von Elyssas ruinierten Nachtgewändern in der Luft. Sie hörte seinen Worten zu und fletschte die Zähne, von grimmiger Freude darüber erfüllt, daß sie zumindest in diesem einen Punkt endlich Hunters innere Barriere durchbrochen hatte.

Hunter sah Elyssas verzerrte Züge und wußte, daß ihr Zorn ebenso tief wie seiner saß.

»Du hättest dich gegen mich wehren können«, schalt er sie. »Ich hätte sofort aufgehört, wenn ich das Gefühl gehabt hätte, du wolltest es nicht. Warum hast du es nicht getan, bis es zu spät war?«

»Ich dachte, ich liebte dich«, sagte sie, und ihre Stimme klang genauso gedämpft und tödlich wie seine, »und nahm an, du liebtest mich. Es kam mir vor, als sträubtest du dich nur dagegen, mir deine Liebe zu zeigen, wegen deiner ersten Ehefrau.«

Schockiertes Schweigen war Hunters einzige Antwort.

Dann sagte er leise: »Du kleine Närrin.«

»Dann sind wir ja ausnahmsweise mal einer Meinung.«

»Hast du mir denn überhaupt nicht zugehört?« verlangte er zu wissen. »Habe ich jemals über irgend etwas anderes als Lust zwischen uns gesprochen?«

Demütigung und Zorn kämpften miteinander um die Herrschaft über Elyssas Zunge. Beide gewannen.

»Nein und nein. Aber jetzt höre ich dir zu, *Bettgenosse.* Ich bin ganz Ohr.«

»Zu spät«, grollte er.

Elyssa widersprach diesmal nicht.

Stille breitete sich im Zimmer aus.

»Was ist das für ein Gestank?« fragte Hunter gereizt.

»Das sind die Überreste dessen, was ich getragen habe, als ich dein Zimmer verließ.«

Die kühle Präzision ihrer Stimme und der unaufhörliche Strom von Tränen, der über ihre Wangen lief, sagten Hunter, wie gefährlich nahe sie daran war, die Beherrschung zu verlieren.

Nicht, daß er Elyssa einen Vorwurf daraus gemacht hätte. Selbst er steckte im Moment ein wenig in der Krise.

»Gott, was für ein Durcheinander«, flüsterte er erschüttert.

Elyssa ignorierte Hunter und konzentrierte sich statt dessen darauf, den Gefühlstumult in ihrem Inneren zu ordnen.

Es war ihr noch niemals so schwergefallen wie in diesem Augenblick.

»Tja, da nützt alles nichts«, sagte er schließlich niedergedrückt. »Ich werde dich heiraten müssen.«

Elyssas Kopf fuhr mit einem Ruck zu ihm herum. Ihre Augen weiteten sich ungläubig.

Hunter bemerkte es nicht. Er war zu tief in dem Wirrwarr verstrickt, das er aus dem gemacht hatte, was eine amüsante kleine Affäre hätte sein sollen.

»Morgen werden wir den anderen sagen, daß wir verlobt sind«, erklärte er. »Sobald dieses verdammte Problem mit den Culpeppers aus der Welt geschafft ist, suche ich einen Priester, und dann halten wir Hochzeit.«

Elyssa starrte Hunter an, als habe er den Verstand verloren.

Dann wandte er sich zu ihr um und durchbohrte sie mit seinem freudlosen Blick. Als er erneut sprach, traf seine klirrende Stimme sie wie eine Peitsche aus Eis.

»Aber ich schwöre bei Gott, Elyssa Sutton, wenn du nicht endlich erwachsen wirst und meinen Kindern eine gute Mutter bist, dann sollst du den Tag, an dem du mich dazu getrieben hast, dich zu heiraten, bis an dein Lebensende verfluchen.«

»O nein«, brauste sie auf.

»Was?«

»Unter gar keinen Umständen werde ich dich heiraten!«

»Sei nicht albern«, erwiderte Hunter ungeduldig. »Das ist es doch, was du die ganze Zeit gewollt hast.«

»Aber wir sind uns ja schon darüber einig geworden, daß ich töricht war, richtig? Im Gegensatz zu dir, Hunter, *lerne* ich aus meinen Fehlern. Ich werde dich nicht heiraten.«

»Warum nicht?«

»Wenn wir verheiratet sind, hast du das Recht, mir das anzutun, was du mir vorhin angetan hast, wann immer du willst.«

»Du wirst es selber wollen. Dafür sorge ich schon. Ich hätte nur niemals gedacht, daß du noch Jungfrau sein könntest. Nicht nach der Art, wie du auf mich reagiert hast ... so als würde man ein brennendes Streichholz an Stroh halten.«

Hunter lächelte bei der Erinnerung an Elyssas Leidenschaft.

Sein Lächeln traf Elyssa an ihrer empfindlichsten Stelle und machte ihre Demütigung komplett.

»Hör mir zu, du selbstgefälliger Hundesohn«, fauchte sie. »Zur Zeit gibt es kein Gesetz, das mir vorschreibt, ich müßte jemals wieder die Wollust eines Mannes über mich ergehen lassen. Und dabei bleibt es endgültig.«

Hunter schnitt eine Grimasse. »Ich habe dir doch gesagt, beim nächsten Mal wirst du es genießen.«

»Mein Gott, du mußt mich ja wirklich für kreuzdämlich halten. ›Das nächste Mal wirst du es genießen‹«, äffte sie ihn höhnisch nach. »Was für ein Geschwätz!«

»Beruhige dich und benutze deinen Verstand statt deiner scharfen Zunge. Glaubst du wirklich, daß sich die Frauen die Ehe gefallen lassen würden, wenn sie so unerträglich wäre?«

»Wenn eine Frau erst einmal den Bund fürs Leben geschlossen hat und sich die eheliche Schlinge um ihren dummen Hals zuzieht, bleibt ihr wohl kaum eine andere Wahl, als sich zu fügen, meinst du nicht?« fuhr Elyssa auf. »Kein Wunder, daß Kirchen und Verwaltungsbezirke auf die Jungfernschaft der Mädchen achten, wenn sie heiraten. Andernfalls werden sie das doch niemals weiter erdulden.«

Hunter verkniff sich eine wütende Erwiderung und versuchte es mit liebenswürdiger Vernunft bei seiner störrischen Geliebten.

»Was, wenn du schwanger bist?« fragte er.

»Und andernfalls?« gab sie bissig zurück.

»Du könntest es sein, nicht wahr?«

Elyssa blickte ihn mit wilden, glitzernden Augen an, während sie fühlte, wie ihr die Selbstkontrolle mit jedem Atemzug mehr entglitt.

»Geh, Hunter. Ich will dich nicht mehr. Niemals mehr. In keiner Beziehung.«

»Verdammt, Frechdachs, du kannst doch nicht einfach ...«

»Ver-schwinde.«

Gekränkt stand Hunter auf und marschierte steifbeinig zur Tür.

»Wir werden uns morgen früh noch einmal darüber unterhalten«, sagte er. »Wenn du nicht mehr so gereizt bist.«

Er schloß die Schlafzimmertür hinter sich und blieb im Korridor stehen, um zu lauschen.

Kein Geräusch drang durch die Tür.

Nicht einmal mehr gedämpftes Weinen.

Elyssas Schweigen bewirkte, daß sich ein kalter Knoten in Hunters Magengrube bildete. Sie benahm sich nicht auf die Weise, wie Belinda es immer getan hatte. Belinda hatte Tränen und Worte und den verführerischen Schwung ihrer Hüften benutzt, um einem Mann den Stolz auszutreiben, bis nichts mehr von ihm übrig war. Mit Belinda geriet Liebe zu einer grausamen Schaukelei.

Aber Elyssa war nicht wie Belinda. Mit Elyssa war Liebe alles andere als ein Spiel.

Ich will dich nicht mehr. Niemals mehr. In keiner Beziehung.

Hunter sagte sich, daß Elyssa am Morgen anders darüber denken würde. Abgesehen von ihrem weiblichen Zorn war sie viel zu intelligent, um die Unausweichlichkeit einer Heirat nicht einzusehen.

Er hatte ihr die Jungfräulichkeit genommen.

Die Tatsache, daß er sich dessen nicht bewußt war, spielte keine Rolle. Er hatte sie entehrt, seinen Samen in sie ergossen, und da blieb nur die Ehe.

Sie wird schon wieder zur Vernunft kommen, wenn sich ihre Nerven erst einmal beruhigt haben, versicherte Hunter sich tröstend.

Die absolute Stille auf der anderen Seite der Tür sagte ihm, daß er sich in dieser Annahme ebenso irrte wie bei all den anderen Vermutungen, die er über Elyssa Sutton angestellt hatte.

Elyssa war nicht Belinda.

Die Erkenntnis dieser simplen Wahrheit und der Gedanke an all das, was sie mit sich bringen würde, beschäftigte Hunter die ganze lange, schlaflose Nacht hindurch.

19

Nach außen hin vollkommen beherrscht zog Elyssa am nächsten Morgen Arbeitskleidung an, die sie nicht mehr getragen hatte, seit sie vor Jahren nach England geschickt worden war. Die Hose bestand aus einem weichen, marineblauen Wollgabardine und hatte einmal ziemlich weit und locker gesessen. Jetzt schmiegte sie sich hauteng um ihre Hüften. Inzwischen waren auch die Beine etwas zu kurz geworden, aber dieses Problem würden ihre Stiefel verdecken.

Mit der Bluse sah die Sache schon schwieriger aus. Die karierten Flanellhemden, die Elyssa einst zu der Hose getragen hatte, spannten sich über der Brust. Mit fünzehn war sie beträchtlich weniger kurvenreich gehalt als heute.

Auch von den alten Kleidern ihrer Mutter würde keines passen, da diese eine kleinere Statur gehabt hatte.

Ich werde etwas anderes finden müssen, was ich als Oberteil tragen kann, sagte sie sich grimmig.

Irgendwas.

Auf keinen Fall würde Elyssa ihre feinen, tiefausgeschnittenen Seidenkleider aus England mehr anziehen. Hunters vernichtende Kommentare über ihre Art, sich zu kleiden, waren unauslöschlich in ihr Gedächtnis eingebrannt.

Es gibt Mädchen, die fühlen sich einfach nicht lebendig, wenn sie nicht von irgendeinem dummen Jungen angeschmachtet werden.

Männer lassen ihre Arbeit im Stich, wann immer du vorbeigehst. Du weißt es genau, aber trotzdem stolzierst du weiterhin hüftenschwingend durch die Gegend.

Elyssa weigerte sich zwar, sich wie eine Haremsdame im Haus einsperren zu lassen, aber sie konnte ihr Bestes tun, um alles Weibliche an sich zu kaschieren.

Ungeduldig zog und zerrte sie an dem Flanellhemd in dem Versuch, ihren Brüsten mehr Raum zu verschaffen, vergebens. Es war einfach nicht genug Platz unter dem Stoff.

Aber wenn sie in schimmernder Seide und Satin erschien, würde Hunter ihr wieder diesen Blick aus seinen wissenden Augen zuwerfen.

Wenn du schnell zur Sache kommen willst, dann bin ich bereit, gewillt und mehr als fähig, deinen Wunsch zu erfüllen. Aber das ist alles, was es sein wird, Frechdachs. Eine rasche Erleichterung, mehr nicht.

Hunter war ein Mann, der zu seinem Wort stand. Genau das war es gewesen – schneller Sex.

Tränen der Scham und des Zorns brannten hinter Elyssas Lidern bei der Erinnerung an den traurigen, brutalen Moment, als sie erfahren hatte, wie geringschätzig Hunter über sie dachte.

Ich schwöre bei Gott, Elyssa Sutton, wenn du nicht endlich erwachsen wirst und meinen Kindern eine gute Mutter bist, dann sollst du den Tag, an dem du mich dazu getrieben hast, dich zu heiraten, bis an dein Lebensende verfluchen.

Hunters Worte hatten Elyssa weitaus mehr geschmerzt als das Ende ihrer Jungfernschaft. Sein Gebell hatte ihr klargemacht, daß sie ihre Liebe einem Mann geschenkt hatte, der weder Respekt noch Zuneigung für sie empfand.

Nur Wollust.

Verdammt soll er sein.

Und ich desgleichen, weil ich so dumm und naiv war.

Zornig kramte Elyssa in staubigen Kisten herum, bis sie eines der fransenbesetzten Wildlederhemden ihres Vaters fand, die jemand sorgsam zusammengelegt und verstaut hatte. Das Hemd war noch immer weich und schmiegsam.

Sie zog es sich über den Kopf, krempelte die Ärmel auf und zog den gerade geschnittenen Saum über ihre Hüften herab. Die Fransen hingen von ihren Brüsten und schwangen bei jeder Bewegung auf höchst ärgerliche Art hin und her, verhüllten ihre Kurven aber im übrigen recht wirksam.

Ein schneller Blick in den Spiegel verriet Elyssa, daß ihr cremefarbenes Unterhemd durch den Schnürverschluß des Lederhemds hindurchschimmerte. Ungeduldig band sie die Schnüre noch fester zu. Dann entdeckte sie eines von den großen Halstüchern ihres Vaters und knotete es in ihrem Nacken zusammen. Das verwaschene rote Tuch hing weit über ihre Brust herab und verbarg alles.

Obwohl Elyssa es haßte, ihr Haar geflochten, aufgesteckt und mit pieksenden Haarnadeln dicht an ihrer Kopfhaut zu tragen, flocht sie die lange, seidige Masse zu Zöpfen, drehte sie zu einem strengen Knoten zusammen und schob energisch ein paar Nadel hindurch. Dann zog sie ihren Hut tief in die Stirn, bis auch nicht ein helles Strähnchen mehr zu sehen war.

Ein erneuter Blick in den Spiegel überzeugte Elyssa, daß selbst der engstirnigste, bösartigste, dickschädeligste Ex-Südstaatenarmeeoberst ihr jetzt nicht mehr vorwerfen konnte, sie versuchte, die Aufmerksamkeit eines Mannes mit aufreizender Kleidung zu erregen.

Elyssa nahm ihren Weg zur Küche in der beruhigenden Gewißheit, daß es ihr erspart bleiben würde, Hunter gleich jetzt gegenüberzutreten. Sie hatte ihn vor einer Weile das Haus verlassen hören.

Allerdings nicht besonders früh. Er war fast eine volle Stunde später als gewöhnlich hinuntergegangen.

Erschöpft von all der Wollust, ohne Zweifel, dachte Elyssa bitter.

Um ihren Mund lag ein böser Zug, als sie die Küche betrat.

»Um Himmels willen«, sagte Penny überrascht, »was ist denn in dich gefahren?«

»Wie bitte?« fragte Elyssa, während sie sich fragte, ob Penny vielleicht irgendwie mitbekommen hatte, was letzte Nacht passiert war.

»Deine, äh, Kleidung.«

»Oh!« Elyssa zuckte die Achseln. »Ich bin die Kleider aus England leid.«

»Frechdachs, du kannst doch nicht ...«

»Nenn mich nicht Frechdachs!«

Der Ärger, der in Elyssas Stimme mitschwang, erschreckte Penny.

»Tut mir leid«, murmelte Penny. »Ich wußte ja nicht, daß du Bills Spitznamen nicht magst.«

Elyssa zuckte nur die Achseln und versuchte, sich zusammenzureißen.

»Du kannst diese Sachen aber nicht außerhalb des Hauses tragen«, meinte Penny.

»Warum nicht?«

»Weil es Männerkleider sind!«

»Ich verrichte ja auch Männerarbeit. Warum sollte ich mit Seide und Spitze herausgeputzt herumlaufen?«

»Du klingst auf einmal wie deine Mutter«, murmelte Penny.

Elyssa erwiderte nichts, als sie derbe Arbeitshandschuhe aus Leder überstreifte und die Schrotflinte von dem Haken über der Küchentür nahm.

»Willst du denn nicht erst frühstücken?« fragte Penny.

»Ich bin nicht hungrig.«

»Dann laß mich ein Lunchpaket für dich zurechtmachen.«

»Wenn ich etwas essen will, komme ich zurück und hole mir etwas.«

»Du und Hunter«, sagte Penny seufzend. »Muß wohl so sein, daß irgendeine Herbstgrippe umgeht.«

Elyssa fuhr mit einem Ruck zu ihrer Gefährtin herum.

»Was hast du da gerade über Hunter gesagt?« bellte sie.
»Er hatte auch keinen Appetit.«
Gut, dachte Elyssa voll grimmiger Befriedigung. *Hoffentlich plagt ihn sein schlechtes Gewissen, bis er nur noch ein Schatten seiner selbst ist.*
Der besorgte Ausdruck auf Pennys Gesicht verriet Elyssa, daß sie ihre Gefühle besser unter Kontrolle halten sollte.
Wieder mal!
»Und wie steht es mit dir?« erkundigte Elyssa sich ruhig. »Geht es dir wieder besser?«
»Ja. Ich schätze, ich habe diese morgendliche Übelkeit endlich überwunden.«
Eine Schockwelle durchspülte Elyssa.
Ich könnte schwanger sein.
»Mach dir bloß keine Sorgen, hörst du?« sagte sie zu Penny. »Wir werden prima ohne Männer zurechtkommen.«
Die gute Seele lächelte matt.
Elyssa drückte sie flüchtig an sich und machte sich dann mit energischen Schritten auf den Weg zum Stall. Die Bewegungen ließen sie leicht vor Schmerz zusammenzucken.
Bei der Vorstellung von Hunter, wie er zwischen ihren Schenkeln gelegen hatte, überlief es Elyssa siedendheiß. Erinnerungen an die atemberaubende Lust, die sie vor dem Schmerz gefühlt hatte, erzeugten schimmernde Wogen von Wärme in ihr, die sich in ihrem Körper ausbreiteten.
In den dunklen Pausen dazwischen kroch Scham in ihr hoch.
Närrin.
Verdammte Idiotin.
Doch ganz gleich, wie heftig Elyssa mit sich selbst schimpfte, unter ihrem Zorn schwelte die Glut eines süßen, köstlichen Feuers. Hunter mochte ihr zwar weh getan haben, als er sie entjungfert hatte, aber er hatte ihr bis zu diesem Punkt auch eine geradezu schwindelnde Lust bereitet.

Glaubst du wirklich, daß sich die Frauen die Ehe gefallen lassen würden, wenn sie so unerträglich wäre?

Hunters Fragte hatte Elyssa sowohl verspottet als auch neugierig gemacht, weil darin die Andeutung mitschwang, daß an dem Liebesakt doch weitaus mehr dran war als das, was sie gerade erlebt hatte.

In der vergangenen Nacht war sie zu wütend gewesen, um mit irgend etwas anderem als noch größerem Zorn auf Hunters geheimnisvolle Mitteilung zu reagieren. Jetzt hörte sie in Gedanken wieder sein sinnliches Geständnis, und es verunsicherte sie einigermaßen.

Du wirst es selber wollen. Dafür sorge ich schon.

Elyssa erschauerte, als Hunters Worte in ihrem Kopf, in ihrem Körper widerhallten.

»Ich sagte, Morgen, Miss Elyssa. Sieht ja ganz so aus, als ginge es Ihnen wieder besser.«

Elyssa blinzelte verwirrt und konzentrierte sich auf Gimp.

»Hunter sagte, Sie fühlten sich nicht gut«, erklärte Gimp, »und würden heute nicht ausreiten.«

Die Bemerkung des alten Cowboys trieb Elyssa die Schamröte in die Wangen. Sie war tatsächlich ein wenig wund an gewissen Körperteilen. Die Erkenntnis, daß Hunter ihre Befindlichkeit kannte, war ausgesprochen peinlich.

Und äußerst ärgerlich.

»Hunter irrt sich«, erwiderte Elyssa kurz angebunden. »Aber das ist ja nicht das erste Mal, daß er mich falsch einschätzt. Ich werde Leopard reiten.«

»Äh ...«

»Was ist denn?«

»Hunter möchte nicht, daß Sie allein ausreiten.«

»Dieser Herr kann sich von mir aus zum Teufel scheren.«

Gimp starrte ihr verdattert hinterher, als sie zu Leopards Box ging. Ein paar Minuten später ritt sie den Hengst zum Stall hinaus und sprang geradewegs mit ihm über den Korralzaun.

»Die Männer arbeiten heute morgen im nördlichen Sumpfgebiet«, rief Gimp ihr nach.

Elyssa winkte.

»Nehmen Sie sich vor Indianern in acht! Morgan hat vorhin gesagt, er hätte ein paar gesehen!«

Wieder winkte Elyssa zum Zeichen, daß sie verstanden hatte.

Leopards lange Beine streckten sich zu einem Galopp, der die Meilen nur so unter ihm dahinrasen ließ. Nach einer Weile hörten Elyssas Schenkel zu protestieren auf und paßten sich dem vertrauten Rhythmus des Tieres an.

Die Landschaft flog in braungoldenen Herbstschattierungen vorbei. Der Anblick der windzerzausten Wolken am Himmel und der strahlend helle Sonnenschein wirkten beruhigend auf Elyssas angegriffene Nerven.

Nur zu bald fand sie sich am Rand des Sumpfgebietes wieder, nicht länger allein. Zwei bewaffnete Männer kamen in scharfem Galopp auf sie zu und versperrten ihr den Weg.

»Dies ist Ladder-S-Land«, rief Reed barsch. »Wir mögen es nicht, wenn Fremde sich hier herumtreiben.«

»Nein, das mögen wir ganz sicherlich nicht«, sagte Elyssa ruhig, als die Männer näher kamen. »Guten Morgen, Blackie, Reed.«

Reed starrte sie an, schluckte eine lästerliche Bemerkung hinunter und sicherte den Hahn seiner Schrotflinte.

Blackie tat das gleiche.

»Ach, Sie sind es, Miss Elyssa«, sagte Reed verlegen. »Ich, äh, ich hab' Sie gar nicht erkannt unter all dem, äh ... Zeug.«

»Und Leopard war dir auch fremd?« hakte sie nach.

»Hmm, Ma'am. Einige von den Culpepper-Banditen reiten gescheckte Ponies, die ganz ähnlich aussehen.«

»Habt ihr Vieh gefunden?« wollte sie nun wissen.

»Ein paar Stück. Zuchttiere, hauptsächlich.«

Elyssa schnitt eine Grimasse. »Na ja, das ist immer noch besser als gar nichts.«

»Jawohl, Ma'am«, murmelten die beiden.

Sie warfen Elyssa dauernd verstohlene Seitenblicke zu, als wollten sie sich vergewissern, daß die kehlige weibliche Stimme tatsächlich aus der Ansammlung von Männerkleidern auf Leopards Rücken kam.

»Wo braucht ihr am dringendsten einen zusätzlichen Reiter?« wollte Elyssa wissen.

»Äh, also ...«, begann Reed.

Elyssa wartete. Sie ahnte schon, was als nächstes kommen würde.

»Da muß ich erst Hunter fragen«, wich Reed aus.

»Genau, fragen wir Hunter«, bestätigte Blackie mit deutlicher Erleichterung in der Stimme.

Ich kann es auch ebensogut gleich hinter mich bringen, dachte Elyssa und wappnete sich innerlich gegen die Konfrontation. *Je länger ich die Begegnung mit ihm hinauszögere, desto schlimmer wird es.*

»Holt ihn her«, befahl sie in energischem Ton. »Bis dahin werde ich ein paar von den Sumpfpfaden absuchen, die ich kenne.«

»Jawohl, Ma'am«, salutierte Blackie.

Er zog sein drahtiges kleines Pony an den Zügeln herum und drückte ihm die Fersen in die Seiten. Mit unverkennbarem Neid schaute Reed zu, wie sein Kumpel davonritt.

»Reite mit ihm«, sagte Elyssa. »Du wirst mir nur im Weg sein. Die Pfade, die ich kenne, sind ziemlich schmal.«

»Aber Hunter hat gesagt, Sie dürften niemals ohne Begleitung sein.«

»Hunter ist nicht der Eigentümer der Ladder S. Das bin immer noch ich! Es wäre mir lieb, wenn ihr das beherzigen würdet.«

»Hmmm.« Reed schluckte hart. »In Ordnung, Ma'am.«

Zerknirscht zog er seinen Gaul herum und galoppierte hinter Blackie her.

Elyssa trieb Leopard Richtung Norden und trottete am Rand

des Sumpfgebietes entlang. Während sie ritt, suchte sie nach Anzeichen dafür, daß Rinder in das hohe Schilf hineingewandert und wieder herausgekommen waren.

Obwohl es nicht viele Pfade gab, die in den Sumpf führten, kannte das Vieh jeden einzelnen davon. Dieses Landstück bot herrliche Kühle, um sich dorthin zurückzuziehen, wenn die Sommersonne zu heiß und stechend wurde; außerdem gab es hier, selbst lange nachdem das Gras zu Heu unter der Herbstsonne verdorrt war, immer noch Wasser.

Ein frischer Herbstwind fegte über das Land; hoch oben am Himmel trieben ein paar dicke weiße Wattewolken dahin. Überall um Elyssa herum war Stille und Einsamkeit – und das Rascheln, Wogen und sanfte Flüstern hohen Grases und noch höheren Schilfs. Aus verborgenen Nestern ertönte der Ruf der Sumpflerchen, die von Leopards großen Hufen aufgeschreckt waren.

Wie immer, wenn sie unter dem weiten, strahlend blauen Himmel dahinritt, überkam Elyssa ein tiefes Gefühl inneren Friedens. Langsam verebbten der Schmerz und die Demütigung der vergangenen Nacht und gestatteten ihr, zum ersten Mal wieder richtig durchzuatmen, seit sie Hunters Schlafzimmer betreten hatte.

Denk nicht an ihn, befahl sie sich. *Denk lieber an Rinder. Die sind deine Zukunft.*

Nicht Hunter!

Leopards Ohren zuckten vor und zurück, während er jedes noch so gedämpfte Geräusch wahrnahm. Seine geblähten Nüstern sogen die Luft ein und registrierten die zahlreichen Gerüche, die der Wind ihm zutrug. Die verknüpften Zügel lagen lokker auf seiner Mähne. Was immer er an Anweisungen brauchte, wurde ihm ebensooft durch den sanften Schenkeldruck seiner Reiterin wie durch ein Ziehen an den Zügeln vermittelt.

Zu allen Zeiten war sich Elyssa der Reaktion des Hengstes auf die Landschaft bewußt. Sie wußte, daß die Sinne des Pferdes die ihren an Schärfe weitaus übertrafen! Falls irgend jemand oder irgend etwas im Sumpf lauerte, würde Leopard es lange vor ihr bemerken.

Gerade als Elyssa etwas entdeckte, das wie frisch abgeknickte Schilfhalme aussah, blieb Leopard abrupt stehen und warf den Kopf herum, um in die entgegengesetzte Richtung zu schauen. Mit wachsam gespitzten Ohren und hoch erhobenem Kopf starrte der Hengst auf die Berge.

Der Wind trug Elyssa das Geräusch von Schüssen und lauten Stimmen zu. Erschrocken beschattete sie ihre Augen mit der Hand, richtete sich in den Steigbügeln auf und blickte angestrengt zu den Ruby Mountains hinüber.

Nach einem Moment konnte sie die Umrisse einer Gestalt ausmachen, die zu Fuß einen langen, sanft abfallenden Hügel hinunterrannte und auf den Sumpf zusteuerte. Nach einigen weiteren Augenblicken erkannte sie, daß es ein Indianermädchen war, das wie von allen Hunden gehetzt auf den Sumpf zufloh. In den Armen trug das Mädchen etwas, das wie ein Kleiderbündel aussah.

Ein ganzes Stück hinter der fliehenden Gestalt trabten vier Reiter daher. Sie grölten und brüllten wie Betrunkene bei einem Truthahnwettschießen. Offensichtlich befürchteten sie nicht, das Mädchen nicht mehr einholen zu können, bevor sie in der trügerischen Sicherheit des Sumpfes verschwand.

Elyssa versteifte sich und verengte ihre Augen zu Schlitzen, während sie wider alle Tatsachen hoffte, sich zu irren.

Nein, leider war es kein Irrtum. Zwei der Männer ritten große, rotbraune Maultiere.

Culpeppers, dachte Elyssa voller Schrecken, während sie ihren Karabiner aus der Sattelscheide riß. *Das arme Ding hat keine Chance! Sie machen sich einen Spaß daraus, sie zu hetzen, und weiden sich an ihrer Angst.*

Elyssa gab drei schnelle Schüsse in die Luft ab, um die Ladder-S-Reiter zu alarmieren, die am nördlichen Rand des Sumpfgebiets nach Vieh suchten. Dann schob sie den Karabiner hastig wieder an seinen Platz und drückte Leopard die Fersen in die Seiten.

Der Hengst machte einen mächtigen Satz vorwärts und beschleunigte nach wenigen Schritten zum Galopp. Elyssa beugte sich tief über seinen Hals und trieb ihn zu einem noch schnelleren Lauf an, ungeachtet des gefährlichen, unebenen Bodens, über den seine Hufe dahinpreschten.

Sie spürte förmlich den Moment, als sie entdeckt wurde. Einer der Reiter schrie etwas, schlug mit der Peitsche auf sein Maultier ein und setzte sich an die Spitze der kleinen Gruppe. Die übrigen drei zogen ihre Gewehre und begannen, auf das flüchtende Indianermädchen zu schießen.

Die Schüsse hallten in einer zerrissenen Salve von den Bergen wider. Im selben Moment erkannte Elyssa, daß das, was das Mädchen in den Armen trug, kein Kleiderbündel war.

Sondern ein Baby!

Abermals drückte sie Leopard die Absätze in die Flanken und spornte ihn mit eindringlicher Stimme zu erneuter Höchstleistung an. Der große Hengst streckte sich und donnerte in halsbrecherischem Galopp über das wilde Land.

Wind zerrte mit unsichtbaren Klauen an Elyssa. Seine Kraft riß ihr den Hut vom Kopf; ihre Zöpfe lösten sich aus den Nadeln. Ihr Haar floß wie eine flachsblonde Fahne über ihren Rücken und peitschte wirbelnd hinter ihr her.

Elyssa klammerte sich an Leopards Hals, ritt ihn mit ihrer ganzen Geschicklichkeit. Nicht einen Moment lang wandte sie den Blick von der ständig schmaler werdenden Lücke zwischen dem Indianermädchen und Leopard ab.

Und den Culpeppers.

Gott, sind diese Maultiere schnell! dachte Elyssa bestürzt.

Sie hatte nur wenige Sekunden, um zu entscheiden, ob sie die Culpeppers von dem Mädchen wegtreiben und um das Eintreffen der Ladder-S-Männer flehen sollte, bevor die Culpeppers sie schnappten.

Oder ob sie versuchen sollte, das Mädchen zu packen und Hals über Kopf in die Deckung des Sumpfes zu fliehen.

Die Indianerin hörte schließlich das Hämmern von Leopards Hufen über das wilde Keuchen ihres eigenen Atems hinweg. Entsetzt schrie sie auf und rannte in einem scharfen Bogen in die Ebene hinaus, um dem großen Hengst zu entkommen.

»Nein!« brüllte Elyssa. »Freund! Ich bin ein Freund!«

Entweder glaubte das Mädchen an diese flachsblonde Fremde als Retterin, oder sie war ganz einfach zu erschöpft, um ihre Flucht fortzusetzen. Sie kehrte um, beugte den Kopf und klammerte sich an die Hüllen, in die das Baby gewickelt war. Ihre nackten Füße flogen nur so über den Boden.

Elyssa war jetzt nahe genug an die Männer herangekommen, um in dem Vorreiter einen der Culpeppers zu erkennen. Gaylord Culpepper rückte gleich dahinter auf. Der Abstand zwischen den Reitern und dem Mädchen verringerte sich mit fuchteinflößender Geschwindigkeit.

Und der erste Culpepper richtete sein Gewehr auf die flüchtende Gestalt.

Elyssa war sich gar nicht bewußt, daß sie ihren Karabiner angelegt und gefeuert hatte, bis der Lauf beim Rückstoß gegen ihre Schulter prallte. Wieder und wieder hob sie die Waffe und schoß auf die Männer, so schnell sie konnte, während Leopard näher und näher an die hart galoppierenden Reiter heranstob.

Plötzlich schrie der erste Culpepper gellend auf, warf die Arme hoch und stürzte aus dem Sattel, geradewegs unter die Hufe seines Maultiers. Gaylord machte sich kaum die Mühe, sein eigenes Tier herumzuziehen, bevor er über seinen leblosen Verwandten hinwegtrampelte.

Erleichterung und Übelkeit stiegen gleichzeitig in Elyssa auf. Sie ignorierte beide Empfindungen.

Als sie wenig später die Fliehende einholte, schob Elyssa ihren Karabiner wieder in die Sattelscheide zurück. Noch immer laufend, streckte das Mädchen die Arme aus und hielt Elyssa das

Baby hin in der stummen Bitte, wenigstens das Kind zu retten, auch wenn keine Hoffnung mehr für sie selbst bestand.

Es war nur noch eine Frage von Augenblicken, bis die restlichen Männer über sie herfallen würden.

Elyssa ergriff das Baby und drückte es mit ihrem linken Arm fest an ihre Hüfte. Gleichzeitig zog sie rasch den rechten Fuß aus dem Steigbügel und streckte dem völlig erschöpften Mädchen die Hand hin.

»Komm, schnell!« drängte Elyssa. »Nimm meine Hand! Du kannst nicht vor ihnen davonlaufen!«

Die Geste sagte mehr als alle Worte. Das Mädchen sprang wie eine Katze auf den Steigbügel zu.

Irgendwie gelang es Elyssa, das Mädchen lange genug festzuhalten, bis es sicheren Halt in dem Steigbügel fand. Die Indianerin krallte sich mit einem Fuß darin fest und klammerte sich mit beiden Händen an das Sattelhorn.

Elyssa zog Leopard herum und trieb ihn in jagendem Galopp auf den Sumpf zu.

Schüsse krachten hinter ihnen, Kugeln peitschten den Boden um sie her. Jetzt konnten die Banditen den fliehenden Hengst im Nu zur Strecke bringen.

Mit einem Arm stützte Elyssa die Indianerin, die gefährlich hin und her schwankte, während sie sich an den Sattel klammerte. Mit dem anderen Arm hielt sie das Bündel Lumpen schützend an ihren Körper gepreßt und schirmte das kleine Wurm auf die einzige Art vor den umherfliegenden Kugeln ab, die möglich war.

»Halt dich fest!« rief Elyssa dem Mädchen zu. »Egal, was passiert, halt dich fest!«

Falls die Indianerin sie verstand, so sagte sie jedenfalls nichts. Ihre Augen waren trübe vor Erschöpfung, ihr Gesicht von Schürfwunden und Blutergüssen gezeichnet.

Leopard donnerte trotz seiner doppelten Last unerschrocken in den Sumpf, ohne seinen rasenden Lauf zu dämmen. Ein schneller Blick über ihre Schulter sagte Elyssa, daß Gaylord Culpepper nur noch knapp fünfzig Meter hinter ihr lag. Er saß vollkommen entspannt im Sattel und ließ sich Zeit, während er an dem Lauf seines Gewehres entlangblickte und auf sie zielte.

Aus den Augenwinkeln sah Elyssa in ungefähr einer Meile Entfernung Ladder-S-Reiter aus dem Sumpfgebiet hervorpreschen. Bugle Boy war an der Spitze des Trupps und galoppierte in einem Tempo, als wollte er der Hölle entfliehen, während er den Abstand zwischen Hunter und den Banditen mit gigantischen Sprüngen verringerte.

Hunters Gewehr lag in seinen Händen. Er ritt wie ein Zentaur und feuerte unentwegt auf die Banditen.

Doch die Entfernung war zu groß, um vom Rücken eines galoppierenden Pferdes aus sein Ziel zu treffen. Elyssa wußte genau, daß dies alles war, was Hunter im Moment tun konnte.

Und bis dahin würde Gaylord die beiden Frauen mit der Mühelosigkeit eines Mannes, der Fische in einem Faß erlegt, mit Kugeln durchlöchert haben.

Ein Stück weiter voraus und rechts von Elyssa ertönte ein Schuß aus dem Sumpf. Den Bruchteil einer Sekunde später krachte ein Schuß hinter ihr, und eine Kugel sauste so dicht an Elyssa vorbei, daß sie unmittelbar links von Leopards fliegenden Hufen den Staub vom Boden aufwirbeln sah.

Plötzlich steckte Leopard mitten in der goldbraunen Umarmung des Sumpfes. Mit der Geschmeidigkeit einer Katze raste der Hengst einen schmalen, ausgetrockneten Schlammpfad hinunter. Elyssa brachte das Pferd mit schlitternden Hufen zum Stehen, genau in dem Moment, als die Kraft der Indianerin endgültig erlahmte. Das Mädchen stürzte, von ihrem Umhang bedeckt, zu Boden und blieb keuchend liegen.

Hinter Elyssa knatterte Gewehrfeuer; Schüsse explodierten in ohrenbetäubenden Salven. Leopard stand ruhig da und schnaufte vor Anstrengung. Elyssa zog ihren Fuß aus dem

Steigbügel und glitt von seinem Rücken, wobei sie mit einem Arm das Baby festhielt und mit dem anderen ihren Karabiner.

Die Flüchtige gab einen erstickten Laut von sich und streckte die Arme aus. Elyssa bückte sich und reichte das Kind seiner Mutter. Ein plötzliches Geräusch aus dem Inneren des Sumpfes ließ sie erschrocken herumwirbeln, den Karabiner schußbereit angelegt.

Das Indianermädchen wimmerte entsetzt auf und versuchte, sich vom Boden zu erheben, aber seine Kraft war aufgezehrt.

»Immer mit der Ruhe, Frechdachs«, drang eine Stimme aus dem Schilf. Ich bin's, Case.«

Elyssa war zumute, als rolle ein tonnenschwerer Felsbrocken von ihren Schultern. Sie stieß einen rauhen Triumphschrei aus und hob den Lauf der Karabiners, so daß er zum Himmel zeigte.

Das Schilf teilte sich raschelnd, und Case tauchte auf, ein Gewehr in der Hand.

Das Indianermädchen schien ihn von irgendwoher zu kennen. Allmählich entspannte es sich und begann, leise und beruhigend auf das Baby einzusprechen, das während der gesamten Flucht keinen Muckser von sich gegeben hatte. Eine kleine Faust kam zwischen den Lumpen hervor, winzige Fingerchen tasteten nach dem Gesicht des Mädchens. Das Lächeln, das sie dem Säugling schenkte, war so strahlend wie der Himmel.

»Bist du verletzt?« fragte Case Elyssa.

Elyssas Mund war derart ausgedörrt, daß sie kein Wort hervorbrachte. Schweigend schüttelte sie den Kopf.

»Warte hier«, sagte Case. »Wenn ich zurückkomme, werde ich den Ruf einer Sumpflerche nachahmen. Falls du irgend etwas anderes hörst, bereite dich darauf vor zu schießen.«

Sie nickte.

Case musterte sie mit forschendem Blick.

»Halt durch, Frechdachs. Ich werde nicht lange wegbleiben.«

Wieder konnte Elyssa nur benommen nicken.

Sporadische Rufe schallten von jenseits des Sumpfes herüber.

Pferdehufe erzeugten einen dumpfen Trommelwirbel, der weiter und weiter in der Ferne verhallte, bis er in dem Rauschen des trockenen, windgepeitschten Schilfes unterging.

Es kam ihr wie eine volle Stunde vor, aber in Wirklichkeit dauerte es nur Minuten, bis endlich der Ruf einer Sumpflerche leise im Schilf ertönte.

»Alles in Ordnung«, rief Case. »Sie laufen mit eingekniffenem Schwanz davon wie die Kojoten, die sie sind.«

Ein gedämpftes Ächzen kam über Elyssas Lippen, als grenzenlose Erleichterung sie überwältigte. Unmittelbar darauf folgten Übelkeit und ein seltsames Gefühl der Schwäche. Sie schwankte auf den Füßen und zitterte am ganzen Körper.

Was ist denn los mit mir? Ich war doch nicht diejenige, die meilenweit und bis zur Erschöpfung über das Land gerannt ist wie dieses arme Mädchen hier.

Die Antwort lieferte die Szene vor ihrem inneren Auge, wie der Culpepper die Arme hochwarf und direkt unter die Hufe seines wild galoppierenden Maultiers stürzte.

Energisch schluckte Elyssa und schluckte dann gleich noch einmal, um die Rebellion ihres Magens zu unterdrücken.

Sobald Case wieder aus dem Schilf auftauchte, wandte sich Elyssa zu Mutter und Kind um. Als sie sich hinunterbeugte, um nach dem Baby zu sehen, schlug eine Woge von Übelkeit über ihr zusammen, und ihr wurde schwarz vor Augen. Blindlings ließ sie sich auf die Knie fallen und kroch ins Gebüsch.

Heftige Krämpfe schüttelten Elyssas Körper, und sie erbrach sich wieder und wieder, bis sie zu schwach war, um ihren Kopf zu heben. Vage wurde ihr bewußt, daß sie es nicht zu tun brauchte. Jemand anderer hielt ihn für sie.

Starke Arme hoben Elyssa hoch, drehten sie herum und umfingen sie tröstend. Sanfte Hände säuberten ihr Gesicht mit einem kühlen, feuchten Halstuch. Sie lag an der Brust eines Mannes und bebte am ganzen Körper.

»Hunter?« flüsterte sie heiser.

»Noch nicht«, erwiderte Case. »Aber er wird jeden Moment hier sein.«

»Nein«, murmelte sie und bemühte sich verzweifelt, sich aufzusetzen.

Case zog Elyssa wieder in seine Arme und drückte sie an seine Brust.

»Ruhig, Kleine. Ganz ruhig«, sagte er beschwichtigend. »Hier, spül dir damit den Mund aus. Dann wirst du dich gleich besser fühlen.«

»Das Mädchen ...«, begann sie.

»Ich habe schon nach ihr gesehen. Sie hat keine Kugel abbekommen. Das Baby auch nicht. Im Moment stillt sie das Bürschchen gerade. Oder versucht es zumindest. Das arme Ding hat Schlimmes durchgemacht auf der Flucht vor den Culpeppers.«

Es schüttelte sie fürchterlich, als Elyssa einen Schluck Wasser nahm.

Sie zuckte zusammen, als sie die Stimmen von sich nähernden Männern hörte. Kraftlos fiel sie in Cases Armen zusammen.

»Laß mich aufstehen, bitte«, flehte sie.

»Du zitterst ja noch immer wie Espenlaub. Gib deinen Nerven ein wenig Zeit, sich zu beruhigen.«

»Nein!« stöhnte Elyssa. »Ich will nicht, daß er weiß, was für ein jämmerlicher Feigling ich bin!«

»Feigling?«

Case blickte Elyssa ungläubig an. Er ignorierte ihre schwachen Versuche, sich aus seinen Armen zu befreien und aufzusetzen, und fuhr fort, ihr Gesicht zu waschen, als ob sie ein kleines Kind wäre. Die Sanftheit seiner Berührung bildete einen krassen Gegensatz zu dem erschütterten Ausdruck seiner blaßgrünen Augen.

»Du bist weder schwach noch ein Feigling«, sagte er ruhig. »Eine Menge Männer machen kehrt und laufen Hals über Kopf davon bei ihrer ersten Kostprobe von Gewehrfeuer und Tod.«

Elyssa murmelte etwas Unverständliches vor sich hin.

»Ich weiß«, erwiderte Case. »Du erinnerst dich nicht gern daran, daß du einen Menschen getötet haben könntest, obwohl dieser Culpepper den Tod verdient hatte wie kein anderer Mann, der jemals geboren wurde.«

Das kühle, feuchte Tuch glitt behutsam über Elyssas Stirn und Augen.

»Es war ein wackerer Kampf von dir«, fuhr Case fort. »Du hast dich gegen die Banditen behauptet und dein eigenes Leben aufs Spiel gesetzt, um das Leben anderer zu retten. Kein Soldat hätte tapferer sein können.«

Elyssa blickte in Cases Augen und verstand all das, was er nicht sagte.

»Du hast das auch schon einmal erlebt?« flüsterte sie. »Das ... das Schießen und die Übelkeit danach?«

»Ich bin drüber weggekommen«, erwiderte er nüchtern. »Und du wirst es auch. Du bist eine starke Frau, Frechdachs. Sehr viel stärker, als ein Mann vermuten würde, wenn er dich so ansieht.«

Schilfhalme raschelten, als sie von etwas geteilt wurden. Schneller als man schauen konnte, erschien ein Revolver in Cases Hand.

»Ich bin's«, ließ Hunter sich vernehmen.

»Pfeif beim nächsten Mal, sonst könnte es dein letztes Mal sein.«

Hunter schob die Blätter beiseite und fragte sich, was Case wohl sagen würde, wenn er wüßte, daß die Lippen seines Bruders sogar zu trocken zum Pfeifen waren.

Sein Mund schnappte ausgedörrt auf und zu, seit dem Moment, als Hunter eine Gewehrmündung auf Elyssa hatte zielen sehen: Mit schrecklicher Endgültigkeit erkannte er, daß nichts auf der Welt eine Kugel daran hindern konnte, sie zu treffen.

»Danke«, krächzte er. »Ich bin dir etwas schuldig. Wieder mal.«

»Ich war nicht derjenige, der sie gerettet hat.«

»Wer war es dann?«

»Du bekommst Bescheid, wenn ich es herausgefunden habe«, stellte Case in Aussicht.

Hunter hörte kaum zu. Er kniete neben Elyssa nieder und strich ihr eine Kaskade silbrig schimmernden Haares aus dem Gesicht.

»Alles in Ordnung mit dir, Frechdachs?« fragte er sanft.

Mit einem erstickten Laut vergrub Elyssa ihr Gesicht an Cases Brust, um Hunter nicht in die Augen sehen zu müssen.

»Sie ist nicht verletzt«, erklärte Case.

»Warum hältst du sie dann so behutsam wie ein Weihnachtskätzchen umfangen?« blaffte Hunter.

Natürlich wollte er derjenige sein, der Elyssa in seinen Armen hielt. Leider gab sie ihm deutlich zu verstehen, daß das Gefühl nicht auf Gegenseitigkeit beruhte.

»Höchstwahrscheinlich hat sie einen Culpepper erschossen«, erläuterte Case.

Der Schock und die Bestürzung auf Hunters Gesicht hätten jedem anderen Mann außer Case ein Lächeln entlockt.

»Sie hat gewisse Schwierigkeiten damit, das zu verdauen«, fügte Case hinzu.

Elyssa stöhnte leise vor Beschämung und vergrub ihren Kopf noch fester in Cases grauem Flanellhemd, als versuchte sie, in ihn hineinzukriechen. Case hielt sie einfach in seinen Armen und streichelte sanft ihr Haar.

»Was ist passiert?« verlangte Hunter zu wissen.

Elyssa weigerte sich zu antworten und schüttelte nur den Kopf, die Augen fest zugekniffen.

»Bill und ich konnten die Indianerin befreien, während die anderen schliefen. Dann habe ich mich darangemacht, diesen verdammten Unbekannten zu verfolgen«, erklärte Case.

»Du meinst, den Verräter?«

Case nickte.

»Kurz vor Einbruch der Morgendämmerung kam er zu Bills

Ranch«, sagte Case. »Es gab einen Streit. Daraufhin ging er wieder. Seitdem bin ich die ganze Zeit hinter ihm her geschlichen – bis hierher!«

»Er ist irgendwo hier im Sumpf?«

»Ja.«

»Dann kann er nicht von der Ladder S gekommen sein«, erwiderte Hunter. »Ich weiß, wo alle unsere Männer zu dem Zeitpunkt waren.«

Case grunzte. »Als ich Schüsse hörte, bin ich zum Rand des Sumpfes gekrochen und hab' mich umgesehen. Die Indianerin rannte auf den Sumpf zu, so schnell sie konnte. Vier Banditen waren hinter ihr her.«

Hunter sah zu dem Mädchen hinüber.

Sie blickte von ihrem Baby auf, als hätte sie sein Interesse gespürt. Die Blutergüsse auf ihrem jungen Gesicht – in Kombination mit dem Mißtrauen und der Furcht in ihren Augen – sagten Hunter alles. Er hatte Frauen mit diesem Ausdruck während des Krieges gesehen, nachdem sie von Fremden mißbraucht worden waren und verständlicherweise keinem Mann mehr trauten.

Hunter hielt seine linke Hand vor den Körper, mit der Handfläche nach oben. Dann berührte er die Mitte der Handfläche mit seinem rechten Zeigefinger.

Das Mädchen verstand. Beruhigt wandte sie sich ab und fuhr fort, ihr Baby zu versorgen, so gut sie konnte.

»Sprich weiter«, sagte Hunter leise zu Case.

»Frechdachs ritt den großen gescheckten Hengst. Sie rasten querfeldein über das Grasland in einem Galopp, als wäre ihnen der Teufel persönlich auf den Fersen.«

Hunter murmelte etwas vor sich hin.

»Als der erste Culpepper sie entdeckte«, fuhr Case fort, hat sie mitnichten ihr Tempo gedrosselt, geschweige denn die Flucht ergriffen. Sie hat einfach die Zügel fallen lassen, ihren Karabiner aus der Sattelscheide gerissen und angefangen, auf die Kerle zu schießen.«

Hunters Ausdruck wurde noch eine Spur grimmiger. Er starrte auf die seidige Woge blaßblonder Haare, die Elyssas Gesicht vor seinen Blicken verbarg.

»Verdammt, Frechdachs«, knurrte er. »Was hattest du überhaupt hier zu suchen? Du hättest erschossen werden können!«

Elyssa ignorierte ihn.

»Statt dessen hat sie einen Culpepper abgeknallt«, stellte Case in nüchternem Ton fest. »Gute Arbeit, wenn du mich fragst.«

»Ich habe dich aber nicht gefragt«, fauchte Hunter.

Große Hände streckten sich vor und zogen Elyssa aus Cases Armen. Hunter bettete Elyssas Gesicht behutsam an seine Brust und begann, ihr Haar unendlich zärtlich zu streicheln.

Elyssa sträubte sich einen Moment, bevor sie nachgab. Hunters Sanftheit war einfach zu betörend, um sich dagegen zu wehren. Sie hungerte förmlich danach, sehnte sich nach einem Zeichen seinerseits, daß sie sich nicht vollkommen in ihm getäuscht hatte. Ein Mann, der nur die Befriedigung seiner Wollust im Sinn hatte, würde nicht solch eine Fürsorge um ein Mädchen entfalten, dem es nicht gutging.

»Dann hat Elyssa die Indianerin eingeholt und ihren Hengst neben ihr angehalten«, fuhr Case fort. »Sie hat das Baby in den einen Arm genommen, mit der anderen Hand das Mädchen gepackt und es in den Steigbügel hinaufgezogen.«

Hunter stockte der Atem. »Was war mit den anderen Banditen?«

»Sie waren ihr so haarscharf auf den Fersen, daß es selbst eine Marmorstatue mit der Angst zu tun bekommen hätte«, erwiderte Case.

»Allmächtiger!«

Hunters Hand in Elyssas Haar ballte sich zur Faust.

»Gaylord zielte gerade auf ihren Skalp«, sagte Case, »als plötzlich eine Kugel aus dem Sumpf geflogen kam. Hat ihn geradewegs aus dem Sattel gerissen. Er war tot, noch bevor er auf dem Boden aufschlug.«

»Der Unbekannte hat Frechdachs das Leben gerettet?« fragte Hunter ungläubig. »Aber das ergibt doch keinen Sinn. Ich habe mit eigenen Augen gesehen, wie er versucht hat, Sie abzuknallen.«

Case zuckte die Achseln. »Vielleicht wollte er ihr nur angst machen, um sie dazu zu bringen, ihre Zelte abzubrechen und die Ranch im Stich zu lassen.«

»Vielleicht.« Hunters Ton ließ jedoch erkennen, daß er seine Zweifel hatte.

Das Geräusch von Reitern, die sich ihrem Schlupfwinkel näherten, kam deutlich mit dem Wind herüber. Case erhob sich rasch und verschmolz wieder mit dem Schilf.

Stirnrunzelnd fuhr Hunter fort, Elyssas Haar und Rücken zu streicheln, während er angestrengt überlegte. Allmählich wich das krampfhafte Zittern aus ihrem Körper.

»Fühlst du dich jetzt besser?« fragte Hunter sanft.

Sie nickte.

Eine seiner Hände schob sich unter Elyssas Kinn, und er hob ihr Gesicht zu sich hoch, so daß sie seinem Blick nicht mehr ausweichen konnte.

Elyssa versteifte sich am ganzen Körper. Trotz der Zärtlichkeit, mit der er sie behandelte, spürte sie seine Mißbilligung.

»Wenn du es noch einmal wagst, eine derart tollkühne, gefährliche Nummer abzuziehen«, sagte er in abgehacktem Ton, »dann häute ich dich bei lebendigem Leibe. Du hattest keine Erlaubnis, ohne Begleitung auszureiten, das habe ich dir mitgeteilt!«

Sie benutzte den letzten Rest ihrer Kraft, um sich von ihm abzustoßen.

Einen Moment lang schlossen sich Hunters Arme noch ein wenig fester um sie. Dann ließ er sie widerstrebend los.

»Was ich tue, ist ganz allein meine Angelegenheit, nicht deine«, trumpfte Elyssa auf.

Der heisere Ton ihrer Stimme nahm der Erklärung allerdings etwas von ihrer Überzeugungskraft.

»Nicht nach dem, was letzte Nacht passiert ist«, gab Hunter mit gedämpfter Wut zurück.

Elyssa wurde puterrot im Gesicht und erhob sich schwankend auf die Füße.

»Was letzte Nacht passiert ist, räumt dir keinerlei Rechte auf mich ein«, stieß sie zwischen zusammengebissenen Zähnen hervor.

»Und ob es das tut!«

Hunter erhob sich mit einer Kraft und Behendigkeit, die in Elyssa den Wunsch weckte, ihn auf der Stelle zu erschießen.

»Du könntest schwanger sein«, sagte er. »Erinnerst du dich?«

»Ein Gentleman würde niemals ...«

»Hunter!« rief Morgan vom Rande des Sumpfes herüber und unterbrach damit Elyssas leise, zornige Worte. »Wo stecken Sie?«

Hunter stieß einen schrillen Pfiff aus.

»Ich bin kein Gentleman«, korrigierte er Elyssa. »Das habe ich letzte Nacht bewiesen, als ich dich so überfiel. Es tut mir aufrichtig leid, Frechdachs.«

Frechdachs.

»Ich hasse diesen Namen«, brauste sie auf.

»Warum? Er paßt doch zu dir.«

»Genauso, wie ›Bettgenosse‹ zu dir paßt. Neuerdings.«

Hunters Lippen wurden schmal.

Schweigend wandte Elyssa sich ab und ging zu Leopard hinüber. Sie versuchte aufzusitzen, aber ihr Körper wollte ihr nicht gehorchen. Ihre Beine waren so weich und schlaff wie Bindfaden.

Ohne lange Umstände setzte Hunter Elyssa in Leopards Sattel.

Einen Moment später schob sich Bugle Boy in die kleine Lichtung inmitten der wogenden Schilfhalme, von Hunters Pfiff herbeigerufen.

Hunter ging zu dem Indianermädchen und begann, sich mit ihr in Zeichensprache zu verständigen. Sie beobachtete seine Gebärden aufmerksam, zögerte einen Moment und nickte dann zustimmend.«

Mit großer Behutsamkeit hob er das Mädchen und das Baby hoch und setzte sie auf Bugle Boys Rücken. Dann schwang er sich hinter sie in den Sattel, nahm die Zügel und ritt aus dem Sumpf.

Als Hunter über seine Schulter zurückblickte, ergriff Elyssa gerade die Zügel ihres Pferdes mit Fingern, die sichtlich fahrig waren. Alles in Hunter drängte danach, sie in seine Arme zu nehmen und zu halten, einfach zu halten, um sich zu versichern, daß sie noch am Leben war.

Aber er hatte die Beschämung und den Trotz in Elyssas meergrünen Augen gesehen. Und er wußte, daß sie sich wie eine zornige Wildkatze auf ihn stürzen würde, wenn er versuchte, sie mehr zu berühren als nötig.

Tja, Soldat, jetzt hast du endlich bekommen, was du wolltest, sagte er sich bitter. *Sie sieht dich nicht mehr mit Bewunderung und Verlangen in den Augen an. Und todsicher spinnt sie keine Träume mehr um Hunter Maxwell.*

Das hast du doch angestrebt, nicht?

Oder?

Die Frage kreiste unaufhörlich durch Hunters Kopf, während sie zur Ranch zurückritten.

Es ist besser so, sagte er sich immer wieder. *Wir passen einfach nicht zusammen. Sie ist zu jung.*

Das Bild von Elyssa, wie sie in halsbrecherischem Tempo auf die Culpeppers zugaloppiert war, um die Indianerin und ihr Baby zu retten, stieg vor Hunters geistigem Auge auf und erinnerte ihn daran, daß Alter nur sehr wenig mit Tapferkeit zu tun hatte. Während des Krieges hatte er gesehen, wie halbwüchsige Jungen Dinge taten, die kampferprobte Soldaten schaudernd hätten zurückschrecken lassen.

Was für eine Tragik, daß Belinda so feige war, wie Frechdachs mutig ist, dachte Hunter voller Qual. *Wenn Belinda mutiger gewesen wäre, wer weiß, vielleicht wären dann Ted und Klein Em heute noch am Leben.*

Der Gedanke glich einem Messer, das sich in Hunters Seele drehte. *Trotzdem, tapfer oder nicht, Frechdachs ist einfach noch zu jung, um zu wissen, was sie will. Wenn erst einmal Kinder kämen, wäre sie wahrscheinlich wie Belinda, immer voller Hunger nach dem flatterhaften Leben, das sie aufgeben mußte.*

Es ist besser so, wie es jetzt ist.

Geht auch!

Ein Zurück gibt es nicht.

Dennoch nagte der Schmerz, den er Elyssa zugefügt hatte, so gnadenlos an seiner Seele wie sein Verlangen nach ihr. Die Schockwellen jener einen, bestürzenden Wahrheit erschütterten ihn nach wie vor.

Elyssa war ein unberührtes Mädchen gewesen, als sie in sein Bett gekommen war.

Und sie hatte es als eine verletzte, gedemütigte Frau wieder verlassen.

20

Mit finsterer Miene stand Hunter in der Tür zur Küche und schaute zu, während Elyssa sich um die Indianerin und ihr Baby kümmerte. Selbst jetzt noch, drei Tage nach dem Gefecht mit den Culpeppers, überlief Hunter jedesmal ein eiskalter Schauder, wenn er daran zurückdachte, wie knapp Elyssa dem Tod entronnen war.

Jedesmal wenn er die Augen schloß, durchfuhr ihn noch einmal der grauenhafte Moment der Erkenntnis, daß er zu spät kommen würde, um Elyssa vor den mörderischen Culpeppers zu retten.

Und Case hatte auch nicht herausgefunden, wer der geheimnisvolle Unbekannte war, der schließlich das Blatt wendete.

»So ist es richtig«, ermunterte Elyssa das Mädchen. »Das Sodawasser wird seinen Ausschlag lindern.«

Das Mädchen schenkte ihr ein schüchternes Lächeln und fuhr dann fort, ihr Baby in dem flachen Becken zu waschen.

Penny beugte sich über das winzige Menschlein und gab gurrende Laute von sich. Das Kind öffnete seine glänzenden schwarzen Augen weit.

»Was meinst du, wie alt der Kleine ist?« fragte Penny Elyssa.

»Knapp zwei Wochen«, erwiderte Hunter von der Tür her.

Elyssa zuckte erschrocken zusammen. Sie hatte gar nicht bemerkt, daß Hunter in die Küche gekommen war.

In letzter Zeit kam sie sich regelrecht verfolgt vor. Jedesmal, wenn sie sich umdrehte, stand Hunter irgendwo hinter ihr und starrte sie aus brennenden grauen Augen an.

»Was ist mit ihrer Familie?« wollte Penny wissen.

»Ute-Indianer, wie Frechdachs schon vermutete, stimmt's, Frechdachs?«

Der Ton seiner Stimme verriet Elyssa, daß er ganz bewußt ihren Spitznamen gebrauchte, um sie in Rage zu bringen.

Je mehr sie ihm aus dem Weg ging, desto mehr versuchte er, sie durch Seitenhiebe und anzügliche Bemerkungen zu provozieren.

»Richtig«, erwiderte sie gepreßt.

Sie schüttelte eine frische Windel mit einer solchen Vehemenz aus, daß das Tuch ein knallendes Geräusch erzeugte. In Gegenwart anderer konnte sie Hunter nicht so ignorieren, wie sie es gern wollte. Er nutzte dies aus und zwang sie, mit ihm zu sprechen, auch wenn sie sich eindeutig lieber taub gestellt hätte.

»Frechdachs glaubt, daß das Mädchen mit einem Häuptling verwandt ist«, fuhr Hunter fort. »Wegen all der Perlen und Muscheln auf ihren Kleidern.«

»Das habe ich bereits gehört«, erwiderte Penny.

Elyssa faltete die Windel zusammen und griff nach einer zweiten. Nicht ein einziges Mal blickte sie dabei in Hunters Richtung.

»Laß nur. Ich werde das machen«, sagte er und griff an Elyssa vorbei. »Ich habe in meinem Leben schon mehr Windeln gefaltet als du.«

»Das ist nicht nötig«, wehrte sie giftig ab.

Elyssa zuckte zusammen, als Hunters Hand sacht über ihre streifte.

»Es ist sogar sehr nötig«, erwiderte er mit leiser Stimme.

Bevor sie zurückweichen konnte, wiederholte Hunter ganz bewußt die kleine, zärtliche Liebkosung. Entrüstet blickte sie zu ihm auf.

Ihre zornigen Worte erstarben auf ihren Lippen, als sie den Ausdruck qualvoller Erinnerung in seinen Augen wahrnahm. Zweifellos dachte er an seine toten Kinder.

Die Erkenntnis löschte all ihre Erbitterung über Hunter aus und ließ nur ihren Schmerz und ihre Verletztheit übrig.

Ich war wirklich eine Närrin zu glauben, meine Liebe würde einen anderen Menschen aus ihm machen, dachte Elyssa unglücklich. *Sein Herz wurde mit seinen Kindern begraben.*

Von Anfang an habe ich mich nur törichten Illusionen über Hunter Maxwell hingegeben, habe nur das gesehen, was ich sehen wollte, statt der Wirklichkeit, die mir förmlich ins Gesicht schrie.

»Inzwischen kümmere ich mich schon mal um das Abendessen«, murmelte Elyssa und wandte sich ab.

»Das kann ich doch machen, Frechd … äh, Elyssa«, sagte Penny, während sie sich hastig verbesserte. »Das Mädchen fühlt sich offensichtlich wohler, wenn du in der Nähe bist.«

Elyssa wollte Einwände erheben, doch es war schon zu spät. Penny machte sich bereits auf den Weg. Elyssa und Hunter blieben allein zurück, abgesehen von der Indianerin, die kein Englisch konnte.

Oder zumindest vorgab, kein Wort zu verstehen.

Hunter schüttelte ein Stück des weichen Stoffes aus und faltete es geschickt.

»Du kannst das wirklich gut. Besser als ich«, meinte Elyssa, entschlossen, die Unterhaltung auf einer unpersönlichen Ebene fortzusetzen.

»Ich habe ja auch mehr Übung darin als du«, sagte Hunter. »Belinda hatte nicht sonderlich viel im Sinn mit Babys.«

»Noch ein Punkt, in dem ich deiner verstorbenen, unbeweinten Ehefrau ähnlich bin«, sagte Elyssa bitter, bevor sie sich die Bemerkung verkneifen konnte. »Das muß dich doch unendlich bestärken in deinem Urteil.«

Hunter warf ihr einen Seitenblick aus schmalen Augen zu.

»Heißt das, du wirst jetzt endlich aufhören, vor mir davonzulaufen, und mit mir über neulich sprechen, als wir ...«, begann er.

»Hat Case inzwischen etwas Neues über das Mädchen herausgefunden?« fragte Elyssa schnell, ohne auf Hunters Worte einzugehen.

Auf keinen Fall wollte sie über die beunruhigende Nacht sprechen, in der Hunter ihr in einem Sturm der Lust ihre Unschuld geraubt hatte.

Tatsache ist, daß ich mich ihm förmlich angeboten habe, rang sie sich zur Wahrheit durch. *So gern ich auch die Schuld auf ihn abwälzen würde, aber ich kann es nicht.*

»Die Culpeppers waren durch Zufall auf ein kleines Jagdlager der Ute gestoßen«, erklärte Hunter. »Die meisten Krieger waren fortgeritten, um gegen die Armee zu kämpfen. Die verdammten Hitzköpfe hätten besser zu Hause bleiben und ihre Frauen und Kinder beschützen sollen.«

Elyssa blickte zu der Indianerin hinüber. Falls sie verstand, was gesagt wurde, so ließ sie sich jedenfalls nichts anmerken.

»Die Culpeppers haben ein paar halbwüchsige Jungen erschossen, das Mädchen geschnappt und sich dann schnell wieder aus dem Staub gemacht, bevor die Krieger zurückkehrten«, fuhr Hunter fort.

»Hat Case ihren Namen erfahren?«

»Die Culpeppers haben sie nie danach gefragt«, erwiderte er.

»Das wundert mich nicht. Männer, die nur die Befriedigung ihrer Wollust im Sinn haben, interessieren sich herzlich wenig für den Namen ihrer Beute, die ...«

Elyssa brach abrupt ab, als sie scharf nach Luft schnappte. Hunters Finger hatten sich mit einem eisenharten Griff um ihr Handgelenk geschlossen, der nur knapp von der Schmerzgrenze entfernt war.

»Wage es nicht, das, was zwischen uns geschehen ist, mit dem zu vergleichen, was die Culpeppers dem armen Mädchen angetan haben«, zischte er leise.

»Verdammt noch mal, laß mich los.«

Der Druck um Elyssas Handgelenk hielt unvermindert an.

»Du hast sie gebadet«, sagte Hunter, »hast dich um ihr Fieber gekümmert. Es war klar, was diese brutalen Bestien mit ihr angestellt haben.«

Seine Augen waren funkensprühende graue Schlitze. Sie strahlten einen fast greifbaren Zorn und Frust aus.

Mehrere Tage lang war es Hunter nicht gelungen, nahe genug an Elyssa heranzukommen, um mit ihr zu reden, geschweige denn, sie zu berühren. Wann immer er auftauchte, war sie wie ein Phantom hinter irgendeiner Tür verschwunden.

Hunter schien es, als hätte er sein ganzes Leben damit verbracht, Elyssas Rücken anzustarren, während sie vor ihm davonlief.

»Wenn du keine Jungfrau mehr gewesen wärst, hättest du nicht das geringste bißchen Schmerz gefühlt, und das weißt du verdammt gut«, sagte er grimmig.

»Ach, meinst du?« erwiderte Elyssa und blickte demonstrativ auf ihr Handgelenk. »Jetzt tust du mir zum Beispiel schon wieder weh.«

»Nein, ich halte dich fest, das ist alles. Sag es, Frechdachs. Du weißt ganz genau, daß ich dir niemals absichtlich weh getan hätte.«

»Mein Name ist *Elyssa.*«

Der Griff um ihr Handgelenk veränderte sich kaum merklich. Hunters Kraft hinderte sie noch immer daran, ihren Arm zurückzuziehen, aber seine Berührung war jetzt anders. Fast liebkosend.

Und dann wurde sie es eindeutig.

Seine Fingerspitzen zeichneten die Adern auf der zarten Innenseite ihres Handgelenks mit der Behutsamkeit eines Kusses nach. Einmal, zweimal, dreimal, bis ihr Herz so wild klopfte, daß sie sicher war, er fühlte ihren rasenden Puls.

»Hunter ...«, flüsterte Elyssa. »Nicht.«

Sie spürte den sinnlichen Schauder, der Hunter überlief, als sie seinen Namen aussprach. Langsam hob er ihr Handgelenk und preßte seine Lippen auf die Stelle, wo seine Fingerspitzen sie eben noch gestreichelt hatten. Seine Zungenspitze glitt mit äußerster Zurückhaltung die feinen bläulichen Adern entlang und hinterließ eine brennendheiße Spur auf ihrer Haut.

Elyssa vergaß sich einen Augenblick und erschauerte ganz ähnlich wie Hunter.

»Hör auf, vor mir wegzulaufen«, flüsterte er mit den Lippen an ihrer weichen Haut. »Ich werde es schön für dich machen. So schön. Hiermit schwöre ich es, Liebste.«

Die hungrige Reaktion ihres eigenen Körpers auf Hunters Liebkosungen schockierte Elyssa und machte sie gleichzeitig rasend. Mit einem Ruck befreite sie ihr Handgelenk aus seinem Griff.

»Vielen Dank für dein überaus großzügiges Angebot«, sagte sie mit beißendem Sarkasmus, »aber Schmerz ist ein ausgezeichneter Lehrmeister. Ich muß nichts Neues mehr von dir lernen.«

»Es gibt noch so vieles, was du nicht weißt, so vieles, was du von mir lernen kannst.«

»Auch recht, dann gehe ich lieber so unwissend wie ein Ei durchs Leben.«

»Bist du schwanger?« fragte Hunter.

Die Frage traf Elyssa wie ein Schwall eiskalten Wassers.

»Bist du es?« fragte er leise.

»Scher dich zum Teufel, Hunter Maxwell.«

»Ich habe ein Recht darauf zu erfahren ...«

»Wie viele Mustangs habt ihr inzwischen zugeritten?« unterbrach Elyssa ihn kalt. »Werden wir den Armeevertrag wenigstens im Hinblick auf die Pferde erfüllen können?«

Hunter blickte in Elyssas glitzernde blaugrüne Augen und knirschte vor Frustration mit den Zähnen.

In den vergangenen drei Tagen war es jedesmal das gleiche gewesen. Wenn es ihm gelang, sie in die Enge zu treiben und zu zwingen, mit ihm zu reden, weigerte sie sich, über irgend etwas anderes als Ranchangelegenheiten zu sprechen. Er hatte ihre Ausweichmanöver gründlich satt.

Was ihn indes noch mehr beunruhigte war sein unstillbarer Hunger nach Elyssa. Er hatte sich geschworen, sich niemals wieder einer Frau so blindlings auszuliefern – aber Elyssa hatte seine Abwehrmaßnahmen ad absurdum geführt und ihn völlig wehrlos gemacht.

Sie in diesem Augenblick zu berühren war ein Fehler gewesen. Ein schlimmer Fehler. Ihr Duft und die zarte Glätte ihrer Haut hatten das Blut so heiß in seine Lenden schießen lassen und ihn derart heftig erregt, daß ihm regelrecht schwindelig war.

Seine Reaktion machte ihn auch wütend auf sich selbst, auf sie, auf alles.

»Die Gebrüder Herrera sind gerade dabei, die letzten Mustangs zuzureiten«, sagte Hunter gepreßt.

Elyssa spürte den Zorn, der direkt unter Hunters mühsam beherrschter Fassade kochte. Sie warf ihm einen mißtrauischen Blick zu. Die ständigen Sorgen um die Ranch und das bedrükkende Bewußtsein, jeden Tag und jede Minute vor Hunter auf der Hut sein zu müssen, hatten bewirkt, daß ihre Nerven so straff wie Drahtseile gespannt waren.

Aber zumindest war Elyssa sich ihrer selbst sicherer, wenn sie über Ranchangelegenheiten diskutierten.

Es gibt noch so vieles, was du nicht weißt, so vieles, was du von mir lernen kannst.

Hunters nüchterne Feststellung hallte in Elyssas Gedanken wider und verunsicherte sie ebensosehr wie die zärtliche, glühende Liebkosung seiner Zunge auf der Innenseite ihres Handgelenks.

»Was ist mit Mastbullen?« fragte sie.

»Wir sind ziemlich knapp an Bullen.«

»Besteht irgendeine Chance, den Verlust auszugleichen?«

»Darum bemühen wir uns«, erwiderte Hunter lakonisch.

»Das ist mir klar. Werden wir es schaffen, den Vertrag zu erfüllen?«

»Auf die eine oder andere Weise.«

»Was soll das heißen?«

Hunter blickte demonstrativ zu dem Indianermädchen hinüber und sagte nichts mehr.

Elyssas Augen weiteten sich leicht. Offenbar fragte sich auch Hunter, wieviel Englisch das Mädchen wohl wirklich verstand.

»Die Jungs kämmen den Sumpf an all den Stellen durch, die du ihnen gezeigt hast«, fügte er hinzu. »Morgan und Johnny lassen die Hunde die höhergelegenen Canyons absuchen.«

»Ich verstehe.«

»Das rate ich dir auch«, schwor Hunter mit grimmiger Stimme. »Irgendwie werde ich dich dazu bringen, und wenn es das letzte ist, was ich auf dieser Welt tue.«

Eine leise Röte stieg in Elyssas Wangen. Sie hatte den Verdacht, daß Hunter überhaupt nicht von Vieh sprach.

»Falls sich irgend etwas ändert«, erwiderte sie gepreßt, »bitte setz mich sofort davon in Kenntnis.«

»Selbstverständlich erfährst du es sofort. Das garantiere ich dir.«

Dieses Versprechen würde Hunter mit Freuden halten.

Aber zuerst mußte er sich eine Möglichkeit einfallen lassen, um Elyssa alleine zu erwischen. Und er mußte es schnell tun, denn seine Zeit auf der Ladder S näherte sich dem Ende. Wenn Abs Banditen nicht bald angriffen, würde Hunter Jagd auf sie machen müssen.

Dann müßten er und Case zu den Spanish Bottoms zurückkehren. Je eher sie dort hinkamen, desto eher würde auch der letzte der Culpeppers, die in Texas geplündert und gemordet hatten, seiner gerechten Strafe zugeführt werden.

Hunter stand direkt unterhalb des Grates, der einen Ausblick auf Wind Gap bot. Einen Moment lang blickte er sich wachsam nach allen Seiten um, dann wich er lautlos zurück und verschmolz mit den dunklen Schatten der Kiefern, um zu warten. Undurchdringliche Finsternis hüllte ihn ein, überall ringsum brauste der Nachtwind und brachte die Aussicht auf Regen mit sich.

Wenig später ertönte der Ruf einer Lerche zwischen den Kiefernstämmen. Hunter erwiderte den Ruf ebenso leise, wie er an sein Ohr gedrungen war.

Case tauchte vor seinem Bruder auf.

»Wenn du weiterhin so hart mit deinen Männern umspringst und deinen Ärger an ihnen ausläßt, wirst du sie verlieren«, sagte Case ruhig.

»Was soll das heißen?«

»Selbst Morgan schleicht nur noch auf Zehenspitzen um dich herum, und er ist weiß Gott nicht so schnell kleinzukriegen.«

»Woher weißt du, was auf der Ladder S vorgeht?« gab Hunter zurück.

»Ich erfahre es auf die gleiche Weise, wie ich erfahre, was sich so alles im Culpepper-Lager tut«, erwiderte Case vielsagend.

»Mir gehen im Moment so viele Dinge durch den Kopf.«

»Stimmt. Die Dinge heißen Frechdachs. Was ist schiefgelaufen zwischen dir und deinem kleinen Mädchen?«

»Sie ist nicht mein Mädchen«, wies Hunter ihn schroff zurecht.

»Und ob sie das ist. Sie ist dein, ob du sie nun gehabt hast oder nicht.«

Selbst in dem schwachen Mondlicht sah Case die plötzliche Veränderung in Hunters Ausdruck.

»Aha, so ist das also«, sagte Case ruhig. »Ist sie schwanger?«

»Das geht dich überhaupt nichts an, verdammt noch mal«, fauchte Hunter.

»Das letzte Mal hast du das zu mir gesagt, als ich dir erklärte, was für ein gemeines Stück Belinda war.«

Die ganze Enttäuschung, die sich in Hunter aufgestaut hatte, explodierte ohne Vorwarnung. Er stürzte sich auf Case in einer Aufwallung von blinder Wut. Es gab ein kurzes, heftiges Handgemenge, aber der Vorteil war ganz auf Cases Seite. Er hatte sich unter Kontrolle.

Hunter nicht.

Ziemlich schnell fand er sich, nach Luft schnappend und mit dem Gesicht nach unten, auf dem Boden wieder, während er sich wild aufbäumte in dem Versuch, Case von seinem Rücken abzuschütteln.

»Gib's auf«, empfahl Case ihm und verstärkte den Druck auf Hunters Nacken und Arme. »Du bist derjenige, der mir diesen Griff beigebracht hat. Entkommen kannst du ihm nur mit gebrochenem Hals.«

Hunter wehrte sich weiterhin verbissen.

»Verdammt noch mal!« schimpfte Case. »Hör auf, dich wie ein grüner Junge aufzuführen. Du warst nicht der erste Mann, den Belinda an der Nase herumgeführt hat, und du warst auch nicht der letzte.«

Daraufhin kehrte Hunters Selbstbeherrschung zurück.

»Laß mich los«, stieß er zwischen knirschenden Zähnen hervor.

»Jetzt noch nicht«, erwiderte Case gelassen. »Zuerst möchte ich wissen, ob ich demnächst Onkel werde.«

Wieder verkrampfte sich Hunter am ganzen Körper, aber er unternahm keinen Versuch, Case abzuschütteln.

»Ich weiß es nicht«, knurrte Hunter.

»Frag Frechdachs.«

»Das habe ich ja getan.«

»Und?«

»Sie hat gesagt, ich soll mich zum Teufel scheren.«

Case murmelte etwas Unverständliches vor sich hin. Einen Moment später löste er seinen stahlharten Griff um Hunters Hals und Schultern und erhob sich gleichzeitig mit einer katzenartigen Bewegung.

Mißtrauisch beobachtete er, wie Hunter wieder auf die Füße kam. Als sein Bruder keine Neigung zeigte, sich erneut auf ihn zu stürzen, steckte Case seine Fäuste in die Taschen.

»Tut mir leid«, entschuldigte er sich. »Ich dachte, du wärst ganz einfach stur wegen Frechdachs, so wie du es damals warst, als du Belinda wolltest.«

»Und du mir erklärt hast, sie sei ein oberflächliches kleines Flittchen.«

»Das war sie ja auch.«

»Ich weiß. *Jetzt* weiß ich es.« Hunters Stimme klang erschöpft und verbittert zugleich. »Was für eine gottverdammte Schande, daß ich erst zwei wundervolle Kinder verlieren mußte, um herauszufinden, was ich da geheiratet hatte.«

»Teds und Ems Tod war nicht deine Schuld.«

»Das sage ich mir ungefähr fünfzig Mal am Tag.«

»Glaubst du es?«

»Nein.« Hunter zögerte einen Moment, dann fuhr er stockend fort: »Die Vorstellung, wie schrecklich es für sie gewesen sein muß, wie zu Tode verängstigt sie waren und wie furchtbar sie leiden mußten und vergeblich nach ihrem Daddy gerufen haben … frißt mich bei lebendigem Leibe auf.«

»Und deshalb wirst du den Rest deines Lebens damit zubringen, dich selbst zu martern, ist es so?« fragte Case.

Hunter zuckte die Achseln.

»Glaubst du, du könntest damit irgend etwas ungeschehen machen?«

»Ich weiß nicht, was ich glaube. Alles, was ich weiß, ist …« Hunters Stimme erstarb.

»Ich werde dir sagen, was *ich* weiß«, erwiderte Case. »Du benimmst dich wie ein Vorstehhund, der seine Jagdbeute bewacht, wann immer es um Frechdachs geht.«

Ein gezischter Fluch war Hunters einzige Antwort.

»Warum heiratest du sie nicht?« schlug Case vor. »Die Welt braucht mehr rechtschaffene Menschen. Ihr zwei würdet brave Kinder haben.«

Das Geräusch, das Hunter von sich gab, konnte kaum als Lachen bezeichnet werden.

»Nicht Elyssa«, winkte er ab. »Und nicht ich.«

»Warum nicht?«

»Sie mochte es kein bißchen. Als ich versucht habe, die Sache in Ordnung zu bringen, hat sie sich wie eine Katze auf mich gestürzt und versucht, mir die Augen auszukratzen.«

Case' Miene veränderte sich kaum merklich, und sein Mund verzog sich zu einem Ausdruck, der einem Lächeln so nahe kam, wie es ihm seit dem Krieg überhaupt möglich war.

»Mir scheint«, sagte er gedehnt, »daß ein Mädchen mit so viel Leidenschaft durchaus die Mühe wert wäre, es zu zähmen.«

»Zuerst muß ich sie mal zu fassen kriegen. Man kommt so schwer an sie heran wie an diesen unbekannten Geist, dem du hinterherjagst.«

»Interessante Sache mit dem Geist«, meinte Case.

»Hast du inzwischen herausgefunden, wer er ist?« wollte Hunter wissen.

»Nein. Ich habe den Kerl nicht mal mehr von weitem gesehen, seit Gaylord getötet wurde. Er ist wie im Erdboden versunken. Und es gibt seitdem auch niemanden mehr, der Ab mit Informationen beliefert.«

»Woher weißt du das?«

»Weil man mir jetzt diese ehrenvolle Aufgabe übertragen hat«, erklärte Case ironisch. »Ich soll jetzt für Ab auf der Ladder S spionieren.«

»Wie aufregend!«

»Finde ich auch.«

»Vertraut Ab dir?« fragte Hunter, während er blitzschnell überlegte.

»Ab vertraut niemandem.«

Hunter grunzte.

»Es ist wie bei dir und den Frauen«, fuhr Case fort. »Seit du dich von diesem treulosen Luder an deiner dummen Nase hast herumführen lassen, sprichst du nur noch negativ über weibliche Wesen.«

Hunter warf Case einen langen, abschätzenden Blick zu. Case wartete ruhig, um zu sehen, ob sein Bruder erneut die Beherrschung verlieren würde.

Im bleichen Licht des Mondes wirkten Cases Augen genauso wie Hunters – wie gehämmertes Silber.

»Du springst ziemlich hart mit mir um«, sagte Hunter nach einem Moment. »Warum?«

»Und du setzt Frechdachs noch härter zu.«

»Wenn dich das derart aufregt, dann heirate *du* sie doch.«

»Daran habe ich auch schon gedacht«, entgegnete Case gelassen.

»Was?«

»Verdammt noch mal, sprich leise, wenn du keine ungebetenen Besucher haben willst.«

»Was höre ich da über dich und Elyssa?« fragte Hunter mit wutbebender Stimme.

»Nichts als ein paar Fakten.«

»Und die wären?«

»Frechdachs ist eine Frau, die ganz auf sich selbst angewiesen ist in einem Land, in dem alleinstehende Frauen verdammt hart zu kämpfen haben«, erklärte Case. »Sie hat eine schöne Ranch und den Wunsch, sie zu einem florierenden Unternehmen zu machen. Wenn sie nicht an etwas so verdammt Blödsinniges wie Liebe glauben würde, würde ich ihr so schnell einen Ring an den Finger stecken, daß sich dir der Kopf dreht.«

»Nein!«

»Warum nicht? Hast du vor, sie zu heiraten?«

»Es ist das einzig Anständige, was ich tun kann«, erwiderte Hunter aufgebracht. »Aber sie will davon nichts wissen.«

Diesmal grunzte Case. »Dann war sie also noch Jungfrau. Ich hatte mich schon gefragt, ob sie wohl noch unberührt ist.«

Es sollte gar keine Frage sein, aber Hunter antwortete dennoch.

»Jawohl«, betonte er. »Elyssa war noch Jungfrau.«

»Zumindest weißt du nun, mit wem sie zusammengewesen ist«, meinte Case. »Bei einem Mädchen wie Belinda konnte man nie wissen, wie viele Nachbarn sie ansahen und sich daran erinnerten, wie es war, in ihren Sattel zu klettern.«

Hunter zog eine Grimasse, widersprach jedoch nicht.

Einige Minuten lang standen die beiden schweigend da und horchten auf die Geräusche der Nacht. Dann wandte Case seine Aufmerksamkeit erneut seinem Bruder zu.

»Mit Ab wird es immer schlimmer«, sagte er. »Gaylord war einer seiner Lieblinge.«

»Na, ist das nicht jammerschade!«

»Bereitest du dich darauf vor, Ab zu überfallen?«

»Ich habe wohl kaum eine andere Wahl«, erwiderte Hunter. »Die Armee wird ihr Vieh in weniger als einer Woche haben wollen.«

»Wie viele Stück habt ihr für sie?«

»Mastbullen? Weniger als fünfzig. Und vielleicht noch circa hundert Zuchtkühe.«

»Die Ladder S wird nicht lange überleben ohne Zuchtviehbestand«, hielt Case ihm vor.

Hunter gab keine Antwort.

»Aber das ist nicht unser Problem, oder?« fuhr Case fort. »Unser Problem sind die Culpeppers.«

»Hast du herausgefunden, wo die gestohlenen Rinder versteckt gehalten werden?« fragte Hunter barsch.

»Also, das ist wirklich eine komische Sache. In letzter Zeit habe ich ein paar erstklassige Ladder-S-Rinder entdeckt, die sich auf Bar-Land verirrt hatten.«

»Verirrt?« Hunter klang scharf.

Case nickte. »Es hat ganz den Anschein, als ob einige der Rinder stets weiterwandern, wo auch immer sie gehalten werden.«

»Verfolge ihre Spuren zurück!«

»Das habe ich getan. Sie scheinen von den Weiden nördlich der Bar B zu kommen.«

Hunter verschränkte seine Arme. »Ein verdammt rauher Landstrich, nach allem, was ich gehört habe.«

»Du hast richtig gehört. Es gibt dort viele Schluchten, die bis hinauf in die Rubies führen. Ein Mann könnte dort problemlos jede Menge Vieh verstecken.«

»Das reicht nicht. Ich muß genau wissen, wo das Vieh ist, bevor ich einen Überfall riskiere.«

»Ich bin kurz davor, es herauszufinden.«

»Du hast noch drei Tage.«

Case nickte.

»Falls du vorher schon entdeckst, wo das Vieh ist, warte nicht erst bis zum Einbruch der Dunkelheit mit deiner Nachricht«, wies Hunter ihn an. »Reite einfach so schnell wie möglich her. Wir werden dich auf der Ranch dringender brauchen als im Lager der Banditen.«

»Was, wenn ich das Vieh nicht finden kann?«

»Im Morgengrauen des vierten Tages werde ich die Bar B überfallen, komme, was da wolle.«

»Wo willst du mich haben?« fragte Case.

»Jedenfalls nicht in der Gefahrenzone meiner Männer!«

Case nickte. Dann zog er seinen Revolver aus dem Holster, drehte den Zylinder, um zu überprüfen, ob genügend Patronen in den Kammern steckten, und schob die Waffe mit einer geschickten Bewegung wieder an ihren Platz.

»Paß auf dich auf, wenn du zurückgehst«, sagte er.

»Was ist mit dir?«

»Mach dir darüber keine Sorgen. Mich lenkt schließlich kein Mädchen ab, hinter dem ich her bin und das so wütend wie eine halb ersäufte Henne auf mich ist.«

»Ich bin kein Idiot«, knurrte Hunter.

»Meistens nicht«, stimmte Case einschränkend zu.

»Was hast du eigentlich? Ärgert es dich, daß du Frechdachs nicht haben kannst?«

Case schüttelte den Kopf.

»Es ist die Ranch, die ich haben möchte«, erwiderte er. »Die Ranch ist etwas, auf dem man aufbauen kann, wenn der letzte Culpepper tot ist. Etwas, was keiner brutal behandeln und dann einfach wie Müll am Wegrand abladen kann.«

Hunter vermochte vor Erschütterung nicht zu sprechen. Er ahnte, daß Case damit andeuten wollte, wie Ted und Klein Em gestorben waren. Über dieses Thema zu diskutieren hatte er sich immer beharrlich geweigert.

Bis jetzt.

»Ich werde nie wieder davon anfangen«, sagte Case. »Du sollst nur wissen, daß du das einzige Lebewesen bist, für das ich noch Zuneigung empfinden kann, seit ich damals die Kinder gefunden habe. Wenn Frechdachs es schafft, dich zum Frieden mit dir selbst zu bewegen, dann werde ich mich so für dich freuen, wie ich mich überhaupt noch über irgend etwas freuen kann.«

Hunter schloß die Augen, als eine Woge von Schmerz über ihn hinwegrollte, Schmerz und Trauer um all das, was ihnen die grausame Vergangenheit genommen hatte.

Und ein Teil des Verlusts, den Hunter betrauerte, betraf Cases Lachen. In gewisser Weise war sein Bruder ebenso tot wie seine Kinder.

»Case ...«

Er bekam keine Antwort.

Case war so lautlos wieder in der Dunkelheit verschwunden, wie er aufgetaucht war.

21

»Ich muß dir etwas zeigen.«

Elyssa schnappte erschrocken nach Luft und fuhr so schnell herum, daß sie beinahe ihren Becher mit Frühstückskaffee hätte fallen lassen.

Ihrer Meinung nach war Hunter fort. Von ihrem Schlafzimmerfenster aus hatte sie beobachtet, wie er kurz nach Einbruch der Morgendämmerung mit Bugle Boy die Ranch verlassen hatte. Dann, als Hunter sich nicht mehr wie eine verschwommene Silhouette gegen den heller werdenden Horizont abzeichnete, hatte Elyssa tief durchgeatmet.

Es war ihr erster tiefer Atemzug seit dem vergangenen Tag gewesen, als die zärtliche Berührung von Hunters Zunge einen heißen Schauder über ihre Haut hatte prickeln lassen.

Die Düsterkeit in seinen Augen verfolgte sie.

»Ich dachte, ich hätte dich heute morgen wegreiten sehen«, sagte sie.

Hunter blickte sie unter halb gesenkten Lidern an. Sie trug wieder die unförmige Männerkleidung, die ihre Reize verhüllte. Er mußte zwar zugeben, daß sie für die Rancharbeit weitaus besser geeignet war; aber er vermißte das Schimmern und geheimnisvolle Rascheln von Seidenröcken, die um ihre Fesseln wirbelten.

»Das bin ich ja auch«, erwiderte er in neutralem Tonfall. »Und dann stieß ich durch Zufall auf etwas, was du sehen mußt.«

»Was denn?«

Er schüttelte den Kopf.

»Wenn ich es dir jetzt schon sage, wirst du voreingenommen sein«, erkärte er. »Ich brauche deinen ersten Eindruck. Wie schnell kannst du fertig sein zum Ausreiten?«

Verwirrt stellte Elyssa ihren Kaffeebecher ab. Als sie sich wieder zu Hunter umwandte, sagte sie sich, daß ihr Herz nur deshalb schneller schlug, weil sie erschrocken war. Es konnte einfach nicht sein, daß es so raste, nur weil sie im Begriff war, wieder mit Hunter über Land zu reiten.

Allein.

»Wo geht es hin?« wollte sie wissen.

»Nicht weit.«

Innerhalb von wenigen Minuten waren Hunter und Elyssa aufgesessen und trabten in die Wildnis hinaus. Hunter ritt mit seinem Gewehr quer vor sich auf dem Sattel, während sein Blick unaufhörlich die Landschaft absuchte.

Elyssa ritt auf die gleiche Weise. Der einzige Unterschied war der, daß ihr Blick immer wieder zu Hunter schweifte. Als sie sich dessen bewußt wurde, war sie wütend auf sich selbst.

Es machte keinen Unterschied, sie konnte nichts dagegen unternehmen. Hunter zog ihre Blicke an wie Licht eine Motte. Die unglaubliche Zärtlichkeit seiner Liebkosung vom Tag zuvor brannte noch immer wie Feuer auf ihrem Handgelenk.

Wenn sie schlief, träumte sie von ihm.

Wenn sie wach war, hallten seine Worte verführerisch in ihren Gedanken wider und untergruben ihren Zorn.

Es gibt noch so vieles, was du nicht weißt, so vieles, was du von mir lernen kannst.

Schweigend folgte Elyssa Hunter durch die Wildnis. Die Stürme hatten ihre Spuren auf dem gelbbraunen Grasland hinterlassen. Der größte Teil der Halme war von Wind und Regen plattgewalzt worden. Für die tiefer gelegenen Regionen brachte der Herbst immer Verwüstung und Rückzug mit sich.

Aber hoch oben auf den Flanken der Berge standen Espen in ihrer vollen herbstlichen Pracht. In einigen Wäldchen hatten sich die Blätter so gelb wie die Sommersonne verfärbt. Andere Espenhaine leuchteten in so lebhaften Rot- und Orangetönen, daß es aussah, als leckten Feuerzungen die tiefen Canyons und langen, flachen Schluchten empor.

Elyssas Augen hatten einen grübelnden, finsteren Ausdruck, als ihr Blick wieder zu Hunter zurückkehrte, ihrem Herbstgeliebten, einem Mann, der so komplex und bezwingend für sie war wie das Land selbst.

Hunter war sich Elyssas eindringlicher Blicke durchaus bewußt. Das und die Unberührtheit der Landschaft lösten etwas von der inneren Anspannung, die ihn in den letzten Tagen so reizbar gemacht hatte.

Ganz gleich, wie aufmerksam er die Weite auch absuchte, er sah keine Spur von anderen Menschen. Es war, als ob er und Elyssa mutterseelenallein auf der Welt wären. Dennoch behielt er die lange, in vielen Windungen verlaufende Route bei, die er gewählt hatte, um etwaige Verfolger in die Irre zu führen.

Schließlich brachte Hunter Elyssa an einen Ort, wo Berge und das lange, breite Tal an den Rändern in eine Reihe von zerklüfteten Graten und tiefen Canyons übergingen. Am Kopf eines schmalen, steilen Grabens befand sich der Eingang zu einer Höhle, der von wild wucherndem Gestrüpp verdeckt war. Klares, sauberes Süßwasser floß zwischen den Weidendickichten dahin, die an den Ufern dieses kleinen Baches wuchsen.

Elyssa erkannte die Stelle wieder. Sie war schon einmal am Hidden Creek gewesen, aber das lag viele Jahre zurück. Und sie war niemals auf einem so umständlichen Weg hier heraufgekommen.

Ohne abzusteigen trieb Hunter Bugle Boy durch ein Dickicht und dann direkt in den Bach hinein. Als er den Hengst flußaufwärts lenkte, folgte Leopard ihm. Elastische Weidenzweige bogen sich von den Pferden weg und sprangen dann wieder zurück, ohne etwas von der Tatsache zu enthüllen, daß Reiter diese Stelle passiert hatten.

Als Hunter den Höhleneingang erreichte, zog er Bugle Boy auf die Seite. Mit einer knappen Handbewegung forderte er Elyssa auf, vor ihm hineinzureiten. Nachdem Leopard vorbeigegangen war, lehnte sich Hunter tief über Bugle Boys Hals und folgte Elyssa. Ruhig und ohne jede Spur von Nervosität trotteten beide Pferde unter einem Felsvorsprung hindurch und in den Eingang der Höhle.

Direkt hinter der Öffnung war die Felsenkammer vielleicht dreißg Meter breit und ungefähr dreimal so tief. Aufgrund der Jahreszeit umgab eine breite Fläche sandigen, trockenen Bodens den Teich, der im Inneren verborgen lag.

Der Teich selbst war wie ein schwarzer Spiegel, der das Tageslicht vom Eingang reflektierte. Jede Bewegung, die das Wasser aufwirbelte, hinterließ gespenstische, quecksilberne Spuren auf der Oberfläche. Hinter dem Teich verlief ein langer, schmaler Spalt durch die Felswand.

Im Frühling schoß daraus Wasser mit einem brausenden Geräusch wie Donner hervor. Heute floß es geräuschlos herab und füllte den Teich, der sich durch den kleinen Bach wieder leerte.

Hunter saß ab und griff nach einem losen Bündel frisch geschnittenen Gestrüpps. Er zog es vor den unteren Teil der Öffnung, um den Höhleneingang von außen zu tarnen.

Das Licht, das durch die grüne Wand von Zweigen ins Innere drang, verlieh der Höhle etwas ebenso Geheimnisvolles wie das quecksilbrige Glitzern des Teiches. Bugle Boy ging zum Wasser und trank. Plätschernde Kreise breiteten sich zu den Rändern hin aus, als er sein Maul eintauchte.

»Kannst du etwas sehen?« fragte Hunter.

Elyssa zuckte zusammen. Hunter stand neben Leopards Schulter. Seine linke Hand lag auf dem Zaumzeug des Hengstes.

»Mich wundert bloß, daß wir vier Meilen weit geritten sind und nur eine halbe Meile vom Haus entfernt sind«, erwiderte sie. »Was soll das?«

»Steig ab. Es ist hier drüben.«

Hunter trat beiseite, als wüßte er, daß seine Nähe Elyssa nervös machte. Er wich ein paar Schritte zurück und wartete darauf, daß sie absaß. Als sie es tat, wandte er sich augenblicklich zum Bach um.

»Hier entlang«, sagte er.

Nach einem Moment des Zögerns folgte sie ihm. Er ging zu

der Stelle, wo der Teich überfloß, um sich in den Bach zu ergießen. Dort wartete er, bis Elyssa neben ihm stand.

»Wo ist es?« fragte sie.

»Auf der anderen Seite.«

Elyssa spähte in die eigenartig leuchtende Dunkelheit auf der anderen Seite des Baches. Nur mit Mühe konnte sie einige verschwommene Umrisse ausmachen, die Gepäck oder Bettrollen oder auch beides hätten sein können.

»Kannst du es sehen?« fragte Hunter.

Der Unterton mühsam beherrschter Erwartung, der in seiner Stimme mitschwang, machte Elyssa neugierig.

»Nein«, gestand sie. »Ich fürchte, ich erkenne so gut wie gar nichts.«

»Halt dich fest.«

Damit hob Hunter Elyssa auf seine Arme und trug sie quer vor seiner Brust, als ob sie ein Kind wäre. Er platschte bereits durch den Bach, noch bevor sie begriff, was geschah.

»Hunter!«

Das Echo hallte in der Höhle wider; glatte Felswände warfen von allen Seiten Elyssas Stimme zurück, die seinen Namen rief.

Hunter legte den Kopf schief und horchte, während sich sein Mund zu einem Lächeln verzog.

Die Zärtlichkeit und Sinnlichkeit in seinem Blick bewirkten, daß Elyssa zu atmen vergaß.

»Hunter?« flüsterte sie wie gebannt.

»Ich bin ja bei dir.«

Er trat aus dem Bachbett auf das Ufer und marschierte weiter.

»Laß mich ... herunter«, murmelte sie und schluckte hart.

»Einen Moment noch. Wir sind gleich da.«

Während Hunter ging, flüsterte Sand unter seinen Stiefeln und glitt mit einem weichen Knirschen beiseite.

Elyssa öffnete den Mund, um etwas zu sagen, und schloß ihn dann wieder. Sie hatte Angst, ihre Stimme würde den wilden Aufruhr ihrer Gedanken und ihres Körpers verraten.

Hunter war einfach zu nahe. Zu überwältigend.

Zu sanft.

Er trug sie, als ob sie aus feinstgeschliffenem Glas wäre, so zerbrechlich, daß ein Atemhauch genügte, um es erzittern und erklingen zu lassen. Seine Behutsamkeit gab ihr das Gefühl, ebenso zerbrechlich, ebenso zittrig zu sein.

Hunter fühlte die Schauder, die Elyssa überliefen, so deutlich wie sie selbst. Er blickte in ihr Gesicht. Alles, was er sah, war das Blitzen ihrer halb geschlossenen Augen, der angespannte Zug um ihren Mund, die Blässe ihrer zarten Haut.

Er biß sich auf die Lippen. Elyssa sah wie eine Frau aus, die vor etwas Angst hatte. Als er daran dachte, was beim letzten Mal ihres so engen Beisammenseins geschehen war, bekam er eine ziemlich genaue Vorstellung von ihren Befürchtungen.

Ich habe es dir doch gesagt, beim nächsten Mal wirst du es genießen.

Mein Gott, du mußt mich ja wirklich für kreuzdämlich halten. ›Beim nächsten Mal wirst du es genießen‹. Was für ein Geschwätz!

Der Plan, den er sich letzte Nacht zurechtgelegt hatte und der ihm so narrensicher vorgekommen war, schien bei Tageslicht betrachtet plötzlich die reinste Torheit.

Ich hasse dich.

Ich will dich nicht mehr. Niemals mehr. In keiner Beziehung.

Nichts hatte sich zwischen ihnen geändert, seit Elyssa ihm diese zornigen Worte entgegengeschleudert hatte.

Ein Gefühl der Beklommenheit kroch in ihm hoch, und er verkrampfte sich innerlich derart, daß er Mühe hatte, seine Fassung zu bewahren. Langsam senkte er seine kostbare Last, bis sie neben der Bettrolle, die er so sorgsam vorbereitet hatte, auf die Füße kam.

Als Hunter sprach, klang seine Stimme barscher, als er beabsichtigt hatte.

»Hab keine Angst vor mir«, sagte er. »Ich schwöre bei Gott, daß ich niemals die Absicht hatte, dir weh zu tun.«

Elyssa traute sich nicht zu sprechen. Sie schloß nur die Augen und wandte ihr Gesicht ab.

»Haßt du mich wirklich so sehr?« flüsterte er.

Sie riß die Augen auf.

Schweigend schüttelte sie den Kopf.

»Warum zitterst du dann so und wendest dich von mir ab, als könntest du meinen Anblick nicht ertragen? Gütiger Himmel, du willst ja nicht mal mit mir sprechen!«

»Ich ...« Elyssas Stimme brach.

Sie kehrte Hunter den Rücken zu und schluckte hart, während sie ihr aufgewühltes Innere zu ordnen trachtete.

»Es ... es wäre so viel einfacher, wenn ich Haß auf dich empfinden könnte«, klagte sie. »Aber ich kann es nicht. Also hasse ich statt dessen mich selbst. Ich war so dumm und so töricht.«

Hunter zuckte zusammen bei dem Schmerz, der in ihrer heiseren Stimme mitschwang. Er drehte Elyssa behutsam herum, bis sie ihm wieder das Gesicht zukehrte.

Zwar standen sie sich gegenüber, aber sie sah ihn nicht an.

»Heirate mich«, sagte Hunter gepreßt.

Elyssa schüttelte den Kopf. Obwohl sie verstummt war, lasteten ihre früheren Worte noch immer wie ein Grundsatz weiblicher Empörung zwischen ihnen.

Kein Wunder, daß Kirchen und Verwaltungsbezirke auf die Jungfernschaft der Mädchen achten, wenn sie heiraten. Andernfalls würden sie das doch niemals weiter erdulden.

Mit fast schmerzlicher Zärtlichkeit strichen Hunters Fingerspitzen über Elyssas Augenbrauen, ihre Wangen. Tränen glitzerten wie warme Regentropfen an ihren langen Wimpern.

»Weine nicht, mein Herz«, flüsterte er. »Lieber würde ich mich auspeitschen lassen, als dich noch einmal zum Weinen zu bringen.«

Elyssa gab keine Antwort.

Sie konnte es nicht. Hunters Lippen berührten sie mit unendlicher Hingabe, hauchten Küsse so zart wie Schmetterlinge auf ihre Schläfen, ihre Wangen, ihre Lider. In gedämpftem, bebendem Schweigen stahl er die Tränen von ihren Wimpern, bevor sie fallen konnten.

Elyssa stockte der Atem in der Kehle. Ihr Pulsschlag beschleunigte sich, bis ihr Herz förmlich raste. Wieder und wieder überlief sie ein krampfartiges Zittern, das sie nicht kontrollieren konnte. Ihre Finger gruben sich so hart in ihre Handflächen, daß ihre Nägel Abdrücke hinterließen.

Er liebt mich nicht.

Ich kann nicht aufhören, ihn zu lieben.

Elyssa war zumute, als würde sie entzweigerissen. Sie wollte fliehen und wollte doch in Hunters Armen bleiben – oder ihn von sich stoßen.

Aber mehr noch als alles andere wollte sie in der heilenden, berauschenden Wärme seiner Zärtlichkeit baden.

»Bitte hab keine Angst«, flüsterte Hunter dicht an ihren Lippen. »Ich will doch nur ...«

Seine Stimme erstarb. Was er wollte, würde Elyssa Hals über Kopf aus der Höhle fliehen lassen.

Er schloß die Augen und schalt sich im stillen hundertmal einen Idioten. Dann zog er Elyssa vorsichtig an seine Brust und wiegte sie langsam hin und her, während er mit einer großen Hand ihren Rücken streichelte.

»Ist ja gut«, murmelte er heiser. »Ich werde dir nicht weh tun. Bitte, Liebste! Weine nicht.«

Jedes Wort wurde von einem zärtlichen Kuß auf ihre Lippen begleitet. Er trank eine Träne von ihren Wimpern und drückte dann wieder einen Kuß auf ihre Lippen.

Elyssa zitterte noch heftiger.

»Ist ja schon gut, meine Kleine«, wisperte Hunter dicht an ihrem Mund. »Dir passiert ja nichts. Ich werde dich loslassen, sobald du zu zittern aufhörst. Wenn es das ist, was du willst ...«

Obwohl Hunter nicht die Absicht hatte, zeichnete seine

Zungenspitze die Umrisse von Elyssas Mund nach in einem Schweigen, das vor sinnlichen Verheißungen vibrierte.

»Willst du *das*?« flehte er.

Sein Atem war ein warmer, verlockender Hauch auf Elyssas Haut. Sie gab einen erstickten Laut von sich.

»Heißt das ja oder nein?« fragte Hunter. »Soll ich dich loslassen oder willst du, daß ich dich fest in die Arme nehme?«

Die glatte Hitze seiner Lippen auf ihren Lidern wirkte tröstlich auf Elyssa und verstärkte gleichzeitig ihre Zweifel.

Als Hunter die krampfartigen Schauder spürte, die Elyssa überliefen, überwältigte ihn eine Sehnsucht, die weitaus komplexer als Verlangen war.

»Elyssa?« flüsterte er hilflos. »Laß mich dich küssen. Nur ein einziger Kuß, Liebling, ja? Dann werde ich dich loslassen, wenn es das ist, was du willst. Ich muß unaufhörlich daran denken, was für ein Gefühl es war, dich zu spüren. Wenigstens meine Küsse haben dir doch gefallen, als ich Liebe mit dir gemacht habe!«

Bevor Elyssa an all die Gründe denken konnte, warum sie sich eigentlich weigern sollte, hob sich ihr Gesicht wie von selbst zu ihm empor. Die fast greifbare Anspannung in Hunters Körper und die Art, wie er zusammenzuckte, als sie seinen Kuß akzeptierte, trieben ihr erneut Tränen in die Augen.

Er liebte sie nicht; dennoch begehrte er sie mit einer Macht, die ihn taumeln ließ. Doch trotz der Tiefe seiner Leidenschaft hatte er sich vollkommen unter Kontrolle und zwang sich zu absoluter Zurückhaltung.

Diesmal.

Wenigstens soviel macht er sich aus mir, daß er behutsam mit mir umgeht, dachte Elyssa hilflos.

Sie flüsterte seinen Namen, als seine Lippen zart über ihre streiften.

Wieder durchzuckte Hunter ein heißer Blitzstrahl der Begierde, doch er hielt sich eisern zurück. Mit leichten Berührungen seiner Hände zog er Elyssa näher und näher an sich. Zärtlich küßte er ihre Mundwinkel, bis sie erschauerte und ihre Lippen für ihn öffnete. Erst dann gestattete er sich, seiner drängenden Sehnsucht nachzugeben und den Kuß tastend zu vertiefen.

Der erste Geschmack von Elyssa war süßer und gleichzeitig erregender als alles, was Hunter je gekannt hatte. Während er sie sanft in seinen Armen hielt, kostete er sie wieder und wieder, berauschte sich an dem dunklen Versprechen ihres Kusses.

Die zurückhaltende und dennoch so sinnliche Verschmelzung ihrer beider Münder ließ Elyssa nach und nach alle Vorsicht vergessen. Mit jedem sanften Gleiten von Hunters Zunge über ihre verlor sie sich ein wenig mehr an diese Intimität.

Und an Hunter.

Ihre Hände glitten über das Vorderteil seiner Jacke, zögerten einen Moment und wanderten dann zu seinen Schultern hinauf. Schließlich legten sie sich federleicht um seine frisch rasierten Wangen.

Bei ihrer Berührung überlief Hunter erneut ein heftiger Schauder der Erregung, der Elyssa sagte, daß ihn ihre Liebkosung erschütterte. Tränen brannten in ihren Augen und kullerten über ihre Wangen.

Gib dich keiner Täuschung hin. Es ist nichts weiter als Verlangen, was Hunter für dich empfindet, rief sie sich ins Gedächtnis.

Doch sie selbst zitterte vor weitaus mehr als Verlangen.

Es war ein namenlos süßes Gefühl für Elyssa, Hunter überhaupt auf irgendeine Weise zu berühren. Seine überwältigende Ergebenheit bewirkte, daß sich die Welt um sie herum aufzulösen und langsam um sie zu drehen begann.

Das gedämpfte, leidenschaftliche Stöhnen, das aus Elyssas Kehle drang, ließ reines Feuer durch Hunters Adern züngeln. Der Kuß wurde tiefer, hungriger, dennoch zwang er sich weiterhin zu äußerster Zurückhaltung. Er hielt sie wie einen fragilen, schillernden Regenbogen in seinen Armen.

Elyssas Finger glitten von Hunters Wangen zu seinem dichten schwarzen Haar. Sein Hut fiel achtlos zu Boden. Die Hitze seiner

Haut entlockte ihrer Kehle erneut ein ersticktes Stöhnen, und ihre Finger vergruben sich hungrig in seinem Haar.

Wie ein Kater rieb Hunter seinen Kopf unter ihren liebkosenden Händen und verstärkte den Druck ihrer Fingerspitzen gegen seine Kopfhaut. Die unverhüllte Sinnlichkeit der Bewegung wogte wie erregende Glut durch Elyssas Körper.

Verwegen wanderten ihre Finger an Hunters Hinterkopf hinunter zu der bloßen Haut in seinem Nacken. Der Blitzschlag der Begierde, der ihn bei ihrer Berührung durchzuckte, fand seinen Widerhall in ihrem eigenen Körper.

Elyssas Hände fieberten förmlich danach, mehr als den schmalen Streifen Haut zwischen Hunters Haaransatz und dem Kragen seiner Jacke zu liebkosen. Ihre Handflächen erinnerten sich nur zu deutlich daran, wie es sich angefühlt hatte, ungehindert über seine Brust zu streichen, die maskuline Härte schwellender Muskeln zu spüren, in dem Gefühl lockiger Haare über straffer Haut zu schwelgen.

Zu spät erkannte Elyssa, daß ihre Hände hastig Hunters Jacke von seinen Armen schoben. Sie erstarrte, schockiert über ihre Ungebärdigkeit.

Hunter bemerkte nur, daß Elyssa nicht mehr seinen leidenschaftlichen Kuß erwiderte. Statt dessen stießen ihre Hände gegen seine Schultern. Widerstrebend löste er seinen Mund von ihren Lippen, wie er es zu tun versprochen hatte.

Nur ein einziger Kuß.

»Ist schon in Ordnung«, murmelte er heiser. »Du mußt dich nicht gegen mich wehren. Ich werde dich gehen lassen.«

Doch obwohl er es aufrichtig meinte, konnte er sich nicht dazu überwinden, Elyssa vollkommen loszulassen. Behutsam streichelten seine Fingerspitzen ihre Hände, die auf seiner Brust ruhten.

Die zögernden Liebkosungen erweckten in Elyssa eine schmerzliche Sehnsucht nach all dem, was Hunter in seinem Herzen verschlossen hielt, nach all der Liebe, die zu erringen ihr niemals vergönnt sein würde. Aber hier und jetzt durfte sie der Mittelpunkt seiner Welt sein, durfte die elementare Kraft seines Verlangens erfahren.

Eine Zeitlang.

Elyssa wand sich und erschauerte. Ihr Körper ahnte, daß diesmal mehr als nur Schmerz in Hunters Armen auf sie wartete. Das Versprechen, das er ihr gegeben hatte, war eine ebenso große Verlockung für sie wie seine maskuline Kraft, die erwartungsvoll und drängend unter ihren Handflächen lag.

Du wirst es auch wollen. Dafür werde ich sorgen. Als hielte man ein brennendes Streichholz an trockenes Stroh.

Elyssa holte zitternd Luft und nahm all ihren Mut zusammen.

»Ich habe mich nicht gegen dich gewehrt«, berichtigte sie.

»Du hast mich weggestoßen.«

»Nicht dich. Deine Jacke.«

Als Hunter endlich begriff, schoß Begierde wie ein brennendheißer Strahl durch ihn hindurch. Einen Moment lang konnte er weder ein Wort hervorbringen noch Atem schöpfen.

Mit einer raschen, geschickten Drehung streifte Hunter seine Jacke ab und ließ sie zu Boden fallen.

»Die Jacke stört nicht mehr«, murmelte er. »Was jetzt?«

»Ich ...«

Das dämmrige Zwielicht der Höhle konnte kaum die verlegene Röte verbergen, die Elyssas Züge bedeckte.

Abrupt fiel es ihm wieder ein. Trotz ihrer stürmischen, leidenschaftlichen Reaktion auf ihn war Elyssa nur einen kurzen Schritt über das Stadium der Unschuld hinaus. Sie hatte diesen Schritt gemeinsam mit ihm getan, aber erst, nachdem er sie gezwungen hatte, ihm ihr Verlangen zu gestehen.

Ich ... will dich.

Und dann hatte er sie verspottet, weil die Worte sie so große Überwindung gekostet hatten.

Warum nicht einfach die Wahrheit gestehen?

»Ich ...«, begann Elyssa abermals.

Hunter versiegelte ihre Lippen sanft mit seinem Daumen.

Er konnte nicht ungeschehen machen, was bei jenem ersten Mal passiert war, als Elyssa ihm ihren Körper anvertraut hatte. Aber wenigstens konnte er ihr begreiflich machen, daß er derjenige war, der Grund hatte, sich zu schämen, nicht sie.

»Bleib ganz ruhig«, sagte er liebevoll. »Ich wollte mich nicht über dich lustig machen. Du erregst mich so sehr, daß ich kaum noch atmen kann – aber ich will dich nicht erschrecken, und ich bin verdammt schlecht im Gedankenlesen. Deshalb habe ich dich gefragt, was du als nächstes möchtest.«

Lächelnd – trotz der Tränen, die sich in ihren Augen sammelten – drückte Elyssa ihre Lippen auf Hunters Daumen.

Bei der schlichten Liebkosung wallte ein Sturm von Emotionen in Hunter auf. Er schloß die Augen und konzentrierte sich mit all seinem Hoffen und Sehnen auf die Wärme von Elyssas Atem, der durch seine Finger strömte.

»Laß mich dir zeigen, wie es das erste Mal hätte sein sollen«, flüsterte er und öffnete die Augen. »Laß mich dir ... alles zeigen.«

Das einzige, was Elyssa hervorbringen konnte, war Hunters Name. All ihre Zweifel und Ängste schwangen in diesen beiden Silben mit.

Und ihre Leidenschaft.

Schließlich nickte sie stumm, weil ihre Kehle zu eng war, als daß sie hätte sprechen können.

»Heute«, sagte Hunter mit leiser, beschwörender Stimme, »werde ich deinen süßen Mund nicht zuhalten. Ich will jeden Laut hören, den du von dir gibst, jedes Wort, das du sagst. Selbst wenn es ein ›Nein‹ ist.«

Wieder strömte Elyssas Atem wie ein köstlich warmer Hauch über seine Hand. Behutsam strich er mit dem Daumenballen über ihre volle Unterlippe.

Die schlichte Intimität der Liebkosung ließ Elyssa von Kopf bis Fuß erzittern.

»Verstehst du?« fragte Hunter eindringlich. »Wenn ich zu schnell vorgehe, brauchst du es nur zu sagen. Dann werde ich mich bremsen. Ich werde sogar aufhören, wenn es das ist, was du willst.«

Wieder nickte Elyssa stumm.

»Weißt du, was ich meine?« fragte er.

Die Spitze ihrer Zunge berührte seinen Daumen.

Hunters Atem kam in einem tiefen Seufzer über seine Lippen.

»Sag es mir mit Worten«, murmelte er rauh. »Nur dieses eine Mal. Ich werde dich nicht wieder darum bitten. Aber ich muß mir sicher sein, wenigstens jetzt.«

Elyssa blickte in Hunters klare, brennende Augen und begriff, daß er die Bestätigung ihrer Worte brauchte.

»Ich möchte das, was ich mit dir erlebt habe, bevor du ... bevor ...« Elyssa holte zitternd Luft. »Wenn es bedeutet, daß ich mit der Lust auch den Schmerz in Kauf nehmen muß ... nun, so schlimm war es nicht. Nur ... unerwartet ... nach all der Lust.«

Hunter schloß die Augen. Der Gedanke, daß er Elyssa sogar daran gehindert hatte, vor Schmerz aufzuschreien, als er in sie eindrang, fraß wie Säure an seiner Seele.

»Ich werde dir nur die Lust schenken«, sagte er. »Den Schmerz werde ich für mich behalten.«

»Das verstehe ich nicht.«

»Ich weiß. Aber ich.«

»Nun, ...«

Hunter lächelte schief und strich sacht mit dem Daumenballen über Elyssas Mund.

»Würdest du mich nicht lieber küssen, statt mir Fragen zu stellen?« flüsterte er.

22

Elyssa wünschte, sie könnte das Zittern ihres Körpers und ihrer Stimme unterdrücken, aber sie schaffte es nicht. Und so versuchte sie gar nicht erst zu sprechen, sondern lehnte sich nur haltsuchend an Hunters Kraft und stellte sich auf die Zehenspitzen, um seinen Mund zu erreichen.

Er kam ihr auf halbem Weg entgegen, dann legte er ihr die Arme um die Taille und hob sie zu sich hoch. Sie äußerte schnaufend ihr Entzücken, als sie sich in der gesamten Länge ihres Körpers an seinen gedrückt fühlte.

Hunter hörte es und machte Anstalten, Elyssa wieder auf die Füße zu stellen. Instinktiv schlang sie ihre Arme um seinen Hals. Die Bewegung bewirkte, daß sich ihr Körper weiter fest an ihn schmiegte.

»Bist du erschrocken?« fragte Hunter dicht an ihrem Ohr.

»Nein, du hast mich nicht erschreckt.«

»Aber du hast gestöhnt und gezittert.«

»Es war ein so schönes Gefühl«, flüsterte sie.

»Hochgehoben zu werden?«

»Dich von meiner Stirn bis zu meinen Knien zu fühlen.«

Die Erregung, mit der sein Körper auf ihre Worte reagierte, ließ sich einfach nicht verbergen. Ein gebrochener Laut kam über Hunters Lippen, und er kämpfte mit sich, um seinen wilden Hunger nach ihr zu beherrschen.

Elyssa legte den Kopf in den Nacken, bis sie in seine Augen sehen konnte.

»Hast du Angst?« fragte sie mit etwas unsicherer und gleichzeitig neckender Stimme.

»Ich?« fragte Hunter ungläubig.

»Du zitterst nämlich auch!«

Sein Lächeln war so langsam und heiß wie der Kuß, den er auf Elyssas Hals drückte.

»Frech durch und durch«, murmelte er. »Das gefällt mir.«
»Tatsächlich?« fragte sie überrascht.
»Mmmm.«
Das schnurrende Geräusch, das Hunter machte, vibrierte in einer anderen Art von Liebkosung an Elyssas Hals.
»Es ist Teil deines Temperaments«, erklärte er.
Hunter drehte den Kopf und streifte mit den Lippen über Elyssas Mund. Ihre Zungenspitze schoß hervor und zeichnete sein Lächeln nach. Was als eine spielerische Liebkosung begonnen hatte, wurde sehr schnell zu einem Kuß von berauschender Intimität.
Eine Zeitlang vergaß Elyssa alles um sich herum; sie wußte nicht mehr, wo und wer sie war, was sie tat. Sie spürte nur noch Hunters verlockenden Geschmack, seine leidenschaftliche Glut, das lustvolle, rhythmische Eindringen seiner Zunge ... und das drängende Verlangen ihres Körpers, das sich von Minute zu Minute steigerte.
Aus einem Kuß wurde noch einer und dann viele mehr, bis sich alles in Elyssas Kopf drehte, ihr Atem stoßweise ging und mit jedem Luftholen ein leises Wimmern über ihre Lippen kam.
Hunter empfand jeden ihrer winzigen Schreie als verzehrendes Flämmchen, das über seinen hungrigen Körper leckte. Er drückte Elyssa noch fester an sich, noch härter und wurde dafür ebenso heftig umarmt.
Bevor der letzte Kuß endete, bebte Elyssa am ganzen Körper und bemühte sich verzweifelt, Hunter noch näher zu kommen, während sie sich verlangend an ihm rieb und sich mit jedem keuchenden Atemzug, den sie tat, ganz und gar an ihn preßte.
Hunter riß seinen Mund von Elyssas Lippen und kämpfte hart mit sich, um eine Leidenschaft zu zügeln, wilder als alles, was er je zuvor gekannt hatte. Der gebrochene, flehende Klang seines Namens auf Elyssas Lippen hätte beinahe den letzten Rest dessen zunichte gemacht, was noch von seiner Selbstbeherrschung geblieben war.

Langsam ließ er sich auf die Bettrolle sinken, wobei er Elyssa mit sich herabzog. Er hatte nicht vorgehabt, das zu tun. Aber seine Knie weigerten sich schlicht, sein Gewicht noch länger zu tragen.

»Hunter?«

»Hab keine Angst. Ich werde dir keinen Schmerz zufügen. Ich bin nur ...« Er holte angestrengt Luft. »Du ziehst mir den Boden unter den Füßen weg.«

Elyssa sah das Feuer in Hunters brennenden, rauchigen Augen und fühlte, wie seine Sinnlichkeit ein ähnliches Feuer in ihr entfachte.

»Das ist nur gerecht«, erwiderte sie.

»Wieso das?«

»Weil du genau das gleiche mit mir anstellst. Du hast es schon immer getan. Ich wußte nur nicht, was mit mir los war.«

»Und jetzt weißt du es?«

»Niemand kann aufrecht auf Feuer stehen«, flüsterte Elyssa. »Alles, was man tun kann, ist darin zu versinken ... und sich den Flammen zu überlassen.«

Hunter fragte sich vage, wieviel mehr er wohl noch ertragen konnte, bevor er völlig die Kontrolle über sich verlor.

Aber es konnte nur noch eine Frage der Zeit sein.

»Hunter?« flüsterte sie. »Stimmt irgend etwas nicht? Du siehst auf einmal so grimmig aus.«

Er lächelte. Wie sein Ausdruck, so war auch sein Lächeln fast räuberisch.

»Ganz im Gegenteil«, erwiderte er. »Tatsache ist, daß gerade alles hundertprozentig stimmt.«

»Wirklich?«

»Du brauchst doch deine Stiefel im Moment nicht, oder?« fragte er, während er ganz nebenbei seine eigenen auszog.

Elyssa blinzelte, verdutzt über den abrupten Themenwechsel.

»Äh, nein«, meinte sie. »Ich trage sie nicht sehr häufig im Bett.«

Hunter prustete vor Lachen und schüttelte den Kopf. Seine Finger zögerten keinen Moment, als er Elyssa mit einigen wenigen Handgriffen die Stiefel und leuchtend roten Socken von den Füßen zog.

»Bill hat dir wirklich einen passenden Namen gegeben«, sagte er vergnügt. »Frechdachs.«

Der liebkosende Klang seiner Stimme nahm dem ungeliebten Spitznamen jeden Stachel.

Elyssa lächelte, als sie zu Hunter aufblickte, obwohl ihr Herz wie verrückt raste und ihr Mund vollkommen trocken war. Er streichelte ihre Füße, ihre Fesseln und die Rundungen ihrer Waden unter der lose sitzenden Hose.

Die Gefühle, die er in ihr auslöste, waren unbeschreiblich köstlich. Am liebsten hätte sie sich wie eine Katze gedehnt und gewunden.

»Was für verlockende kleine Schreie«, murmelte er rauh. »Sie führen mich stark in Versuchung, diese Männerkleider herunterzuzerren und das hinreißende Weib zu entblößen, das sich darunter versteckt.«

Während Hunter sprach, glitten seine Hände zu dem Taillenbund von Elyssas Hose. Noch bevor sie begriff, was geschah, hatte er sämtliche Knöpfe geöffnet.

Elyssas Augen weiteten sich erschrocken bei dem Gedanken, von Hunter entblößt zu werden. Sie starrte auf die langen, schlanken Hände, die sich gerade damit abmühten, den dicken Stoff der Hose über ihre Hüften zu schieben.

»Aber wir haben uns nicht ...«, begann sie stockend. »Beim ersten Mal war ich nicht ...«

»Nackt?« bot Hunter an.

Sie nickte zögernd.

»Meine Schuld«, sagte er mit gedämpfter Stimme. »Du hättest so nackt wie eine Blüte sein sollen. Und ich hätte auf deinen Körper gehört wie warmer, sanfter Regen.«

Ein heißer Strahl durchzuckte Elyssa.

Hunter unterbrach seinen Versuch, sie weiter zu entkleiden. Obwohl ihm im Augenblick nichts mehr widerstrebte, als die Hände von ihr zu nehmen, tat er genau das.

»Zu schüchtern?« fragte er.

»Ich habe mich eigentlich nie als schüchtern betrachtet«, flüsterte Elyssa. »Aber ...«

»Würde das hier helfen?«

Hunter nahm eine dünne Baumwolldecke vom Ende der Bettrolle. Er schüttelte sie aus und bedeckte Elyssa damit.

»Ist es so besser?« wollte er wissen.

Sie klammerte sich an die Decke und nickte.

»Darf ich weitermachen?« fragte er.

Elyssa wandte verlegen den Blick von Hunters brennenden, dunklen Augen ab, zeigte sich aber dennoch einverstanden.

»Sag mir Bescheid, wenn du es dir anders überlegst«, sagte er.

Hunter beugte sich vor und küßte sie sehr langsam und gründlich. Bevor er erneut den Kopf hob, ging Elyssas Atem in kurzen, keuchenden Stößen, als sei sie gerannt.

Die sinnliche Glut ihrer Reaktion wirkte wie eine berauschende Droge auf Hunter. Er sehnte sich nach mehr von ihren verzehrenden Küssen, aber dadurch könnten mit ihm zu rasch die Pferde durchgehen. Ihre Mischung aus Schüchternheit und zügelloser Hingabe erregte ihn derart, wie es nichts je zuvor vermocht hatte.

Statt unter der Decke nach dem Taillenbund von Elyssas Hose zu tasten, begann Hunter, die Schnüre an ihrem Wildlederhemd zu lösen. Nach einigen Augenblicken glitten seine Finger in die Öffnung, die er geschaffen hatte, und er streichelte behutsam eine ihrer warmen, glatten Brüste. Ihre Knospe verhärtete sich augenblicklich unter seiner intimen Berührung.

Hunter biß die Zähne zusammen, um ein hungriges Stöhnen zu unterdrücken, als sein eigener Körper mit einer abrupten Versteifung seines Gliedes darauf reagierte. Er zog seine Finger so langsam von ihren Brüsten zurück, daß es eher eine langsame Liebkosung war als ein Zurückweichen.

»Ich brauche jetzt deine Hilfe«, krächzte er.

»Wie?« flüsterte Elyssa.

»Ich möchte dir das Hemd ausziehen, aber so, wie du dich an die Decke klammerst ...«

Hunter wartete.

Elyssa stieß den angehaltenen Atem aus und schob die Decke bis zu ihrem Schoß hinunter, griff nach dem Saum ihres Wildlederhemds und begann, das Hemd über den Kopf zu ziehen.

Hunters lange, starke Finger glitten unter das Leder. Zuerst war er Elyssa behilflich, dann liebkoste er sie einfach, indem er ihre Brüste besitzergreifend in seine Hände nahm und mit den Daumen über ihre Knospen rieb.

Ein kehliger Schrei drang unter dem Wildlederhemd hervor, das sich um Elyssas Kopf verheddert hatte. Sie war sich nicht einmal bewußt, daß sie aufgestöhnt hatte. Nur Hunters Hände spürte sie, die auf ihrer nackten Haut süßeste Freuden von ihrem Brustbein bis zu ihren Schenkeln hinunter erzeugten.

Das Wildlederhemd landete achtlos neben der Bettrolle auf dem Boden. Elyssa merkte nicht, daß sie sich mit dem Hemd auch ihr Unterhemd ausgezogen hatte, bis sie die ungezähmte Hitze von Hunters Mund auf der Stelle fühlte, wo wenige Augenblicke zuvor noch seine Finger gewesen waren.

Stöhnend bog sie den Rücken durch und bäumte sich ihm in selbstvergessener Hingabe entgegen. Ihre Finger vergruben sich in seinem dichten schwarzen Haar, als sie seinen Kopf begehrlich näher zog und sich wollüstig unter seinem Mund wand. Leises Gurren stieg aus ihrer Kehle auf, Widerhall der heißen Lust, die sich in Spiralen durch ihren Körper ergoß und köstliche Flammen in ihrem Schoß züngeln ließ.

Jähe, brennende Begierde überwältigte Hunter und raubte ihm einen Moment lang den Atem. Er bedeckte Elyssas Brüste mit fiebernden Küssen und horchte auf die gebrochenen, kleinen Seufzer, die ihr seine Liebkosungen entlockten.

»Darf ich dich jetzt weiter ausziehen?« fragte er gepreßt.

Das Gefühl seiner feuchten, heißen Zunge, die erst die eine Brustpitze umkreiste und dann die andere, machten es Elyssa unmöglich, in einem zusammenhängenden Satz zu antworten. Statt dessen begann sie einfach, an ihrer halb heruntergerutschten Hose zu zerren.

Hunter hob Elyssas Hand an seinen Mund. Behutsam küßte er ihre Handfläche, biß in das weiche Fleisch ihres Daumenballens und lächelte über den sinnlichen Schauder, der sie sichtbar erfaßte.

»Laß mich dich entkleiden«, flüsterte er.

»Ja. Ja, bitte!«

Und dennoch, als Elyssa fühlte, wie ihre Hose an ihren Beinen hinunterglitt, umklammerte sie instinktiv die Schnur, die ihre dünne Leinenunterhose in der Taille zusammenhielt. Die Hose glitt an ihren Füßen herab und ließ sie mit nichts als den hauchzarten, losen Beinlingen der Unterhose bekleidet zurück.

Einen Moment später verflochten sich Hunters lange Finger mit Elyssas, die noch immer den Taillenbund festhielten. Langsam ließ er seine Fingerspitzen an dem offenen Schritt der Unterhose entlanggleiten.

Elyssa zuckte zusammen wie von einem Blitz getroffen.

Ihre Augen wurden groß, als ihr aufging, daß ihm ihre Unterwäsche freien Zugang zu dem feuchten, empfindlichen Fleisch zwischen ihren Schenkeln gewähren würde. Die Unterhose war nur in der Taille und an den beiden Längsnähten der Beine zusammengenäht. Der Schritt blieb vollkommen offen.

Elyssa wußte nicht, ob diese Tatsache sie aufreizte oder beängstigte. Das gleiche galt für Hunters Hand, die über ihren Schenkel wanderte und unmittelbar davor war, ihre intimsten Körperstellen zu erforschen – Verlangen und Furcht rangen in ihrem Inneren miteinander.

Seine Hand hielt nur wenige Zentimeter vor dem blonden Dikkicht von Locken inne, von dem er wußte, daß es unter dem feinen Leinen von Elyssas Unterhose lag. Langsam und zärtlich ließ er seine Fingerspitze über ihren Unterleib gleiten.

»Ich liebe es, deine Haut zu berühren«, murmelte er. »So glatt. So warm. Ich frage mich, wie sie wohl schmeckt. Wie süße Sahne, wette ich. Gewürzt mit Zimt.«

Ein gepreßter Laut entrang sich Elyssas Kehle, als Hunter ihren Bauch direkt unter dem Nabel küßte.

»Furcht oder Lust?« fragte er dicht an ihrer Haut.

Elyssa vermochte nicht zu antworten. Das Gefühl seiner Finger, die an der Öffnung ihrer Unterhose nestelten, raubte ihr den Atem.

Als Hunter die heißen Blütenblätter zwischen ihren Schenkeln streichelte, ergoß sich Elyssas leidenschaftliche Reaktion wie Tautropfen auf seine Fingerspitzen.

»Lust«, sagte er rauh, und in seiner Stimme schwang eine Mischung aus Erleichterung und Begierde mit. »Reine, köstliche Lust.«

Hunter wiederholte die sanfte Berührung und wurde erneut von Elyssas heißer, hilfloser Reaktion belohnt. Jede langsame Bewegung seiner Hand brachte mehr Hitze, mehr Lust, mehr Freiheit zwischen ihren Schenkeln für seine Liebkosungen. Schließlich teilte er ihre weiche Scham und fand die empfindliche Knospe in ihrem Schoß.

Elyssas Augen schlossen sich, als eine Woge brennender Lust durch sie hindurchbrandete und sie gegen Hunters Hand hob. Eine weitere Woge trug sie empor, dann noch eine und noch eine, bis sie bei jedem Atemzug, jeder Liebkosung heisere Schreie ausstieß.

Langsam glitten Hunters Fingerspitzen um die empfindliche Knospe, umkreisten sie verführerisch, dann drangen sie behutsam tiefer ein. Als er die feuchte Hitze in ihrem Inneren fühlte, zog sich sein gesamter Körper vor wildem Verlangen zusammen. Mit großer Vorsicht schob er erst einen Finger, dann den zweiten noch tiefer in ihren Schoß.

Und bei jedem Schritt des Weges sehnte er sich schmerzlich danach, wirklich und vollkommen mit Elyssa vereint zu sein, statt sie lediglich zu reizen und sich selbst zu foltern.

Der stärker werdende Druck im Inneren ihres Körpers ließ Elyssa mit einem Ruck aus ihrer sinnlichen Benommenheit erwachen. Erinnerungen an das erste Mal kehrten zurück. Zuerst das exquisite Lustgefühl. Dann Druck.

Dann Schmerz.

»Hunter, ich …«

Ihre Worte endeten in einem atemlosen Laut der Verzückung, als Hunters Daumen über die feuchte, geschwollene Knospe der Leidenschaft rieb, die unter seiner Berührung pulsierend zum Leben erwacht war.

»Ist ja gut«, sagte er sanft. »Du bist eng, aber diesmal war ich darauf vorbereitet. Ich werde dir nicht weh tun. Erinnerst du dich an mein Versprechen? Die ganze Lust und nichts von dem Schmerz.«

Elyssa schnappte keuchend nach Luft, als sich Lust in einer glühenden Spirale durch ihren Körper wand und in ihrem Schoß explodierte.

Hunter betrachtete sie unter halb gesenkten Lidern und prägte sich das erregende Bild ein, das Elyssa bot, während sie nackt bis auf die feine Leinenunterhose vor ihm lag – ein Kleidungsstück, das eher dazu diente, die geschwollenen Blütenblätter ihres Verlangens zu betonen, statt zu verhüllen. Das Vertrauen, das ihre selbstvergessene Hingabe ausdrückte, beschämte ihn.

Und die Bedürfnisse seines eigenen Körpers meldeten sich stürmisch.

Bedächtig bewegte Hunter seine Hand, während er Elyssa mit denselben sanften Bewegungen maß und ihr Lust bereitete. Wieder und wieder glitten seine Finger in sie hinein und liebkosten und dehnten die enge, unglaubliche Weichheit ihres Schoßes. Auf diese Weise eroberte er mit Zärtlichkeit genau das Fleisch, das er damals in Ignoranz und wildem Verlangen erstürmt hatte.

Schließlich beugte Hunter den Kopf zu der geschmeidigen, feuchten Knospe hinunter, die jetzt unverhüllt vor ihm lag. Die Spitze seiner Zunge umkreiste den heißen Knoten von Fleisch, streichelte ihn verführerisch ... und dann saugte er hungrig daran.

Überraschung und jähe, atemberaubende Lust schossen durch Elyssa hindurch.

»Hunter!«

Seine Hände und sein Mund bewegten sich in langsamer, genießerischer Erwiderung.

Stoßweise Schreie entrangen sich Elyssas Kehle, als sie hilflos und mit weit gespreizten Schenkeln dalag, eine willige Gefangene des Mannes, dessen unglaublich erregende, erotische Liebkosungen ein Feuer in ihr entfacht hatten, das sie bis ins Innerste verbrannte.

Hunter hörte, fühlte und schmeckte ihre leidenschaftliche Reaktion, und er zwang sich, sich all die Gründe vorzuhalten, warum er nicht seine Hose öffnen und sich in dem Feuer vergraben sollte, das sie beide bei lebendigem Leib verschlang.

Ekstase überwältigte Elyssa plötzlich und ohne jede Vorwarnung und stürzte sie in atemlose, schwindelerregende Verzükkung. Wie die heißen, verborgenen Kontraktionen ihres Körpers war auch das wilde Lied ihrer Lust eine bittersüße Qual für ihn.

Widerstrebend zog sich Hunter schließlich von ihrem Körper zurück. Erst nachdem er die dünne Decke über Elyssa gebreitet hatte, traute er sich selbst wieder soweit, daß er sie in die Arme nehmen konnte. Er hielt sie auf dem Schoß und wiegte sie sanft hin und her, während er versuchte, sie beide zu beruhigen.

Nach und nach verebbten die Wogen der Ekstase, die Elyssas Geist und Körper überwältigt hatten. Mit einem wonnevollen Atemzug schlug sie die Augen auf und blickte Hunter an.

Er lächelte reumütig über den erstaunten, ungläubigen Ausdruck in ihren verschleierten Augen.

»Gut«, murmelte er. »So hätte es beim ersten Mal für dich sein sollen.«

»Ich ...«

Ein köstlicher Nachhall der Verzückung ließ sie erneut erschauern und machte es ihr unmöglich zu sprechen.

»Ich habe einfach keine Worte«, flüsterte Elyssa nach einem neuen Anlauf.

Sie stützte sich auf einen Ellenbogen, um zärtlich mit den Lippen über Hunters Mund zu streifen.

Ihr sanftes Knabbern bewirkte, daß sich seine Eingeweide zu einem noch festeren Knoten zusammenzogen. Hunter schloß die Augen und kämpft mit aller Macht gegen sein forderndes, ungestilltes Verlangen an.

Als er sich wieder trauen konnte, Elyssa anzusehen, beobachtete sie ihn mit besorgtem Blick.

»Was ist?« fragte er.

»Du!«

»Wieso ich?«

»Beim ersten Mal hatte ich den Schmerz und du hattest die Lust«, sagte sie. »Beim zweiten Mal hatte ich die Lust und du den Schmerz. Ist das immer so, daß der eine Schmerz ertragen muß und der andere völlig hilflos vor Verzückung ist?«

»Ich leide nicht so, wie du gelitten hast.«

»Du siehst aber so aus«, sagte Elyssa unglücklich, »so ... verhärmt ...«

»Ich werde drüber wegkommen.«

Elyssa veränderte ihre Haltung, um einen besseren Blick auf Hunter zu bekommen. Als sie ihr Gewicht in seinem Schoß verlagerte, streifte ihre Hüfte über seinen Unterleib. Hunter sog zischend die Luft ein.

»Du *hast* Schmerzen«, sagte sie hastig. »Gibt es irgend etwas, was ich für dich tun kann?«

»Führ mich nicht in Versuchung«, murmelte er kaum hörbar.

Aber Elyssa hatte ihn gehört.

»Dich in Versuchung führen?« fragte sie schnell. »Wie?«

Hunter schloß die Augen und versuchte nicht daran zu denken, auf wie viele köstliche Arten ihn ein Mädchen mit Elyssas Leidenschaft verführen ...

... und ihn dann bis hinunter zu den Fußspitzen befriedigen könnte.

Ein gequältes Stöhnen stieg aus Hunters Kehle auf. Es kostete ihn seine gesamten Reserven, nicht dem Hunger nachzugeben, der durch seinen Körper pulsierte. Seinen Schwur hatte er verwirklicht. Er hatte Elyssa atemberaubende Lust bereitet, um sie auf die einzig mögliche Art für das zu entschädigen, was er ihr beim ersten Mal angetan hatte.

»Hunter?« flüsterte Elyssa ängstlich.

Er konnte nicht antworten. Denn er war völlig beherrscht von dem erregenden Bild der offen vor ihm liegenden Geliebten, mit weit gespreizten Schenkeln und wild erschauernd unter dem ihr bereiteten Sinnestaumel.

Elyssa bedeckte Hunters Gesicht mit hastigen kleinen Küssen und flüsterte seinen Namen. Ihre Arme schlangen sich um seine Brust, als sie sich innig an ihn schmiegte und ihn zu trösten versuchte.

Die Decke rutschte unbemerkt auf ihre Hüften herab.

Hunter zuckte zusammen unter diesen erneuten Höllenqualen. Er hob die Arme, um Elyssa wegzuschieben. Dann fühlte er ihre nackten Brüste auf seiner Haut. Ohne es zu wollen rieb er ihre Brustspitzen zwischen seinen Fingern. Feste kleine Knospen erhoben sich unter seiner Berührung.

Zu seiner Überraschung durchfuhr es Elyssa heftig. Er hatte nicht erwartet, daß sie es genießen würde, schon so bald wieder liebkost zu werden, nachdem sie ihre Befriedigung gefunden hatte.

Belinda mochte es nie, nach dem Liebesspiel erneut von ihm gestreichelt zu werden. Nachdem sie verheiratet waren, hatte sie bald das Interesse an Sex verloren, außer um ihn erbarmungslos zu reizen und unter Druck zu setzen, wann immer sie ein neues Kleid oder schönere Vorhänge für ihr Wohnzimmer haben wollte.

Hunter blickte auf Elyssas volle Brüste, die sich in seine Handflächen schmiegten. Selbst im matten Dämmerlicht der Höhle konnte er die samtige, bräunlich-rosa Farbe ihrer Knospen erkennen und den cremigen Kontrast ihrer Haut. Sie sah sehr zart unter seinen großen Händen aus, aber die Schauder, die durch ihren Körper liefen, hatten nichts mit Zerbrechlichkeit zu tun.

»Du fühlst dich so wundervoll an«, flüsterte Hunter dicht an ihrem Haar. »Dich zu berühren genügt schon, um mich regelrecht trunken zu machen.«

»Darf ich … dich auch anfassen?«

Hunters Hände zögerten. Die Vorstellung, von Elyssas Fingern liebkost zu werden, bewirkte, daß sich sein Körper vor Verlangen versteifte.

»Ich glaube nicht, daß das eine gute Idee wäre«, murmelte er gepreßt.

»Magst du es denn nicht?«

»Liebend gerne würde ich deine Hände überall auf meinem Körper spüren. Zu verdammt gerne.«

Elyssa begriff nun, daß Hunter ihre Liebkosung wollte. In einer Stille, die mit jedem Atemzug angespannter wurde, begann sie, sein Hemd aufzuknöpfen.

»Ich habe mich danach gesehnt, das hier zu tun, seit ich dich damals halbnackt im Garten sah«, gestand Elyssa leise.

»Es ist trotzdem keine gute Idee.«

»Warum nicht?«

»Diesmal wollte ich dich nicht überfallen«, erwiderte er schroff. »Ich wollte dich nur die Freuden deines eigenen Körpers lehren. Um dich für den Schmerz zu entschädigen, den ich dir das erste Mal bereitet habe.«

»Indem du dich selbst kasteist?«

»Wie ich schon sagte, ich werde drüber wegkommen.«

»Laß mich dir helfen.«

»Elyssa …«

Hunter stockte der Atem in der Kehle. Sein Hemd war offen. Ihr nackter Busen wogte und preßte sich verführerisch an seine Brust, als sie die Zipfel seines Hemdes aus seiner Hose zog.

Mit einem Murmeln der Befriedigung ließ Elyssa ihre Hände über das maskuline Territorium gleiten, das sie gerade entdeckt hatte.

Hunter schaute mit halb gesenkten Lidern zu. Er wußte, er sollte sie zurückstoßen, sollte sie daran hindern, ihn noch mehr zu erregen.

Aber es war zu spät.

Denn selber hatte er auch gerade eine Entdeckung gemacht. Es war ein wildes, ungeahntes Vergnügen, von einer Frau gestreichelt zu werden, deren Augen vor Bewunderung statt Berechnung glitzerten.

Je länger Hunter mit Elyssa zusammen war, desto deutlicher ging ihm auf, was für ein kaltes, eigensüchtiges Luder Belinda gewesen war. Elyssa mochte bisweilen leichtsinnig sein und ihn zur Weißglut treiben, aber niemand konnte ihr vorwerfen, daß es ihr an Wärme fehlte.

Hunters Hände verstärkten ihren Griff um Elyssas Brüste, seine Daumen umkreisten ihre Knospen, und er lächelte, als er den kehligen Laut ihrer Reaktion hörte.

»Hunter?« fragte sie bebend.

Er gab ein dumpfes Knurren von sich.

»Darf ich dich küssen?« fragte sie.

Er beugte sich vor, um Elyssas Mund in Besitz zu nehmen, nur um festzustellen, daß sie eine andere Art von Kuß im Sinn hatte. Ihre Lippen und Zunge und Zähne zogen heiße, erregende Spuren über seine Brust, während ihre Finger mit offensichtlichem Genuß seine festen Muskeln massierten.

Der dichte Haarpelz auf Hunters Brust schien Elyssa besonders zu verlocken. Sie zupfte behutsam an den kleinen Härchen, vergrub ihre Finger darin und schob ihre Zungenspitze hinein, um das Fleisch darunter zu kosten.

Bald entdeckte sie die kleine, glatte Rundung einer männlichen Brustwarze. Wieder und wieder umkreiste ihre heiße Zungenspitze den festen Nippel in der Mitte.

Hunter gab ein dumpfes Stöhnen von sich.

Die neugierigen, seltsam hungrigen Liebkosungen ihrer Zunge brachen augenblicklich ab. Elyssa hob erschrocken den Kopf.

»Hat das weh getan?« fragte sie.

»Tut das hier weh?«

Hunters Fingerspitzen schlossen sich um ihre harte, samtige Knospe und zogen sanft daran.

Elyssa schnappte keuchend nach Luft, als ihr Leib zu flattern begann. Dann begriff sie, daß ihre Frage damit beantwortet war.

Ihr Mund verzog sich zu einem langsamen Lächeln.

Die grenzenlose Neugier und sinnliche Erwartung auf ihrer Miene ließen Feuer durch Hunter pulsieren.

»Wie ist es hiermit?« fragte sie atemlos.

Ihre Hände glitten an seinem Körper hinunter. Er holte zischend Luft, als er fühlte, wie ihre Finger geschickt die Knöpfe seiner Hose öffneten und sich dann zu seiner Unterwäsche vorarbeiteten.

Sehr schnell entdeckte Elyssa einen schmalen Streifen seiner Haut zwischen Falten von Stoff. Zärtliche Fingerspitzen glitten über seinen Unterkörper, fanden das Dickicht von Haar zwischen seinen Lenden und streiften leicht darüber.

Hunter unterdrückte einen lästerlichen Fluch und ein Gebet.

»Tut das weh?« fragte Elyssa nur halb neckend.

»Ebenfalls nicht mehr als das hier.«

Sein langer Zeigefinger glitt in den offenen Schritt ihrer Leinenunterhose, teilte dichte Locken und drang behutsam zwischen ihre Blütenblätter.

Elyssas atemlose Reaktion auf seine Berührung entzückte ihn aufs höchste. Er beobachtete ihr Gesicht, während ihre Hand zwischen seine Kleider wanderte, suchend, findend und liebkosend.

Hunter schloß die Augen, als ihn ein heftiger Schauder ungestillten Verlangens übermannte.

»Hunter?«

»Was du da tust ist gefährlich«, stieß er zwischen zusammengebissenen Zähnen hervor. »Verdammt gefährlich.«

»Warum?«

Seine Finger glitten in ihren Schoß und fanden sie sogar noch heißer als vorher.

»Weil ich das hier will«, bettelte er.

»Dann ist es dein«, flüsterte sie.

Langsam und verführerisch rieb sie sich an seiner Hand, während sie ihm verheißungsvoll in die Augen sah. Als er die flüssige Seide ihrer Reaktion an seinen Fingerspitzen fühlte, war es mit Hunters Beherrschung endgültig vorbei. Er streckte sich und zog sie mit sich auf die Bettrolle herunter, während er gleichzeitig sein erregtes Fleisch aus den beengenden Kleidern befreite.

Noch bevor Elyssa Atem holen konnte, war Hunter zwischen ihren Schenkeln und spreizte sie voller Ungeduld. Der Druck seiner Liebkosung entlockte ihr einen Schrei leidenschaftlicher Überraschung.

Abrupt wurde Hunter bewußt, was er getan hatte, als er Elyssa auf den Rücken geworfen und ihre Beine auseinandergezwungen hatte, ohne ihr die Chance zu geben, zu protestieren oder ihn wegzustoßen.

Schon wieder!

In letzter Sekunde, bevor er Elyssa nehmen konnte, zwang er sich innezuhalten. Sie war seinem harten, pulsierenden Schaft so nahe, daß er die Hitze aus ihrem Schoß fühlte und spürte, wie sie verführerisch über ihn leckte und ihm feuriges Vergessen versprach.

Sein Körper vibrierte förmlich von der sexuellen Anspannung, die ihn zu zerreißen drohte.

»Verdammt«, knurrte Hunter heiser. »Es tut mir aufrichtig leid, Liebste. Ich wollte dich nicht … nochmals …«

Er küßte Elyssas Augenlider, ihre Wangen, ihre Lippen, ihren Hals, und mit jedem Kuß flüsterte er Worte rauher Begierde, die sie erschauern ließen.

Sein Körper erglühte unter ihren Händen. Die Anspannung, die durch sein Fleisch vibrierte, weckte in ihr das verzweifelte Bedürfnis, ihm Erleichterung zu verschaffen.

»Zeig mir, was du brauchst«, drängte sie ihn. »Zeig es mir!«

»Du bist so klein, und ich ...«

»Aber es bringt mich nicht um«, unterbrach sie ihn hastig.

Hunter kämpfte mit sich. Er war noch niemals härter gewesen, niemals hungriger, niemals bereiter. Und er wußte um die weiche Nachgiebigkeit ihres Schoßes. Wenn er vorsichtig war, würde sie ihn wie ein glatter, geschmeidiger Handschuh in sich aufnehmen.

Er stöhnte gequält.

»Hunter«, flehte Elyssa. »Tu, was immer du tun mußt. Bitte. Es gehört dir!«

Einen Moment lang dachte sie schon, er hätte sie nicht gehört. Dann fühlte sie die prüfende, intime Liebkosung seiner Finger zwischen ihren Schenkeln. Wieder stellte sich das köstliche Gefühl ein, als ihr Schoß behutsam gedehnt wurde.

Eine Woge brennender Lust rollte von Elyssas Brustbein bis zu ihren Schenkeln. Die Woge schwappte über und ergoß sich kochend zwischen ihnen. Der sinnliche Druck seiner Finger verstärkte sich und glitt tiefer in sie hinein.

»Hunter«, protestierte sie gebrochen. »Ich wollte dir Lust bereiten und nicht umgekehrt.«

Er versuchte zu antworten, aber es gelang ihm nicht. Die heiße, schmiegsame Mühelosigkeit, mit der Elyssas Körper ihn jetzt akzeptierte, raubte ihm den Atem. Mit einem rauhen Stöhnen schob er die Hüften vor und drang in sie ein.

Eine neue Woge der Freuden sammelte sich und schlug über Elyssa zusammen. Als ihre flüssige Glut seine Männlichkeit benetzte, begann sich die Welt langsam um Hunter zu drehen, und er fühlte, wie er an einen Ort davongetragen wurde, wo nur noch Erregung existierte.

Elyssa schrie Hunters Namen, während sie sich unter ihm aufbäumte, überwältigt von den Vorboten wilder Ekstase. Sie drehte hilflos den Kopf hin und her, als sie glühendheiße Lava in sich fühlte, entzündet durch seine Liebkosungen, ein rasendes Flammenmeer, das mit jeder Bewegung seines Körpers zwischen ihren Schenkeln höher aufloderte. Er verbrannte sie bei lebendigem Leib.

Und sie liebte den süßen, brennenden Schmerz dieser Glut.

»Das ist nicht fair«, sagte sie keuchend. »Du gibst mir ... alles ... und nimmst nichts ... für dich selbst.«

Hunter hatte keine Worte, um Elyssa zu antworten. Ihr Körper hieß ihn so heiß, so perfekt willkommen. Er stieß tiefer in ihren Schoß, dann noch ein wenig tiefer und zog ihre Beine hoch, um sie weiter zu öffnen.

Saugende Wollust antwortete ihm, drängte ihn, noch härter, noch schneller, noch tiefer in sie zu stoßen.

»Hunter«, flüsterte Elyssa. »Ich ...«

Ihr Atem kam in einem rauhen Keuchen, als sich scharfe, goldene Klauen der Verzückung in ihre Eingeweide gruben. Leise Schreie höchster Wonne entrangen sich ihrer Kehle.

Hunter preßte seinen Mund auf Elyssas Lippen, dann versank er in ihr und küßte sie, bis ihrer beider Münder ebenso intim vereint waren wie ihre Körper.

Als Hunter nicht mehr tiefer in ihren Schoß dringen konnte, begann er sich zu bewegen. Bei jeder Bewegung seiner Hüften schrie sie verlangend auf. Sie klammerte sich an ihn, bewegte sich im selben Rhythmus mit ihm, ließ ihn teilhaben an den heftigen Schockwellen der Lust, die ihr Inneres erschütterten. Mit jeder gemeinsamen Bewegung loderte das Feuer noch höher auf und verzehrte ihr Fleisch.

Plötzlich drängten sich Hunters Hüften hart gegen sie. Er lag hingegossen auf ihr und ein heftiges Zucken ergriff seinen Körper vom Kopf bis zu den Zehenspitzen. Ihr Name kam in einem stammelnden Jubel über seine Lippen.

Der Klang ihres Namens aus Hunters Mund verzehrte Elyssa. Wimmernd umschlang sie ihn mit aller Kraft und verlor sich in dem Feuer ihrer miteinander verschmolzenen Körper.

Und in ihm.

Es dauerte eine ganze Weile, bis Hunter in der Lage war, sich genügend zu sammeln, um auf Elyssa hinunterzublicken und zu sehen, ob er ihr mit seiner überwältigenden Leidenschaft zuviel zugemutet hatte.

Mit geschlossenen Augen lag sie ruhig unter ihm, vollkommen entspannt bis auf den köstlichen Nachhall der Ekstase, der in sanften Wellen langsam verebbte.

Er hatte ihr nicht im geringsten weh getan.

Behutsam glitt Hunter aus ihrem warmen Schoß, zog sie in seine Arme und rollte sich auf die Seite. Er hielt sie, während er sie zärtlich streichelte und das Gewicht ihres Körpers an seinem genoß. Noch niemals hatte er sich so bei einer Frau gefühlt, so vollkommen von innerem Frieden erfüllt und zugleich so mächtig wie ein Schöpfer.

Ich könnte mich an dieses Gefühl gewöhnen, dachte er. *Abgesehen von der harten Gürtelschnalle, die sich in meinen Schenkel bohrt …*

Er lachte still vor sich hin, amüsiert und erstaunt zugleich über die brennende Leidenschaft, die er und Elyssa so mühelos gegenseitig in sich entzündet hatten.

»Mein süßer kleiner Frechdachs«, murmelte Hunter und drückte einen sanften Kuß auf Elyssas Haar. »Das nächste Mal werde ich mich aber wenigstens so lange bremsen müssen, bis ich vollständig entkleidet bin.«

Elyssa lächelte und knabberte mit den Lippen an Hunters Brust.

»Vielleicht gelingt mir das ja, bis wir verheiratet sind«, fügte er träge hinzu.

Ein kaltes Frösteln überlief Elyssa, als sie sich an das erste Mal erinnerte, als Hunter über Heirat gesprochen hatte.

Ich schwöre bei Gott, Elyssa Sutton, wenn du nicht endlich erwachsen wirst und meinen Kindern eine gute Mutter bist, wirst du den Tag, an dem du mich dazu getrieben hast, dich zu heiraten, bis an dein Lebensende verfluchen.

»Es ist nicht nötig«, sagte sie mit einer Ruhe, die sie nicht empfand.

»Wie bitte?« fragte Hunter alarmiert.

»Ich bin keine Jungfrau mehr. Nur weil wir ...«

Ihre Stimme erstarb. Sie wußte nicht, wie sie beschreiben sollte, was sie für einander waren.

»Was uns verbindet, ist eine Affäre, mehr nicht«, sagte sie nach kurzer Überlegung. »In dem Fall sind keine Versprechungen nötig. Wir brauchen nicht zu heiraten.«

Hunter konnte nicht glauben, was er da hörte.

Oder nicht hörte.

Abrupt ging ihm auf, daß Elyssa trotz all der süßen Schreie, die er ihr entlockt hatte, kein einziges Mal von ihrer Liebe zu ihm gesprochen hatte. In der Hitze der Leidenschaft war ihm das vollkommen entgangen.

Aber jetzt wurde es ihm um so deutlicher bewußt.

»Sei nicht töricht«, brummte er.

»Richtig«, gab sie zurück. »Ich bin froh, daß wir da übereinstimmen.«

»Ich werde nach dem Priester schicken, sobald ...«

»Wozu?« erwiderte sie mit angespannter Stimme. »Wenn du die Predigt am Sonntag vermißt, dann geh nach Camp Halleck.«

»Verdammt, Frechdachs, was wir gerade eben hatten, ist zu gut, als daß ich dich so einfach wieder hergebe.«

»Ja, aber es ist nicht genug für eine lebenslängliche Freiheitsstrafe.«

»Herrgott noch mal, ich ...«

»Du willst eine freie Frau zur Gemahlin, kein freches Mädchen«, unterbrach Elyssa ihn bekümmert. »Du willst eine Frau, die du respektieren kannst, jemanden, dem du vertrauen kannst, daß er deine Kinder großzieht. Und das bin ich nicht, stimmt's?«

Einen Moment lang zögerte Hunter, als Erinnerungen wie eine schwarze, bedrückende Wand aufstiegen. Das letzte Mal, als er sich bei der Wahl seiner Ehefrau von Begierde hatte leiten lassen, hatten seine Kinder mit ihrem Leben dafür bezahlt.

Hunters Zögern war für Elyssa Antwort genug. Schweigend schloß sie die Augen und rang darum, nicht in Tränen auszubrechen.

Er hat mich diesmal so zärtlich und rücksichtsvoll geliebt, daß ich schon gehofft hatte ..., dachte sie. Dann, voller Schmerz: *Hunter hat recht.*

Ich bin töricht und dumm.

Hunter fühlte die Veränderung in Elyssas Körper, als wohlige Entspanntheit von Verkrampfung verdrängt wurde, Vertrauen von einsetzender Abwehr. Als sie sich aufzusetzen versuchte, zog er sie mit beiden Armen an sich.

»Ich habe gerade an die Vergangenheit gedacht, nicht an dich«, erklärte er.

Elyssa schüttelte den Kopf.

»Verdammt noch mal! Es ist nicht so, wie du es aufgefaßt hast.«

Elyssa blickte Hunter an. In dem geheimnisvollen Zwielicht der Höhle glänzten seine Augen so dunkel wie der Teich.

»Wenn ich Witwe wäre«, sagte sie, »würdest du dann auch so auf eine Heirat dringen?«

Hunter starrte Elyssa an, unfähig zu glauben, daß sie ruhig und ungerührt von ihrem gemeinsamen Liebeslager aufstehen und so tun konnte, als wäre nichts besonderes vorgefallen.

Was uns verbindet, ist nur eine Affäre, mehr nicht.

Keine atemlosen Liebesschwüre.

Nur eine Affäre.

Wut verdrängte das wohlige Behagen, das ihn erfüllt hatte.

»Du bist keine Witwe«, gab er aufgebracht zurück. »Du bist ein heißblütiges, leichtsinniges Mädchen, das von einer Minute zur anderen nicht mehr weiß, was es will.«

Hunter hörte seine eigenen Worte und erkannte, daß seine Wut dabei war, ein Loch zu graben, tief genug, um ihn zu verschütten. Er schluckte einen derben Ausrutscher hinunter und versuchte erneut, vernünftig mit Elyssa zu reden.

Nur eine Affäre.

»Du bist eine junge Frau«, begann er mit großer Vorsicht, »und ich bin ein Mann, der alt genug ist, um es besser zu wissen. Ich möchte gerne das tun, was richtig und anständig ist.«

Zorn machte sich in Elyssa breit.

»Ich nicht«, erwiderte sie.

»Verflucht, Frechdachs! Vor ein paar Tagen hast du noch behauptet, du liebst mich!«

Hunters Worte glitten wie ein Messer durch Elyssa hindurch. Sie schnappte keuchend nach Luft, als eine Woge von Schmerz sie überflutete.

»Habe ich das?« überschlug sich ihre Stimme.

»Du hast es, zum Kuckuck, gesagt und weißt es auch!«

»Tja, was erwartest du von einem *heißblütigen, leichtsinnigen Mädchen* anderes als kleinmädchenhafte Liebeserklärungen?«

Hunter zuckte zusammen, als er seine unbedachten Worte aus ihrem Mund hörte. Betroffen streichelte er Elyssas langes, zerzaustes Haar und versuchte, sie fester an sich zu ziehen. Der steife Widerstand ihres Körpers veränderte sich nicht.

»Meine Schöne«, sagte er sanft und knabberte an ihrem Ohr. »Ich habe das wirklich nicht als Beleidigung gemeint. Deine hemmungslose Leidenschaft finde ich doch unwiderstehlich!«

Bei Hunters Liebkosung überlief Elyssa ein wohliger Schauder. Obwohl sie zornig und zutiefst verletzt war, konnte sie einfach nicht anders als auf ihn reagieren. Es überraschte sie auch nicht einmal.

Elyssa hatte niemals etwas erlebt, was auch nur entfernt der wilden, verzehrenden Lust gleichgekommen wäre, die Hunter ihr bereitete. Allein der Gedanke, wieder mit seinem Körper zu verschmelzen, ließ ihr den Atem in der Kehle stocken.

»Im Bett, ja, da liebst du meine hemmungslose Leidenschaft«, sagte sie. »Aber zu einer Ehe gehört mehr als der Körper.«

»Wirst du endlich auf die Stimme der Vernunft hören?« sagte er vorwurfsvoll.

»Das tue ich immer. Aber du bist manchmal unvernünftig.«

Bevor Hunter antworten konnte, sprach Elyssa weiter. Die traurige Resignation in ihrer Stimme hätte besser zu einer Greisin gepaßt.

»Laß dich nicht von deinem Gewissen zermürben«, sagte Elyssa an Hunters Hals.

Seine Fingerspitzen streichelten ihr Haar und die Kurve ihres Mundes. Er wußte beim besten Willen nicht, was er erwidern sollte. Jegliche Äußerung seinerseits, schien die Sache nur zu verschlimmern.

»Ich weiß, ich bin nicht die große Liebe deines Lebens«, sagte Elyssa. »Aber Liebe ist ja auch nicht nötig, um Lust zu empfinden, nicht wahr? Genausowenig, wie man heiraten muß, um sein Vergnügen zu haben.«

»Frechdachs, das ist …«

»Wir haben es gerade bewiesen«, unterbrach sie ihn.

»Ist es nicht so?« Ihre Zähne gruben sich recht unsanft in Hunters Hals. Wenn alles, was sie von ihm haben konnte, sein Körper war, dann würde sie sich damit zufriedengeben. Bedächtig wanderten ihre Hände über seine Brust und seinen Unterleib hinunter, bis sie die Stelle fand, wo er sich am deutlichsten von ihr unterschied.

Hunters Augen verengten sich zu Schlitzen gegen das unmögliche Verhalten seines Schafts. Ihre Fingerspitzen liebkosten ihn wie lebendige Flammen, zeichneten jede empfindliche Wölbung des Fleisches nach, jede unterschiedliche Beschaffenheit seiner Haut und ertasteten seine wachsende Kraft in einer Stille, die vor Leidenschaft knisterte.

Dann glitt Elyssas heißer, hungriger Mund an Hunters Körper herab und kostete all das, was sie mit ihren Fingerspitzen erforscht hatte, während sie seine Männlichkeit ihrem Gedächtnis einverleibte.

»Jetzt weiß ich, warum man von einem ›Bild von einem Mann‹ spricht«, flüsterte sie dicht an Hunters hartem, prallen Schaft. »Ich bin so unscheinbar im Vergleich zu dir.«

Mit einem seligen Stöhnen zog Hunter Elyssa an sich hoch, rollte mit ihr herum und drang mit einem kraftvollen Stoß in sie ein, um eine süße Qual zu beenden und eine neue zu beginnen. Er bewegte sich heftig in ihr, ersparte ihr nichts von seiner Potenz. Ihre wollüstigen Schreie und das wilde Kratzen ihrer Nägel über seinen Rücken verrieten Hunter, daß Elyssa seine Kraft genoß.

Als sie sich zum dritten Mal lustvoll in seinen Armen aufbäumte und in Ekstase ausbrach, vergaß Hunter jede Selbstbeherrschung. Die endlose, pulsierende Erleichterung ließ ihn zu erschöpft zurück, um den Kopf zu heben.

Erst später, sehr viel später, fiel ihm auf, daß keine Rede mehr von Pflicht oder Gewissen oder Heirat gewesen war.

Geschweige denn von Liebe.

23

Bis Hunter und Elyssa schließlich ihren dämmrigen Schlupfwinkel verließen, war es später Nachmittag geworden. Schweigend machten sie sich auf den Heimweg.

Keiner von beiden sprach, denn keiner wollte darüber streiten, wie ihre Zukunft aussehen sollte. Vorläufig genügte es, ganz einfach dicht nebeneinander zu reiten, nahe genug, um den anderen zu berühren und mit einem blitzenden Lächeln belohnt zu werden.

Als Hunter und Elyssa noch eine knappe Meile vom Ranchhaus entfernt waren, ritt Morgan ihnen in scharfem Galopp entgegen.

»Haben Sie sie gesehen?« verlangte er zu wissen.

»Wen?« fragte Hunter. »Penny?«

»Das indianische Mädchen.«

»Nein«, erwiderten Hunter und Elyssa wie aus einem Munde.

»Nun, sie ist verschwunden.«

»Warum denn?« wollte Hunter wissen.

»Das weiß keiner«, erklärte Morgan. »Als Penny feststellte, daß das Mädchen fort war, hat sie die Dinnerglocke geläutet.«

»Wann war das?« fragte Elyssa.

»Heute morgen.«

Während Morgan sprach, schweifte sein Blick von Elyssa zu Hunter. Morgans klugen Augen entging nicht die verdächtige Röte ihrer Wangen. Man hätte die frische Farbe für Rouge halten können, aber Elyssa trug niemals Make-up. Oder man zog die Sonne und den kalten Wind in Betracht, die ihre Wangen so rosig färbten; doch Morgan mutmaßte, daß es eine sehr viel naheliegendere Erklärung gab.

Hunters Bartstoppeln gaben den Aufschluß. Schließlich konnte man an dem Gesicht eines Mädchens, dessen Haut so zart und empfindlich wie Elyssas war, jedes Reiben einer rauhen Männerwange deutlich erkennen.

»Sie kann nicht weit kommen, wenn sie zu Fuß unterwegs ist«, meinte Elyssa.

»Aber sie ist nicht zu Fuß davongezogen«, erwiderte Morgan, »sondern hat die große kastanienbraune Stute genommen, die wir letzte Woche eingefangen haben. Die mit dem frischen Slash-River-Brandzeichen auf der Flanke.«

Elyssa unterdrückte einen Fluch. »Diese Stute war einer von den Lieblingen meiner Mutter. Englisches Vollblut und Araber.

Ich hatte große Hoffnungen auf sie gesetzt, weil ich sie zum Züchten benutzen wollte.«

»Niemand hat den Ute jemals Mangel an Pferdekenntnis vorwerfen können«, meinte Hunter spöttisch.

Elyssa dachte an das mißhandelte, übel zugerichtete Indianermädchen, das so viel Schlimmes bei den Culpeppers hatte erleiden müssen. Im Grunde sollte sie es dem Mädchen nicht verübeln, daß es sich bei der ersten sich bietenden Gelegenheit ein Ladder-S-Pferd genommen hatte zur Rückkehr zu seinem Volk.

»Ein Pferd mehr oder weniger wird uns nicht gleich in den Ruin treiben«, sagte sie nach einem Augenblick. »Ich schlage vor, wir lassen das Mädchen ziehen und machen uns lieber Gedanken um die Ranch.«

Hunter und Morgan tauschten einen Blick. Hunter nickte kaum merklich.

»Sehr wohl, Ma'am«, sagte Morgan. »Ich hab' schon etwas im Auge.«

Damit wendete er sein Pony und trabte in Richtung Sumpf davon.

»Gibt es da einen Plan?« wollte Elyssa wissen.

Hunters Kopf fuhr mit einem Ruck auf.

»Was meinst du?« fragte er.

»Genau das, was ich gesagt habe.«

Einen Moment lang überlegte Hunter, ob er Elyssa die Wahrheit verschweigen sollte. Dann sah er die wachsame Intelligenz in ihrem Blick und überlegte kurz.

»Es ist nichts, worüber du dir Sorgen machen müßtest«, erklärte er.

»Dummes Zeug!«

Obwohl Elyssa abwartend schwieg, sagte Hunter nichts weiter.

Der Ausdruck in ihren Augen veränderte sich. Traurige Resignation verdrängte die Erinnerungen an die erregende Intimität, die sie noch wenige Stunden zuvor geteilt hatten.

»Du vertraust mir überhaupt nicht, stimmt's?« fragte sie in neutralem Tonfall. »Nicht im geringsten …«

Hunters Hand schoß vor und schloß sich fest um Leopards Zügel, bevor Elyssa den Hengst von ihm weglenken konnte.

»Ich wollte dich nicht beunruhigen«, begann er.

»Natürlich.«

Der mokante Unterton in Elyssas Stimme stellte Hunters ohnehin schon strapazierte Geduld auf eine harte Probe.

»Verdammt noch mal, Frechdachs! Was hättest du davon, wenn du dir auch noch darüber Sorgen machen müßtest, wie die Ladder S die Culpeppers überfällt?«

»Gar nichts, von deinem Standpunkt aus betrachtet.«

»Wer redet denn von mir! Ich mache mir Gedanken um *dich*! Du hast weiß Gott schon genug am Hals mit Penny, die sich immer noch nicht wohl fühlt, mit Bills für dich neuer Identität, sowie mit dem gestohlenen Vieh, dem Gerangel um das Indianermädchen und …«

Hunters Stimme brach ab.

»Und mit meinem ersten Liebhaber?« beendete Elyssa den Satz für ihn.

Hunter nickte knapp.

Sie schenkte ihm ein schwermütiges, bittersüßes Lächeln.

»Mein lieber Hunter«, raunte Elyssa, »du bist bei weitem das Beste von allem, was ich am Hals habe.«

»Ich wünschte, wir wären wieder in der Höhle«, sagte er mit leiser Sehnsucht, »und ich könnte dich wieder in meinen Armen halten und dich kosten. Zimt und Sahne und Feuer, eine Art von Feuer, von dem ich immer nur träumte, bis ich dir begegnet bin.«

Elyssa hob eine Hand an Hunters Mund und brachte ihn mit einer zärtlichen Geste zum Schweigen. Das Zittern ihrer Finger auf seinen Lippen sagte ihm, daß sie sich ebenso deutlich wie er an die sinnlichen Stunden erinnerte.

Seine Zunge glitt zwischen ihre Finger.

»Hunter«, wehrte sie bebend ab. »Nicht.«

»Warum nicht? Wir wollen es doch beide.«

»Aber das geht jetzt nicht!«

»Du würdest dich wundern, was zwei Leute alles auf einem Pferderücken anstellen können«, deutete er neckend an.

Einladend.

Elyssa unterdrückte ein Stöhnen.

»Du bist an diese ... diese Stimmung gewöhnt«, sagte sie. »Ich nicht.«

»Daran gewöhnt?« Hunter schüttelte energisch den Kopf. »Hast du mir überhaupt nicht zugehört, Frechdachs? Es ist etwas völlig Neues für mich, daß ich eine Frau, nachdem ich sie gehabt habe, noch heftiger begehre als vorher. Etwas völlig Überraschendes.«

Elyssas Augen wurden groß. »Aber das ist genau, was ich für dich empfinde. Mein Verlangen wird mit jedem Mal stärker. Ist das nicht, äh, normal?«

»Nicht für mich«, erwiderte Hunter. »Aber es kann einen verdammt süchtig machen. So eine Person wie du.«

Unruhig verlagerte er sein Gewicht im Sattel, um den plötzlichen, schmerzhaften Druck seines erregten Geschlechts zu lindern.

»Ich glaube«, sagte Hunter, »wir sollten besser das Thema wechseln. Es sei denn natürlich, du möchtest jetzt gleich zu mir auf mein Pferd steigen.«

Der Vorschlag brachte Elyssa zum Lächeln.

»Führ mich nicht in Versuchung«, erwiderte sie in einer Imitation seiner vorherigen Worte.

Hunter lachte schallend. Dann beugte er sich angelegentlich zu ihr hinüber.

»Wenn die Männer heute nacht ausreiten«, ließ er sich mit gedämpfter Stimme vernehmen, »dann folge ihnen nicht. Versprich mir das!«

Elyssa erbleichte. »Heute nacht?«

»Ja.«

»Deshalb also hast du mich zu der Höhle geführt«, sagte sie erschüttert. »Du hast Angst, du könntest vielleicht nicht zurückkommen.«

»Ich wollte dich nicht mit der Erinnerung an Schmerz und Demütigung zurücklassen. Der Gedanke ... hat mir schier das Herz zerrissen.«

»Laß mich mitkommen«, bettelte sie.

»Nein.«

Das Wort war wie Hunters Ausdruck, hart und unnachgiebig.

»Aber ...«, begann sie.

»Keinesfalls! Versprich mir, daß du auf der Ranch bleibst.«

»Aber ...«

»Willst du, daß ich eine Kugel in den Kopf bekomme, während ich mich suchend nach dir umsehe?«

»Das ist nicht fair!«

»Willst du das?« bohrte Hunter nach.

Es war die Beschwörung in seiner Stimme, die Elyssa zum Rückzug veranlaßte.

»Natürlich nicht«, erwiderte sie in resigniertem Ton.

»Dann bleib zu Hause.«

Methodisch ging Hunter durch das Haus und schloß sämtliche Fensterläden. Da John Sutton ein Flachländer und zudem ein vorsichtiger Mann gewesen war, der schon häufig Indianerüberfälle erlebt hatte, hatte er die schweren hölzernen Schlagläden an der Innenseite des Hauses angebracht, statt außen. Die Läden dienten dazu, Kugeln und Pfeile abzuhalten, nicht Wind und Regen.

Elyssa begleitete Hunter auf seinem Rundgang durch die Räume, gefolgt von den Hunden. Sie hatte sie hereingerufen, damit sie unter gar keinen Umständen die Anwesenheit der Männer an die Banditen verrieten.

Während Hunter Fensterläden schloß, öffnete Elyssa die schießschartenähnlichen Schlitze, die in vertikaler Linie an jedem Laden herunterliefen. In den dicken Wänden aus grob behauenen Holzbalken befanden sich ebenfalls solche Vorrichtungen.

Penny kümmerte sich um jene Öffnungen, bevor sie die Hunde auf ihr Zimmer brachte und sie dort zur Vorsicht einschloß.

»Sorg dafür, daß kein Licht nach außen dringt«, schärfte Hunter Elyssa ein.

Sie nickte.

»Morgen früh bei Tagesanbruch wird jemand zu dir kommen«, fuhr Hunter fort. »Sonny wahrscheinlich. Morgan hat wahre Wunder bei dem Jungen bewirkt.«

»Warum kann ich nicht auf dem Grat über Wind Gap auf dich warten und ...«

»Nein«, fiel Hunter ihr ins Wort. »Du hast reichlich Vorräte und Wasser im Haus. Selbst wenn uns ein paar der Banditen entwischen sollten, wirst du hier vollkommen sicher sein, während wir das Vieh nach Camp Halleck treiben.«

Elyssa schloß die Augen und wandte sich ab, indessen sie um Beherrschung rang und sich angestrengt bemühte, ihm nicht ihre Furcht zu zeigen. Sie hatte keine Sorge um ihre eigene Sicherheit.

Es war die Angst um Hunter, die ihr das Herz zusammenkrampfte.

»Elyssa« ermahnte er sie eindringlich.

»In Ordnung, ich bleibe im Haus. Wirst du ...« Ihre Stimme brach.

»Was?«

»Sobald du das Vieh an die Armee verkauft hast, wirst du dann ...«

Zu mir zurückkommen?

Aber Elyssa brachte es nicht über sich, die bange Frage laut auszusprechen. Es waren die Worte einer Liebsten oder einer Ehefrau, einer Frau, die ein gewisses Recht auf den Respekt eines Mannes hatte, auf seine Liebe, sein Vertrauen, seine Wertschätzung.

Sie dagegen hatte nur ein Recht auf Hunters Körper.

»Ach, lassen wir das«, flüsterte Elyssa. »Es ist nicht weiter wichtig.«

»Sag es mir, Liebste.«

Elyssa schloß die Augen und schüttelte bedrückt den Kopf. Tränen quollen unter ihren langen Wimpern hervor und kullerten über ihre Wangen.

Hunter sehnte sich schmerzlich danach, sie in die Arme zu nehmen und ihre Ängste durch zärtliche Küsse zu beschwichtigen, aber er wußte, seine Bemühungen würden vergeblich sein. Elyssa war zu intelligent, um nicht zu begreifen, welche Gefahren bei dieser Aktion auf alle Beteiligten lauerten.

Was Hunter keine Ruhe ließ, war der Gedanke, daß die Bedrohung für die auf der Ranch Zurückbleibenden vielleicht sogar noch größer sein könnte. Höchstwahrscheinlich rechnete Ab Culpepper schon die ganze Zeit damit, überfallen zu werden.

Jedenfalls hätte Hunter das an Abs Stelle getan.

Wähle das geeignete Schlachtfeld aus und dann warte in Ruhe ab, bis der Feind zu dir kommt, dachte Hunter finster. *Laß die Falle zuschnappen. Nagle sie in einem Kreuzfeuer fest und knall sie einen nach dem anderen ab.*

Das war genau die Situation, die Hunter sich mühelos vorstellen konnte. Eine andere Möglichkeit wäre, eine Handvoll Männer dazu abzukommandieren, den Feind in einen Kampf zu verwickeln ... während der Rest der Halunken davonschlich, um anderswo verheerenden Schaden anzurichten.

Auf der Ladder S zum Beispiel.

Der Gedanke lag wie ein Eisklumpen in Hunters Magen. Deshalb hatte er den Überfall auf die Culpeppers immer wieder hinausgezögert, bis die Frist abgelaufen war und ihm nun endgültig keine Wahl mehr blieb.

Tatsache war, daß die Zeit verdammt drängte. Sie würden kaum genug davon haben, um die Rinder vor dem Winter nach Camp Halleck zu treiben.

Mag sein, daß Ab ganz einfach nur faul ist statt klug. Vielleicht.

Grimmig wünschte Hunter sich, er hätte mehr Männer, um einige zur Bewachung der Ranch zurückzulassen. Die Gebrüder Herrera hatten darauf bestanden, Hunter zu begleiten, was bedeutete, daß nur Lefty und Gimp zum Schutze der Ladder S übrigblieben. Die beiden alten Hilfscowboys waren zwar zähe Burschen, aber trotzdem nur zwei gegen einen Haufen Banditen.

Penny und Elyssa konnten gut mit Waffen umgehen; doch die Vorstellung, daß sie sich gegen die Culpeppers zur Wehr setzen müßten, hinterließ den bitteren Geschmack von Furcht in Hunters Mund.

Der Alptraum, was passieren würde, wenn Ab Elyssa in die Finger bekäme, war einfach unerträglich.

»Elyssa ...«

Hunters heiseres Flüstern erreichte sie in dem Moment, als sich sein Mund über ihrem schloß. Sein Kuß war so verzweifelt wie seine Gedanken, aber Elyssa beschwerte sich nicht. Sie schlang ganz einfach die Arme um Hunter und erwiderte seinen Kuß mit all der mühsam gezügelten Wildheit in ihrem Inneren.

»Versprich mir, daß du vorsichtig sein wirst«, beschwor er sie abermals.

Voller Ernst versprach sie es ihm.

Einen Moment später schloß sich die Küchentür hinter Hunter. Er blieb nur gerade lange genug stehen, um zu hören, wie der schwere Riegel auf der anderen Seite vorgeschoben wurde. Dann eilte er zum Stall.

Hunter und Morgan ritten als erste aus dem Ranchhof. Sie saßen wachsam im Sattel, jeder mit seinem Repetiergewehr quer vor sich bereit, während ihre Blicke unablässig die Dunkelheit nach verdächtigen Schatten oder irgendwelchen Anzeichen von Bewegung absuchten.

Sie sahen nur den Wind die Zweige an den Bäumen schütteln,

die bis auf wenige blasse Blätter kahl waren. Schwere Wolken zogen über ihnen am Himmel dahin und verdeckten oder enthüllten abwechselnd die Sterne. Der Mond spendete gerade ausreichend Licht, um jede Bewegung erkennen zu lassen.

Ein Jägermond.

Reed und Blackie verließen die Ladder S wenige Minuten später. Ihr Ziel war dasselbe wie das der beiden ersten Männer, aber sie nahmen einen anderen Weg. Sie würden über einen seitlichen Teil des Ladder-S-Gebietes reiten, in der Hoffnung, Banditen zu finden.

Oder von ihnen gefunden zu werden.

Lebendige Köder für eine Falle, die ohne Vorwarnung über ihnen zuschnappen konnte.

Die restlichen Cowboys glitten ebenfalls jeweils zu zweit und im Abstand von einigen Minuten in die Dunkelheit hinaus. Jedes Paar ritt über eine andere Route zu demselben Bestimmungsort.

Hunter und Morgan langten an dem vereinbarten Treffpunkt an und warteten, während sie angestrengt auf die leisen Geräusche der Nacht horchten.

Es gab nichts Verdächtiges.

Niemand schlug Alarm, nirgendwo hallten Schüsse wider.

Einer nach dem anderen trafen die Männer aus der Finsternis an ihrem Versammlungsplatz ein. Bald meldeten sich alle bis auf das letzte Zweiergespann zur Stelle.

Hunter ließ sich aus Bugle Boys Sattel gleiten und warf einen Blick auf seine Uhr.

Verdammt noch mal, Case, wo bleibst du denn? dachte er ungeduldig. *Je länger wir hier warten, desto mehr wächst die Gefahr, entdeckt zu werden.*

Noch zwei Minuten. Dann wird der letzte der Cowboys hier sein.

Länger kann ich wirklich nicht warten!

Sekunden verrannen im Mondlicht wie fliehende Gespenster. Im stillen betete Hunter inbrünstig, daß Case nicht in genau diesem Moment schwer verletzt oder sogar tot in irgendeiner namenlosen Schlucht lag. Und während er betete, dachte er beklommen an den Tag zurück, als er Case gefragt hatte, wie sicher seine Position bei den Banditen sei.

Vertrauen sie dir?

So sehr, wie sie jedem vertrauen, der kein Culpepper ist.

Die letzten zwei kamen leise herangeritten. Ihre breitkrempigen Hüte zeichneten sich als dunkle Silhouetten gegen das Mondlicht ab.

Morgan ritt an Hunters Seite, sah die Uhr in seiner Hand und wartete schweigend.

Die letzte Sekunde verstrich.

Der Uhrdeckel schnappte mit einem Laut der Endgültigkeit zu.

»Keine Spur von Case, Sir«, wisperte Morgan.

»Wir werden ohne ihn angreifen müssen.«

»Ja, Sir.« Dann fügte Morgan unglücklich hinzu: »Das sieht ihm überhaupt nicht ähnlich.«

»Nein«, pflichtete Hunter ihm bei. »Überhaupt nicht.«

»Ich werde für ihn beten.«

»Tu das für uns alle!«

Hunter trieb Bugle Boy vorwärts. Morgan holte neben ihm auf. Die anderenMänner schlossen sich ihnen in Zweiergruppen an.

Sie waren noch keine Viertelmeile weit geritten, als sie plötzlich den Hufschlag eines harten Galopps durch die nächtliche Stille trommeln hörten.

Das Pferd bewegte sich in ihre Richtung.

Hunter wies die Männer mit einer knappen Geste an, hinter Büschen in Deckung zu gehen. Dann drückte er Bugle Boy die Fersen in die Flanken und trieb ihn einen steilen Abhang hinunter, während er auf das zuraste, was da aus der Nacht auf ihn zukam. Der große Hengst stürmte in riesigen Sätzen vorwärts und hockte sich dann auf die Sprunggelenke, um den Rest des Weges hinunterzurutschen.

»Verdammt«, murmelte Sonny vor sich hin. »Der Mann kann wirklich reiten, das muß man ihm lassen.«

»Er schießt noch besser«, erwiderte Morgan gedämpft.

Die Männer beobachteten aus ihrer Deckung, wie Bugle Boy am Fuß des Abhangs ankam und in gestrecktem Galopp über das mondbeschienene Land flog.

Nach mehreren hundert Metern preschte plötzlich ein Pferd aus einer Schlucht heraus und galoppierte auf Hunter zu. Der Reiter beugte sich tief über den Hals des Tieres, kaum mehr als ein etwas dunklerer Schatten gegen die wehende Mähne. Ein Gewehrlauf schimmerte matt im Mondschein. Auf dem Rücken des Pferdes zeichnete sich keinerlei Sattel ab.

»Der Kerl reitet ohne Sattel«, knurrte Fox.

»Indianer«, murmelte Mickey, hob sein Gewehr und zielte auf die schattenhafte Gestalt.

Morgan schlug den Lauf zur Seite.

»He, was, zum Teufel, fällt dir ein!« fluchte Mickey. »Ich hatte den Typen gerade haarscharf im Visier!«

»Sei froh, daß du nicht den Abzug gedrückt hast«, erwiderte Morgan barsch. »Das da draußen ist Hunters Bruder.«

»Sein Bruder?« fragte Mickey verdutzt. »Ich wußte gar nicht, daß er einen hat.«

»Jetzt weißt du's. Sorg dafür, daß du es nicht vergißt. Case ist ein so hartgesottener Bursche, wie du ihn nur selten auf der richtigen Seite des Gesetzes findest.«

Morgan beobachtete die beiden Männer aufmerksam. Innerhalb von Sekunden wurden seine schlimmsten Befürchtungen bestätigt.

Case hielt gar nicht erst an, um mit Hunter zu sprechen. Er rief ihm nur etwas zu und donnerte in halsbrecherischem Tempo vorbei.

Er strebte auf die Ladder S zu.

Voll bekleidet wanderte Elyssa in ihrem Schlafzimmer auf und ab, so unruhig und nervös wie ein Tier im Käfig. Sie spähte zuerst durch die eine Schießscharte, dann durch die andere.

Anschließend nahm sie ihre Wanderung wieder auf.

Noch ein Blick durch die Schießscharten, die auf die Bar B hinausgingen.

Vier Schritte vor, vier Schritte zurück.

Schnell ein Blick durch das andere Fenster und zwei weitere Schießscharten.

So ging es weiter, und ängstlich horchte sie auf jedes Geräusch.

»Wo bist du, Hunter?« flüsterte sie. »Du und Morgan und all die anderen Männer. Ist alles mit euch in Ordnung? Habt ihr das Vieh gefunden? Haben die Culpeppers euch gefunden?«

Nur Stille bekam Elyssa zur Antwort auf ihre bangen Fragen. Der Ranchhof war leer. Die Hunde verhielten sich ruhig. Penny hielt sich in ihrem Zimmer auf und versuchte zu schlafen. Lefty und Gimp saßen kaffeetrinkend unten in der Küche und gaben sich Mühe, nicht einzuschlafen.

Elyssa warf einen Blick auf ihre Uhr. Über eine Stunde war inzwischen vergangen, seit die Männer paarweise in die Dunkelheit hinausgeritten waren.

Wie ein ruheloser Geist wanderte sie von Fenster zu Fenster. Ohne Pause auf und ab.

Und starrte angestrengt durch die Schießscharten hinaus.

Am Horizont dämmerte der Morgen mit einem Schimmer von blassem Orange, Rot und Gelb. Die Gipfel der Berge glühten bereits im rötlichen Schein der aufgehenden Sonne. Bald würden ihre Strahlen die zerklüfteten Berge hinunterwandern und das Ruby Valley mit Licht erfüllen.

Elyssa achtete kaum auf das prächtige Farbenspiel des langsam heller werdenden Himmels. Sie durchmaß unentwegt ihr Zimmer, von Sorge und Furcht erfüllt.

Plötzlich zerrissen drei kurz aufeinanderfolgende Schüsse die Stille.

Gefahr.

Mit dem Karabiner in der Hand wirbelte Elyssa herum und rannte die Treppe hinunter, während sie auf jeder Stufe nach den anderen rief. Als sie im Erdgeschoß ankam, stand Penny in der Tür ihres Schlafraums. Sie hielt Elyssas Schrotflinte in Händen.

»Was ist los?« fragte sie hastig.

»Ich weiß es nicht. Aber Schüsse habe ich gehört.«

Gleichzeitig stimmten die Hunde ein ohrenbetäubendes, hektisches Gebell an.

Elyssa rannte zu einem der Fensterläden und spähte duch den Schlitz. Sie sah einen rasenden Schatten in der Dämmerung, die der Morgenröte vorausging. Wenige Augenblicke später konnte sie die Umrisse eines Pferdes ausmachen, das aus Richtung Wind Gap kam und in gestrecktem Galopp auf die Ranch zujagte.

Ihr Herz tat einen freudigen Hüpfer, bevor sie erkannte, daß der große, breitschultrige Reiter, der sich tief über den Hals des Pferdes beugte, nicht Hunter war.

»Um Gottes willen, nicht schießen!« schrie sie Lefty und Gimp zu.

»Miss Elyssa, Sie wissen doch, daß wir *niemals* auf etwas schießen, was wir nicht persönlich i-den-ti-fi-zie-ren können!«

Elyssa ignorierte die empörte Erwiderung, während sie in das Grau hinausstarrte, wo Hufschläge wie ein dumpfer Trommelwirbel über den Erdboden hallten.

Das Pferd galoppierte am Garten vorbei und geradewegs auf die Vorderveranda des Hauses zu.

»Aufmachen!« schrie Case.

Elyssa war bereits dabei, die schwere Eisenstange zurückzuziehen, noch bevor sie Cases Befehl hörte. Er stürmte zur Tür herein genau in dem Moment, als hinter dem Stall ein Hagel von Schüssen explodierte.

»Schießt nicht!« befahl Case. »Hunter und die anderen werden gleich hier sein!«

»Kommen sie von vorne oder von hinten?« wollte Elyssa wissen.

»Auf jedem verdammten Weg, den sie nehmen können. Die Culpeppers werden in ungefähr zwei Minuten wie ein Unwetter über uns hereinbrechen. Schließ die Tür da, aber verriegle sie noch nicht.«

Elyssa knallte die Tür hinter Case zu. Er ging von Schießscharte zu Schießscharte und starrte in die verblassende Dunkelheit hinaus.

Das Hufgetrappel galoppierender Pferde näherte sich wie dumpfes Donnergrollen aus der Ferne.

»Lefty!« rief Elyssa.

»Yo!«

»Komm hierher und gib mir Feuerschutz, wenn ich die Tür öffne. Penny, Gimp wird dich an der Küchentür flankieren. Wenn ihr Männer irgendwelche Fremden kommen seht, schießt auf sie.«

»Hunter wird es gar nicht gefallen, dich irgendwo bei den Türen zu sehen«, gab Case zu bedenken. »Zusammen mit den Männern könnten auch eine Menge Kugeln eindringen.«

Elyssa sagte nur: »Wie gut bist du mit der Büchse da?«

»Passabel«, erwiderte Case trocken.

»Der Zugang zur Hintertür kann vom Kinderzimmer im ersten Stock aus gedeckt werden. Wenn sie von der Vorderseite her kommen, kannst du sie vom ersten Schlafzimmer links aus schützen.«

Case rannte bereits die Treppe hoch, noch bevor Elyssa zu Ende gesprochen hatte. Er flog die Stufen mit der Schnelligkeit und Zielbewußtheit eines Pumas hinauf. Elyssa konnte es kaum ertragen, ihn zu beobachten. Case war Hunter so enorm ähnlich in seiner Größe, seinem Körperbau und seiner Art, sich zu bewegen.

Gewehrfeuer krachte durch die Nacht in einem tödlichen Stakkatohagel und übertönte den näherkommenden Wirbel von Pferdehufen.

Hunter, dachte Elyssa voller Angst. *O Gott, Hunter!*

Lefty kam, um sich neben Elyssa an die Vordertür zu stellen. Das laute Klirren zersplitternden Glases im Obergeschoß sagte ihr, daß Case eine Fensterscheibe herausbrach, um Platz für den Lauf seiner Büchse zu schaffen.

Sekunden später steigerte sich das Geräusch trommelnder Pferdehufe zu einem Erdbeben, das sich auf das Haus zubewegte.

»Unsere Männer kommen von der Rückseite herein!« brüllte Case von oben. »Macht euch bereit!«

Elyssa zwang sich, auf ihrem Posten zu bleiben und nicht in die dunkle Küche zu laufen. Ihre Aufgabe bestand darin, die Vorderseite des Hauses zu bewachen, nicht die Rückfront.

Gewehrfeuer explodierte im oberen Stock.

»Ein paar von unseren Leuten kommen von der Vorderseite!« schrie Case. »Haltet euch bereit, ihnen Feuerschutz zu geben! Die Culpeppers sind ihnen dirkt auf den Fersen!«

Lefty bewegte sich zu einer Schießscharte neben einem der Fenster, brach die Glasscheibe heraus, schob eine Runde Patronen in sein Magazin und wartete. Obwohl der alte Hilfscowboy es abgelehnt hatte, sich als Revolverschütze einstellen zu lassen, war er ruhig und geschickt in seinen Hantierungen.

»Macht die Küchentür auf!« erscholl das nächste Kommando.

Auf einmal war das Trommeln von Pferdehufen und das Knallen von Schüssen um ein Vielfaches lauter. Das Anschwellen des Lärms sagte Elyssa, daß die Küche offen stand. Doch sie wandte sich keine Sekunde von der Vordertür ab, selbst als sie Rufe und Flüche hörte und die Stimmen von Ladder S-Männern, die ihren eigenen Namen riefen, um sich auszuweisen, während sie Hals über Kopf ins Haus stürmten.

»Vordertür!« brüllte Case.

Elyssa riß die Tür auf und rannte dann zur nächstgelegenen Schießscharte, ihr Repetiergewehr in der Hand. Sie spähte ängstlich hinaus, sah jedoch nichts als ein wildes Durcheinander von Schatten im Morgengrauen herbeistürzen.

Kugeln sausten pfeifend durch die Luft und gruben sich in die dicken Holzwände des Hauses, als Elyssa ihren Karabiner hob, um die Glasscheibe hinauszustoßen. Noch bevor der Stahllauf auf die Scheibe traf, explodierte Glas in tausend Splittern. Elyssa zuckte zusammen und stieß einen Schreckensschrei aus. Dann erkannte sie, daß die Banditen ihr einen Gefallen getan hatten – jetzt würde sie das Glas nicht selbst zerbrechen müssen.

Auf der anderen Seite der Tür blitzte die Mündung von Leftys Gewehr auf, als er mehrmals hintereinander in die Pyramidenpappeln am Rande des Baches feuerte.

Männer stolperten durch die offene Tür herein. Lefty riß sein Gewehr aus der Schießscharte und wandte sich zu den Ankömmlingen um. Sie riefen jeder ihren Namen, als sie sich mit einem Satz in den Raum flüchteten.

»Fox!«

»Reed und Blackie!«

Vage erkannte Elyssa in dem dämmrigen Licht, daß Reed den anderen Mann stützte. Blut glänzte wie nasse rote Farbe auf Blackies Hosenbein über dem Rand seines Stiefels.

»Hunter hat einen Verbandsraum unten im Vorratskeller eingerichtet«, sagte sie angespannt. »Dort unten wird kein Licht nach außen dringen. Penny! Wir haben einen Verletzten!«

»Ich übernehme die Küchentür, Ma'am«, meldete sich Fox.

Einen Moment lang geschah nichts, dann schossen zwei weitere schattenhafte Gestalten zur Vordertür herein.

»Sonny hier«, rief der erste Mann. »Morgan sitzt mir direkt im Nacken.«

Ein dunkler Schatten sprang hinter Sonny herein und tauchte zu einer Seite weg.

»Morgan«, sagte der Schatten. Dann erhob er brüllend seine Stimme: »Schließt und verriegelt die Küchentür!«

»Yo!« antwortete Gimp von der Rückseite des Hauses her.

Elyssa hielt den Atem an und wartete voller Furcht.

Doch es stürmten keine weiteren Cowboys herbei.

»Hunter!« schrie Elyssa. *»Hunter, wo bist du?«*

Sie war sich gar nicht bewußt, daß sie zum Eingang gerannt war, um seinen Namen zu rufen, bis Morgan sie blitzschnell von der offenen Tür wegzerrte. Kugeln sausten heulend und pfeifend durch den dunklen Raum.

Morgan schloß rasch ab und schob die eiserne Stange vor. Wieder prasselte ein Kugelhagel gegen die dreifach verstärkten Bohlen.

»Ich brauche neue Munition!« rief Case aus dem oberen Stock.

»Ma'am?« fragte Sonny.

»Im Vorratskeller«, erklärte Elyssa benommen. »Dort liegt reichlich Munition. Hunter hat dafür gesorgt.«

»Zwei Schachteln für jeden«, fügte Morgan hinzu.

»Komm mit«, forderte sie ihn auf.

Als Sonny Elyssa eine schmale Treppe hinunter in den Keller folgte, weiteten sich die Augen des jungen Mannes anerkennend beim Anblick des Nachschubs, den Hunter vorbereitet hatte.

Eine brennende Laterne leuchtete in einer Ecke des großen unterirdischen Raumes am Fuß der Treppe und erhellte den Keller. Zusätzlich zu den üblichen Säcken mit Zwiebeln und Möhren, Kartoffeln und Äpfeln drängten sich mehrere Reihen von Fässern, Stapel von Munitionskisten und sieben Feldbetten mit Decken an einer der Lehmwände. Weitere Kisten, Patronenschachteln und volle Säcke mit Vorräten waren ordentlich in einer Ecke aufgeschichtet und warteten nur darauf, benutzt zu werden.

Blackie lag auf einer der Pritschen, mit nur einem Stiefel angetan. Penny hockte neben ihm und verarztete sein verletztes Bein.

»Bei allen Heiligen«, staunte Sonny, während er seinen Blick durch den Raum schweifen ließ. »Dann hat uns Morgan also doch keinen Bären aufgebunden, was? Unser Vorarbeiter muß Soldat der Konföderierten Armee gewesen sein.«

Gepreßt bestätigte Elyssa: »Das war er.«

Sie wandte sich ab. Der Gedanke, daß Hunter noch immer dort draußen in Gefahr schwebte, war ihr einfach unerträglich.

»Die Munition ist dort drüben«, fügte sie angespannt hinzu. »Sobald du Case Nachschub gebracht hast, verteil die Schachteln an die anderen Männer.«

»In Ordnung, Ma'am.«

Während Sonny Patronenschachteln auf seine Arme häufte, stellte Elyssa die Frage, die sie unablässig quälte.

»Was ist mit Hunter? Hast du ihn gesehen?«

»Nein, Ma'am. Er war oben auf dem Grat und deckte unseren Rückzug. Junge, Junge, der Mann kann wirklich schießen wie der Leibhaftige. Wenn er nicht gewesen wäre, hätten wir es nicht durch Wind Gap geschafft, ohne wie Siebe von Kugeln durchlöchert zu werden.«

Sonny richtete sich auf und trottete an Elyssa vorbei zur Treppe.

»Entschuldigen Sie mich, Ma'am. Die Jungs werden dies Zeug sofort brauchen.«

Damit stürmte Sonny die Stufen hinauf.

»Wie geht es ihm?« fragte Elyssa, als sie sich zu Penny umwandte.

Blackie antwortete, bevor Penny etwas sagen konnte.

»Ist nur eine Fleischwunde in meiner Wade«, erklärte er angewidert. »Sobald Miss Penny mein Bein verbunden hat, bin ich wieder mit dabei.«

»Das ist nicht nötig«, erwiderte Elyssa.

»Hölle und Pest, und ob es nötig ist!« schnaubte er. Dann murmelte er: »Sie müssen schon entschuldigen, Ma'am, aber da draußen tummeln sich mehr als vierzig Banditen. Wir brauchen jeden Mann.«

»Halt still«, schalt Penny ihn sanft. »Ich werde jetzt die Wunde auswaschen.«

»Sapperlot, Mädchen, kipp einfach Whisky drauf und dann schaff mich hier raus.«

»Wie du meinst.«

Flüssigkeit rann gurgelnd aus einer Flasche. Blackie zischte ein paar wüste, unflätige Flüche, doch beide Frauen taten so, als hätten sie nichts gehört. Dann begann Penny, die Wunde zu verbinden. Sie hatte die Bandage noch kaum verknotet, als Blackie auch schon seine Beine von der Pritsche schwang, seinen Fuß wieder in den Stiefel rammte und nach seiner Büchse griff.

Als er sein verletztes Bein mit seinem Gewicht belastete, schnitt er eine Grimasse, erbleichte, fluchte ausgiebig ... und schwankte zur Treppe, wobei er seine Büchse als Krücke benutzte.

Elyssa wandte sich ab, um ihm zu folgen.

»Warte«, sagte Penny. »Du blutest.«

»Wo?«

»Im Gesicht«, gab Penny Auskunft.

Elyssa hob eine Hand und tastete prüfend über ihr Gesicht. Ihre Finger waren rot und klebrig, als sie sie wieder senkte. Sie starrte schockiert auf das Blut. Erst in dem Moment wurde ihr überhaupt bewußt, daß ihre Stirn und ihre rechte Wange brannten, als stünden sie in Flammen.

»Komm her«, sagte Penny energisch.

Sie wrang ein Tuch in warmem Wasser aus und machte sich daran, Elyssas Gesicht mit behutsamen Berührungen zu säubern.

»Was ist passiert?« wollte sie wissen.

»Es müssen die Glassplitter gewesen sein«, erwiderte Elyssa, als sie an den Vorfall zurückdachte. »Die Scheibe in der Schießscharte explodierte genau in dem Moment, als ich das Glas zerschlagen wollte.«

Penny schnalzte mit der Zunge.

»John hatte Gloria gewarnt, daß genau das passieren würde, aber sie wollte nicht auf ihn hören«, erklärte sie. »Sie bestand darauf, daß zu einem richtigen Haus auch richtige Glasscheiben gehörten, keine dicken Fensterläden mit Schießscharten darin. Also einigten sie sich auf einen Kompromiß. Glas *und* Läden.«

Die Schießerei ging unaufhörlich weiter. Schüsse ertönten in unregelmäßigen Abständen aus dem Inneren des Hauses und von draußen.

Elyssa schloß entsetzt die Augen und versuchte nicht daran zu denken, daß Hunter immer noch dort draußen in der Nacht ungeschützt umherirrte.

Im Geist sah sie ihn schwer verletzt irgendwo in der Dunkelheit liegen. Hilflos. Blutend. Allein.

Sterbend.

»Ist alles mit dir in Ordnung?« erkundigte sich Penny besorgt

Elyssa nickte schweigend.

»Du bist so weiß wie Salz geworden«, sagte Penny.

»Hunter.«

»Was?«

»Hunter hat den Rückzug der Männer gedeckt. Er ist immer noch da draußen.«

Penny murmelte etwas und streckte dann die Arme aus, um Elyssa beruhigend an sich zu drücken.

Erst in dem Moment erinnerte Elyssa sich, daß Bill sich ebenfalls draußen in der gefährlichen Dämmerung aufhielt.

Irgendwo.

»Achtung, ein Reiter kommt! Feuer einstellen!«

Elyssa erkannte Cases Stimme. Blitzschnell wirbelte sie herum und rannte die Kellertreppe hinauf und dann weiter in den ersten Stock.

Case stand an einer Schießscharte. Trotz seines gebrüllten Befehls war der Lauf seiner Büchse unverwandt auf den Reiter gerichtet und verfolgte jeden Schritt seines Weges.

»Ist es Hunter?« fragte Elyssa beklommen.

»Wahrscheinlich.«

In der Stille konnte sie das Trommeln von Hufen hören, das sich mit rasender Geschwindigkeit näherte.

»Warum feuern die Culpeppers nicht auf ihn?« fragte sie.

»Es ist ein gottverdammtes reiterloses Maultier!« schrie Fox von unten herauf.

»Nicht schießen!« befahl Morgan barsch.

Elyssa blickte zu Case hinüber. Er verfolgte das Maultier durch das Visier seiner Büchse so gebannt, daß es etwas Furchteinflößendes hatte.

»Entriegelt die Küchentür!« brüllte Case, ohne den Blick von dem Maultier abzuwenden. »Morgan, halt' dich mit deiner Pistole bereit!«

»Yo!«

Elyssa wandte sich ab und rannte die Treppe hinunter. Als sie die Küche erreichte, hörte sie Case erneut von oben befehlen: »Schnell, macht die Hintertür auf und dann geht, verdammt noch mal, aus dem Weg!« Elyssa blieb wie erstarrt stehen.

Niemand achtete auf sie. Aller Augen waren auf die Hintertür gerichtet.

Mit schußbereit erhobener Pistole stand Morgan auf einer Seite der Tür, als diese aufschwang.

Ein Mann tauchte mit einem Hechtsprung durch die Tür und rollte über den Boden, nur Bruchteile von Sekunden, bevor das Maultier in vollem Galopp gegen die Hauswand krachte. Die Wucht des Aufpralls ließ das Gebäude erzittern.

Die Küchentür fiel mit Karacho ins Schloß, noch bevor der Mann wieder auf die Füße kam.

Morgan verfolgte jede Bewegung des Eindringlings. Dann verzog sich sein Mund zu einem breiten Grinsen, und er schob seine Pistole wieder in das Holster zurück.

»Willkommen daheim, Sir«, sagte er strahlend.

»Freut mich, wieder bei euch zu sein«, erwiderte Hunter und erhob sich flugs auf die Füße. »Wie ist die Lage?«

Die mühelose, lässige Kraft von Hunters Bewegungen bewies Elyssa, daß er keine Blessuren davongetragen hatte. Die Erleichterung, die sie bei dieser Erkenntnis überwältigte, war so groß, daß ihr regelrecht schwindelig wurde.

»Blackie hat einen Streifschuß an der Wade abbekommen«, erklärte Morgan. »Mano Herrera ist an der Schulter getroffen worden. Penny flickt ihn gerade wieder zusammen. Blackie ist bereits wieder im Dienst.«

»Was ist mit Elyssa?« fragte Hunter.

»Ich bin hier«, sagte sie leise. »Ich habe mir ... Sorgen ... um dich gemacht.«

Hunter stieß einen tiefen Atemzug aus.

»Ich mir auch«, bekannte er. »... hatte großes Glück! Verdammt großes Glück. Wir alle haben Schwein gehabt.«

»Richtig, Sir«, sagte Morgan. Wieder blitzte ein Lächeln in seinem kaffeebraunen Gesicht auf. »Von jetzt ab werden wir alle eifrige Kirchgänger und bibellesende Söhne Gottes sein.«

Hunters Lächeln geriet etwas schief.

»Du hast das größte Glück von allen gehabt«, sagte Elyssa zu Hunter. »Es wundert mich, daß die Banditen dich unbehelligt durchgelassen haben.«

»Sie konnten nicht genug von mir sehen, worauf sie hätten schießen können. Ich habe an der Seite des Maultiers gehangen.«

Was Hunter nicht sagte, war, daß für die Culpeppers keine Veranlassung bestanden hatte, ein wertvolles Maultier zu verschwenden, um ihn zu töten. Sie hatten die Ranch umstellt, sämtliche Ausgänge blockiert und alle Zeit der Welt.

Sie konnten Hunter – und jeden anderen auf der Ladder S – in aller Ruhe einkreisen.

»Diese Culpepper-Jungs schonen lieber ihre Maultiere, als eines wegen Hunter zu töten«, sagte Morgan. »Wenn Sie Bugle Boy geritten hätten, dann allerdings ...«

»Genau das habe ich auch gedacht«, erklärte Hunter. »Bugle Boy ist ein zu wertvoller Hengst, um sein Ende bei einem solch gefährlichen Manöver zu riskieren. Also habe ich ihm einfach das Zaumzeug abgenommen und ihn laufen lassen.«

»Wie bist du an das Maultier geraten?« erkundigte Elyssa sich.

Hunters Lächeln war so kalt wie ein Messer, das aus seiner Scheide gezogen wird.

»Sie schlugen mit Stöcken auf das Unterholz, um mich aufzustöbern«, erklärte er.

Ein kalter Schauder überlief sie bei dem Gedanken, daß Hunter wie ein Tier gejagt worden war.

»Blitzschnell bin ich aus meiner Deckung hervorgekrochen«, fuhr Hunter fort, »hab' den Reiter des Maultiers runtergerissen und mich in den Sattel geschwungen. Bis der Hurensohn dahinterkam, was geschah, war ich schon auf und davon.«

»Was jetzt, Sir?« fragte Morgan.

»Teil die Männer auf. Du kennst ja die Übung.«

»Ja, Sir. Die kenne ich, weiß Gott!«

24

»Ich sehe Feuer!« gellte Case.

Dann, gleich im Anschluß, verkündete Case die schlechte Nachricht von seinem Beobachtungsposten: »Hunter! Sie wollen die Ranch in Brand stecken und uns ausräuchern! Ich klettere aufs Dach hinauf!«

»Mickey«, brüllte Hunter. »Fang an, die Wasserfässer zu öffnen. Und ihr anderen haltet die Kerle auf, die Fackeln tragen!«

Die Männer setzten sich in Bewegung, um Hunters Befehle auszuführen, jedoch nicht so schnell, wie es ihm lieb gewesen wäre. Nach drei Tagen ununterbrochenen Kampfes gegen die Banditen waren die Ladder-S-Leute völlig übermüdet und fast am Ende ihrer Kräfte – im Gegensatz zu den Banditen, von denen die eine Hälfte schlafen konnte, während die andere auf das Ranchhaus feuerte.

Aber von den Ladder-S-Cowboys wurde jeder einzelne gebraucht, um die Ranch zu verteidigen.

In der Notunterkunft im Keller ging Elyssa die Reihe von Schlafenden entlang und weckte rasch diejenigen, die kampffähig waren.

»Schnell, geht nach oben«, scheuchte sie sie auf. »Die Banditen kommen mit Fackeln.«

Die Männer rollten sich voll bekleidet von ihren Pritschen. Hastig griffen sie nach ihren Waffen, die sie neben dem Treppenaufgang deponiert hatten, und polterten die Stufen hinauf.

Penny erhob sich von der letzten Pritsche in der Reihe. Ihre Augen waren trübe vor Erschöpfung.

»Was gibt es?« fragte sie benommen.

»Banditen.«

»Schon wieder?«

»Zieh die Hose an, die ich dir gegeben habe«, riet Elyssa ihr. »Es kann sein, daß wir fliehen müssen. Ein Rock wird dabei nur hinderlich sein.«

»Fliehen? Aber ...«

Penny sprach in die leere Luft. Elyssa hatte sich schon wieder abgewandt und stürmte treppauf, ihren Karabiner in der Hand.

Als sie im Erdgeschoß ankam, achtete sie kaum auf das Knallen von Gewehrfeuer und das Scheppern, als die Patronenhülsen auf den Boden fielen. Die Geräusche der Schlacht drangen inzwischen so unentwegt an ihr Ohr, daß sie sie gar nicht mehr wahrnahm.

Der erste Mann, auf den Elyssas Blick fiel, war Hunter. Sie ignorierte das plötzliche Klopfen ihres Herzens und das prikkelnde Gefühl in ihrer Magengrube, das sich jedesmal einstellte, wenn sie ihn sah. In den vergangenen drei Tagen hatte sie aus Taktgefühl sorgfältig darauf geachtet, im Hintergrund zu bleiben, um Hunters Zeit und Aufmerksamkeit nicht über Gebühr in Anspruch zu nehmen.

Der hatte nur wenig geschlafen seit dem ersten Angriff. Er gönnte sich kaum eine Pause, um zu essen. Den größten Teil seiner Zeit war er ununterbrochen auf den Beinen, während er von

Mann zu Mann ging und sich um ihre Bedürfnisse kümmerte. Wenn er innehielt, um mit jemandem zu sprechen, dann drehte sich die Unterhaltung ausschließlich um den richtigen Schußwinkel, die Rationierung von Munition und um die Einteilung der Wachen: Auf diese Weise verschaffte er jenen Männern eine kurze Ruhepause, deren Durchhaltevermögen angeschlagen war.

Elyssa wußte, der Druck, der auf Hunter lastete, war derart groß, daß er kaum Zeit hatte zu atmen, geschweige denn, die Ängste eines Mädchens zu beschwichtigen, das keinerlei Anspruch auf ihn hatte.

Eine sorgsam abgeschirmte Laterne lieferte die einzige Beleuchtung in der Küche, die zu Hunters Kommandozentrale geworden war. Das rote Licht verlieh allem eine seltsam gespenstische Färbung.

Mit einem sehnsüchtigen Blick prägte Elyssa sich Hunters Züge ins Gedächtnis ein. Sein schwarzes Haar war zerzaust, als hätten es gerade seine Finger durchpflügt. Die Haut spannte sich straff über seinen Wangenknochen und der Stirn. Das Kinn war von einem schwarzen Bartschatten bedeckt. Müdigkeit und Anspannung hatten dunkle Ringe unter seine Augen gezeichnet, dennoch trübte nichts die Klarheit seines Blickes. Er erteilte Anweisungen in schnellem, ruhigem Ton.

»Ma'am?« meinte Sonny. »Sollten Sie nicht unten im Keller sein?«

»Ich kann genausogut schießen wie die meisten Männer hier und beträchtlich besser als diejenigen, die noch auf ihren Pritschen liegen.«

Sonny wollte Einwände erheben. Ein kurzer Befehl von Hunter ließ den jungen Mann im Laufschritt auf seinen Posten zurückkehren.

»Geh wieder nach unten«, sagte nun auch Hunter zu Elyssa.

»Ich bin hier oben von größerem Nutzen.«

Hunter zögerte. Er wollte Elyssa unten im Keller in Sicherheit wissen; andererseits brauchte er dringend mehr Gewehrschützen, besonders jetzt.

Wenn das Haus Feuer fing, würde es für sie alle unausweichlich den Tod bedeuten.

»Morgan«, rief Hunter ihn zu sich.

»Yo.«

»Übernimm Cases Posten im oberen Stock. Elyssa wird deinen besetzen.«

Morgan griff nach seiner Büchse und einer Schachtel zusätzlicher Munition, tippte, Elyssa flüchtig grüßend, an seine Hutkrempe und stieg nach oben.

Ohne Hunter weiter zu behelligen eilte Elyssa aus der Küche, um Morgans Posten am Fenster einzunehmen.

Die Berge ragten wie eine massive Wand über allem auf, schwärzer als die Nacht selbst. Elyssa war überrascht zu sehen, daß es immer noch dämmrig war. Die Zeit hatte alle Bedeutung verloren unten im Keller, wo es keinen Unterschied zwischen Tag und Nacht gab.

Auf dem Dach war das Krachen von Gewehrfeuer zu hören, als Case eine Fackel entdeckte. Elyssa sah sie ebenfalls. Der Bandit mußte im Galopp auf das Ranchhaus zugekommen sein. Die Fackel hüpfte und schwankte bei jedem weitausholenden Schritt des Pferdes.

Plötzlich flog die Fackel in hohem Bogen durch die Luft, landete auf dem Boden und blieb dort liegen, während sie langsam verlöschte.

Sekunden später ertönten Schüsse von allen Seiten, als weitere Männer mit Fackeln auf die Ranch zustürmten. Elyssa feuerte auf den Banditen, der dem Haus am nächsten war, unterstützt von den beiden Männern rechts und links neben ihr. Sie wußte nicht, wer von ihnen den Schurken schließlich traf. Jedenfalls rückte die Fackel nicht näher an das Haus heran.

Es war der erste von vielen solchen Angriffen. Manchmal handelte es sich lediglich um Täuschungsmanöver, um die Bewohner in Atem zu halten. Manchmal stürmten die Banditen aus allen Richtungen auf das Haus zu und schleuderten brennende Fakkeln.

Die cleversten krochen auf dem Bauch vorwärts, die Fackel noch unangezündet in der Hand. Erst nachdem sie in unmittelbarer Nähe waren, steckten sie die Flammenwerfer in Brand. Das war der Zeitpunkt, als der Ruf nach Wassereimern im Inneren des Hauses erschallte.

Elyssa feuerte methodisch, lud nach, feuerte und dachte an nichts anderes. Wenn ihre Munition verschossen war, rief sie nach mehr wie die anderen Männer.

Penny war diejenige, die für den Nachschub sorgte. Jegliches körperlich leistungsfähige Ladder-S-Mitglied schleppte entweder Wasser oder schoß auf die Banditen.

Bis der nächste Morgen anbrach war Elyssa so erschöpft, daß sie sich gegen den Fensterladen lehnen mußte, nur um sich aufrecht zu halten. Ihre Armmuskeln waren völlig verspannt und zitterten von der Anstrengung, den schweren Karabiner jederzeit waagerecht und schußbereit zu halten.

Feuerzungen leckten in ihre Windrichtung. Das Haus selbst war an einigen Stellen versengt, aber insgesamt unbeschädigt. Das Grasland und große Teile der Kiefernwäldchen oberhalb der Ranch dagegen hatte es böse erwischt. Sie waren bis zur Schwärze der Nacht verkohlt. Der böige Wind wirbelte Aschewolken auf und ließ Rauchsäulen in den Himmel steigen.

Am Ende sollte es der Wind sein, der die Ladder S vor den Banditen rettete. In der Früh hatte er sich plötzlich gedreht und das Feuer der Fackeln zurück in Richtung der Absender getrieben.

Benommen fragte Elyssa sich, wen der Wind wohl am kommenden Abend begünstigen würde.

»Elyssa.«

Sie drehte den Kopf zu der Stimme um. Als sie es tat, begriff sie, daß ihr Name nicht das erste Mal gerufen wurde. Es war lediglich das erste Mal, daß sie ihn wahrnahm.

Hunter schnappte scharf nach Luft, als sich Elyssa zu ihm umwandte. Ihre Augen hatten den starren, blicklosen Ausdruck völliger Erschöpfung, den er zur Genüge kannte, wenn nämlich Männer zu hart und zu lange angetrieben worden waren. Er fragte sich, wann sie das letzte Mal etwas gegessen hatte. Oder geschlafen.

Zu spät erkannte Hunter, daß er zwar die Männer im Auge behalten hatte, die unter seinem Kommando standen, aber Elyssa war ihm in der Aufregung völlig entgangen. Weil sie keine Wache halten mußte, hatte er an natürliche Ermüdungserscheinungen gar nicht gedacht.

Und so fand Elyssa schließlich – wie Hunter – noch weniger Gelegenheit zum Schlafen und Essen als die Männer um sie herum.

Behutsam nahm er ihr den Karabiner aus den Händen.

»Es ist vorbei. Vorläufig«, sagte er sanft. »Geh und hol dir etwas zu essen.«

»Die Männer ... Keller.«

»Gimp kümmerte sich um sie.«

»Penny?« flüsterte Elyssa.

»Sie schläft. Du solltest dich jetzt auch unbedingt hinlegen.«

Elyssa schaute zu Hunter auf, aber seine Züge verschwammen vor ihrem Blick. Sie schloß die Augen, lehnte die Stirn an den Fensterladen und fragte sich, wie sie wohl die Kraft aufbrächte, die Treppe hinunterzusteigen.

Auf die gleiche Art wie die Männer, sagte sie sich müde. *Immer einen Schritt nach dem anderen.*

Sie stieß sich von dem Fensterladen ab und schleppte sich vorwärts. Aber sie strebte in Richtung Keller, nicht zu ihrem Schlafzimmer.

Hunter streckte den Arm aus, um Elyssa aufzuhalten. In der letzten Sekunde zog er seine Hand wieder zurück. Die verwundeten Männer brauchten Pflege nach der langen, anstrengenden Nacht. Jemand mußte es tun. Und Elyssa hatte das Geschick.

Mit einem stummen Fluch eilte Hunter seiner Wege.

Case blickte auf, als sein Bruder leise das Kinderzimmer betrat. Keiner der beiden nahm noch irgendeine Notiz von dem krassen Gegensatz verschossener Patronenhülsen, die sich in einer Babywiege häuften, und den bunten Schmetterlingen, die an den Wänden tanzten.

»Laß mich heute abend hinausgehen«, sagte Case ohne lange Vorreden. »Ich kann dir garantieren, daß vor Einbruch der Morgendämmerung weniger Banditen draußen herumschleichen werden.«

»Noch nicht.«

»Wann!«

Es war keine Frage. Es war eine barsche Forderung.

»Erst wenn uns keine andere Möglichkeit mehr bleibt, und nicht einen Augenblick früher«, erwiderte Hunter ebenso schroff.

»Wo siehst du denn noch eine Möglichkeit, wenn ich mal fragen darf? Das Haus ist letzte Nacht verdammt knapp davor gewesen, bis auf die Grundmauern niederzubrennen.«

In Cases Stimme schwang kein Zorn mit, keine Hoffnung auf ein Wunder, keine echte Neugier, was sein eigenes Schicksal betraf. Er wollte ganz einfach nur wissen, ob er vielleicht etwas übersehen hatte, was Hunter nicht entgangen war.

»Die Armee könnte auf uns aufmerksam werden nach drei Tagen ununterbrochenen Gewehrfeuers und Rauchsäulen, die von Ladder-S-Land zu ihnen treiben«, sagte Hunter angespannt. »Selbst ein Betrunkener muß bemerkt haben, daß hier etwas nicht stimmt.«

Case schnaubte nur verächtlich.

»Die Armee ist auf der anderen Seite der Rubies, um Indianer zu jagen und Landkarten anzufertigen«, tat er diese Möglichkeit ab. »Und die Handvoll Männer, die in Camp Halleck zurückgeblieben sind, scheren sich einen Dreck um die Ladder S.«

Hunter widersprach nicht.

Aber er konnte sich auch nicht dazu überwinden, Case allein in den sicheren Tod hinauszuschicken.

»Wenn du gehst«, sagte Hunter, »dann gehe ich mit.«

»Nein. Du wirst hier dringender gebraucht.«

»Morgan kann ...«

»Das kann er nicht.«

Cases Stimme klang ruhig und endgültig.

»Die einzige Art, wie du mich daran hindern kannst, dich zu begleiten«, sagte Hunter grimmig, »wäre mit Gewalt.«

»Was ist mit Elyssa?« fragte Case. »Hast du auch mal an sie gedacht?«

Hunters Lider zuckten. In den Zwischenpausen der einzelnen Gefechte hatte er viel Zeit damit verbracht, über Elyssa nachzudenken.

Keiner seiner Gedanken war sonderlich erhebend gewesen.

Während der langen Tage und Nächte der Belagerung hatte Elyssa kein einziges Mal von Liebe zu Hunter gesprochen. Sie unternahm keine großen Anstrengungen, um zu ihm zu kommen und neben ihm zu stehen, mit ihm zu sprechen, ihn zu berühren, Trost und Kraft aus seiner Nähe zu schöpfen oder ihn im Gegenzug zu ermutigen.

Elyssa hatte sich nicht einmal in seine Arme geworfen, nachdem er den Banditen mit knapper Not entkommen war, indem er sich von einem Maultier geradewegs bis zur Küchentür hatte tragen lassen. Sie stand nur da und sagte, sie habe sich »Sorgen« um ihn gemacht.

Auch vorhin war sie nicht zu ihm gekommen, als sie sich vor Erschöpfung kaum noch auf den Beinen hatte halten können. Sie war einfach wortlos an ihm vorbeigegangen, als ob er ein Fremder wäre.

Kein Wunder, daß sie mich nicht heiraten wollte, nachdem wir uns in der Höhle geliebt hatten, dachte Hunter niedergedrückt. *Sie war offensichtlich schon zu der Erkenntnis gelangt, daß sie mich nicht wirklich liebt.*

Aber sie hat mich begehrt. Gott, noch nie im Leben bin ich derart heftig von einer Frau begehrt worden.

Tapfer, leidenschaftlich, leichtsinnig ... und zu verdammt jung, um wirklich zu wissen, was sie will. Ich ahnte es gleich von dem Moment an, als ich sie das erste Mal erblickte – aber leider konnte ich nicht aufhören, sie zu begehren.

Vielleicht ist es ganz gut, daß sie inzwischen nicht mehr glaubt, mich zu lieben. Ich hätte sie todsicher geheiratet.

Und wir hätten es beide schrecklich bereut.

Zu jung. In der Beziehung sind sich Elyssa und Belinda gleich, wenn auch in keiner anderen.

Sündige in Eile, und du wirst es dein Leben lang bereuen.

»Nun?« drängte Case. »Was ist mit Elyssa?«

»Sie ist jung«, erwiderte Hunter unbeteiligt. »Egal, ob ich lebe oder sterbe, sie wird noch vor Weihnachten mit mir fertig sein.«

Cases linke Augenbraue wölbte sich zu einem schwarzen Bogen.

»Du hast drei Tage lang so gut wie keinen Schlaf bekommen«, sagte er. »Deshalb kannst du nicht mehr klar denken.«

»Ich habe genausoviel Schlaf bekommen wie du«, widersprach Hunter.

»Hat Elyssa das gesagt?« fragte Case beharrlich. »Daß sie dich nicht liebt?«

Hunters Augen verdunkelten sich, als er in Gedanken wieder Elyssas Verleugnung ihrer früheren Liebeserklärung hörte.

Was uns verbindet, ist nur eine Affäre, mehr nicht.

Er wußte nicht, warum ihn Elyssas Feststellung derart tief schmerzte. Aber es war so.

»Ja«, erklärte Hunter eisig. »Genau das hat Elyssa gesagt.«

Case öffnete den Mund zum Sprechen, dann schloß er ihn wieder und schüttelte den Kopf. Niemals würde er von sich behaupten, daß er die Frauen verstand – aber bei Elyssa hatte er das Gefühl, daß sie anders als andere Frauen war, zumindest hinsichtlich Hunter.

»Dann hat sie mich an der Nase herumgeführt«, sagte Case schließlich.

Schweigend blickte er von seiner Büchse zu der Schießscharte. Die schmalen Öffnungen bildeten einen lebhaften Kontrast zu den dunklen Fensterläden. Das Licht, das ins Zimmer strömte, war bläulich-weiß, intensiv und rein; gleißende Fragmente des strahlenden Herbstmorgens.

»Wenn es heute abend vollkommen dunkel ist«, sagte Case, »werde ich mich hinausschleichen. Ich habe so eine Ahnung, wo ich Ab finden könnte.«

Hunter schloß einen Moment lang die Augen, dann nickte er.

»In Ordnung, wir werden in der Nacht losziehen«, stimmte er traurig zu, überzeugt, daß es das letzte sein würde, was er jemals unternahm.

Als Hunter sich an jenem Nachmittag in der Notunterkunft im Keller umsah, waren sechs der sieben Pritschen belegt. Einige der Männer schliefen sich aus. Andere, zu denen Fox gehörte, waren verletzt. Er hatte eine Kugel in die Seite bekommen und litt unter starken Schmerzen und Fieber.

Trotz seiner Verwundung rechnete Hunter jedoch damit, daß Fox in wenigen Tagen wieder auf den Beinen sein würde. Der Krieg hatte Hunter gelehrt, daß im allgemeinen bereits wenige Tage über das Schicksal eines Verletzten entschieden. Komm wieder auf die Beine oder stirb.

Penny ging zwischen den Pritschen hin und her und kümmerte sich um die Männer. Ihre ruhigen Hilfsdienste waren ein ebensolcher Trost für die Revolverschützen wie die sanfte Berührung ihrer Finger auf der fieberheißen Haut.

»Wo ist Elyssa?« erkundigte Hunter sich leise.

»Ich habe sie vor ein paar Stunden endlich dazu gebracht, sich ins Bett zu legen. Sie hatte fast zwei Tage lang nicht mehr geschlafen.«

»Was ist mit dir?« wollte er wissen.

»Ich habe mehr Schlaf bekommen als jeder andere.«

Wieder blickte Hunter sich in dem Kellerraum um. Offensichtlich brauchte ihn hier niemand.

Ihm lag hier auch an niemandem.

»Hunter?«

Er wandte sich wieder zu Penny um.

»Wir werden es nicht schaffen, oder?« fragte sie gepreßt.

»Case und ich wollen etwas unternehmen, um unsere Chancen zu verbessern.«

»Was?«

»Das ist nichts für dich!«

Penny sah fragend in Hunters Augen und wandte dann hastig den Blick ab.

»Wann?« flüsterte sie.

»Heute nacht.«

Sie biß sich auf die Lippen und nickte stumm. Dann sah sie erneut mit flehenden Augen zu ihm auf.

»Wenn du Bill dort draußen findest«, flüsterte sie gequält, »denk daran ...«

Ihre Stimme erstarb.

»Ich rechne nicht mit Bill hier irgendwo«, erwiderte Hunter vorsichtig. »Er würde den Culpeppers nicht dabei helfen, seine eigene Tochter zu vergewaltigen und zu ermorden.«

Tränen rannen Pennys Wangen hinab.

»Du glaubst, er ist tot, nicht wahr?« flüsterte sie. »Du glaubst, sie haben ihn umgebracht!«

»Ich weiß es nicht. Und du kannst es auch nicht mit Sicherheit wissen. Bill kennt dieses Land besser als sonst jemand. Wenn er auch nur einigermaßen helle ist, wird er in Deckung gegangen sein, sobald es klar war, daß die Culpeppers angreifen würden.«

Penny nickte, blind vor Tränen. Ein heftiges Zittern hatte ihren Körper ergriffen und verriet, unter welch enormem Druck sie stand.

»Penny?«

»Keine Sorge, mir geht's gut«, flüsterte sie.

Hunter zog Penny in einer sanften Umarmung an sich.

Zuerst sträubte sie sich dagegen. Dann schmiegte sie ihr Gesicht an seine Brust und ließ ihren Tränen freien Lauf, während sie um all das weinte, was niemals gewesen war … und wahrscheinlich niemals sein würde.

Nach einer Weile bewegte sich Penny in Hunters Armen, wischte sich mit der Handfläche über die Wangen und schenkte ihm ein scheues Lächeln. Dann stieß sie sich von ihm ab und begann erneut, langsam an der Reihe der Schläfer entlangzugehen und sie auf Anzeichen von Fieber hin zu mustern.

Von Ruhelosigkeit erfüllt, eilte Hunter wieder die Treppe hinauf. Er durchquerte das Erdgeschoß der Ranch und überprüfte sämtliche Räume. Alles war in Ordnung, im ersten Stock desgleichen. Sonny hielt auf der einen Seite des Hauses Wache, Case auf der anderen. Keiner der beiden hatte bisher irgend etwas anderes als Sonnenlicht und eine langsame Anhäufung von Wolken beobachtet, während der Nachmittag seinen Fortgang nahm.

Die Tür zu Elyssas Schlafzimmer war geschlossen. Hunter stand einen Moment lang im Korridor und horchte angestrengt.

Leise, gebrochene Laute drangen aus dem Inneren heraus.

Vorsichtig versuchte Hunter, den Türknauf zu drehen, während er sich fragte, ob Elyssa die Tür wohl von innen verriegelt hatte.

Aber sie öffnete sich ohne jeden Widerstand.

Er sagte sich, daß er nur einen Blick ins Zimmer werfen würde, um sich von Elyssas Geborgensein zu überzeugen.

Sie wälzte sich unruhig im Bett. Ein Lichtstreifen durch eine der Schießscharten fiel quer über ihr Gesicht. Tränenspuren glänzten auf ihren Wangen.

Obwohl Elyssa zu schlafen schien, weinte sie.

Mit einem einzigen raschen Schritt war Hunter eingetreten. Die Tür fiel hinter ihm ins Schloß, der Riegel glitt geräuschlos an Ort und Stelle. Auf leisen Sohlen ging er zum Bett und sah auf sie herab.

Ein schneller Blick sagte ihm, daß sie tatsächlich schlief. Sie war sich nicht einmal bewußt, daß sie weinte. Ein quälender Alptraum hielt sie wohl gefangen, da sie leise vor sich hin wimmerte.

Auf dem Nachttisch lag eine geladene Pistole. Hunter begriff, daß dies Elyssas Vorsichtsmaßnahme bedeutete, Ab Culpepper nicht lebend in die Hände zu fallen.

Warum bist du nicht zu mir gekommen, um dich trösten zu lassen? fragte Hunter schweigend.

Die Antwort kam mit grausamer Endgültigkeit.

Was uns verbindet, ist nur eine Affäre, mehr nicht.

Nur eine Affäre.

Mit raschen, energischen Bewegungen und ohne weitere Gedanken daran zu verschwenden, was die Männer über ihn und Elyssa denken mochten, zog Hunter seine Stiefel aus und schlüpfte zu ihr ins Bett. Als er unter die Bettdecke glitt, schlug ihm der Geruch von Schießpulver und der Duft nach Rosmarin und warmer Weiblichkeit entgegen.

Verlangen und noch etwas anderes ergriffen von ihm Besitz, etwas, was Kummer sehr nahe kam. Er verstand nicht, warum sich sein Herz plötzlich so schmerzlich zusammenzog, aber mit der Leidenschaft hatte er keine Probleme.

Ein einziger Blick unter die Decke hatte ihm gesagt, daß Elyssa bis auf ihre Schuhe voll bekleidet war. Das Wildlederhemd hatte sie gegen ein weiches Flanellhemd ausgetauscht, das einmal leuchtend rot gewesen war. Vor lauter Waschen wies es jetzt nur noch ein Rosa auf.

Hunters Hände zitterten bei dem Gedanken, das Hemd aufzuknöpfen und straffes, elfenbeinfarbenes Fleisch darunter zu finden. Er wollte Elyssa nicht wecken, dennoch brauchte er ihre Nähe auf eine Art, die er selbst kaum verstand.

Mit einer Zärtlichkeit, die einer Mischung aus fieberndem Verlangen und tiefer Traurigkeit entsprang, streichelte Hunter Elyssas zerzaustes Haar. Mehr schlafend als wachend drehte sie sich zu ihm um und murmelte seinen Namen.

»Wach nicht auf«, flüsterte er sanft, als er Elyssa in seine Arme zog. »Ich möchte dich einfach nur halten, während du schläfst.«

Es war eine Lüge. Hunter wollte mehr. Sehr viel mehr. Wenn er für Elyssa nichts weiter sein konnte als ihr Liebhaber, dann wollte er wenigstens das sein, ein allerletztes Mal; denn nach der heutigen Nacht wäre es vielleicht für ihn zu spät.

Seufzend schmiegte sich Elyssa in Hunters Arme. Heiße Erregung durchflutete ihn bei dem weichen warmen Frauenkörper dicht an seinem, und sein Verlangen steigerte sich zu einem wilden Hunger, der fast an Qual grenzte. Er schloß die Augen und unterdrückte ein Stöhnen, um Elyssa nicht gänzlich zu wecken, während er gegen die alles verzehrende Begierde ankämpfte, die seine Selbstkontrolle zunichte zu machen drohte.

Als Hunter den heftigen Schmerz in seinen Lenden schließlich wieder so weit unter Kontrolle hatte, daß er atmen konnte, öffnete er die Augen. Elyssa beobachtete ihn. Die Leidenschaft und der Kummer in den Augen spiegelten seine eigenen Gefühle wider.

»Hab keine Angst, Liebste«, beschwichtigte er sie. »Ab Culpepper wird seine gerechte Strafe empfangen, noch bevor die Sonne aufgeht. Morgen abend brauchst du nicht wieder mit einer geladenen Pistole auf deinem Nachttisch einzuschlafen und dich fragen, ob du vielleicht jemanden töten mußt.«

Elyssa zuckte erschrocken zusammen. Schweigend schlang sie ihre Arme um Hunter und preßte ihn an sich.

Wieder spürte er, wie ein unerklärlicher Kummer seinen Hunger linderte und zugleich verstärkte. Er drückte einen sanften Kuß auf Elyssas Haar.

»Es wird schon alles gut werden«, flüsterte er. »Case und ich gehen hinaus, sobald es dunkel ist.«

»Nein.«

Das Wort kam in einem heiseren Protest über Elyssas Lippen.

Hunter fing gar nicht erst an, mit ihr zu streiten. Er wußte, was getan werden mußte. Sobald sie darüber nachdachte, würde sie es selbst verstehen.

»Es ist die einzige Möglichkeit, die uns noch bleibt«, sagte er. »Wenn wir Glück haben, werden wir Ab und seine Sippe kriegen.«

»Nein!«

»... selbst wenn wir es nicht schaffen, an Ab heranzukommen – er hat keinen großen Einfluß auf seine Kumpane. Gier ist das einzige, was die Bande zusammenhält. Wenn ein paar von ihnen am Morgen mit aufgeschlitzten Kehlen daliegen, kann es sehr gut sein, daß der Rest von ihnen Reißaus nimmt.«

»Du wirst getötet werden.«

Auch diesmal widersprach Hunter nicht.

Wenn er geglaubt hätte, daß es leicht sein würde, an Abs Wachen vorbeizuschlüpfen, dann wäre er schon vor Tagen zusammen mit den Frauen in die Sicherheit von Camp Halleck geflohen.

Aber sich durch die Banditen hindurchzuschleichen würde sein und Cases gesamtes Geschick erfordern und obendrein noch eine gehörige Portion Glück.

Wäre ihre Lage nicht so aussichtslos, hätte Hunter ein solch riskantes Unternehmen nicht einmal in Erwägung gezogen.

Er beugte leicht den Kopf, um Elyssa zu küssen. Es sollte ein sanfter, zärtlicher Kuß sein, ein Kuß, der ihre Ängste und seine eigenen beschwichtigte; aber bei der ersten Berührung ihrer Lippen loderten Flammen der Leidenschaft in ihm auf, so jäh, als hielte man eine brennende Fackel an trockenes Stroh.

Mit einem heiseren Stöhnen ergriff Hunter Besitz von Elyssas Mund und öffnete ihre Lippen für seinen Kuß. Seine Zunge schoß in ihren Mund mit einer Heftigkeit, die fast an Verzweiflung grenzte.

Sein wilder, verzehrender Kuß bog Elyssas Hals über seinen Unterarm und drückte ihren Kopf in die Kissen zurück. Sie bemerkte es gar nicht. Ihre Finger waren in seinem Haar vergraben, und sie preßte ihn mit aller Kraft an sich, als wollte sie ihn nie mehr loslassen.

Hunters Blut fing Feuer bei Elyssas ungestümer Reaktion auf sein Verlangen. Noch während er den Kuß vertiefte, begann er, sie mit schnellen, ungeduldigen Bewegungen zu entkleiden.

Sie half ihm mit zitternden Händen, und gemeinsam streiften sie ihre Hose an den Beinen herunter und warfen sie achtlos auf den Boden.

»Ich hatte nicht die Absicht ...«, stammelte Hunter.

Elyssa preßte erneut ihre Lippen auf seinen Mund, von dem drängenden Bedürfnis getrieben, ihm auf die ihr einzig mögliche Weise nahe zu sein. Voller Ungeduld zog sie seine Hände auf die schmerzende, pulsierende Hitze zwischen ihren Schenkeln.

Hunter vergaß augenblicklich, was er hatte sagen wollen. Elyssa war heiß und weich, und ihre Tränen der Leidenschaft ergossen sich bei der ersten Berührung auf seine Fingerspitzen. Ihr flüssiges Feuer machte jeden Gedanken an Selbstbeherrschung zunichte. Zitternd vor Verlangen riß Hunter seine Hose auf und legte sich auf sie, um in sie einzudringen.

Mit einem einzigen kraftvollen Stoß vergrub sich Hunter in Elyssas bereitem Schoß. Sie zuckte zusammen, und ein klagender Schrei entrang sich ihrer Kehle. Hunter erschauerte vor Lust, doch er zog sich sofort wieder zurück in der Annahme, er habe ihr Schmerz bereitet.

Augenblicklich schlang Elyssa ihre Beine um seine Hüften und hob ihren Unterkörper, um ihn noch tiefer in sich aufzunehmen.

Der Beweis, daß sie ihn ebenso verzweifelt begehrte wie er sie, ließ Hunter jede Zurückhaltung aufgeben. Wieder und wieder drang er kraftvoll in sie ein, als müsse er bis zum Kern ihres Wesens vordringen oder an sich selbst ersticken.

Elyssa bäumte sich Hunter entgegen, während sie seinem verzweifelten Verlangen mit ihren eigenen glühenden Forderungen begegnete. Er gab ihr alles, wonach sie sich sehnte, und noch mehr. Ohne Vorwarnung überwältigte die Ekstase sie in einem Katarakt von Feuer und ließ sie alles um sich herum vergessen.

Das köstliche Gefühl von Elyssas Höhepunkt bescherte Hunter überwältigende Lust. Ihm blieb gerade noch soviel Verstand, um ihren Mund in einem hingebungsvollen Kuß zu nehmen und das rauhe Stöhnen zu dämpfen, das die Verzückung ihrer beider Kehlen entlockte, als auch er seinen Gipfel erreichte und seinen Samen tief in ihr ergoß.

Schließlich schliefen sie ein, eng umschlungen und miteinander verschmolzen; sie kannten nur einander und das Glück, das sie immer noch erschauern ließ.

Eine Stunde später wurden Hunter und Elyssa von Cases Klopfen an die Schlafzimmertür geweckt.

Die Angriffe hatten wieder begonnen.

25

Elyssa stand halb gebückt vor der Schießscharte und spähte mit brennenden Augen hinaus in die schrägen Strahlen der Spätnachmittagssonne. Hunter war direkt hinter ihr und beugte sich schützend über sie. Er blickte über ihren hellen Kopf hinweg auf das schimmernde goldene Licht und den rußgeschwärzten Boden jenseits des schmalen Schlitzes.

Unwillkürlich holte er tief Luft. Er war Elyssa so nahe, daß er die seltsame Mischung von Schießpulver und zart duftendem Rosmarin riechen konnte, die von ihrer Kleidung ausströmte. Die lebendige Wärme ihres Körpers schien nach ihm zu greifen und ihn liebkosend einzuhüllen.

Was uns verbindet, ist nur eine Affäre.

»Ich sehe überhaupt nichts«, seufzte Elyssa.

Sie richtete sich wieder auf und fand sich zwischen dem Fensterladen und der geballten Kraft von Hunters Körper gefangen. Köstliche Gefühle durchströmten sie, ein flimmerndes Netz von

Hitze, gepaart mit einer Sehnsucht, die nichts mit sinnlichem Verlangen zu tun hatte.

»Siehst du … irgend etwas?« fragte sie stockend.

Für Hunter war der heisere Unterton in ihrer Stimme wie eine Liebkosung. Er zögerte einen Moment mit seiner Antwort, denn er traute sich nicht zu sprechen, weil er befürchtete, seine eigene Stimme würde ihr seine elementare Reaktion allzu plump verraten.

»Ich schätze«, sagte er vorsichtig, »daß der Angriff nur eine Finte war, um uns in Trab zu halten. Aber wenn Case und ich nichts gegen die Banditen unternehmen, werden sie irgendwann im Laufe der Nacht wieder mit brennenden Fackeln über uns herfallen.«

Furcht krampfte Elyssas Magen zusammen bei der Vorstellung, wie sich Hunter jenseits der schützenden Mauern des Hauses bewegte und mit bloßen Händen in der Dunkelheit nach Klapperschlangen tastete.

Und auch welche fand.

»Geh nicht«, bat sie ihn leise.

Hunters einzige Antwort war Elyssas Name, den er in ihr Haar hauchte.

»Am liebsten würde ich dort draußen bei dir sein«, flüsterte sie. »Bitte, Hunter. Geh nicht.«

»Es ist unsere einzige Chance. Und …« Er berührte ihr Haar leicht mit seinen Lippen. »Ich kann meinen Bruder nicht im Stich lassen. Er braucht meine Hilfe, wenn er gegen Ab Culpepper vorgeht.«

Elyssa schloß einen Moment lang die Augen.

Was habe ich eigentlich erwartet? erforschte sie unbarmherzig ihr Inneres. *Hunter liebt seinen Bruder.*

Schweigend öffnete sie die Augen und blickte wieder durch die Schießscharte hinaus, um das verbrannte Land nach einer Spur von den Angreifern abzusuchen.

»Elyssa?« flüsterte Hunter, beunruhigt über ihre Unerreichbarkeit.

»Keiner.«

»Was?«

»Es kommt keiner.«

»Das ist nicht das, was ich ...«

Was immer Hunter hatte sagen wollen ging in den einstimmigen Alarmrufen von Morgan und Case unter, die im oberen Stock Wache hielten.

»Gewehrfeuer! Im Norden und Osten!«

»Westen und Südseite, Achtung, Banditen!«

»Macht euch bereit, Männer!« schrie Hunter. »Aber schießt erst dann, wenn ihr euch eures Ziels sicher seid. Die Munition geht uns aus!«

Elyssa bückte sich, um ihren Karabiner aufzuheben.

Hunter machte kehrt und rannte auf die Treppe zu, das Gewehr in der Hand. Der ohrenbetäubende Krach von Gewehrfeuer kam jetzt aus sämtlichen Richtungen und sagte ihm, daß der Angriff diesmal nicht lediglich eine gemeine Finte war. Dennoch hatten die Schüsse etwas Merkwürdiges an sich.

Während Hunter nach oben stürmte, fand er des Rätsels Lösung. Die Schüsse kamen nicht näher.

Und auch im Haus erwiderte niemand das Feuer.

»Nun?« verlangte Hunter zu wissen, als er in das Kinderzimmer marschierte.

»Ich kann sie hören, aber nicht sehen«, erklärte Case.

»Morgan«, rief Hunter. »Was siehst du?«

»Nichts, Sir.«

Dennoch krachten die Schüsse ohne Pause.

»Die Armee?« fragte Case stirnrunzelnd.

»Keine Hornsignale!« Hunter schüttelte den Kopf.

»Vielleicht liefert sich das Gesindel eine Schießerei untereinander?«

Hunters Mund verzog sich zu einem schadenfrohen Grinsen.

Dann herrschte angespannte Stille, während die Männer warteten und horchten und durch die Schießscharten hinausstarrten.

Doch sie sahen nichts als das verbrannte Land und das goldene Licht des Spätnachmittags.

Wenig später trug der Wind ein äußerst beunruhigendes Geräusch zur Ranch herüber, das mehr und mehr anschwoll. Hunter und Case drehten sich um und blickten einander fragend an.

»Klingt wie Schlachtrufe«, meinte Hunter.

»Diese Mäuse da nutzen die Situation wirklich gründlich aus, wenn die Katze fort ist, um Landkarten zu zeichnen und Whisky zu trinken«, bemerkte Case.

»Vielleicht schlachten sie sich wirklich gegenseitig ab.«

Schweigend hob Case sein Gewehr, blickte durch sein Visier und wartete, um zu sehen, ob es Indianer oder Banditen waren, die als nächstes die Ladder S angreifen würden.

»Sag mir Bescheid, wenn du irgendwas entdeckst«, ordnete Hunter an.

Er wandte sich ab und ging durch das Haus wie ein dunkler Geist, während er angestrengt horchend durch jede Schießscharte spähte und wartete. Gewehrfeuer und Schlachtrufe drangen aus allen Richtungen an sein Ohr.

Nach einer Weile kehrte er zu Elyssa zurück. Wie Case beobachtete sie das Geschehen wachsam durch das Visier ihres Karabiners und fragte sich, welcher Feind wohl überleben würde. Anders als Case hatte sie den Lauf ihres Karabiners auf den Rand der Schießscharte gestützt, um ihre Arme von dem Gewicht der Waffe zu entlasten. Das helle Licht, das durch den Schlitz drang, ließ ihre Augen wie Juwelen leuchten.

Schweigend trat Hunter hinter sie. Er stützte die Hände gegen die Fensterläden, beugte sich vor und blickte über ihrem Kopf hinaus.

Nach ein paar Augenblicken verschmolzen die Reihen von Gestalten in der Ferne zu einem Knäuel.

Ohne seinen Blick von dem Geschehen abzuwenden, hauchte Hunter einen Kuß auf ihren Scheitel. Er war so zart, so flüchtig, daß sie sich nicht sicher war, ob er überhaupt stattgefunden hatte.

»Indianer im Anmarsch auf die Pyramidenpappeln!« rief Case aus dem Obergeschoß.

Hunter drehte den Kopf von Elyssa weg.

»Nicht schießen!« brüllte er. »Wenn sie Culpeppers umlegen wollen, dann werde ich sie garantiert nicht daran hindern.«

Sporadisches Feuer ertönte von den Pappeln her, dann schrille Schlachtrufe, gefolgt von einer Stille, die sich langsam in dem Nachmittag ausdehnte.

»Bewegt euch, Jungs«, rief Hunter. »Sie können jeden Moment hier anlangen.«

Elyssa wartete angstvoll, und allmählich ging der Nachmittag in Abenddämmerung über.

Nichts rührte sich, nicht einmal die Vögel, die um diese Tageszeit gewöhnlich in Schwärmen zum Sumpf hinüberflogen, um dort die Nacht zu verbringen.

Gerade als Elyssa zu dem Schluß kam, daß die Indianer wieder abgezogen waren und die Ladder S verschont hatten, rief Case erneut von oben.

»Indianer! Fünf Mann!« Dann fügte er ungläubig hinzu: »Einer trägt eine weiße Fahne!«

»Nicht schießen!« rief Hunter.

Er konnte kaum glauben, was er da sah, als er beobachtete, wie vier Indianer auf gescheckten Ponies am Rande der Pyramidenpappeln anhielten. Der Mann mit der Verhandlungsfahne ritt weiter auf den Ranchhof zu.

»Vom Stamm der Ute«, sagte Elyssa. »Sie tragen Kriegsbemalung, nicht die Bemalung für Waffenstillstandsverhandlungen.«

Hunter ging zur Haustür, wo Morgan wartete.

Elyssa folgte ihm auf den Fersen.

»Geh wieder zurück«, drängte Hunter sie. »Es könnte eine Falle sein.«

»Nein. Wenn du gehst, dann gehe ich auch.«

»Morgan.«

Mehr sagte Hunter nicht.

Als sich die Haustür öffnete, blieb Elyssa drinnen, aus dem simplen Grund, weil Morgan sie mit drahtiger Kraft zurückdrängte. Sie wehrte sich einen Moment in erbittertem Schweigen gegen seinen Griff und gab dann mit einem Ausdruck der Erschöpfung nach, der Hunter wie ein Messer ins Herz schnitt.

Die Vordertür schloß sich hinter ihm und ließ ihn allein in einem Hof voll verkohlten Grases und aufgewühlter Erde. Auf ein Gewehr hatte er verzichtet, aber in seinem Gürtel steckte ein sechsschüssiger Revolver.

Die Krieger, die bei den Pappeln warteten, waren schlank und sehnig und in körperlicher Hochform. Das gleiche galt für ihre Ponys. Aber es war der Ute mit der ausgefransten weißen Fahne, dem Hunters ganze Aufmerksamkeit galt.

Mit raschen fließenden Handbewegungen erklärte der Mann Hunter, was dieser nicht zu glauben gewagt hatte – die Ute hatten nicht die Absicht, Krieg gegen die Ladder S zu führen. Sie waren gekommen, um eine Schuld zu begleichen.

Bei Elyssa.

Und nur bei ihr.

»Elyssa«, rief Hunter, ohne seinen Blick von den Indianern abzuwenden. »Komm heraus.«

Einen Moment später schwang die Haustür auf, und Elyssa eilte an Hunters Seite.

Der Ute begann erneut, in Zeichensprache zu sprechen. Seine Hände waren elegant und kraftvoll zugleich, als er mit Gebärden Begriffe darstellte, die sowohl der Sprache der Weißen als auch der der amerikanischen Ureinwohner entstammten.

»Er sagt, daß ihr Häuptling dir zu großem Dank verpflichtet ist«, übersetzte Hunter für Elyssa.

»Aber …«

»Warte«, unterbrach er sie.

Ernsthaft verfolgte er die Gebärden, dann begann er erneut zu übersetzen.

»Seine Ehefrau und sein Sohn wurden von weißen Männern

geraubt«, sagte Hunter. »Dank der Hilfe von einem der Männer gelang es ihr zu fliehen, nur um von den anderen gejagt zu werden wie ein Kaninchen von einem Rudel Kojoten. Dann kam eine tapfere Kriegerin auf einem gescheckten Pferd daher.«

Verblüfft starrte Elyssa Hunter an, aber er konzentrierte sich weiterhin auf die Hände des Ute.

»Obwohl sie selbst eine Weiße war«, übersetzte Hunter, »erschoß sie den weißen Mann, nahm den kleinen Sohn in die Arme und machte der Ehefrau Platz auf ihrem Pferd. Die weiße Frau nahm die Ehefrau und den Sohn in ihren eigenen Wigwam mit und kümmerte sich so liebevoll wie eine Mutter um sie.

Der Ute legte eine Pause ein und blickte Elyssa einen Moment lang eindringlich an, bevor er in Zeichensprache zu sprechen fortfuhr.

»Er-Der-Als-Erster-Am-Feuer-Spricht dankt der weißen Frau«, übersetzte Hunter. »Auf daß Frieden zwischen unseren Wigwams herrschen möge.«

»Wie schön«, sagte Elyssa spontan.

Der Ute verstand. Er machte eine weitausholende Bewegung mit dem Arm.

Fünf weitere Ute galoppierten von den Abhängen herunter, wo Zedern und Zwergkiefern inmitten von breiten Streifen verkohlter Erde wuchsen. Drei der Männer führten jeder eine Appaloosa-Stute am Zügel neben sich her. Es waren wunderschöne Tiere, langgliedrig und mit breiter, kräftiger Brust.

»Hunter?« flüsterte Elyssa fragend.

»Sieht ganz so aus, als würdest du bald gescheckte Pferde züchten, so wie du es dir immer gewünscht hast«, teilte er ihr mit.

Verblüfft griff Elyssa nach den Führungsleinen, die zu ihren Füßen niedergeworfen wurden, als die Indianer vorbeigaloppierten.

Dann erschienen zwei weitere Rothäute. Einer führte die Ladder-S-Stute am Zügel, die das Indianermädchen genommen hatte, als es von der Ranch geflohen war. Ein Mann war mit dem Gesicht nach unten auf dem Rücken der Stute festgebunden.

Der zweite Indianer ritt nicht allein; er hielt einen anderen Mann aufrecht vor sich im Sattel fest.

Einen Weißen.

»Bill!« schrie Elyssa.

Der Indianer lockerte den Griff um seine Bürde und ließ Bill auf den Boden gleiten. Und als ob dies ein vereinbartes Zeichen wäre, wendeten die anderen Ute ihre Pferde und galoppierten davon.

Die Eingangstür wurde geöffnet, und Penny flog heraus, um sich neben Bill auf die Knie fallen zu lassen.

Elyssa wollte ihrerseits auf Bill zugehen, doch dann erstarrte sie mitten in der Bewegung; sie erkannte, daß es sich bei dem Mann, der auf der Ladder-S-Stute festgezurrt war, um einen Einarmigen handelte.

»Mac«, flüsterte sie entsetzt.

Falls Hunter ebenso bestürzt war, so ließ er es sich jedenfalls nicht anmerken. Er zog rasch sein Messer aus dem Gürtel, durchschnitt Macs Fesseln und fing die reglose Gestalt in seinen Armen auf.

»Ist er ...«, begann Elyssa.

»Er lebt. Gerade noch«, unterbrach Hunter sie und trug Mac zum Haus hinüber. Kaum hatte er die Tür durchschritten, als er auch schon nach Case rief.

»Nimm dir zwei Männer und sieh nach, wer von den Banditen noch da ist. Falls einer überlebt hat ...«

Am folgenden Tag kurz nach der Mittagszeit stieg Elyssa schweigend die Treppen zum Keller hinab. Das Haus erschien ihr merkwürdig leer und verlassen. Die meisten der Männer waren draußen, um das Vieh zusammenzutreiben, das gleich jenseits von Ladder-S-Land versteckt gehalten worden war. Bei der letzten Zählung waren mehr als sechshundert Stück gefunden worden.

Die Banditen begruben sie gleich an Ort und Stelle, wo sie getroffen worden waren; allerdings machten sie nur einen Culpepper unter den Toten aus.

Und es war nicht Ab.

Case hatte Maultierspuren entdeckt und war ihnen gefolgt, bis sie sich auf einem geröllbedeckten Abhang verloren. Zurück auf der Ranch, berichtete er Hunter davon und packte seine Ausrüstung zusammen.

Elyssa wußte, daß Case bei Sonnenuntergang nicht mehr auf der Ladder S sein würde.

Und Hunter auch nicht.

Ich kann meinen Bruder nicht allein gegen Ab Culpepper kämpfen lassen.

Nur Bill und Mac blieben noch in dem kleinen Verbandsraum im Keller. Bill war nicht schwer verletzt. Er litt jedoch an Erschöpfung, nachdem ihn die Culpeppers vor ihrem Überfall auf die Ladder S gefesselt, brutal zusammengeschlagen und dann hilflos sich selbst überlassen hatten.

Macs Verletzungen waren sehr viel besorgniserregender.

Am Fuß der Kellertreppe blieb Elyssa einen Moment stehen, um ihre Augen an das trübe Licht zu gewöhnen. Die flackernde Laterne enthüllte nur wenig. Macs Pritsche stand an einer der Wände, Bills Pritsche an der gegenüberliegenden, in einer Ecke, wo der Lichtschein der Laterne kaum noch hindrang.

Penny war nirgendwo zu sehen.

Gerade als sich Elyssa abwenden wollte, um wieder hinaufzugehen, erhaschte sie aus den Augenwinkeln eine Bewegung auf Bills Seite des Raums. Als sich ihre Augen an die Dunkelheit gewöhnt hatten, sah Elyssa, daß zwei Menschen auf der Pritsche lagen. Eng umschlungen.

Worte der Leidenschaft und der Zärtlichkeit schwebten durch die Dunkelheit und verrieten Elyssa, daß Bill endlich die Liebe erwiderte, die Penny für ihn empfand. Obwohl sich

Elyssa aufrichtig für die beiden freute, war der Anblick ihrer Liebe fast schmerzlich für sie.

Morgen bei Sonnenaufgang würden Morgan, Sonny und die übrigen Cowboys das Vieh und die Mustangs nach Camp Halleck treiben, um den Armeevertrag zu erfüllen.

Hunter und Case würden in die entgegengesetzte Richtung reiten, um Ab Culpeppers Spuren aufzunehmen.

Ich kann meinen Bruder nicht allein gegen Ab Culpepper kämpfen lassen.

Als Elyssa diskret zur Treppe zurückwich, rief Bill plötzlich mit leiser Stimme nach ihr.

»Komm doch mal her, Frechdachs. Du sollst die erste sein, die erfährt, daß Penny eingewilligt hat, mich zu heiraten.«

Penny stieß einen erschrockenen Laut aus und sprang hastig von der Pritsche auf.

»Herzlichen Glückwunsch«, gratulierte Elyssa.

»Weil ich mich endlich am Riemen gerissen habe und zur Vernunft gekommen bin?« gab Bill zurück.

»Einsicht ist so selten bei Männern«, erwiderte Elyssa. Dann schenkte sie ihm ein bittersüßes Lächeln, das ihren Worten den Stachel nahm.

Penny lachte laut. Selbst Bills Augen funkelten belustigt in seinem wettergegerbten Gesicht.

»Wie geht es Mac?« wollte Elyssa wissen.

Langsam schüttelte Penny den Kopf.

»Gerade habe ich nach ihm gesehen«, erklärte sie. »Er kommt kurz zu sich und verliert dann wieder das Bewußtsein, aber er scheint immer tiefer zu versinken ...«

Penny zuckte die Achseln und fügte nichts weiter hinzu.

In der kurzen Zeit, seit Mac so unerwartet auf die Ladder S zurückgekehrt war, hatte sich sein Zustand zusehends verschlechtert.

»Ist vielleicht auch besser so«, sagte Bill erzürnt. »Erspart mir die Mühe, ihn zu bestrafen.«

»Was?« rief Elyssa schockiert.

»Mac hat dich systematisch bestohlen«, ertönte Hunters Stimme von der Treppe her.

Elyssa wirbelte zu ihm herum.

»Wovon redest du eigentlich?« verlangte sie zu wissen.

Hunter blickte Bill an, der abwinkte und Pennys Hand nahm. »Statt zu reden möchte ich lieber diese kleine Lady hier küssen.«

Pennys zartes Erröten und ihr glückliches Lächeln schienen den matt beleuchteten Raum wie ein Sonnenaufgang zu erhellen. Sie beugte sich vor, um Bills Kuß zu empfangen.

Elyssa wandte den Blick ab.

»Mac fing an, dein Vieh zu stehlen, kaum daß John Sutton unter der Erde war«, setzte Hunter Elyssa ins Bild.

Sie schüttelte nur verständnislos den Kopf.

»Bill hat mir erzählt, Mac wäre der Ansicht gewesen, der unbedeutenden Tochter einer Ehebrecherin stände die Ranch nicht zu, in die John Sutton soviel Schweiß und Mühe investiert hatte«, erklärte Hunter. »Und so begann Mac, sich sein eigenes Reich aufzubauen.«

»Mit Ladder-S-Vieh und einem Slash-River-Brandzeichen?« fragte Elyssa.

»So ungefähr kann man es ausdrücken.«

»Ich hatte schon lange den Verdacht, daß Mac ein Dieb und Betrüger war«, fügte Bill einen Moment später hinzu. »Aber ich war die meiste Zeit zu betrunken, als daß es mich gekümmert hätte.«

Penny gab einen erstickten Laut von sich und berührte zaghaft sein Gesicht. Bill schenkte ihr ein liebevolles Lächeln.

»Bis es Penny endlich gelang, mir die Augen zu öffnen und mir begreiflich zu machen, was für ein Idiot ich war, hatten sich bereits die Culpeppers eingeschaltet. Es gefiel Mac zwar kein bißchen, aber er konnte nichts dagegen tun.«

»Also hat er seinen ›Tod‹ selbst inszeniert und sich mit den Culpeppers zusammengetan?« fragte Hunter.

Bill nickte.

Hunter warf einen Blick aus schmalen Augen in Macs Richtung. »Wenn er überlebt«, knurrte er, »dann sollte ich den verdammten Hurensohn aufhängen.«

Elyssa öffnete den Mund, konnte jedoch keine Worte finden, dem eisigen Zorn in Hunters Augen zu begegnen. Als er das entsetzte Keuchen vernahm, das über ihre Lippen kam, wandte er ihr wieder seine Aufmerksamkeit zu.

»Ich werde nicht zulassen, daß ein Mann wegen Viehdiebstahls gehenkt wird«, sagte sie.

»Das würde natürlich nicht genügen«, knurrte Hunter, »aber ich weiß von mindestens drei Malen, als Mac dich zu töten versuchte.«

»Was?« fragte sie verstört.

»Er hat den Longhornbullen auf dich gehetzt und eine Gerölllawine ausgelöst; drittens zielte er mit einem Revolver auf dich in jener Nacht, als er Salz in deinem Garten ausgestreut hatte.«

»Mac?« fragte Elyssa gepreßt. »Hat er mich derart gehaßt? Aber warum denn nur? Was habe ich ihm denn getan?«

»Eigentlich haßte er nicht dich«, erklärte Bill, »sondern Gloria.«

»Was soll das heißen?« fragte Elyssa ratlos.

»Mac und John waren Partner, bis Gloria auftauchte«, fuhr Bill fort. »Mac hat deiner Mutter niemals verziehen, daß sie die Dinge veränderte.«

»Aber was hat das mit mir zu tun?« flüsterte sie.

»Du siehst ihr so unglaublich ähnlich. Manchmal ...« Bill zögerte und fügte dann schlicht hinzu: »Manchmal trifft es mich förmlich wie ein Schlag, wenn ich dich ansehe.«

Elyssa schüttelte stumm den Kopf; sie wollte einfach nicht glauben, daß Mac sie bis zur Mordlust gehaßt hatte.

»Frechdachs.«

Zuerst dachte sie, sie hätte sich das Flüstern nur eingebildet. Dann hörte sie es erneut.

»Frechdachs.«

Langsam wandte sie sich zu der Ecke um, wo Mac im Sterben lag.

Hunter war noch vor Elyssa an der Pritsche. Sein muskulöser Arm hinderte sie daran, in Macs Reichweite zu gelangen.

»Ich bin hier, Mac«, sagte Elyssa.

»Wo?« ächzte er. »... kann dich nicht sehen.«

Elyssa trat um Hunters vorgestrecken Arm herum und ergriff Macs Hand.

»Hier bin ich«, sagte sie leise.

Macs Blick konzentrierte sich auf sie.

»Du kennst ... mein Brandzeichen«, raffte er sich mühsam zum Reden auf.

»Das Slash-River-Zeichen?« fragte sie.

»Gebe es ... dir.« Er holte zitternd Luft. »Tut mir leid.«

»Du sollst nicht sprechen«, beschwichtigte Elyssa. »Spar dir deine Kraft dafür auf, wieder gesund zu werden.«

Etwas, was einem Lächeln nahe kam, breitete sich auf Macs Gesicht aus und verzog die Linie seines graumelierten Bartes. Als er erneut sprach, klang seine Stimme eine Spur lauter und fester, als griffe er auf eine allerletzte Kraftreserve zurück.

»Ich sterbe, Frechdachs.«

Elyssa schnappte erschrocken nach Luft und drückte behutsam Macs Hand.

»Diese verdammten Hurenböcke von Culpeppers«, preßte Mac hervor, und in seiner Stimme schwang Verachtung mit. »Brauchten unbedingt eine Frau ... Haben ein Ute-Mädchen geraubt ...«

Elyssas Augenlider zuckten.

»Idioten, alle miteinander«, knurrte Mac. »Ich hab's ihnen gesagt. Und bin dann ... in den Sumpf gegangen ...«

Sein Atem ging rasselnd, als er nach Luft rang. Jeder seiner Atemzüge zeugte von dem Schmerz, der ihn so tief und endgültig wie der Tod verzehrte.

»Du warst das also«, warf Hunter ein. »Du hast Gaylord erschossen, bevor er Elyssa aufs Korn nehmen konnte.«

Langsam drehte Mac den Kopf, um Hunter anzusehen, dann schweifte sein Blick wieder zu Elyssa zurück und konzentrierte sich auf ihre Kleidung.

»Hast wie ein Mann ausgesehen«, flüsterte Mac schmerzgepeinigt. »Hast wie ein Mann gekämpft. Das tapferste kleine Ding ... das ich jemals sah. Konnte nicht zulassen ..., daß sie dich töten. Ab ist dahintergekommen, daß ich Gaylord auf dem Gewissen hatte. Hat mich in den Bauch geschossen ... damit ich langsam ... und qualvoll ... sterben sollte.«

Macs Atem kam in einem langgezogenen Röcheln über seine Lippen. Die Hand, die Elyssa in ihrer hielt, erschlaffte abrupt.

Tränen, die sie nicht zurückhalten konnte, kullerten ihre Wangen hinunter und tropften auf Macs leblose Rechte.

Mac spürte nichts mehr davon. Endlich war er erlöst von allen körperlichen und seelischen Qualen.

In gewisser Weise beneidete Elyssa ihn fast darum, denn sie wußte, ihr standen noch allerhand Schmerzen bevor.

Als Hunter erkannte, was geschehen war, zog er die Decke über Macs Gesicht und wandte sich Elyssa zu.

»Weine nicht, Liebste«, tröstete er sie. »Er ist deine Tränen nicht wert.«

»Es ist ja nicht nur seinetwegen«, flüsterte sie schluchzend. »Ich weine wegen all dieser Ereignisse, wegen des Schmerzes und des Zorns und des Verrats der Vergangenheit. Was für ein wirres, bitteres Vermächtnis!«

Einen Moment lang schwieg Hunter bedrückt. Elyssa spürte, daß er an seine eigene Vergangenheit zurückdachte, seine Enttäuschung, sein eigenes bitteres Vermächtnis von Zorn und Verrat.

Das war der unerträglichste Teil von Elyssas Schmerz. Sie konnte ihre Herkunft nicht ungeschehen machen, aber sich damit auseinandersetzen, konnte Tränen darüber vergießen und sogar nach einer gewissen Zeit über all das Leid hinwegkommen … aber mit Hunter wurde sie nicht fertig. Ihn konnte sie nicht heilen.

Höchstens verlieren!

Nein, das stimmt nicht ganz, sagte sich Elyssa mit der gebotenen Aufrichtigkeit. *Ich kann nicht etwas verlieren, was ich nie besaß.*

Hunter hat sich mir niemals hingegeben. Er hat sich ganz einfach genommen, was ich ihm anbot. Und dafür hat er mir Lust geschenkt.

Nicht sein Herz. Nicht sein Vertrauen. Und ganz sicher nicht seine Liebe.

Nur Lust.

Als Elyssa Hunter erneut anblickte, waren ihre Augen so leer wie ihr Herz.

»Was hat Case über die Maultierspuren gesagt, die er verfolgen will?« fragte sie abrupt.

Hunter zögerte, überrascht und erschrocken über die Distanz und das Fehlen jeglichen Gefühls in ihrer Stimme. Elyssa war auf einmal wie umgewandelt, was er sich nicht erklären konnte; aber er spürte die Veränderung in ihr ganz deutlich.

Einen Krieg durchmachen zu müssen, geht nicht spurlos an einem Menschen vorüber. Es verändert ihn. Und die Erkenntnis, daß sein Vertrauen enttäuscht wurde, verändert ihn ebenfalls.

Mich hat all das todsicher zu einem anderen Menschen gemacht.

Dennoch war es unerwartet qualvoll für Hunter zu beobachten, wie die schmerzlichen Erfahrungen Elyssa verwandelten. Er hätte einiges dafür gegeben, um die dunklen Schatten aus ihren Augen zu vertreiben, und durch das Leuchten von Lachen und Leidenschaft zu ersetzen.

»Ab Culpepper ist unterwegs zu den Spanish Bottoms«, erteilte er schließlich Auskunft.

»Dann werdet ihr beide, du und Case, bald fortgehen.«

Bevor Hunter irgend etwas darauf erwidern konnte, mischte sich Bill ein.

»Hunter wird sich keinen Schritt von der Ladder S fortbewegen, bevor er dich geheiratet hat«, sagte Bill barsch.

Verblüfft fuhr Elyssa zu Bill herum.

»Wie bitte?« fragte sie.

»Du hast mich gehört«, gab Bill zurück. »Nach dem, was Penny mir erzählt hat – und nach dem, was ich mit meinen eigenen Augen sehen kann – wird es höchste Zeit, daß ein Priester auf die Ladder S kommt.«

»Um dich und Penny zu trauen, ja«, erwiderte Elyssa.

»Es wird eine Doppelhochzeit geben«, bestimmte Bill.

»Das ist nicht nötig.«

»Verdammt noch mal, und ob das nötig ist«, fauchte Bill. »Du und Hunter ...«

»Ich bin nicht schwanger, falls du darauf anspielst«, unterbrach Elyssa ihn.

Hunter räusperte sich.

»Bist du sicher?« fragte er.

»Vollkommen!«

»Allein die Tatsache, daß er sich danach erkundigt, bedeutet bereits, daß es eine Doppelhochzeit gibt«, sagte Bill barsch. »Ich werde persönlich dafür sorgen.«

»Ohne mich«, beharrte Elyssa.

»Frechdachs ...«, leitete Bill einen neuen Versuch ein.

»Nein«, wiederholte sie. »Ich will nicht.«

»Warum nicht?« fragte Hunter tonlos. »Du weißt, daß wir zusammenpassen.«

Elyssa drehte sich zu Hunter um, um sich ihm und all dem zu stellen, was sie gar nicht verloren haben konnte, weil er es ihr niemals geschenkt hatte.

»Die Treue und Zuneigung eines Mannes sollten in erster Linie seiner Ehefrau gelten«, sagte sie in neutralem Ton. »Deine Treue und Zuneigung gilt deinen toten Kindern. Und deinem Bruder.«

Hunter hob eine Hand, als wollte er Elyssa berühren oder einen Schlag abwehren.

Oder beides.

»Ich will dich«, sagte er eindringlich. »Außerdem kann ich dich dazu bringen, daß du mich ebenso willst.«

»Verlangen reicht nicht aus für eine Ehe.«

Hunter widersprach nicht. Belinda hatte ihn das mit grausamer Gründlichkeit gelehrt.

»Eine Ehe erfordert Vertrauen«, sagte Elyssa. »Denn ohne Vertrauen ist keine Liebe möglich. Du hast seit Belinda keiner Frau mehr vertraut. Ich kann dir daraus nicht einmal einen Vorwurf machen. Wie heißt es doch? ›Gebranntes Kind scheut das Feuer‹.«

Hunter wandte schweigend den Blick ab. Er ertrug einfach nicht, was er in Elyssas Augen sah.

Dann wünschte er, er könnte auch seine Ohren verschließen vor dem, was sie sagte, denn Elyssas Worte taten ihm noch mehr weh als der Ausdruck ihrer Augen. Ihre Stimme war eine schmerzliche Mischung aus Erschöpfung, Verstehen und Bedauern, die wie Säure an seinem Herzen fraß.

»Ich dachte, ich könnte deine Einstellung ändern«, sagte Elyssa. »Oder deine Gefühle. Aber ich habe mich geirrt. In deinem Kopf und deinem Herzen ist kein Platz für die Zukunft. Nur für die Vergangenheit.«

Aus dem oberen Stockwerk ertönte Cases Stimme, als dieser nach seinem Bruder rief.

»Hunter? Wenn du noch immer entschlossen bist, Culpeppers mit mir zu jagen, dann wird es allmählich Zeit. Die Pferde stehen bereit, und die Spur wird langsam kalt.«

Hunter versteifte sich. Er blickte Elyssa an und sah, daß sie seine Entscheidung bereits wußte.

»Elyssa«, sagte er rauh.

»Geh nur«, flüsterte sie. »Hier hält dich nichts. Wir hatten eine Affäre. Nur das!«

Dennoch zögerte Hunter noch immer. Ihm war zumute, als hätte er etwas verloren, bevor er es überhaupt benennen konnte. Er wußte nur, daß es etwas Lebenswichtiges war. In qualvollem Schweigen forschte er in Elyssas Augen nach den Gefühlen, die bis vor kurzem aus ihren blauen Tiefen strahlten.

Nur eine Affäre.

Schmerz durchzuckte ihn, so heftig, wie ihn einst Leidenschaft überwältigt hatte, so überwältigend wie die Ekstase, die er in Elyssas Armen erlebt hatte, und bohrte sich ins Innerste seiner Seele.

»Hunter?« rief Case erneut. »Wo steckst du?«

»Lebwohl, mein Herbstgeliebter«, flüsterte Elyssa. »Ich werde jedes Jahr an dich zurückdenken, wenn sich die Blätter in Feuer verwandeln.«

Hunter stand einfach da und starrte sie an, unfähig, ein Wort hervorzubringen.

»Bitte entschuldige mich jetzt«, sagte Elyssa. »Ich habe seit Tagen so gut wie keinen Schlaf bekommen.«

Damit wandte sie sich hastig ab und eilte die Treppe hinauf. Als sie die Küche betrat, drehte sich Case zu ihr um.

»Weißt du, wo ...«, begann er.

Der Ausdruck auf Elyssas Gesicht ließ ihn abrupt innehalten. Sie ging an ihm vorbei, als nähme sie ihn überhaupt nicht wahr. Er schaute ihr nach, wie sie langsam die Treppe in den ersten Stock erklomm. Gleich darauf hallte das Geräusch einer Tür, die geschlossen wurde, in der Stille wider.

Auch Hunter marschierte die Kellertreppe hinauf in die Küche.

»Was stehst du hier noch herum?« fauchte er. »Die Spur wird doch kalt.«

Case pfiff lautlos durch die Zähne.

»Hast du allen Lebewohl gesagt?« fragte Case.

»Ja.«

»Dann bist du ein verdammter Narr. Wie kannst du eine so wundervolle Frau wie Elyssa zurücklassen?«

Hunter fletschte die Zähne.

»Frau?« spöttelte er. »Sie ist ein unreifes Mädchen, das von einer Stunde zur anderen nicht mehr weiß, was es will.«

Nur eine Affäre.

»Verdammt und zugenäht!« Case tippte sich an die Stirn. »Sie ist eine Frau, die um ihren Liebsten trauert.«

»Ihre Tränen werden schon irgendwann versiegen.«

»Frechdachs hat nicht geweint. Sie hat getrauert. Wenn du den Unterschied nicht kennst, dann geh nach oben und betrachte ihr Gesicht.«

Hunter schloß die Augen. Als er sie einen Moment später wieder öffnete, waren sie so kalt und trostlos wie der Winter, der dem Herbst folgt.

»Verflucht noch mal, Case«, stieß Hunter zwischen zusammengekniffenen Lippen hervor. »Hör auf damit!«

»Sobald *du* damit aufhörst, und nicht einen Moment eher. Wenn du dich in der Stimmung, in der du dich jetzt befindest, an Ab Culpeppers Fersen heftest, dann werden wir beide noch vor dem ersten Schneefall tot sein. Also sag es mir noch einmal, Bruder. Warum verläßt du die Frau, die dich liebt?«

»Sie hat gesagt, wir hätten nur eine Affäre.«

Cases linke Braue hob sich in einem skeptischen Bogen. »War das, bevor oder nachdem du ihr gesagt hast, daß du sie liebst?« hakte er nach.

»Ich habe niemals etwas von Liebe gesagt.«

»Tja, das erklärt natürlich alles«, erwiderte Case nüchtern und wandte sich ab. »Ich werde hinausgehen und mit meinem Pferd reden. Es hat mehr Verstand im Hintern als du im Kopf.«

Hunter funkelte seinen Bruder wütend an, aber selbst sein Zorn konnte die Erinnerung nicht vertreiben, wie Elyssa zu ihm von Liebe gesprochen hatte.

Und er hatte mit Schweigen darauf geantwortet.

Oder schlimmer noch, mit Worten!

Hast du mir denn überhaupt nicht zugehört? Habe ich jemals von etwas anderem als Lust zwischen uns gesprochen?

Elyssa hatte schließlich auf ihn gehört. Jetzt sprach auch sie von nichts anderem als Lust.

Was uns verbindet, ist nur eine Affäre.

Hunter stand völlig reglos da, als ihm klar wurde, was er ihr angetan, was sie so ruhig beim Namen genannt hatte.

In deinem Kopf und deinem Herzen ist kein Platz für die Zukunft. Nur für die Vergangenheit.

Mein Herbstgeliebter, ich werde jedes Jahr an dich zurückdenken, wenn sich die Blätter in Feuer verwandeln.

Eine Zeitlang herrschte undurchdringliche Stille im Haus. Dann machte Hunter kehrt und stapfte treppauf. Bei jedem Schritt sagte er sich, daß Case sich irrte.

Er mußte sich einfach irren.

Hunter wagte gar nicht daran zu denken, was wäre, wenn Case recht hätte.

Vor Elyssas Zimmer blieb Hunter zögernd stehen, wußte nicht, was er sagen sollte.

Die Stille um ihn herum wurde immer lastender. Kein Laut drang durch die Wände. Das Schweigen war zermürbend. Es schien, als wäre der Raum dahinter völlig leer.

Hunter klopfte vorsichtig.

Niemand antwortete.

Als auch Hunters drittes Klopfen ignoriert wurde, drehte er versuchsweise den Türknauf. Die Tür schwang geräuschlos auf.

Elyssa hockte auf dem Bett in dem Raum, der spärlich von dem durch die Schießscharten in den Fensterläden eindringenden Licht erhellt wude. Sie saß mit dem Rücken zur Tür und hatte die Arme um ihren Körper geschlungen, als müßte sie sich innerlich warmhalten.

Langsam trat Hunter an das Bett. Elyssa drehte sich weder zu ihm um noch sagte sie etwas, als ein Dielenbrett unter seinem Gewicht knarrte. Wieder zögerte Hunter einen Moment, dann ging er um das Bett herum, bis er ihr Gesicht sehen konnte.

Er schnappte entsetzt nach Luft.

Elyssa sah nicht mehr wie ein Mädchen aus. Kummer zeichnete ihre Züge, entzog ihrem Gesicht alle Farbe, machte ihre Augen stumpf und leblos und ihren Körper steif vor Anspannung. Reglos ertrug sie einfach jeden Atemzug, wie er kam, und mit ihm die Qual, am Leben zu sein.

Case hatte recht gehabt. Elyssa war eine Frau, die um ihren Geliebten trauerte.

Mit einem erstickten Schmerzenslaut sank Hunter neben ihr nieder. Er zog sie auf seinen Schoß und streichelte hilflos mit bebenden Händen ihr Gesicht.

»Du irrst dich, wenn du glaubst, daß ich dir nicht vertraut habe«, bekannte er. »Ich selbst war derjenige, dem ich nicht trauen konnte. Weil ich die falsche Wahl getroffen hatte, mußten meine Kinder für meinen Fehler büßen.«

Ein Zittern überlief Elyssa. Sie drehte den Kopf und konzentrierte sich auf Hunter. Der Schmerz in ihren Augen ließ ihn zusammenzucken.

»Dann bin ich dir begegnet«, fuhr er leise fort. »Ich habe dich begehrt, bis mir jeder Atemzug weh tat.«

»Begehren reicht nicht ...«

»Aus«, vollendete Hunter den Satz für sie. »Ja. Ich weiß das ebensogut wie du. Besser noch. Belinda hat es mich gelehrt.«

Elyssa schloß die Augen; diesmal zeigte sich der Schmerz in Hunters Blick.

»Dann hast jedoch du mich etwas weitaus Wichtigeres gelehrt«, sagte er. »Liebe.«

»Bloß ...« Elyssas Stimme brach.

»Bloß Liebe«, sagte Hunter weich. »Deine Liebe zu mir. Meine Liebe zu dir. Die Liebe, die wir unseren Kindern schenken werden.«

»Hunter ...« Abermals brach ihre Stimme.

»Ich liebe dich, Elyssa.«

Hunter sagte es noch einmal, als er sie küßte, und dann unaufhörlich wieder …

Das Bewußtsein einer aufrichtigen Liebe erfüllte Elyssa mit einer köstlichen Wärme. Plötzlich aufschluchzend warf sie sich in seine Arme. Lachend und weinend zugleich flüsterte Elyssa ihr eigenes Geständnis dicht an Hunters Lippen und hörte, wie es innig erwidert wurde.

Dann hielten sie einander in den Armen, während sie einander wiegten und die Vergangenheit hinter sich ließen.

Epilog

Hunter und Elyssa standen neben Case vor dem Ranchhaus und schauten zu, wie der Priester in Richtung Camp Halleck davongaloppierte. Bill und die frischgebackene Mrs. Moreland waren gleich im Anschluß an die Trauung zur Bar B aufgebrochen, voller Ungeduld, ihre eigenen Flitterwochen zu genießen.

Der Hof der Ladder S badete im Sonnenlicht und ließ das Brausen des Herbststurms über sich ergehen. Cases Pferd stand mit gespitzten Ohren da, den Kopf hoch erhoben, die Nüstern gebläht. Der Hengst zog ungeduldig an den Zügeln, brannte darauf, so frei wie der Wind dahinzurasen.

»Ich werde wieder vorbeikommen, sobald ich diesen Hurensohn erledigt habe«, sagte Case ruhig.

Elyssa zuckte unwillkürlich zusammen. Die Worte, die Hunter erst eine Woche zuvor ausgesprochen hatte, verfolgten sie immer noch.

Ich kann meinen Bruder nicht allein gegen Ab Culpepper kämpfen lassen.

Und dennoch tat Hunter genau das.

Die Zuneigung und Treue eines Mannes sollten in erster Linie seiner Ehefrau gelten.

Hunters Zuneigung und Treue galten Elyssa, die jetzt seine Gemahlin war.

Sie mußte die Tränen unterdrücken, als sie sich zu Case umwandte.

»Laß doch das Vergangene in Güte ruhen«, bat sie ihn eindringlich. »Bitte. Bleib hier. Finde bei uns deinen Frieden.«

Mit einer Sanftheit, die Elyssa noch immer überraschte an einem Mann, dessen Augen so erloschen waren, legte Case eine Hand an ihre Wange.

»Weine nicht, Frechdachs«, murmelte er. »Hunter weiß, wo seine Zukunft liegt.«

»Es könnte auch deine sein«, flehte Elyssa.

Cases Daumen wischte zärtlich eine Träne von ihren Wimpern. Dann wandte er sich ab und schwang sich auf den Rücken seines Hengstes mit der Behendigkeit einer Katze im Sprung.

»Nennt euren ersten Jungen nach mir«, sagte Case zum Abschied.

»Wird gemacht«, erwiderte Hunter ruhig. »Schick mir eine Nachricht, wenn du mich brauchst.«

Case nickte. Dann zog er sein Pferd herum und galoppierte gen Süden, in Richtung der Spanish Bottoms.

»Warte!« rief Elyssa ihm nach.

Hunter schlang die Arme um sie und hielt sie fest an sich gedrückt. »Er muß seinen Weg gehen, Liebste«, sagte er.

»Aber …«

»Case glaubt, daß er nichts mehr hat, wofür es sich zu leben lohnt, außer Ted und Ems Mörder zur Strecke zu bringen«, seufzte er bedrückt.

Elyssa wußte, Hunter hatte recht. Sie spürte auch, daß ihn die Wahrheit noch mehr schmerzte als sie.

»Wäre es …« Ihre Stimme brach.

Sie holte tief Luft und zwang sich, die Worte über die Lippen zu bringen, die sie lieber für sich behalten hätte.

»Wäre es ein Trost für dich, wenn du mit ihm reiten könntest?« fragte sie gepreßt.

Hunter schloß die Augen. Er wußte, wieviel Elyssa dieser Vorschlag kostete.

Noch bis vor kurzem hatte die Situation ihm selbst zu schaffen gemacht.

»Ich liebe dich«, hauchte er ihr ins Ohr und hob sie auf seine Arme.

»Hunter?« flüsterte Elyssa.

»Case hat gesagt, wenn ich mitginge, dann nur über seine Leiche. Es war sein voller Ernst. Tja, jetzt hast du mich am Hals, Liebste.«

Case William Maxwell wurde im darauffolgenden Jahr geboren, als der Herbst die Espenblätter in Feuer verwandelte. Wie sein Vater, so wuchs der Junge zu einem aufrechten mutigen Burschen heran, mit ruhigen, unbestechlichen Augen. Wie seine Mutter hatte Case William ein tiefes Empfinden für das Land und eine sanfte Hand selbst bei den wildesten Pferden.

Es folgten noch weitere Kinder. Mädchen mit Intelligenz und Charme und großer Entschlossenheit. Jungen mit Kraft und Wärme. Wie ihre Eltern lebten die Kinder glücklich und zufrieden in der Wildnis am Fuße der Ruby Mountains.

Am Ende jeden Tages – ob die heißen Winde des Sommers über die Ladder S hinwegwehten oder die wilden Stürme des Winters das Haus umtosten – zog Hunter seine Ehefrau an sich und fand Trost und Frieden bei ihr.

Und jede Nacht schlief Elyssa in den Armen ihres Herbstgeliebten ein in der köstlichen Gewißheit, daß längst alle Jahreszeiten ihnen beiden gehörten.